U0560004

A Biography of
Fu Baoshi

傅抱石传

胡志亮 著

中国优秀传记文学作品奖 获奖作品

团结出版社
UNITY PRESS

图书在版编目（CIP）数据

　　傅抱石传 / 胡志亮著 . -- 北京：团结出版社，
2023.9
　　ISBN 978-7-5234-0083-8

　　Ⅰ . ①傅… Ⅱ . ①胡… Ⅲ . ①传记文学 – 中国 – 当代
Ⅳ . ① I25

　　中国国家版本馆 CIP 数据核字（2023）第 048495 号

出　　版：团结出版社
　　　　　（北京市东城区东皇城根南街 84 号　邮编：100006）
电　　话：（010）65228880　65244790（出版社）
　　　　　（010）65238766　85113874　65133603（发行部）
　　　　　（010）65133603（邮购）
网　　址：http://www.tjpress.com
E-mail：zb65244790@vip.163.com
　　　　　tjcbsfxb@163.com（发行部邮购）
经　　销：全国新华书店
印　　装：三河市东方印刷有限公司

开　　本：170mm×240mm　　16 开
印　　张：30.5
字　　数：500 千字
版　　次：2023 年 9 月　第 1 版
印　　次：2023 年 9 月　第 1 次印刷

书　　号：978-7-5234-0083-8
定　　价：98.00 元
　　　　　（版权所属，盗版必究）

1934 年，在日本留学时期的傅抱石

《敬亭秋》　1942年

《风雨归牧》 20 世纪 40 年代初

《乱帆争卷夕阳来》　20世纪40年代

《苏武牧羊》 1943 年

《赤壁舟游》　1946 年

毛主席诗意画——《抢渡大渡河》　1953 年

《布拉格宫》 1957年

《湘君》　1960 年

《李太白像》 1963 年

谨以此书献给抱石先生
和他深爱的故乡——江西新余
及其勤劳聪慧的人民

自从抱石离开我们而去，倏忽已是第二十八个年头。这期间，人们为纪念他，也曾写过不少回忆和研究的文字，但迄今尚未有一本《傅抱石传》问世。倒也并非无人去写，只是由于各种原因，至今还未见到一本完整的传记。胡志亮先生对傅抱石这个人物有特殊的兴趣，他以巨大的热情，花了大量精力搜集资料和采访有关的人和地，并以惊人的毅力，在不到一年的时间里写成了这本《傅抱石传》。

　　抱石仅活了六十一岁，比起许多长寿者来，可算是短暂的一生了。纵观他的一生，虽然短暂，却丰富多彩。这一来是由于抱石生活在一个动乱的年代，在天翻地覆的变化中历尽沧桑；二来是由于抱石有过人的精力和真正劳动者的勤奋。他最恨虚度光阴，最爱创造性的工作，无论是读书、写作，还是绘画、篆刻，都令他着迷。他常常同时做几件事，而每件事都能按计划完成。他的一生是忙碌的一生，他在六十一年的生命中所做出的成绩，也许是别的两三个人倾其一生也无法完成的。因此，要将抱石的一生详详细细地写出来也并非易事。胡志亮先生的这本传记，洋洋数十万言，将傅抱石从出生写到最后去世，若不下足够的功夫是无法做到的。这实在是一种艰苦的劳动，非真正有志于此者不敢问津。

　　当然，写传记的难，还不仅在资料的掌握上。传记的真实性及其水平如何还取决于作者所抱的观点，取决于作者对所写人物的成就及其思想理解的深度。也就是说，要写一本好的传记不仅要有广度，而且要有深度。因此，即便是对同一个人物，不同的作者也会写出不同的传记来。而一本传记的价值究竟如何，最终还要由读者来做出判断。从这点来说，胡志亮先生的这本传记尚未受到读者的检验。但无论如何，这本传记的问世，是一件很有意义的事。像傅抱石这样一个在国内外有很大影响的艺术家，人们不会仅满足于欣赏他的绘画作品，而总想更多地了解他的身世，想知道是什么样的家庭环境和社会环境造就了这样一个艺术天才，想知道傅抱石的个人生活怎样影响了他的艺术创造和发展，他为数众多的优秀作品的艺术感染力是纯粹来自他的天才、灵感，还是也有其他因素的影响……所有这些，只有在艺术家的传记中才能得到解答。可以说群众需要这样的传记。因此，我对这本传记的出版感到由衷的高兴，对胡志亮先生写这本传记的巨大热情和付出的辛勤劳动表示深深的敬意。

最后，我以为值得一提的是，胡志亮先生是江西南昌人，又在新余工作，他生活的环境正是傅抱石当年生活过的环境，故乡故土的生活习俗及语言特点，胡志亮太熟悉了，所以写来得心应手，这也构成了本书的特色。我想，家乡的读者会对这本书感到分外的亲切。明年是傅抱石诞生九十周年，这本传记无疑是作者献给抱石在天之灵的一份祭礼。而对傅抱石生前那样钟情的新余老家的乡亲们来说，胡志亮所写的这本传记正寄托着他们对抱石的深切怀念。

应作者的要求，我杂乱地写了以上的话，就算是这本传记的序言吧！

罗时慧

1993年6月28日于南京

写在《傅抱石传》台湾版发行之前

我的父亲傅抱石作为近代中国画坛最具代表性的画家之一，在海内外具有广泛的影响。关于他的评价文章及研究著作为数众多，但是要说到完整的传记，至今还只有一本，那就是江西胡志亮先生所著的《傅抱石传》。这本传记于1994年由江西百花洲文艺出版社出版发行后大受欢迎，仅几个月的时间，第一版数千册便告售罄，于是赶印了第二次。接着，该书又成为首届中国优秀传记文学奖的十二部获奖作品之一。一些广播电台还将该书内容分四十期长篇连播。由于该书的畅销，最近出版社又决定改版后再增印一万册，以满足市场和读者越来越高涨的需求。

这本传记获得如此成功，首先当然是要归因于我父亲作为一个艺术家的非凡魅力。读者渴望了解他的身世，他们多半是带着一种好奇心翻开《傅抱石传》的第一页的。而这种好奇心，在读完了这本传记之后，又确实能得到满足。胡志亮先生在这本四十万字的传记中，形象地，同时也是比较忠实地描写了我父亲的一生，描写了他青少年时期的艰辛，他对知识的渴求，他对命运的抗争，以及他如何从石头缝隙中的幼苗成长为一株大树。所有这些，作者都写得那样生动感人，使读者有足够的兴趣将它一气读完，并在脑中形成一个活生生的傅抱石的形象。

胡志亮先生为写这本传记付出了巨大的劳动。他是江西籍的作家，又长期生活和工作在我们的故乡新余，这使他在写这本书时增加了一层感情因素。他钦佩以至崇拜傅抱石，而自己又恰巧是傅抱石的同乡，这些都成了他写《傅抱石传》的动机。他甚至将写成此书看作自己的义务。这义务既神圣又艰巨。之所以神圣，是因为傅抱石是家乡人民引以为豪的名扬四海的大艺术家。广大读者，特别是家乡人民需要《傅抱石传》。而之所以艰巨，则是因为胡志亮先生在这之前尚未写过传记体作品，第一次尝试便选择了傅抱石这样一位典型的艺术家。而艺术

序二

家的特殊的气质与才华，往往会使得艺术家的形象具有多重性与复杂性。时代的变迁，社会环境的变化都在向艺术家提出挑战。而艺术家的反应方式也往往会反映出其性格中的矛盾。近代中国艺术家的这些特征同样表现在我父亲身上，这便增加了写传记的难度。

胡志亮先生明了自己的任务的艰巨性。他尽了自己的最大努力，通过广泛的采访、调查、阅读大量有关资料，并在此基础上写成了初稿。再经过修改，完成定稿到这部洋洋数十万言的传记的出版，总共只用了一年多时间。作者为写这本传记所付出的"高强度"的劳动和度过的紧张的时日，真是一般人难以想象的。由于作者浓挚的写作热情，极其认真的创作态度和精深的书画、文学素养，使作品取得了成功。这本传记出版后的成功，又使作者得到了丰收的农民般的喜悦。

现在，《傅抱石传》就要在台湾出版发行了，这对作者来说是个激动人心的时刻。而对我们——傅抱石的后裔来说，也是件最感兴奋与欣慰的事。回想三年前在台北历史博物馆隆重举办我父亲的画展时，观众的热烈场面令人难以忘怀，他们对我父亲的艺术是那样熟悉和着迷。那情景，我父亲若地下有知该会多么高兴啊！由此可以肯定，台湾的读者一定会欢迎《傅抱石传》在台湾的出版发行。我预祝这本书在台湾获得和在大陆同样的成功，并以傅抱石亲属的名义向我的同乡、台湾大学的胡述兆教授致以崇高的敬意，由于他的热心，《傅抱石传》才有机会和台湾的读者见面。

傅二石

1996年11月于南京

楔子　001

上部 ———————————————————————

第一章　艰辛贫苦的少年时代

1. 面临厄运的"傅得泰"　004
2. 章塘村的傅氏家族　007
3. 穷街陋巷喜添贵子　012
4. 佑清寺内的虔诚香客　021
5. 私塾里的编外学生　023
6. 左邻刻字　右邻裱画　034
7. "抱石斋主人傅抱石"　044
8. 茅屋里的"印痴"　053
9. 遨游书海　立志著述　066

第二章　志存高远　青年英才

1. 第一部美术论著出版　074
2. 十八岁少女的芳心　086
3. 罗府的青年嘉宾　097
4. 乾坤定矣　钟鼓乐之　105
5. 夫唱妇随　妇助夫成　119
6. 梦绕魂牵　喜获印谱　131
7. 悲鸿抱石　相识相知　141
8. 青云谱内寻高踪　158

目录

第三章　远涉重洋　东瀛求学

1. 依依惜别情　166

2. 异国师生的无声交谈　169

3. 东京郊外访沫若师　175

4. 画史论争　扬眉吐气　180

5. 辛苦辗转　筹办画展　184

6. 银座个展　名播东瀛　192

7. 惜别恩师　重返华赣　198

8. 人生不相见　动如参与商　201

9. 美美渝水　殷殷乡情　207

第四章　奔赴抗战　忠心报国

1. 武汉三镇的抗战热潮　216

2. 颠沛流离的流亡生活　218

第五章　金刚坡下山斋

1. 金刚坡下　寄情于画　226

2. 一片汪洋达汉唐　234

3. 忍穷饿以治艺事　238

4. 嘉陵江边穷教授　243

5. "元气淋漓，真宰上诉"　251

6. 真山真水动真情　259

7. 别开生面　画展震雾都　268

8. "中国决不亡，屈子芳无比"　279

9. 爱妻生日的珍贵礼物　284

10. 往往醉后见天真　291

11. "何处是归程，长亭更短亭"　298

12. "金刚坡，你将永远铭刻我心"　302

第六章　钟山风雨

1. "沉浸浓郁，含英咀华"　306

2. 倦鸟归林　重返南昌　312

目录

———————————————————————— 下部

第七章　笔墨当随时代

1. 义正辞严　捍卫国画　318

2. 不断地探索和变革　326

3. 为山水传神　331

第八章　文化使者访东欧

1. 神妙莫测的中国绘画艺术　338

2. 巧妙的糅合　高度的和谐　343

第九章　呕心沥血为画事

1. "北石"与"南石"　350

2. 韶山组画　358

3. "江山如此多娇"　362

第十章　满怀激情绘新图

1. 两万三千里旅行写生　374

2. 兹游奇绝冠平生　391

3. 永不休止的工作机器　407

4. 杭州治疾　画遍杭州　413

5. 桐荫馆里读画章　*421*

6. 激情满怀返家园　*429*

7. 随园画室绘新图　*435*

8. 他走了，留下太多的遗憾　*440*

尾声　*449*

后记　*451*

再版后记　*457*

楔子

　　这是一片贫瘠的土地，地处赣西的荒凉山乡，是连绵起伏的丘陵地带，千百年来，她仍然面貌依旧，黄土地上，稀稀朗朗地长着那并不茂盛的禾苗和菜蔬，尽管雨水充足，阳光和煦，也总是未能带给人们富贵和幸福。只有那并不需要农民们耕作的大片山林，才无意中显示出大地向人们的奉献，每当夜深人静或冬日的清晨，从她那如雷的林涛呼啸中，似乎能听见她在向乡民们诉说：你看，林木参天，溪流淙淙，世外桃源，何异于此！

　　这是一群贫穷而勤劳的乡民，他们世世代代卜居在这里，辛苦地耕耘着，劳碌着。春夏秋冬，朝去暮来，他们面朝黄土背朝天，莳田、耘禾、车水、收割，紧接着，又顶着毒辣的太阳，赶栽晚稻；缺水的山田，只能插种红薯苗，就连巴掌大小的田头地角，也要种些豆角之类的菜蔬。农民们早晨踩着露水出门，晚上拖着疲惫的脚步归来，菜油灯下，就着木制的脚盆，舀一瓢滚水烫脚，然后吃一大碗或稀或浓的番薯南瓜饭。遇上农忙时，能吃上一顿杂有大量番薯丝的糙米饭已够得上蛮好。肚皮填饱，为省灯油，匆匆吹灯睡觉，身体好一些的精壮汉子，也有的会就着星光，一边抽抽黄烟，一边聊天讲古。如此年复一年，日复一日，打发着时光。是啊，他们祖祖辈辈都是这么过来的。一切都顺理成章，习以为常。

　　然而，贫苦乡民自有贫苦乡民的苦和乐，贫瘠的山乡有时也会被一些波澜所惊扰，所震撼。

　　1921年夏，在赣西——江西新余县二北岗乡章塘村，这个距县城尚有三十公里路程的穷乡僻壤，正发生一件惊动三乡五里，在当地可以视作为光宗耀祖、惊天动地并且具有历史意义的大事——本族少年傅瑞麟，一举高中南昌省立第一师范！

这可是一件了不得的大事，新余傅氏宗族，自有族谱记载的宣教公起始，迄至三十六世傅天纯、三十七世傅文苋，虽子孙繁衍，脉络相传，也算香火鼎盛，然数百年来，族谱上竟没有一笔关于傅氏家族入仕为官的记录。傅氏宗族在新余亦属大姓望族，方圆数十里仅傅姓就有六七十个村庄，二三千户，一两万人，可谓人丁兴旺，子子孙孙就这样浑浑噩噩，繁衍生息，从族长到儿孙辈无不盼着傅家子弟中有出人头地者，以光耀列祖列宗。如今，此人应在三十八世孙傅中洲（瑞麟）身上，他小小年纪就考取省立第一师范，须知当时从县到府到省城，这堂堂省立第一师范乃江西最高学府，而且是官办的！此事如何不叫傅氏家族男女老少激动不已，欣喜万分，一夜间，喜讯传遍了"傅氏十伦堂"所属的十村傅姓，族长和长辈们经过商议，决定次日游乡庆贺！

新余乡俗，大凡喜庆事，有放爆竹，敲锣打鼓，张灯结彩，酒宴请客以及有钱人家请戏班子唱戏等不同程度的庆贺方式，而采取游乡志庆则是平常人家最高最光彩的喜庆方式了。族长和长辈们考虑的是，瑞麟入省立第一师范，无异于前清时候中了举人，这北岗方圆数十里尚无他姓可以与此匹敌，游遍四里八乡也不怕人说闲话，人家只有眼红的份儿！再者游乡庆贺也正好振振族威，今后看有谁敢小看了俺们傅姓人，三则游乡也为给瑞麟壮行色，这个崽俚子将来必能成大器，做大官，傅姓崛起就指望瑞麟了。

一大早，瑞麟的叔叔傅财和一家就忙开了。自瑞麟的父亲傅聚和只身流落南昌后，傅财和种着几分薄田，也是吃了上顿没下顿，平时总是阴沉的脸今日也露出了少有的欣喜。他穿了一件浆洗得干干净净的白洋布褂，下着青布裤子，还特意穿上一双只有过年才穿的白底布鞋，一进厅堂，发现早饭还没上桌，立刻以老太爷式的口气吆喝正在厨房忙活的婆子①。

"你手脚不会快点吗？日头都上三竿了，等会儿人都来了！"

"就来了，就来了！"瑞麟的婶婶也满心喜悦，今早特地为侄儿煮了一锅饭，煎了两个荷包蛋，她知道，这一出去游乡就得到下昼才能返回。

此刻，一个眉清目秀，略显瘦弱，营养明显不足的少年正在光线过暗的房里

---

① 新余称妻为婆子。

默神。他就是今日要游乡的主人公傅瑞麟。

傅瑞麟，又名傅中洲，小名长生；这年十七岁。

傅瑞麟抑制住自己激动而又忐忑不安的心情，努力使自己平静下来，这两天的经历太令他难以预料，他一下子还难以适应从疲劳、困苦、饥饿忽而掉进热情的旋涡里这样一个急剧的变化，一切还似乎在遥远的梦中那样令人难以置信。

他这次回到故乡新余不是来报喜的，而是来借钱的。

他仍清晰地记得患肺病卧床不起的父亲的叮嘱："麟儿，你回去就说家父贫病，无力供你读书，请叔叔伯伯公公婆婆看在祖宗的面子上，借十块钱，等你读书出来赚了钱再还……"母亲，这个童养媳出身的能干而又善良的女性，也絮絮叨叨地交代："饿了就吃这几块饼，还有那一包番薯干，渴了就上门讨口水喝，路上要当心。唉，作孽哟，点点子大，就要回老家借债。"然而，乐观又开通的母亲此时仍掩饰不住对儿子的满意骄傲之情，"借钱哇清楚，我们是有借有还，我们将来还得起——"

瑞麟还清楚地记得，他起了个大早，赤着脚从南昌动身，经过青云谱时，还特意绕到八大山人朱耷的住地附近逗留游览了一番，只是不得其门而入，而远远在外观望了一阵，又匆匆上路了。他心里暗下决心，将来一定要到这里来仔细看看。

从南昌到新余，三百里路程，他起早摸黑，经莲塘，过丰城，到樟树过赣江渡，然后再步行约百十里，过了罗坊镇。第三天上午就到了新余的章塘。

傅瑞麟以前也随父母到过几次章塘，没有留心过章塘的景色，这次只身返乡，蓦然发现，新余好美，章塘好美！

虽然这里只是江南极普通的山乡，虽然和傅瑞麟沿途所见到的丘陵景色毫无二致，没有什么太多的特色，然而，晴空万里的苍穹下，远近横着的破旧而萧素的村庄，仍令他觉得神清气爽，更兼之那如盖的古樟树，明静的荷塘，小山丘上的片片松林把山乡映衬得静谧而葱郁；贫瘠的土地上，洒下家乡亲人的辛勤汗水，也长出了苗壮的稻谷，沉甸甸的茄子、辣椒、豆角以及丝瓜之类菜蔬。他的心里，孕育着一幅家乡田园美景的画图。

他还发现，新余人好亲，章塘人好亲！

那隔壁茅屋的姑婆和坤爷爷，姑婆每次见到他，都会伸出她那双干瘦而粗糙的手，握着瑞麟的手问长问短，"好崽好崽"地说个不停，坤爷爷则总是眯缝着那见光就流泪的眼睛微笑着，有时还会抓一把番薯干塞到瑞麟手里，那番薯干是经过几回蒸过后又晒干的，吃起来特别甜，这算是坤爷爷家的特产了。财和叔尽管同样贫苦，每次瑞麟一家来时，总要摆几样泥鳅、鱼虾之类，外加几碗米酒招待这一家客人，与瑞麟的父亲叙谈叙谈，尽管兄弟俩偶有争执，但他对瑞麟却是绝对的和善可亲。还有那章塘村的族长爷爷，对从省城归来的傅聚和一家也总是嘘寒问暖；特别是这次，得知瑞麟高中"举人"，更是喜从中来，当晚就强拉瑞麟去他家吃饭，兼带把财和叔也拖了去作陪，鉴于第二日瑞麟游乡没有一身像样的衣服，族长爷爷硬是翻箱倒柜找出几件他年轻时穿的绸缎褂裤，说明天游乡非这一身"行头"不可……

忽然，一阵"咚咚"的锣鼓声，惊扰了瑞麟的沉思，他立刻起身走出门外，屋场上，一切都已准备就绪，单等启程了。

白绸褂，青缎裤，头戴一顶缎子瓜皮帽，脚蹬新布鞋，肩上还斜挎着一条红缎带。乡亲们为傅瑞麟穿戴停当，将他扶上一匹高头大马，由族叔傅财和牵引，族长在前引路，两支"吹打"（唢呐）紧随其后，这时，锣鼓敲得更欢快了。

财和的儿子提着一篮爆竹，一支千响鞭放过之后，游乡队伍出发了，全村的老老少少簇拥着队伍送到村口。

游乡队伍先绕章塘转了一圈，然后向紧邻的华田村前进，按乡俗，傅氏族人游乡，要游遍"傅氏十伦堂"：即华田、南岸弯头、老赤塘、新赤塘、火田、邦甫、路溪、东塘庄头、脑头等十村。不过，今天怕累坏了小瑞麟的身子，只打算在附近几个村子游一转。

"瑞麟，挺起胸来，眼望前方，不要不好意思呀，嗨，光宗耀祖呀！"族长精神抖擞，还不时回过头来，叮嘱瑞麟几句。

一切都是那么陌生，一切都是那么新奇而又激动人心。瑞麟骑在马上，随着马行走的脚步，他的身子也在前后俯仰着。也许是从未骑过马抑或是感到难为情，每到人多之处，他总是弯腰低下头，看热闹的人反而看得更清楚了。在马上，他听见乡亲们的议论。

"看，聚和的崽，考取了省立学堂，傅家当发了。"

"好崽俚呵，将来是做大官的料！"

"看不出哟，聚和这痨病壳子倒生了个秀才样咯①崽。"

"五官端正，眉清目秀，天庭饱满，好福气呀！"

"嗯，古话说得好，新余五星奠位，必有贤者出。这句话应验了哇！"

……

说者无心，听者有意，起先对考取师范学堂并不在意，甚至因为家里经济拮据而有一种重负感的瑞麟此刻却释然了，他心里为此涌动起了一股豪情，他真的觉得自己肩负着振兴家业、光耀祖宗、为章塘、为新余争光的重任，他暗暗在心里立下志向，要一辈子不负乡亲们的希望和厚望，做一个有作为的人！想到此，对于那些亲切的目光和笑脸，他不再回避和躲闪，他也用同样的眼神去回敬乡亲们，去和他们交流，他觉得，用不着言辞的表达，他和乡亲们已经完全可以实现这种感情的传递。因为，他是在自己的故乡，在故乡，感情的表达是用不着说很多话的，那种相互间流露的热切的眼神和目光，便足够了。

游乡的队伍在村道上、田塍间行进着，每经过一村，便放一串长长的鞭炮，村里的同姓或亲戚家的也有放挂爆竹贺喜的，一时间，唢呐锣鼓喧天，鞭炮齐鸣，喜庆的硝烟弥漫在章塘以及"傅氏十伦堂"村村落落的上空。傅姓族人还会簇拥着跟着走一段路，迎一程，送一程，真是热热闹闹，兴高采烈。每遇见乡人夹道围观，族长还总是笑容满面地就近与相熟的人说：

"聚和的崽瑞麟考上了省立学堂哩，嗨！"

乡人们也都是额手称庆："好哇好哇，恭喜恭喜呀！"

瑞麟听见的是一阵阵欣喜的庆贺声，看到的是一片诚挚的善良的笑容。

直至下午，游乡的队伍才回到章塘。

夜里，财和叔婶一家以及乡邻们热闹了一天，都睡觉了。

万籁俱寂，只听得见田野里传来蛙鸣的声，远处松林里，偶尔传来不知什么鸟的鸣叫，天空缀满了星斗，明天又是一个大晴天。天气燥热，偶尔吹来的一阵凉风，才使人感到舒心适意。

---

① 咯，(gē)，南昌方言，"这"之意，下同。

劳累了一天的傅瑞麟辗转反侧，难以入眠，白天经历的情景，又一幕一幕映现在他的脑海。一切都是那么熟悉，一切又都是那么陌生，他有时简直觉得这是一场梦，很难把今天发生的一切同他自己联系在一起。然而，这一切又都是真的，无疑，他就是今天这幕活剧的主人公。不是么？披红挂彩，跃马扬威，前呼后拥，乡亲们如众星捧月般将他奉若神明，不就是因为他高中了省立第一师范，而他是新余人民的儿子，是章塘的后代。乡亲们认为，进了省府学堂就等于踏上了晋升之阶，他是前途无量的。乡亲们把这看得很珍贵，看得比什么都重要。瑞麟通过今天之举看到了乡亲们对他寄予的厚望，看到了乡亲们金子般的心。想到这里，瑞麟心内热血奔涌，激情难抑，索性披衣起床，点起油灯，他展纸研墨，他要画一幅画。

　　瑞麟一边磨墨一边对着画纸沉思，这时，章塘的山、章塘的水、荷塘、松林、菜畦、稻田、茅舍以及荷锄犁耙辛勤耕作的乡亲们，都一一浮现在脑海里。想到这里，他饱蘸墨汁，寥寥几笔在纸的左上部扫刷了几座小山，又在右下部画了农舍、荷塘和水田，小山上用浓墨绘出了一片松林，然后细细描绘，水塘中又点了几只嬉戏的鹅鸭，最后又倾注了极大的心力描绘了几名耕作的农民。画完之后，他端详了一会儿，又做了一些小的修改。画作完成，他满意地舒了一口气，对着画图思忖片刻，在画的右上角布白处题署"乡居图，是为山乡景幽，农家无闲人也"，接着，又在题署的左旁，写上"新喻傅抱石"几字，他觉得，这幅画以及题款表达了他对家乡亲人、对章塘、对新余的浓厚感情和赤子之心。

　　是的，这位傅瑞麟就是日后名扬海内外的傅抱石，就是 1947 年被《中国美术年鉴》誉为"实开我国绘画新纪元""欧美重要评论家……寄于最高之赞誉"，并被徐悲鸿先生在四十年代就称为"巨星"的一代国画大师傅抱石。

　　傅瑞麟（傅抱石）收拾好纸笔，又躺到床上，然而，往事悠悠，梦魂难断，这不忍回顾又难以割舍的思绪绵绵不绝，渐渐地占据了他的脑海，跃然于他的心房……

上部

第一章

艰辛贫苦的少年时代

1. 面临厄运的"傅得泰"

20 世纪初叶，战乱、灾荒、内忧、外患。

中国尚处在清朝的封建统治之下。这艘由封建地主阶级驾驭的航船在波涛汹涌的海洋中正不由自主地飘行。操纵舵已经破损而失灵，船体也已千疮百孔，险恶的风浪随时都会将这艘破船倾覆淹没。

南昌，这是腐败透顶的封建王朝统治下的一个痼疽。一方面，清王朝卵翼下的官僚地主贵族们，正灯红酒绿、纸醉金迷，过着荒淫无度的奢侈生活，他们利用衙门和军队，拼命地搜刮百姓的钱财，掠夺农民的粮食和财物，以维持那摇摇欲坠的腐朽的政权。另一方面，广大农民则被沉重的苛捐杂税压得喘不过气来。农民们一年的收获，已被如狼似虎的差役们掠夺得所剩无几，还要受地主的盘剥，劣绅的敲诈。在城镇，商贾和小业主则受尽欺压，加上兵荒马乱，世道艰辛，百姓真是度日如年。那些无业游民和小商小贩既要受到诸如苛捐杂税、官府的压榨，还要被地痞流氓欺凌，更是在死亡线上挣扎，生活之舟犹如一只在汪洋大海的波峰浪谷中出没的小舢板，随时会被恶浪所吞没。

1904 年秋天的一个下午，在南昌东湖边一条破陋的街巷里，一家修伞铺正面临着新的厄运，店铺主人傅聚和的妻子将要临盆了。

傅聚和，又名傅文苡，小名得贵，新余人氏。

这是一个狭窄的店铺，旧木板隔成的墙壁，低矮的屋檐及伸手可触的瓦顶使人处身于此更感到燥热难当。店铺门面靠墙的一角放着几把修好的纸伞，另一边是一堆从旧伞上拆下来的破竹棍、竹篾及油纸之类的废旧材料。除此而外，只有几只小竹凳，整个店铺尽管狭窄却显得空空荡荡。迎门面几步是一堵灰墙，脏污的石灰粉已经剥落，几块地方露出了灰黑色的泥沙，由断砖和泥土铺成的地面显得坑坑洼洼，凹缝之处积满了尘土和纸屑。一望而知，此店铺主人属于南昌城内生活水平低下的贫民之列，经营此店也不过是为了糊口，聊以残喘而已。然而，店铺门首的上方，一块虽经油漆却已大部斑驳褪落的变形木板上，却赫然写着三个显目的颜体大字：傅得泰。

店铺主人傅聚和，高高的个子，瘦削的脸庞，淡灰的眉毛下是一双令人印象深刻的大眼睛，然而，由于生活的重压，身心的疲惫，那双原本炯炯有神的眼睛却是一片灰暗、浑浊而毫无神采，毫无生气。加之凹陷的脸颊，蜡黄的皮肤，让人看起来像是一盏耗尽了油的灯，不知什么时候会倏忽间熄灭。他那修长的身材这时愈显单薄、瘦削，在酷热如火的骄阳炙烤下，就像一棵晒蔫了而即将倒伏的枯树，形单影只，孤立而无助。此刻，傅聚和正无精打采地斜靠在一把竹椅上。形容倦怠，眼神滞涩、表情木然而呆痴，不知是因岁月的磨蚀还是贫病所致，乍一看人们还以为他在午睡抑或是默神，总之，无论从外貌、精神以至于形态都不像是才四十一岁的中年男子，看起来，他实实在在像一个年已半百的历尽人世艰辛的凄怆的老人了。

　　本来，论才干、胆识和魄力，他在他的同辈和周围的人中，算是出类拔萃的。头脑机敏，聪明能干，年轻时也还算有一副强健的体魄，加之能说会道，通晓事理，若遇上太平盛世，说不定还能成为一个叱咤风云的人物，不然，何以年纪轻轻就能从偏僻的新余农村只身闯省府南昌，而且能在南昌成家立业。虽然这业绩还不怎么样，但终究是在南昌立下了根基，有了自己的职业，在这动荡不安的年月里，居然能将这个穷家撑持到今天，就这一条，就足以令新余老家的族长叔公及老老少少们不敢小觑了他。这不，隔个一年半载，每回一趟新余老家，那些平素眼睛只往天上看的族长叔公们虽骨子里不怎么把他放在眼里，可当着面却也丝毫不敢有任何轻慢，言辞中还或多或少带有一种恭维的意思。也是，士别三日，当刮目相看，谁能揣测他傅聚和在南昌就不能混出一个模样儿来。唉，怎奈生不逢时，祸患连年，你纵有飞天的本事也难扭转乾坤，傅聚和即使有三头六臂，也只落得个贫病交加、家室难顾的境遇。这不，有钱人家多子多孙，多福多寿，贫苦人家添子如添悲。这傅聚和自结婚后十来年，前后共生了六儿一女，也算人丁兴旺，谁料想这六个儿子竟一个也没有带大，先后夭折了，唯有这一个女儿命贱，但贱命有贱福，奶水不足，粗茶淡饭，饱一餐饥一餐，有一餐没一餐，居然也健康地活下来了。眼下，妻子又要生产了，算起来这是第八胎，实则家里是添第二个孩子，也不知是男是女，是死是活。唉，穷人的事一切都不可预料，走一步看一步，生下来再说吧。

　　屋内又传来妻子的呻吟。

　　铺店右边一道破陋的海蓝色碎花门帘，将低矮的小屋隔成两半，掀开门帘，便进

上部 -

到了内室。这被称作内室的，只是一个狭窄的过道，旁边是用木板隔成了一个房间，由于四面是板墙，内室几乎是一片漆黑，只依靠屋顶的几块明瓦透进来的一点光亮，才依稀可以识辨室内的陈设：一张南昌小户人家也必备的以四根细棍做柱、顶上又横着四根横木条以便挂蚊帐的没有经过精雕细琢的架子床。这还是傅聚和结婚时购置的，两只没有油漆的白胚樟木箱，一张旧红漆两斗桌，比较显眼的就算那只门上钉着铜环的雕花大衣柜了，这可是傅聚和当年舍大本钱买来的。当时买这衣柜时，傅聚和尚年轻力壮，家里尚未添丁带口，妻子徐氏倒是个开通人，见丈夫走街串巷补伞和收荒货，家里也没有一个像样的柜子放置那些收来的叫不出名的各种古怪物品，才动员丈夫买下这只大衣柜。事实上，这只衣柜也极大地发挥了它的作用，否则，这十多年来家里还不成了一个杂货铺，而今，这衣柜虽也褪色磨损，却仍然是傅家的头等家产。此外，室内就别无长物了。

妻子的呻吟声不断从内室传来，有时这种呻吟突然变成一种嚎叫，听起来撕心裂肺，极其痛苦；一会儿，室内又恢复了平静，只听见接生婆絮絮地交代和妻子阵痛之后的哼哼声。

这时，傅聚和焦躁不安地站起来，在仅能走出几步就须回头的店铺内走来走去。他的内心由矛盾交织着，他期待着新生命降生，又怕这个家庭新成员的来临，六个男儿先后夭折，只剩一女，他希望能再生个儿子来支撑这个破陋的家，然而，孩子即将降生的时候，他又忐忑不安。他实在没有把握把这个孩子带大、带活，而且，已经是每况愈下的清淡生意实在难以对付再增加一张嘴的重荷，自己的身体又越来越差，大不如前，最近一段时间还经常咯血，有时还偶然会咯出一团血块来。他知道，他已经患上了痨病，这对于像他这样经济拮据的家庭来说，不啻就是宣判了死刑，看病根本看不起，只有等死挨日子了，而孩子偏偏又在这个时候降生。唉，穷人命苦，这个孩子来得更不是时候呵，等待他的，也只能是凄风苦雨，雪上加霜。

屋内出现了少有的宁静，妻子似乎用尽了力气，嚎也嚎够了，现在连呻吟的力气也没有了。在这场难挨的漫长的等待中，傅聚和也暂时陷入了一种宁静之中。然而，不知怎的，他的思想却格外活跃，他的脑海里闪现出一幕幕的悠悠往事，他想起了故乡新余，想起了自己几十年来的坎坷经历……

2. 章塘村的傅氏家族

袁河是一条美丽的河，这条又称作渝水的小河，宛如一条碧绿的玉带横断赣西，滋润着这大片的土地，也养育着这里勤劳而善良贫苦的人民。春来江水绿如蓝，她显得静谧温驯，像一个柔美的少女，依恋着这一方土地。她带给人民欢乐和满足，她无私地浇灌着这片土地的庄稼，她让深深热爱并钟情于她的赣西人民袒露着赤诚的胸膛扑向她的怀抱，投身于她的洪流之中，尽情地戏耍、玩乐。是啊，赣西的人民爱恋她，就像爱恋着自己的情人，那么痴情，那么深沉。

然而，袁河也会一反常态，有时，到春夏之交，她竟如一匹脱缰的野马，难以驯服，她奔腾咆哮，汹涌激越，冲决拦河的堤坝，撕毁两岸的村庄，席卷成片的茅舍和草房。这些贫苦又善良的人民呵，这时如同遇见瘟疫一般，惧怕她的肆虐，诅咒她的无情绝义！这是那柔顺美丽而迷人的袁河吗？这是那带给赣西人民雨露和欢乐的袁河吗？赣西的人民几乎不认识她了。

如果说，袁河形若一条蜿蜒曲折的碧玉带，那么，这条玉带上紧系着的一颗明珠便是新余。

新余是一座不起眼的小城，就像维系着她的那条玉带——渝水在中国的版图上也不起眼一样。一条狭窄的小街贯穿南北，将这座本不算大的小城分为两半，一些叫不出名的小巷子从小街的两侧向外延伸，组成了小城的交通网络，除了牛车和人力车，乡里人用以代步和载物的只有那吱吱扭扭作响的、在木轮子外钉上铁皮的独轮车了。

从新余县往东北方向，一条仅能行走牛车的土路伸向乡间，中间是一条石板便道，可以行驶独轮车。如果坐在独轮车的一边，由经验丰富的结棍农民把车，为使车保持平衡而将坐人的一边翘起，一头高一头低，车把式两脚张开往前推行，一路颠簸着，铁皮木车轮撞着石板，扑通扑通，吱扭吱扭，约莫半天时间，便到了北岗乡章塘村。

这是一座江南随处可见的村庄，不大平旷的地面上坐落着五六十间破陋的瓦房和茅屋，大部分是由土砖、板壁或泥巴糊成的墙，好一点的屋顶盖着乡下人自己烧制的土瓦，大部分便是用俯拾皆是的茅草或禾秆搭盖而成。每遇刮风下雨，便是"外边下大雨，里面下小雨""床头屋漏无干处，雨脚如麻未断绝"，是这种人家境况的生动写照。

这是江南随处可见的村庄，泥泞的小路、坑坑洼洼的地面飞扬着永远也扫不干净的黄色尘土。几棵百年古樟使这穷陋的村舍增添了一些生气和活力。如果天气好，樟树下，时有童稚在戏耍，水牛蜷伏在树荫下歇息。唯一与众不同，可以显示章塘威严与显赫的，是村头那座陈旧而有些倾斜风化的石牌坊。也许当年这里曾出过光耀门庭的先辈，至于那是什么时候，哪个朝代的事，这些终日在贫困线上挣扎的乡民们，也没有那份心思去考究。穿过这座石牌坊，迎面一条狭窄的小巷，两边全是低矮的茅舍，大约经过上十家门首，旁边一座同样矮小的小屋便是傅聚和曾经度过少年时代的祖居。

俗话说，人生有三件事算是至悲至苦：少年丧母，中年丧妻，老年丧子。

小名得贵的傅聚和少年时虽不属至悲至苦，却也差不了多少。小小年纪即遇父亲去世，母亲寡妇带崽，日子过得好凄惶！

傅聚和一家算是世代居住在这里，可以上溯到哪一代，哪一年，连他自己也说不清。他只记得，打从他记事起，父亲傅天纯就是一个病病歪歪的人，三天两头卧病在床，稍稍好些的时候，也只能在家做些轻微的农活，田地里的事还需母亲黎氏亲自去干，一个如浮萍飘絮似的家就全靠一个女辈来撑持。到他八九岁时，父亲经过了大量咯血之后，在一个早晨撇下寡妻和孤儿一命归西，这个家也立刻像一盏油灯被风吹灭之后难以为继。不久，单弱而孤苦的母亲实在撑不下去了，只好带着他改嫁了。继父也是一个老实巴交的农民，生活仍是穷困潦倒，为了减少一口人吃饭，母亲狠着心，咬咬牙，把年仅十来岁的聚和送到一个大户人家去放牛，兼做些零活。从此，小小年纪的聚和就开始了凄风苦雨般的人生。

俗话说，饿死不当长工娃，端人家的碗，受人家的管。自己还是个细伢子的傅聚和要混口饭吃，到了地主家就立刻身不由己了，他必须每天起早摸黑，做那些永远也做不完的事情！从此，他的身边，总是充斥着那不息的指派和吆喝。

"聚和，还不快死起来，鸡都叫三遍了，懒骨头！

"聚和，去把那院子扫一扫，扫干净些，不要扒拉几下了事。

"聚和，吃过早饭到山上去砍担柴来，早些归来呀，不要总死在山上玩，不记得归。

"聚和，夜里瞌觉瞌醒些，半夜起来给牛添把草。

"聚和，你死到哪里去了呀，半天叫不到人……"

唉，莫提起，提起泪涟涟呀。非到万不得已，谁肯把自家的崽往火坑里推，家穷命苦，只好如此。

然而，要强好胜的傅聚和若得机会回到母亲身边，母亲总要抚着他问长问短。那家人待你好啵？吃得饱啵？累啵？小聚和却总是缄口不提那些会令母亲伤心落泪的事情，他要让母亲放宽心，让他在人家家里做下去。他心里非常清楚，他在外面多待一天，家里就少一份负担，母亲就少操一份心。为了这些，即使再苦再累，再怎么不好，他也能忍受。

转眼就过了五六年，傅聚和长大了，长高了。他在东家那里已经不仅仅放牛和打杂，还能够做农田里的一切活计。犁田耙田、插秧耘禾、打谷挑担以及一应粗重农活，只要东家吩咐，他都是一把好手。本来嘛，有钱难买少时贫，聚和自小不娇不惯，是吃黄连水长大的，做什么事情也难不倒他，加上他心眼特别灵，什么活一看就会，年轻力壮。在东家家里，他已不只是赚口饭吃，每年底，他还可以拿到一笔工钱回家。

然而，此景不长，这样的生活过不久就结束了。

本来，这样的事不会发生，因为，傅聚和完全可以不去管这档子闲事。可是，他实在太年轻了。老话说，年轻气盛，不该发生的事也就发生了。

这是盛夏暑天，家家忙着割禾打谷，各家将打落在禾桶里的湿谷子一担担地挑回去。

天已是傍晚了，劳累了一天的聚和仍在田里忙着，他还在打最后一垄割下的禾，以便挑回家去。否则，放在田里，会被露水浸湿，明天就不好打了，还说不定会被人偷去。

夕阳收尽了它的最后一抹余晖，酷热的暑气也渐渐从田垄里消散。偶尔吹来的丝丝凉风，让紧张劳碌的傅聚和感到格外舒心爽气。他抹了一把额上的汗珠，不觉加快了打谷的动作。

很快打完了眼前的一堆稻禾，他把禾桶推向前行，还有三四堆稻禾待打下谷子，按时间推算，约莫半个时辰就可以打完了。打谷的禾桶，是一个五六尺见方、三尺高的斜斗状方形木桶，桶底钉了两根粗圆的木棍，可以在水田的泥地里推行。如果里面有谷子，须两人以上才能推得动，可浑身是力气的聚和一人就可以推行自如。

　　"挺嗵挺嗵，挺嗵挺嗵"，乡下人把生活的希望注入了田里，这时才开始有了收获，尽管这希望如肥皂泡般维持不了多久，但终究是洒下了辛勤的汗水才得来的呀，那粒粒稻谷，正是农民们心血和汗水凝结而成的。

　　起风了，聚和打得更欢了。

　　"哦嗬——"每吹来一阵风，聚和总要欢快地长唤一声，好像是回应那大自然在一天酷暑之后的慷慨赐予。这时，聚和觉得浑身松爽。

　　"挺嗵挺嗵，挺嗵挺嗵"，山头土丘间也震响着这欢乐的劳动号子。这是聚和发自胸腔中而对着苍穹奔放的原始的呐喊。

　　"哦嗬——"

　　"哦嗬——"

　　山谷土丘间也回旋着这号子和呐喊。

　　忽然，聚和瞥见离他约有数十丈远的田里，一个人正鬼鬼祟祟地背起几捆稻禾往田边的松林里跑，刚刚还码得整整齐齐的稻禾已经不见了几堆。聚和认得，这是邻村一个游手好闲的绰号叫贱狗的地痞在偷谷。

　　聚和怒火中烧，人家一年辛苦的结果和希望眼看就要化作泡影，这可是庄稼人的命根子呀！

　　"喂，做啥么，快放下！"聚和一声断喝，一边就从田里斜冲过去。

　　那贱狗听得喊叫，慌忙停住，回头一看，见是替人打雇工的老实人聚和，理也没理睬，自顾自地搬起稻禾就走。

　　"你做啥么，人家辛苦种的谷这么好拿呀！"聚和本分，即使在这时候，那"偷"字仍说不出口。

　　"哟——"贱狗见聚和来真格的，也发火了，"关你屁事，要你来管，你给我死远些！"

　　"呸！"聚和也气不打一处来，"你今日偷谷，我就是要管！"说着就去抢贱狗手中的稻谷。

　　两人发生了激烈的拼抢，争斗中，聚和把贱狗偷去的稻禾撒散了一地。

　　贱狗见偷谷事败，索性不与他拼抢，"好你个冇爷的崽，今天爷要指教指教你。当一回你的爷！"说着操起一根挑谷的木扁担，狠命朝聚和头上打来。聚和忙把头一偏，但已躲闪不及，只听"啪"的一声，聚和头上挨了重重的一击，立刻头破血流，满脸是血。起先聚和还硬撑着，但终因支持不住，倒在了田里。

那贼狗见状，情知不妙，立刻逃之夭夭。

聚和是被那稻田的主人回来挑谷时发现并背回家的。赶紧包扎、敷药，将聚和送回主人家。

聚和的东家弄清事情原委，嘴上不好说什么。等人走客散，却不阴不阳地说开了。

"他是你屋里爷呀！用得着你管，多管闲事多吃屁！咯下好，事正忙人手还不够，少一个人做事倒多添了一个吃冤枉的。看你帮他抢下禾谷他会供你吃饭啵。他还不是把你送到我咯里来呀！"

聚和听了，气得脑袋都要炸开了。三天没有开言。东家可不管他高兴不高兴，每天照样数落。三天一过，他挣扎着爬起来，回母亲家了。

母亲见儿子包扎着额头，一张没有血色的脸惨白吓人，心里一阵紧缩，大悲："崽呀，你怎么会弄成咯样呀，咯是哪个缺德短命鬼做的呀！"说着，抚着儿子的额头直落眼泪。

聚和从此没有回过东家家里。

由于母亲的精心调养，村里的坤叔又懂得一点治跌打损伤的疗法，经他用土方诊治，加之聚和毕竟年轻，气血旺盛，不出一个月，额头的伤也就好了。这以后聚和就在继父家帮着做事。

转过年头，聚和就十八九岁了。心比天高的聚和在继父家里虽相安无事，继父也有意留他顶个儿子，怎奈聚和总觉得心里烦闷。每日在田头地角荷锄挑担，干着干着，胸中总似有一腔热血奔涌，一股豪气有待释放出来，他有时会抚锄仰天长叹，有时又会望着天边的白云发呆。

是呵，好男儿虽身居山村野里，却也会心怀鸿鹄之志。傅聚和不甘心在这小小的章塘终老天年，他要到天外去施展才干，到外面的世界去寻找他的落脚地。尽管人微命蹇，他也要迸发出生命的火花。哪怕这火花只是一瞬间闪烁，他也要在这短暂的一瞬体验一下人生的价值。

他把他要远走他乡的想法告诉了母亲，母亲叹了口气。这也是命里注定，也许命运就是这样安排的。她知道这儿子是无法留在身边的，倒不如就由着他飞吧，"树挪死，人挪活"，守在身边，困在章塘，终究是同老一辈人一样，死路一条，说不定出去还能混出个模样，有出人头地的一天。况且自她改嫁以后，带来的崽跟后父也总是隔着一层，她也有她的难言之隐，聚和儿的主意或许是个上策。

母亲叹口气说："儿呀，你去吧，这个世界大，可以由得你去闯。只是苦了你了。在外要好生照顾自己，免得娘挂心呀。"说完，止不住潸然泪下。

这悲苦的眼泪令聚和每每想起便心里发颤，会不由得眼睛里充盈着泪水。

这年秋天，当金色的果子缀满枝头的时候，傅聚和背着简单的布包，告别了母亲和乡人，前往南昌去闯世界了。他走得很踏实，步子迈得很大，尽管心里依稀有一丝丝眷恋之情，前途也是一片渺茫，吉凶未卜，可他仍然昂首挺胸，义无反顾地走了。他沿着那条石板路向东走去，那条路似乎没有尽头，一直通向天边，通向太阳升起的地方。

傅聚和没有回头，一往无前地向天边，向太阳升起的地方走去。

3. 穷街陋巷喜添贵子

拥挤而狭窄的街道，污浊的臭水沟，飞扬着尘土的马路，杂乱而单调的店面，还有那嘈杂的喧闹的行人，这一切是十九世纪末南昌城建德观一带的基本街景。每天自早到晚，肩挑手提的叫卖声，人力车奔跑的车铃声以及收荒货、杂耍之类的吆喝声，组成了一支奇特而杂乱无章的混响曲。

傅聚和寄居的新余会馆就坐落在这里。

他无法到离这里不过一箭之地的洗马池、瓦子角、系马桩一带去找栖身之地，那里虽也是并不宽阔的街道，却显得比这边气派多了。有的楼房如南昌大旅社，居然有五六层之高，这对于傅聚和来说真是大开眼界，鳞次栉比的店面显得整洁堂皇，货物也琳琅满目，有时还会有一辆烧着木炭的汽车从街上开过，人力车上坐着的都是衣着考究华丽的老爷太太、少爷小姐，偶尔也会有几个打扮得妖冶而怪模怪样的女人从身边走过，带过一阵奇异的香味。这一切，与建德观一带的街面形成了鲜明的对照。

新余会馆是一幢两层的砖瓦房，每层用木板隔成了几个小房间，屋子本不算大，房间也显得过于窄小。这会馆是前清时候新余籍青年到南昌会考寄宿之地，现在废除科举了，这里仍然住着一些新余籍乡亲。傅聚和因交不起房租，只能栖身在灶房旁边的一间烟熏火燎的柴火间里，还须帮会馆做些杂活，才能混得一口饭吃。

为了在南昌安身立命，为了改变自己的凄凉境遇，傅聚和自来到南昌的第一天起，就以自己年轻的体魄和执着的精神，向命运展开了抗争。他进兵营当过伙夫，后来又做过脚力，当过搬运工，捡过破烂，收过荒货。他要用自己的行为向人们陈说，他傅聚和是能够在南昌站住脚跟，扎下根基的。他以自己的聪敏和勤奋、善良和正直不断寻找机会，求得发展。

"有破烂卖啵！——"

"有破铜烂铁卖啵！——"

傅聚和用他高亢而充满底气的吆喝，穿行在南昌建德观、水巷、萧家巷、小金台等贫民居住的街衢。在这些地方谋生，他有一种踏实感和自信心，这里的人生活境况相近，街谈巷议都是他听得懂而且较熟悉的东西，而且人们相互之间也多一分温暖和真情。

"走累了吧，进屋里来歇一下呀。"有时遇到相熟的人家或顾主，会亲切地招呼或关切地询问。在这里，相互之间不完全是买卖关系，而多了一层感情的交流和友爱，即使不做生意也会彼此关心和照顾。

"今日生意还好吧，聚和，进来喝口水呀。"靠近东湖旁边的小金台，有个以修伞为生的老人就是与聚和相熟后渐渐密切了来往的。

小金台位于离东湖不远的萧家巷附近，这里杂居的都是些收破烂、卖手艺、各种工匠以及闲居的贫民，诸如裁缝、剃头匠、木匠、篾匠、补锅匠、修锁匠等，真是三百六十行，行行皆有。这补伞的老人就在小金台中段一间破旧的门面里开着一爿补伞店。名曰"店铺"，实则只是一间空荡荡的低矮房间，室内除了几把破纸伞以及伞把伞骨之类谋生的物品外，就只有几只旧木凳，唯一一口完好无损的水缸，却用一只破斗笠盖在上面。另外还摆了一只旧泥炉，以及生铁锅、柴火之类，看样子吃饭也需在店堂里解决。晚上上了板，关了门，这店面就是住房了。

这老人姓何名立堂，孤身一人撑持着这间修伞铺，靠一点微薄的收入维持生计，生意清淡时，还须沿街上门修伞，日子过得甚是艰辛。

然而，何立堂老人心地却非常善良，每逢聚和收荒货经过门前，总会叫他进来坐坐，歇歇腿脚。

"聚和，进来歇下子，喝口水。"何立堂招呼聚和。老人慈祥而宽厚的模样使聚和总觉得他就是自己的父亲。

"老伯，生意还好吧！"聚和走进屋里，也关切地询问，并掀开斗笠看看水缸。"哟，缸里没有水了，我去挑担水。"聚和说着拎起了扁担和水桶。

"唉，莫莫，等我自家来。"

"老伯就莫客气沙，咯又不累人，一下子就挑来哩。"聚和到南昌不久。也学会了几句南昌话。

"唉，总是劳烦你。"

离修伞店约百十步，有一口水井，聚和迈着轻捷的步子，很快挑了一担水回来。

"来，坐下歇歇，你也累了半天，真是。"老人递过一张小凳，一边自顾自补起伞来，一边和聚和拉家常。

聚和和何立堂老人在一起，有一种亲情的感觉从心底泛起，这亲情像春雨般滋润着他的心田，使他重新尝到人世间的温暖，使他在这充满饥馑和险恶的世道里，能增添一点拼搏和抗争的勇气；孤寂之时，每想到这位老人，便似有一股暖流从心头流过。

聚和不经意地看着老人补伞。有时也顺手帮他递递伞骨、油纸等物件，老人忙不开时，聚和也帮他刷刷油，破破篾子。时间长了，聚和对补伞的工序和技术也掌握得很娴熟了。逢到老人身体不适或忙不过来，聚和也跃跃欲试，帮着老人补起伞来。完工之后，那伞也真像那么回事了。

何立堂见聚和聪明好学，勤快能干，又诚实厚道，也着实喜欢这个孤苦伶仃、无依无靠的青年。有时遇上刮风下雨，天阴地湿，出门不便，就索性叫他在自己店里歇息，就便也和自己一起吃餐饭，而聚和补过了伞，老人总要如数付给工钱，聚和推辞不掉，也只好收下了。从此，这一老一少如冷雨打萍的苦命人，渐渐互相慰藉，相依为命，将两颗炽热的心紧紧连在了一起。在这风雨飘摇的人生苦海里，两人奋力划动着舟楫，共同将这命运之舟驶向那遥远的彼岸。

在经过了一段连绵的阴雨之后，一天晚上，聚和到修伞店去看望何立堂老人。这几天，天气阴湿，灰雾蒙蒙，店里的生意特别清淡，有时整天也没有人上门修伞，眼看生活要接济不上了，何立堂执意要出门去兜揽生意。见他身单体弱，总有些不放心的聚和劝也劝不住，便不时到店里来探望，傍晚时来过一次，老人仍未回来，聚和有些不安，天刚断暗，他又跑来打探了。

绕过小金台的转角，透过暗夜，已经可以看见"阿氏修伞店"的门面，黑暗中，门里却没有透出一丝光亮。聚和赶快紧走几步，走到店门前，果然看见门口仍是一把老式铜锁挂在门上，四周是一片寂静。秋天了，天气已经转冷，经秋风秋雨的袭掠，晚间的街道透出一股寒意。家家户户都已关门闭户，点上油灯吃饭料理，有的店家天刚断暗就已睡了觉。聚和心里不免"咯噔"一下，这么晚了，老人在南昌并无亲眷，他也不可能挑着修伞家什去朋友家聊天，那么，老人到哪儿去了呢？莫不是出了什么事？

想到这里，聚和立刻紧张起来，他稍稍考虑了一下，决定前往老人经常走街串巷的几条街道和巷子寻找，主意已定，他立即快步奔走起来。

深秋的南昌已是充满萧瑟的气氛，天已完全黑了，到处是一片冷寂，偶尔从街两边店面的窗户里漏出一星半点儿微弱的油灯光亮，更显出暗夜的冷清和萧条，几声沿街卖唱的胡琴和如泣如诉的歌声，更使这暗夜平添了几分凄凉。聚和惶急地在坑坑洼洼的狭窄街道上磕磕碰碰地走着，不时还亮着嗓门喊着："何老伯——何老伯——"期望何老伯听见了能从哪里冒出来。

可是，大街小巷都走遍了，哪里有何老伯的踪迹和身影！

心烦意乱的聚和失望地蹲在地上，稍稍喘息片刻，他决定到老城隍庙和已经散市的摊市上去寻找。

然而，老城隍庙也没有。

走到集市上，空荡荡的集市已经阒无一人，借着微弱的光亮，他看见一个摊桌上横陈着一堆黑乎乎的东西像是一个人。趋近一看，果然是一个老人蜷缩着睡在摊板上，不知是晕过去还是已经睡着，寂无声息，眼睛却睁着，胸部还在微微地起伏。仔细一看，竟是寻遍了大街小巷的何立堂老人。

"老伯，老伯呀，你怎么会睡在这里！"聚和心里一酸，扑上去就急切地喊叫起来。

何立堂老人这时才微微地动起来，嘴里好像要说什么地嚅动着。聚和将耳朵凑近了才听见老人断断续续地在说："回家……回家……"

心急火燎的聚和小心地将老人背在背上，捡好老人的简单补伞家什，一刻不歇地将老人背回了家中。进了家门，聚和额头已微微沁出了汗珠。

放好老人，聚和赶紧烧水给老人喂水，帮他洗脚暖身子。还敲开了一家店门买了些红糖冲了一碗生姜糖开水，一匙一匙地喂给老人吃，然后侍候老人睡好，自己也搬把竹椅整夜守在老人身边。

第二天上午，老人才缓过神来，这时，老人慢慢道出了事情的原委。

原来，昨日老人一早出去，到下午，气力已有些不支，走过老城隍庙门口，不小心跌了一跤，将脚腕子扭伤，每走一步都疼痛难忍，只好就在庙内歇息。到傍晚，人将散尽，老人才一瘸一瘸地挑着补伞工具往家走，哪知越走越沉，眼看快要倒下，又挣扎着走到集市的摊板上睡下，哪知这一睡就昏晕过去了，不知不觉就到夜深。

"要不是你，我这把老骨头怕要抛尸街头喔。"何立堂老人感激地说。

"莫这样说，"聚和见老人恢复过来，也感到欣慰，"我自小就没有父亲，你还不是同我父亲一样，不是你老人家，我就是想招呼怕都找不到人招呼（照顾）呢。"

老人思忖了片刻，神情慈祥而认真地握着聚和的手说："聚和，我看这样吧，反正你我都打单身，你干脆搬到我这里来住，就同我一起靠补伞挣饭吃。我想清楚了，我膝下无子，冇享过崽的福，不过我看，享崽的福也莫过于你对我这样，我过世以后，这个店铺就归你。"说完，老人投给聚和热诚而亲切的目光。

"这……"聚和有些犹豫。

"你莫介意，"老人见聚和犹豫，忙解释说，"只要你不嫌我是个拖累，房子的事就不必挂记，反正也值不了几个钱。以后我会立下字据的。……搬来吧，嗯？你住在会馆也不是长久之计。"老人的目光充满了期待和希望。

见老人一片至诚，聚和也欣然应允了。这里虽然简陋，但毕竟是自己的家，并且，两个人也好互相照应。

从此，聚和又开始有了家，有了一个如慈父般的长辈，又开始尝到了人世间家庭的温暖。

这之后，聚和每日外出补伞，沿街兜揽生意，接活回家做，立堂老人则在家补伞，主持家务。聚和回到家来，相帮烧火、做饭。日子过得倒还惬意。小小的店铺，经常荡漾着这一老一小自得其乐的笑声。

两年以后，立堂老人带着晚年迟暮的幸福，微笑着，满意地离开了人间。忠厚善良的老人老早就央人写下字据，将房屋转送给傅聚和，临终前亲手将字据交给了聚和。见这一老一少几年来相依为命，如同亲父子一般，街坊四邻都没有异议，只是众口夸赞聚和的厚道和孝顺。

立堂老人过世以后，聚和将房屋稍稍修缮了一番，钉了一块六尺宽、二尺高的木板，自己用土漆漆成红色，又求人写了"傅得泰"三字，自己用黑漆填在木板上，用刀勾出了轮廓，这样，一块红底黑字、富有立体感的招牌就煊赫地挂在原修伞铺的门首。这样一来，小小修伞铺比以前醒目多了，气派多了，虽比不上那些金碧辉煌的大字号店堂，在穷街陋巷的小金台，却也算得上是正经营业的店铺了。

从此，傅聚和经营着"傅得泰"修伞铺，辛辛苦苦，惨淡度日。挨过了一个又一个的年头。

光阴荏苒，日月如梭，傅聚和每天走街串巷，修补雨伞洋布伞——他这几年勤勤恳恳，巴巴结结，指望店铺日益兴旺，为增加一点收入，他在上门修伞的同时，又兼营荒货和便宜古董的收购。经营范围广泛，业务量就大些，收入也就稍多些。然而，即使这样，他仍是只能勉强对付，打发时日，那初来乍到时的勃勃雄心与博大抱负，看来根本无法实现。那些发财梦、通天路，绝对找不到踪迹。沉苛的生活，残酷的现实，使他也渐渐悟到了，那不过是镜中花、水中月，可望而不可即，一切都恰如肥皂泡似的破灭了。生活不但磨损了他的青春，耗费了他的光阴，他的身体也大不如前。每日早起，剧烈的咳嗽有时会使他喘不过气来，大口大口的浓痰堵在喉咙口，憋得他呼吸困难，气喘吁吁，他再也没有过去那健朗而结实的体魄和精力了。而这时，他还不到三十岁，还是孤身一人。

　　每日返家，面对家徒四壁的店铺，面对空空荡荡而破旧的房屋，他有时也会长吁短叹，慨叹人生的凄苦，命途的多蹇。他不是不想成家，然而，贫寒的生活，养活自己尚且费尽心力，更何谈赡养妻室儿女，况且，像他这样朝不保夕，饥寒交迫，又有谁家肯把女儿嫁给他呢！

　　然而，天无绝人之路。

　　也是善有善报吧，傅聚和在这一带经营修伞铺，已经将近十年了。十年来，他的忠厚善良，谦和能干，在小金台一带几乎是家喻户晓，无人不知。就在傅聚和孤身一人煎熬的时候，媒人找上门来了。

　　原来，离"傅得泰"不远处住着一贫苦人家姓张，南昌人氏，开着一爿杂货铺，生意虽做得比"傅得泰"大，却也是惨淡经营，与傅聚和同属小商之列。这年秋天，张老板妻子刘氏的一个外甥女徐姓小名惠珍姑娘从赣江北岸的新建县跑来投奔她，说是在婆家待不下去了，请姨母收留她。江西南昌一带，民俗收养童养媳非常盛行。养父母也就是公婆家倒不一定是有钱的大户大家，穷人家生有儿子的，考虑将来相亲娶媳的困难，也有收养小女孩等长大圆房做媳妇的，婆婆又是养母，感情也更融洽。许多生了女儿的人家一则养不起，同时也认为反正早晚是人家的人，不如趁早送出去了事。这徐惠珍就是从小由南昌的娘家送到新建县一农户家做童养媳妇。婆家说来也是贫苦人家，但公公性格暴戾，动辄打骂，婆母虽不打骂，但脾气乖张，极难待候相处，丈夫又是一个比她还小几岁的"糯米团子"，性格极软弱。偏偏这徐氏又是一个生性开朗且具有反抗精神的姑娘，每遇打骂，除嘴上不服输外，有时也死活不依。天长日久，公婆见这媳妇虽能干，但终觉是留不住之人，叹了口气说："你还是回娘家吧。"便把徐氏打发回南昌了。

　　这徐氏脱离了樊笼，如小鸟般飞回了南昌。但娘家也是度日维艰，哪里又养得起一张口，无可奈何，想到她还有一个姨父在小金台开店，看能否帮忙找个大户人家做帮佣，赚口饭吃。

　　姨娘见外甥女求上门来，虽然这张家店铺在小金台一带还算过得去，人缘也好。但张老板娘却对妹妹欲把女儿送去做帮佣颇不以为然。见惠珍也十五六岁了，留在家里终不是个事,不如寻个合适人家嫁出去,一了百了,倒是个归宿。

说到寻个合适人家,张老板娘立即把通街的大小户头以及自己的熟人朋友家想了个遍。想来想去,这"傅得泰"修伞铺的傅聚和倒是个合适的人选,聪明能干,有一手修伞好手艺,也能干些其他手艺活。最根本的,是为人忠厚善良,外甥女不会受欺侮,不至于把她往火坑里推,年纪虽说大了些,但总算还相当。特别是傅聚和孤身一人,上无父母,没有负担,外甥女一去就成了女主人,这是再好不过的了。想到这里,张老板娘与丈夫商妥,征得外甥女同意,立即托媒人去说亲。

傅聚和一听此讯,立即似喜从天降,而立之年能轻而易举结婚娶上婆子真是求之不得,而且,那徐姓姑娘他见过,是个能干善良的妇道人家,过日子正是把好手。想到这里,他便一口答应下来。

数月之后,就在新年敬神的香火缭绕之时,清光绪十八年壬辰(公元1892年)除夕,傅聚和与徐氏三拜天地,洞房花烛,完成了人生的重要历程,算是有了一个完整的家。傅聚和盼望自兹伊始,人丁旺盛,家道中兴,生意顺畅,"傅得泰"开始交上好运。新婚之夜,傅聚和遐想联翩,神思飞越,那久已凝滞的想象又开始自由驰骋,也许他要开始大展宏图了。

世界上的事情要是能由着自己的想象发展就好了,可惜现实总是事与愿违。菩萨保佑的不总是虔诚善良的人,天老爷也有不开眼的时候,傅聚和没有想到,就在他洞房花烛、新婚燕尔的时候,厄运也同时降到了"傅得泰",降临了他的新房。

妻子徐氏不仅聪明能干,而且善良贤德,把这个穷家操持得妥妥帖帖。自从成人之后打了十多年单身的傅聚和,真好似一跤跌进了糖罐里,热饭热菜热被窝,屋暖身暖心里暖,他从心里感谢菩萨保佑降恩泽,使他得以尽享天伦之乐。

然而好景不长,第二年,傅聚和喜得贵子,穷困之中又添一喜,但接踵而来的每年生一胎,九年之内竟生了七胎六子一女,可悲的是六子竟无一活下来,先后夭折。这几乎一年一胎,生而又夭哟,把原先的精壮汉子傅聚和折腾得七死八活,生活的负担直压得他抬不起头,挺不起胸来。十年工夫,宽阔的胸腔变塌了,两颊下陷,形成两个坑,眼睛迟滞无神,四肢乏力,再也没有当年那样的虎虎生气了。更糟的是,原先剧烈的咳嗽,现在已变成咯血,大口大口的浓痰已变成殷红的血块,他已患上了严重的肺病。他知道，此病患上绝无治愈的可能，他只希望，他能多活几年，这个家能多撑几年，他傅聚和的生命之泉仍未枯竭，事业尚未终止，他还有许多事想去完成，原先梦想着通向天边之路的他还在为之奋斗、攀登。唉，话又说回来，人生要得成功，又谈何容易，如果说十年前他还是拉在弓上的利箭的话，那么现在，他真是那强弩之末了。

一阵凄厉的嚎叫将傅聚和从飞越的神思中拉回到眼前的现实来，接着是一阵挣扎喘气的呻吟。过后一切又归于宁静。

突然，几声婴儿的啼哭打破了令人窒息的沉闷，好似在为这不平的世界奏响了一个新的乐章。

"哑哑……哑哑……"啼哭声是那么清脆，那么悦耳，傅聚和听了真是百感交集，不可名状。

"恭喜傅老板，你又添了一个儿子！"接生婆兴冲冲、喜气洋洋地从内室走出来。

"哑哑……哑哑……"这哭声是那么激越，那么嘹亮，在傅聚和听来，简直是重新吹响了振奋人心扬鞭跃马的进军号。

时值清光绪甲辰农历八月二十六日（1904 年 10 月 15 日）巳时。

傅聚和喜从中来，不知怎的，他好像觉得他的希望，他的一切都系于这刚出生的婴儿身上了。是的，人生至此，他还没有完全气馁，完全认输，总之，现在他又觉得，他傅聚和还有希望。

"大名中洲，字庆远，小名嘛，"傅聚和不费思忖，胸有成竹地说出孩子的名号，好像他早已考虑周全："小名就叫长生。"

傅聚和喜从中来，他健步走进内室，深情地望了一眼经过剧烈的痛苦之后已经昏昏睡去的妻子徐氏，然后小心抱起那刚来到人世尚未褪去胎气的婴儿，望着他那彤红的小脸，凑近亲闻他那充满乳香的鼻息，又似自语又似对着儿子说："长生，长生，我略长生崽！"

4. 佑清寺内的虔诚香客

高高的鼻梁，微厚的嘴唇，修长的脸庞，加上一对忽闪忽闪的大眼睛，小长生刚满一岁，就长成了一副清秀模样，傅聚和两口子别提有多喜欢了。自生了长生后，一则家里要人照顾，也由于自己身体虚弱，傅聚和很少走街串巷去收荒货和补伞了，只在家里接一些生意，虽说业务没有以前做得那么活络，但生意做得长了，顾客都是熟门熟路。邻邻舍舍也互相照顾，日子也还过得去。并且，自家里多了长生后，由于身心愉悦，傅聚和精神特别松爽，身体反而比以前日渐好转，气色也比以前好多了。小小的居室整天充盈着欢快的笑声。

也许由于先天不足吧，小长生长到一岁多了，还不会走路，偶尔的扶走一两步就会跌倒，虽听一位相士观相说他天庭饱满，地阁方圆，有大贵之相，但傅聚和终不敢过于相信，而且这细伢子长得单瘦，身体也弱，两口子合计，择个吉日到南昌佑清寺去为孩子烧香问卜，求菩萨保佑。

"江西也不穷，南昌还有九千九百九十九斤铜"，这座建于南朝迄今约一千多年的寺庙，千百年来就是南昌人的骄傲，寺内铜钟高约七尺，围一丈有余，重一万余斤，这巨型铜钟是古代"南昌三宝"中仅存的一宝，每天来观瞻的仰慕者络绎不绝。因而香火鼎盛，寺院昌荣。

傅聚和夫妇带长生来佑清寺时，正是中秋节前，久雨初晴，南昌人喜好热闹，一大早，通往佑清寺的东湖边上，已经熙熙攘攘地涌来了不少香客和信徒，这些人有拜佛的、求签的、还愿的，也有来游玩的，还有专为看铜钟和佛像的，许多肩挑手提的小贩也趁热闹大做生意。一时间，位于湖边包家巷的佑清寺外，成了一个热闹非凡的集市。

傅聚和将儿子打个"马马肩"，骑坐在自己颈脖子上，小长生高兴得两脚直跳，身子一仰一仰的，小眼睛东张西望，好像要将这美景看个够。

佑清寺前，已簇拥着一群群的人。傅聚和买了一扎敬佛香走进了寺院，先将带来的一小罐清油倒进院内的大油缸里，然后，夫妻二人抱着长生虔诚地跪在佛像前，默祷着。

佑清寺殿宇雄伟，蔚为壮观，走进殿内，金碧辉煌的殿堂肃穆庄严，使人顿生崇仰之情。寺分前殿和后殿，前殿有千佛缸，缸外装饰有九十余个佛像，看时令人眼花缭乱；走进后殿，人们会立刻被那雄伟而瑰丽的气派所震慑，一座足有一层楼高的巨形铜佛如大山一般矗立在眼前，难怪傅聚和夫妇一走进后殿，心里就扑腾直跳。是的，这里可不许有任何轻慢之举，否则，亵渎了神灵，菩萨是会惩罚的。

"求菩萨保佑我咯崽大吉大利，大贵大福，菩萨保佑，菩萨保佑……阿弥陀佛……"

傅聚和夫妇跪在地上，一躬到地，弯腰三磕头，口中喃喃地振振有词，然后恭敬地点了三炷香，插在香炉里，又站在佛前双手合十，作了三个揖，才迈着轻盈的步子走出了佛殿。

佛殿门口，一位白髯飘拂、身着袈裟、一副仙风道骨模样的老方丈正端坐在蒲团上，眼睛微闭，手中捻着佛珠，口里还微微嚅动着，看样子正在打坐。原来此位老方丈正是名传东南的佑清寺大长老慧能大和尚。这位方丈不仅德行高，而且精通佛经，才学高深，经常到南方各省传经布道，深得佛教界的尊敬和崇仰。傅聚和夫妇二人见老方丈正襟危坐，专心致志，手心合一，不敢打扰，候在旁边等了一阵，见老方丈眼睛睁开，像是念完了一遍佛经了，才趋上前去请安。

"老方丈！"聚和向方丈弯腰作了一个揖。

"善哉，施主有何见教？"老方丈和蔼地以手合十作答。

"想求老神仙为我的崽问个卜，好啵？"

老方丈听罢，转过头来，望了望被抱在母亲怀里的长生。

"令郎天庭饱满，眉清目秀，将来必能超凡脱俗，成就大业。只是令郎印堂清虚，恐身体虚弱，要好生招呼，至有大成之日。"这慧能方丈简略地道来，却如行云流水，声如洪钟，抑扬顿挫，把傅聚和说得心悦诚服，五体投地。

"还请老神仙为我崽起个名字，现在俗名长生。"

"这个……"老方丈见傅聚和至诚相求，思忖了片刻，又看了看正东张西望的长生，顺着他专心盯着的一只铜铸麒麟，随口说道："麒麟再生，必降祥瑞，就叫瑞麟如何？"

"瑞麟、瑞麟！"聚和听得真切，复念了几遍，"好，这个名字好，就叫瑞麟！真是多谢老方丈，老神仙"。夫妻二人作揖不止，退出了佛殿。

傅聚和夫妇欢欢喜喜地离开了佑清寺。回家的路上，他们沿着东湖漫步着，让儿子尽情观赏着湖中的景色。秋风乍起，湖水微微荡起阵阵涟漪，水中的一丛丛荷叶虽已败落，但在风中摇曳，发出一阵阵窸窸窣窣的响声，也令聚和觉得赏心悦目。

"哦，哦，我的崽叫瑞麟啰！"聚和一边走，一边引颈让打"马马肩"骑在颈脖上的儿子观景，口里还不时地逗弄着。

"哦哦……瑞麟是我咯崽哟！"他明知儿子不会答应他，仍不停地叫唤着儿子。

"瑞麟——"

"瑞麟崽——"

5. 私塾里的编外学生

岁月的流逝对富足饱暖的人家来说，不过是倏忽间的事，对于贫困忧患的家庭，可就是度日如年。傅聚和以他的精明能干和勤劳巴结苦苦撑持，勉强能维持这个家温饱度日。妻子徐氏毕竟是童养媳出身，生来一双勤快的手，一副健壮的身体，再苦的日子她也不觉得苦，再累的活儿她也不觉得累，而且，这个原先残缺不完整又破陋的家，被她里里外外收拾安排以后，虽然穷家还是穷家，但到处清爽整洁，干净利落，得空还要相帮丈夫修伞补伞，铺子里的活计实在是得着了一个好帮手，穷人家没有什么过高的苛求和奢望，能过到这个样，也就够了。

转眼间，小长生——瑞麟，已经五岁了。

自从他降生到这个家庭，除了增加了家庭的些许负担和拖累外，小小的瑞麟同时给这个家带来了欢乐和生气。聪明乖觉的麟儿无疑是融洽家庭气氛的纽带，缓释劳动强度的最好的催化剂。傅聚和虽疾病缠身，但中年得子，发达有望，他确实是从心尖里喜欢这个细崽。

"麟儿，去门边帮我把那把伞骨拿来。"聚和有时不顺手，小瑞麟已经可以做帮手了。

瑞麟立刻蹦跳着拿来了伞骨，递给父亲。

"麟崽"，母亲喊瑞麟则更亲切（因南昌习惯的称呼，名字后面带个崽字），"跟我到房里床下头把那把漆刷拿来。"

瑞麟不但能帮着打帮手，而且已经熟悉了修伞补伞的各道工序和技艺，所以母亲一交代，他能立刻把母亲需要的家什拿来。

江南多雨，雨伞是家家必备之物，但限于经济条件和生产技术，江南的雨伞皆为纸刷上桐油编制而成，故而又称油纸伞。在 20 世纪初，用布制成的洋布伞还是很奢侈和稀罕的东西，一般人家用不起，而油纸伞极易破损，一不小心就将伞戳破或撕裂，只好拿去补，非到万不得已不能再补才会将破伞扔掉。

补伞看似简单，却是一件细微而复杂的活计。须根据雨伞破损的程度、伞的颜色、纸的花纹选好纸料，将破损的地方粘贴好，待粘贴之处干透后，再刷上桐油，然后撑开晒干。天晴补伞，糨糊干得快，后面几把伞补完，前面补好的即可刷桐油了。这种情况，可以上门修补，随补随交货，碰上阴雨连绵的梅雨天气，需几天才能补好一把伞。傅聚和虽开了一家"傅得泰"修伞铺，却必须经常出门走街串巷，将修好的伞送还，同时兜揽待补的修伞业务，顺便也以低价收购一些人家不要的破伞，这些伞的材料有的还可以取下来用。

傅聚和修补伞有一套"绝活"，他能将破损的地方补得与原伞一模一样，不仔细看几乎看不出修补的痕迹。加上价格公道，又讲究信誉，在南昌东湖一带很有人缘。所以只要他身体好，维持家庭生活是没有问题的。好在修伞尽管繁杂，却不是重活，全靠手艺吃饭。天无绝人之路，老天爷总有下不完的雨，也就有补不完的伞，日子总算还过得去。

南昌古称洪都，自古以来就是文风炽盛的地方，所谓物华天宝，人杰地灵。那"落霞与孤鹜齐飞，秋水共长天一色"的赣江之滨既然深深吸引着傅聚和，那"穷且益坚，不坠青云之志"的奋发思想也自然影响着他。聚和心里很清楚，他这一辈子，是没有什么指望了，然而，他却要让他的儿子大展宏图，不坠青云之志。因而，他着意于对儿子的用心培养和教导。

小小的瑞麟也算得上是天资聪颖，对于学习上的事格外用心。

父亲将破伞粘贴晒干后，有时要将花纹或图案补上，以保持整体美观，尽善尽美。每当此时，小瑞麟总是聚精会神地伫立一旁观看，他觉得，这比补伞活计要好玩多了。有时，他也顺手捡几张补伞用的零碎纸头描画起来。

家里没有书本，但是即使是再贫寒的人家，逢年过节，买张象征吉祥喜庆的年画贴在墙上总是有的。傅聚和家的墙上，就贴了不少这一类的画纸，有的还是头几年贴的，反正图个吉利，就让它留在墙上，看起来倒是五颜六色，琳琅满目。也许是天性吧，小瑞麟能出神地看着这些图画，半天不动窝，特别是每当买了新的年画贴在墙上，更会引起他无限的遐想。

"姆妈，咯三个是什俚人哪？"一次，小瑞麟指着刚贴在墙上的三张画纸问。三张画上各有一个面目慈祥、喜笑颜开的老人在笑望这个世界。

"咯是福禄寿三星老人……看，福星、禄星、寿星。"瑞麟妈妈尽管不识文墨，但却通晓这几个人物。

"咯几个人是做什俚咯呀？"小瑞麟喜欢问个究竟。

"福禄寿三星到了哪个屋里，那家人就有福气，就会出大官，一家人就会长命富贵。晓得啵！"妈妈总是以她的知识面，对瑞麟进行最基本而且最通俗的启蒙教育。

"哦，晓得。"小瑞麟听完又凝神看着这些画。渐渐的，这些画中的形象已经深深地刻进了他的脑海中。

江西盛产瓷器，在20世纪初叶，景德镇的瓷器已经名扬天下。作为九省通衢之地，南昌是景德镇瓷器的重要集散地。景德镇的瓷器，无论是彩绘或贴花烧制，哪怕是最简单、最经济实惠的实用瓷都绘着各种各样的图画。在傅聚和家，从饭碗、菜盘到茶壶、茶杯，无不绘满了这类装饰用的画图。小件的用寥寥数笔描着一枝腊梅，几枝石竹，或几只鸟雀；大件的也用极简单的笔触勾勒了一幅别致的人物或景致，如小桥流水，月夜泊船，天女散花，有的甚至煞费功夫地描绘了一些脍炙人口的传说故事人物，如牛郎织女、白娘子与许仙、哪吒闹海等。这一幅幅的画图，仿佛在小瑞麟的眼里启开了一扇扇心灵的窗户，把他带进了一个精妙无比的美丽世界。瑞麟的妈妈是个性格开朗、生性乐观的妇女，年轻时家居乡村的生活使她了解了很多民间故事，因此，她的肚子里永远有说不完的故事和传说，对于小瑞麟来说，这瓷器上的每一幅画就是一个优美动人的故事。

"姆妈，咯一男一女骑在船上撑把伞做什哩呀？到哪里去呀？"小瑞麟凝视着茶壶上的一幅画问妈妈，他觉得这里面一定有个故事。

"咯呀，"瑞麟妈将瑞麟搂在身边，就讲开了，"咯个女的，本来是条白蛇，千年修炼成仙，就变成了一个女人，名为白娘子。这个男的叫许仙，是个读书人，后来做生意，心肠好，白娘子喜欢他，过河没有伞，许公子就跟她共伞，送她过河。"

"后来呢？"小瑞麟觉得妈妈没有把故事说完。

"后来，咯个许公子就跟白娘子结了婚。"

"再后来呢？"瑞麟越来越觉得故事离奇。

"再后来呀，"妈妈神色严肃，也觉得这故事须认真讲下去了，"一个叫法海的和尚，好坏，硬是要多管闲事，他说白娘子是妖精，不能跟人结婚。端午节那天，拿了一包雄黄给许仙，要许仙挂在门口，蛇怕雄黄，白娘子看见雄黄就现出了蛇身，差点把许仙吓死了。这个白蛇是个好人，醒过来看见老公快死了，就费尽千辛万苦，到四川峨眉山去挖灵芝草，用灵芝草救活了许仙。那个法海和尚还不放过白娘子，施法术把白娘子罩在一座宝塔里，永远不得出来。搞得人家夫妻一世不得团圆。造孽哟！"

啊，原来这小小的一幅画，竟有如此感人的故事在其中，小瑞麟越发觉得这画的神奇和美妙。妈妈忙她的事去了，他却仍然两手托着下巴，陷入了沉思。这画是多么美丽和不可思议呀，竟能包含和传达如此丰富多彩的故事，甚至寄托着人的思想和情感。他想，他也要把这些画画下来。

他取出父亲画伞用的简陋的毛笔和小砚台，磨好墨，又找来几张父亲补伞用的零碎白纸，就着那些茶碗和小碟子，将白纸覆盖在上面，一张一张地摹着那些画，一朵朵小花、房屋、小鸟、月亮、小船，用几条不平整的线画出了流水。不一会儿，他的手边就摊开了好多小巧而雅致的小画片，小瑞麟看着这些从自己的手里描绘出来的图画，高兴极了，一张张摆好送到父亲面前。

"咘，我咯崽还会画图画呀！要得要得，不错不错！"傅聚和见儿子如此聪明，喜不自胜，又给了他几张大些的纸让他拿去画。在聚和看来，儿子只要能动笔杆子，将来就会比他强，就会有出息。

小瑞麟又拿着纸去描摹更大更美的图画了。

经过一段时间的描摹，瑞麟的手越来越稳健，摹出的画也越来越像那么回事了。于是，他脱开瓷器，照着瓷器上的画临写，居然也能惟妙惟肖了。

此后，瑞麟家里所有的瓷器，墙上的年画，甚至皇历书上的画片，都被瑞麟临写遍了。在这个有趣而使他兴味盎然的活动中，瑞麟感到了无穷的乐趣，因而，他将自己的全部精力倾注其中，而不感到丝毫的疲惫和厌烦。瑞麟最愉悦赏心的乐事就是一天绘画结束，他依次整理着自己所绘的一张张图画，并将它们交给爸爸妈妈共同欣赏，这时，他心里的高兴和得意，真是不可言状。

傅聚和见儿子如此勤勉用心，小小年纪乃着意于以绘画为乐趣，心里也暗暗称奇和喜悦，对于儿子绘画方面的要求，他总是尽量满足，他不但从隔壁裱画店买来一些便宜的零头裱画皮纸或绵纸，而且给他买了几支好一些的画笔，还适当买了一些绘画用的朱砂和靛青等颜料，这样，儿子不必就着自己补伞用的笔和颜料绘画了。从此，瑞麟绘画更是加劲，画得也更加进步。连隔壁裱画店的老板和师傅得闲过来看了，也称赞不已。一年以后，小小年纪的傅瑞麟善绘画的名声就在街邻中传开了。

这已经是清末年间，帝国主义列强肆无忌惮地侵略和瓜分中国，连年战乱，民不聊生，孙中山领导的武昌起义就要举事了。

傅聚和的"傅得泰"修伞铺却还在勉力维持着。儿子瑞麟虽然天赋聪颖，处在那样的家庭，也只能闲在家里。好在瑞麟生性文静，不野不闹，每日除相帮父亲做些轻爽的杂活外，一有空闲，便是描绘那永远画不完的画图。那些大大小小的纸片，日积月累，竟积了厚厚的一叠，小瑞麟自然视若珍宝，小心翼翼地放在父亲为他专备的抽屉里，闲来无事，取出翻看一番，心里也感到异常的愉悦和兴奋。

在"傅得泰"附近的小金台街邻中，有一个姓陶的警察，是负责这一片的治安和户籍的，陶警察虽吃的是公家饭，却也是个热心而厚道的人。经常在这一带混事，自然人熟地熟，和傅聚和一家也非常投缘。傅妈妈是个热情好客之人，每见陶警察走过，总要请他进来坐坐，喝口茶，解解乏，时间长了，陶警察见聚和的儿子画得一手好丹青，甚以为奇。

"嘿，小小年纪就能画得这样好，真是难得！聚和呀，你咯个崽看样子将来是通文墨的，说不定是个做大官的料喔。"陶警察由衷地说。

聚和听了这话，心里也喜欢，说："你陶长官说得好，将来要有个出长①，我请你陶长官坐上（席）。"

陶长官却非常认真地说："唵，我是哇②真的嘞，你这个崽不像别的细伢子，日日打架作泥巴，一看就是不一样。你硬要精点心费点功夫再调教调教，莫作践了自己的崽，可惜了哟。"

说到这点上，傅聚和也有同感。其实，这件事早就泛上了他的心头，只是家境如此，无计可施，徒唤奈何。他犯愁地忧心忡忡地说："说得是啊，但是，又嘟样办呢？"

"你咯个崽只有送他去读书，才会有出长。要不，将来还跟你样，补一生的伞。"陶警察中肯而又毫不客气地说。

这句话正触傅聚和的痛处，"我何尝不想送他去读书？谈何容易呀，——担不起学费哟！"

说到这个实际问题，陶警察也只能叹口气，无话可说了。想了想，他又说："读书的事，慢慢再哇，这样吧，我呐，不敢哇做先生，这多年看街巡路，粗识几个字，先就让我来教他认字，等我教得差不多了再想办法去读书。反正我日日来来去去，也不耽误事，合适！"

傅聚和一听，喜出望外，忙拉着小瑞麟向陶警察作了一个揖，算是拜了师，倒把个陶警察弄得不好意思，解嘲地说："真是不敢当，咯生世什哩都敢当，就是不敢想当先生。喊我先生，人都会笑煞。"

说归说，这陶警察还真的几乎天天路过便进到"傅得泰"来教瑞麟识字。每天一两个、三五个不等，全随时间和字的难易而定。

"晓得啵，咯是什俚字？"陶警察在教了一些简单易认的字之后，一日，用毛笔写了一个"泰"字在纸上，准备细细教给瑞麟。

"泰！"哪知刚待陶"先生"写完，瑞麟就念了出来。

"嘿，我还冇哇，你就认得呀！"陶先生也很高兴。

---

① 出长，南昌方言，出息。
② 哇，南昌方言，"说"之意，下同。

"'傅得泰'的泰！"小瑞麟脱口而出。

"嗯，不错！泰呀，是国泰民安的泰，意思是安定、平安。你屋的店铺安名'傅得泰'也是想咯个店铺安定、发达，晓得啵？""先生"说得头头是道，一旁的傅聚和也满意地笑了。

傅瑞麟也认真地点了点头。

可是，没有过多久，这位"先生"就很难当下去了。

一次，待"先生"教过之后，小瑞麟忽然记起在街上看到过的一个镏金招牌，于是用毛笔写在纸上问："陶先生，咯是什俚字呀？"

陶"先生"一看，不禁睁大了眼睛，他也不认识这两个字。小瑞麟慢慢写在纸上的字是：懋隆。

陶"先生"教到这会儿，已经深感力不从心了，因为，他肚子里有限的墨水几乎倒尽了，热心的他开始另想办法让这个好学的伢崽上学读书。

小金台附近有家私塾，执教的是一位前清的老秀才，姓俞，南昌人。这私塾原是新余会馆内的房屋，俞先生在科举时就在会馆办私塾以做副业，科举制度废除后，原先供考生住宿的会馆便陆续搬进一些住户，俞先生的私塾就招募一些邻近求学的少年读书，倒也悠然自得。因会馆也是陶警察的管辖范围，故陶警察与俞先生相熟。陶警察自忖，以自己的警察的身份求俞先生照顾照顾，让瑞麟免费去他的私塾读书，俞先生不会不给这个面子。于是，过了几天，就找上私塾去了。

那俞先生见陶警察上门，不知何故，向来私塾是读书之地，执枪拿棒的警察之流是不进来的。不过时至清皇朝土崩瓦解之际，科举尚且废除，这一套迂腐的陈词滥调就不要去说了，而且兵荒马乱的，警察上门总没有什么好事，于是，俞先生惴惴不安地迎出来，恭恭敬敬地问："陶长官，请里面坐，今天来不知有何贵干？"

陶警察倒还客气："俞先生，无事不登三宝殿，今天登门拜访是有事相求。"

俞先生倒感到诧异：向来当警察的和读书人是风马牛不相及，居然会有求于他，不觉拉长了声调"哦——"了一声。

"俞先生，不瞒你说，我今天是为别人求情来了。"陶警察是个热心肠人，帮忙帮到底，也就开门见山，把话挑明了说："咯对门不远，有家'傅得泰'修伞铺，铺子里的老板傅聚和有个崽叫傅瑞麟，七八岁，小小年纪就勤奋用功，画得一手好丹青。我看咯个细伢子将来肯定是个大才，应该让他读几年书，可他屋里冇钱，付不起学费。我呐，就多了一个事，出面求个情，你老先生也算栽培后生，就免掉咯笔学费，到你咯里读书，将来咯个细崽学出来了，也算你老先生积了大德，好啵？"

"这……"俞先生一听是这码事，心里释然了，可读书不交学费，等于吃白食，我老夫子岂不要喝西北风？犹豫之间，抬头看了一眼陶警察，心想这种人得罪不得。转而又想，反正我这私塾开着，他来我也教，不来我也教，多一个人而已，而且陶警察还说，这算栽培后生，修善积德之事。也罢，就给他这个面子吧。

"陶长官，既然你亲自来说情，咯个伢崽又用功聪明，而扶植后学，老朽也是义不容辞，就让他来吧。"俞先生是个聪明乖巧的人，他料想推辞不掉，干脆做个顺水人情，正好唱唱高调。

"好，"陶警察见俞先生果然给面子，也很高兴，"那我就替他家和伢崽先多谢你了！"

陶警察立刻到傅聚和家，告知了这个喜讯，傅聚和真是喜从天降，对陶警察感恩不尽。当下非要留陶警察吃饭不可，并忙吩咐妻子去灵应桥的卤肉店买了一斤猪顺风，一斤猪头肉，外加一瓶南昌"三花酒"，煎了几个荷包蛋招待陶警察。陶警察见自己帮他家办成了如此一件大事，面子上有光，不免洋洋得意，也就不推辞了。

第二天，傅妈妈给瑞麟穿戴得整整齐齐，背着书包，书包内装着笔墨纸砚，一应文具，又提了两瓶"三花酒"，两袋南昌麻饼，送儿子上学，到了私塾，见了俞先生，免不了又是一番感激之词。俞先生口里客套着，收下礼物，也就让瑞麟找个角落坐下听课了。

从此，傅瑞麟开始了孩提时代的读书生涯。

这是一种陌生而又充满了新奇的新的生活。傅瑞麟在家里时，看着一个个邻家的孩子，穿得整整齐齐，背着书包，蹦蹦跳跳地去上学，他是多么羡慕啊。他时常在憧憬着，什么时候，自己也能像那些小孩子一样，坐在那里和他们一起读书。他有一次甚至偷偷地站在私塾的门外，看小孩子们摇头晃脑地念着那些听不懂的文句，听先生讲着那些听不懂的辞章。他想，那里面，一定有一个他从未涉足的世界和未曾探索过的领域。如今，他带着这种渴望和憧憬即将实现的急切心情，和那些过去自己羡慕不已的孩子们坐在一起，开始他的学生时代，他也能读书了。这时，他的心情是异常激动和喜悦的。

"子曰:君子食无求饱,居无求安,敏于事而慎于言,就有道而正焉,可谓好学也已。"

"古之欲明明德于天下者,先治其国;欲治其国者,先齐其家;欲齐其家者,先修其身;欲修其身者,先正其心;欲正其心者,先诚其意;欲诚其意者,先致其知。……"

俞先生口中念念有词,头则一摇一晃,身体也随着那抑扬顿挫、韵味十足的文句而摆动,看起来,他真是被文章中华丽而精彩的词句所陶醉感染。可是,坐在下边的傅瑞麟却茫然不知所解。

先生说的是什么呀?

第一天下来,瑞麟简直是如坠云雾之中,他除了经历了从来未曾经历过的学生生活,领略了学生读书的新奇之外,他觉得索然无味,而且,根本不知道一天来先生讲了些什么东西。这些所学所读的,远不如他就着瓷器以及墙上的年画图画来得有趣。原来,读书是这么回事呀。

回到家里,妈妈像欢迎一个凯旋的将军似的招前呼后,端茶递毛巾,又把儿子拉到身边问这问那。

"崽呀,读书好累吧?先生待你好吧!"

"姆妈,"瑞麟如实相告,"根本不晓得先生哇什俚。"

"听不懂?"妈妈问儿子。

"一句都听不懂!不晓得他哇什俚。"

"崽呀,"妈妈认真了,这几十年,她认定了一个理,大凡有出长有作为的人都是读过书,都是从学堂里出来的,去了就没有错,学了就有用。"就是不懂得才要去学,先生哇的都是圣贤的至理,当然难懂,不懂就要好生学,专心学。晓得啵?"

瑞麟懂事地点了点头。

从此,他将妈妈认定的理带到了私塾,好生学,专心学,不懂更要学。将圣贤的至理都学到。

毕竟瑞麟天性颖悟,经过慢慢领会,不断刻苦,瑞麟很快就学得顺畅了,先生的文章和讲解他能很快学懂,甚至融会贯通,先生提的许多问题,别人答不出来,他能很快答出来,而且其领会程度常令先生刮目相看。

仅仅两年时间，傅瑞麟的成绩远远超过了他的同龄人，甚至超过了比他大几岁的同学。

这时，孙中山领导的武昌起义已经爆发，辛亥革命取得了胜利。统治中国长达二百八十多年之久的清政府灭亡了。中国消灭了封建帝制，建立了中华民国。

然而，人民并未从水深火热中被拯救出来。老百姓激动兴奋的心火不久就被那战乱的烽火浇灭了。军阀之间为争权夺利进行连年内战，帝国主义列强瓜分中国的侵略行径丝毫未减，老百姓反被那更加沉重的苛捐杂税迫到了死亡线的边缘。

在那汹涌险恶的滔天浊浪的撞击下，傅聚和那似颠簸在汪洋中的小舟一样的家自然就更受其苦，无比凄惶了。

由于生意清淡，傅家经济拮据，有时甚至断了生活来源。傅聚和的痨病又犯了，而且日渐加重，身体一日不如一日，痨病又称"富贵病"，吃得做不得，无药可治，有钱人家得了痨病，全靠营养维持生命，可傅聚和家温饱尚且难以为继，何谈营养。年已五十多岁的傅聚和只能强打起精神做些零活，而铺子里修伞的生意只有靠妻子徐氏了。

年已十岁的傅瑞麟将家里的境况看在眼里，忧在心里。他是个求上进又要强的人，在这种情形下，要他每日仍背着书包去私塾里念那"学而时习之""吾日三省吾身"之类的四书五经，他是无论如何没有这份心思了。他的心里奔涌着一股男儿的气概和豪情，他觉得，生于动荡，长于忧患，男子汉不仅应该学会自立，而且应该尽量为贫困的家庭分忧解愁，减轻负担，必要时，还要撑起这个家庭重担，做一个堂堂正正的主人！

主意既定，他开始留心社会上的各种简易可行的经营门道，并很快发现，凭他的能干和精明，有一些活计，无须本钱他也能赚到钱。

他开始以逃学来实施他的计划。早上上学，他照样背着书包出门，转过街口，不去学校，却直趋人口稠密的集市如令公庙、灵应桥以及佑清寺一带，寻觅着可赚得一些银钱的活计。在母亲那边，以为他去上学了；而在俞先生那里，反正瑞麟本来就不是正册的，他一日不来，也乐得少操一份心，哪管他来不来。这样，傅瑞麟逃学竟维持很长一段时间没有被家里发现。

这一段时间，傅瑞麟帮人推过车，为商店卸过货，搞过搬运，遇着机会，还拾过破烂去卖钱。有了几个铜板的本钱了，他就到城边上将乡下人整担的瓜果买下，挑到集市上零卖，这样也能赚下几块钱。秋天了，甘蔗上市，他将农民挑来的甘蔗买下一捆，自己扛到集市或人多的地方，取出从家里带来的父亲补伞裁纸用的弯刀，将甘蔗解开，一根一根削去青皮和结巴，然后剁成一两尺长一段，经过这样一加工，买的人还特别多。天气晴好或人多时，一天能卖上一两捆。

那一阵，他天天到城外买来一至两捆甘蔗，扛着或挑到城里，削好甘蔗零卖，他干得很顺畅，很舒心。他觉得，他已经是个堂堂男子汉，完全用不着父母来操心养活了。不仅如此，只要他愿意，他马上可以成为家里的顶梁柱了。

事有凑巧，这天上午，瑞麟母亲买了一些补伞用的棉纸，须用刀裁开，然而寻遍了屋里上下皆找不到那把弯刀，估计是瑞麟带到学校里去了，就迈着小脚寻到学校去问瑞麟要刀。哪知到学馆一问，俞先生将老花眼镜放在鼻梁尖上，露出两只昏花的老眼，笑笑说："令郎已经好久没有来过了。"瑞麟母亲一惊，心慌意乱，扭头就往回走，走到半路上，想想不对劲，这孩子每日分明是去上学，怎么会好久未去过呢？她觉得蹊跷，决心要寻个究竟，估摸儿子不会走远，就在附近几个闹区和集市上寻找。

傅妈妈一路望去，走过几个闹区，到达佑清寺边的一处摊点处，果然见一个卖甘蔗的地方围着一堆人，看样子生意蛮好，而那忙得不可开交的卖主竟是自己的儿子瑞麟！

母亲见此情景，心里真像是打翻了五味瓶，酸甜苦辣说不出的滋味，又气又疼。她明白，儿子不是去做贼打拐，而是在为这个家分担重责，但想到他招呼也不打，竟好久不上学，流落在外，不免气不打一处来。她分开人群，走到瑞麟身边，只说了一句："瑞麟，走，回屋里去！"她是个精明人，知道在这样的场合不能有任何表示，否则，会伤儿子的心。

从一看到母亲开始，瑞麟就知道事情败露了。他垂头丧气地随着母亲一蹭一蹭到了家里，准备接受父母严厉的责罚。进到家门，他什么也不说，跑进房内从床角的小盒里取出这几个月赚的钱悉数放在母亲面前。母亲一看，什么都明白了。这样的儿子还能怎么责罚呢！疲倦地蜷在一旁的父亲问明了事由，也不好说什么，只是摇了摇头。母亲长长地叹了口气，只是借用了一句老话来了结这桩"公案"："把你放到半斤，你要溜到四两上去。唉，崽呀崽，你真是个扶不起的天子哦！"

哪知，倔强的傅瑞麟这时却说了一句父母亲意想不到的话："不，我以后还要读书！"

"不过，目前，书是读不成了，学馆里哪能由着你想走就走，想来就来。瑞麟既然咯懂事，有咯份心，屋里也正好要个帮手，就在家里做吧。"父亲喘喘地说。

这样，傅瑞麟结束了少年时的第一次读书生涯。在家里帮父母亲修补雨伞，俨然成了家里一个主心骨了。

6. 左邻刻字　右邻裱画

"傅得泰"修伞铺的左手隔壁有一家更为寒陋的木炭店，生意十分清淡。木炭店的门口墙边，一扇常年不取下的门板前，摆着一个刻字摊。

这是南昌城里常见的刻字摊，一张仅一人宽的桌子便是刻字的场所和营业的柜台，"柜台"下镶着玻璃的柜里摆放着各式各样的印材：石头的、牛角的、黄杨木的、象牙的，甚至有金属的如铜质的。简单些的是两头呈方形的印材，考究些的一头还精细地雕刻了各种动物如狮子、老虎、麒麟等等，以示高雅、尊贵，以备顾客随时选购。"柜台"旁边的墙上还挂着一个约一尺见方的玻璃框，框里一张宣纸上，钤着各种字体、结构及形式的印蜕，供顾客依样挑选。摊主姓郑，大约五十多岁，在这里摆摊设点已经许多年了。人称郑老板。他的刻字摊几乎与摊后的木炭店连为一体。白天摆摊，收摊时将"柜台"上的工具、材料放进柜内，抬进木炭店靠墙角一放，就可回家。一年到头风雨无阻，几乎没有塌把①的时候。

傅瑞麟自幼就看惯了郑老板常年在这里摆摊，好像这个摊子简直就是他生活的一部分。到稍大些，人有摊桌高了，就经常会凑近摊子看郑老板刻字。看得多了，对郑

---

① 塌把，南昌方言，失误、落空之意。

老板刻字的工序已经很熟悉了，他觉得这是一件非常有趣的活计。有时竟至能一看半天，直至母亲喊他才回屋。

郑老板刻字已逾数十年，对常用汉字的篆体写法基本烂熟于胸，有时遇到生疏或古僻的字，也偶尔会取出一本很厚的《康熙字典》来查找。这本《康熙字典》在郑老板手中也许已经经历了不少年月，颜色灰暗，有些地方已磨起了毛边。不过郑老板仍像宝贝似地珍藏着，轻易不借人，查找完即收起藏好。因此，这本字典使小小的瑞麟倍感神秘，必欲一睹为快。

郑老板篆印，通常是将要钤刻的一面刷上一层黄颜色，然后，用毛笔将篆字反写在印章上，根据需要刻成朱文或白文。偶尔碰上顾客送来名贵的石章时，也会另外做些准备：在一张小宣纸上画出印章一样大的一块位置，然后根据需刻的篆字排列设计，打好草稿，再将草稿反贴在印章上雕刻。有一次，郑老板兴致来了，手上又没有活计，他信手取出一块便宜石头，什么草稿也不打，印材上也不写字，当着瑞麟的面，操起刻刀直接在印材上镌刻起来，只听刀刃在石头上发出"吱吱吱吱"的声音，不一会儿，一枚石章就刻成了。郑老板得意地粘上印泥，钤在一张白纸上，刚刚读书的傅瑞麟立刻认出这是"傅瑞麟印"四个字。

"送给你！"郑老板爽快地说。

小瑞麟高兴得小脸涨得通红，他立刻飞跑着把印章和钤印交给父亲和母亲看，又取出父亲当年用的红颜料，将石章拓上颜色一个一个钤在纸上、书上，甚至钤在自己的手上、腿上，最后还别出心裁地在自己的衣服上钤了一个印。母亲看见，骂了他一句："小禅头（傻瓜之意）作践衣裳呀，不要你洗是啵！"

第二天，小瑞麟到学馆，将已经钤好了印的数十张小纸片分送给同学，每人一张。

此后，只要有空，小瑞麟便总是站在刻字摊前，目不转睛地看郑老板刻字。看得多了，郑老板得闲的时候，也会跟他聊起天来，言谈中，郑老板发现这孩子不仅懂事，而且异常聪明颖悟，篆刻上的事稍经点拨便立刻领会。书画篆刻这门艺术向来都是寂寞之道，郑老板为生活所迫摆起这个刻字摊也是出于无奈，成日孤独寂寞也怪难受的，自从瑞麟经常来与他相伴，倒是增加了不少乐趣，有时隔了几天没来还有些记挂，这一老一少俨然成了一对忘年交了。

渐渐地，瑞麟自愿成了郑老板的帮手。

遇上活儿多，郑老板忙不过来的时候，瑞麟便自告奋勇地帮他刷颜色，这个活儿无须多高技术，刷遍刷匀即可。搞过篆刻的都知道，篆刻的准备过程有一个颇费功夫且又累又需一定技术的事，就是磨制石章。原来大量买来的印胚底面大多不平，需要在细砂纸上小心磨平；用过后不想再用的旧印或刻坏了的印章也需要磨去已刻部分，这就更加费事，需先放在粗砂纸上磨，基本磨平后再放在细砂纸上磨，有些石质坚硬的印章往往要费半天时间磨制。磨石章还是一个精细的活，快了不行，慢了也不行，也不能来回磨或转圆圈磨，须始终朝着一个方向均匀用力。瑞麟主动帮郑老板磨石章，起始郑老板还真有些不放心，及至看见小瑞麟用心谨慎，按规矩如法磨制，还真感到多了一个好帮手。起初一段时间，瑞麟磨过的印章还需郑老板稍微再重新加工，后来经他磨制的印章几乎立即就可以用了。郑老板很高兴，一日，将瑞麟叫到跟前，笑眯眯地对他说：“我送你一样东西。”

瑞麟高兴地望着郑伯伯，他以为，郑伯伯一定是送他什么好吃的东西，目不转睛地盯着他的每一个动作。

郑老板打开柜子，从里面取出一把崭新的刻刀递给瑞麟，并慈祥而温和地望着他。

瑞麟几乎不相信似地望着这把刻刀，又望了望郑伯伯，才怀着一颗怦怦乱跳的激动的心情双手接过刻刀，高兴得鼻尖都沁出了汗珠。

郑老板又拿出几块磨好的石材一齐放到瑞麟手里，仍然是笑眯眯地望着他。

小瑞麟似乎才醒悟过来，连“多谢”也忘了说，拿着刻刀和印材飞快地跑回了家。

他按郑老板的刻字方法如法炮制，用父亲补伞用的黄颜色刷在印面上，参照郑老板刻好送给他的几枚“傅瑞麟印”刻制起来。一坐就是半天，黄昏时，母亲推门进来，大为惊讶。“吔，你在屋里呀！我以为你出去了喔，半日冇听到声音——你在做什俚呀，刻图章？刻了做什俚呀，莫不你还有钱领啰！明日你也到门口摆个摊子算了。”

不曾想，瑞麟母亲这句话日后还真应验了。七八年后，当傅瑞麟家里一贫如洗，缴不起学费和家庭难以维持时，傅瑞麟以其高超的篆刻技艺赢得声誉，所收鬻印润例不仅解决了学费问题，而且大大补贴了家用。这是后话。

当时日近黄昏，傅瑞麟终于刻完了他的第一枚印章，放下刻刀，来不及揉揉酸疼

傅　新
氏　諭

"新余傅氏"印

新
諭

"新諭（余）"印

的两手，又飞快地跑出门去，看看郑伯伯还未收摊，将刻好的印章递给郑伯伯看。这是一枚仅能看得见刻痕的幼稚的印章，但它排列有序，布局严密，笔画很匀称，用刀也符合刀法，已经看出刻手的天分和素质，足见瑞麟在观看郑老板刻字时是用了心思的。"不错不错，将来定是刻字高手！"郑老板高兴地说。

郑老板这半夸奖半预见性的话也算他有眼力。但是，二十年后，这位他不曾正式收为徒弟的篆刻少年，以他的"神刻"名震日本东京，却是他做梦也不曾想到。

这枚印章，小瑞麟自然又钤满了他的各种书本，并且在他的手上、腿上、身上甚至衣服上"排列印之"。母亲见了，真是哭笑不得，只好叹了口气："唉，咯是天性如此，又啷样办呢！"

"生就了刻字摆摊咯命！"母亲说。

第二天，傅瑞麟的同学照例收到了钤了"傅瑞麟印"的小纸片，不过，这次他特别交代了一句："咯是我刻的！"

从此，傅瑞麟以刻字为赏心乐事，他将父母亲偶尔给他的零食钱和过年给他的"压岁钱"省下来，到旧货摊上买了许多便宜的石质印材，大小方圆，各种形状都有，然后专心刻制，有不会写的篆字就去请教郑伯伯，有时郑老板也不会写，就翻看那本视若珍宝的《康熙字典》。日久，竟然积累了数百，装满了专为装石章的一只竹箱，"累累然盈簏"。为了刻制这些印章，小瑞麟所受的折磨和苦楚真是一言难尽。后来，他回忆这段时间的篆刻学习时写道："握刀锥取破砚碎石之属，就膝攻之，砚坚滑，皮破血流，不以为苦。"

傅瑞麟沉迷于篆刻的技艺研习和操作时，有一件至为遗憾的事烦扰着他——许多汉字的篆法不会写，又无从查找，只好去问郑伯伯，郑伯伯有时也需查阅《康熙字典》。因此，小瑞麟做梦都想有一本《康熙字典》。于是就缠着父母亲买，可当时，最便宜的旧《康熙字典》也需半块银洋，以家里补伞收入要买《康熙字典》那是不消谈的！此事成了小瑞麟的一块心病，朝思暮想，竟积悒成疾。这年春节，瑞麟受了点风寒，发起高烧来。迷糊中，还断断续续念着那《康熙字典》，适逢瑞麟的姐姐夫妇回娘家拜年。瑞麟唯一的姐姐叫招弟，自幼身体孱弱，一次病重，母亲照顾不过来，不慎从床上摔下，从此落下个痴呆病，时好时坏，整天只会安安静静地坐在一边做些绱鞋纳底的女工活，十八岁上嫁给了一个比她大十多岁的姓胡的厨师做继室。这胡师傅年纪虽比她大许多，心地倒善良，待妻子招弟还不错，逢年过节还照老例来看望一下岳丈和岳母，这回来拜年，胡师傅见内弟病成这样，昏昏沉沉地嘴里还喃喃地念叨着什么，及至弄清楚内弟是想要一本《康熙字典》，不禁大为感动，过两日就将一本《康熙字典》送来了。瑞麟梦寐以求的东西终于如愿以偿，似觉病也好了。整日抱着那本《康熙字典》不放手。母亲见儿子这样，真是又心疼又心酸，而又掺杂着一丝喜悦在心头。

小瑞麟自有《康熙字典》后，如虎添翼，练习篆刻更加勤勉，以至于左手的拇指、食指和中指由于着力而变得特别粗糙壮实，那食指因为经常被刀划破，而致伤疤累累。开初几年初学篆刻时的印作，多钤在练习本、书本或零碎纸头上，未存下底稿。四五年后，得到《三十五举》《篆刻针度》等书，又临摹《小石山房》《匋斋藏印》等许多印谱，逐渐体会到印中真意，心中豁然贯通，技艺大有长进。

从十四岁开始所刻印章注意收集，每刻一章，必钤在自制的书册上，到十九岁时，竟积累拓下的书册满满五大册，那上面颗颗朱红的印蜕，渗透了他多少辛劳的汗水甚至鲜血，那血红的印蜕，就是小瑞麟的滴滴鲜血凝成的呀。

傅聚和所居的小金台一带，都是一些手工业作坊，是各种吃手艺饭的人聚居的地方。"傅德泰"的右边隔壁，便有一家裱画店。这是一种作坊与店面兼有的小店，既承接来料加工，也自己裱画卖。这一带的裱画铺，既不能同北京琉璃厂精深高雅的店堂相比，就是与南昌系马桩、洗马池一带的兼收购销售古画的大店相比，也有档次的区别。傅家隔壁的裱画店，只是一家由两夫妻撑持门面的夫妻店，以加工为主，秋冬时节，也自己裱制些大红空白对联出售，遇上有谁家旧房需要修缮，找上门来相请，也愿意上门去为旧房屋裱糊板壁和天花板。这样一家简陋的裱画店，已足以在傅瑞麟眼里绽开一扇新奇的窗户，拓开一个新的天地，把他引向一个神奇而美妙的世界。

二十世纪南昌裱画的，以姓熊和姓陈的居多，自成体系，都是莲塘以南广福、三江一带的人。而傅家隔壁这家夫妻店姓左，是江北新建人，生意发展较慢。这家与"傅得泰"店面差不多宽、却稍微深些的店，堂屋中间摆放着一块裱画用的长约丈余、宽约五尺的暗红油漆案板。这是裱画的重要家当，一般用杉木板拼接而成，四边围上木框，然后用生漆经过无数遍的刷漆，接缝处还须贴上夏布条，以防开裂，直到漆至光滑如镜才能使用。优质的案板甚至能延续用上好几代。

左家裱画店所托裱好的字画一般就贴在墙上风干，春天墙湿就贴在备好的木板上，有时活多就两块地方都使用。

裱画是一件看似简单实则繁复精细的手艺活。事先的调糨糊，就非常讲究，须调得又稀又粘，恰到好处。小托时，须视画作的纸质优劣、天气的干湿，先在画的反面均匀地喷上些水雾，然后用羊毛排刷刷上薄而匀的糨糊，再刷上一层宣纸。左师傅进行这道工序时，能左手执住宣纸的大部，将另一端轻贴于画上，用右手执棕刷将宣纸的一端牢牢地刷紧，然后逐渐地放开执于左手中的宣纸，直至将整张宣纸平整而熨帖地刷在画上，不能留下任何折痕和空隙。仅这一手"绝活"，就非得三五年的时间才能掌握。贴上墙风干后，又须切边、加边、大托、又上墙、最后取下打磨上棍等等，一幅书画竟须得一个星期乃至半个月才能裱好。

少年傅瑞麟对左师傅裱画这门技艺表现出了极大的兴趣，自幼耳濡目染，对裱画的各道工序了如指掌。他能熟练地帮左师傅调糨糊，而且在左师傅裱画时，知道什么时候应该递上棕刷、长尺或切纸刀。左师傅深感有瑞麟在身边，无形中得到了一个好帮手；遇上没有事的时候，就会尽他所知讲些绘画知识和画史画家之类的闲话。而最让瑞麟高兴的是左师傅准允他在大案板上用边角宣纸临摹墙上的画。

原来左师傅所接的待裱的画中，虽大部分是当代人的绘画，但也偶然有人会送来一些古画或名画来装裱，当代人的画中也不乏精品。左师傅见瑞麟天性颖悟，聪明好学，有心要帮他学一门本事，何况邻里之间关系融洽，给一点便利也是顺水人情。于是，他经常在画作上墙后，让瑞麟对着画上的画临摹，而小瑞麟只要一看见有好画在墙上，就立刻像被磁铁吸引住了一般不忍离去，非要临摹几遍才肯歇手。天长日久，瑞麟每看到一幅画，已经能很在行地找出它的结构特点，布局的安排以及技法上的特征，临摹出来的画层次清晰，浓淡相宜，笔墨都用得恰到好处。一些常来裱画和串门的画界朋友见了也不觉暗暗称奇。这时，瑞麟还只是个十岁左右的孩童，其所爱、所长和所专已经远远迥于一般少年儿童，不能不令人注目和另眼相看了。

但是，家庭的贫困，使傅瑞麟不得不辍学在家，父亲的肺病仍不见好转，反而日渐沉重，瑞麟只能在家帮母亲补伞。只是在没有生意时，他才能沉醉于左邻右舍的篆刻和绘画的天地里，得以暂时忘却由于贫穷、疾病而在他幼小的心灵里创下的忧患和悲苦。

瑞麟家左邻的那家木炭店，主人叫熊典宝，南昌县人，是个六十多岁的孤苦老人。夏秋之际，他将乡下人挑来的木炭成批买进，秋冬时才有人光顾他的店里购买木炭，以此维生。虽然生意清淡，但养活他一人足矣。只是身边寂寞，显得孤苦伶仃。闲来无事时，总喜欢坐在门首，一边看傅家补伞，一边聊天。

也许是由于晚年孤独之故，熊典宝特别喜欢瑞麟这个孩子，觉得他不仅头脑聪明，而且乖觉懂事，总喜欢拉着瑞麟到身边慈爱地讲讲话。他见瑞麟清瘦，额上的青筋清晰可见，怜爱不已。尽管自己节衣缩食，舍不得吃，舍不得穿，却经常买些肉给瑞麟吃，隔不几天还用南丰泥炉烧个木炭小火，买几两精肉剁碎，炖给瑞麟吃，这种亲情一直持续到熊典宝无力维持生计时止。因此，除父母亲外，小瑞麟几乎是在熊典宝老人的慈爱和照护中长大的。

融融的亲情温暖了瑞麟的心，贫困的生活和纯朴的品质使邻里之间变得像一家人。瑞麟对熊典宝老人的慈父般的恩情没齿不忘，数年之后，当熊典宝老人年迈体衰、生活无着时，傅瑞麟在自己家里经济也非常拮据、父亲又重病在身的情况下，征得父母亲同意，毅然把典宝老人接到家里，供给吃喝，侍奉养老，使老人本来孤独而凄凉的晚年生活，变得其乐融融，就像一股和煦的春风，化成了点点甘露，滋润着老人干涸的心田。从此老人那饱经风霜的布满了皱纹的脸上，经常绽开着舒心适意的笑容。

然而，傅家的日子一天比一天难过，瑞麟在家相帮，经济状况并没有什么好转。一日，裱画的左师傅夫妇在傅家闲坐，谈起瑞麟和一家的生活，隔壁摆刻字摊的郑老板也凑过来出主意了。几位长辈都觉得不如让瑞麟出去找个事做，过不了几年就能接济家里了。可是，找个什么事呢，又去哪里找呢？

正踌躇间，左师傅忽然悟到瑞麟的长处。

"哎，我倒有一个主意，瑞麟画画画得不错，咯只细鬼 ① 也喜欢咯门手艺，真要学成了，将来也是个好饭碗。可单画画不行，要跟做生意接起来。我看不如到瓷器店去做学徒，将来学会了画瓷器，不愁没有饭吃。而且，像他咯种天分，学起来快得很。"

他的建议立刻得到了大家的赞成，可是，谁有这个面子能够保荐他去呢？

还是左师傅解决了这个难题："我有一个画画的朋友，以前是做瓷器生意的，跟瓷器行很熟，看过瑞麟画画，人也热心，明日我去找他哇哇看。"

主意已定，傅聚和一家感激不尽，觉得一家真是有望了。

果然，不几日，左师傅相告，瓷器店学徒的事已谈妥。老规矩，先交四块大洋的拜师钱，学徒三年，管吃管住，三年满师以后才有工钱。

能找到一份事做，已是菩萨保佑，大恩大德，还谈什么条件。傅聚和好不容易凑足了四块大洋，将瑞麟送到了那家瓷器店。

这家瓷器店位于南昌系马桩与象山路口那里，是个中等门面的店铺，店内两边的货架上摆满了各色各样的日用瓷器，迎门右边一个 L 形的柜内摆放着一些精致的高级薄胎瓷以及五子罗汉、滴水观音等装饰瓷，看起来确是琳琅满目，五彩缤纷。

南昌素有九省通衢之称，商业一向比较发达，当时景德镇的瓷器名扬天下，是著名的瓷都。其名震遐迩的薄胎瓷有薄如纸、明如镜、白如玉、声如磐的美誉；各种青

---

① 细鬼，南昌方言，长辈对小孩的昵称。

花瓷既古朴典雅，又经济实用，尤为人们喜爱；至于那名目繁多的颜色釉瓷更是普通家庭必备之物。由于照顾众多的大众顾客的需求以及降低成本的原因，瓷器商往往买进大量的景德镇白胚瓷，根据需求绘上各种图案重新烧制，要比从景德镇购进绘制的成品瓷便宜得多。另外，有些瓷器店还兼画瓷版像，瓷版像可以永久保存，而且庄重精美，在当时照相业尚属萌芽阶段的时候，瓷版像深受寻常家庭的欢喜。故而，南昌的瓷器店一般都雇有一个或几个画工。

"学徒学徒，猪狗不如。"那年月商店里的徒弟实际上就是不花钱的佣人。傅瑞麟进了这家瓷器店里学徒，那日子真不是一般少年儿童忍受得了的。

他每日必须从早到晚不停地干活。清早起来，扫地抹桌倒痰盂，劈柴点火烧开水，吃过早饭就须帮着下门板，这店堂的门板宽约一尺，高一丈至一丈二，足有二三十斤，成年人店员可以两手执着竖举，而瑞麟将门板下下来只能斜扛在肩上才能搬动。开门以后就是无休止地将瓷器从东搬到西，从西搬到东，顾客买好瓷器还要用草绳捆扎好。吃饭却必须待老板一家吃完才能赶着吃。晚上关门后须侍候老板一家洗脸洗脚，待老板一家睡了之后，还须收拾洗刷，直到夜深才架块板子睡在门厅里。每日周而复始。至于什么画画，瓷版像，还是渺茫而毫无踪影的事，瑞麟为此愁苦不堪，吃苦他倒不在乎，可是这样的日子不知要熬到何年何月才是个头。想想卧病在床的父亲，想想面容憔悴的母亲，瑞麟总是咬咬牙，日复一日地忍受下来。小小年纪就备尝人世的艰辛。

好不容易，瑞麟熬过了两个年头。可是，繁重的劳动，长期的疲惫不堪，加之严重的营养不良，终于把瑞麟累垮了。这年春天，瑞麟发了几天高烧之后，竟然咳出了一些血丝。老板一看吓坏了，生怕传染给他的家人，给了瑞麟几块钱，便打发瑞麟回家了。

少年傅瑞麟挟着简单的铺盖，强打起精神，慢慢走回家中，母亲一见，莫名惊诧，忙问："崽呀，你怎么回屋里来了，老板不要你了？"

倔强的瑞麟想起两年来所受的苦楚和煎熬，想到自己忍辱负重最后却落下一场大病，最后被老板一脚踢出了门，悲恸至极，不觉扑在母亲怀里放声大哭起来，接着又一阵剧烈地咳嗽，吐出了一口带血丝的浓痰。

母亲一见，大吃一惊，心里什么都明白了，哽咽地说："崽呀，归来了就好，我们不图他那碗饭吃！"母亲毕竟具有乐观而开朗的天性，她随即放大了嗓门说："不怕，就在家里过！天塌下来我们一家人顶着！"

经过两年辛劳而孤寂的学徒生活，回到家里的瑞麟，再次倍感家庭的温暖，尝到了父母舐犊的亲情，感到了莫大的慰藉，那被损害的心灵渐渐被抚平，那被摧残的身体，经过几个月的调养，也渐渐恢复了元气和精神。

有了生气的瑞麟，又一头栽进了篆刻和绘画的海洋，他以自由之身，感受着师长、邻里不是亲人胜似亲人的关怀和抚爱，自由地呼吸着这无拘无束的清新的空气。这时，他深深体验到了人世间这种爱护、关心和互相救助的珍贵和伟大，这是用金钱也买不到的无价之宝。

左师傅和郑老板看见瑞麟用功习篆和绘画，虽然喜在心里，却总觉得可惜了这块好料，一直在寻找为瑞麟求得再读几年书的机会。一天，住在附近的一位省立师范附小的老师，因极喜爱书画，拿了几张画到左师傅家来装裱，闲聊之中，左师傅提到了瑞麟，提到瑞麟的天分和勤勉，并试探地提出能否请他帮忙让瑞麟读书的要求。那位姓张的教师也是个热情豪爽的人，他也闻知傅瑞麟的篆刻和画名，而且见过瑞麟画画，有极深的印象，于是一口答应。过了几天，就来相告，让瑞麟免费到师范附小读书。随即，他们一起到瑞麟家告知喜讯。这对傅聚和一家来说真是喜从天降。瑞麟激动得眼眶里盈满了泪水，瑞麟母亲说："我屋里瑞麟命好，总是碰到咯多观音菩萨，我硬是年年要跟你们烧香叩头喔！"

当时师范附小的学制，初小四年，高小三年。瑞麟只读过两年的私塾，从头读起显然不合适，进高小又似乎早了些，也怕程度跟不上，于是，张老师提出一个折中方案，让瑞麟读四年级，国文是不成问题，数学由张老师设法为他补补课。于是，简直以为自己是做梦一般的傅瑞麟又整理好书包，收拾好学习用品，怀着对亲人的无限感激之情，怀着对将来的无限憧憬，充满阳光地走进了江西省立第一师范附属小学的大门。这一年，他十三岁。

7. "抱石斋主人傅抱石"

人在经历过艰难困苦的情况下获得了自己所奢望的东西会倍感它的来之不易，因而更加珍惜他的所获而甘之如饴。傅瑞麟这时的体验便是如此。他知道，如果不是那些好心的叔叔伯伯和老师的帮助，以他家的经济状况和能力，要进师范附小读书是万万不可能的。正因为如此，他才有异于其他的同学，无论从学习的勤勉、所花费的精力以及钻研的程度，他都付出了比其他同学多得多的精力、时间和心血，而达到比其他同学更高的水平，取得了更优异的成绩。

进入小学之后，他真是珍惜每一分钟时间，倾情于学习。师范附小不同于他原来所读过的私塾，无论是课程的设置、学习的内容以及讲授的方法，都比较全面、丰富且科学，他觉得比在私塾读书要有趣得多，因而也更易于接受和掌握。他原来有两年私塾的基础，饱读了诗书，算术课算是初次接触，热心的张老师约请了几位老师共同分担为他补课，不到半年就达到了班级的同等水平。以后的时间里，傅瑞麟更加奋发用功，不久就脱颖而出，到小学毕业时，傅瑞麟已经远远超过了同班的同学，以全优的纪录位居全校榜首，名列第一。按规定，他免试直接升入省立第一师范。

勤学苦读、心高气盛的少年傅瑞麟走完了第二阶段三年高小的历程，迈着轻捷的步子，扬眉吐气地跨进了省立"一师"的门槛，他觉得宇宙是那样的宽广博大，天空是那样的高远，人世间是那样的美好，人生又是那样的富有拼搏的意义。他第一次尝到了通过勤奋、努力和奋斗而攀上高峰的成功的喜悦，他也第一次领略了站在峰巅看到了别人尚未展望到的旖旎风光，仿佛觉得这个世界就在自己的脚下，他所立足之地不是小小的土丘的上端，而是世界的顶峰！他感觉到了：流云在眼前涌动，高风在耳畔呼啸，而在那眼目所及的千里之外，是滔滔大江、漠漠平川、莽莽山林和辽阔的海洋。

是的，他确实看到了，那是他经历了多少不眠之夜，奋力拼搏、艰苦攀登到达了这光辉的顶点才看到的，是忍受了多少饥饿、疲惫、困苦甚至屈辱才看到的希望之光。

是的，他家庭贫苦，父亲病入膏肓，母亲劳顿憔悴，衣不蔽体，家无担石之储，在芸芸众生、莘莘学子中，他似乎是个编外之人，似乎是入了另册。然而，命运并不偏待他，他依靠叔叔伯伯和亲人的帮助，依靠自己的勤奋和毅力，坚韧和自信，终于将他的同类远远地甩在了后面。由此可见，人生的成功之路不也是这个道理吗？

他想起了他将获得第一名的消息带到家里的时候，母亲那憔悴的脸上漾出了舒心的笑容，父亲躺在病榻上也发出了爽朗的笑声，熊典宝老人那眯着的眼睛笑得只剩下一条缝，还有那左师傅、郑老板、张老师，似乎是自己家里有了喜事一样整日都乐呵呵的。想到他们，想到这些关心他照顾他的亲人，他的心又一次涌动着一股暖流。他深信，有这些亲人的护佑，他今后的路也一定能成功！

20世纪初，江西没有大学，省立第一师范就算是"最高学府"了。师范学校是公办的，不但免收学费，而且提供食宿，因此，投考的人特别多，特别是那些家庭贫困无力缴纳昂贵学费而学习优异的有志青年，更把升入师范作为自己的主要目标，所以，凡考进师范者以贫困青年居多，且都是些佼佼者，学校学习风气很浓。

师范学校学生一律住宿，傅瑞麟扛着家里设法腾出的打满了补丁的旧被子住进了师范暂借的令公庙里。令公庙屋宇倒是顶大，然而却过于空旷。冬天四壁透风，寒气袭人，教室里时常听到跺脚的声音，南昌的冬天，寒风似刀子，耳朵和手似乎有被刀割的感觉，疼痛难忍，瑞麟那又薄又硬的被子真称得上是"布衾多年冷似铁"，好在他苦惯了，习以为常，铺下多垫些稻草，被子的另一头用绳子捆上，睡觉一头不漏风，全身缩成一团，可安然一觉睡到天亮。

师范学校的课程，以培养小学师资所需而设置，除了一般中等学校应具备的国文、算术外，还有适应师范特点的音乐、图画及工艺制作等。以傅瑞麟的程度，他除了用一部分时间出色地完成各门功课学业外，还特别钟爱于图画课以及相关的工艺制作。进校时，他的图画水平就不仅仅是高于一般同学，实际是远远超出，称得上是出类拔萃了。课余时间，他仍大量地从事篆刻和绘画学习。特别是在篆刻方面，他的技艺已经在校内外小有名气了。

傅瑞麟研习篆刻，追慕古人，费了许多心血和精神。他起初学习陈鸿寿。陈鸿寿，字子恭，号曼生，浙江钱塘人，清朝嘉庆年间，任过淮安府同知，是中国篆刻史上驰誉近世的"浙派"代表人物。浙派到了他，已表现了无以复加的最高境界，傅瑞麟认为他的"诗文书画皆以姿胜，篆刻追秦汉"，且"更参以钟鼎碑版"。因而，对学习他的篆刻狠下过一番功夫。后来，傅瑞麟继而主要学赵之谦。赵之谦，字为叔，号益甫，别字冷君，浙江会稽人，是清朝咸丰年间（1859年）的举人，曾在江西省做过一两任知县事的官，傅瑞麟对于赵之谦的篆刻给予了极高的评价，认为他的"书画秀逸天成，刻印能夺完白①之席"，他的"书画篆刻，都有如天马行空，不可方物的美妙""独擎一帜，真千古能手也"。傅瑞麟对他的印和印谱都做过深入的研究。

　　一个偶然的机会，他在旧书店里看到一本赵之谦的《二金蝶堂印谱》，喜出望外，立刻倾其所有积蓄，将书买了回来。这本书是他梦寐以求而许久未得的，如今得到了，立刻花去很多时间钻研。赵之谦的篆刻不仅宗师秦汉，而且在篆刻发展昌盛的清朝，能掌握实力雄厚，在近代篆刻史上占有重要地位的浙派和皖派，"力能驱六朝碑版之印"。他的篆刻劲挺秀媚，刚柔兼容；他还精于全面考证，能将诏版、钱币、镜铭等的字体都融入印章之中，创造了当时少见的奇迹；他的白文能在浑穆的氛围内，显示刀法的存在，形成了自己独特的成熟的风格；他的朱文也富于庄严妩媚、苍劲俯仰的气息。

　　傅瑞麟自得到这部印谱，真是爱不释手，整天沉湎其中，他能将每一方印的内容、结构、体势、刀法等特点都烂熟于心。同时，又对印章的边款也进行了仔细的研究。赵之谦印章的边款，虽然有随印而异的弱点，但仍然显得端庄而流丽，且篆隶魏碑都运用得自如而随意，阴刻阳刻，甚至还有仿石刻的佛像，都精美绝伦。傅瑞麟在欣赏赞叹之余，不禁取出印石，对他所钦慕和特别喜爱的一些篆印，临摹雕刻起来，然后又盖在纸上与原作对比，用心体会赵印的结构、安排和刀法的取势，反复地揣摩；对于赵印的边款也颇下了一番功夫仿刻，直到自己觉得满意为止。

　　傅瑞麟在对赵之谦的印谱进行了很长一段时间的临摹、揣摩和仿刻之后，有一日，他突然在心里涌出了一股冲动，他要自刻几枚赵之谦的印章放在身边把玩！主意既定，他立刻找来几枚优质印章，小心谨慎地仿照《二金蝶堂印谱》中的几方赵印刻制起来。他一边刻，一边按捺不住自己进行再创作的兴奋和喜悦，刻完之后，钤在宣纸上，竟然和赵印惟妙惟肖，不仔细看实在分不清谁真谁假。然后，他又仿照赵印的风格仿刻了边款，又钤在纸上加以对比，哈哈！一件"真正的"赵之谦印章就出来了。接着，

---

　　①　完白，清朝书画篆刻家邓石如的号。

他找来一小块旧绸缎，缝了一个仅能装印章的小口袋，顶部穿上一根旧红丝线，一抽紧就将袋口封住。他将那枚仿刻的印章放进污灰里摩挲了一阵，掩去刚刻的新痕，然后放入印袋中，怀着一股好笑而又急欲表现的心情去找摆刻字摊的郑老板。

到达郑老板刻字摊旁，瑞麟将双手放在后面，神秘兮兮地笑着说："郑伯伯，我拿样东西给你看。"

郑老板正捧着那本《康熙字典》在查找一个篆字的写法，见瑞麟喜滋滋的样子，眼睛从老花眼镜的上部望过来问："什俚好东西呀？"

瑞麟耐不住卖关子，一只手提着那印石袋子伸到郑伯伯面前。

郑老板好奇地接过袋子，又望了瑞麟一眼，心想，什俚印章，还用得着如此精着！

待郑老板取出印章，凑在老花镜下一看，不觉大吃一惊："呀，赵之谦！你哪里搞来的？"

原来郑老板篆刻技艺虽系一般，在南昌也谈不上什么卓然的名气，所专仅够混碗饭吃，但他毕竟是此道中人，几十年耳濡目染，各种名家印谱虽不是系统研究，也接触过不少，对赵之谦的印章岂有不识之理，只是他自己没有那经济条件收藏，因而，对于瑞麟居然能弄到赵之谦的印章，当然不胜惊讶。

"你猜猜。"瑞麟还在笑着卖关子。

"我哪猜得出，冇咯个本事。"郑老板对此印章的来历一无所知，也无心去揣测，只是仍在一味地欣赏这不可多见的"赵之谦印章"。

"告诉你吧，——是我刻咯！"瑞麟说完哈哈大笑起来。

郑老板不禁瞪大了眼睛："你刻咯？"

瑞麟笑而不答。

郑老板复又低头仔细揣摩那枚印章，似乎慢慢明白过来："哎呀，瑞麟呐，你不得了！可以乱真，可以乱真！我咯个行家都等你哄到了。不得了不得了，几日冇看到就咯长劲哪！"郑老板也高兴得嘴里不停地嚷着。

瑞麟倒给说得有点不好意思起来。他接过印石，放回家里，又喜冲冲地逛书店去了。

傅瑞麟逛书店还有一段不短的来历。

紧靠南昌杨家厂小金台附近，有一条名磨子巷的小街，街转角就是"戊子牌楼"，这一带是旧书店集中的地方。包括南昌其他地方的书店，拢共计有大小不等十多家，如扫叶山房、大成书店等。有些书店离傅瑞麟家不远，来去很是方便。

还在瑞麟读小学或辍学在家时，他最喜欢到附近的书店去看书，其中尤以专售古旧书籍的"扫叶山房"等几家为多。当时南昌的书店全部是开架售书，只要你愿意，可以整天站在那里看书，老板也不加干预。书店老板有许多本身就是学问颇深的行家。如"扫叶山房"的经理姜润如，就精于版本、目录学，是个地地道道的古籍专家。他深知各种版本、古籍，甚至善本书的价值，对历代和当代学者、专家的著述及其价值了如指掌，所以在书籍的购销中能游刃有余，立于不败之地。

"扫叶山房"经理姜润如见这略显贫寒的小孩经常光顾书店，买书是谈不上，然而看起书来却经常一站就是几个钟头，甚至到了吃饭或晚上书店"上板子"时还不回家。而且，他看书也不是一般的浏览或随意翻阅，更不像那些装模作样的纨绔子弟或高谈阔论，或专拣那些风花雪月言情之类的书籍看，这孩子年岁不大，所着意和沉迷的书籍却尽是那些为时髦青年不屑一顾的史集、画论、唐诗宋词以及诸子百家等等，涉及面之广、兴趣之深，简直令这位从事了多年书籍经营、看够了购书者众生百态的老板心里暗暗称奇，一种称许、同情和扶助之心油然而生。于是，有时见他看书时间过长，姜老板会适时地递给他一把小凳子，让他坐着看。

"小朋友，你骑①累了吧，来，给你把小凳子，坐着看吧。"姜老板怜爱而友善地说。沉醉于书籍之中的小孩瑞麟也不懂客套，只是回过头来感激地望了老板一眼，接过凳子坐下了，顿觉酸胀的腰腿舒畅了许多。从此，傅瑞麟在"扫叶山房"书店可以享受坐着看书的特权。

随着傅瑞麟到书店看书次数的增多，姜老板与他也渐渐熟悉了，对他的身世及品格也无不知晓，他觉得傅瑞麟少年立志，而且心诚意笃，奋发进取，在那动乱的时代，以他清贫的家庭而能如此，真是凤毛麟角，不可多得，他对这位少年更是另眼相看了。

一日，瑞麟又来书店看书，东翻翻，西找找，一副怅惘的样子。姜老板知道，他店堂内陈列的书已经不能满足这孩子的需求了。于是，他试探地对瑞麟说："瑞麟哪，

---

① 骑，南昌方言，站之意。

我看你是咯些书看得不够味了，不晓得你还想看些什俚书啊？"

"姜老板，不瞒你哇，"傅瑞麟见姜老板既问到这个问题，也敞开了心扉，"我想看的书，实在是太多了。四书五经、二十四史、笔记文学等等。我是学美术的，还在研究中国绘画史，因此，有关画论画史，画家介绍的文章，我都想看看。唉，只可惜你咯里的书我都看完了。"

姜老板一听，这孩子心胸高远，志向宏伟，知道将来必是大材，前途无可限量，一种扶植青年的豪爽之气不觉从心内升起。他立刻将瑞麟的手攥住，只说了一句："孩子，你跟我来。"就把瑞麟带到楼上，走进了楼堂。

呀，傅瑞麟只觉得眼前一亮，只见这楼堂四壁，盈盈实实地摆满了各种古籍线装书，经史子集、诸子百家、二十四史、诗词笔记、志书及其他各类古文书籍，应有尽有。瑞麟只觉得怦然心动，浑身热血奔涌。

姜老板说："瑞麟，我经营书籍几十年，还冇见过像你咯样勤奋用功的后生。我也就成全你，扶你一把，从今日起，你就到咯里来看书，你可以随心所欲，尽情浏览翻阅。"

"哎呀，真是太谢谢你了！"听了姜老板的话，瑞麟抑制不住兴奋和激动的心情，他仿佛觉得，他就要起飞了。

从此，傅瑞麟又踏进了一个新的艺术殿堂，一个新的书籍的王国。他如饥似渴地通读了许多古典文学和史集笔记。姜老板是个热心肠人，帮忙帮到底，见傅瑞麟读书用功，索性连他购藏不轻易示人而准备卖个大价钱的善本、珍本甚至绝版书都拿出来给瑞麟看。瑞麟真是心花怒放，他深为自己遇着这样一个热心侠义的书店老板和有机会饱览如此之多的书籍而庆幸，对姜老板充满了感激之情。

其实，姜老板毕竟是生意场中人，对傅瑞麟的关照和扶植自有他深层的考虑：傅瑞麟勤勉如此，将来必是大材无疑。从书籍经营这一角度来看，他目前是买不起书，但不久的将来，傅瑞麟必是书店的大买主之一。事实上，五年之后，傅瑞麟师范毕业留校任教，生活大有好转之后，花去许多金钱购买书籍，以至终生以书籍为伴。这"扫叶山房"书店就是他主要光顾的书店之一。这也正是姜润如老板经营眼光的高明之处。

一日，时近黄昏，天色已暗，傅瑞麟仍舍不得放下手中的一册线装书，凭借窗外透进的微弱的光线在专注地看着。姜老板走上楼来，趋近一看，见他看的是一本昭代丛书集，陈鼎的《瞎尊者传》。笑着说："瑞麟哪，你又在看苦瓜和尚，我看你对他真是入迷了！"

"是啊，"傅瑞麟仍未抬起头，一边看书一边回答说："我对于石涛上人的妙谛，真可谓癖嗜甚深，不能自已，就好像跟他有前世的孽缘，这未了的情缘，说不定要伴随我一生呐。"

"看样子，今天这本书你不看完不肯歇，夜晚睡觉都不香，你的魂魄都附在这本书上了。"姜老板说着，想了想："嗯——，这样吧，你把咯本书带回去看，明天再送转来，啷样？"

傅瑞麟一听，立刻收起书起身："好好好，多谢多谢！"喜冲冲地回家了。

回到家里，瑞麟匆匆扒了几口饭，又就着油灯，沉湎于他的石涛研究中去了。

傅瑞麟醉心于石涛的研究，已经有好几年的历史了。

原来，傅瑞麟自十二三岁始，就开始系统地研究中国古代的绘画史，从绘画的发展到各个朝代各个时期的代表画家，都进行了广泛深入的研究。从人物画家东晋的顾恺之研究开始，然后是梁朝的张僧繇，北齐的曹仲达，唐代的卓越画家吴道子、周昉，北宋的张择端、李公麟、梁楷等。山水画家，他又首先从研究顾恺之《画云台山记》开始，然后是六朝的宗炳和王微，隋代的展子虔，盛唐时代的李思训、王维，五代时期杰出的山水画家荆浩以及关仝、董源、巨然等，宋代的郭熙、范宽、米芾、李嵩、夏圭，元代四大家的黄公望、王蒙、倪瓒、吴镇，明代的"文人画家"沈周、文徵明、唐寅、仇英，清初的追求形式主义的"画家四王"——王时敏、王鉴、王翚、王原祁以及同当时形式主义的画风进行斗争的石涛，还有朱耷（八大山人）和董其昌等等。通过对中国绘画变迁史和历代画家代表人物的研究，他最佩服和崇拜的是明末清初的山水画家石涛，他认为石涛的高艺和思想，特别是石涛对当时形式主义画风的斗争，是值得大书特书的。

他今天借来的陈鼎的《瞎尊者传》即是研究石涛的一本最早最全面，也是最佳的专著。

石涛姓朱，名若极，号大涤子。生于湖广永州府，全州清湘县（即今之广西全县）人。明高皇伯兄南昌王孙守谦之后。悼僖王赞仪之十世孙，亨嘉之子。是明朝皇室的后代，明末清初杰出的山水画家。

石涛生于明崇祯三年庚午（1630 年），1644 年时，清军攻陷北京，明朝灭亡。十五岁的朱若极听说国亡，乃剃发为僧，更名元济，又名超济，字石涛，一字阿长，号苦瓜和尚，清湘道人，又自号瞎尊者。石涛对中国山水画的发展做出了积极的贡献。石涛的画，从山水人物至梅兰竹石，笔意纵恣，睥睨古今，横溢矩镬，一落笔即与古人相合。清朝乾隆时的画家郑板桥专精兰竹，曾说："石涛之画，如野战，似无纪律，而纪律自在其中。余时作大幅，极力仿之，横涂竖抹，要尚在法中，未能一笔瑜于法外。甚矣，石公之不可及也。"郑板桥又云："石涛画法，千变万化，苍古离奇，又能细秀妥帖，比之八大山人有过之无不及。"

石涛看不起当时一班陈陈相因、亦步亦趋的画家，在他的题画诗跋和《苦瓜和尚画语录》中常常痛快地骂他们一阵。他认为绘画是应当追随现实的。著名的绘画论断"笔墨当随时代"就是他提出来的。而传统（古）是必须变（化）的。他最爱游山水，尤爱黄山的云海。他曾在自己的山水画《黄山图》上题跋诗句："黄山是我师，黄山是我友。"石涛在中年以后，常在扬州、甘泉、邵伯一带的山水间畅游，往往对景挥毫收入画本。傅瑞麟最为钦佩的是他的作品上有一枚常见的印章，刻着"搜尽奇峰打草稿"七个字。瑞麟觉得，这熠熠闪光的七个字，简直就是说出了瑞麟的心声！

山水画应该从真山真水出发，即以自然为师，畅写山水之神情，即要求体现自然内在的精神运动和雄壮美丽而又微妙的含蓄，这才是山水画主要的基本的任务。关于这一点，早在一千五百年前，即六朝的刘宋（420 年—478 年）时代，山水画家宗炳和王微就分别在《画山水序》和《叙画》二文中畅抒了自己的胸臆。宗炳具体地说明了在绘画的造型上是可以而且必须以小喻大的（即以小观大），因为"迫木以寸，则其形莫睹，迥以数里，则可围于寸眸"；这是"去之稍阔，则其见弥小"的缘故（宗炳《画山水序》）。王微则殊途同归地从线的传统出发，认为画家的"一管之笔"是万能的，可以"拟太虚之体"，可以"画寸眸之明"（王微《叙画》）。石涛则更是清楚明确地提出了自己的见解和口号，而且同当时的形式主义的绘画进行了针锋相对的斗争。石涛曾无限感慨地说：

　　古人未立法之先，不知古人法何法？古人既立法之后，便不容今人出古法？千百年来，遂令今人不能一出头地也。师古人之迹而不师古人之心，宜其不能一出头地也。冤哉！

　　傅瑞麟看到这一段话，心里不觉大声地叫了一声"好"！真是精彩之极！痛快淋漓之极！他觉得这段话不啻为形式主义的画家们写照。

　　傅瑞麟仍继续翻看石涛的资料。突然，石涛的又一段活动史料引起了他的注意。清顺治十四年丁酉（1654年）的秋天，石涛曾到杭州。一日，石涛与友人同游西湖。湖光山色，水光潋滟，真是美不胜收，激起了石涛极高的兴致。这时，友人问石涛，画坛的南北二宗究竟应该如何宗法呢？石涛豪爽地说："画有南北宗，书有二王法。张融有言：不恨臣无二王法，恨二王无臣法。今问南北宗：我宗邪？宗我邪？"说到这里，石涛捧腹大笑曰："我自用我法！"

　　好个"我自用我法"！看到这里，傅瑞麟一拍大腿，长长地舒了一口气，觉得石涛此言简直就是对形式主义绘画的一篇檄文，是对传统死板陈腐绘画的一种藐视和宣战。

　　"我用我法！"傅瑞麟不禁喊出声来，尽管这声音微不足道，在那昏沉而漆黑的夜晚没有引起任何响动，可瑞麟觉得，这一声呼唤好似是一声春雷，在他的耳旁鸣响！在他的心中震撼！

　　他取出一块直径约有一寸的上好的圆形印石，拿起刻刀，信手就镌刻起来。他先刻了一圈朱文圆边，然后用简洁的线条刻出了"我用我法"四个朱文篆字，为避免两个"我"字横行排列，他采用逆时针顺序，使两个"我"字处于对角线位置，笔画也稍作变化，但不过于明显夸张，整体感觉自然而朴实。刻毕，他蘸上印泥，钤了一个在宣纸上，看了觉得甚为满意，心情也颇为舒畅。

　　望着这圆形的朱文印，瑞麟似觉意犹未尽，心中仍是兴味盎然，想了一下，他毅然取出一张宣纸，将石涛五十七岁时于康熙二十五年丙寅（1686年）深秋宿天龙古院时题在一幅画上的古诗用工整的楷书写成一张条幅：

　　寻常多散乱，今坐静无穷。偶失从前见，能向迟后功。山涛翻石出，松籁吼云中。

猛自发深省，寒生衣袂风。石磴从空下，凌虚欲御风。置身丘壑里，何虑险戏中。天海青霄迥，山峰丹障雄。此间描不尽，霜叶更飞红。

书写完毕，他题署"石涛上人宿天龙石院诗"，然后，略加思索，便毫不犹豫地慨然写下："抱石斋主人傅抱石"。写毕，自己也不觉笑了起来，心里自语道："是呀，我与石头已结下不解之缘，而今又与古人石涛神交，看来，我这一辈子硬是要抱定这块石头啊。"又想，"石头有坚硬、可雕和宁碎不弯的性格，就让我做一块这样的石头吧"。

最后，他将刚刚镌刻完成的表露着他心迹的印章"我用我法"钤在条幅的右上角处，又将这条幅钉在案头墙上，反复吟味。

"抱石斋主人傅抱石"，他望着自己题署的落款，笑了。

从此傅抱石这个名字就伴随着他的作品为人们所瞩目，并伴随了他一生。

8. 茅屋里的"印痴"

天有不测风云，人有旦夕祸福。

少年立志、心高气盛的傅抱石凭着年轻的体魄、旺盛的生命力，在江西省立第一师范学习勤勉，成绩精进，成为学生中的佼佼者。他潜心学业，在艺术的海洋里遨游，像雄鹰在长空搏风击雨，自由翱翔。

然而，傅抱石的家境却每况愈下，修伞铺的生意越来越清淡，生活境况也一天不如一天。

更严重的是，家庭的主心骨——父亲的肺病日渐沉重，傅抱石进入师范读书不到两年，父亲就渐渐不行了。中药调治久不见效，昂贵的西药又无钱购买，这年秋天，父亲已是奄奄一息了，只是躺在床上等死。母亲愁苦的脸上总是双眉紧锁，修伞铺的生意也无心关照，整天提不起精神，话也不愿多说，真是心力交瘁，四十几岁的人头上就已稀稀落落地杂了不少白发。

终于有一天，傅抱石的父亲傅聚和咽下了最后一口气，撒手离开了人间，抛下了这一老一少孤儿寡母。这是民国十一年（1922年）冬，这年，傅聚和六十岁。傅抱石年仅十九岁。

傅聚和中年得子，心中着实欣喜不已，他对这唯一的儿子寄予了厚望。为了让儿子将来有所成就，他含辛茹苦，忍辱负重，不顾自己的病躯，勉力劳作，以微薄的收入供养儿子的学业，就是指望儿子将来不重蹈自己受苦受累、轻贱贫寒的覆辙。为此，他与命运抗争，为生活拼搏，殚精竭虑，不遗余力。当看到儿子以优异成绩进入师范时，他是何等的高兴和欣慰，他知道，他的夙愿就快要实现了，他就快要看到儿子的成功了，看到儿子将要成为一个比他尊贵得多，生活比他优裕得多的社会佼佼者，那将是光宗耀祖的事情，到那时，他将亲自带他荣归故里，衣锦还乡，回到新余去，回到北岗去，回到章塘去！回到那曾经留下了他儿时的美梦，同时也留给他无数痛苦和屈辱回忆的贫穷破败的故乡去。凭良心哇，章塘村的亲朋，北岗乡的旧友，新余县的乡人还是善良、友爱和质朴的，只是因为穷，人们之间变得生疏了、隔膜了。然而，那颗相互温暖着的心却是火热的、滚烫的；那种浓郁的乡情还是醇厚的、温馨的、珍贵的。唉，章塘啊，北岗啊，新余啊，这令他梦绕魂牵的贫穷土地哟，曾激发了他多少如涌的思潮，燃起了他多少灼热的生命之火！这火焰，曾经无数次将他从死神的手上夺回了人间。是啊，落叶归根，离乡背井三十年，临到晚年，不返回家乡看一看那块生他养他的土地，他是死不瞑目啊！然而，又是贫穷、饥饿、疾病，使他就连这点微不足道的愿望也没有实现。傅聚和终于带着对家乡新余、北岗、章塘的深深眷恋，带着对夙愿未了的无限抱憾默默地离开了这苦难的尘世，离开了这给他以贫病和忧患的人间；撒下了那难蔽风雨的破陋的"傅得泰"修伞铺，撒下了那凄苦无依的孤儿和寡妻！

突如其来的打击将傅抱石打懵了，他感到茫然、惶惑、昏晕，他的眼前是一阵迷蒙，脑海里是一片混沌，耳旁只听见母亲撕心裂肺般的凄楚的恸哭和悲啼，起先还是响亮的呼唤，然后是沙哑的干嚎，再后来就只是无声的抽泣了。那有节奏而抑扬顿挫的幽幽泣诉，是母亲在向亡人诉说和谈话，是母亲在和父亲作最后的交代和告别。邻居们劝慰一阵过后就冷静地向母子俩提出了一个严酷的现实问题：亡人的后事怎么办？

草草地收殓一下是不行的，不是还有儿子吗？还有儿子就还有希望，后事是万万马虎不得的，安葬的礼仪也是不能免的，诸如披麻戴孝执马鞭、请水洗澡算阴阳等老规矩和旧风俗，也是必须依照执行的。倔强而自信的母亲向来不甘人后，在办理后事的事情上也要维持最低的俗礼。

　　在邻居一位长者的引领下，母亲带着儿子去到南昌一家专放借贷的王老爷家，那王老爷几十年来靠放债吃利发了财，现在坐享荣华富贵。近几年来，王老爷大概因为过去坑人太多，害怕天收炮子打，也偶尔做些积德修善的事，以期将来在阴间里阎王爷也能善待他。王老爷一看这母子二人鞋上缠着白布，头上扎着白带，立刻明白是怎么一回事了，不过见那少年气宇轩昂，没有那种猥琐不堪的模样，也就不敢太拿架子。

　　"什俚事呀？"王老爷明知故问。

　　抱石的母亲仍是一脸的悲戚："王老爷，我屋里男人过世了，想求你老人家借二十块钱买口棺材，老人好入土。"

　　"借钱？"王老爷欠起身来，正色道，"借钱是要还的咄。"他又转而问引领抱石母子来的长者："你担保呀？"

　　那位邻居倒是挺乖巧，讨好地说："我哪里敢担保喔，我是听到王老爷是南昌出名的好心人，专门乐善施，修桥铺路，无人不晓，又看咯母子俩可怜，才带她们寻到王老爷屋里来。"

　　几句话说得王老爷心里无比舒坦，口气已经缓下来，问抱石母亲："你将来啷样还呢？"

　　抱石母亲倒也实在，眼看儿子在侧，口气也就硬了些："要说抵债，家里值钱的东西是拿不出。不过我咯个崽如今在省一师读书，过两年就毕业，将来当了先生，欠你老人家的债我想是还得起的。"

　　"哦——"听说这少年在省一师读书，王老爷不禁又仔细端详了傅抱石一阵，见他虽显瘦弱却是清秀的脸上，两只漆黑的眼睛炯炯有神；神情虽然悲戚，气度倒是不凡。将来成什俚大器虽不敢说，还他这点债看样子确实是还得起的。而且，父债子还，只要这儿子在，不怕他不还。

　　于是，王老爷稍作沉吟，好像狠心吃亏似地说："好吧，看你们母子一片至诚至孝，也看你咯个崽将来哇不定是个人物，我就押个宝，借你二十块钱，利钱照老规矩算，到时间自来还钱，你不来，我也只当是二十块钱丢到水里去了。”说完吩咐账房取出二十块银元交给抱石母亲。抱石母子俩自然感恩不尽，千恩万谢，回家去了。

傅抱石得以将父亲妥善安葬了。

自从父亲去世以后，傅抱石家卸去了沉疴病人的拖累，母子俩的精神得以轻爽些，然而修伞铺的生意却难以为继，抱石母亲每日须操持家务，走街串巷上门兜揽修伞生意已不可能，坐等生意上门也似守株待兔，有时几天也难有一把伞送上门来修补，因而，修伞铺已是名存实亡了。爽气的抱石母亲索性收起修伞家什，另辟门径，寻找活计。

一天，傅抱石在家里专心自制一个小工艺品，这是用约两寸长的细铜丝做成的挖耳勺和剔牙棍。傅抱石在师范有美术制作课，又有绘画的审美眼光，做起这种小件用品得心应手。他找来一根比火柴棒还要稍细的铜丝，用钳子铰下两根，每根约两寸长，取出一根，将一头用锉子磨成两分长的尖头，另一头弯成一个圆形，这就是剔牙棒。

另一根的制作功夫就要精细得多了，先将一头约一分长的一段平放在铁钻上，用锤子锤扁。然后将锤扁部分放在铁钻上一个约火柴头大小的凹处，左手用磨圆了尖头的钉子对准锤扁部分，右手执锤轻轻敲击，将扁头锤成凹形，再用细锉将四周的锐边磨平磨圆。另一头弯成铜丝大小的圆圈，将两根铜丝都穿在一根指头大的铜圈里，这既可挖耳又可剔牙的小工艺品就算做成了。当手捏住铜圈时，两根黄色的铜丝在阳光下一闪一闪的，互相碰撞还发出轻微的清亮声响，傅抱石做完了这一件小工艺品时，很是得意地举在眼前自我欣赏地玩了一阵。

“吔，你刚才敲了半日就是做咯个东西呀？”母亲看过也不禁好奇地接过来观赏了一阵，接着，突然想到说，“呀，昨日熊伯伯还花了两个铜板在街上买了一挂，是铁丝做的，还有你做咯好。我看不如我们也做些拿去街上卖。”

母亲的一句话提醒了傅抱石，怎么自己就没想到这一点！家里正是艰难度日的时候，制作这些小玩意儿不也可以贴补家用吗？而且这些东西成本低廉，在他也不过是举手之劳，也不影响学业，忙里偷闲就行了。

主意既定，傅抱石买来一卷铜丝，全部铰成二寸长的小段，磨尖和弯成圆圈的活简单，无须他亲自动手，由母亲完成，他则专事做挖耳勺的劳作，一晚上下来，就做了二三十副，星期天休息，竟能做上百副。母亲见家庭收入有了来源，终于长长地舒了一口气。

　　上街兜卖的事就交给了熊典宝老人，这老人在傅抱石幼时，对抱石钟爱之至，就像对待自己的儿子，如今，年老体衰，孤苦无依，傅抱石在父亲尚未过世时，就征得父母同意，将老人接至自己家里，早晚小心侍候，也算是报答老人的恩情。傅抱石父亲过世后，老人不肯坐吃闲饭，总想要做些事。他看见抱石母子制作这些小工艺品，非常高兴，执意要由他去兜售，抱石母子也只好依他。

　　熊典宝挑着原先傅聚和补伞用的小木箱子，到了集市或人多的地方，将两只小木箱往路边一摆，打开箱盖，翻转来，挖耳勺正好可以并排整齐地摆放在上面。为了招揽生意，傅抱石还找来一个小竹舥，将几副挖耳勺穿在红布条上，然后绑在竹节上面，每节上都有几串，举在手上或插在摊旁，迎风飘拂，发出丁零丁零的悦耳声响，果然招来了不少顾客，有时竟然供不应求，有微零星小贩甚至找上门来成批购买。家庭生活终于稍微得到改观，困苦已成习惯的抱石母亲也倍感欣慰，原来终日紧锁着的眉头也舒展开来了。

　　省立第一师范学制是五年，包括一年预科，前二年都是基础课，学习范围很广泛，到三年级时才开始分中文、英文、艺术等科。当时的师范虽学费、伙食全免，书籍及学习用品却是必须自己购置的，这对于家境贫寒的傅抱石仍然是一笔不小的开支。到三年级分科时，由于当时社会一般看不起艺术工作，从事这项专业的人才也较难觅到职业，学校为鼓励学生选择艺术专业，特由学校为艺术科学生提供学习用品，如纸笔、颜料、书籍等。傅抱石本来就醉心于美术，学校的优待条件正好解决了他学习的窘迫困境，于是毅然选择了去艺术科图画手工组学习。

　　师范校长得知这个当年以第一名录取师范的傅抱石在父亲去世后经常晚上回家打耳勺贴补家用维持学业时，非常感动，一时竟动了恻隐之心，额外聘请傅抱石利用课余时间到学校图书馆整理书籍，编目、抄卡，而这又是傅抱石驾轻就熟的事，胜过一般的职员，学校付给傅抱石相应的酬劳，两全其美。傅抱石从此可以不经常晚上回家劳力费神做挖耳勺了。

　　傅抱石真似久旱逢甘露，他从心里感谢上苍在他遭到厄运陷入困境时，总会遇到一些善良的好人，给他以扶助，给他以力量。正是这些扶助和力量，使他渡过了一道又一道难关，战胜了一个又一个厄运，使他能够在人生的征途上变坎坷为坦途，安然无恙地前行。

　　傅抱石真是如鱼得水。他意外地得到了一个可随意进入学校图书馆的机会和权利，而且由于工作原因，经常接触各类书籍，使他仿佛置身于一座知识的宝库，一座在他看来无异于宏伟的文化殿堂。初走进这座宝库和殿堂时，他的心都在怦怦乱跳，像要蹦出胸外，他努力抑制住自己激动而兴奋的心情，才使自己镇静下来。以后，工作中，他只要看见自己中意的书，总要设法记准它的位置，或专门放置在一个地方，待工余或课外时再到图书馆去，坐在一个僻静的角落专心阅读。有好几次，图书馆的职工或管理人员以为里面没有人了，将门锁上下班回了家，傅抱石因此好几次被锁在里面。有一次实在连喊人也喊不到了，他笑了笑，索性就在里面通宵看书。第二日管理员来上班，见他在里面，大吃一惊，问他两餐未吃，饿坏了吧？他却笑嘻嘻地说："哪里谈得上饿，我是夜以继日饱读诗书，痛快淋漓，何饿之有？"此事传到校长那里，校长也是又好气又好笑，不过也甚感欣慰，觉得真是人才难得，自然不免更加对他另眼相看。

　　傅抱石自被校长雇请在校图书馆做杂活后，略有收入，对他的学业不无贴补，酬金多些的时候还可交给母亲一些。傅抱石是个孝子，知道家里经济拮据，只要能节省下来的钱，绝不肯随意乱花，省下一个铜板也要留着交给母亲。虽然如此，家里的事自然就兼顾不上，挖耳勺之类的活计自然也做得很少。好在母亲是个乐天派，真是个"穷不怕"，她自信天无绝人之路，眼看儿子就要从省一师毕业，还有什么日子熬不过来呢！因此，挖耳勺的生意做得少了，她又为人家浆洗衣物、帮工、缝补、纳鞋底、做布壳（一种用破碎零头布裱糊后晒干的硬布块，可用来做布鞋面的衬子）卖，只要女人能做的活她都能做。

　　"什么样的日子我都能过！"她有时候爽气地说。

　　然而，家里已是越来越显得入不敷出，正所谓捉襟见肘。傅抱石有时想到自己五尺男儿不能侍奉病弱的老母，反让母亲为他操心劳神，心里总是隐隐地觉得不快和惆怅。

一日中午，学校门房老张在图书馆门前扫院子，见傅抱石没有去吃饭，坐在图书馆前的石礅上一边看书一边啃着一块烧饼，就随意地与他搭上话了："傅抱石，咯一阵子还在做挖耳勺呀？"他是在揶揄傅抱石，傅抱石却没有听出来。

"冇喔，哪里有时间做！"傅抱石头也未抬起来，仍在看着那本书。

"我哇你呀，硬是只木脑壳，半乖！——有钱不晓得赚。"老张拄着扫把笑着说，似话里有话。

傅抱石听了，不觉抬起头来："我啷有钱不晓得赚？我赚得什俚钱到？"

"你不是会刻图章吗？会刻图章还怕赚不到钱！"

"哪个来找我刻图章嘛？我帮你刻啰，你拿钱来！"傅抱石笑着说，"你总不会要我去摆摊子吧！"

"我要你刻章子做什俚呀，我又没有汇票领。"说到这里，老张突然神秘兮兮地凑近傅抱石："听到哇你仿刻的'赵之谦印章'可以乱真，是真个啵？"

"是真个又啷样？你要呀？"

"我要得做什俚呀，——有人要！"

"哪个要呀？"

"总找得到要的人！呃，咯样好啵，你刻，我去帮你卖。我告诉你吧，如今有些阔佬钱多不过，附庸风雅，懂又不懂，还要玩古董，玩图章，真的谋不到假的也要。"老张头愤愤地说。

"哦——，你要拿我的图章去哄人哪？——咯个事做不得！"傅抱石明白过来，断然拒绝。

"唉，我哇你是木脑壳是不！告诉他是假的嘛，卖便宜点子就是啰！"老张一脸认真。

"咯还差不多，我明日就拿一枚给你。——不过要哇清楚，出了事你负责呀！"傅抱石仍有些不放心。

"会出什俚事嘛！你刻的是官印哪？会出事，还会杀头喔！——你放心吧，蠢宝子！"老张头笑嘻嘻地说。他曾在一些大户人家当过听差，练就了一张油嘴，见人说人话，见鬼说鬼话。

第二天，傅抱石将上次刻就的仿"赵之谦印章"连同那个布袋一起交给了门房老张头。

又过了三天，老张头找着一个机会，待周围无人时，朝傅抱石眨了眨眼，从荷包里摸出一块银元，笑嘻嘻地放在傅抱石手上。

"呢，还真个有人要呀！"傅抱石立刻明白是怎么回事了。

"嘟样，我哇了吧！"老张得意洋洋地说，"现在是人是鬼都收古董，收印章，'赵之谦'，还怕没人要，——起抢！"

"呀，真的呀？咯我还真要多谢你哟！"傅抱石想到自己正是极端困难的时候，老张头如此侠义，真是雪中送炭，对他真是感激不已。

"不是蒸（真）个还是煮个呀！还有啵？还有快些去拿得来，我还去跟你卖。"

这老张头见傅抱石拿着一块银元，兴冲冲地走远了，不禁"嗤"的一声笑了起来。

原来他拿着这颗装在锦袋里的"赵之谦印章"，找到一位相熟的老爷，声言他最近在南昌乡下一位败落的地主家买到一枚"赵之谦印章"，那地主已去世，家道中落，老太婆又不懂，被他以三块钱买了来。如老爷想要，他赚一块钱卖给老爷，说得有根有叶，不由那老爷不信，再看看那印章、锦袋，特别是刻制的刀法、篆字形态、布局，与赵之谦《二金碟堂印谱》毫无二致，那老爷也略通篆刻，对赵之谦也颇为欣赏，兴趣极高，他知道南昌瓦子角的文物古董店里，赵之谦的印章卖到八元到十元。如今，居然有这么便宜的"赵之谦印章"到手。立刻付给老张头四块钱，将印章买下了。待老张头走后，仍拿着那颗印章把玩一番，爱不释手。

这颗印章，老张净赚了三元，真正刻主傅抱石只得了一元。

傅抱石赚得了一元钱，真是兴高采烈，要知道，这可是半个月的生活费呀，他一家人也可以好好地过几天了。回到家里，他止不住喜悦笑眯眯地将一元钱交给了母亲。

母亲非常诧异，问他："哪里来的咯多钱呀？"

傅抱石只是简单地告诉母亲："帮人家刻图章赚的。"

听说是刻图章赚的，母亲心里也释然了。她相信儿子的能力和品行。

再说那老爷自得到了"赵之谦印章"，自不免怀揣锦袋到文物古董店去炫耀一番，一则是张扬张扬，以示高雅；再则也是希冀通过诸多行家的赏鉴，看看能否看出什么破绽，因为他对老张头的突然造访推销"赵之谦印章"实在有些不放心。结果众皆称道刻功精妙，篆法也遒劲柔美，是赵之谦，毋庸置疑。这位老爷就放了心，心里暗暗称庆，高兴了好一阵子。以后，凡他家来了拜访的亲朋好友，这位老爷必以"赵之谦印章"示人，也有人慕名上门求观，以亲睹为快。一时间，这位老爷家里已经成了"赵之谦印章"的鉴赏场所了。

一些富绅和官僚打听到此印章系一师门房老张头搜购得来，纷纷找到老张头询问可否再买到。这老张一脸正经，欲擒故纵。

"不行不行，咯文物古董只可遇不可求，哪里有点名道姓要某某人的文物的！"

一句话说得那些官僚富绅皆点头称是，又不免有点失望。

"不过，"老张头把话锋一转，给富绅官僚留下了一线希望："我认识的那家乡绅是赵之谦的族人，据那老太婆说她的族人中还有不少人有印章，但是否是赵之谦的我就不敢哇。咯样吧，我再打探打探，看看再哇，要有的话，我再回你们的信。"

老张头将这些官僚富绅高高兴兴地送走了。

于是，过了不久，老张头又给某老爷送去一颗"赵之谦印章"，说："你老爷真有财运，吉星高照，嘿，还真让我碰到了一颗！人家高低不肯卖，幸而他家有两颗，我又出了高价才买来。"这老张头逐渐把价钱抬高，却仍只给傅抱石约四分之一至五分之一的钱。他知道，官绅老爷那边的价钱低不得，而傅抱石这边的价钱高不得，否则，两边都会起疑心，那就会露马脚了。

这样，老张头一次编造一个信息来源，一次换一个名堂，半年不到，居然卖出了十几颗"赵之谦印章"。当然，这一切，包括"赵之谦"的身份和价钱，都是严密地瞒着傅抱石的。傅抱石始终认为老张头言而有信，讲明了仿赵之谦而卖给人家玩玩的，从未想到他是把赝品冒充真品卖；而且从价钱上看，如果是真品，是绝不只卖这个价钱的。

半年时间，南昌城富绅官僚和行家手里一下子有了十几颗"赵之谦印章"，在南昌的文物古董收藏者中闹得沸沸扬扬。有几个收购销"赵之谦印章"的行家还将印章凑到一起，互相观摩、品评，从印文的篆法、刀法、结构、布局特点，以至于边款的特征，都得出确系出自赵之谦一人之手，看不出仿冒的破绽和痕迹。于是皆大欢喜，各各回家。

然而，还是终于露出了马脚。

事情还出在傅抱石身上。原来在省立第一师范，傅抱石的篆刻技艺高超是出了名的，要不那门房老张怎么会知道傅抱石能仿刻"赵之谦印章"。同学之中，特别是艺术科美术组的同学，经常会在一起探讨研究篆刻，有的爱好篆刻的同学也经常会向傅抱石求教，傅抱石也总是不吝指教，甚至当场捉刀示范。而傅抱石刻印也不避人。即使是刻"赵之谦印章"，有时就坐在教室或宿舍里刻，有兴趣的同学也会凑在一旁观看。

　　南昌一位篆刻高手一日购得一颗"赵之谦印章"，视若珍宝，把玩不已。适逢儿子进来，这位父亲有心要想在篆刻方面造就儿子，平时总恨儿子悟性不高，不是天生篆刻的料，经过多年调教也总觉进步不大。他见儿子回家。忙把儿子叫住："来来来，今天让你开开眼，看看赵之谦的真品，也好学学人家是嘟样刻印章的。"

　　这儿子走过来，好奇地接过章子看了看，似曾相识，再仔细翻来覆去看，疑惑道："咯是赵之谦的印章呀？"

　　"当然！"父亲仍抑制不住欣喜之情。

　　儿子突然哈哈大笑起来："赵之谦——，只怕是赵之谦的孙子刻的哟！"

　　"什俚意思？"父亲正色道。

　　"咯根本不是赵之谦的印章，咯是傅抱石刻的。"

　　"傅抱石？傅抱石是哪个？"

　　"傅抱石是我们学堂里的同学。"天下无奇不有，原来，这位公子就是一师艺术科的学生。

　　父亲一惊："你嘟晓得是他刻的？"

　　儿子"嗤"的一笑："我嘟晓得？我都看见他刻咯只章子！"

　　父亲一听，大惊失色："啊，不得了！竟然有如此青年学生，将来必然独领风骚，我们咯一辈简直难以望其项背。你呀，"他又望着儿子说，"更是莫消跟他比得。"

　　儿子奇怪："咯个章子怎么会跑到你咯里来的，哪个卖给你的呀？"

　　"你们学堂的门房老张。"父亲已经没有心思回答这个问题了。

　　"咯只家伙，五毒齐全！肯定是他假冒赵之谦招摇撞骗，哄人钱财！"

　　父亲毕竟是篆刻高手，不是那种沽名钓誉的富绅官僚，他惊而又喜，对儿子说："你这位同学将来必是大材，你能有幸跟他同学，是你的福分。你要多跟他学，说不定。沾上一点他的灵气，你也能成就一个人才。晓得啵？不过你告诉他，要他以后不要跟那个姓张的打交道，那个人信不得，咯会坏了他的名声。"父亲说完，仍旧自顾欣赏那颗印章去了，一边看仍一边自言自语："不得了，了不得！……"

第二日那同学到学校，一眼看见门房老张，便指着他的鼻子说："好你个老张！拿傅抱石刻的章子到外面冒充赵之谦骗钱，你小心点子！"

老张脸色骤然变得死灰："哪个哇的？"

"哪个哇的！我屋里爷 ^① 都买了一只，六块钱。——你小心一点！"

那同学也不管他，径自找傅抱石去了。

傅抱石一听，大惊失色，忙和他一齐来找老张，但那老张已经不见了，怎么也找不到。

原来老张听那同学一说，知道事情败露了。他知道此事若追究起来，傅抱石是没有多少责任的，他会吃不了兜着走。何况这半年卖假"赵之谦印章"，他已捞到上百银元，发了一笔不小的财，足够过上几年好日子了。三十六计走为上，于是，悄悄溜出校门，躲到乡下一个谁也不知道的地方去了。

果然没有几天，便有几位官僚富绅到学校来找到校长，为傅抱石仿刻赵之谦之事，指责校长治学不严。

校长因门房突然出走稍知原因，心中有数。他先请这几位客人落座喝茶。然后听他们细说过程，又接过那几颗印章仔细赏鉴，心里也窃喜傅抱石果真功夫不凡，的确了得！待他们说完，校长问："诸位先生且息怒，请问这些印章你们是从哪个人手上买的？"

那几位先生皆说是学校门房老张。

"那你们找过老张没有？"

答曰，那张老儿已经找不到了。

"这就是了，"校长说，"这几日我们也发现老张突然不辞而别，听人说是骗了人家钱财被发现，跑掉了。冤有头，债有主，老张不在，我们也就不好追究。至于说到傅抱石，他是我校的学生，他的篆刻技艺高超，尽人皆知，仿刻'赵之谦印章'本是他的功课，他又没有说那是真'赵之谦印章'，也不是他卖给你们的，他并没有犯法。是吧？"校

---

① 爷：南昌习俗，在第三者面前称父亲为爷。

长呷了一口茶又说，"这个傅抱石，天分很高，又勤奋刻苦，他的篆刻，诸位也看到了，仿刻赵之谦几可乱真，连你们这些前辈都一下子没有察辨出来，可见技艺之高。诸位就当是花了几块钱买了一只工艺精品，也不算太吃亏。我还告诉诸位，傅抱石家境贫寒，是我让他在学校图书馆做些零工才得以维持学业。我估计这老张头不但骗了你们，恐怕傅抱石也受了他的骗。你们这几块钱，权当是资助贫穷而有望的学生深造，也算是一件善事，诸位意下如何？"

一席话说得几位官僚富绅心里舒服熨帖，也没有什么火气了，反倒说："既然这傅抱石人才难得，我们也就罢了。而且本地有如此青年，后生可畏，我们也是高兴欣慰的。不过，校长要告诉傅抱石，以后要谨慎行事，不要再发生这种事了。"

校长连连点头，笑着说："那是一定的，我一定严加管束，绝不会再出现这种事了。放心，放心！"

客人走后，校长着人去把傅抱石叫来。

"你晓得你刻的仿赵之谦印章在外面惹出了几大的事吧？"校长直截了当地问。

"是老张骗了我，他哇有人喜欢咯种仿赵之谦印章，我还交代了他，不许哄人家。"

"究竟怎么回事？"

傅抱石原原本本地将事情的来龙去脉说清楚了。

校长听完，与他估计的情况差不多："哦，是咯个情况，不过以后千万要注意，咯个事做不得！咯次是我替你担了干系，再出了事就我也管不了了，晓得啵？"

傅抱石"嗯"了一声。

"呃——"校长想了想，又说，"既然你图章刻得咯好，又何必冒赵之谦的名，替人家扬名。你应该打出自己的牌子，堂堂正正地用傅抱石的大名，将来超过赵之谦，有何不可！"校长是个爱才惜才的人，有心要造就傅抱石，因而鼓励他闯出一条自己的路。

"哪个会来找我刻章子？我不要读书呀！"

"刻章不误读书，你又是学美术的，相得益彰嘛。咯样好啵，我到报上去登一条启事，推荐你刻章。价钱嘛，便宜一点，就一块钱一只如何？"

傅抱石听了，不禁为之怦然心动："咯还有什俚哇得！——当然好喔！"

于是，校长果真在报上登了一则《刻印启事》，称江西省第一师范校长某某某介绍抱石斋主人傅抱石治印，润例从优，奉送石章，每件一元，欢迎来人面洽。又在校门口贴了一张告示：凡到本校找抱石斋主人傅抱石刻印者请至 × 楼 ×× 室洽谈。

在校长的至深关怀下，傅抱石得以第一次堂而皇之以自己的名义为人篆刻图章。不但解决了学业所需之费用，而且有所盈余，能贴补家庭开支。母亲见儿子能经常资助家里，也欣喜不已。老人家没有想到，不待儿子师范毕业，已经能得到儿子的服侍和赡养了。

由于有了"赵之谦"事件，傅抱石的名字一下子在南昌美术界乃至文化教育界传开了。许多人仰慕傅抱石的篆刻技艺，求刻者居然络绎不绝。傅抱石大有应接不暇之势。

为人刻印，不像艺术创作。求刻者一般是刻名章，印石既定，名字更不能更改，有的顾客还有一些怪异的要求，而既然人家按润例付钱，就必须照办。傅抱石这时只是个青年学生，刻印都须尽量使人家满意，因而，每刻一印，他总是精心谋划、思考，从编排、布局、篆法以至凑刀，都小心翼翼，一丝不苟。所以，这些应命之作也都刻得精美绝伦，顾客得到后也异常满意。

傅抱石是个有心人，即使是为人篆印，凡有自己认为满意的，他必钤下几个，以备留作资料保存。数年以后，他编辑出版了《傅抱石所造印稿》，其中就收辑了不少这一时期的作品。

此后，傅抱石对篆刻的狂热兴趣一发不可收拾。他更潜心钻研历代名家的篆刻以及篆刻史，他并未满足于仿刻历代名家印章可以乱真的水平。虽然篆刻"非临古无以娴技法"，但"画可搬而印不可搬，画可不断临摹，而印必须独创"，因此，他在经过对名家篆刻心摹手追之后，又以犀利的目光，通过体味研究，以自己的意识去分析他们的优劣和长短。他开始觉得，就连自己钦仰之至的名家，也不是完美无瑕的。如赵之谦的白文印境界最高，但还未能力追秦汉；朱文印面目颇多，还不够统一，"惜其好学，学力不副"，陈曼生则"意多于法"，以至于影响到以后"缅越规瞻，并自郐耳"。诸如此类的看法，都通过进一步的研究使自己对名家有了更透彻的了解。

一日晚上，傅抱石从学校返回家中，经过半日的学习绘画，下午刻印过于专心已不知时间，回到家里又刻。夜已深了，他突然觉得肚饥难忍，问母亲："姆妈，我吃了夜饭啵？"

母亲听了好笑："你吃有吃夜饭我啷晓得！下昼你在学堂里。"

抱石"噢"了一声："真咯！我还有吃夜饭呢，怪不得咯样饿哟！"

母亲听了笑出声来："你呀，硬是等刻印刻禅（傻）了！"

吃过"夜饭"，傅抱石再继续白天的刻印。然而，拿起刻刀，心思却不能完全集中到篆印上来。想起刚才母亲的话，想到自己这几年对篆印的痴迷程度，他自己也觉得好笑，同时为自己少年刻苦，历尽艰辛，才有今天的成绩而感慨系之。是啊，我是等刻印刻禅（傻）了。他想起了清盛大士《溪山卧游录》有一段这样的话：

米之颠、倪之迂、黄之痴，此画家真性情也。凡人多熟一分世故，即多生一分机智，多一分机智，即少却一分高雅，故癫而迂且痴者，其性情于画最近。利名心急者，其画必不工，虽工必不能雅也。

抱石想，"千古画人无一好名货殖之徒，就让我做一名既颠而迂且痴的人吧"。他取出一块宽约一厘米，长约二厘米的长形印石，刻了一方朱文篆印。上面是"印痴"二字，自上而下排列，自己觉得线条细而流畅，疏密有致，颇有浙派风格，甚为满意。他决定，这枚印章将伴随他一辈子。

"是的，我一辈子都会是一个'印痴'！"他想。

9. 遨游书海　立志著述

天亮了，傅抱石将窗板打开，熹微的晨光照进了狭小的房间，由于窗户太小，又是木板的，在没有开窗户之前，房内仍是一片黑暗，木板的窗门一打开，才能勉强看得清房内的陈设：也就是一张架子床，一张双屉木桌，唯一算是像样的家具，是那只双层的橱柜，原是用暗红色的"土漆"漆成，年深日久，漆面剥落，木板损毁，已经破旧不堪。这只柜子早先放在父母房里，父亲去世后，母亲见柜内堆满了抱石的书籍、印石、画纸及笔砚之类的东西，索性叫儿子把柜子搬到他房里。这样，原本就狭窄的房间更显得拥挤了。好在抱石一个人，他也不在意房间的大小，自从那橱子搬到他房内后，他读书刻印绘画倒是方便多了。

昨日刻印到半夜，睡觉时已听见不知哪里的鸡鸣，才迷迷糊糊地睡着了。感觉只是在床上睡了不久，怎么就天亮了。近些日子老是觉得睡不够。唉，要是什么时候能痛痛快快地睡上一觉，那该多好呀。

可是不行，他每天有每天的计划。

今天是礼拜天，他有许多书要看。

近一段时间，他集中时间和精力在研究中国的绘画发展史。为了这项工作，几年来，他通过"扫叶山房"、大成等古籍书店，购买了不少旧版的有关美术史论的旧书，有新版的或太贵买不起的他就借回家抄录，为了及时归还，他不得不利用晚上时间甚至通宵阅读辑录，学校图书馆也为他提供了这方面的便利。两年来，他的"书柜"里已经收藏颇丰，从魏晋南北朝到清代直至民间的画史画论著作，已经积累了数十本。此外，散见于各类史书、志书或善本、珍本古籍中的有关文章资料、片言只字，他则用小纸片誊抄。如今，这些资料卡片也已经抄录了上千张，他也分别按画体、画法、画学、画评、画传分门别类，以便查找。

对于历史，他简直像对篆刻是"印痴"一样，也是富于癖嗜的。不但通史喜欢读，与美术专业无关的专史也喜欢读，而对于美术史的研究，他总不觉疲倦，也就是这"癖"的作用。"癖"者，瘾也，他读历史，研究历史、画史，已经成了瘾了。

　　为了学习绘画，必先接触到美术史，接触到画论。而在当时中国的美术界，除了通行的一部日本人大村西崖所著的《中国美术史》外，在国内，还没有一部像样的完整的画史书籍。所有的有关中国绘画的画史画论之类的文章，都是零星散乱地出现在浩如烟海的古籍之中，为了收辑这方面的资料，他不得不通读他所能接触到的古籍，而对于史书上有记载的画史画论的专著，他更是孜孜以求地像在艺海寻珠，只要书店有此类书籍出现，他或买下，或全文照抄，其中的甘苦真是不可尽述。

　　就在这几年中，他已经搜购或抄录了诸如晋顾恺之的《论画》《魏晋胜流画赞》，陆探微的《宣和画谱》，南北朝宗炳的《画山水序》，王微的《论画》，唐朝王维的《山水诀》《山水论》，五代荆浩的《笔法记》《画说》，宋朝米芾的《画史》，郭熙的《山水训》《画诀》《画论》，郭若虚的《图画见闻记》，欧阳修的《论鉴画》，黄庭坚的《论画》，元朝倪云林的《清閟阁遗稿》，明董其昌的《画旨》《画评》，清朝笪重光的《画筌》，王概的《芥子园画传》，王昱的《东庄论画》，唐岱的《绘事发微》，王学浩的《山南论画》，钱杜的《松壶画忆》，秦祖永的《画学心印》，石涛的《苦瓜和尚画语录》以及《历代名画记》等等，共约一两百部有关画史画论的专著。

　　是的，他有一个宏伟的计划，这个计划是这样的大胆和近乎狂妄，以致在刚开始闪现出这个念头时，他自己也抑制不住狂乱的心跳。然而，这大胆而近乎妄为的计划却搅得他昼夜寝食难安，他抵御不住这个计划给他带来的诱惑，他太想冒这个险了。这个计划就是——

　　他要亲自来写一部中国的绘画发展史！

　　是的，这需要极大的勇气和毅力来实现这个计划。因为，这是有史以来中国的第一部绘画发展史，是中国的一个青年第一次向美术界的权威挑战！实际上，这也是傅抱石第一次向自己挑战。他在检验自己有没有这个勇气，有没有这种毅力从事这件前人从未从事过的工作。但是，从来不知道天有多高地有多厚的傅抱石自己认定了的事就一定要去实现，尽管这时候他还只有十八九岁！

　　是的，少年气盛，十八九岁的傅抱石根本没有考虑他的身份、地位、年龄以及学历符不符合撰写这部书的条件，他也没有考虑以他的学识、素养以及他对中国美术的了解程度具备不具备撰写中国美术史的权威性，反正，实际上从他进入省立第一师范时起，就已经在着手准备这件工作了。现在，可以说他已经准备就绪。近一段时间，他已经在开始撰写了。

在启动这个计划时，他确实是"狂妄"之极的，他倚仗的正是那种初生牛犊不怕虎的大无畏精神，才敢于一头钻进那浩瀚的史料中去。而在着手撰写之前，他又是非常清醒的，这时候需要的不是发热的头脑，不是盲目的进攻，莽撞的出击，而是谨慎的、细密的观察、钻研和思考。

他通过中国绘画丰富而翔实的历史资料透彻地看到：中国的绘画受了环境的陶镕，并不像平行而无变化的两条直线。

而一切艺术的展开，其背后皆是展开时的推动，推动至于多方面急流的进展。

环境可以改变一切事物，无怪让两条线变得曲曲折折。在绘画上既绝对脱不了环境的"力"，就要接受而服从它。于是曲折的程度，没有简单而且富有变化了。

傅抱石想，我们居几千年之下，这复杂的造成，是为了什么？或某一曲折的现象及展望又是怎样的？确不容易找到一个较准的系统。但从很远很远的深源，所发出来的流水，必不是可以窥一斑而知全豹。虽然有不少的画商，把无价的东西，硬说是定价不二。什么上古中古，什么初唐晚唐，生吞活剥，似乎增加了系统的紊乱，轶出系统的真正面目，于系统是百无一用。然而这种制作，繁难也是不能减少。因中国文明发达最早，各种文化事业，进步很是迟慢。所以古人遗留下来的手迹，真是与古人俱亡，加之中国人不道德的习性，赝品充斥，真的反秘售外人。自顾个人自利，不虞国家文献从兹失所！这样渐渐地漏出，有限的东西，能够经得住几次车载轮运呢。

而其结果，好比自己床上枕头底下的钞票，自己是一笔糊涂账，隔壁老二比你却清楚多了。

而这隔壁老二虽多，日本是最厉害的一个！

因此，傅抱石觉得，我们须利用敏锐的脑力和眼光把失去的宝贝一样一样地找着源流，或弄了回来。这些宝贝，是从现在上窥几千年曲曲折折的引导者，也许还是某一曲折的具体精神。离开它而谈曲折，其虚伪会令人可笑的。

而具体到中国的绘画历史，他想，自从有画一直到今日，今日的中国民众，还不明白画是怎样到今日。这种人一定有百分之九十以上，"以上"并未过分形容。试看关于中国绘画的书籍有多少？研究者又有多少？在中国的地位怎样？中国人对待研究者的态度又怎样？这一切都是使人悲哀的现实问题！至少，我们须自己起来担任这重要而又被诅咒的担子。只要不糟蹋自己的天才，努力学问品格的修研，死心塌地去钻之研之，其结果，最低限度也要比隔壁老二强一点！

正是基于这种考虑，傅抱石决定"自己起来担任这重要而又被诅咒的担子"，向着中国绘画的发展历史这一幽深而又神秘的殿堂前进，哪怕这前面是险恶的深渊，是恐怖的墓场，地狱之火在熊熊燃烧，他也会从容不迫地赴汤蹈火。这就是他的性格，他与生俱来的胆识以及在艰辛和磨难中铸成的素养和品行。

富有史癖的傅抱石在奋笔疾书，他觉得真是"味道十足"！他在中国历史的海洋中自由翱翔，得心应手地翻阅资料，运用资料，组织文章。他的眼前出现了一个又一个熟悉的历史人物，仿佛这些历史的创造者和佼佼者又重新回归到现实之中。他在与他们对话、交流，他的脑海里，清晰地出现了一根根脉络和线条，那些散乱地出现在各种古籍和文章中的零星事件、人物、评论等，经过他的组织和安排，变成了一支井然有序的队伍，一座结构严密的大厦，而他，是这支队伍的指挥者，这座大厦的设计者。

傅抱石真是"味道十足"！他站在历史的高度，将这些曾经煊赫一时，甚至叱咤风云的历史人物一个个唤出来亮相、评论、褒扬、批评，他感觉自己就是指点江山、纵横捭阖的历史的主宰。他甚至忘记了自己还只是个十八九岁的学生，而他笔下的那些人物都是造就了时势，在一个时代或时期留下了足迹的英豪，有的甚至是转变了历史的帝王将相。他觉得在心理上从来没有这么痛快过，精神上从来没有这么豪迈过。他想起石涛于康熙四十二年癸未（1703 年）在扬州为小翁先生作画，曾题云：

此道见地透脱，只须放笔直扫，千岩万壑，纵目一览，望之若惊电奔云，屯屯自起。荆关耶？董巨耶？倪黄耶？沈赵耶？谁与安名？余尝见诸名家，动辄仿某家法某派。书与画，天生只有一人职掌一人之事，从何处说起？

是啊，历史人物只是各领风骚，而他是撰写历史的人！他笑那些法古不化的人在历史面前竟显得那么柔弱无力，他要像石涛那样，睨视古人！他所恼恨的，是古人不知道他的壮举！

手写酸了，身子也疲惫了，奔放的大脑也需要镇定休息一下了。他放下毛笔，活动活动酸胀的手指，将两手的十个手指互相交叉，朝与握拳的相反方向扳了几下，立刻听见手指关节"咔咔"的声响，顿觉右手松弛舒服多了，然后，他的思绪又集中到刚才的思路上来。

石涛上人的话说得何等透彻，真是一针见血："诸名家""动辄仿了某家法某派"，难道"书与画，天生只有一人职掌一人之事"？这真是"从何处说起"！想到这里，傅抱石真想大声疾呼：今人摹古，古人摹谁？我遗憾——恨古人不见我！

想到这儿，他忽然感到一股强烈的创作冲动，他"刷"地一下拉开抽屉，从里面取出几块青田石，找出一块长宽各约两厘米的石章，手执刻刀，刷刷地镌刻起来。

"今人摹古，古人摹谁"，是他早就想提出的疾呼。他将八个字分成三行，前二行各三字，第三行刻"摹谁"二字，前二行中的"人"字所占位置相差了近一倍。字形也作了较大的不同处理；两个相连的"古"字则从线条粗细、字形的结构上稍作精细的变化，又不过于夸张；两个处于对角位置的"摹"字也作了适当的改动。刻完之后，这颗总共仅八个字就出现三对相同字的印章，经过他这种看似不经意然而却是独具匠心的处理，观来真是看似无技，技在其中。这枚朱文方印既代表了他的篆刻技艺，又喊出了他的心声，傅抱石甚是珍爱。

他又取出一方比前印稍小些的方形的青田石，刻了一方白文的印章，"恨古人不见我"。为强调他的感情，也考虑字形和笔画，他将"恨"字扩大，占去了整个印章的近四分之一，而"古人"二字也只占四分之一。刻完，他将这方白文章钤印在宣纸上，厚重的朱红色，饱满而遒劲的线条似乎印下了他的思想，他望着这方印竟冥思了很久。

将近半年的时间，他终于写完了这部十多万字的书稿。这是这年的年底，一个大雪纷飞的日子，那几天南昌的天气特别冷，窗外呼啸着凛冽的寒风，像刀子似地割着人们的耳朵和裸露的皮肤，屋檐的瓦条上挂着长长的冰楞，灰暗的天空弥漫着厚重的浓云。傅抱石坐在桌前，双脚踏在火盆上，犹感抵挡不住那袭人的寒气。由于窗上的木门已经关严，屋内只有屋顶几块明瓦上透进来的一点微弱的光线。他吃力地写完了最后一个字，"啪"地放下小楷毛笔，心里一阵欣喜，感到了很久都未曾有过的轻松。

他取出所有的书稿摞在一起，在一张空白稿纸上工整而潇洒地写下《国画源流述概》，又在标题的下面署上"傅抱石"三个字，然后将这张稿纸放在整摞稿纸的上面，这部书算是完成了。

望着这摞用小楷毛笔字写在毛边纸上足有半尺厚的书稿，傅抱石真是百感交集。这些手稿凝聚了他多少年的辛苦和心血，耗费了他多少个不眠之夜呀，可也同时证明了他的勇气和毅力，证明了人生通过拼搏，通过不懈的努力，就一定能够达到追求的目标。这时，他觉得自己从来没有像今日这么充实和自信。

第二

志存高远　青年英才

章

1. 第一部美术论著出版

　　充满着幻想、憧憬而又求实、奋发刻苦的师范五年时光过去了。1926 年，傅抱石于江西省立第一师范艺术科毕业，被聘留校担任附属小学教员。

　　这是一个动荡不安、硝烟弥漫的年代，北伐已经取得了节节胜利，农民运动在南方各省蓬勃兴起。然而，军阀的新的割据局面也已经形成，连年内战在中国大地留下的是满目疮痍，老百姓仍处在水深火热之中，正如一位忧心人民的书画家、诗人陶博吾所写的："只苦了黎民小百姓，年年泣。"

　　南昌城内，同样是截然不同的两个世界，在傅抱石蜗居的小金台、萧家巷一带，处在最底层的城市贫民只能维持着最低的生活水平。捡破烂摆小摊的，洗衣妇及捡菜叶为生的穷汉比比皆是，而位于洗马池一带的繁华闹市区，西装革履、举止阔绰的有钱人和穿着开衩至屁股、高架着大白腿坐在黄包车里的妖冶妇女在街上招摇过市，气派豪华的江西大旅社内，官僚和富豪们一掷千金，过着纸醉金迷的淫乐生活。

　　一日，傅抱石因为篆刻的事前往江西大旅社找一位订购买主。走到门口，即被西崽仆欧拦住，那西崽一脸鄙夷的神色，盘问半天，才让他进去。走到大厅，只见男男女女，勾肩搭背，芳香四溢。经过餐厅门首，看见几桌宴席上摆满了山珍海味和许多叫不出名的菜肴，那一个个已吃得微醉的老爷、太太、少爷、小姐们仍在觥筹交错，饮兴正浓，娇声浪语一阵阵地从厅内传出。这一幕，给青年傅抱石留下了深刻的印象，强烈地冲撞着他的心灵，他第一次领略了世态的炎凉，体会到社会的不公。傅抱石"呸"地啐了一声，走过了这令他不愿看见的地方。

　　然而，不管如何，傅抱石毕竟有了自己的工作。他是幸运的，刚刚步入社会，走向人生的新征程，他就能得到一份他家祖祖辈辈做梦也不敢想的算是"高贵"的职业。是的，当傅抱石第一次领到五十多元薪俸，将白花花的银元交给母亲时，母亲那激动地噙满了泪珠的迷蒙的眼睛，那颤抖地接过银元的双手，都使傅抱石的心受到了强烈的震颤！他明白，他的父亲打着赤脚、木扁担上挑着破陋的铺盖从新余、从北岗乡的章塘村只身来到南昌时，是不敢有这种奢望的；他明白，当他父亲惨淡经营着那穷困的修伞铺，而母亲亲自将他送到私塾念书时，也仅是指望儿子不再像父母那样一生受苦受累，至多当个警察，能每月领个十来块钱薪饷足矣。如今，母亲在接过儿子递过来的银钱时，老人家就明白，她这下半辈子，不用为生活的艰辛担心和发愁了。只可惜抱石的父亲，那个老实巴交的傅聚和没有能看见这一天，否则，说不定他的病会一天比一天好的，想到这里，老人家不觉长长地叹息了一声。

　　傅抱石在精心教学的同时，业余又对篆刻投入了大量的时间和精力。他除了不断地精研刻印技术外，还浏览阅读了他所能搜罗到的所有关于篆刻技法及篆刻发展演变的书籍，遍览金石版碑及古今印谱。在对这些书籍的研究中，他发现，中国篆刻的历史虽然久远，关于篆刻的书籍也可谓洋洋大观，但却从未有一本系统的篆刻史论著作问世。他觉得，这一历史使命自然地落到了自己身上，他又有一种创作的冲动：他决定自己来完成中国第一部关于篆刻史的著作。

　　这又是一件艰辛而又"味道十足"的工作。傅抱石要写此书，必广搜博求各种资料，为此，他通览了《周礼》、唐杜佑的《通典》、搜罗古印累万的《十钟山房印举》、元代吾丘衍的篆刻专著《三十五举》、明朝徐官的《古今印史》、清朝甘旸的《印章集说》、隆庆时顾汝珍的《印薮》、万历年间王常的《集古印谱》《秦汉印统》、潘云杰的《秦汉印范》、明末清初周亮工的《印人传》、清朝丁敬所著《武林金石录》、赵之谦的《二金蝶堂印谱》、黄少陵所编的《黄牧父印存》，以至日本大村西崖编著的《东洋美术史》等等。共约二百多本关于篆印的古文献，前人的印论、印人传记、印集、印谱等。

　　傅抱石在这本关于篆刻的专著《摹印学》的总论中写道：

　　篆刻的简单诠释，不妨说是"篆"与"刻"的艺术，即是指用金属品、玉石、兽骨及各种材料雕刻印章的艺术而言。这名词的专用于刻印，虽出于近世纪，而这艺术的历史，就遗物的流传而论，几可为绘画的二倍，和文字差不多同时。"篆"即是书法，"刻"即是雕刻，以线条为生命的中国文字，对于雕刻是非常适宜的，所以书法和雕刻的综合，在中国虽尚有其他的表现方式，然总没有比"篆刻"更纯粹、更彻底、更精彩的。它原始的发展情形，虽尚待今后的研究，而据已有的资料，它是与宗教、政治、道德诸方面紧密联系而形成艺术的。尤以自第七世纪和绘画艺术结了不解缘之后，驳驳乎已是构成中国绘画相当重要的元素。随着绘画的发展并辔奔驰，造成了中国艺术史上的奇迹。

这部《摹印学》，分总论、印材、印式、篆法、章法、刀法、杂识七部分。自先秦始，考其印篆体制之嬗变，并详尽述其源流，从殷墟的铭刻，论及秦代瓦当的铭文、玉石玺印，详述了中国篆刻艺术发展的"最高点"——汉代的官印和私印，认为其风格"朴茂厚重"，其规模法度，实完成了书法、铭刻的最高境界。然后，分析了自三国至隋的"诎曲盘回"为主的朱文印造成的僵化和沉滞，唐宋时期"流丽圆转"的"圆朱文"的晦暗和失败，褒扬了明初王冕以花乳石作印而使石章流行天下，促成了篆刻艺术急剧发展，对嗣后出现的清初和诸篆刻巨匠和相继形成的流派，以及后来各领风骚、蔚为大观的众多印坛高手，都进行了周详的论述。全书旁征博引，脉络贯通，除引用大量历史资料外，还注意引用民国年间新出土的资料进行论证，举隅示例处充盈着个人实践的甘苦和心得。印例搜罗宏富，插图也亲手绘制。

将近一年的时间，傅抱石终于将《摹印学》写作完成。抚着这部四万多字、用工整的小楷誊抄出来的完整、系统地评述中国数千年印章艺术的学术专著，傅抱石觉得这简直就是自己的全部生命。是啊，这其中的一字一句无不倾注和融入了他的心血和青春，这苦心营造的甘苦，对于年仅二十二岁的青年来说，真不是寥寥数言可以尽述。

一年以后，傅抱石偕母亲搬进了新家，地址在杨家厂附近的小金台，是一座大杂院式的试馆。傅家租住的一间分前后进，尽管仍不算大，但与原来住的"傅得泰"相比，要宽敞得多了，母子俩算是走出了那穷街陋巷，进入了一个稍高层次的社会，抱石母亲为此乔迁之喜，摆了一桌酒席，请几位相知姐妹和亲朋相聚一次，为庆贺，也为感谢诸位亲友的多年关照之情，傅抱石对母亲的这一举动，欣然支持。

迁乔之后，傅抱石母子商量，将熊典宝老人也接来住在一起。这位曾在傅抱石少时给了他无微不至关怀的老人，如今虽已年逾古稀，傅抱石却一刻也没有忘记老人家舐犊之情的恩德。他将老人认作义父，待老人亲如生父，每日侍奉衣食起居。熊典宝老人没想到自己一生没有子嗣，到老来却意外地得到了亲如骨肉的颇有出息的儿子，那颗孤寂的心倍感慰藉。

自搬入了新居,家居条件更好了。傅抱石却更不敢稍有懈怠。尽管学校已放了暑假,他却觉得这段时间对他是多么难得。他把从书店购来的新近出版的陈氏《中国绘画史》《潘氏中国绘画史》、郑氏《中国画学全史》及朱氏《国画 ABC》等关于中国绘画发展史专著取出继续仔细阅读,并一边做着笔记。

经过一段时间的研究,他发现,尽管这些专著各有所长,资料的引述也丰富和翔实,然而,这些专著却有着某些不足或问题。如将画体、画法、画学、画评、画传混为一谈;将中国绘画的发展作了机械而简单的断代;记账式的记叙,使读者得不到一个整个的系统;而且,这些专著几乎没有指出一条中国绘画的正途。

他想,如果读者是一个学国画的人,只有高中文化程度,那么对于他来说,画法重于画学,画学重于画体,画体重于画传,画传重于画评。断代的太破碎了!记账式的太死气了!应当指出一条正路,使他们有所循依,才是不错。

时已近午夜,南昌的盛夏,暑气炙烤得人焦躁不安,屋内更似蒸笼一般,睡在床上仍会不停地冒汗,许多人索性搬个草席或竹床板睡在过道或屋外。到夜深,疲惫已极的人们才酣然入睡,这时,正万籁俱寂,只听得见夏虫的鸣叫。傅抱石却毫无睡意。他珍爱这午夜的时光是如此的凉爽和惬意,他仍然沉浸在找出一条撰写中国绘画发展史的正确途径这一问题的思考上,是啊,应当指出一条正路,可是,如何指出这条路呢?这条路又在哪里呢?

突然,似乎在不远处,听见"砰"的一声枪响,接着,街上传来嘈杂的脚步声和喊叫声,继而枪声大作,似乎有两支军队正在交火,这声音是这么近,以至于在走道上和在屋内鼾睡的人都惊醒了,傅抱石觉得这交战的双方就在他家的旁边,紧接着,南昌城内四面的枪声一阵紧似一阵,乒乒乓乓、哒哒哒哒,各种枪声像炒豆子似地爆开。街内的百姓开始惊惶失措,人们揣测,莫不是又遇着了军队的火并,抑或是新的军阀战争。然而,谁也无法打探消息。

天亮了,街上静寂无人,只看见一些穿着灰色军装、颈脖上系着红绸子的军人在匆忙地跑动,直至上午,才开始见到行人。傅抱石年轻气盛,大着胆子跑到不远的繁华闹市区洗马池一带去看动静,走到街上,看见熟悉的江西大旅社门口,聚集着不少军人,且戒备森严,围墙内的旅社门口,摆着许多叫不出名字的重型武器,有些看似长官的人在旅社进进出出，而旅社的屋顶，赫然飘扬着一面红旗。机敏的傅抱石知道，昨晚的事故源出于此，他望着这座五层楼的豪华旅社，预感到南昌出了大事。

不久，街上贴出了布告，许多军人也在街上宣传，以安抚民众。傅抱石才明白，昨晚，他确实经历了一个伟大的历史时刻，他亲身见证了一场伟大的历史事件。

8月1日凌晨，以周恩来为书记的中共前敌委员会，举行了震惊世界的南昌起义。周恩来、朱德、贺龙、叶挺、刘伯承等领导、组织了这次起义，全歼南昌守敌一万余人。昨晚，傅抱石亲耳听见了中国共产党打响了武装起义的第一枪。

原来，从7月下旬开始，朱德领导的起义部队就包下了江西大旅社，在旅社的喜庆厅召开会议，使这座昔日官僚和富绅淫乐的巢窟成为中共领导起义的指挥中心，成为埋葬反动官僚和富绅的策源地。想起过去在江西大旅社看见的官僚富绅荒淫、享乐的生活画面，傅抱石不觉有些欣喜，他想，这倒是得其所哉！

以后的一段时间，傅抱石的心里总是充满了激动和兴奋的情绪，他似乎感到这个世道要变，说不定，将来的天下，是穷人的天下。中国共产党不是这样说的吗？

然而，红红火火的革命声势在南昌只热闹了几个月，又经历了几次激烈的战斗之后，中国共产党领导的军队撤离了南昌。南昌的一切又归于平静。

这年秋季，江西省立第一师范改名为省立第一中学。傅抱石仍在小学部教学。

一个学期就要结束了，傅抱石感到充实而自信。他对自己的职业感到满意，对自己殚精竭虑、孜孜不倦地在绘画和篆刻以及史论方面辛勤耕耘颇感慰藉，他还有一揽子计划和打算，并且准备付诸实行，他自信自己能够成功。

然而，一场突然的变故，打乱了傅抱石的步调，险些使他改变了自己的人生道路。

新年了，家家都沉浸在喜庆的气氛之中。中国人不论贫富，在这吉祥的时日，总会以自己力所能及的方式，度过这美好的时光。

除夕夜，傅抱石和母亲，还有熊典宝老人吃过年夜饭，天已墨黑，屋里的香炉上插满了蜡烛和神香，那神香散发的烟雾在屋内缭绕，使屋里充盈着一种温馨和美的气氛，外面不时传来阵阵爆竹声，南昌的夜空笼罩在一片喜庆之中。

傅抱石坐在火盆旁边，就着煤油灯，仍在阅读着那本《中国绘画史》，即使在这样的时候，他也不愿意浪费时间，将光阴虚掷在无聊的清闲和牌九麻将之中。他觉得，如果那样，那简直是犯罪而不可饶恕。

　　门外，时不时会有人从门缝里插进一张"恭贺新春　敬祝发财"之类的贺年片。南昌习俗，除夕之夜，亲朋好友、街坊邻舍或有商业往来的业主皆会互赠贺年片，以示承蒙关照之谢忱。所谓贺年片，也只是在一张巴掌大的红纸上，用毛笔写上几句吉利话。这赠送的形式却很奇特，不用邮寄，也不面交，是吃过年夜饭之后派店员或小孩子一家家递送，递送方式也只是从门缝里塞进去，塞进去后敲敲或拍拍门板就走人，有的干脆连门也不敲，塞进去就走。既表示了敬意，又不打扰主人，还给人家留下一片温馨的祝福。因此，这天晚上坐在家里。隔个一时半会儿到门口一看，地上会撒满一片贺年卡，收拾起来拿回房里一张张细细展阅。啊，这是某某朋友送来的！这是某某亲戚送来的！看后，谁心里不会泛起一片融融的春意和亲情！

　　傅抱石却在大年初一收到一封从学校寄来的信件。

　　"哈！学堂里也作兴寄拜年片子了！"傅抱石一边说，一边高兴地展读。

　　然而，傅抱石一边读信，一边却眉头紧蹙，看完信，他颓然地坐在椅子上了。

　　原来，在新学期开学之前，傅抱石被解聘了。

　　显然，这是新任校长为了安插亲朋和心腹，辞退了既无靠山又无资历的傅抱石。可是，有什么办法呢？在学校，是校长说了算，也就是校长的天下。欺侮一个弱小的傅抱石，不过是小事一桩。

　　傅抱石失业了。大年初一，一家人笼罩在一片阴霾之中。傅抱石是家里的支柱，他一失业，家里的生活立即便成了问题。

　　今后怎么办？年届弱冠的傅抱石除了画画和篆刻，一无所长。而且，时逢动荡多事之秋，这种时候，找一份满意的工作，谈何容易！

　　傅抱石愁闷地陷入了沉默。

　　倒是母亲，这位从未读过诗书、受过礼教，甚至大字不识几个的中国极普通的妇女，她以中国劳动妇女特有的坚韧和对困难的漠视，劝慰起儿子来了："咯有什俚了不得呀，大不了我再去洗衣帮工，你再去刻图章，你干爷再去卖挖耳勺，还会饿死人哪！不要急，慢慢来，再想办法。"

受母亲乐观天性的感染，傅抱石心里也释然了。然而，话虽是这么说，难道真能回到过去的生活，让母亲去帮工，让干爷去摆摊，他们可都上了年纪呀！想到这里，傅抱石心中又充满了忧悒。

过年这几天，拜年串门、走亲访友的络绎不绝。数天之后，傅抱石家里来了一位不速之客。此人戴一副圆边高级眼镜，书生模样，双眼闪烁出睿智的目光，年约三十多岁。傅抱石认得，他是一中教务主任廖季登。

傅抱石奇怪，资历、年纪和职务都比他高得多的廖主任怎么会屈尊到他家来拜年。不过，既然人家登门拜访，就是很重的礼数，傅抱石仍以礼相待。

"抱石兄，新年新岁，恭喜恭喜呀！"

"多谢多谢！廖主任大驾光临，不胜感激，真是不敢当！"

"抱石兄少年有为，年年进步，成绩斐然。令兄如此，我辈是惭愧不已呢！"

"哪里哪里，廖主任此话言重了，惭愧的应该是我，不瞒主任，我已被学校解聘，坐罢在家了。"抱石说到这里，脸上是苦笑和无可奈何的神情。

"抱石兄，我今天是专为此事来的。"傅抱石一听此话，不觉一愣："哦——"目光专注地望定了廖主任。

"像抱石兄这样的才气，附小不要，算他有眼无珠。古语曰，'失之东隅，收之桑榆'。抱石兄何不趁此机会另择高枝？"

傅抱石一听未免叹息："唉，高枝！现在是失业在家，有碗饭吃足矣，谈何高枝！"

"不！抱石兄，"廖主任诚恳地说："一中怎么样？"

"一中？"傅抱石哈哈一笑："小学且不要，一中又还会要我这落魄之人？"

"抱石兄差矣，我说过，小学已矣，不去说它了。如抱石兄愿意，我负责去找一中校长，我想，一中是会愿意拾此遗珠的。"

"真的？"傅抱石大喜过望，"咯还有什俚哇得！真是要多谢廖主任的再造之恩！"他兴奋不已，真是喜出望外。

"如此，告辞了。——不送不送，不必客气！"

傅抱石一家人重又陷入突如其来的喜庆之中。不过，他们不大相信这会成为现实。

万一中校长不同意怎么办？想到这里，傅抱石仍感到忐忑不安，心里有些不踏实。

果然，过了几天，廖主任送来聘书，一中已同意聘用，聘请傅抱石担任艺术科图画和篆刻课的教学。傅抱石一家真是欣喜异常。天性乐观的母亲这时有话说了："我哇了吧，不要急，运气来了门都抵不住。"她用了一句南昌最通俗的比方对这事件做了"总结"，"咯是跌了一跤捡到只金元宝！"

开学了，省立第一师范自改为省立一中后，已从令公庙搬到新建校址办学，学制也稍有改变。然而，傅抱石走进校园，仍有一种亲切和温馨的感觉。这里是他曾经就读过的母校，许多老师还曾教过他。过去的师生如今成了同事了，感情上自然更为融洽。他也不过离开学校一年多，当年的校友绝大部分仍在校读书，彼此了解，互相信任，师生之间的距离也自然亲近多了。初来乍到，傅抱石没有丝毫的陌生感，相反，他倒觉得是回到了久别的家。

开学第一天，傅抱石手执讲义，走进了艺术科的教室。

望着教室里黑压压的数十名学生，他没有表现出胆怯和畏缩，他充满了信心。确实，对于他所担任的国画、篆刻和画论等内容的教学内容，他实在太熟悉了。虽然他认真写了讲义、教材，可那实际是应命而为，是应付检查的。他讲课时，根本用不着对着讲义照本宣科，也不用担心突然忘记某个事件、某个人物和年代而去翻翻讲义，对于中国的绘画历史，对于那些需要传授给中学生的画法、画体以及画论等，他真是了然于胸，信手拈来。而对于篆刻的教学，他更是游刃有余，驾轻就熟了。因此，对于搞好教学，他信心十足。

在教室外面，他已经清了清嗓子，以免一开口即被痰卡住了喉咙，这是他的经验。他有着一副洪亮的嗓子，说起话来底气很足，清脆而洪亮，这是当老师的基本功。

"同学们，关于我，就不用多介绍了。我是在令公庙毕业的，这里的许多同学都认识我，说起来我们还是校友；我们的年龄也相差不大；既然大家选的是美术专业，我们的兴趣也一定会相投。因此，我们可以无话不谈。我经验不足，水平也有限，今天，我在台上，大家在台下，实际上，我们是共同探讨，共同进步，教学相长嘛。对我的教学，大家有什么意见和要求，尽管提出来。可以跟我提，也可以向教务处提，我想，这是有利于教学的事，多多益善才好。"

这一场简短而诚恳的开场白，同学们听了觉得心畅气顺，对他增添了许多好感，无形中更缩短了他与学生之间的距离。

"在教授国画之前，我先给大家讲一个顾恺之的故事。"傅抱石说到这里，环视了大家一阵，有意顿了顿，他知道引而不发的效果。

他在黑板上写下了"晋 顾恺之"几个字。

"顾恺之，是晋朝的大画家，以画人物著称。字长康，又字虎头。当时人们都称他为顾虎头。他不仅是个能涂抹的画工，而且是博学多才的大家，他的诗、书、画三者都登峰造极，故有'虎头三绝'的美誉。"

傅抱石讲到这里，又在黑板上写了"虎头 诗书画三绝"几个字。

"顾恺之的画是与众不同的。古书上说他'画体周赡，无适弗该。虽寄迹翰墨，而神气飘然在烟霄之上，不可以图画问求'。即是说他的画最有精神，最有神采。有一次，兴宁要建造瓦官寺，到处化缘募捐。顾恺之一人许诺捐钱百万。他的朋友替他担心，你哪来这么多钱可捐？他笑笑说，我自有办法。等寺快要造好了的时候，他到寺中去，寺里的僧人都向他要钱，说：'你不是答应捐一百万钱吗？请拿来吧。'顾虎头不慌不忙地说：'你们预备一块壁吧！'好，等寺里将壁建造好了，他便来来往往在壁上画画，用了一个月时间，画了一尊维摩诘像。将要画完的时候，他嘱咐众僧道：

"第一天来参观的人，请他布施十万；第二天可以五万；第三天可任由他们随意布施。

"第二天，把门一开，只见佛光照耀着整个寺庙。把人们都惊呆了。于是一传十，十传百，人们都争先恐后来参观，真是人山人海。寺庙于是向参观者收取费用。没有过多久，就收齐了一百万钱。"

聚精会神听故事的同学们听到这里，一起松弛下来，教室里气氛异常活跃，连平时最调皮最爱闹的同学也听得津津有味。

"且慢，还没有完呢！"傅抱石一张又一弛。

同学们一听还没有讲完，又伸长脖子听故事了，教室里是鸦雀无声。

"这顾虎头画完这幅壁画，办成了一件艺扬四方的事，也很得意。于是，趁此机会，他做了一次开心的勾当。

"他有个邻居的女子长得很漂亮，那真是天姿国色呀！顾虎头很喜欢她，可又无法亲近她，更无法让那女子知道他的心。于是他想了一个办法，经过偷偷地观察，他将那女子的像画了下来，然后用锋利的针去刺女子画像的芳心。据说，他每刺一下，那女子的心就痛一下，刺一下痛一下，刺一下痛一下。——你们看顾虎头的画神不神哪！心有灵犀一点通，后来那女子终于知道了顾虎头的一片痴情，也就答应嫁给他了！"

傅抱石一说完，所有的同学都"哄"的一声笑了起来。

傅抱石待大家笑过之后，肃静下来，他便话锋一转："今天，我们讲学的内容便是'汉魏六朝的造像及壁画'——"

整整两堂课，同学们瞪着一双眼睛，专心致志、兴味盎然地听傅老师讲课。不知不觉，下课铃响了，同学们都奇怪，今天这两堂课怎么过得这么快！随后许多同学赞赏地说："好久没有上过这么有味道的课了！"

从此，傅抱石成了最受学生欢迎的老师。

傅抱石心情舒畅而惬意，自被聘为一中教师之后，如鱼得水，如虎添翼。他多年来所好、所爱、所专的美术专业特长在这里得到一展雄才的机会。他现在每日所想的，手上所做的，工作所需的，都是朝于斯夕于斯的美术，教他如何不心花怒放。同学们对他的教学交口称赞，更增强了他为之奋斗的自信心。他有充分把握，能在教学上干出一番成绩来，因而，套用一句俗话说，这时，他正是春风得意，踌躇满志。

然而，傅抱石是永远不知满足的，他最近于教学之余，正在从事一项更为大胆更为宏伟的工作。

自第三年始，他被学校破例聘为高中艺术科的教师。这于他既是一种无限的鼓舞，又是一种鞭策，同时陡增了不少压力。高中艺术科不比启蒙伊始的初中生，录取的都是有志于美术的富家子弟或名门闺秀。学校也特别奖掖和鼓励那些有志美术并成绩优异的学生，不但对艺术科的师资审查特别严格，而且向学生免费提供各种绘画材料，如画架、画布、笔墨纸张以及石章等。

过去，傅抱石主要教篆刻和山水画，新学期开始后，他兼授花鸟，并着重讲授画论、印学及中国美术史。而讲授这些课程，国内尚无一本完整系统的画史著作。由他向学生推荐的几本参考书，学生皆反映支离破碎，晦涩难懂，傅抱石也认为这些书除观点模糊之外，有的观点也不尽合理，缺乏科学性，甚至出现不少谬误。基于这种情况，傅抱石曾在六七年前，就有撰《国画源流述概》的基础，如今适逢教学所需，他又萌发了写作一部完整而系统并力求科学合理的中国美术史的欲望。为这部著作，他早已悉心搜求、深入挖掘中国丰富的古籍宝库中有关美术史的书籍和文章了。也可以说，他早已为之技痒，只待动笔了。

傅抱石觉得这本专著应该为学习国画的人指出一条正路，使他们有所循依，才是不错。而经过他的不断研究和思考，以他对中国绘画发展历史的深入了解和见解，他决定侧重四个方面：一、提倡南宗；二、注意整个的系统；三、前贤的画论，有必不可不读的，都按时插入，使旁收理论的实效；四、顾及兴味的丰富。

原则既定，傅抱石便开始在美术领域的历史长河中辛劳而艰苦地跋涉。

整整一年，他除了教学外，几乎是或手不释卷，或笔不离手，到 1929 年下半年，他终于完成了这部长达六万字的学术专著。

在这部定名为《中国绘画变迁史纲》的美术史著作中，除了"自序"和"导言"外，傅抱石分八个方面来阐述中国绘画的变迁和发展。

"研究中国绘画的三大要素。"他指出，"人品""学问""天才"，是造成中国绘画思想和研究中国绘画的三大要素。

"文字画与初期绘画。"据近代发现的龟甲文看来，象形的字，直是一种"文字画"；而中国绘画自"文字画"以来，在夏时就已知线条的美妙而加以放任地运用。

"佛教的影响。"自汉以来，中国绘画已趋于线条变化的追求。但由于六朝时崇尚清谈，经典译出甚多，传教者不时携绘制或雕塑的佛像来中国，致使造像及壁画极盛，因而，对中国绘画影响最大的，是佛教的传入。

"唐代的朝野。"代表少数豪华阶级的朝廷绘画专崇钩斫的青绿山水，灭绝了一般的民间艺术，而注重水墨渲染，主观重于客观，挥洒容易，有自我表现的平民绘画，即在野的、也即南宗的文人画，才是伟大的大众需要的艺术。

"书院的势力及其影响。"制定一种制度官阶，有阶级的把画者集中起来，供帝王呼使，所形成的集团，这个集团，就是"画院"，画院滥觞于南唐，而大备于宋。然而，"院体"笔拘墨束，毫无胸臆。势力虽然膨胀，号召也不算低，但其影响，仅足支花鸟一门。

"南宗全盛时代。"南宗的全盛，也是在野的胜利，不但人才众多，而且对画法画学也有精备的贡献。这一时代，包括宋元两朝。

"画院的再兴和画派的分向。"明朝时，画院的死灰又形复活，并且较宋代更是优异、普通。画院内的画工越弄越多，各派图自己的存在与发展，未免角逐。结果到了嘉靖之秋，那声威煊赫的画院，竟至寂然无闻。

"有清二百七十年。"清代的文化，真是如日中秋，无所不妙！"汉学""宋学"都有极大的创造。关于文化，清代自是不弱。而有清二百七十年的绘画，其势力均统属于南宗。

这部关于中国绘画发展史的专著，可谓理论精辟，史料充实，上自《周易》《尚书》《左传》等，下至近代学者陈衡恪，引述书籍凡上百种，仅文后随意列举常见的清代参考书目就达五十七种之多。在当时中国美术史的研究领域里尚是一片不毛而荒芜之地时，将数千年的中国画史勾勒出一个清晰的轮廓，真是难为了年仅二十五岁的傅抱石，无怪乎傅抱石在写作完成最后一页时，也长长地吐了一口气。这是将长期瘀积在胸中的能量总的释放，是完成了一件壮举后的一种悲壮的长啸。因为他也是人，是个普通的人，而且是个年轻人，然而他完成的壮举，却非像普通的年轻人所为。这中间，除了意志、毅力、勤奋、刻苦外，似乎还应该有点别的东西。

是什么呢？

也许就是如傅抱石自己所总结的研究中国绘画三大要素中，除人品、学问以外的第三条：天才！

此书写成不久，试投过几家出版社，一年后的1931年，终于遇到赏识者，由上海南京书店出版。

2. 十八岁少女的芳心

傅抱石真是春风得意，踌躇满志。

他在省立第一高中艺术科任主课教师，由于教学成绩优异，学生反映良好，学校也颇为满意。当时各校美术教师奇缺，教学优异的美术教师更难聘到。为此，南昌的许多中学都纷纷争聘傅抱石做兼职教师。有些学校规模不大，美术课时不多，聘一个专职的教师不如聘兼职的合算。于是，傅抱石除一中艺术科和主课外，还先后兼任了省立第二职业学校、南昌女子师范、私立心远中学、洪都中学、章贡中学等校的美术教师。月薪除省立一中的一百四十元外，加上兼职的收入，每月薪酬将近达二百元大洋，家庭生活有了大的改观。

1928 年的夏末秋初，南昌萧家巷边的北湖，密密麻麻地缀满了碧绿的荷叶，在微风的吹拂下，发出阵阵窸窸窣窣的声响，那红彤彤的荷花，金黄色的花蕊在绿叶的映衬下，显得高洁典雅，亭亭玉立，令人心荡神摇。谁见了都会赞叹一声：好一幅可爱的"夏荷图"。

北湖旁边，省立一中的校园里响起了"当当当当"的上课铃声。

青年教师傅抱石夹着一个公文皮包走进了高中艺术科的教室，他身着灰布长衫、脚穿布鞋，头戴一顶黑色礼帽，瘦长的脸上缀着一双炯炯有神的黑亮的眼睛，略显丰隆的鼻子下面，平直而厚实的嘴唇显示着他的青春活力和坚韧的性格。

这个班级是高中艺术科招收的首届学生。由于初次创办，要求又较高，所收学生不多，只有二十九人，其中有五名女生。五名女生中，坐在前面的罗时慧是个官宦大户人家的闺阁千金，长得婀娜娉婷，身材苗条，俊俏的脸盘上镶着一副秀眉大眼，浑身上下透出一种典雅而朴素的气质，很是引人注目。十七岁的罗时慧性格爽朗，胆大活泼，又不失其分寸，且聪明伶俐，在女同学中自然形成以她为中心的"女儿国"。而与罗时慧同桌的男同学梁邦楚则幽默风趣，凡事敢为人先，且学业成绩优异，很得男同学们的拥戴。

教室里人数本来就不多，傅抱石教师又年轻，师生之间的年龄相差不大，艺术科

罗时慧（左一）与她的同学们

学生的性格和气质又似乎别于其他学科，上课时教室里的气氛也较为活泼轻松。

傅抱石站在讲台上，扫视了一遍教室里的同学，开始了他的教学。

他先在黑板上写了"神妙和工致"几个字。然后说："今天我们讲讲绘画创作中的神妙和工致的问题，也即'性灵'与'技巧'的比较。在谈这个问题的时候，我们举两个古代画家为例。"

他又在黑板上写了"吴道玄 李思训"两个名字。

"吴道玄，是中国空前伟大的画家。"傅抱石不看讲稿，侃侃而谈："他字道子，唐代洛阳人。他的画私淑张僧繇，而天赋的画才，真是千古而不一遇。无论画什么东西，大的小的，都是信手而造，绝不假器具以为依靠。他毫不信仰'不以规矩，不能成方圆'

的话。他运笔如旋风，几十丈高的壁画都是悬腕而挥，并且画人可以从足一直画上去，什么部位，精神，是一毫也不差错的。所以他最工壁画。一共画了三百多起。神禽鬼兽，山水云树，崖石草木，皆冠绝一时。当时有个张孝师，相传他曾到过阴司，把所看见的鬼鬼怪怪一概画将出来，真是可怕！道子觉得这有什么稀奇呢？马上就在景云寺画了一张《地狱变相图》。那图上写了许多造恶者正在受残酷的刑罚，阴气森森逼人！有些屠夫渔夫看了，居然改变职业。"

"他以为画是有'理'有'性'的，并且要天才去灌溉。没有到过地狱，未尝不能画地狱的变相。然而批评的人，竟把这忽略了，称赞客观的感受，以为绘画的意义正应如此。像黄伯思说：

'吴道子之《地狱变相图》，与见于现今之诸寺院者，大异其趣。盖画中无一所谓剑林、狱府、牛头、马面、青鬼、赤鬼者，尚有一种阴气袭人而来，使观者不寒而栗！是以舍恶业而就善道，谁谓绘画为小技哉？'

"至于他的山水画，更是惊人的了！

"明皇思嘉陵江山水，命吴道玄绘图。及索其本，曰：'寓之心矣！敢不有一于此也。'诏大同殿图本以进，嘉陵江三百里，一日而画，远近可尺寸计也。

"所谓大同殿的画本，是李思训画的。画了一个多月，明皇也赞他一句'好！'然而道子不过一日就画完了。这时间的比，即是'技巧'与'灵性'的比，也是'工致'与'神妙'的比，道子的确下笔如神！

"下面，我们再来谈谈李思训。

"李思训，唐朝的宗室，字健儿，'世族豪贵，举时莫京。'曾做过左武卫大将军彭城公。他染捻朝廷的环境既深；复以地位的崇高足贵，耳闻目习，雍华持甚。所以他的画，'恒披华贵'之妙。虽自成家法，而其主要画理却很少见到。据说是崇尚钩斫，用小斧劈皴，加以金碧青绿浓厚的色彩。这种画风，精工橘丽固是得未曾有；而奇拔傲岸，也算独树一帜。然而，却同时灭绝了一般的民间艺术。因为这种着色山水，其金碧辉映一格，表示高贵的在朝的典型有余，而深入民间的力量不足。因而，虽极精工，终究属于板细。

所以这种不普遍，戕贼性灵的东西是不可取的。以此，我们也可以看出这种似画画工匠所画的东西是缺乏生命力的，也是没有神韵和精妙的。因此古人说：

'士人之画，妙而不必求工；作家之画，工而未必尽妙。故与其工而不妙。不若妙而不工。'"

"老师，我有一个问题。"这时罗时慧举手提问了。别看这位小姐平时活泼天真，于学习上却颇有悟性，课堂上就敢于直面提问题，虽然显得有些唐突，然所提问题却往往能切中要害。傅抱石不但不嗔怪，反觉得这样能活跃课堂气氛，便于教学，比起那种呆板的灌输式的教学，效果要好得多。

"什么问题，你说吧。"傅抱石微笑着说。

"你不是经常告诉我们，画山水画的要到真山真水中去描绘，要师法造化，要像石涛说的，代山川而言也——"罗时慧说到这里，故意把"也"字拖长，引起课堂上的哄堂大笑，而她自己却一本正经，但脸颊已升起绯红，见她这样，傅抱石也笑了。

"而现在你又说吴道子画三百里嘉陵江不必亲往，只需一日，就比人家李思训画一个月的画得还要好，咯唧（这如何）解释呀？"

"好！"傅抱石心里是一阵窃喜："这个问题提得好！"其实这正是傅抱石准备讲的下一个问题。

"李思训花一个月所营造的，只是徒作客观的描绘，他所追求的目标，只是山水形似的工致，所以面目一律，画意不高，画理也不明。他这种水平，只能成为一个画工。画而为工，还有画吗？所以苏东坡说得极妙：

'人兽官室器用，皆有常形。至于山石竹木，水波烟云，虽无常形，而有常理。常形之失，人皆知之，常理之不当，虽晓画者有不知。故凡可以欺世而取名者，必托于无常形者也。虽然，常形之失，止于所失，而不病其全。若常理之不当，则举废之矣。以其形之无常，是以其理之不可不谨也。世之工人，或能曲尽其形，而至于道理，非高人选才不办。'

"李思训正是那种只知常形而不晓常理的画家。至于说到吴道子。是使心境和画境，互为挥发，融合为一，在画嘉陵江之前，胸中已自有丘壑。笔墨的动作未停，胸中的丘壑即未尽，以至心地宽广，灵犀豁然！所以，有的五日一山，十日一水，倒不及草草的数笔。不及的道理，前者是成功于技巧，后者是发生于性灵，以人感人。技巧的结果，博不了多数人的鉴赏，唯有精神所寄托的画面，始足动人，始足感人，而能自感！这样回答，罗小姐以为如何？"

"然也——"罗时慧又风趣地回答了一句，同学们又由衷地笑起来。

这一堂课，既生动活泼，又轻松紧凑，超常地达到了预期的目的，甚至比傅抱石预期的还要好，这不能不要多少归功于罗时慧的提问以及她的幽默风趣。下课时，傅抱石不禁喜悦地多看了她几眼。确实，对于罗时慧活泼大方又不失闺阁的风范，傅抱石颇有好感。

在罗时慧的眼里，傅抱石也是一位勤恳踏实，奋发刻苦而且年轻有为的青年。罗时慧出身于名门世家，父亲是位退休官吏，在她那样的家庭里，她接触的青年不是那种骄矜不可一世、靠父母的钱财取得高学位的虚浮公子，便是只会吃凶劲而打情骂俏的酒囊饭袋。对那种骄矜，她嗤之以鼻，不屑一顾；而对那些令人作呕的纨绔子弟、富家少爷的奉承和恭维，她又觉得可笑。自接触到傅抱石老师，他的举止、他的谈吐以及那种脚踏实地的作风顿时使她感到耳目为之一新。似在憋闷的房间里突然吹来一阵清新的风，身心异常愉悦，她觉得这才是中国青年的本来面目，及至她对傅老师稍有了解，她又对老师自幼身处困境而不息奋斗的精神深为感动和钦佩，甚至产生了一种崇敬的心理。时间长了，这种感动、钦佩和崇敬的心理不知从什么时候起，化作了少女心中的一缕缕柔情，埋藏于她的心底。这是一种不自觉的、无意识的，连她自己也感到莫名其妙的情怀。她只觉得，只要是傅老师上课，她就感到一种莫名的兴奋，而且有意无意地要让老师感到她的存在，感到她的与众不同。这往往是通过不经意的提问，不为人所察觉的一些动作、玩笑甚至故意的迟到早退或中间溜出教室等细微的事情，以引起老师对她的注意。确实，这种朦朦胧胧的激动和兴奋，使罗时慧非常喜欢上傅老师的课，有时她恼恨那几堂课时间过得太快，怎么好似眨一下眼就过去了。这其中除了傅老师讲得好，她听得兴味盎然外，也许是少女的情怀以至春心欣怡使然。

下课了，同学们一下子又聚在了傅抱石周围。他们都喜欢听傅老师天南海北、古今中外地闲谈，然而，这看似闲谈实则课堂延续的"课外辅导"却是更有意义更有趣的课。

这时，罗时慧拿着几张福音堂散发的宣传品，上面印有精美的耶稣像的画片递给傅抱石说："傅老师，你看咯几张画画得好啵？"她将画递给傅老师时，脸颊上的红晕还没有褪去，显得娇羞柔美。

傅抱石接过这几张耶稣画片，稍稍看了几张，大家也抢过去传阅，也纷纷问：

"傅老师，这种西洋美术应该如何看呀？"

"这是中国画还是西洋画呀？"

"看见这些画，我就想起我小时候的事。"傅抱石陷入了回忆之中。"记得小时候，我家附近的福音堂到了星期日那一天，只要你去做'礼拜'，就可以得到一本《路加福音》和十数张上半印了彩色人物图画、下半有解说的传单。解说虽然看不懂，而图画是极美丽的。我常把它与自己读的《幼学故事琼林》上面周文王、周武王的附图去比较，虽说不出两者的不同，但深觉得两者不一样！十字架上的耶稣，真像受苦受难，而《幼学》上周文王和后唐庄宗的像是一样的。于是为了得几张图画传单，我就常常去做'礼拜'。

"又记得大约是前八年，我曾在距南昌十五里的有三百户人家的农村住过两天。这村中的农民，几乎多数信耶稣，那时正值过年的前几天，他们大门上不贴神荼、郁垒的中国木版画，而贴上福音堂散发的耶稣救难图，家家不同。走进破烂的小巷中，俨然是西洋画的街头展览。我非常怀疑，不知道中国的西洋画发展史上，这一类比国家的宣传物传播还广的小册子和传单图画，虽然目的不在宣传西洋画，究竟与中国的西洋画，有没有关系？"

同学们都静静地听着傅老师的讲话，这种交流式的谈话无疑实际上比上课的效果还好。

"这一切，当不是一朝一夕之故。"傅抱石继续讲着。天真纯情的罗时慧原以为拿几张画片凑凑热闹，没有想到引发傅老师的一通感慨和议论，而且神情颇为严肃，不禁也侧耳倾听。

"中华民族的美术，无疑哪方面都受极度的打击，遂令一般美术家彷徨无路。学西洋的？还是学中国的？还是学建筑的样式中西合璧呢？

"美术是民族文化的最大的表白。若是这几句话没有错误，我们闭眼想一想，再过几百年或者几千年，有些什么东西，遗留给我们几百年几千年后的同胞？又有些什么东西，表白现时代的民族文化？中华民族美术史上的这张白纸，我们要不要去写满它？这许多疑问，为中国美术，为中国文化，换句话，即是为民族，岂容轻轻放过！

"因此，可以说，中国的美术，正站在十字街头，东张西望，一步也没有动。这自然有许多复杂的原因，而不断的蒙受外国的侵略和压迫，民族意识的高潮渐渐为之减退，实是一个最显著的事实。站在十字街头的中国美术，前后是敌，已经手忙脚乱，招架不来了。这样下去，便是中华民族美术宣告脱离中国的时候，便是中华民族美术的死期。

"如果一个民族，对于祖宗遗留给我们的宝物，尚且痛痒没有关系，那么想建设自己民族的文化，恕我失敬，敢说是梦想，是笑话！是绝对没有丝毫收获可言的。古人说：'灭人之国，必先灭其史！'又说道：'哀莫大于心死，而身死次之！'几个菩萨头，虽是小事，然而我们都有'死了心而自灭其史'的罪过！"

傅抱石说到这里，扫视了同学们一眼。大概是谈得过于严肃，教室里鸦雀无声，同学们也神情肃然。傅抱石这时笑了笑说："同学们是学美术的，将来就是美术家！而美术家是了不起的！"

大家一听都笑了起来。

"为什么？因为美术家是时代的先驱者，是民族文化运动的干将！"

同学们兴味盎然，面露喜色，有几个甚至鼓起掌来。

"美术家有与众不同的脑袋，能引导大家接近固有的民族艺术。诸位看清楚了以后的民族美术运动，必须集合在一个目标之下，发挥我中华民族伟大的创造精神，尽量吸收近代的世界的新思想新技术。像汉唐时代融合西域印度的文明一样，建设中华民族美术灿烂的将来！"

傅老师一席话，激起了学生们的满怀豪情。大家都感到精神振奋，教室里响起了窃窃地交谈。

这时，罗时慧却默默地坐到位子上，陷入了沉思。

她不是考虑如何以天下为己任，弘扬中华民族的灿烂文化。她是被她暗暗崇敬的傅抱石老师深深地打动了。她没有想到，这个刚刚年届弱冠的青年，他的所画、所思、所爱、所忧，竟是这么与众不同，这么深沉而高远！她今天似乎更进一步了解了傅老师，他不仅精通史学，擅长美术，而且，还具有这么博大的胸怀，这么富有民族的正义感和使命感。这种感情的冲撞是这样的强烈，以至于内心感情丰富的罗时慧小姐一时间心潮激越澎湃，不能自已了。她生怕自己的内心世界会情不自禁地溢于形外，只好看似沉思静坐一隅，好一阵才使自己忐忑的芳心沉静下来。

下一堂课是绘画，仍由傅老师讲授。

傅老师待大家坐定，开始了绘画习作前的交代。

"同学们，在大家进行绘画创作之前，我再强调一下我们从事中国画也即水墨画创作的宗旨和应注意的问题。

"绘画应该'外事造化'而'中得心源'，这造化就是大自然本身。也就是说我们应该师法自然，并且通过我们的绘画创作抒发自己内心的感受。

"祖国的山水、华岳千寻，长江万里，如何能用绘画的形式去描写它们呢？古人具体地说明了在绘画的造型上是可以而且必须以小喻大的，因为'迫目以寸，则其形莫睹，迥以数里，则可围于寸眸'；这是'去之稍阔，则其见弥小'的缘故。所以画家的一管之笔是万能的，可以'拟太虚之体'，可以'画寸眸之明'。因而，我们画山水画的要求是'畅写山水之神情'，——即要求体现自然内在的精神运动和雄壮美丽而又微妙的含蓄，而不是'案城域、辨方州；标镇阜，划浸流'似地画地图。如此才能达到'咫尺之内，便觉万里之遥'的效果，体现中华民族的伟大胸襟。"

傅抱石顿了顿，觉得交代得差不多了，于是说："关于这个问题就说到这里。下面我们开始创作，创作内容上周已经做了布置，就是学校旁边北湖的荷花。大家都到实地去观察过，现在就开始画吧。"

傅抱石说完，将宣纸发给了大家。每人两个半张。

同学们都开始创作了，研墨、展纸、勾勒、着墨、晕染、描画，教室里已是另一种气氛，同学们都沉浸在创作的心境之中。

傅抱石则在同学之间巡行，在每位同学的旁边都伫立一会儿，有的仔细纠正，有的轻声地讲解一番。

　　他称赞梁邦楚同学画得好，构图准确、墨色的层次分明，而且难能可贵的是，结构布置上显得很有章法，颇有新意。他立刻提高了声音告诉了同学们，对梁邦楚进行了表扬。同学们纷纷下座位跑到梁邦楚身边来看他的创作。

　　然而，当傅抱石蹀到罗时慧身边时，却皱起了眉头。她的那张宣纸上，只着意画了位置不同的小小的几朵荷花，其他地方什么也没有画，整张宣纸上大片仍是空白。

　　"你不接着画荷叶呢？"傅抱石问。

　　"我不会画荷叶。"罗时慧红着脸回答。

　　傅抱石笑着望了她一眼。

　　这是有可能的。画荷花是细笔描绘，而荷叶须大胆泼墨，层层渲染，而且须根据荷花的位置、形态精心绘制，稍有不慎，就会前功尽弃。女孩子胆小心细，下不了笔，落不了墨，倒是自然的。

　　"不会画？"傅抱石望着她说。

　　罗时慧不作声，只是大胆地望着老师。

　　傅抱石笑了笑，接过罗时慧的毛笔，先吸饱了水分，又将毛笔的下半部分蘸满了墨汁。

　　罗时慧将位置让给了老师。

　　"来，你看，应该这样——，这样——"

　　傅抱石在罗时慧未画完的宣纸上接着画起来。

　　同学们见老师在画画，都围过来看。

　　傅抱石在罗时慧原来画过的基础上，画了几片浓墨新叶，又用枯笔画了几片稍小些的焦叶，然后根据荷叶的位置勾勒了形态各异的叶茎，干湿、深浅、浓淡都错落有致，使罗时慧画的荷花立刻充满了生气，显得婀娜多姿。整个画面，丰富而不臃肿，真是红花绿叶，相得益彰。直到下课，这幅画才画完。

　　同学们看到傅老师作画的全过程，皆赞叹不已，啧啧称道。

　　下课了，傅抱石收拾好讲稿，刚要离开教室。

　　"唉唉——傅老师！等一下。"是罗时慧在喊他。

　　傅抱石回过头来。

"傅老师，你画的画不要题个款呀！"罗时慧笑着说。同时伸手将笔递给老师。

傅抱石笑着接过笔说："好，题款！"

他未加思索，在画好的左上角题写了"罗时慧画荷花，傅抱石补叶茎并题"几个字。自己又看了看，笑着把笔还给罗时慧，走出了教室。

激动而兴奋的罗时慧抑制住内心的喜悦，出神地看着这幅珍贵的画。

坐在一旁机灵而调皮的梁邦楚开起了玩笑。

"罗时慧，你咯张画卖啵？"

"卖哟！"罗时慧知道他的意思，毫不示弱。

"要几多钱喽？"

"一千块。"

"咯贵呀！"梁邦楚跳起来，"咯是古画呀？"

"当然，比古画还要抵钱！"罗时慧娇嗔地说。

"钱拿得哪个哩？"梁邦楚一本正经，好像他真的要买下来。

"当然是我。"罗时慧也煞有介事地回答。

"拿得你呀？——又不是你画咯！"

"我画了一半，你拿五百来！"

"好！成交了。"梁邦楚说，"你拿到我，明日拿钱到你。"

"不！拿了钱再拿画！"罗时慧毫不让步。

"拿了画拿钱！"

"拿了钱拿画！"

两个人开始抬扛，斗嘴皮子，互不相让。

最后，梁邦楚耐不住了，笑着说："好！画你保管着，我明日带钱来！"他说完，一溜烟跑了。

罗时慧脸上飞起的红晕，犹如天边的晚霞。

放学了，罗时慧特意绕到北湖边。她站在荷塘前，眼望湖中那一丛丛茁壮而碧绿的塘荷，那满目的莲叶和娇妖而艳红的荷花，微风拂过，湖水激起阵阵涟漪，真个是"吹皱一池秋水"。她又细观那荷叶和荷花的形态和特征，与傅老师在课堂上所画的，是何其相似啊。不！她觉得傅老师画的比湖里的这一片真荷叶还要好看，还要有意境，还要高雅。眼前的真情，自然天成，任意恣肆，却缺乏一种神韵，一种灵性；傅老师画的荷，能在斗方的天地里，汇聚了这满池荷花的精妙之状，寥寥数笔，却把这荷花的清纯、高洁，荷花的奇姿异态展露无遗，而且富有微妙的含蓄。

罗时慧又从书包里取出傅老师画的荷花图，对照眼前的荷叶，着意观察起来。继而，望着傅老师题写的"罗时慧画荷，傅抱石补叶茎并题"几个字，心里又不禁遐想联翩，想起今天课堂上的那一幕，想起同学们看见她所获得的"宝画"而流露出的艳羡的目光，她不禁又心旌摇荡，神思飞越……

"罗时慧，你还冇回去呀，在咯里看什俚呀？"

一声问话惊扰了罗时慧的遐想，把她从遥远的畅想中拉回到眼前的现实。

罗时慧回头一看，没想到，站在她身后的，正是傅抱石老师。

罗时慧一阵心慌，好像傅老师一眼看穿了她的心思似的，一时间竟不知如何回答。

"噢，我在——再看一看咯些荷叶——"

"看了有什俚想法？"傅抱石倒没有觉察出什么，坦然地说："观察景物要抓住它的特征，特别要注意它的各种动态、姿势，把一瞬间的最典型的形象死死地印在脑子里。你今天画的荷花就很有气息，一看就晓得是经过了仔细观察才画出来的。不过，既然能画荷花，又怎么不能画荷叶呢？"傅老师不解地问。

"我是特意留给你画的！"罗时慧一语道破了天机，咬住嘴唇忍不住想笑。

"哦——你是故意的呀？你还真滑头啊！"

罗时慧终于忍不住，哈哈大笑起来，一边笑还一边说："不好吗，珠联璧合——"

"岂敢岂敢！"傅抱石也诙谐地说："你是珠，我岂敢称璧！"说完，傅抱石也忍不住笑起来了。

"哎，傅老师，"罗时慧突然想起一件事，"我爸爸要请你到我屋里做家庭教师，你去啵？"

傅抱石一愣："哦——请我？"

对于做家庭教师，傅抱石倒是驾轻就熟，在此之前，他已经先后在好几家官僚和富绅家里当过家庭教师了。这几年，傅抱石由于教学成绩优异，有些富贵人家需要找老师给自己的子弟补习或额外学点艺术什么的，往往就有人会推荐傅抱石。一则傅抱石学问渊博，精于文史、绘画和篆刻，再则他年轻，精力旺盛，也乐于做这一类既能增加酬薪又得到接触各类家庭和青年的机会。而主人家愿意请傅抱石，除了他博学多才，能胜任职业外，他本身奋发刻苦的经历就对这些人家的子弟来说，无疑是一个现实的榜样；加上他聪明机敏，仪表堂堂，谈吐不俗，这些均构成了他作为家庭教师的最佳人选。

傅抱石听罗时慧说她父亲有意聘他做家庭教师，倒是正中下怀。他去过罗时慧家几次，对于他家那书香门第的儒雅风范留下了深刻的印象，而且，对于罗时慧这个天真大方、处处可人心意的纯情女子，他也颇有好感。如去她家做家庭教师，于学校教学上课之外，能有更多机会接触这位令人喜爱的小姐以及她的家人，傅抱石焉有不允之理，于是，他爽快地答应了下来。

罗时慧高兴地笑了，她那热烈而聪慧的明眸，闪烁着大胆而热情的光芒，那漆黑的眼珠，又似一泓湖水，包孕着无限的柔情，使傅抱石看了也不觉怦然心动。

望着罗时慧渐渐远去的背影，望着她那轻盈的步履和散发着青春活力的身子，傅抱石的眼神，追随了很远很远……

3. 罗府的青年嘉宾

罗时慧回到家里，便径直去了书房。罗府位于百花洲南湖边的灵应桥100号，穿过三进房厅，从小院出后门，便是萧家巷一号。因而，罗府的宅院占去了从灵应桥到萧家巷的数亩宅地，宽敞而阔绰。罗府房舍大小十数间，正房、书房、客厅等一应俱全，各进之间的廊柱和客厅的正面墙上，都镌刻或悬挂着名人对联和字画，雕空的花窗使各厅的光线充足，整个屋子的家具都漆成了朱红色，显得古色古香而且庄重典雅，一望而知这户人家是翰墨书香门第。

此刻，罗时慧的父亲罗鸿宾正聚精会神地在阅读《资治通鉴》。他戴着玳瑁边框的老花眼镜，就着窗外的光线，将线装的古籍置于书案，两手自然地放在膝上，正襟危坐，从他那嘴唇的不断嚅动和有节奏地微微摇晃的身子来看，他读得正兴味盎然。

罗鸿宾这年六十三岁，是位前清的监生，原籍江西宜丰县。他出身官宦世家，自曾祖父开始，即由经商而致富，祖父即获取功名成了知府，以后家道益盛，置田买房，很是煊赫了几十年。到他父亲开始，才渐渐衰败下来。唯罗鸿宾独具禀赋，曾任过税务局长、法院院长。做官之外，兼而经商投资，如今年迈赋闲在家，仍家境殷实，不减当年的显贵气派。只是为官时皆不在南昌，而今大势已去，便显得门庭冷落。幸而罗鸿宾也算高瞻远瞩，卸任以后，购下灵应桥房产，很快从炙手可热的显赫中隐退下来，宁静而致远，每日以读书写字自娱，日子倒过得别有一番情趣。

罗鸿宾共有三位夫人，时慧的生母是二姨太。时慧另有两个弟弟，一个与自己同胞，系一母所生，名时宁，还有一个弟弟是三姨太（时慧称三妈）所生，都是十一岁。罗老先生对这两个儿子皆寄予厚望，嫌学堂的教学不尽如人意，所设课程也与他所热衷的文史相去甚远，故而决定请傅抱石做家庭教师，对两个幼子悉心辅导，将来或有所成也。

罗时慧进书房，老远便喊了句："爸爸。"

罗鸿宾转过头来，见是女儿进来，随口应了一句："嗯。——放学啦？"并摘下老花眼镜。

"傅老师答应来我们屋里做老师。"罗时慧走到父亲书桌前，随手拿过一本古籍翻弄着。

"哦——"罗鸿宾很高兴，"他什俚时候来？"

"他哇下个礼拜开始。"

"做得！"罗鸿宾此事顺利办成，兴致很高，他补充说："时慧呀，你去跟傅老师哇，就哇我下个礼拜一请他吃夜饭，请他务必赏光。"

听说请傅老师吃饭，罗时慧很高兴，"好，我哇可以，他要不肯来呢？"

"一定要请到，你好生哇，我想他会来的。"

"爸爸，"罗时慧转而说另一话题，"你不要看书一日看到夜，头都会看昏。"罗时慧是父亲钟爱的女儿，父亲视如掌上明珠，难得的是，罗时慧不仅不骄矜任性，而且聪明伶俐，才思敏捷，对父亲关怀孝敬备至，罗鸿宾颇感欣慰。

"好好，"罗鸿宾笑着说，"我看完这一篇……"

"不行，天都断暗了，还看！"罗时慧一边笑着说，一边将父亲摆在桌上的眼镜抢过来。

"啊啊啊，不看不看！"罗鸿宾随着站起身来。

罗时慧拉着父亲的手，将父亲拽到客厅。

然后，罗时慧回到自己房里去了。

一星期后，傅抱石应邀进了罗府。

罗鸿宾出客厅相迎。

傅抱石见罗老先生出迎，深致鞠躬："罗老伯盛邀，晚辈实在愧不敢当。"

罗鸿宾见傅抱石知书达礼，满心喜欢："傅先生大驾光临，敝府生辉，不胜荣幸之至。今日聊备薄酒，为傅先生行拜师礼。请里面坐。"

二人至客厅坐定。罗时慧及几位太太也陪伴在侧。

"傅先生盛名，南昌城里已是有口皆碑，如此年轻有为，将来必定前途无量，可喜可贺！犬子年幼，仍冥顽不化，学业不长进，今后还要仰仗傅先生指教，或有所成。"

"老伯过奖，令公子学业的辅导，晚辈理当悉心指教，只恐怕晚辈学养浅薄，技艺拙劣，有负老伯厚望。"

"傅先生才学高深，技艺超群，已是名闻遐迩。傅先生肯屈尊赐教，我就放心了。"

说到这里，两位公子被带到客厅。罗时慧忙将他们一一介绍给傅老师。

罗鸿宾要两个儿子向傅老师鞠躬，尊称傅老师。一家人皆大欢喜。

罗鸿宾又问了些傅抱石的身世。

傅抱石简略地备述了他的家庭，父母，少年的苦楚，及读书成长的道路。

"哎呀，"罗老先生感动地说，"傅先生身处逆境而奋发刻苦，矢志不渝，可叹可敬，真算得是'穷且益坚，不坠青云之志'，年轻人都能像你这样，国家才有希望，民族才能振兴。我倒担心我家两个儿子，养尊处优，将来反倒会一事无成呢！"

傅抱石忙宽慰道："老伯治家严谨，教子有方。我看两位公子也乖巧懂事，聪明而且机智，将来必成大器，这一点老伯尽可放心。"

罗鸿宾一听，笑逐颜开："如此甚好，但愿将来能得傅先生成就之一二，老夫足矣，又复何求！"

这时，酒菜已备好，罗鸿宾忙请傅抱石入席。

罗鸿宾今天特别高兴，桌上山珍海味应有尽有之外，他还拿出了珍藏了近二十年的法国名酒白兰地请傅抱石畅饮。已很少喝酒的他也为自己满满斟了一杯。几位太太也约略斟了一小杯。

"来，为傅先生前途无量，还感谢傅先生厚爱，干杯！"罗鸿宾举起了酒杯提议道。

"不敢不敢，这杯酒应该为罗老伯的健康长寿，家业兴旺，为几位伯母的健康和小姐公子的进步干杯！"

傅抱石一句话说得罗家众皆欢喜，特别是罗时慧的母亲见女儿有幸遇到这样的好老师，自己的儿子也即将再得到他的辅导，更是由衷喜悦，不免频频为傅老师劝酒，时常往他碗里夹菜。罗时慧在一旁看了，不觉暗自好笑。

这一餐饭由于傅老师的光临，更由于傅老师的谈吐得体，言语不俗，且见多识广，博古通今，一直吃了两个钟头才散席。罗鸿宾自退隐赋闲后，门庭冷落，有些必需的应酬也是出于无奈，言不由衷，而全家人坐到一起吃饭时，由于三位太太都没有文化，说话的内容也无非家长里短，未免索然，打不起精神，往往吃完了事，实在很少有这样酣畅尽兴、兴致高昂的时候。三位太太平时在家，也难得听人谈古论今，说说外面的新鲜事，今天傅老师一席谈，真如在荒漠的旷野吹过了一阵春风，令她们又满足又欣喜。想到傅老师从此就要经常光顾这座冷清的院落，真是喜从天降，她们高兴了好一阵子，对这位年轻英俊的傅老师未免另眼相看。

这罗鸿宾见傅抱石是如此一位有为青年，心里却另有一番感触。原来，老先生在罗时慧的前面，生有一子，也许是寄望过于厚重，反而身体孱弱，弱不禁风，学业虽属上乘，待考取南京大学后，不到二十岁时，一病不起，最后竟青年早天。罗鸿宾老年丧子，不胜悲恸。如今罗时慧虽可人心意，颇堪慰藉，终是女儿家，两个儿子尚幼，及至成年，他已垂垂老矣！而且将来是龙是虫还难以预料。见傅抱石潇洒深沉，才华横溢，老先生暗地里不免慨叹：要是自己有这样一个儿子多好！

酒足饭饱，罗鸿宾因难得如此兴致，不觉多喝了几杯，饭后有些不胜酒力，请傅抱石随意休息喝茶，就先退回房里去了。

傅抱石却仗着年轻，毫无倦意，且气爽神清，执意要开始为两位公子讲课。待两位公子先做准备之前，傅抱石信步同罗时慧迈进了她的闺房。

这是一间虽不算大却充满了闺阁少女情趣的房间，陈设不多，却令人感到清幽雅洁，屋里弥漫着淡淡的幽香使傅抱石有一种从未经历过的异样的兴奋，站在一旁观察傅抱石的罗时慧却黠笑着等待傅抱石的神情变化。

终于，傅抱石转过身来发现迎面床前的墙壁上，赫然悬挂着他和罗时慧"合作"并已装裱好的《夏荷图》。"罗时慧画荷花，傅抱石补叶茎并题"几个字是那样的醒目，那样动人心魄，傅抱石不觉眼睛一亮，回眸望着罗时慧，心里也不觉一阵欣喜与激动。不知是酒力的作用还是少女的芳心荡漾，罗时慧的脸颊飞起两团红霞，在灯光的辉映下显得那么娇媚秀嫩，柔情可掬。傅抱石竭力抑制住迸发的激情和奔放的思绪，好一阵才意味深长地说：

"好啊！即兴之作胜过刻意的营造，这是自然天成！正所谓'此曲只应天上有，人间难得几回闻'！"

这一晚，也许是心有灵犀，罗时慧和傅抱石异地相思，竟至辗转反侧，难以成眠。

此后，傅老师经常前往罗家为两位公子辅导学业。由于傅抱石教小学生本是等闲小事，他又尽心尽职，两位公子也日渐长进。罗家见傅先生果然不凡，辅导后与辅导前就是不一样，也觉得愈加难得，对傅先生更是礼遇有加，除隔三岔五请来家中便饭外，凡来上课必备夜宵，也算是对他的一片心意吧。

时间长了，傅抱石与罗时慧已心灵相通，互萌爱意。他对罗家的教习更加勤勉了。

自属意于罗时慧之后，他极力亲密与罗家三位太太的关系，罗时慧的母亲和三姨太自不必说，傅抱石为教她们的儿女真是费心劳神，她们感激还来不及，不至于心存反感。大妈未曾生育，却在罗家举足轻重，是个守旧的妇女。傅抱石经常送些衣料、装饰品等她喜爱的东西给她，大妈见丈夫对傅老师以厚礼相待，人前人后称许不已，自己又偶尔还得些好处，对傅先生也颇有好感。罗鸿宾每逢傅抱石来，总要陪坐一会儿，饮茶谈天，极为投机。得空，傅抱石还要单独同三位太太讲些她们爱听的新鲜事，三位太太何曾有过如此好机会，总有年轻人陪她们谈天说古，真是说得笑逐颜开。久而久之，傅抱石竟成为罗家不可或缺的一个成员，一家人对他欢迎备至。

　　阳历年快到了，南昌的南湖边刮起了阵阵寒风，将南湖水激起阵阵涟漪，北风呜呜地一阵紧似一阵，预示着天寒地冻的季节即将来临。

　　此刻，沉浸在爱恋和温馨之中的罗时慧却觉得宛如身处烂漫明媚的春天。她丝毫没有感觉这有如刀割似的萧素的寒风刮在人的脸上和身上令人多么难受，相反，她倒觉得她那白皙细嫩的皮肤经这北风一吹，反现出许多红润和健康之色。她整天乐呵呵地，总是莫名其妙地笑出声来。她的同班女友黄华、廖静明、苏珊衡、韩淑仪有时会笑话她："罗时慧，你笑什俚呀？拣到了宝是啵？拣到了宝大家分点子啰！"

　　罗时慧又乐乐地说："咯还有分呀，哪个拣到了哪个得！"

　　确实，如果她真算拣到了宝的话，那就是"拣"到了傅老师这个"宝"，傅老师就是"宝"，是一件无价的珍宝！

　　这几天，她既兴奋又紧张，心里被一种不可名状的激动所搅扰着。——她和傅老师约定，阳历年那天，她要去傅老师家玩。

　　傅老师家离她家虽然不算远，但她却从未去过。一则傅老师教学忙，白天和晚上都难得在家，再是傅老师也没有邀请过，她一个女儿家也不好贸然往老师家跑。但罗时慧早有去看看的念头。前两天，她大胆地和傅老师说了，没想到傅老师却很爽快地答应了。

　　阳历年到了，这是公元 1929 年的第一天，经过了几天北风的袭扰，南昌的街头算彻底换上了冬装，光秃秃的街树已经落下了最后一片树叶，可怜地伸出那裸露的枝杈，灰色而单调的街头，处处是瑟缩着匆匆而过的行人。今天，往日阴沉的天空却少有地露出了太阳，似善解人意地护送十八岁的少女罗时慧去看望她的傅老师和师婆。

迈着轻盈的步履，罗时慧走进了一条巷子，这是一处称作臬台的地方。在臬台后墙的一座试馆大屋门外，傅老师已经迎候多时了。

这是一幢杂居着许多人家的大杂院。傅老师领着她穿过五条门廊，才到达他的家。一进门罗时慧立刻好奇地张望起来。

严格地说，傅老师租住的只是一间大房，中间用砖墙隔成了正后两间。房里的陈设也很简单，除了一张大床、书桌和方桌、椅子之外，特别显眼的是两只硕大的书柜，柜上一层层堆满了各种版本横直放置的新版及线装书。书柜顶上还摆满了一卷卷的卷轴画和未及装裱的一捆捆的图画。看得出，这是傅老师的书房兼卧室，还兼会客室，甚至还兼吃饭的地方。罗时慧尚未仔细打量，一位头发花白、满脸皱纹的老人从内室走出来。傅抱石忙介绍："咯是我娘。"

罗时慧慌忙作深鞠躬，口称："师婆。"接着递上她按南昌习俗带来的麻饼、豆角酥、大麻枣之类的糕点，双手送到师婆手里："这是给你老人家的。"

罗时慧稍稍望了几眼师婆，师婆大约五十多岁，额上包着一块包头布，大概是便于做家务，也算御寒的帽子吧，显得格外苍老，这是饱经风霜和生活的煎熬而留下的刻痕，一看就知老人家是历尽苦难过来的人。看见老人家的模样，罗时慧心里霎时涌起一股酸楚，对老人家充满了爱怜和抚慰之情。老人家倒大方开朗，爽朗地要罗时慧坐，夸赞小姐懂事，长得秀气，并交代今天到这里吃饭，就去位于门对面的厨房里忙去了。老人临去之前，还对罗时慧笑笑，显得慈祥而热情。

"傅老师，你娘几好喔！"待师婆进了厨房，罗时慧由衷而轻声地夸赞起来。

"吃了一生世的苦，咯几年才过了几天好日子。"傅抱石也慨叹地说。

正说着，从内室又走出一个男青年，年龄好像比罗时慧略小些。罗时慧很诧异，不知如何称呼。

"噢，咯是我的学生沈飞，有病，咯半年一直住在我屋里。"

那个叫作沈飞的青年人，长得眉清目秀，面色却苍白而潮红，确是一副病弱的样子。他很机灵大方，乖巧地喊了一声"师姐"。

待慢慢聊熟了，罗时慧才明白这其中的缘由。

原来这沈飞又叫沈翀云，是南昌第二职业学校商业会计专业的学生。因傅抱石曾兼过二职的课，得以认识。沈飞因酷爱画画，常单独请教傅抱石，遂来往密切。

　　沈飞读职校二年级时，不幸染患慢性肺炎，身体日见虚弱，甚至难以坚持上课，校长和老师皆劝其休学治疗。沈飞休学后，因家境贫寒，姐姐已出嫁，无人做伴，便经常跑到傅老师家借书借画册看，有时就在老师家画画。傅抱石见他病而勤勉，经常跑来跑去怕他累坏身体，便建议他："干脆搬来我屋里住，我这里有你爱好的艺术书刊、画册，又可以动手画画，比在你屋里条件和环境都要好些。烦闷时打开留声机听听，对养病也有利。我又没有成家，又没有兄弟，就来和我做伴吧。"老师言辞恳切，师婆也关心地劝他搬来与老师做伴，也便于养病。沈飞见老师和师婆一片至诚，深为感动，于是真的搬来与老师做伴。由于房间不大，摆不下两张床，老师就叫他与自己共睡一张床。

　　哪知这沈飞的姐姐见弟弟搬出去住，且说是与老师同住在一起，听他所叙，有些半信半疑，世界上居然有这样的好老师？想想有些不放心，怕弟弟撒谎。有一天，循着弟弟说的地址找到傅老师家，适逢只有师婆在家。师婆非常客气地把他姐姐当客人，备述沈飞在家里的生活、学习和养病情况，并宽慰其姐姐尽可放心，不必牵挂，想弟弟时就来看看，有空也过来玩玩，直把沈飞的姐姐说得热泪盈眶。回去满怀感激地把这事告诉了父亲，父女两人又专程到老师家来道谢，真是千恩万谢，感激不尽。

　　从此，这两个奇异的像兄弟般的师生就共睡一张床，共吃一锅饭，共在一个屋檐下，像亲兄弟般地生活。

　　"兄弟俩"总是形影不离地聚在一起。看书、作画、治印、写文章。老师作画，沈飞帮忙牵纸、磨墨；沈飞学治印、画画，老师在一旁悉心指导；老师著书，沈飞帮忙誊抄；老师去逛书店，学生总是陪伴在侧。工作疲劳了，老师拉京胡，学生唱戏。有时一同去看京剧，看电影；夏天屋里闷热无法伏案，就一同上公园喝茶乘凉，二人俨然"兄弟"一对！

　　半年下来，沈飞竟奇迹般地恢复了健康！而且，由于这得天独厚的条件，使沈飞画艺大进，后来成为功力颇深的画家！

　　这平凡而朴实的故事，这没有半点雕琢的活生生的事实，强烈地震撼着罗时慧的心灵！纯情而秀美的罗时慧，天真而无忧无虑的小姐，简直被眼前这少年所叙述的事情惊呆了，她更没有想到，这种事竟然发生在她敬爱的老师傅抱石和师婆身上！这简陋的屋舍下包盈了多少珍贵的人间至爱；这看似其貌不扬的老师和苍老的师婆，原来有这么深厚的感情，这么美丽的金子般的心！她曾经在闺阁中，在少女的心中，幻想过她要做济贫救世的巾帼英雄，她也曾慨叹总是得不到机会一展豪情，让她可以成为人人敬慕的侠女或豪杰，却没有想到，这英雄和豪杰就在自己的眼前，就是自己朝夕相处的老师傅抱石和他的母亲，她的师婆！是的，罗时慧小姐的确是把这看作是英雄壮举，把这种人看作是英雄和豪杰的。他绝不比那些可以叱咤风云、倒海翻江、扭转乾坤的盖世枭雄逊色半分！绝不！

这一日，是新年的元旦，按照新潮的说法，时慧小姐已经大了一岁了，确实，她自己也强烈地感到是大了一岁，因为，她觉得，今天确实比昨天多懂得了许多，多明白了许多，多学到了许多！

4. 乾坤定矣　钟鼓乐之

十八岁的少女，天真烂漫，柔美纯情；

十八岁少女的眼前，是一幅梦幻和彩虹织成的锦绣。

罗府的千金小姐、十八岁的罗时慧除了这些天然的禀赋之外，还具有一些男儿的胆气和豪情。

早些年，父亲在外赴任时，由于寂寞和对子女的责任，常把她带在身边，造就了罗时慧见多识广、豪爽大胆的性格。1926年，北伐军一路征战，所向披靡打进南昌，赶走了盘踞在南昌的孙传芳残部。当时，南昌的革命形势闹得红红火火，到处是宣传革命的标语、集会和演讲。年仅十五岁的罗时慧也被这股革命的浪潮激动得热血沸腾。她曾入迷地聆听过当时任北伐军政治部主任的郭沫若的讲演。她被他所崇拜的政治家、文学家和社会活动家郭沫若的精彩讲演所折服，兴奋得不能自已，以至于她没想到自己尚属少年，也不考虑家里是否会同意，拉了一个女同学毅然报名参加了革命，还认认真真地搞了几个月秘密工作。等到父亲发现爱女失踪，辗转打听并在九江将她找回来的时候，这位小姐已经俨然成为一个革命女战士。最后终究由于年龄太小不适合从军，在家庭的极力反对并保证不责罚她的态度下，她才回到了冷清而森严的罗府。从此，家里自上到下不能不对她另眼相看了。由于两个弟弟尚幼，罗府还没有一个青年男子，罗时慧的言行在家里有时是颇有分量的。

眼界开阔、善良而正直的罗时慧自新年拜访了傅老师家，学生沈飞在傅家的经历像一声春雷，强烈震撼着少女的心，又像一道闪电照亮夜空，使罗时慧顿觉光耀闪烁，傅老师和师婆的形象满满地占据了她的心。对傅老师，她愿意毫不吝啬地献出自己的一片赤诚和真情。

以后，她经常到傅老师家去，看望老师和师婆。有时老师不在，她就和师婆谈话，师婆有时也会说些傅老师小时候的事情给她听。她往往为老师苦难的童年而慨叹、流泪；为老师奋发刻苦，砺志图强的精神所感动、振奋。她有时也同沈飞一道，习画、写字，谈人生。她觉得，自从接触了傅老师的家庭，她的精神感到更充实，生活感到更丰富，眼界也感到更开阔了。比起她自己那个家，虽然生活优裕，宅院阔绰，却显得陈腐、守旧甚至有些死气沉沉。而傅老师的家，尽管简陋，朴实而且过于单调，却充满了活力，充满了人间的温情和奋发向上的精神！聪敏的罗小姐已认识到，后者才是最可宝贵的，是人生至关重要的东西。她多么希望，自己家里也充盈着这种东西。

一天，在傅老师家，谈到现在的居室稍嫌局促狭小，转不开身，想找一处宽敞些的房屋居住。罗时慧突然想到，她说："何不就搬到我屋里去住！"

"你屋里？"傅抱石有些不解。

"我爸爸觉得现在的房子不够用，为将来着想，已在旁边的宅基地另盖一幢大屋。你不是看见了嘛，已经快完工了。"

"哦——"傅抱石一拍大腿，高兴得跳起来："我看见你家做新屋，还确实动过念头，只是觉得似乎不太可能，而且房子也没有做好，就是想也为时尚早。如能搬到那里住，是再好不过了！"

罗时慧像是为自己家找房子，她说："还早？等做好了就没有你的份儿了！"

"对对！"傅抱石沉吟道，"看来真要打你家的主意。"

罗时慧说："决定搬到我家去住的话，要征得我大妈和爸爸的同意，你不妨先去找我大妈，我从另一边跟我爸爸说，也许有希望。"

"对！"傅抱石下定了决心，双管齐下。

以后几天，傅抱石利用晚上到罗府教学的机会，送了几件小礼品给罗家大妈，适时地提出了待罗家新屋建好后租赁的要求，大妈想到反正新屋建好后要租一部分给人家，租生不如租熟，觉得傅先生也大方豪爽，很爽快地答应了。"不过，咯只事还要跟老爷商量，等几日再答复。"

大妈这边就算通过了。

罗鸿宾那边，罗时慧找着一个机会，同爸爸讲："爸爸，时宁他们两个经过傅老师辅导，大有长进了。"罗时慧知道从照顾两个弟弟学业入手，容易奏效，父亲最看重的就是两个儿子的成长。

"嗯，"提起两个儿子，罗鸿宾也面露欣喜之色，"也亏了傅先生，费尽心力，下了不少功夫。"

"爸爸，听到哇傅老师想租到我们的新屋住，咯倒是一个长远之策。"

"哦——"罗鸿宾有点意外："他想租到新屋来住？——又如何是长远之策呢？"

"他如果搬到我们屋里住，时宁他们两个的辅导就更方便、直接；如果我们不答应，他必另择新居，如果新居离我们太远，他来不来教就不一定了。——南昌想请他的多得很呢。"

"嗯，对对对对。"罗鸿宾若有所思，又问："他说了他想租我们屋里的房子？"

"听到哇他已经跟大妈哇了。"

"好，等我问问看，还要问问傅老师的意思。"

罗时慧立即告诉了傅抱石这个信息。

在罗鸿宾看来，既然房子造好后要租出去一部分，就必须慎重选择房客。过去不就有孟母择邻而居的古训嘛！邻居不好，是祸患无穷的。他最怕住进那些三教九流、鸡鸣狗盗之辈，那无异于引狼入室，惹鬼上门；潦倒的破落户，大字不识的穷人，他也不屑为邻，傅抱石一家虽不是书香门第，却也知书达礼，听说其母也是个颇有志气的能干妇女，关于沈飞的故事他也听女儿时慧说过，也属难能可贵，所谓"贫贱不能移"，傅老师家也算称得上了。何况，傅老师搬来，更有利于两个儿子的教育，何乐而不为！对这件事，罗鸿宾已经在心里答应了。

这年秋天，罗府的新屋竣工，华厦落成，傅抱石一家搬进了罗家的新屋居住。按照罗家议定的租金，每月大洋三十元。这虽是一笔不小的数额，但傅抱石其时除在省立一中的教职外，还兼任了省立女中、心远中学（南昌二中）、江南中学及章贡中学的美术图画课，收入颇丰，交纳这笔租金已不成问题了。

现在的傅抱石真是今非昔比了，这栋位于南昌萧家巷的宅院，屋宇宽敞，建筑洁净雅致。将近一围粗的门柱后面，镶有镂花木窗，光线充足，颇有气势。傅抱石家占整幢楼房约三分之一左右。又单独自成院落，互不干扰，饮食起居真是方便舒适多了。

傅抱石真是惬意而畅快，他独居一隅、自成天地的房屋共有四室一厅。宽敞明亮的客厅里是一家聚首欢娱的地方，两间正房他和母亲各住一间；学生沈飞也随同搬来住在厢房里，一个由他们家赡养了许多年、傅抱石尊称"老大"的老人也搬来做帮佣，住在另一间厢房里。这样，"一家"四口分住四间，倒也各得其所，相得益彰，像模像样的是个家了。

为了使新居的家具和陈设与新屋般配，傅抱石几乎耗费了他的全部积蓄存款，买了一套崭新的家具，重新添置了桌椅、画案和被褥等用品，过去那些破旧家什都悉数弃之或送了人。搬家后不久，罗鸿宾及他的几位太太应邀到傅家赴宴，庆贺乔迁之喜，对傅家的摆设和簇新的家具也不免大感意外：这傅老师家并不是他们原先以为的那样寒酸和潦倒，反而颇有一番兴旺发达的气概，真是人不可貌相啊！对傅抱石更加刮目相看。

常去傅老师家玩的罗时慧小姐却在傅老师房间里发现了一些与那些全新的摆设极不协调的东西。那是一只陈旧却非常结实的矮柜，两只小抽屉下面是双橱门，柜顶的面板足有一寸多厚，中间有一条凹槽。罗时慧好奇地问老师，这是做什么用的？傅老师告诉她，这是父亲从前修伞敲伞骨的工作台，是他们一家人赖以活命的家什。柜上还放着一块约两寸见方、中央有一个小窝的铁砧子，是父亲去世以后，做小工艺品砸挖耳勺用的；还有一把月牙形的弯刀，是父亲补伞裁纸以及傅抱石少年时卖甘蔗时劈甘蔗用的。

傅抱石说："这次搬家，我几乎舍弃了我过去的所有旧物，唯独这几件物品我舍不得丢掉。因为这些东西会使我想起过去的生活和所受的苦楚，我的父母亲曾经用它们养家糊口，也养育了我，真是受尽千辛万苦，我也伴随着这些东西度过了我的童年和少年。今天我的生活条件比过去不晓得好了多少倍，却总不敢忘掉这些东西。它会使我更加勤奋刻苦，奋发图强。"

听了傅老师的肺腑之言，罗时慧对傅老师更增敬仰之情，对眼前那平凡而不起眼的小物件，她也倍感珍惜，觉得其价值不可估量。

至此，仅一墙之隔的罗傅两家往来频繁，联系不断，宛若一家人。按照陈规旧习，以他们两家的经历、地位和经济对比，真是门不当户不对，然而傅抱石的学问、品格和影响力，连资深望重的罗府主人罗鸿宾也不免敬他三分。其他诸如太太们，对傅老师早已熟悉，如今搬入罗府，好似向那禁锢而窒息的窟室里吹进了春风，她们可以经常聆听傅老师谈论远近的新鲜事；对傅老师的母亲，通过接触，竟发现她是个豪爽开朗、善饮健谈的女中豪杰，而且谈吐不俗，晓事明理，也都高兴有这样的邻居为伴，闲来无事，打牌聊天，倒是赏心乐事。

时慧的生母李维屏，本是个农村的穷苦女子，自进了罗府之后，耳濡目染，加上聪慧乖巧，渐渐地能识字看书，而且贤德知礼，深晓年轻人须读书求上进才有出息。她见傅老师少年有志，博学多才，把一个原本贫穷的家调理得生机勃勃，深为称许；又见傅老师以自己的并不富裕的境况，扶贫济困，真是难得天下有这样的高尚品性。她想，女儿已是他的学生，而且关系融洽，感情甚笃，自己身边还有一个年仅十一二岁的小儿子，正需良师，如今傅老师近在咫尺，何不也交给他指教。于是她同女儿商量，罗时慧一听，拍手称好，赶快跑去找傅老师商谈，傅老师焉有不允之理。于是，罗时慧的弟弟罗时宁从此每日去傅家与沈飞共读，得空就请傅老师指点。"四口之家"的傅家又增加了一个少年成员，也算其乐融融！

含辛茹苦将儿子养育成人始有今日的傅妈妈，这时却放不下一桩埋藏于心底的心事，儿子大了，立了业，就该成家了。

她见罗府千金罗时慧小姐天天在眼皮子底下出现，而且几乎天天要到自己家来看老师。他们之间似乎有无尽的话语，坐到一起说起话来就悠悠绵绵，似无绝期。连罗时慧的弟弟时宁都问："姐姐，你跟傅老师啷有咯多话哇，哇什哩事哇不完哪！"每当这时，正值豆蔻年华的罗时慧就会红着脸说："有好多事商量呗，哇什哩还要告诉你呀！"是的，老人家早已看出，这位小姐是属意自己的儿子了，而老人家也看得出，儿子也非常喜欢这位开朗大方又不失大家风范的小姐。老人家心里清楚，自己日盼夜想的儿媳妇，是非罗小姐莫属了。

另一边，一对恋人——傅抱石和罗时慧也在为自己的婚事颇为踌躇。

秋夜，天空高远，四周静谧，一轮皎洁的月亮悬挂在天穹，融融的月光如水般洒满了大地。萧家巷附近的南湖边，傅抱石和罗时慧在月光下徜徉着，秋风轻拂着他们的肌肤，稍稍带来一丝凉意，树影婆娑起舞，处于热恋中的两个青年男女内心却如火一般炽烈，他们一边在欣赏这月夜的景色，一边憧憬着属于他们自己的幸福明天，同时也在筹划如何使他们的婚事得以实现。

是的，在 20 世纪 20 年代末，这种自由恋爱式的婚姻还属新鲜事，特别是他们两家门第悬殊，差别迥异，要摈弃父母之命、媒妁之言而私订终身，要冲破这封建的门第观念的束缚，需要非凡的勇气和百倍的信心，否则将功败垂成，留下千古遗恨。当然，如果谋划周全，小心行事，事情也不是不可能。世界已经进入了新的时期：封建统治的清王朝已经灭亡，维新的思潮不断地更新着中国人的观念，腐朽没落的封建思想正在不断地受到冲击。这是大的气候，而小的环境，则对他们更有利。

"我爸爸虽然考虑门第和家学渊源，但在外做官几十年，见怪不怪，思想并不那么守旧。"罗时慧对她父亲进行透彻的分析，"他曾说过，择女婿，会选的选儿郎，不会选的选家当。可见他思想还是比较开明的。他对你的印象很好，认为人才不可多得。他既重财产又重才学，你的才学他已知晓了，而你的财产他摸不着底，我可以搪塞他。另外，家无长子，父亲最疼爱我，我的个性他也知道，不敢过于非难我。"

"我母亲这里问题不大。我弟弟还小，她晓得将来要靠女儿女婿，她深信你是可以倚仗的。我看，我们的策略是，外围各个击破，主堡合力攻之。如何？"罗时慧在这个牵涉到她终身大事的问题上，仍不失她的乐观幽默天性。

"外围，主堡？……"傅抱石一下子还没有明白过来。

"你呀，书呆子一个！"罗时慧笑嗔道，"外围是指我大妈和三妈。"

"哦，那主堡就是你父亲啰！"

罗时慧笑而不答。

"嘟个各个击破，而嘟个合力攻之呢？"傅抱石又请教。

"我大妈是一家之主，虽是女流，我父亲却对她很尊重，特别是这些家事，大妈的意见举足轻重。但大妈毕竟有文化，少见识，重利轻义，这样的人反而好对付，你只要送份厚礼给她就不难征得她的首肯。"罗时慧指挥若定，好似即将出征的将军。

"那三妈呢？"

"三妈最年轻，又最得我父亲的宠。但父亲年事渐高，对儿女的心思花费得多，特别是对我更是无话不谈，三妈渐渐有受冷落的感觉。所以巴不得我早点嫁出去。她爱玩，赶新鲜，你只要适时地送些时髦新颖的东西给她，包她吹枕边风，而且可以促成我们的婚事。"

"哎呀，你真是了如指掌，运筹帷幄呀！"傅抱石兴奋不已，由衷地赞叹。

罗时慧羞红了脸。傅抱石在昏黄的路灯下，仍能看见她那泛起两颊的红晕，情不自禁地抓住了她的手。

"那主堡呢，嘟合力攻之呢？"

"我父亲，"罗时慧克制住心中涌起的柔情，娓娓道来，"首先由你直接去找他哇，也不必请人说媒了。至于哇得通哇不通那就看你的本事了。然后把握情况我去跟我父亲哇。实在不行，我只有以死明志了。"说到这里，罗时慧动了情，眼眶里不由得噙满了泪水。

"唉唉唉，哇不得哇不得！还会到咯一步呀？你放心，我依计而行，保准马到成功！"傅抱石见罗时慧两情相依，矢志不渝，不禁更生爱意，将她的手捏得更紧了，动情地说，"时慧，上天保佑，我们会如愿的。"

青春少女罗时慧站在自己心爱的人面前，仰望着他炯炯有神的眼睛，四手相触，四目相对，她娇羞的脸颊上，还残留着刚刚由于动情而涌出的泪痕。他们互相能感受到对方的鼻息和温暖，傅抱石见罗时慧小鸟依人般楚楚可爱，情不自禁地一把将她抱在自己的怀里，两颗心立即融合在一起，他觉得能听见"扑通扑通"的心跳，但已分不清，那是他的，还是她的心在跳……

　　接着，傅抱石即依照他们俩商定的办法依计而行。萧家巷附近就是南昌有名的剧场，这里不断有戏班子演戏，而且凡在这里演出的都是些名角。京剧，越剧，还有南昌人特别喜爱的采茶戏。傅抱石本来就酷爱京剧，闲来无事也喜欢跑跑戏园子，算得上是一名票友，与戏剧界很熟，朋友又多，对戏剧演出的行情很熟悉。于是他隔三岔五地送些戏票给三妈，请她携一伙女伴去看戏，三妈经常看得泪眼涟涟，红肿着眼睛回来，有时看了一幕皆大欢喜的戏又笑逐颜开，真是心满意足。对傅先生欢迎备至，每次傅抱石过到罗府这边来，她总是"傅先生"长，"傅先生"短地亲热得很，傅抱石也投其所好，戏票送得更勤了，有一次，索性买了几张包月票送给她，让她天天可以去看戏，三妈高兴得合不拢嘴，逢人就说傅先生好，在丈夫面前岂有不夸赞之理。

　　对大妈，却又须有别于三妈。大妈是个守旧的人，她年事已高，平时足不出户，除了偶尔出去看看戏外，一门心思都花在调理这个大家上：帮佣活计的安排，佣工的起用和工钱，吃穿开销，物品的消耗和收存，都是她操心劳神的事。傅抱石除经常送她一些衣料和用品之外，每月还另外给她一些银钱以扩充她的私房。老太太对傅先生也颇为满意，觉得这傅先生不但知书识礼，而且通达人情，性格温厚，将来做丈夫必对妻子体贴入微，是个可以终生依靠的人。

　　傅抱石和罗时慧眼看时机成熟，可以向"主堡"合而攻之了。他们便商定分头"出击"。

　　罗时慧首先同自己的生母打招呼。她与母亲是无话不谈的，母亲对时慧也最信赖，最有感情。

　　"姆妈，傅先生和我已经商量好了我们的——婚事——"毕竟是豆蔻年华的少女，即使是和自己的母亲说这件事也有些羞涩和难以启齿，"他哇咯几日会来找你和爸爸求婚呐。"

　　知女莫如母，母亲一听便什么都明白了。由于自身在罗家是"二姨太"的地位，争宠争权的事屡见不鲜，她的心里是长期郁闷不欢的，对亲生女儿便寄予厚望，说不定将来要靠女儿和女婿过后半辈子，因此，对女婿的选择她倒是很介意。这两年来，女儿与傅先生的交往，一言一行，一颦一笑，一个眼神，一个笑靥，她都无不看在眼里，印在脑子里。久而久之，她知道，这傅先生必是自己的女婿无疑。对于傅先生，她倒是称赞女儿的眼光，觉得女儿找他是找对了。傅先生虽然家底不厚，没有祖传和世袭的财产官位，但他人品好，为人忠厚，仅这一点就足以信赖。她以自己的切身经历，看多了大户人家少爷和子弟因玩弄女性、妻妾成群而闹得鸡犬不宁的种种是非，与其过着囚徒般的生活，当那整天把眼泪往肚里咽的姨太太，不如守着清贫的丈夫恩恩爱爱地过一辈子，真是喝水水也甜！况且傅先生学问渊博，人人器重，将来说不定能成大器。因此，对女儿的选择，她早就赞许默认了。今天女儿说破此事，已是她预料之中，丝毫也不感到意外。她稍稍问了问女儿的打算后，倒是很爽快而且很坚定地说："你爸爸那里，我会帮着说。"这又出乎女儿意料之外，她还似乎早有打算地补充说："以后，我跟着你们一起过！"

过了几天，母亲喜滋滋地告诉时慧，她已经同父亲讲过，听口气，父亲倒没有反对之意。"只是不放心你，"母亲对时慧说，"怕你跟了他将来吃苦，你去告诉傅先生向你爸爸正式求婚，让你爸爸心里稳当些。"

这天，罗鸿宾把女儿叫到书房里，父亲正襟危坐，女儿也神情肃然，父女两人开始了从未有过的认真的谈话。

"时慧，关于你的婚事，傅先生还没有来正式向我提出，但我要先问问你，免得先入为主，贻误你的终身。看样子，跟傅先生为婚，你是愿意的啰？"罗鸿宾很喜欢时慧这个爱女，一切都以爱女将来的幸福为依据。

"嗯——"时慧点了点头，时慧在父亲面前，娇养惯了，平时活泼大方，这样的场面还是第一次，一时间竟不太适应，不知怎么回答。

"你爸爸已是老朽，但还不是那么顽固守旧，什么门第、家境、学历都不计较，傅先生这个人我看倒是个有为青年，我只是担心，你跟了他，会过不惯他家的清贫生活，受不了他家的苦啊！"

"爸爸，咯点你放心！"时慧这时大方多了，他知道父亲恪守孔孟之道，信奉儒学，于是也用古训慷慨议论起来，"所谓君子安贫乐道，贫贱不能移。你不是很欣赏《滕王阁序》中的'穷且益坚，不坠青云之志'的话吗？傅抱石可算得上一个有志有识的青年了。而对你的女儿，爸爸不可谓不了解，从来就不想当饭来张口、衣来伸手的小姐太太，我向往的是充实而自由的生活，将来能以沫相濡，对吃苦我早就做好了思想准备。何况，话又哇转来，以傅抱石一身技艺，精于绘画篆刻，又会苦到哪里去呢？听说，这几年他教书兼课和作画篆刻的收入已存了三四千块钱了。只要他在中国，只要中国还崇尚文化，凭他的本事，就绝无断炊之虞。爸爸你哇是吧？"这里，聪明的时慧故意将傅抱石的存款说了一笔大数，她知道，父亲担心的就是傅抱石穷，从而会导致女儿婚后的生活拮据，消除了这个顾虑，事情就好办得多了。而事实上，傅抱石这几年辛苦赚来的积蓄，在那次搬家中已经花费得差不多了，如今，为了筹措结婚费用，他又在夜以继日地为人篆刻。

"嗯，"罗鸿宾听女儿这一席话，心里的疑虑算是释去了，反倒开导起女儿来，"其实，我倒是很欣赏和推崇傅抱石这个青年，你嫁给他，倒不失为一个最佳选择。我在官场几十年，看尽官场的世态炎凉和互相倾轧，仕途险恶啊！嫁一个清雅的文人高士，夫唱妇随，高山流水，相得益彰，悠闲自在地过一辈子，倒也是一种乐趣。只是你以后应该尽力辅佐他，安贫乐道，敦促他有所成就，不枉傅抱石少年立志的一片苦心，也不负为父对你们二人的期望。"

时慧见父亲如此通情达理，深解晚辈人的心思，也不觉颇为感动，连连点头说："我晓得，我会记住爸爸的叮嘱。"

"另外，"罗鸿宾又补充道，"自古文人多贫士，你嫁给傅抱石，除非他去做官，否则，你们这一生怕是发不了财。因此，你说他有三四千元存款也好，一分也无也罢，我准备除被褥衣物作陪嫁之外，另给你二千块钱压箱底。是给你救急用的，非到万不得已不要动用它。"

"我只有你这一个女儿，你两个弟弟还小，本当我想提出入赘这个意思，考虑到我也不是没有儿子，再者，傅抱石一家也等于住在我们家，你就嫁出去也没有嫁出大门，实际上结婚与否差别也不大，入赘这一层就不提出也罢，你出嫁了我仍可以天天看到你，说来也是一件巧事。"罗鸿宾说到这里，心里感到无比欣慰，脸上泛起了慈祥的笑容。

父女的亲情这时得到了最深沉的回应，时慧动情地说："爸爸，你放心，过了门我会天天来看你的。"

"嗯，这就好。"罗鸿宾望着女儿说，直到这时，他才忽然觉得，女儿确实是大了，长成人了。

　　过了几天，傅抱石正式拜会了罗老先生，表达了欲娶时慧为妻的心愿。

　　"伯父，"傅抱石在这样称呼罗鸿宾之后又赶紧补充，"我希望这是最后一次这样称呼您老人家，以后我想尊您为父，这应该是最恰当的称呼。我今天来，就是来请求你，我和令爱相爱有年，情投意合，彼此相许，有意结为夫妻，想征得你老人家同意。"

　　傅抱石知道，实际上，至此，"外围"和"主堡"都已攻克，今天来意，不过是将此事摆到桌面上，开诚布公讨论一番。尽管如此，青年傅抱石为了今天的造访和求亲，着实准备了好些时日，鼓足了勇气才迈进了罗府的大门。今天，他着意打扮修饰了一番，将那件半新的灰布长袍熨得平直熨帖，脚上穿着新置的皮鞋，英俊的脸庞上，黑眼睛炯炯有神，头发梳得光亮而整洁，全身上下显得洒脱而充满朝气，凭直观印象便能争得几分好感，对这一点，傅抱石充满信心。

　　"抱石，"罗鸿宾今天也一改过去尊称傅先生的习惯，直呼其名，而且语气温和慈祥，没有那些客套了。对此，傅抱石一听即胸有成竹了，"这两年来，你和时慧的感情我们有目共睹，对你的为人、品格和学识我也深为了解，不然，我们也不会放任时慧和你接触，更不会允诺你搬到我们家来当邻居。实际上，我们是默认了你和时慧的感情，并顺其自然的，也就是说，这个结局我是早就看到了的。"

　　罗老伯这段话倒是傅抱石没有料到的，一直端坐在一侧低眉顺眼的傅抱石不觉抬起头来，望着罗老伯。想想此话似也合乎情理。

　　"但是，以前你们是师生，我们是邻居，都称得上是朋友。如果你们要结婚，那你们就是夫妇，我们也就是一家人了。师生和朋友是一回事，夫妇和一家人则就不同了，有些话必须先道明，互相交个底。"

　　傅抱石这时专注地望着罗老伯——这位未来的岳父大人。

　　"你少年立志，刻苦奋斗，这一点我是非常赞许的。可时慧就不同了，她自小娇生惯养，一无所长，而且任性执拗。你要考虑到，一是恐怕她吃不了你所受的苦，二是怕你们以后由于身份地位的不同而她又不肯迁就，各不相让，再来后悔就晚了。这些你要预先想到。"

　　傅抱石听到这里，心里释然了，他说："伯父说到吃苦，时慧和我都是有思想准备的。俗话说夫妻恩爱水也甜，苦而不自知，何苦之有？况且，如今我虽不敢说苦尽甘来，但我的事业已打下了基础，如日中天，我以前所受过的苦，以后是绝不会再有了，这一点我足以自信。即使要受苦，与我过去受过的苦相比，是不在话下的，而时慧，我相信她是会和我共渡难关的。我也会尽量照顾她，关心她，不让她吃苦，让她幸福。而且，据我了解，时慧尽管如您老所说娇生惯养，执拗任性，我和我母亲倒觉得她通情达理，聪明能干，全无大家小姐常有的习气，我母亲不仅很喜欢她，而且两人很合得来呢。"

　　罗鸿宾听了，欣然道："好，既然如此，你们的婚事，我同意了。我已同时慧的几位妈妈商量过，她们也都很赞成，这件事就这样定吧。"

　　傅抱石听了，大喜过望，他没想到事情进展竟如此顺利。他正要站起来叩谢，罗鸿宾却止住了，他说："且慢，有一件事你也可以放心，既然你们要成夫妻了，时慧那里，我就会特事叮嘱，在一家说一家的话，到了新家，就是为人妻，为儿媳，再也不是大小姐了，更不是去当少奶奶。要尊敬夫婿，要孝顺婆婆，勤俭度日。我们两家近在咫尺，将来就是一家了，有事相商也方便，不至于有什么龃龉和不可开交的摩擦。这一点也请你母亲放心。"

　　傅抱石听到这里，心里简直乐开了花，对罗老伯道谢作深鞠躬，方才告辞。

　　时已深秋，暗夜的南昌萧家巷，不时吹过阵阵萧瑟的秋风。傅抱石抑制不住兴奋的心绪和迸发的心跳，走进这夜色之中，四周静悄悄的，阒无一人，只有昏黄的街灯光亮映出这僻静的街道的轮廓。傅抱石却热血沸腾，激情奔放，他真希望这时能遇见几个人，把他的幸福、他的赤诚说给他遇到的每个人听！不，哪怕只聊聊天，说说闲话也好。是啊，人活在这个世界上就要显示自身的价值，就要通过拼搏去实现自己的追求、自己的目标。如今，他已经寻求到自己的幸福，得到了自己所爱、所追求的东西。而这，对他的一生，对他今后事业的发展是至关重要的。也许他以后会失去很多很多，但只要他的爱，他心里的时慧仍在他身边，这就够了。因为，这对他是最宝贵的，是无法用其他东西来替代的。今天，确定了他和时慧的婚姻关系，又一次验证了他奋力搏击取得的成功，再一次尝到了获得胜利的喜悦，尝到了攻克难关之后的甘甜。

　　这年旧历年底，新年春节之际，傅抱石、罗时慧举行了隆重的结婚庆典。

　　婚礼在罗时慧家阔绰的大院厅内举行。傅罗两家的门楣上到处张挂着彩灯，大红喜字映衬着喜气洋洋的张张笑脸，厅堂的四面墙上挂满了大红的绸缎喜幛，正首的一张条案上，铺着彤红的红布，烛台上挂着的一对细碗口粗的红烛，跳动着喜庆的火焰，香烟缭绕。大门口的两边门柱上贴了一副红对联，由于刚写不久，上面还散发着幽幽的墨香，客人走过，都会忍不住驻足观望，品评欣赏一番，这是新郎傅抱石亲自用隶书写的：

　　乾坤定矣
　　钟鼓乐之

　　"到底是翰墨高手呀，书画皆绝！"
　　"是啊，硬是钱财不如人才呀，罗老先生择婿是慧眼识人，不枉为官一场，高人一筹！"
　　"听说新娘回绝了许多官宦人家子弟，非傅抱石不嫁，也算是女中豪杰呀！"
　　就在一片沸沸扬扬、热热闹闹的喜庆气氛中，婚礼开始了。

　　傅抱石和罗时慧都是有知识的新青年，以罗时慧的思想，老式的婚礼坐花轿和戴盖头等旧形式是坚决不答应的，但以全新的洋式结婚，罗家上下及亲戚也通不过，于是采取中西合璧式的婚礼。傅家这边以洋鼓洋号军乐队相迎，出大门转个小弯即是罗家，在罗家厅堂里，洋溢的却是一派轻悠的音乐，中式的唢呐和笙箫之类的民族乐器在这里大放异彩。看起来虽不伦不类，听起来却别有风味，也算一奇。

　　婚礼开始，一阵长长的万响爆竹响过之后，新郎新娘被带到喜堂来行鞠躬礼。这时，身穿毛料灰色长袍、头戴西式呢帽的傅抱石和穿着紫红旗袍的罗时慧由傧相陪同，走到了厅堂前，一时间，来宾们见新郎仪表堂堂，新娘端庄俏丽，都情不自禁地赞叹起来，喜堂里响起了热烈的掌声。

女方主婚人是罗鸿宾老先生，由于爱女出嫁，喜事盈门，老先生脸上露出了少有的灿烂笑容，他今天穿着缎面的皮袍，外套一件毛料黑马褂，头戴一顶呢子的礼帽，红光满面地站在上首；男方由于老规矩妇女不宜当主婚人，傅家在南昌又没有亲戚。为此，特意派人去新余老家请来傅抱石的族叔傅财和来南昌主婚。章塘村的傅姓族人听说傅聚和的儿子在南昌春风得意，光景又不同于往年，也为之兴奋了一番，除财和叔代为祝贺外，还各家凑集了一些花生、红枣和莲子之类的乡里土产，专派一个中年长辈陪同傅财和到南昌贺喜。今天，身材矮小的傅财和也穿着傅抱石为他置下的簇新的蓝色长袍，头戴瓜皮帽站在上首接受两位新人的鞠躬礼。老人家望着这彩虹满室的喜堂和仪表非凡的族兄的儿子，想起当年傅聚和衣不蔽体逃荒离乡，想起那穷困潦倒的修伞铺，这一切真是恍若做梦一般！老人家慨叹：世事轮回，不可预料！

婚礼仪式除不叩头下跪之外，其他如鞠躬、致辞、新人讲话、送入洞房，一切如仪，然后是入喜宴请宾客，二位新人生性豪爽豁达，结婚不忘他们恋爱时的学生和朋友，梁邦楚、沈飞以及时慧的女友韩淑仪、廖静明、黄华、苏珊衡等都参加了他们的婚礼，并表示了衷心的祝福。

入夜，当喜庆的爆竹硝烟开始消散，当最后一位贺客也离去之后，傅抱石把眼光从屋内的喜幛和流着喜泪的红烛上移向娇羞而俏丽的爱妻时慧身上，自己也恍惚似在梦中，他似乎仍然不相信这巨大的幸福会降临到自己头上，然而，一切又是真实可信的，毋庸置疑的。此刻，他猛然意识到，今天经历的这一幕，正在改变着他的生活，他的道路，他的一切！这个由历史巨人导演的活话剧，不仅给他带来了无限的幸福，无穷的力量。同时，也赋予了他责任和义务。以后，除母亲外，他就不单单是一个人，而是有着另一种意义的家了，他不仅享受着家庭带给他的温馨、安宁和照护，同时也应以他的力量支撑起这个家，使她得以生存和延续下去。是的，他已经感到了这副担子的分量。

他抚着妻子的双肩，充满柔情地说："慧，还是那句话，我会让你一辈子幸福的。"

这时候的新娘时慧依偎在夫婿胸前，双眸明亮，似一泓春水，她幽幽的话语好像从远处传来："幸福让我们共享，而你肩上的重量分一半给我，让我们共担，直至永远！"

5. 夫唱妇随　妇助夫成

良宵苦短，沉浸在无限幸福和柔情蜜意之中的傅抱石和罗时慧丝毫没有感到南昌冬日那凛冽而阴冷寒风的凄厉和刺骨，相反，他们甚至感觉不出来这冬日的寒风与和煦荡漾的春风有什么不同！确实，每天早晨，当曙光初露时，他们即已起身。傅抱石有个习惯，他珍惜晚上那属于自己的漫长时间，总是熬夜看书篆刻写文章，有时竟至通宵达旦。这样，早上不免起得晚。自结婚以后，时慧总是劝他要保重身体，竭力控制他熬夜的时间，这样，傅抱石清晨也能起个大早，小两口一同出到户外，尽情地呼吸那经过一夜净化的清新空气。这不，这天清晨，远处的天边刚刚透出一丝曙光，他们即穿着紧身棉衣裤，哈着气，搓着双手，一路笑着，追逐着，有时也手牵着手跑一段，反正在微露的曙色中街上还人迹稀少，没有人看见。"看见了又怎么样！"罗时慧大胆而奔放地说，又牵着傅抱石的手缓缓地跑，不一会儿，就跑到了南湖边。

这时的南湖，清波不兴，只有刮过一阵寒风时，湖面上才会激起微澜，泛起层层涟漪。每次到达湖边，夫妻二人总会缓缓地驻足，静静地观望这湖边的景致。有时，他们会让感情的风帆自由驰骋，共同缅怀那值得回忆的属于他们两人的难忘的过去，那夏日的荷叶，秋季的花香，还有那泥塘、莲藕，甚至枯枝、败叶，都会激发起他们无限的遐想；有时，他们又会憧憬着，向往着，今夏的南湖，一定会更加旖旎，更加妖娆，他们约定，待到夏荷盛开时，再到这里来好好赏玩，共度观景忆昔的美好时光。

聪明乖巧的时慧谨记父亲的教诲，在一家说一家的话，出嫁了，她就再也不是大小姐，更不是去当少奶奶的。过门以后，她每天主动做家务事，从婆婆手里抢着做一些诸如洗菜洗衣服之类下冷水的活儿，她说："婆婆，您老年纪大了，下冷水伤筋骨，还是我来吧。"尽管她以前也从未干过这种事，但她仍咬咬牙坚持下来了。待衣服和菜洗完，她的一双柔润的手已冻得通红，她仍然乐呵呵地搓着双手又去忙别的事了。婆婆看在眼里，也觉得大户人家的小姐能够如此，实属难能可贵，加之两人性格相似，生性开朗，抱石不在时，婆媳俩也其乐融融，日子过得和和美美。

罗时慧自与傅抱石结婚后，又是夫妻，又是师生，显然不宜再在一中读书了，于

1933 年的傅抱石与罗时慧夫妇

是转学到另一所中学去继续学习，仍过着学生生活。

但是数月之后，他们的家庭经济就发生了困难。

本来，以傅抱石省立一中的薪水和其他几所中学兼课的收入，足以维持一家六口的开销，但傅抱石搬家时，几乎把几年的积蓄花光，一年以后，欣逢结婚大喜事，添置家具被褥箱柜衣物，请客送礼等，不但将存款消耗殆尽，还欠下了一笔债。因此，开学以后，尽管傅抱石又应聘了几所中学的兼课教职，每月收入下来还去一部或大部，所剩就显得经济拮据了。

为此，傅抱石只好重操旧业，为人刻印，收取润例贴补家用。

傅抱石找到他曾资助过的一位学生的家长，这位姓张的家长开了一家"天宝斋"

笔墨店，专售文房四宝，兼接订购绘画和篆刻的生意，因该店地处南昌瓦子角，属闹市街口，便于招揽生意。傅抱石与张老板商量请他承接刻印业务，由他视业务的收入多寡付给张老板一定的佣金。

张老板满口答应，并表示只尽义务，不收佣金。说你傅先生竭诚厚待我家，我哪好意思赚傅先生的钱，并且帮他出主意，如今重铜印不重石印，因铜印有富贵之气，而且耐用；石印则易碎，好的印石价钱也不便宜。他告诉傅先生北京新近铸制了一批铜印，黄铜冶炼，顶上铸有狮钮，甚是好看，而价格便宜，仅一角钱一枚。本地因铜印难刻，尚无人进货，但刻铜印润例要高得多。

张老板说："倘若傅先生愿意刻制，敝店可免费为傅先生进货，广揽业务。其实，这也是敝店之荣耀！"

傅抱石当即应允，请张老板订购铜印一百枚，并与张老板商定了润例价格等广告事宜，付了货款只待消息。

一月以后，张老板来告，北京的铜印已寄到，傅抱石接过一看，果然气派。铜印有大小三种，约一寸大小不等，因为新铸，看来金光闪闪。傅抱石说："好，就按我们原先商定的办。不过张老板，有一句话要说，交情归交情，生意归生意，佣金我仍要付给你，否则我就不好一直做下去了。"张老板一听急了，再三推辞，但傅抱石坚决不允，他只好感激不尽地走了。

第二日，南昌瓦子角"天宝斋"门口，赫然贴着一张海报："本店特请南昌篆刻高手傅抱石先生刻制铜印，每字五元，另加边款，铜印奉送。"张老板又将所购铜印整齐排放在玻璃柜内，行人老远就能看见金灿灿一片，像一根根金条，煞是醒目惹眼。广告一经贴出，当即就有人上门询问。以傅抱石在南昌的刻印名气，此事立即传扬开来，果然，第二天就有人要求刻印。

纵观刻印历史，在五百年前的明朝以前，篆刻所用的材料都是硬质，如金银铜玉，印材坚硬，其他如犀角、象牙等，也是镌刻艰难，不易奏刀。故出土文物的印材中，铜印最多，这是"汉印多铸"的证明。因此，过去的篆刻家都是和雕刻工匠分工合作，即篆刻家在印材上书写落墨之后，再交给工匠去雕刻。这种技法直至明末的文彭还在使用。但明朝初年的王冕得到了浙江丽水县天台、宝华山所产的花乳石，用之刻印，立刻使中国的篆刻发生了重大的转变和革新。因为刀与石遇，刀就有了办法，不但不需要篆刻家与工匠合作，而且可以驰骋自如。后来文彭在南京西虹桥无意购得四筐"灯光冻"石，自己可以用刀如笔，就不再请人捉刀了。因而可以说，石章的流行使篆刻能向艺术的道路上迈进，是一大关键。从此，石章流行天下，而书法佳妙者，刻印的效果也极精。石印既易奏刀，效果又好，再也没有几个篆刻家愿意花力气去摆弄硬质特别是金属材料刻印了。

傅抱石在早些年就"甘与古为徒"，他曾沉浸在古玺汉印中，不仅学古印的篆法构图、风格神韵，更研究各式材质刻凿方法，直接以硬质材料为实践，终于掌握了刻凿铜、玉、犀角、象牙等硬材的各种特殊技巧。因此，如今他接到一批铜印的刻凿生意，一般的篆刻名手也许会惊讶他何以会干这种费力又不讨好的事，而且颇怀疑他究竟能否刻成刻好，岂知不到而立之年的傅抱石刻凿铜印已是驾轻就熟，堪称高手了！

虽然如此，话又说回来，刻凿铜印，岂止需要胆略和技艺，仅其刻凿过程就是一件重体力劳动。刻石印只需一手执石，一手执刀，操刀杀入即可；铜印则不然，须将铜印夹在坚固而厚重的梨木印床上，然后以左手执一把钢质很好的三棱钢刀，右手执锤小心敲击镌凿——太轻铜材刻不入，刻不深；太重则会刻坏，将不该凿的也毁去，以至前功尽弃。其劳动强度竟与石匠无异，甚至艰难得多！由于印床仅一巴掌大小，又无法固定，敲击时为防滑脱，须将一头顶住。傅抱石找不到合适的器物，只好将就放在饭桌的一角敲凿，因为桌角有两条凸起的边，可顶住印床不致滑动。

正是七月，农时还正是青黄不接的时候，已进入了夏天，南昌这时已经酷热难忍。到下午，经过半天太阳的烤晒，一切都变得焦灼炙手，整个南昌就像一只巨大的蒸笼，闷得人们透不过气来，偶尔在那树荫下，才可以看见几个躲太阳的闲汉，懒洋洋地躺靠在树干旁；屋内，人们所能接触到的一切都像是刚从锅里捞出来，热得烫手。坐着不动尚且淌汗，谁还有能耐做事！

在南昌南湖的一隅，一座高屋的厅堂里，新婚才几个月的青年傅抱石却在挥汗如雨地不停地敲击。金属细锤敲打钢制刻刀的叮叮声和钢刀刻凿铜章的嚯嚯声不时传出户外，传入炎热的空中。他的颈脖上围着一条湿毛巾，以增加一点凉爽，也便于随时揩擦如注的汗水。傅抱石全神贯注，他接下的每一颗铜印镌刻生意都是人家付了高额润金的，必须让顾客满意，否则就会断了生意的来源。因而，他全然不顾酷暑的炎热，一心只想着早点做完手中的活计，好接着镌刻另一颗铜印。妻子罗时慧则坐在一旁，一边拾拣着晚上要吃的蔬菜，一边随时照护丈夫，她有时走过去拿起蒲扇为丈夫扇几下扇子，让丈夫少出些汗；有时也取下丈夫肩头搭着的毛巾，进到厨房去，用刚打上来的井水搓洗一遍，又返身到厅堂里，见丈夫额上已渗满了汗珠，又腾不出手，就用刚在井水中浸过的毛巾为丈夫揩擦，傅抱石顿觉一阵凉爽掠过全身，畅快无比，抬头笑看了妻子一眼，又忙着专注于他手中的活了。

直至黄昏，厅堂里已经墨暗，铜印上细微的笔画已经看不清了，傅抱石才停下手上的活，罗时慧打来一盆水，让他揩洗一番，这才一身惬意地坐到饭桌前吃饭。

这天的晚饭，罗时慧除日常吃的几样小菜，辣椒炒猪肉，这是傅抱石爱吃也常吃的荤菜了，还有辣椒炒豆干和白菜、茄子，另外，罗时慧见丈夫每日挥锤做活，太重太累，今天特意买了一斤卤猪头肉。坐上桌前的傅抱石见了，喜笑颜开，用小碗倒了半豌南昌三花酒，夹了一大块猪头肉送进嘴里，又呷了一口酒，啊，辣椒、烧酒、猪头肉，真是惬意极了！正是大汗淋漓，痛快淋漓！

这餐饭直吃到断暗，天已墨黑，才吃完。

晚饭后，南昌的大街小巷，家家都汲来井水，将炕了一天仍滚热得不敢贴身的木门板、竹床板、竹席、草席用井水揩擦几遍，直到热气退尽，才搬至门口或巷头，又将水泼在门外地上，驱去暑气，人们才洗好身脚，或躺或卧，在门外歇息。于是，整个南昌城，成了一个巨大的露天旅舍，满街满巷，到处是乘凉歇息的人群，男人赤膊短裤，女人汗褂短裤，男女老少，横陈直卧。唉，老天爷呀，热啊！

这时，也有一个例外，南湖边水观音亭附近的萧家巷100号侧屋，二十七岁的傅抱石仍在厅堂的饭桌前，就着一盏如豆的油灯嚯嚯地敲击着，他仍在刻凿铜印。为了还清欠债，为了一家人的生活，他必须加倍地工作，才能换取额外的收入。

夜晚的屋里似乎没有白天热了，但讨厌的蚊子却咬得人奇痒难忍，歇息的人尚可打打扇子驱赶蚊子，傅抱石须端坐不动，蚊子正好趁隙而上。常常是，傅抱石不得不停下手中的活来挠痒。妻子罗时慧为他点燃了一根蚊香，这种用除虫菊等驱蚊草掺和在锯末中制成的蚊香，足有瓶塞粗，燃烧起来满屋烟尘，蚊子熏跑了，人也熏得睁不开眼，眼睛直流泪。傅抱石受不了了，只好将蚊香掐灭，将满屋的烟扇开，再继续工作，而蚊子又来了。唉，傅抱石经营此道，何其艰难啊！

夜深了，依然不停的敲击声，会惊扰四邻们睡觉，傅抱石只好停歇手中的活计，稍事休息休息，到外面湖边走走。

日间的暑气已经消融退尽，躺在屋外的市民已经睡熟，到处可听到沉睡的鼾声。不知从什么地方吹来一阵阵凉风，在湖边空旷的天空形成了一股旋流。微风拂过傅抱石的脸颊和肌肤，顿觉神清气爽，啊、好风！傅抱石情不自禁地叫出声来。此刻，他多么希望他也能搬个竹床板，睡到湖边，他可以舒舒服服地一觉睡到天亮，然而，他不能！打从少年时代开始，他就没有睡过一个早觉。记得有一次，他看书到半夜，准备睡觉前，他也是起身到门外走走，踱到巷口，一户做豆腐的人家刚刚起个早床，半夜起来磨豆腐，见修伞铺的傅瑞麟走来，还以为是赶早来买豆腐，说："细伢子咯早就起来了？买豆腐还早呐！"傅抱石听了好笑，心想，你起了个早，我还冇困觉呢！唉，也许是命中注定，要劳碌一辈子！就是现在在外面站站走走，他都觉得是浪费时间。是的，他还有好多事呢。想到这里，他又走回了家。

妻子和母亲都睡了，学生沈飞看了一夜书，此时也已进入了梦乡。准备报考武昌艺专的沈飞最近学习很有长进，身体也比以前好多了。想到他即将步入新的前程，作为老师，心里着实高兴，最近对他的督促也更紧了。

傅抱石回到自己的书房，捻亮油灯，取出一块纹理极细的一寸见方的鸡血石，再拿起那根经过打磨得极其锋利的钢质刻刀，就着印石边上轻轻划出的行距，用刻刀的尖顶部分仔细而又谨慎地雕刻起来。

这是他经历了多少年练就的绝活——微雕。微雕作品上的字，只有针尖大小，用肉眼根本看不清，而在雕刻时，又不能借助放大镜，用肉眼只能认准字行的位置，它所依赖的，是篆刻家娴熟的技巧。实际上，这种微雕的刻字，是用刻刀在印石上凭感觉摩挲而成，这需要长期艰苦的磨炼。即使如此，也不是人人经过磨炼都能成功。傅抱石经过多年的艰辛的雕刻实践，已能成功地刻成极精彩的作品，其印章放在高倍放大镜下观察，可以看到令人感到不可思议的堪称奇迹的画面：一张普通邮票大小的印石上，竟雕刻了一篇数千字的行楷长文，不仅如此，作品中行距清晰，排列整齐有序，字字雄健，笔笔坚挺，遒劲有力，毫无柔弱漂滑的感觉。而且结构严密清晰，点划流畅自然，既有金石韵味，又具书法之美。如果将此作品放大数百倍或一千倍，则犹如汉魏巨砖，又像隋唐碑刻，无疑是一幅绝妙而高超的书法作品。这些微雕的印章，傅抱石都是作为艺术珍品保存着，出再高的价钱，他也不卖。

傅抱石刻微雕是作为印章的边款的。边款可刻四面，这给了他纵横驰骋的余地。

现在，这方鸡血石上，已镌刻了白文印"采芳洲兮杜若"，其结构和布局显得独具匠心。他甚为满意，刻完之后，仍觉意犹未尽，他要在这方名贵的石头的边款上大胆地刻上屈原的《离骚》全文。想到自己的这一"壮举"，他自己也很激动兴奋，要知道，《离骚》全文有二千七百多字！为刻此印，他每天选出精力最旺盛集中且干扰最少的时间，否则，很难达到效果。

今晚，这项"巨大的"工程即将结束，他竭力按捺住自己激动兴奋的心情，仍专注地一丝不苟地雕刻着。这是极精细极复杂的技艺，需要高度地集中思想，谨慎地对待每一行，每一个字，甚至每一笔，每一画，否则，一着不慎，将前功尽弃，他将不能原谅自己。

一切都像静止不动了。时间停止了，风停止了，汗也没有流了，连空气都像凝固了，只偶尔听得见厅堂里那老式闹钟钟摆的"滴答"声和刻刀凿在印石上的极细微的"磁磁"声。傅抱石全神贯注，双目凝视，精神高度地亢奋，思想高度地集中。他有一个习惯，自己进行创作，特别是进行重大创作，在绘画、篆刻、写文章臻于佳境时，不喜欢别人打扰。对这种"打扰"他限制得尤为苛刻，不仅仅指在绘画、篆刻、写文章时和他说话聊天商量事情，哪怕这时一声不吭地在一旁观看甚至在身边走动，他也不能允许。因为这时他的思想高度集中，精神极度亢奋，连他自己都进入了所谓"化境"，这时旁边有人哪怕走过一下，探头望一下。就会使他马上转移注意力，精神就会松弛，思想就会分散，甚至创作的灵感都会消失得无影无踪了，往往这种"灵感"和"冲动"就再也找不回来了，而这对于他真是莫大的损失，有时简直就是罪过！

不知是什么时间了，他好像觉得眼前的灯亮了一些，原来，曙光已经透进了窗内，已经是第二天的黎明了。夏天天亮早，辛苦劳作的人们为了赶在骄阳出来前多做些事，屋外已经有人走动。这时，傅抱石精心刻制的鸡血石边款《离骚》全文刻完了最后一个字，一件精美绝伦的艺术精品诞生了！

这方鸡血石印章无疑是一件稀世的艺术珍宝！印面镌刻着白文"采芳洲兮杜若"，六个字的结构布置已是精心设计，匠心独运，篆法和刀法也是精到巧妙，已臻尽善尽美；而印侧每面不超过三厘米乘以四厘米，三面印侧上排列有序地镌刻了屈原的《离骚》全文，还加上了题识，数了一下竟共刻二千七百六十五字！

这无疑是一件稀世珍宝！中国篆刻的历史长河中，以后会不会出现比这字数更多、印面更美、书法更精的作品不敢妄断，至少在有记载的历史上是从未有过！傅抱石作品完成，自己也兴奋得不能自已，翻来覆去地把印石拿在手上，审视良久。最后，竟高兴得根据自己的记忆，背诵起屈原的《离骚》来：

帝高阳之苗裔兮，朕皇考曰伯庸。

摄提贞于孟陬兮，惟庚寅吾以降。

皇览揆余初度兮，肇锡余以嘉名。

名余曰正则兮，字余曰灵均。

纷吾既有此内美兮，又重之以修能。

……

长太息以掩涕兮，哀民生之多艰！

余虽好修姱以鞿羁兮，謇朝谇而夕替。

既替余以蕙纕兮，又申之以揽茝。

亦余心之所善兮，虽九死其犹未悔！

……

天亮了，又是一个炎热的夏日！东方刚露出的熹微的晨曦就已经放射出强劲的热力，穿云破雾，霞光万丈，照射在这广袤的大地上，照耀着南昌城。无数的人已经在哀怨这如火如荼的夏日如何将息，但傅抱石似乎对这蒸腾的盛夏情有独钟。多好呀，彩霞满天，炎阳当空，这热力本身就是对人的一种挑战，一种兴奋剂！它能焕发人的青春，激荡人的热情，使万物生长，使生物高速度地新陈代谢。与那漫长的白日相比，夏日的夜晚似乎不过是短暂的一瞬，而即使是短暂的一瞬，傅抱石也是将它作为白天的延续，不敢稍有懈怠的。他想起了清代画家王原祁所述的一段生活经验：

> 贫且劳，人之所恶也，然为贫与劳之所役，以之移性情，堕志气，则与道渐远，无以表我之真乐矣。余清署，补衣节食，忘老办公，时以典礼候直，寄迹萧寺，篝灯挥洒，长笺短幅，不问所从来。偶怀古人得意处，放笔为之，夜分乐成，欣然就寝，一枕黑甜，不知东方之既白矣！

傅抱石到这时才体会到王老夫子这段话的个中三昧，真是感慨系之，慨叹要成为一名"颠而迂且痴"的富有"真性情"的艺术家，非付出毕生的精力是不能实现的。

一段时间以来，临习各种古代绘画并揣摩它的风格意境，努力分析不同画派的绘画技巧，以使自己的绘画达到一种奇妙的效果和气势，占去了傅抱石很多时间，费去了他很多精力。但他觉得，这种学习是必需的，而且是必不可少的。为此，他利用课余时间，老老实实地从事这一项研究。

他曾仔细临摹过顾恺之的《女史箴图》和《洛神赋图卷》，他对顾恺之人物画能紧紧抓住人物的神态特别是眼睛的刻画推崇备至。顾恺之所说的"四体妍蚩，本亡阙少，于妙处传神写照，正在阿堵中"，他心领神会，这种"以形写神"的绘画方法使他获益匪浅，受用终生。

六朝时期"三杰"顾恺之、陆探微、张僧繇各有其妙的画风，"像人之美，张得其肉（强调肌肉丰满），陆得其骨（强调骨骼），顾得其神（强调神气）"。傅抱石曾做过周详而细致的比较，领悟绘画中的构图、用笔、用色等与传神的关系。而对张僧繇创造的画山水不用线条勾轮廓，直接用颜色画成的没骨山水非常欣赏。

傅抱石又对北齐曹仲达创造的笔法稠叠、衣衫贴身的"曹衣出水"和唐朝吴道子创下的笔势圆转、衣带飘舞的"吴带当风"人物画中的两种不同的表现手法进行了深入的研究。认为这两种人物画的技法都能达到人物栩栩如生、活灵活现的效果，是对绘画艺术的高度概括。他对吴道子的《送子天王图》曾着意临摹。画图所表现出来的"离披点画，脱落凡俗"的"疏体"典型使他怦然心动。他仔细研究了那人物服饰的线条勾勒中轻重、粗细、快慢的变化，这种寄寓着作者自身的个性特征和高超、逸美、穷极造化境界的线条运用，对傅抱石以后的人物画产生了很大的影响。而他对吴道子"笔所未到而气已吞"的大写意山水所表现的磅礴气势和艺术效果更是给予高度赞扬。

他临摹使水墨成为山水画基本表现手段的五代山水画家荆浩山水画《匡庐图》，描绘高耸入云的山峰，苍老的乔木，蜿蜒的山径，高垂的流泉和细小的人物。画面上，用以表现层层峰峦的竖直勾皴，山岩间跌落的瀑布。山峦雾霭中挺立的树干以及竖长的画幅，都造成"高山仰止"的效果，使山峦成为一种崇高的精神象征。这种丰富的笔墨技法，这种将线描与水墨结合起来的笔情墨韵并将山水画的笔墨推向新的境地的高妙技艺，曾使傅抱石心神相应，为此着意地反复临绘了很长一段时间。

对于被后世称为"米氏云山"的米芾、米友仁父子的山水画，傅抱石曾认真寻觅追求，可惜大米的山水真迹和临本均已湮没。傅抱石只能根据存在的小米山水画和后人的著述去领略"米氏云山"的风貌：运用淡墨、浓墨、泼墨、积墨、焦墨等多种变换的墨法，以墨运点，积墨成文，从而创造出密集排比的有干有湿、有浓有淡的横点——即"米点"，使画面变实为虚，变虚为实，真中有幻，幻中有真。这种雨雾烟收的山水奇观，扩开了傅抱石的山水画的眼界和思路，对傅抱石画山水产生了很大的影响。

山水画发展到北宋，水墨渲染，笔墨交融，李唐进而继承了五代和北宋诸家的技法。其《万壑松风图》山石巉岩，峰峦盘郁，泉水在乱石丛中穿隙喷涌，给肃穆的气氛增加了飞动的意趣。画山石和山峰运用了多种皴法，笔墨变化多姿，别具神采。看这种画，傅抱石有一种宏伟、森严、雄阔的感觉。

傅抱石欣赏元代四大家之一的王蒙，其所作《青卞隐居图》，布局脉络分明，层次清晰，渲染不多而皴擦密集，充分表现了山石的质感，以墨色浓淡表现山脉的空间感，极有力地表现了山水苍郁深秀的风格特点。

明末清初时期，绘画基本上笼罩在明末董其昌等人倡导的"南北宗"学说的影响之中，摹古之风日炽，千人一面，笔墨堆砌，形成的因袭、衰颓的局面，使画坛一片肃杀，死气沉沉。对在这一局面中异军突起，敢于对这种风气大张挞伐，强调"我自用我法"的石涛，傅抱石崇尚得不能自已，他为石涛敢于变古人面目而自创新法，自标新格的勇气所鼓舞，石涛睥睨陈法，目无古人，注重创新、注重个性发挥的艺术观，所画山水，屡变屡奇。如画黄山，竟将相距二里的"石虎"和"鸣弦泉"画在一起，完全出人意料，又合于艺术之情理，所谓"丘壑自然之理，笔墨遇景逢缘"，又给了傅抱石极大的启迪。

那几年间，除刻印、看画或写文章，习画和创作几乎是傅抱石每天必做的功课。他所临习的古画，其风格特点、结构布局以及笔墨技法已是了然于胸，然而，在自己的绘画创作中，他又不因袭照搬，往往大胆地掺杂了自己的思想和意趣。

傅抱石一方面"师法古人"，另一方面又"外师造化"，远至南昌的梅岭、西山，近及庭院的松竹、假山、树石、荷塘以及牛马、鸡鹅等，皆成为他绘画的粉本。

经年累月，傅抱石不断地临摹和创作，这样的绘画竟积累了数百幅。一卷卷，一摞摞，堆满在他书房的橱柜和书架上。

无论傅抱石作画、刻印或做文章，妻子罗时慧总是踏实地陪伴在侧，以应他不时地寻找资料、取纸、拿印章等需求。傅抱石在创作前，有时会与罗时慧商讨对某些问题或某种艺术观点的看法，罗时慧也很有兴趣地参与并提出自己的看法。当然，这是有分寸的，一般不影响傅抱石的创作思想，但聪明的罗时慧提出的一些见解和观点有时竟能启发傅抱石的创作，使他创作的思路迸发出一些闪光的东西。罗时慧知道，创作不仅要有丰富的积累和画家的技巧。在很大程度上，还需要灵感、情绪，需要激情。所以她总是让傅抱石保持愉悦的身心，保持焕发的精神。有时在傅抱石创作思想阻滞的时候，适当地点拨几句，哪怕是说几句幽默而开心的家常话，也说不定会产生奇迹，使傅抱石思想活跃，激情奔涌，创作灵感突来。久而久之，罗时慧竟成了傅抱石创作的一个必备的条件，一份佐料！而当傅抱石创作深沉的时候，罗时慧总是悄悄地离去，替他关好书房门。然后又像一名忠诚的卫士，守候在厅堂，不准别人前去打扰。过了半天或一夜，当傅抱石一件作品创作结束，特别是遇到自己认为创作了一件得意的作品时，傅抱石总会欢快地呼喊："时慧，快来，快来！"罗时慧一听便知，丈夫又有什么得意之作问世或遇到什么开心事了。这时的罗时慧会立即奔去，站在丈夫的作品前，沉浸在对作品的尽情欣赏和愉悦之中。确实，这时，他们好像共同怀着一份难以抑制的兴奋和激动的心情，在一道审视、品评、欣赏自己的孩子！毫无疑问，这是他们两人共同的作品！傅抱石深信，很难想象，如果没有他不可或缺的爱妻时慧，他的这些作品能不能创作出来！

罗时慧可不这么想，她清楚自己的作用和分量。她知道自己只不过是一个家庭中的重要一员，一个丈夫的妻子。尽管妻子对丈夫的事业是至关重要的，她可以以温情、体贴、关怀和爱去抚慰丈夫的心灵，却不能代替丈夫的事业，不能代替丈夫的创作，仅此而已。因此，罗时慧总是尽职地做好这份妻子抑或是重要一员的至关重要的事情，在丈夫需要她的时候能适时地出现在他面前。

每天早上，罗时慧总是静悄悄地早起，怕惊醒了半夜才睡的丈夫。为丈夫忙完了早饭之后，如果傅抱石今天不必到学校上课，她就到傅抱石书房里，收拾昨晚他画画已弄得零乱的画案和屋子。将刻印的残屑扫尽，绘画时的零头纸拾好；把笔洗盆中的污水倒掉，盆子洗净，装上清水；将大大小小的毛笔一支支洗去墨汁和颜料。洗毛笔还需有经验，当时没有自来水，须先漂在水里轻轻用手指不停地挤压，并不断地换水，直至洗笔的水基本是清水了，才轻捏挤去笔头上大量的水，然后用零头毛边纸吸干残余的水分，最后整理好笔尖，向下一支支挂起来，以备再用。还要将砚台里的残墨倒掉，洗干净砚台。一切都收拾完了，罗时慧才坐在抱石的画案前，往砚台里注入适量清水，开始磨墨，为傅抱石今天画画做准备。这磨墨看似简单，其实颇费功夫而且费力。第一次只能注入大约砚台的三分之一高，水多了会溅出砚外，而且磨墨须始终顺时针方向均匀地用力，磨快了墨粗，画画时毛笔不畅；磨慢了又不出墨。磨到一定程度需加水再磨，浓了不行，墨化不开；淡了也不行，画画时墨晕太快。磨完一砚将墨倒入一小盂盆贮存起来，然后再注入清水磨，一直到磨够一天用的墨。整件工作做完，足足需要一二个钟头。开始一段时间，从未经历此种锻炼的罗时慧手臂疼痛了好几天，时间长了才慢慢适应过来，而且成了道中高手，傅抱石真是不可一日或缺。罗时慧遇到人家赞她对傅抱石成就的内助之功时，也总是说自己不过是个"磨墨妇"。这是自谦之词，其实，认真说起来，这"磨墨"，也真是功不可没呢！

6. 梦绕魂牵 喜获印谱

夏天过去了，天气已经有了秋凉的寒意，罗时慧在屋里收拾秋装和夹衣，同时为抱石缝制一件新的灰布长袍。他那件结婚时穿过的毛料长袍，结婚后就束之高阁，说穿着别扭拘束，不如布衣随便，可布衣他也没有一件像样的，只好自己帮他缝一件。这比拿到裁缝铺去做，可省下一笔手工钱，而且穿着合适可身。

这天下午，一身灰布长衫的傅抱石兴冲冲地从外面奔进来，"嘭"的一声将书房门推开，一边走还一边嚷着："时慧，快来快来！快来看快来看！"

不知什么事的罗时慧赶忙从房间出来，进了书房，见傅抱石两手抱着一大捆线装书，足有一尺厚。他的脸上泛着兴奋的红光，眼睛流露出抑制不住的喜悦和激动，胸前还在不停地起伏，可见他是小跑着回来的。罗时慧一看便知他又是买到了什么好书了。虽然这种情况以前也有过，但从未看到他高兴到这种程度。

"什俚宝贝呀？"罗时慧疑惑地走过去，将那一厚摞书接来看。只见卷首封面上赫然写着"黄士陵自存印谱"。

'呀，"罗时慧惊道，"黄牧父！黄牧父的印谱你买来了，啷会到了你咯手里？——你以前哇过无数次的黄牧父印谱，就是这部书吧？"

"是啊是啊！"傅抱石高兴地说，"想不到吧，我会有今天，黄少牧也会有今天！这部让我十年来梦绕魂牵的印谱终于落到了我的手里。我为这部书着迷过，伤心过，为它，我忍受过冷淡和屈辱；为它，我尝过渴望和思念的煎熬。十年前，我曾欲一睹此书而不得，没有想到，十年后的今天，这部书竟落到了我的手里，历史老人真是开了一个不大不小的玩笑！"

"是啊，这下你可解了淤积在心头的一股闷气了！"罗时慧一边说，一边拿起一册"印谱"仔细观赏起来。

此刻，傅抱石的心情却沉静了下来。十年前，他日思夜想欲一睹这部印谱为快，如今，这部印谱摆在他的书房里，敬之供于他的面前，他却未急于去动它。他的思绪，回到了十年前，他的学生时代……

　　傅抱石在省立第一师范读书时，就已经迷恋上篆刻，并且具有相当水平了。三年级时，傅抱石的刻印名望已经名传遐迩，仿"赵之谦印章"酿成的风波也就发生在那一段时间。当时"一师"有位国文教员王易先生精于篆印，很为时人推崇，傅抱石知道后，就将自己刻的印稿送去请先生指正，王先生一看这十七八岁的青年学生的篆印居然有如此功夫，立刻对他另眼相看，闲暇课余或假期经常对傅抱石着意指教，傅抱石心领神会，进步很快。

　　在与傅抱石谈篆刻和当代的印人时，王老师总会情不自禁地怀着崇敬的心情多次谈到一位篆印先辈——黄牧父。

　　"先辈黄牧父的印在刀法、姿势和整体布局方面可称已臻佳境，他的印笔法不尚姿态，腕力却相当刚健……"王先生说。

　　"黄士陵所篆印，论者多谓不在赵之谦之下。你的刻印仿赵之谦几可乱真，但要达到黄士陵的境界，尚须下大功夫……"

　　"你的勤奋治学，令我想起了黄牧父，他终身矢志篆刻，勤苦非凡，始臻于成功。……"王先生还语重心长地说。

　　黄牧父，黄牧父！王先生言必谈黄牧父，给少年傅抱石留下了深刻的印象。不免好奇地问："王先生，你对黄牧父好像非常崇拜，他到底是个什么人！"

　　"黄牧父在近代印人中乃是一杰出大家。"王先生缓缓地叙谈起来，"他原籍安徽，清朝同光时代（1860年—1910年左右）人，大约在太平天国时从安徽来到了江西，在南昌最久。中国的艺术家特别是书画家、印人大多是生前寂寥素漠的，黄牧父生前的名气并不怎么了不起，他的篆刻作品在当时好像亦没有如何的特殊地位。"

　　"王先生，你怎么这样熟悉黄牧父呢？"

　　"我钦佩他的治学精神，真是忍穷饿以治艺事，勤学苦练，终身不殆。我还记得这样一件事：黄牧父先生有一位弟名厚甫，在南昌董家塘小巷内设一'澄秋馆'专门画像。这澄秋馆画的像在南昌很有名，擦笔画像还没有传入南昌以前，黄厚甫先生的生意是很好的。"

"董家塘，澄秋馆？"傅抱石思索道，"这个地方我知道，我读小学时的学校和澄秋馆靠近，我还经常从后门溜出去，到澄秋馆去看看或去玩玩，想去找机会参观他们家的绘画作品。记得当时我的一位小学同学家就在澄秋馆，姓黄，可能就是黄厚甫的儿子。"

"嗯，"王先生接着说，"黄牧父也在澄秋馆住过。那时他很穷，寓居在弟弟家里。他又喜欢买碑帖及金石拓本，见到自己所钟爱的碑帖，哪怕价钱再高，典卖家当也要买下来。

"有一年的旧历十二月二十八日，距春节只有一天了。这天晚上，黄牧父正与弟弟厚甫一家人在吃晚饭，一位业古玩生意的同乡拿着一部碑帖来给黄牧父看。正是年关的时候，到处要花钱，这位同乡因为与牧父常来往，不一定是非要他买才给他看。哪知黄牧父拿着帖看了很久，硬要问同乡此帖最低要多少钱？同乡说：八块钱！是一家公馆里拿出来的东西，等钱过年，不然不会这样便宜。牧父先生一听，立刻就放下筷子，脱下身上的皮袍叫人拿到当铺去当。当时厚甫先生的太太还阻止他，说什么时候了，还买这种东西！明天就过年，衣服也不要穿了！可牧父先生毫不理会，叫同乡：'等着，衣服当了就付钱！'黄牧父先生爱帖爱艺轻物竟至于此！"

呵，居然有这样的人！傅抱石听了颇为感动。

王先生又说："尽管牧父先生醉心于篆刻，然而，这种寂寞之道竟难以糊口。为了生活，他不得不到南昌百花洲一家叫作'波月轩'的照相馆去当店员。他在店中的职责是招呼一切来照相的客人，譬如收定钱、写号单、端茶递水等等。只是牧父先生朋友多，钦仰他的人也很多，经常会有一些朋友到照相馆来，他们不是来照相的，而是来找牧父先生谈天，什么金石书画呀，碑帖篆刻呀，而且牧父先生兴之所至时，会忘乎所以，一谈就是半天，把招待顾客的事忘记了，反而让店里赔了很多茶水，惹恼了老板，最后只好离开了照相馆。这以后，牧父先生只好以卖字画，为人鬻印为生。然而，像他那样的穷书生，才艺再高也换不了几个钱。当时他写得很精雅的对联一联也不过卖吊把钱。你看，后来名噪一时的篆刻名手，当年的生活也不过如此，真是穷困潦倒，可叹呀！"

王先生一席话，傅抱石听了心里觉得闷气，很不是滋味，他同时想到了自己，想到了他过去家里的邻居，以刻印为生的郑师傅，何尝又不是如此，同样可悲可叹。唉，中国的穷知识分子，都有着相同的可悲可叹的境遇。

"王先生，你对黄牧父这么熟悉，你见过他吗？"

"不但见过，我小时候在河南还亲聆过他的指教，而且还宝藏着他的篆书对联和篆刻拓片呢。"

"啊，王先生，这些东西可不可以给我看看呢？"

"可以，什么时候你到我家去时我拿给你看。"

于是第二天，傅抱石就迫不及待地到王先生家去了。王先生家在南昌城南，是一个大宅院，一走进去，客厅里仅一联，正好就是黄牧父的手笔，写的是小篆，左联下方还有牧父先生的跋。傅抱石看了，感觉写得并不是非常好。王先生好像看出了傅抱石的心思，说："这副对联还不是牧父先生的得意之作，牧父先生许多书作写得比这好。"

但傅抱石无心观赏对联，他一心想看黄牧父篆印的拓片，于是说："王先生，你不是说还宝藏着他的篆印拓片吗？"

"嗯，对对！你等等，我拿来给你看。"

于是王先生进到书房里去，不一会儿，捧着一本薄薄的小册子回来递给傅抱石。

这是一本用宣纸装订成的小册子，纸质不一样，看得出是先后不同时间将印章钤在单页纸上，然后汇成一册的。内中的篆印全部用黑色印泥钤出，但却很少有边款。

"你看，"王先生就着黄牧父的印指教起来，"其印文取材途径最多而尤有神悟于秦诏版文字，镕铸精英，以之入印，使其初学于吴让之者乃能脱去町畦，自开疆土。真是领一代风骚啊，至今广东印人如邓尔疋、冯康候甚至李若柯诸人，皆衍其家绪。"

于是傅抱石仔细欣赏起来。

以后，傅抱石常到王先生家去，向王先生素要这本黄牧父篆印的小册子看。但因时间毕竟仓促，觉得意犹未尽。一次傅抱石终于忍不住，鼓起勇气说："王先生，你这本印谱，可以借给我拿回去看一段时间吗？"

"唉，不行不行！"王先生一口拒绝："这是我的珍藏，你拿回去，万一弄遗失了怎么办呢？"

大概见傅抱石有些失望的神态，王先生又说："我告诉你，我这里珍藏的拓片，只是微乎其微，黄牧父的印谱，有十大厚本，几千方呢！"

"啊，这么多？"傅抱石吓了一跳。

"那十大厚本印谱，是黄牧父先生一生的精血所聚，异常名贵，现存在牧父之子黄少牧那里。"王先生说到这里，很热情地转念道，"这样吧，既然你这么热爱黄牧父的印谱，我写个信，介绍你去少牧先生那里去看看。"

"真的？"傅抱石喜出望外，"少牧先生就在南昌？"

"嗯，他的公馆在南昌新建县前街。"

于是，王先生真的写了一封介绍信给傅抱石。

傅抱石像得到了尚方宝剑，拿着这封信就直奔新建县前街黄少牧的公馆。这时，他完全忘记了自己还是个十七八岁的青年学生，确切一点说，因为他长得瘦小，看起来还是个少年学生，也没有考虑人家会不会热诚欢迎，自己会不会碰钉子，只是兴冲冲地去了。

到了黄公馆，这是一家很气派的公馆，门口有仆人把守，看起来很森严。傅抱石走上台阶，问明这是黄公馆，将介绍信递了上去，仆人吩咐他在门口等着，自己进去了。不一会儿，仆人出来很不客气地说："我家主人今天有事，没空接待，你下次再来吧！"

傅抱石吃了个闭门羹，一腔热情立刻像被浇了一盆冷水，心凉了半截儿。

毕竟年轻人单纯，过了几天，傅抱石又想起这件事，心想，也许人家是真的有事，于是，他再次登门到黄公馆求见。

还是那仆人，他进去了一会儿，返回出来说："我家主人出去办事去了，不在家！"

傅抱石又碰了一次钉子。

回到家里，傅抱石的心里却始终放不下这件事，晚上躺在床上，竟辗转反侧，以至彻夜难眠。求拜若渴的心情，已经搞得他焦灼不安，心神不定，一而再地求谒而不得，反而刺激了他的中枢神经，他急欲一睹为快的心情更加强烈。于是，他抱着不到黄河心不死的誓不罢休的心情，再次踏进了新建县前街黄少牧公馆的大门。

也许是他的诚意和决心感动了黄少牧，抑或是怕这个莽撞的少年纠缠不休，说不定还会来第四次、第五次……总之，傅抱石这次没有被拒绝，而是获准被引入一间书房。想到马上就要看到朝思暮想的《黄牧父印谱》，傅抱石激动而又兴奋，心情一下子难以平静下来。也许是自己太高兴了，与那森严而冷漠的气氛极不协调，他反而觉得有点不自在，心里思忖：唉，早知这么艰难，不看倒好了。可又想起王易先生对黄牧父的崇敬和称赞，想到马上就要亲睹牧父先生"一生的精血之所聚"，想到这次机会如果错过了，也许以后就再也没有这样的机会了。他又努力抑制着自己，使自己镇静下来。

傅抱石惴惴不安地在书房一侧的一把椅子上坐了下来。

这时候的黄少牧却端坐在书桌前，专心致志地在写一把扇面。不知道他是傅抱石进来之前就在写还是因这位名不见经传的少年"小人物"来拜访而特意取出来写的。总之，他沉湎于书法的法度和点画之中，根本无视眼前还有一个人坐在那里等着他的"接见"。他本来完全可以放下手中的扇面，待"接见"完了再写，可是他不，他也许觉得应该并且必须这样，才足以显示出他的尊贵和颐指气使。

他写的是小篆，方圆平直，使转收笔，一笔一画，恭谨仔细，非常入神。不知过了多久，他终于写完了，自己长舒了一口气，又将扇面拿起，伸直手平视，反复把玩欣赏了一番，然后，才好像突然想起眼前还坐着一个人。他的眼光才转过来落到傅抱石身上。

"哦，你——是王易先生介绍来的？"他说话拿腔拿调，不冷不热，似乎有意要与傅抱石保持一定距离，以示他们不是同类。

"是的，"傅抱石觉得有必要解释一下，"我是一师的学生，王先生是我的国文老师。"

"嗯，王先生还是住在城南的那幢大宅院吧？我与王先生是很熟的。"

"是的，王先生同我经常谈起令尊——"傅抱石很想把话引到黄牧父身上，可少牧先生却沉默了。

大约有几秒，双方都觉得无话可说。

还是傅抱石，他想起了自己此行的目的，想起他为此已经费了许多脑筋和功夫，岂能功亏一篑，于是，他几乎是厚着脸皮说到了他的意图：

"黄先生，久闻令尊的篆印印谱，神技高超，镕铸精英，学生亟欲拜观，不知可否一睹神采？"

黄少牧一听，没有说话，仍然迟疑了一会儿，最后还是缓缓走到书橱边，哆哆嗦嗦地取出钥匙，将橱门上的铜锁打开，橱门开了一半，从橱内取出了两本书递给傅抱石。

傅抱石双手接过，抱着异常惊异的心情把书打开，只粗略地翻了翻，只觉得每一页的两丽通通钤满了印，而且每一印都辨钤了四五下或十几下不等，觉得真是美不胜收！其实他根本来不及仔细端详和浏览过任何一页，就将两本书敬谨覆好，奉还给了黄少牧先生。他知道，这部印谱一共有十本，可黄少牧只给他看了两本，而且，以他的态度，根本无意再取出来。傅抱石也不便再要求了。于是只好鞠躬道谢，告辞出来了。

　　自此以后，傅抱石对黄牧父印谱更加神往，简直像着了迷，他经常遐想着、憧憬着，什么时候能将黄牧父的十本印谱置于案头，可以自由自在地随意取阅、欣赏。然而，这一奢望竟像许多儿时的梦，缥缈而朦胧，它随着傅抱石年龄的增长，学识的渊博，阅历的丰富，随着傅抱石已收藏了更多更精的珍贵印谱而渐渐淡化，只藏在他的记忆深处，很少想起来了。

　　一晃十年过去了，日历翻到了 1931 年夏天。

　　这时候的傅抱石，正竭尽心力在南昌省立一中及其他几所中学教书，课余画画篆刻写文章，倒也味道十足，况且，傅抱石正值燕尔新婚不久，整个身心仍沉浸在温馨和美的家庭天伦之乐中。在他看来，如果没有战乱和兵祸的浩劫，没有饥饿和灾荒的祸害，莘莘学子能怡然自得地专治艺事，研修学问，此生足矣！

　　一日课后，他照例到旧书店密集的"磨子巷""戊子牌楼"去闲游。这种既无目的又有目的的闲逛，在他已成了习惯。即使在五六年前的冬天，当时北伐军已底定南昌，在南昌的一般公务员生怕不利于己，逃的逃，避的避。傅抱包石仍在南昌，以弄篆刻为唯一的癖好。因此，南昌的旧书店、古玩店，乃至做古玩买卖而没有固定场所的人，几乎没有一个他不认识的。他和这些人虽然并未有过怎样了不起的交易，但他们都知道傅先生乃篆刻高手，精通篆印和摹印学，他们倘若遇到了印章、印谱这一类的东西，往往会专为他留一两天或是送到他家中给他看看或请他鉴赏的。有这种机会，他往往能花极少的钱买到一些甚为精粹的东西。像赵之谦的自存印谱残稿，沈补萝的《谦斋印谱》，巴隽堂的《印摘》，等等。因此，朋友送他一个雅号：马路巡阅使。

　　傅抱石在这种地方闲逛真是"爽心悦目"，所见皆是熟人朋友，所闻所谈都是他最感兴趣的书籍之事。到了这里，他真像蛟龙遨游东海，鸟儿翱翔蓝天。他在这家书店坐坐闲谈一阵，又走到另一家门口站站，问问："有什么可看的书吗？"没有，又走。

店老板熟悉他就像他熟悉那些书一样，绝没有分毫的差错。

　　傅抱石正在书市上惬意地逛着，忽然，一个人从后面拍了下他的肩膀："傅先生！"

　　傅抱石回头一看，是一家新开张的大成书店的熊老板，也是他的老相识了。

　　"哦，熊老板，有什俚好事？"

　　"傅先生，咯几日你到哪里去了？我到处找都找不到你。"熊老板显得很诚恳地说。他那发亮的半秃脑门一闪一闪的。

　　"找我？做什俚呀？"傅抱石问。

　　"我前日和昨日拿了很多印谱到你府上，就是找不到你。我只好大半卖给'扫叶山房'去了。来来来，进来坐！还有些书或许你看得上。"

　　"印谱？"傅抱石眼睛一亮，"哪个的印谱？"

　　"黄牧父的。"

　　"呀，黄牧父的！"傅抱石一听急了，心里很气愤，"你从哪里得来的？为什么不等我就卖掉呢？"

　　傅抱石走进"大成书店"那横直不过丈余的小店里，只见店的中央放着六只古旧的书箱。熊老板眨巴着眼睛，一副很诚实的样子，讲了事情的原委，并备言了他的苦衷。

　　他说，这六箱书的价钱是相当大的（傅抱石知道他又在哄鬼骗阎王）。他说因为一时拿不出这许多钱，所以六箱书推进门之后，即抱了牧父的印谱十厚本以及其他几册书去找傅先生，想把这些书卖给傅先生，好付清那边的钱。谁知连找几次竟找不到傅先生，不得已，才请了"扫叶山房"的姜润如老板来。姜老板颇精目录版本，于是细心地提出一部分书走了，包括黄牧父的印谱。

　　傅抱石听完熊老板的讲述，也顾不得再仔细搜捡那箱子里的书了，急忙奔向"扫叶山房"。他一边急奔，一边心里暗暗祈祷：这黄牧父印谱，千万不要被姜老板卖掉呀！

　　将到门口，聪明的姜老板立刻招呼傅抱石说："你来得正好，我有样东西给你看！"

　　"我晓得了，黄牧父的印谱是不是？"傅抱石怕姜老板卖关子，干脆把话挑明了，然后又先发制人地说："恐怕是假的吧？真的我可是见过的哟！"一边说着就进了内厅。

　　哪知姜老板却很沉稳地抱出那十厚册《印谱》，往桌上一放，双手按着书的两侧，不紧不慢地说："傅先生，因为你常提起这部书，说是如何如何的了不得，你还没看到全谱而引为至憾。所以无论如何留给你看一下。但我并不想卖给你。依我看，黄牧父的印也不见得有什么特殊，况且你刻图章又不学黄牧父，要他也无用。我想送到上海去卖给一位姓黄的印人，他是假内行，出得起价钱的。不过，你要看，可以借给你看几天。"

傅抱石正要陈说，忽然见他的一位喜欢刻印的好友詹先生匆匆跑了进来，估计他也是听到消息赶来的。傅抱石心知不妙，就简捷而郑重地说："无论你卖不卖，今晚这部书我要带回去。"

姜经理见詹先生也来了，毕竟是生意场中人，做事圆滑而周全，哪一方他也不得罪，他调解似地说："嘿！这黄牧父的精神真可佩服，他这部书内每印都印了一二十个，分开来可以成为几部的，你们两位同买好不好？"

傅抱石这时已经被到手的印谱这一事实所激动，同时，十年前在黄少牧公馆拜观牧父印谱所受的屈辱突然间浮于脑际，强烈地冲撞着他的神经，因此尽管他和詹先生是极好的朋友，并且默察詹先生心中似有不悦，仍然情急地说："这由我们自己去商量，今晚则由我带走，以后再说！"于是不顾一切，将书谱挟着就走。

这天晚上，夫妻两人在书房一边翻阅黄牧父的印谱，一边随意地议论。

"我看，牧父先生的成功，是后天的而不是先天的。"罗时慧一边翻看一边谈观感。

"对！"傅抱石说，"他的作品，一笔一刀，无不从甘苦中得来，充分表现出牧父先生一生勤修苦习的历程。"

"刚而有余，但变化不足以副之。"罗时慧似乎在总结黄牧父篆印的风格特点。

"若把书法作比，他似是颜鲁公而绝非赵文敏；把画作比，则密近'院体'在'马''夏'之间，而不是石恪与梁楷。"傅抱石对书画和各种风格了如指掌，融会贯通。

"我看，他的朱文胜过白文，小印胜过大印。"罗时慧虽自己不喜亲自提刀篆刻，却深悟篆刻的真谛，掌握得很透彻。

"对，不容易呀！他既能在细微处显出功力，又能在承转间芟去枝蔓。任你如何的天赋异禀，可以学徐三庚很快的得名，然不能短期内蹈袭他的步履。他的可贵在此！他的可敬在此！他的可惜，我看亦复大半在此！"傅抱石总括说。

说到这里，罗时慧忽然转到另一个话题。

"我还想到另一个问题，"罗时慧说，"这黄牧父的印谱，倘若不是今天你遇着了，知道落在谁的手呢？如果还是一位对艺术有执着追求又具有高度责任感的人，倒还罢了；如果不是这样，倘若被一些附庸风雅的假内行买去了，只把它束之高阁，作为摆设和炫耀的资本，再或者落到了一些与篆刻不相干的人手里，又会怎么样呢！所以我们应该格外的保护呀！"

"是啊，我也想到了这一点。"傅抱石赞同地说，他很满意妻子对艺术的深刻理解和对艺术品的珍惜，这实在是对他的理解和珍惜。作为一个丈夫，还有什么比这更可宝贵呢！"一位艺人的真价，即在艺术品的本身，是天下人所共见，任何人不得而私的。可是今天这个社会，一个艺人想珍惜自己的作品，究竟是没有什么办法的。倘使国家或地方有很完善的博物馆之类的设立，艺人的著述与作品，最好是不必像田产屋宇般的被人据为私有财产，而应该交由社会保存的。"说到这里，傅抱石欣慰地笑笑说，"唉，这件工作，只好由我来完成了。黄牧父的印谱，我还没有同姜经理谈完价钱，但纵然姜经理要我所不能负担的代价，我也准备忍受。——谁叫这部印谱落到了我的手上呢！"

罗时慧笑笑说："是的，唯此重任，舍你其谁呵！"

夜已深了，傅抱石说："你去睡吧，我还要再仔细看看，要不有负我这十年的思渴！看来我还有一件繁浩的事要做呢。"

时慧回房去了，傅抱石又抖擞精神，收拾好书桌，将十册印谱重新按顺序摆好，一本一本，一页一页地观赏、吟味起来，一边还做些记录。

黄牧父的十本印谱，虽然没有注明次第，但就印的颜色，从篆法、章法、刀法乃至边款，都可以看出他的变迁、进展和转变来。印共四千多方，仅是印的数量，已令傅抱石嗟叹了！很多印章，他自己记了学习谁，学得如何，哪一字哪一笔有毛病，甚而有好几印是重刻的，为什么重刻，比较初刻如何？通常都有详细而周密的记载。

读着这些跋语，看着这洋洋洒洒成千的钤印，真是凝聚了牧父先生的毕生的精力和意志，正如王易先生说是他的"精血之所聚"呀！傅抱石嗟叹：他的用功程度，实在不是常人可及。对于牧父先生那种谨严不苟的态度和刻苦不懈的努力，有说不出的敬仰。想到这里，他突然冒出一个念头和想法：这种宝贵的遗产，如何还尘封在私人的书架上，倘遇意外，如何对得起先辈！于是他准备着手进行一项工作。

整整十厚册印谱，观赏完毕，东方已露出晨曦，啊，又是一个明朗的夏日！通宵都处于极度兴奋和钻研之中的傅抱石，竟没有感到一丝的困顿和疲倦。

这天，他到书画店定制了十册空白的印谱，预备把黄牧父印谱的每一印都剪一个下来，贴在他的空白印谱上。这是他昨天晚上在欣赏吟味黄牧父印谱时，在同妻子交谈时产生的一个想法和计划：准备将来有机会，即集为一册，印出来以广流传。尽一个晚辈和后学应尽的责任。是的，他是这么认为的，尽管黄牧父还有儿子在世，尽管傅抱石与黄牧父绝无师生之谊，同乡之情，尽管他甚至不学黄牧父！但他觉得，这是一个艺术家应该具备的责任感和应有的良心！他甚至已经准备，一旦黄牧父的后人黄少牧经济境况好转，他打算把这十厚册印谱，把这本来是人家的传家宝的东西，归还给黄家。而且，只收原价，不赚分文。

为此，自那天起，每天授了课以后返家，他就开始做剪贴的工作，费了大约半个来月的时间，才将四千方以上的印剪贴完毕，为了将来辑印成册方便，在剪贴中他还随时在最精制的印章边做了个符号。确实，这时候他所从事的工作，已经远远超出了钻研和学习、收辑资料的范畴，他已在从事编辑黄牧父印谱的事情了。可他觉得应该，而且充满了乐趣，与他自己制作论文或绘画写书相比，同样是"味道十足"！

7. 悲鸿抱石　相识相知

在绘画篆刻和美术史论领域潜心钻研、努力精进的傅抱石，正洋溢着充沛的朝气和活力，犹如一颗熠熠闪光的珍珠，一块已经雕琢成形的璞玉，只等待人们的发掘和精细加工。否则，珍珠也会被埋没，璞玉有可能尚未加工不为人所识而被毁弃。

在傅抱石与罗时慧温馨而和美的婚房里，夫妻二人除有着说不完道不尽的可堪慰藉的夫妻情话外，他们之间还有许多关于艺术、关于人生的话题，可以随着他们谈话的思路而自由驰骋。

一次晚饭后，傅抱石就妇女的容貌和画人的人品问题与罗时慧讲起了古代绘画和画人的故事。

"经过楚汉之争，刘氏拥有天下，文献渐渐发达，艺术也日益进境，在各宫殿堂阁，绘制了许多壁画，最著名而且影响最大的，如未央宫、甘泉宫、明堂、麒麟阁等，画挑板，画车，画鸡，以及《天文图》《兵家图》。后汉有画列仙，画经史，画府舍，画《列女》，画《三礼图》，以及《禹贡图》等。但最伟大的是云台的壁画。当永平中，为了显宗追念功臣，便把二十八位有卓著功勋的名将画上去，另外加上王常、李通、窦融、卓茂，共三十二人。这在当时，是煞费精神的，只是专为纪念功臣，有辅助政教的目的，绝无装饰的意义。可见绘画在汉朝已经作用于奖励和惩戒了。可以说是一种最早的宣传画。

"我再讲一个以绘画手段营私而致祸的故事。

"西汉时候，有一画工名毛延寿，因画人物技艺精绝，栩栩如生，惟妙惟肖，被选入皇帝的后宫画嫔妃图。原来汉元帝的后宫佳丽极多，自然观看不尽。于是命画工毛延寿将后宫佳丽都画下来，供元帝挑选，以备召幸。毛氏大权在握，那支画笔便随心所欲。那些急于皇帝召幸的嫔妃便暗中送些金银财帛给他，毛延寿及其所同工的画工则把她画得天仙一般美丽。

"嫔妃当中，有个王昭君，因负其娟秀丽质，自信不会遭到皇帝的冷落，独不肯行贿，结果当然轮不到皇帝的宠幸而被打入冷宫。而皇帝对昭君的非凡容貌和天生丽质竟一无所知。

"公元前33年，匈奴呼韩邪单于入朝要求和亲。元帝就把她赠给单于。临去的时候，照例应该召见训诫几句的，哪晓得元帝一看见昭君，立刻惊讶于她的美貌，以为后宫第一！但是名籍已经决定了，无法挽回，后悔也来不及了。元帝眼巴巴地看着一个才艺双绝的美人被送往匈奴番邦，又找出毛延寿为昭君所画的相，竟与昭君本人差之甚远。元帝大怒，将毛延寿及其同工的七十二人一律斩首示众。"

说到这里，傅抱石呷了一口茶，笑道："你看，即使是绘画艺人有咯样小技，也须有高尚人品，否则，一旦大权在握，就会胡作非为，而终于招至杀身之祸呀！"

罗时慧听完，眼珠一转，也笑笑说："我倒想到了另一面。王昭君自恃丽质娟秀，不肯随俗，纵然才艺双绝，也终被遣送西域。可见珍珠须有人相识，艺高也要有人提携，否则，被埋没消灭，也是说不定的呢！"

抱石欣然道："你这样想，何尝不是。我考虑的仍是自己，须有这'娟秀丽质'的自身条件。昭君出塞，对元帝来说，身边少了一个绝色美人，固是一种损失；然而对昭君来说，倒不失为一个新的机遇。她留在皇帝身边，可能皇帝宠爱有加，而皇帝的宠爱是不能长久的，炙手可热，则祸福难当；出使西域，却促成了汉民族和匈奴长时间的友好交往，被人千古传颂。你看，昭君的才艺终究还是发挥了作用。正所谓'失之东隅，收之桑榆'呀！"

罗时慧哈哈大笑："真是'天生我材必有用'啊！你什俚时候画一张《昭君出塞》图如何？"

傅抱石也笑着应道："嗯，我正有此意。"

夫妻二人就这样谈古论今，情话交融，思想活跃，相得益彰，真是两情缱绻，其乐融融。

一个夏天的早上，傅抱石吃过早饭，正要出门去为暑假开办的美术补习班上课，忽然一个人急匆匆走进他家，手里拿着一张报纸，一边走一边嚷："抱石，好消息好消息！"

傅抱石一看，此人乃是一中教务主任廖季登。

廖主任自从在傅抱石困难时举荐他到一中任教职以后，他们的关系更为密切，交往更为频繁，友谊也更为深厚了。他对傅抱石的成长和进步深切了解，既称赞他的刻苦勤奋，又赏识他的才学和美术天分。他深信傅抱石是终究会成大业的，如今放在这样一所中学任教实在有点委屈他了。于是刚得着一个消息就急驰来报。

原来，南京中央大学艺术系教授，享誉国内外的著名画家徐悲鸿利用暑假时间来到了南昌。

徐悲鸿是当时著名的杰出画家和美术教育家，他青年时代赴法国留学，考入巴黎高等美术学校研究和学习美术。1927年回国后，致力于祖国美术教育事业和中国画的改良，同时，积极进行独树一帜的美术创作，培养美术人才，在国内外产生了巨大的影响，博得了美术界及教育界有识之士的尊敬。他的美术作品，无论是中国画或油画，都强烈地表现了热爱祖国的思想以及愤世嫉俗、同情被压迫者的深厚感情，在国内外享有崇高的威望。

廖主任告诉傅抱石,徐悲鸿先生来江西访友,顺道经过南昌,就住在江西裕民银行大旅社,而裕民银行的行长就是廖主任的叔叔廖国仁。廖国仁与徐先生相熟,故盛邀徐先生在南昌多休息几天,同时也把这个消息叫季登转告傅抱石。

对于徐悲鸿先生,傅抱石是仰慕已久,未想到正在他美术研究日益精深、亟待进一步发展而不甘沉寂之时,他却来到了自己身边。这个好消息令傅抱石兴奋激动,他急忙抢过廖主任手里刚到的报纸翻阅,果然,徐先生来昌的消息已经见报,消息灵通而且善于抢新闻的记者已经赶在报纸开印之前抢发了消息。

廖主任还告诉傅抱石,他已同他叔叔商定,明日上午,他与傅抱石同去银行大旅社,为傅抱石作介绍,向徐悲鸿先生推荐我们江西的青年美术人才,或许徐先生能为傅抱石指点途径也。

傅抱石好不容易挨过了上午的教学。

整整一天,他都处于一种兴奋和忐忑不安的心情中。徐悲鸿是驰名国内外的名教授、名画家,他好接近吗?我应该如何与他交谈?我能提出什么要求吗?也对我会提出什么建议?……他努力克制自己,使自己稳定下来。继而又想,且不去管徐先生对自己有什么看法和建议,还是顺其自然吧!机遇固然重要,但更重要的仍然是要把握自己,不能把希望和前途寄于一次相遇和会见上。对!想到这里,他反倒平静下来。

第二天上午,傅抱石将自己整理挑选好的绘画作品、印章以及刚出版的《中国绘画变迁史纲》一书、《摹印学》手稿和其他美术论文带上,穿上妻子昨晚精心为他熨平的长衫和新鞋,兴冲冲地前往裕民银行大旅社。

傅抱石随廖季登主任到达裕民大旅社时,旅社门口已经有不少人进出,显得热闹非凡。

原来,徐悲鸿先生来到南昌的消息见诸报端之后,南昌一些爱好美术的青年和仰慕徐悲鸿的人士纷纷来到旅社。有的是欲拜师学艺,有的想请教美术问题,有的则只是来一睹名人风采或请他签名留念的。一时间,裕民大旅社门内外,拜观者络绎不绝,不得已,在二厅的楼厅里,设了几张条凳,供前来拜访的人坐候召见。

徐悲鸿住在二楼靠里端的套房,卧室外有一小客厅,客厅两边摆放着两套革面沙发,可供谈话之用。

幸而廖主任的叔叔廖国仁行长也在，傅抱石未等候多久，便先于其他候在外面的人，被直接引入了徐悲鸿的套房。

徐悲鸿先生这时已候在门口，亲切地迎接客人。

"徐先生，这就是我同你说到的我们江西难得的青年英才、画家傅抱石。"廖行长适时地将傅抱石介绍给徐悲鸿。

徐先生穿着白色衬衣，领上系着黑绸的大领结，白色的皮鞋，显得潇洒而沉稳，一头往后中分的浓密的黑发，皮肤白皙，双眼炯炯有神，虽然只三十六七岁，眼角却隐隐出现了鱼尾纹。大概是南昌的酷热使他昨晚未休息好，神色稍显倦怠。

傅抱石抑制不住激动的心情，说了一声"徐先生，你好！"

"你好，你就是傅抱石？你很年轻嘛。"徐悲鸿讲一口浓重的江苏宜兴官话。幸而他讲得慢，而且咬字吐音尽量靠近普通话，吴语温和而声软，傅抱石听起来倒是觉得很亲切的。

徐悲鸿热情地握住了傅抱石的手。他的目光是坦诚的、赤热的，傅抱石从他的手上，分明地感到了徐悲鸿先生对青年英才的热望和感情的传递。

傅抱石也紧紧握住了徐先生的手。这第一眼的目光对撞和交接便使傅抱石对徐先生产生了亲近和信赖的感觉。

"徐先生，我对你是仰慕已久，在美术方面，你是前辈，你的文章我几乎都读过，特别是你的《中国画改良论》一文，对我启发很大，真是拨云雾而见青天！"傅抱石崇敬而客气地说。

"哦，看来你是很用功的。"

徐悲鸿又简单地询问了他一些情况。

徐悲鸿一边说，一边就开始翻着傅抱石带去的那些画作、文稿和印章。

徐悲鸿以一个行家的眼光，粗略地审视了傅抱石的绘画作品，立刻就敏锐地意识到，眼前站着的这个年轻人，不同于这一天来络绎不绝的求访者。这个傅抱石，不简单！

无论是临摹的还是创作的绘画，都显而易见这位青年扎实的艺术功力和天分！

他临的顾恺之以及其他古代画家的线描人物画，线条均匀流畅，形神兼备，特别是眼神的描绘更具神韵。

　　他临习的山水画，笔情墨韵，意境高远。在水墨技法上，干湿运用恰到好处，各种墨色的变化已经掌握得非常熟练，显得多彩多姿；各种皴擦、渲染更显功力，而其中对石涛画作的临摹，除看得出他对这位明末清初革除陈陈相因的陈腐画风的伟大画家的崇仰外，作品中已颇有他自己的思想和意趣，这种临摹已经脱开了单纯临习的束缚，而融会了自己的见解和精神，刻意创新，注重个性的发挥，笔墨之间，显示出自己的追求，实在不像是出自一个年仅二十七岁的青年之手。

　　徐悲鸿再仔细观看了傅抱石创作的作品，更加兴奋和喜悦。这位以改良中国画为己任的著名画家和美术教育家，认为"凡美之所以感动人心者，决不能离乎人之意想。意深者动深人，意浅者动浅人"，断言，"中国画学之颓败，至今已极矣"！因而大声疾呼"古法之佳者守之，垂绝者继之，不佳者改之，未足者增之，西方画之可采入者融之"。傅抱石所创作的画作，写实意味浓厚，对真山真水和周围的景物作忠实的描绘，而且撷古人之长，掺杂了自己的对意境美的想往和追求。这种绘画精神和风格，正与徐悲鸿的理论和主张不谋而合。所以他一边看一边称赞："好，好！不简单不简单！功力深厚，技巧娴熟，而且方向对头。真是难得，难得！"他又指着傅抱石创作的绘画作品说："古今写生最佳的画家，要算沈南蘋了。南蘋工写土石，小杂野花，而且喜欢点苔，所以他的画感觉醇厚而有气味，都是得力于写生。抱石兄少年有为，学有所成，且能在写生中精绘画作，陶冶性情，实可喜可贺。"

　　徐悲鸿说到这里，转而对陪伴在一旁的廖国仁行长说："贵省艺高者大有人在，美术人才如傅抱石君者，实乃贵省之幸，万勿遗之尘埃，否则，于贵省于国皆大不幸也。"

　　傅抱石这时却反而觉得不好意思，他真诚地指着一幅自己所作的山水画说："徐先生，关于山水画，我还想听听你的指教。"

　　"中国古今专讲求山水，故对于山水画，各家皆有独到处。"徐悲鸿沉稳地说道，"虽然如此，古今名家的胸中丘壑逸气却太少了。比如李思训，他写北宋之山，必层层叠嶂，直造纸末，王蒙也是这样，倪云林则淡淡数笔，远山近树而已。强调丘壑者，必叠床架屋，满纸丘壑，不分远近。气势蜿蜒，真到其顶，所谓胸中直具丘壑。强调逸气者，日向水渚江边立，两眸直随帆影没，而无雄古之峰，郁拔之树。难道峰和树，有碍于逸气吗？

这不过是遁词耳！"

正说到兴处，忽听门外人声嘈杂。徐悲鸿笑了起来，说："今天与抱石兄真是一见如故，也忘了时间了。这样吧，门外等候会见的客人太多，这些画作就留在这里，容我细细拜观，抱石兄晚上再来，我们另找时间详谈如何？"傅抱石一听徐悲鸿先生还有兴趣详谈，欣喜至极，高兴地说："好好，我晚上再来。只是徐先生旅途劳顿——烦扰太甚，真是不好意思。"

"不要紧，不要紧，"徐悲鸿随和地说，"能见到你这样的美术人才，我这趟南昌之旅，也算不虚此行了。"

傅抱石满心喜悦地告辞出来。

艺术大师徐悲鸿竟然这么年轻，这么平易近人，这么关心和扶掖后学！从徐教授下榻处回家的路上，傅抱石激动与兴奋欣喜的心情仍未平静下来。徐先生走过了一条多么曲折、艰辛然而又多么辉煌的道路。幼时贫苦，父亲以鬻字卖画为生，他自己少年时即替人画像、刻图章、写春联，以至于江湖卖艺，稍微成年就担任图画教师，不到二十岁即只身流落到上海；后考入震旦大学，以绘画和稿费维持学业；二十二岁即赴日本研究美术，以后又赴法留学深造；在巴黎，他维持着最低的生活水平，却以极大的热情和毅力，如痴如醉地学习美术，并遍游欧洲各博物馆和美术馆，在欧洲八年，刻苦训练，广采博取，终于获得了精湛而高超的绘画技法和广博的艺术知识。傅抱石对徐悲鸿的经历了如指掌，对徐先生刻苦磨炼、奋发图强的精神和意志非常钦佩和崇敬。而今天，徐先生谦虚、随和爱惜人才的美德又给傅抱石留下了深刻的印象，他从徐先生的言谈和相约中深切地感到了他的真诚和善意。他觉得，即使徐先生对他没有任何许诺和建议，而仅仅是简单的叙谈和相交，即可以使他受到莫大的感染和影响。回家路上，徐先生的一言一行，一举手一投足，以及每一个细微的表情变化，又一幕幕地在他的脑海里重新映现。他异常兴奋地同罗时慧讲述了见到徐悲鸿先生的情景。夫妻二人共同沉浸在一片深深的喜悦之中。

晚上，傅抱石如约来到徐悲鸿下榻处。

八月的南昌，酷热难忍，高远而明亮的天空缀满了星星，与南昌城的万家灯火相映，衬出世间的纷繁和喧嚣。经过一天炕晒，满室的暑气这时总算消散了一些。裕民大旅社雅致而豪华的卧室客房里，已经凉爽多了。

徐悲鸿在浴室里冲了个凉，精神显得爽气而轻松。

他们的谈话，自然又是从绘画开始。

"抱石兄，你是怎么开始学画画的呢？"徐先生问。

提起学画，傅抱石真是感慨万千，那自幼年时代开始的往事，又一幕一幕地映现在他的眼前。他断断续续地简略地叙述了自己绘画的成长经历。贫穷的幼年时代"傅得泰"修伞铺，少年丧父，东邻的裱画店，西邻的刻字摊……以及如何习画、篆刻而竟日不倦，瓷器店凄苦的学徒生涯，孤儿寡母的相依为命，街邻和老师、警察、卖炭翁的慷慨相助……一桩桩，一件件，都袭上他的心头，又似一股涓涓细流从他的口里奔泻而出。

夜，静悄悄，外面虽是喧嚣的街道和人群，可在裕民大旅社的客房里是一片静谧和安宁，傅抱石娓娓地述说，深深地打动了专注倾听的徐悲鸿先生。听着听着他的眼前幻化出了上海的街头，一个衣衫褴褛的青年在黄浦江边踟蹰着，污秽而浑浊的黄浦江水似乎是这个社会的写照和缩影。青年浑身乏力，疲惫而倦怠，两眼却仍然炯炯有神，流露出始终不向贫困、饥饿和潦倒低头屈服的志向和神情……是的，徐悲鸿从傅抱石所叙述的凄苦经历中看到了二十年前自己的影子。自古英才多磨难，他想，也许正是这种悲凉而艰苦的境遇才造就了傅抱石顽强的意志和不屈的精神，才使他能身处逆境而从不止息自己的追求和探索，才致有今天赫然于目的成就。

望着眼前这个清癯而英俊的青年，徐悲鸿心里油然升起一种同情和慰藉，他决心尽全力支持和扶植这位在绘画领域卓有成就、勤奋与天才兼具的优秀青年。想到这时，他心情愉快地与傅抱石谈起美术的感觉和当前的美术现状与出路。

"天下没有无感觉之艺术家！"徐悲鸿特别强调画家的感觉，认为这是造就艺术家乃至画家的非常必需的要素，"荆浩善写他所习见之火层岩，董源、倪云林、黄子久皆写江南平山远水，真实不虚，而气韵自足。今人应该以古人造诣为标准，如后来的石溪、石涛，能自立境界，而不像董其昌、王时敏辈，依赖古人，造成一种惰性，以致失去会心造物之本能；而对造化之神奇，熟视无睹，最后变得冥顽不灵，丧失感觉，像这种人根本够不上称之为艺术家，而只能叫作收藏家。"

"徐先生的指教，我很有同感。"傅抱石说。这时，他坐在徐悲鸿面前，已经没有丝毫的拘束和局促。一方面是徐先生的随和热情释除了他的不安，最主要的是，他发现他与徐先生之间，有很多相通之处，青少年时代的相同经历，使徐先生对他倍感亲切，他对徐先生也产生了一种不可言喻的好感和信赖。渐渐地，他觉得他与徐先生志趣相投，思想贴近，特别是在对待传统与革新的认识上，他听了徐先生的一席话，更觉得徐先生不仅是前辈，而且是"知音"了。他听徐先生对艺术家感觉的见解，也触动他积于心头的一些观点和认识。他以自己对中国古代画史和画论的精深理解，也与徐先生侃侃交谈起来。

　　"徐先生所言极是。《麓台题画稿》有云：'画法与诗文相通，必有书卷气，而后可以言画。'郭河阳又说，'有人悟得丹青理，专向茅茨画山水'，我认为，这种'气'和'悟'实际上就是画人的感觉，也就是天才！画面美妙清秀的精神，是画理的分布及其组织。若昧而不透美妙清秀，是极艰难的创造，则将无从迎纳于笔底，而且永远无从颖悟。纵然是朝夕的调铅弄粉，吮毫濡墨，只不过作死自然的誊写者而已。"

　　"对！"徐悲鸿也为傅抱石的见解所感染，更为在艺术上找到一个知音而高兴，谈到他们共同深恶痛绝的自然主义，他不禁提高了腔调说："中国自唐迄宋，为自然主义在艺术上最昌盛的时代。在山水画上，自王维脱离印度作风建立真正的中国画，后有荆、关、董、巨、李成、范宽、米芾、郭熙等大画家之外，尤有徐熙、黄筌、黄居东、易元吉、崔白、滕昌佑、徽宗等大花鸟画家，其所造记录，至今尚能保持。"

　　徐悲鸿对于中国古代画史颇有研究，对于历代画家的思想绘画作风、特点以及在中国画史上的地位也了如指掌，谈来兴味盎然，"此举世之人，咸感觉敏锐，所以，一切制作都是美妙高雅的。比如宋代的瓷器、织物，千变万化，无一不可作后来取法者！"徐悲鸿说到这里，手有力地挥动了一下，脸上也呈现出赞叹的神色。然而，这种赞叹的神情很快又收敛了起来，他接着说，"岂知自芥子园画谱出世之后，举世皆成冥顽不灵毫无感觉的现象，致使一切艺术皆落后退化！如果现在再不振奋，起而师法造化，寻求真理，则中国虽不亡，而艺术必亡；艺术若亡，则中国的文化顿将暗无光彩。唉！"徐悲鸿深深地叹息了一声，"如果不幸真是如此，我们将有何颜面以对祖宗！"

　　说到这里，傅抱石也激动起来，他有一种与徐悲鸿先生相同的共识和使命感，事实上，这些问题萦绕在他的心头已经很久了。这时，他胸有成竹地说："是啊，现在，我们必须利用敏锐的脑力和眼光设法把失去的宝贝一样一样找着源流，弄了回来。这些宝贝，是从现在上窥几千年曲曲折折的引导者，也许还是某一曲折的具体精神。我觉得，当前必须大力弘扬中国的民族文化，提高中国绘画的价值，增进中国绘画对于世界贡献的动力及信仰，以使中国绘画普遍发扬永久。为达此目的，我们须自己起来担当起这份责任！"

傅抱石话音刚落，徐悲鸿不禁兴奋地哈哈大笑起来，他握住傅抱石的手，又用另一只手扶住他的手背，意味深长地说："好哇，抱石兄，以天下为己任，拯救中国颓败的艺术，革新腐朽的风气，让中国的绘画在世界发扬光大，舍我其谁！我们这一辈，

1931 年，傅抱石（左二）与徐悲鸿（左一）等合影

担子不轻呢！"

徐先生这么一说，傅抱石猛然意识到自己由于过于激动，也许有些失态，有点不好意思，也笑了起来。然而，他们之间的距离感，倏忽间消失了。两人都有一见如故，相见恨晚的感觉。

夜已深了，傅抱石不得不告辞，然而仍有些依依不舍，似仍有千言万语哽于心头。他却不知道，徐悲鸿也有此同感，更令他没有料到的是，徐先生站起来说："我今天真是少有的畅快！而且兴犹未尽。抱石兄，我不揣冒昧，明天我想去贵府造访，不知可以允否？"

傅抱石一听，不禁喜出望外，忙说："好好好，真是请都请不到！明日我在家恭候！只是鄙舍破陋贫寒，有伤贵客雅兴……"

"唉——"徐悲鸿不以为然，不让他说下去，"你我既为同道，难得一聚，是为大雅，谈什么破陋和贫寒！不必客气，明天尊府见。"

傅抱石真是觉得喜从天降！从徐先生处告辞出来，回家的路上，他似乎身轻如燕，体内似乎蕴藏着一轮朝阳，浑身散发出无穷无尽的热力。从徐悲鸿先生同他的两次谈话和接触中，他更清醒地看到了自己，看到了自己所走过的一条明晰的道路，也看到了自己的将来和希望。他健步如飞地走着，身上的灰布长衫随着他快捷的步履有节奏地摆动，呼呼地生出凉风，他的额上沁出了热汗，却丝毫没有感到燥热，相反，他觉得，今晚南昌的风竟是这么凉爽，天气竟是这么宜人！

他兴冲冲地回到家里，家人们都睡觉了。月光如水，厅前的天井泻满一片清辉，已经听得见母亲房内轻微的鼾声。然而，他的房里却还亮着灯光，原来罗时慧正靠坐在竹椅上等他归来。他知道，时慧也时刻关心着丈夫和徐先生的会见及进展，丈夫尚未回家，她如何能够安睡！然而，由于困倦，她也抵御不住瞌睡，已经迷迷糊糊睡着了，手上的一把油纸扇掉在地上，她也未察觉。

傅抱石见妻子已经睡着，便蹑手蹑脚走进房里，本想不去惊扰妻子的鼾睡，却又抑制不住兴奋的心情，亟欲将好消息告诉她。他凑近罗时慧身边，在她的脸颊上轻轻地吻了一下，立刻，罗时慧被惊醒了。她笑着佯嗔道："床上夫妻床下的君子，你非君子也！——莫不在外头捡到了宝哇？咯高兴！"

傅抱石脸上也荡漾着抑制不住的喜悦，卖关子地说："捡宝岂能与此事相提并论！我捡到了金元宝！"

罗时慧这时睡意全无，诧异道："此话怎讲？"

"说来话长，一言以蔽之，"傅抱石有意顿了顿，看罗时慧那副焦急的样子，不忍逗下去了，"告诉你吧——徐悲鸿先生明日要到我们屋里来！"

"哎呀！"罗时慧惊喜道，"真的呀？"

"不是蒸（真）的还是煮的！"傅抱石又逗起趣来，确实，他今天的心情太好了。

罗时慧却没有理会丈夫的逗趣，她已在认真思考明天徐先生光临如何接待的问题了。

傅抱石又详尽地述说了今晚与徐先生相聚和交谈的情况，说到动情处，傅抱石也不禁神色飞动，言辞间流露出对徐先生的钦佩和尊敬之情，时慧也不时地受到丈夫的感染，啧啧地称赞着，感叹着，夫妻两人共同沉浸在对明天的期待和向往之中。

是的，明天，会是美好的。

夜深了，罗时慧带着对明天的美好向往和憧憬进入了梦乡，屋里显得安谧而宁静，只听得见断断续续的阵阵鼾声和老式座钟的钟摆声。

傅抱石仍然兴奋得不能自已，他亟欲做一件什么事，来宣泄自己胸中奔涌的激情。他已形成了一种习惯，每当情绪激奋，或喜极，或悲愤，或压抑，或激动时，他总想通过自己的手制作或营造一件什么东西，以反映自己的心声，而这往往是通过寄情于书、于画、于篆印来实现。也许，这就是所谓文人的雅趣吧，而今天，做件什么事好呢？

他坐在书案前，仰望窗外的夜空，繁星满天，月亮依然是明净而皎洁，然而却已经斜过中天，也许已经是半夜了吧。数小时前，徐悲鸿先生和蔼可亲的音容笑貌又一幕幕浮现于他的眼前，他的制作和营造也必然应与此事有关，是赋诗一首，还是作画一幅来纪念这一次难忘的会见呢，还是……突然，他的眼前倏忽一亮，对，刻印一方，送给徐悲鸿先生！这样既制作了作品，又给徐先生留下了永久的留念。晚上，徐先生不是对他的篆印大加赞赏，表现出了极大的兴趣吗？对，就这么办！

他找出一方铜印，思忖了片刻，然后取出钢刀和小锤，将铜印夹在梨木印床上，怕惊扰了妻子和母亲的睡眠，他又返身关上了房门，于是左手执刀，右手执锤，耆耆敲击起来。由于全神贯注和付出精力,不一会儿,他的额上和胸前已经沁出了细细汗珠,他却似未察觉,全然不顾,只是专注于那方寸天地的创造之中了……

第二天上午,骄阳烘晒着大地,到处蒸腾着一片暑气,赣江之畔,南浦之滨,已熙熙攘攘地簇拥着众多的人群;通往佑民寺的南湖和东湖边的小道上,许多妇女和老人,手里挎着竹篮,内盛清油和三牲供品,神情虔诚态度肃然,不少小贩和摊主,也肩挑手提,无非是些烧饼油条、瓜子花生、水果糕点之类,一边走着,一边叫卖。整个街巷,到处呈现一派节日的气氛。

萧家巷一号罗家府第,自是一番更为气派和热闹的景象,门外的廊柱上新添了对联,内厅的门首还挂了两只大红灯笼,厅内上首的供桌上,除两边插着一寸粗细的蜡烛外,香炉内大把的神香正烟雾缭绕,幽幽的香气弥漫在厅里的空间;一早就摆置上去供神用的三牲,上插红漆筷子,那猪头、全鸡、全鹅已经熟烂熟透,嫩黄的表皮上泛出油光,散发着诱人的香气,俨然一副敬神拜佛的做派。

约莫半上午,徐悲鸿先生在廖季登的陪同下,来到了傅抱石家。徐先生今天一反平时穿着西装的习惯,改穿了一件浅色夏布长衫,乌黑中分的头发下,略显方正的面庞精神焕发,和善可亲,看得出来,他今天的心情很好,兴致很高。

由廖季登引领,徐悲鸿径直来到傅抱石家这边的一进厢房,果然傅抱石已经在那里踱步恭候。傅抱石见徐先生驾到,忙飞步迎出门来,握手相迎。

"徐先生大驾光临,寒舍生辉,请里边坐。"傅抱石一边将客人迎进厅堂,一边忙唤妻子罗时慧出来见过徐先生。

罗时慧昨夜闻知徐大师将至,也激动而兴奋不已,自忖自结婚以后,还是第一位弥足尊敬的贵客造访,为今日待客的礼数也颇费了心思,思来想去,又"扑哧"一笑,嘿!人家徐先生是国内外驰名的美术大师,什么样的场面没有见过!要比,哪怕我们再费心思也是比不上的。徐先生登门拜访也是因为与抱石有同道相知的缘分,人家哪里会在意我们如何接待?何况,她也知道,徐先生诚恳朴素,厌恶虚假客套,不如顺其自然,随徐先生的兴致和意思吧。因此,罗时慧除了稍稍收拾了一下屋子外,一切依旧,只待徐先生光临。

听见丈夫的呼唤，她掀开门帘走出内室，她今天也稍微修饰了一番，上着一件白细纺绸衫，这衣衫袖短而宽大，腰身却收拢至恰到好处，衬出她苗条而丰盈的身材；她穿的青色香云纱裤特意烫过，显得平整而熨帖。瓜子形的脸上缀着一双乌黑的大眼睛，浑身透出青春的气息。时慧见到徐先生，得体地鞠躬，并笑着说："徐先生屈尊大驾光临，陋室生辉，真是不胜荣幸，我和抱石昨晚得此喜讯，兴奋了一夜呢！"

徐悲鸿也起身还礼道："夫人礼教之家，名门之后，果然不同凡响。而且慧眼识英才，你们二人真可谓珠联璧合，天造地设的一双啊。"

罗时慧不好意思地说："徐先生过奖，我能称得上贤妻足矣，何敢言他！"

"不能这么说，"徐悲鸿进而称赞道，"抱石兄青年有为，心境与身体俱佳，而且画艺精绝，能独辟新境，立志扫荡陈腐颓废之风。这里面自有你的一份功劳啊！"

"承蒙徐大师过奖，我不过是个磨墨妇耳。"罗时慧说到这里，怕耽误徐先生他们谈正事，忙说，"徐先生请随意。"便适时地离开了。

徐悲鸿坐定，想起刚才沿路所见行人熙熙攘攘荷箪挑担，似赶庙会一般，又见罗府张灯结彩，一时想不起这是一个什么节日，抑或是本地民俗，于是问傅抱石，此为何故？

傅抱石笑着说："今日是农历六月十九，民间传为观音娘娘成道之日，民俗观音娘娘有三个生辰，第一个是二月十九，这是第二个。每年逢此吉日，百姓都要到庙里去拜谒菩萨呢。"

"哦！"徐悲鸿恍然大悟道，"我倒忘了，我们江苏宜兴也有此一说，只是供奉没有如此热闹兴盛，特别是尊府气派更是非凡，可见江西风俗淳厚，百姓笃诚。"

"江西民风淳厚，确是如此。"傅抱石说，"只敝府今日倒是另有一桩原因。我所住的房屋，原是租赁岳家的，结婚后仍未搬出，今日适逢岳家六十寿辰，故而又更喜庆一些。"

"哎呀！"徐悲鸿惊讶道，"原来尊府今日双喜临门，可喜可贺！既然如此，我理当拜会寿星"。

于是徐悲鸿由傅抱石、罗时慧引路，去到前厅。那罗鸿宾先生刚已闻知徐悲鸿先生驾到,忽见女儿女婿引领几位先生过来,其中几位都认识,唯一不认识的,气度不凡,想来便是徐悲鸿了,忙出前厅相迎。延入上首,并命奉上香茗。

"徐先生光临寒舍,令蓬荜生辉,老夫也三生有幸,不胜感铭之至!"

徐悲鸿道:"悲鸿这次赣庐之行,有幸得识令婿抱石君,快慰平生。今日造访,不知乃尊诞喜辰,失礼失敬。特来拜贺,祝老伯福如东海,寿比南山。"

罗老先生欣逢喜日,又遇徐大师光临,他觉得冥冥之中似乎有神灵运筹,情绪极佳,听了徐先生的恭贺,更是高兴,连声道谢,并说:"徐先生在老夫生辰光临,实为大吉之兆。今日聊备薄酒,算为先生接风洗尘。——来,请!"

徐悲鸿也很爽快,笑着说:"此为老寿星添寿的酒,岂有不喝之理!请!"

这时,喜酒已备好,罗鸿宾请各位嘉宾入席。按宾主次序,寿星与徐先生坐上,廖季登先生和女婿傅抱石坐对首位置,时慧和其母还有几位大妈坐侧席。各位坐定,罗鸿宾举杯致辞:"今天是观音老母成道之日,本是大吉,逢老夫六十喜辰,而徐大师悲鸿先生不远千里,屈尊光临,更是喜从天降,可谓三喜临门。又承蒙廖先生引荐和多年提携,使小婿抱石至有今日,老夫不胜感谢,借此机会,敬诸位一杯。"

徐悲鸿听了也感慨系之,他站起举杯应道:"老寿星与观音菩萨同寿辰,此为大喜,令婿为青年奇才,将来必定前程远大,龙腾有日;而且老寿星毫无门第偏见,实属高瞻远瞩;令爱匡扶丈夫,也算鸾凤和鸣,其乐融融。老寿星治家有方,至有今日兴旺发达,悲鸿衷心敬老寿星一杯!"言毕,自己一仰脖,将杯中酒一饮而尽。

罗鸿宾见状,心头不胜喜悦,眼睛已是潮红湿润,也一口把酒饮干,众人也各自将自己的酒喝完。

寿堂上,大红蜡烛燃得正旺,香烟缭绕,壁上镏金的粗楷颜体巨幅"寿"字与烛光相辉映,使寿星更显喜气盈盈。傅抱石本来善饮,这两日与徐先生邂逅,由相识而相知,由同道而成莫逆之交,心头感到从未有过的快慰,今日真是酒逢知己,也不免频频劝酒。

那徐悲鸿却不善饮,他见傅抱石酒量颇大,说话快人快语,而且酒后更是古今中外纵横捭阖,谈笑自如,妙趣横生,对傅抱石自有更深一层的了解,心中蓦然升起一种责任感和使命感,觉得如此青年英才如不进一步培养造就,实在太可惜,而这副担子无疑应该落在自己头上。想到这里，他暗暗打定了主意并决意付诸实行。主意一定，他也与大家谈笑风生，并且抵不住大家的盛情，不免多喝了几杯，席未散，他已脸色通红，有些不胜酒力了。

盛宴已毕，徐悲鸿等人告辞出来，来到傅抱石画室兼书房休息。徐先生当时虽名传遐迩，实际年龄也只有三十五六岁，正当精力充沛，生命之火燃烧旺盛之时，在傅抱石画室，他一边翻看着傅抱石递给他的创作绘画作品，一边随口称赞着，评论着。

"唔，水墨淋漓，水墨淋漓呀！寓潇洒于雄奇，藏柔和于刚健。看得出，你是在学石涛。你不仅钦佩他的思想，而且沉醉于他的画风。石涛善用湿笔，而能做到墨内见笔，所谓'墨团团里黑团团，墨黑丛中花叶宽，试看笔从烟里过，波澜转处不须完'。你是深谙石涛用墨之妙的，敢于放胆泼墨，难能可贵，难能可贵！看此树石，信笔飞舞，却能使树石跃然纸上，栩栩如生，正所谓'法无定相，气慨成章耳'，好！"

徐悲鸿兴致勃勃地翻看着，称赞傅抱石创作和临摹的大量画作，认为弥足称赞，可堪嘉许，而且，徐先生对傅抱石在绘画技能上的用心和独创精神颇为赞赏。

"这一幅，用笔有独到之处，如行云流水，一气呵成，而且布局奇崛，深谙石涛诀窍和真谛。石涛的可贵之处，在于他在传统基础上的创新和发展，笔墨并重，干湿并用，是对传统山水画的一次变革。你学习石涛，首先从用水下功夫，追求水墨淋漓的效果，这路子是对的。"

徐悲鸿侃侃而谈，如叙家常，如论时事，是的，谈到绘画，谈到艺术，他便能将其他的一切置之脑后，而且思路敏捷，谈吐潇洒，那对艺术的热爱和追求，对绘画的精深理论和独到见解，如山涧的泉水，如涓涓的细流，从他那睿智的大脑中淙淙地流淌出来。傅抱石默默地听着，听着，觉得徐先生关于绘画的宏论和观点，与自己所思所想真是何其相似乃尔。他信心更足了，心也更加踏实了许多。

徐悲鸿先生一边翻看着傅抱石的画，有所触动和感想时，他随即讲解阐述一番，直至将厚厚几摞绘画作品都看完，他才又坐在椅子上，稍事休息。

这时，傅抱石将昨晚精心为徐先生镌刻的铜印递到徐先生手上。

"徐先生，为了感谢你的指教，纪念我们这次相交，我昨晚上回家为你刻了这方铜印，真是一塌糊涂，不堪持赠，还请先生多加指教。"

这是一方约两寸高、一寸见方的铜印，锃亮的表层金光灿烂，拿在手里，颇有分量。徐先生接过一看，"徐悲鸿印"四个篆字布局精心设计，奇正中富有变化，古朴中不乏秀气，运刀于光洁中仍有锋芒，伸缩相顾，丝毫不紊，是典型的汉印风格的作品。徐先生看后非常高兴。环顾四周瞥见傅抱石画案画笔林立，一方精雕细刻的婺源龙尾砚中，翰墨犹香，洁白的宣纸铺陈在眼前，兴之所至，不禁技痒起来，于是对傅抱石夫妇说："今日在尊府谈艺论画，是为大雅，抱石兄盛意相赠，我又愧受了铜印，心旷神怡，不可无画。我想就在此涂鸦一幅，以为回赠，不知可见允否？"

傅抱石夫妇听后大喜，傅抱石说："能亲观先生作画，真是大幸！"

徐悲鸿先生笑笑，不再说话，他先将一张四尺宣纸裁去约一尺许，铺在桌上，然后卷起衫袖，提笔在手，站在素笺前凝视片刻，已设想好了内容及构图。只见他半伏在案前，仔细地画出一只鹅头，然后用大笔抹出白鹅轮廓。这是一只飞动扑腾的欢叫着的白鹅，鹅头略向前方，正是"曲项向天歌"的情态。他又换笔将鹅喙和鼻疣涂成红色，再染红蹼，地面又以赭绿添上几茎芦草。立刻，一幅欢快而活泼的"嬉鹅图"在眼前出现，画幅传神，用笔简练，寥寥数笔却显示出扎实而非凡的功夫，观者不时由衷地发出啧啧赞叹，傅抱石却仔细地观察了他的运笔和用墨。

徐悲鸿画毕，傅抱石也不觉随着他长喘了一口气，好像刚才作画的不是徐先生，而是他自己。确实，寥寥数笔，看似简单，绝非一朝一夕的修炼而能成功，真是成如容易却艰辛啊！

徐先生画后，搁笔又对着画幅思忖了一会儿，似乎在斟酌题识的词句和布置。接着，用行楷写下几行跋文："辛未初夏，薄游南昌，承抱石先生夜治铜印见贻，至深感荷。兹以拙制奉赠，即希哂纳留念，自愧不相抵也。悲鸿。"随后他取出随身携带的心形"悲"字白文小印，盖在题名下面，这幅画就算最后完成了。

画作完成，徐悲鸿放下笔，环视了大家一眼，笑笑说："与抱石兄的铜印相比，我怕是占了便宜哟！"说完哈哈大笑起来。

傅抱石赶紧说："徐先生说哪里话来，我的铜印，小技拙劣，岂敢与大师相提并论！"

徐悲鸿心绪特别好，连连摆手："不不不，艺术都是相通的。我与抱石兄难得有此聚会，而且以画印会友，乃是一段佳话呢。"

二人说完，不觉会心地对视了一会儿，突然，一起哈哈大笑起来，引得在一旁观画的罗时慧和众人也笑了起来。

徐悲鸿说："抱石兄，我们是有缘千里来相会。这次初来南昌故郡，洪都新府，倒想瞻仰一番八大山人的青云谱故居，过几日我想前往一观，不知你们有此雅兴否？"说完环视周围几位朋友。

傅抱石听了，忙说："好好！我也有许久未去了，趁着暑假，正好一同前往。"

廖季登叔侄等人也欣然同意。

8. 青云谱内寻高踪

越数日，骄阳满天，光焰万丈。傅抱石和廖季登叔侄偕同徐悲鸿先生如约上路了。

徐悲鸿今天兴致颇高，他特意换了一身素色的便衣，一件富春纺的米黄色对襟上衣和浅色西裤，手执折扇，显得飘逸而潇洒。一路上，他谈笑风生，特别高兴。

徐悲鸿遨游艺术殿堂，特别注意学习古代各民族文化的精华，善于从古代艺术宝库中汲取养料。还在法国留学时，就曾流连迷醉于卢浮宫及法国各地的博物馆，纵情观览并临摹历代大师的作品，后来又游历了德国、意大利和瑞士，每到一地，都要长时间在当地的博物馆临画，从早到晚，持续上十小时，生活拮据时，甚至整日不吃不喝，饥寒交迫，以至于患下严重的肠胃病。然而，由于对古代艺术孜孜不倦的学习和钻研，使他获取了丰富的营养，成为融古今中外美术传统于一身的卓越的美术大师。

今天，走在南昌城泥淖和尘土飞扬的街衢上，徐悲鸿浑然不觉，他的心绪，由于结识了青年美术英才傅抱石而变得格外愉悦和爽朗，也由于即将看到仰慕已久的八大山人的故迹而显得兴奋和激动。这种心情，只是在观览他非常神往的古代画家的作品时才会出现。

徐悲鸿、傅抱石一行人出了南昌城，雇车行了约莫十来里路，又下车步行了一会儿，踏过一段泥土的田间小路，便来到了坐落在青云谱的八大山人故居。

这是一座占地约十多亩的古代建筑，一泓湖塘侧畔，四周有围墙围成一座庄院，院内花木扶疏，浓荫蔽日。老远看去，座座楼宇掩映在巨大的古树华盖之中。正是夏日，遮天的古树中传来阵阵蝉鸣，倒也正如古人之言，是谓"清幽之乡"。徐悲鸿、傅抱石一看，就觉得明末清初的八大山人选中这块地方隐居，真是独具慧眼，果然是个好所在！

八大山人的故居始建于东晋，原是一座道观，为许真君的"净明真境"，唐贞观年间，名"天宇观"，后又改名"太乙观"。自从八大山人和其弟牛石慧隐居于此，后人才把这座道观改建成"青云圃"，又称"青云谱"。

徐悲鸿、傅抱石等人怀着敬慕的心情，进到院内，随意浏览，眼目所及，除满眼的树木外，倒也看不出什么特别之处，有些地方甚至显得荒凉、破败。大概是初夏时院内罹于洪水，断砖淤泥随处都是，回廊的墙壁上还清晰可见水浸的痕迹，人迹罕至的地方已经长出了鲜绿的青苔；也许是疏于管理，许多不必费多少工夫而又亟待清理的烂瓦、破板、碎草仍然杂乱地堆弃着。徐悲鸿看了，不免有些失望。

"唉，这是个重实际的年月，古迹鲜绝！滕王既成空中楼阁，洪都也尽系水泥之街，难得寻得一个八大山人的故迹，也破败至此，真是有何颜面以对祖宗！"

穿过曲径回廊，众人来到一座大院前，眼前忽豁然一亮，原来，他们面前出现了一株硕大无朋的大桂树，这株桂树除绿树浓荫、占地宽阔、约有三围外，不可思议的是名为一株，看来却似五株，高约三四丈，枝枝蔓蔓，盘根错节，蔚为壮观；树身虽早成空洞，而五大株连理从空洞中挺起，将空处长满。向老道询问，原来这老桂树竟是唐朝时所植，迄今已有近千年了。徐悲鸿惊讶不已，一边绕着树身细观，一边赞叹："造化神奇！"

那老道已有六十多岁，虽身处乱世，看来却颇有道家风骨，正所谓仙风道骨，形容虽然清癯，面色却异常红润，两眼炯炯有神。当他得知站在他面前的就是驰誉国内外的画家徐悲鸿和名传遐迩的傅抱石时，肃然起敬。忙将他们一行人引至正厅，敬上香茗。这正厅供奉着八大山人的遗像。乃一人物线描画，裱好悬挂在正厅的中堂，画中的山人瘦弱、高颧、黑须、长身瞑坐，颇具神采，正是明末遗民不屈不挠的写真，大概画作的创作年代距八大山人的卒年不远，故而能颇见其真。徐悲鸿、傅抱石恭立像前，默神了一会儿，似在冥冥之中作了一番神会。

傅抱石虽到青云谱来已是多次，八大山人的遗像也已拜观过不知多少回，今天这次因为是同徐悲鸿来，自然别有一番心境，特别是这几日听徐先生谈画论史，心胸更加豁然开朗。如今，站在八大的遗像面前，冥冥之中似乎与山人又贴近了一点距离，心灵上沟通了许多，这也许就是所谓"心有灵犀"吧。

老道人又取出院内珍藏的八大遗墨两种，皆为山人晚年之花鸟画，那遒劲的线条，写意而传神的笔触，满纸烟云，画作中无不显示出山人的高风亮节。徐悲鸿、傅抱石拜观良久，又啧啧赞叹了一番。只可惜堂堂一座故居，山人的遗墨也仅此两种，徐悲鸿听了又是一番感慨："江西人重实际，江西人重实际哟，在那些达官贵人的眼里，八大山人又算得了什么呢！否则，这开一代画坛风气之先的巨匠故居也不至于如此萧条冷落，可惜呀，可惜！"

那道人又把徐悲鸿几位带到祖先堂，这里是供奉历来道士和施主像的地方。徐悲鸿一登入堂，立刻被堂内供奉的陈设所吸引。原来堂壁的龛中供有数像，皆为木头刻制，不仅人物的比例准确协调，而且简练传神，奕奕如生人。徐悲鸿看了不禁惊讶不已，连忙打听此木刻人像的作者是谁，老道人等皆茫然不知，倒是廖季登先生知晓此事，说："这是南昌城内一位民间的雕刻艺人所刻，此人名范振华。范家世代皆业雕刻，我们江西的大庙的偶像差不多都是他家所雕，而范振华尤有独到，所雕木刻人像，状貌毕肖。不过区区一工匠，名不见经传。"

"嗳！"徐悲鸿不以为然："不能这么说，世上多有瑰奇卓绝之士，而多数埋没于民间蒿莱之中，天津的泥人张就是一例，其技艺可谓卓绝高妙，可惜其作太易损坏，传之不广；此范君之木刻人像，简约而不琐屑，且比例精审，无大头短足积习，脱去以往喃喃派之平板格调，会心于造化之微；以技术论，比起十七世纪西班牙之雕刻师，无多让也，足以跻身欧洲二等名家之列。而我国中所见造之中山像，平心而论，并不能优于这青云谱祖先画之木人。只可惜呀，范君生乎乱世，长于蒿莱，其名未出于闾里，国内倘若要造大像，必令大雕刻家为之，洋雕刻家为之，哪怕你江西省忽然要为孙中山先生立像，可以断言，也必定不会请范振华为之，这是必然的。可惜呀，可惜！"说到这里，徐悲鸿像突然间想起，又问廖季登："廖兄，不知这位范振华先生住在哪里？"

廖季登笑答:"不远,就在抱石兄家附近,水观音亭旁边。"

徐悲鸿一听也开心地笑起来:"那我们是失之交臂了。这样吧,找个时间我去拜访范君。今天时间不早了,我们该回去了,多谢道长盛意,不胜感激!"于是,众人向老道人告别。

返回的路上,徐悲鸿突然话锋一转,问傅抱石:"抱石兄,我觉得,你的画论画史研究都已很精深,绘画的技艺也已得心应手,而且非常熟练了,不知你想过没有,下一步你打算怎么办呢?"

徐悲鸿这一问,正触到傅抱石的心事,也正是傅抱石所萦绕于心的,傅抱石还想得到徐悲鸿的指教。于是诚恳地说:"还请徐先生指教。"

徐悲鸿也率直地说:"我认为你应该进一步深造。目前在中国,艺术凋零,传统文化没落而且败落,我建议你应该到国外去开阔你的视野,进一步提高你的艺术水准和技艺,融中西艺术于一身,你才可能达到一个新的水平。我建议你到欧洲的法国、意大利或是到日本去,19世纪和20世纪初,正是他们的文艺复兴时期,艺术得到了很大的发展。你去留学几年必定大有裨益。"

一句话说到了傅抱石的痛处:"徐先生之言极是,我何尝不想去出国深造,只是,以我目前的地位、身份和家境,要想出国留学,实非易事。"

徐悲鸿笑答:"此事我已有安排,昨日我已见过贵省行营主任熊式辉,力荐送你出国留学,熊主任已答应考虑。"

"真的!"傅抱石喜出望外,"若能如愿,抱石真是没齿难忘!"

"不必客气。"徐悲鸿淡然一笑,"我是看你蜗居于此,如不再加深造,恐可惜你这个人才。这不仅是贵省的一个损失,也是我中国的一个损失。我与熊式辉主任也是这么说的,看来熊主任也为我的竭诚所感动,答应考虑。但是此事的办妥还要你再去催促几次。"

傅抱石只觉得心中充满了感激之情,不管是对徐悲鸿还是熊式辉。熊式辉应承此事,实属非同小可。徐先生当然是以中国艺术大师出于爱惜人才的思想考虑,而熊式辉乃一省之长,与徐悲鸿素昧平生,仅一面之交,凭着徐悲鸿的威望和影响,就答应遴送本省一位青年教师出国留学,其爱才惜才之心也属难能可贵。不然,在某些达官贵人眼里，即使是如徐悲鸿这样的大师，又算得了什么！当然，傅抱石还不知道，为了达到让熊式辉送他出国深造的目的，一向不爱结交权贵的徐悲鸿，还答应了熊式辉的索求，送了自己的作品——一幅已装裱好的奔马给他，使熊式辉甚为高兴。

徐悲鸿离开南昌后，傅抱石在激动、期待、希望和憧憬的心境中度过了一年多的时日。他在去何地留学的问题上颇费了一番踌躇。

明清之际，西方文化传入中国，在中国产生了广泛的影响，欧洲一些耶稣教会的传教士为了宗教宣传的需要，带来了西洋的绘画，并传授西洋的画法。西洋画法的传入，给中国的画坛带来了一定的影响。

20世纪初，中国的知识界很活跃，对待西方的文化包括西方绘画抱着积极的态度。由于徐悲鸿等进步美术家所进行的中西美术交流活动，欧洲绘画艺术在中国产生了前所未有的深远影响。徐悲鸿认为，西洋美术乃一博大的世界，中国迫切需要的科学尚未全部从西洋输入，更谈不上枝枝节节的西洋美术。徐悲鸿当然希望傅抱石去欧洲学习美术。

然而，去欧洲学习美术，那笔巨额的开支是傅抱石无法解决的。

傅抱石当时除专职省立第一中学的教习外，还兼任南昌职业高中、私立心远中学等几所中学的美术课；刻印虽不挂牌了，但偶尔也有人慕名求上门来，数项收入凑在一起不可谓不丰。然而，傅抱石有二嗜好：买书和交友。结婚以后，家里的藏书已是满格满架，以致罗时慧家务的很大一部分就是帮他整理书籍，有时遇到珍爱的书，他不惜倾其所有也要将书买下；傅抱石交友也是非常广泛的，他视交友为拓展自己艺术思路的重要途径，而对一些求助于他的人，他也毫不吝啬自己的钱财。因此，数年来，他的虽算丰厚的收入，除去开销，所剩无几。

留学欧洲实现不了，日本倒是一个值得考虑的去向。

徐悲鸿曾于1917年5月去日本研究美术，开始了第一次对世界美术的探索和学习。他在东瀛接触了丰富多彩的日本美术，对日本绘画进行了深入的研究。他写信对傅抱石说："日本画家渐渐脱去旧习，能仔细观察和描绘大自然，达到了精深美妙的境界。而尤以花鸟画最为出色。"

而最重要的是去日本留学所需费用要比去欧洲低得多，尽管筹措不易，仍可望解决。

当然，傅抱石向往去日本研究美术，还有更深一层的原因。

傅抱石认为，20世纪初期，日本画坛接受不同层次的西洋绘画和技法，形成了自己各具特色的风格。美术学校与私人画塾培育出的青年画坛精英，在各种美术展览会上崭露头角，同时又有活跃于"官展"之外的在野势力，加上代表新旧思想的各种派系之间的对垒和交锋，各种不同文艺思潮的纷争与竞艺，造成了一个蓬勃兴盛的时代。这些变革和繁荣，无疑激发了他创新的欲望，可以为他提供一个绝佳的学习与借鉴的条件。

傅抱石欲往日本留学，还有一个原因。他在许多年前开始醉心于中国美术史时，就留心并广泛涉猎了日本出版的各种关于中国美术的史论和著作，其中对日本研究美术史的著名学者金原省吾更加崇敬和向往。近几年在深入研究和撰写中国美术史著作时，他就经常与金原先生有过神交，反复研读了他的许多著作。傅抱石期待着有朝一日能在金原先生的指导下研究中国美术史，那将是多么令人神往的事情。

经过缜密周全的考虑，傅抱石决定去日本留学。1932年，江西省政府以考察和改良景德镇瓷器的名义公派傅抱石赴日本国留学，熊式辉特批给傅抱石一千五百元，作为留学的经费。已担任江西省政府主席的熊式辉说："一千五百元作为留学的费用，显然不够，但以江西目前的财力，也只能拿出这么多了。"

是啊！熊式辉能做到这一步，已经算不错了，傅抱石还能要求什么呢？

只好自己想办法。

仍靠鬻印、兼课、卖画乃至写书看来都不行，杯水车薪，显然无济于事。

幸而傅抱石朋友多。他曾兼任过国民党江西省党部宣传科的记者，主要从事版面设计、绘图等工作，与省党部的许多人熟悉。一次与他们在一起谈论起为留学筹措经费无着时，一位朋友突发奇想："我认为，要人家给你钱助学是不可能的，还需拿出你的'绝活'来，方可解难！"

"此话哪个意思？"傅抱石一着急把南昌话漏出来了。

"你不是精于微刻吗？你那前后'赤壁赋'微刻堪称中国一绝。"那位朋友摇头晃脑，一字一顿，傅抱石纵然着急，也只好由着他卖关子："货要卖与识家，而这识家必须具备两条：一是有钱，二是识艺惜才。当今中国，舍得出大价钱的只有两个人——"那朋友又顿住不说了。

"哪两个人？"傅抱石已经按捺不住了。

"陈果夫、陈立夫——"朋友说完，面露得意之色。

"呀！"大家都不觉一惊，觉得他的想法虽不失可取之处，然而，天高皇帝远，只怕再好的印章，恐怕也到不了陈氏兄弟手里。要知道，陈果夫、陈立夫当时正担任国民党中央组织部正副部长，官位显赫，炙手可热，要接近二陈，谈何容易！

"不难！"又是这位朋友开了腔："南昌中学校长陈际唐先生就与陈氏兄弟过从甚密，我省党部委员中又经常有人去南京，请陈校长写封推荐信，托人带去，不就解决了！"朋友胸有成竹。

"啊，好主意！"众皆称好！

走投无路的傅抱石也觉得不妨试一试。

他取出一枚四面印侧精心微刻了《金刚经》全文的印章，此章确系花费了他巨大的功夫和心血，在技法上，他摒弃了刻印常采用的冲刀、切刀和冲切相合的刀法，而是用普通刻刀的锋利直角，刻出的效果近乎是用刀"写"成的。这方印，他从不轻易示人，现在为了留学深造，也只好"忍痛割爱"了。他又刻了"陈果夫""陈立夫"二印，央请陈际唐先生写了一封推荐信，并转托几位党部委员带到南京，设法将印章和信交给了陈果夫、陈立夫兄弟。

陈氏兄弟初收到信和印，见二枚名章功夫精湛，刀法高超，很是高兴，但也只是稍稍表示了谢意，及至看见印侧只是一片金色，以为不过是装饰和花纹，仔细一看，才依稀可以辨出那是一行行的线条组成，用办公桌上阅文用的放大镜看才发现那一行行金色的小点原来是一篇刻上去的印文，陈氏兄弟大为惊讶。命人取来更大倍数的放大镜，才清楚地看出印文内容是精心刻制的《金刚经》，行文体势严谨舒展，峻挺丰厚，神完气足，而且刻工极佳，其字如饱含浓墨，神采粲然，颇具柳公权《金刚经》神韵。陈果夫、陈立夫赞赏不已，深信刻者是个不同凡响的高手，及至了解到作者是一个二十多岁的青年，和他目前的困难处境，更觉不可多得，爱才惜才之心油然而生，立即吩咐赠银一千五百元，以为助学之资。

傅抱石已经筹集到三千元，作为留学费用。此后，他频频来往于南京国民政府教育部和其他有关部门，终于在1932年年底办妥了出国留学手续，只待启程了。

第三章

远涉重洋　东瀛求学

1. 依依惜别情

从上海开往日本的客轮在碧波万顷的海面疾驶，风平浪静，波澜不惊，坐在舱内浑然不觉轮船在行驶，只偶尔听见海浪拍打着船体的轻微声音。第一次乘船出海的傅抱石却耐不住舱内的沉闷，静静地走出船舱，踱行在船舷的狭窄的过道上。

碧蓝的海面浩瀚无边，水天相接，极远处的地平线似一根蓝白相接的横线，永无尽头；眼前，是一个令人心绪激动的情景：舱船的尖头不断地划破深蓝色的海水，激起阵阵白色的水沫，轮船与海水搏斗着，卷起的海浪足有数米高，猛烈地撞击着船体，发出阵阵轰鸣。有时那激越飞扬的浪花竟能溅到他的身上、脸上，令他产生一种奇妙的感觉。傅抱石强烈地感到了大自然的博大精深，感到了人类战胜自然的伟大力量，这种搏斗是永无止境的，一直要延续到永远。他想，他这二十多年来的成长的经历，不也是一部不断奋斗的历史嘛！

这是 1933 年 3 月，傅抱石弱冠之龄将尽，时年二十九岁。

不过这时，傅抱石的思绪，仍沉浸在远离家庭远离母亲妻子的离情别绪中。

他永远不能忘怀母亲那凄楚的眼光，母亲今年已六十多岁，一生劳累，中年守寡，含辛茹苦将他抚养成人，刚过上几年好日子，每日无冻饿之虞，却染上了父亲患过的肺病，而且日渐沉重，至他临别时，已是风烛残年，病入膏肓了。傅抱石记得辞别那天，他缓缓趋到母亲的病榻前看望，六十来岁就已满头白发的苍老的母亲从厚重的棉被里伸出枯瘦的手，执着儿子的手，欲语无言，久久舍不得松开。母亲是个性格爽朗、思想开通的人，她没有那种只能让儿女绕膝却不能远行的小家子气，她知道，儿子出国留学，将来必成大器，当娘的只有高兴，而且儿子干到今天这步田地实属不易，娘岂能横加阻拦。不过，娘晓得，儿子去的地方不是南昌的西山万寿宫，也不是吉安城、九江府，而是去日本，要漂洋过海，说不定三年五载回不来，还说不定为娘等不到儿子归来，那就今生今世见不到面了！不过，这个话不能说，儿子出远门，要说吉利话，要让儿子顺顺利利，大吉大利，学成归来，光宗耀祖，将来回到新余老家，还给我崽骑马戴花，吹吹打打进章塘。想到这里，娘艰难地绽开那满是皱纹的脸，笑着说："崽呀，

1934 年，罗时慧及儿子傅小石与傅抱石的母亲在南昌合影

好生读书，保重身体，娘在屋里保佑你，早点归来。"说着说着，娘眼里已噙满了泪水。娘自己掏出手绢，擦擦眼睛，又望着儿子，那眼神，凄楚，满是离愁，令他久久不能忘怀。

傅抱石强忍着快要流出的眼泪，笑着说："姆妈，你老人家多保重，我不要多久就会回来。我走了……"说完，缓缓退出了房间。走到房外，还是用手绢擦去了那早已涌出的泪水。

唉！男儿当自强，读万卷书，行万里路，本是豪壮之举，却不能恪尽孝道，侍奉母亲于病榻前，这也是人生一大憾事。自古忠孝难两全，即便是孝子，傅抱石也只能如此了。

傅抱石还不能忘记妻子时慧的神情，她的眼神，交织着欣慰、勉励和依依不舍的复杂成分。时慧去年已经生下小石，做了母亲。她已考取了武昌艺术专科学校，丈夫出国之后，她也要到武汉去学习。这时，她抱着不满周岁的小石在料峭的春风中向丈夫招手致意，作为人父和人夫的傅抱石望着穿得略显单薄的妻子和还不知事的儿子，心里也是百感交集。出身名门，自幼娇生惯养的时慧自与傅抱石结婚后，侍奉婆婆，襄夫成业，而今又抚养幼子，处处体现了一个受过良好教育的女子的优良品德，特别难能可贵的是丝毫不以为苦，永远表现出乐观豁达的天性，温柔、勤劳而贤惠，傅抱石常常庆幸自己找到一位秀外慧中的可人伴侣，要说傅抱石远行还有什么难以割舍的情怀，爱妻和幼子则也是他最不忍别离而放不下心的了！

唉！自古英雄气短，儿女情长，大丈夫抛妻别子，慷慨出征，不就是为了成就一番事业，创下轰轰烈烈的业绩！古人又说得好，两情若是长久时，又岂在朝朝暮暮！

轮船在平稳地前进着，傅抱石从那似犁头耕耘泥土般的船头划开的海浪，知道船仍在疾驶，船体在微微地震颤着，可以感觉并微微听见发动机的轰鸣。傅抱石甩了甩被海风吹散在额前的头发，又似乎要驱去萦绕在脑海中的绵绵思绪。

这时，另一种思绪，又袭上了他的心头。

他想到了这次去日本留学美术的目的。

近几年来，谈论日本是相当时髦了。在很多中国画家的作品或印刷品中，可以看出"幸野梅岭""渡边省亭"的花鸟，"桥本关雪"的牛，"横山大观"的山水，同时又听到"某人的画日本画法呀"这样的话，同时又随处可见着《日本画大成》《南宗四选粹》《梅岭画鉴》……在画家手里宝贝般地运用。再不然，由上海到日本去逗留几天，回国来，也好说"名重东亚""甚为彼邦所推重"。

然而，傅抱石知道，中国画在日本，除了出自死去在两百年以上的画家之手的，是被看不起的。但日本关于中国绘画的参考，以至于笔纸颜色，却远比中国完备、便利。同时，日本画家，又非常羡慕中国的自然，常常到中国来写生，有的日本画家画的中国景物，已成名作。而中国的保守的画家们，满眼满脑子的古人，往往又"食古不化""死守成法"，对于稍稍表现不同的作品，多半加以白眼，嗤之以鼻。中国画僵了，应该重新赋予新的生命，新的面目，使之适合当代的一切。

傅抱石又想到，中国的文化，是从西来的，是从黄河流域发展到长江流域，再到珠江流域的。就东洋而言，是从天山东走，到朝鲜，再到日本的。而现在，文化的高下却随时代成了一个反比例，即是文化发达愈早的地方，现在愈不行，愈倒霉；反之文化后起的地方则愈前进愈厉害。这样看来，中国因为传统的势力太烈，"服从的顺应的"画家，是很难有所改革的。

民国以来，无论花鸟、山水……还是因袭前期的传统，尽管有极精的作品，然而，却不能说中国画有了进步。如果遏制新的创作，新的尝试，中国画只有向后倒退；如果过事颂扬服从或顺应传统的作品，那等于打有志改革者的耳光！

时代是前进的，中国画在寻求出路的时候，不妨多方走走，只有服从顺应的，才是落伍。

那么，就让我来做这个中国画的"改革者"吧！傅抱石想。

2. 异国师生的无声交谈

帝国美术学校坐落在东京郊区吉祥寺的荒芜土地上，占地面积不大，大约十数亩地。名为学校，实际上也就是几排简陋的砖木结构的房屋充作教室和画室，另有一些零零星星的住宅屋宇，皆为低矮的瓦房，是教授和老师们的居室。在二十世纪三十年代，日本推行侵略政策，国力都被战争消耗殆尽，经济萧条，国内的人民特别是知识分子能有这样一片安宁的净土从事艺术研究和教育，已经是很不错了。

然而，条件虽然备极简陋，这里却集中了全日本美术界许多优秀的艺术家，成为学校的中坚力量，其中山口蓬春和川崎小虎为权威性的日本画家，清水多嘉示是雕塑界的泰斗，而最主要的，这里有一位名播四方、著作等身的大学者，日本美术史的权威、美术理论的祖师爷金原省吾先生。傅抱石留学前夕申请到帝国美术学校研究科深造，也是冲着金原先生来的。

金原省吾生于明治二十一年（1888年），是长野县诹诗郡河西的长男。他于长野师范学校毕业后，入早稻田大学深造，从事东洋美学、美术史的研究。二十多年来始终在美学和美术史领域做独立的、不懈的钻研。他年轻的时候，从岛木赤彦先生学习和歌，又从著名画家平福百穗学习南画，在国、语、和歌、随笔等各种不同的分野里，都活跃地施展了自己的才华。他所著《中国上代绘画研究》等十多部理论著作，在国内外产生了很大的影响，特别是《在绘画中关于线的研究》更受到美术界重视。昭和二年（1927年），金原省吾创立了帝国美术学校，他亲自任教，并自任教务长。在他的影响下，日本一大批美术界的精英纷纷来到学校任教，使学校威望大增。

傅抱石入帝国美术学校，拟受业于山口蓬春、川崎小虎、小林巢居等先生，学习日本画，从中川纪元先生学习油画，兼从清水多嘉示先生学习雕塑，而最主要的是师事金原省吾先生，研究东方画论，东方美术史和美学等。傅抱石在国内研究中国美术史时，就非常喜爱读金原省吾的文章，而且对金原先生极尽敬仰。因此在办完手续之后，就迫不及待地循着别人指点的位置去拜访金原先生了。

当傅抱石找到金原先生家，并从邻居处再三核对无误时，他却在门口徘徊，踟蹰不前了，这真是金原先生的居室吗？因为它是那样的简朴而清寒，傅抱石简直有些不敢相信了：木结构的房舍一大间，所谓书房，不过是间仅有六铺席大小的空房，说空房也不确切，因为除了一张写字用的矮桌外，室中满地都是书，有些地方书摆得比人还高，一看就知道室主人是一位潜心研修学问而无暇顾及其他的学者。

金原夫人是一位和蔼而热情的中年妇女，对于傅抱石的到来，丝毫不觉得突兀，看样子他们家经常有陌生的客人来拜访。及至经过稍费力气的询问、说明，金原夫人才忽然明白过来，是中国的留学生来了！赶紧喜悦而欢快地跑向那堆满书籍的书房。

从金原夫人的眼神和粗略辨别出来的话语，傅抱石隐隐觉得，金原先生一家对他的到来似乎已有预知。他忽然醒悟过来，在赴日之前他写给金原省吾的信，金原先生收到了！这就更增加了傅抱石对金原先生的敬仰之情。因为傅抱石写给金原先生的信，不知道往哪儿寄，信封上只冒昧地写了"日本江户金原省吾先生收"。信发出后自己也觉得好笑，偌大一个东京，几百万人口，邮局到哪儿去找金原省吾呢？也许同名同姓的就有几十个呢！没有料到，此信还真的收到了，足见金原先生在日本的知名度了。

金原夫人不及等金原先生出来，就招呼傅抱石进去，傅抱石循着声音走进书房，心头不觉一热，原来，在那满室满地的书籍之中，一位丰额隆准、脸庞宽圆、满脸络腮胡子、两眼含着锐气而神情恬然的中年男子居坐其地，正聚精会神地执笔书写着，旁边零零散散地放着翻开了的线装书和新版书籍，看来，他就是傅抱石慕名已久的导师金原省吾先生。

　　这是一场奇特的会见。两个异国的艺术的同道，一个为求师深造，一个为传授知识技艺，同时也为拓展自己的艺术广度和深度；一个仅是个一剑飘零的中国穷学生，而且是在日本把中国当成侵略对象而加以蹂躏践踏之时东渡日本，一个却是驰名日本国内外的学者。傅抱石当时只能讲一些简单的会话日语，幸好金原先生是个汉学家，虽汉语说不好，却能写，也许由于共同的兴趣爱好，共同的艺术追求，也许还有人类共同的善良的天性，他们竟奇迹般地沟通了。而且，不仅仅从通话内容的表述，还从

傅抱石留学日本的老师金原省吾及其妻子

思想、从心灵的深处，他们已经深切地感到感情相投了。

他们的对话和交流通常是一边用口语，一边借助手势或钢笔，有时为了默契或准确，索性不讲话，自始至终借助笔谈。

傅抱石写道："非常爱读先生的文章，前在鄱国时就对先生极尽敬佩，仰慕久之。仅呈拙著数种，藉以晋见。"说着傅抱石递上了自己的著作《中国绘画变迁史纲》及《傅抱石所造印稿》等。

金原先生写道："吾校未曾有中华士子，且研究生必须本校毕业，君可算例外，以君为第一人可也。"

傅抱石："数年前就听到过先生的名字，而今又闻知并亲见先生学问的伟大和精神的可亲，能受教于先生，乃此生最大的幸福。"

金原："我的第一位弟子竟是个中国人，真是奇妙的缘分，这样能够与中国交流思想，也是大好事。"

傅抱石："十九世纪以后，两国文化的不断往来，日本绘画给了中国绘画以深厚的影响，而我是为了向金原先生学习才到本校来的。"

金原："关于两国文化和绘画理论，我们都有互相请教的地方，如关于中国上代画论研究以及中国画皴法上的问题，还须向傅君请教。"

傅抱石："关于师从先生的申请，学生已在月前驰函先生。"

金原："信已收到，只是辗转了不少时日。"

傅抱石："我连地址都没有，不揣冒昧之至，而先生竟然收到，真是没有想到。"

金原："江户这个地名已结束了一两百年了，如果在数百年前，恐怕确实没有我这个人！"

金原先生这句戏谑的话，傅抱石看了，先是一愣，又突然明白过来，二人同时哈哈大笑起来。刚才还一直寂静的书房立刻充盈着欢快而温馨的气氛。金原夫人接过来看了，也跟着笑起来了。

傅抱石开始了一种全新的生活。

这是一种他从未曾经历过的平静淡然却又充满新奇和激动的生活，他觉得自己又回到了学生时代，回归到了每日沉浸于学业的青少年时期。是的，没有家庭生活的羁绊，没有作为儿子、丈夫和父亲必须承担的责任和义务。他可以整日自早到晚不顾一切地学习、绘画、篆印，以至自由地拜访某位老师，也可以整日不吃不喝地徜徉于他所迷恋的艺术王国。实在倦了、累了、饿了，他可以信步到附近的市场去徘徊逡巡一番，有时嘴馋了，也绕到吉祥寺的熟食店去买一只烧鸡，再买半斤白酒，美美地吃上一顿。那种日本的白酒有点像中国家制的谷酒，喝起来有点苦涩，劲却很足。他到日本后，仍保留着在中国时的一些习惯，隔几天就要去逛逛书店，而东京神田的书街几乎就像南昌的"磨子巷"或"戊子牌楼"，或许还要繁华一些。一条不足百米的小街有着大大小小几十家书店。傅抱石也像在南昌时一样，这里看看，那里翻翻，有时攫到一本可意的书，如果不能买下的话，也非在那里看完不可。遇上星期天，他也有时会放松自己，跑到中国驻日大使馆留学生监督处去访访朋友。傅抱石在入学前补习日语时曾在那里协助工作过一段时间，干些抄抄写写的文秘工作，得些收入贴补学费，因而结交了不少朋友。尽管如此，他仍觉得忙不过来，时间不够用，因为这有限的留学时间对他来说真是太宝贵了。

在异国他乡，傅抱石好像又走进了一个新家。他是在一个不幸的时代来到了一个对中国持敌视态度的国家，而金原先生的家却没有丝毫蔑视中国人和鄙视中国文化的殖民意识。金原省吾是一位正直而善良的学者，也许是冥冥之中他们互相之间就有一种性灵相投的感觉，这个家庭没有因为日中关系而减损对傅抱石的好感和亲情，相反，他们渐渐地把傅抱石看作自己家庭的一员了。傅抱石与金原省吾之间，谈话言辞恳切直率，忧喜皆使之自然，久之，金原先生不仅是傅抱石的恩师，实际上，他对待傅抱石就像自己的儿子一般，傅抱石敬慕先生的人格品德，金原也被傅抱石的进取精神所深深吸引和感动，他们之间的关系和感情已经得到了升华了，这也许就是心性、意志和志向高度有机地融为一体的结果吧！

五月，东京上野的樱花已经缀满枝头，那烂漫的樱花惹得成千上万的人们徜徉于樱花之下流连忘返，不忍离去。傅抱石在一个风和日丽的晴天，又迈进了金原先生的榻榻米书房。

金原先生放下了手中的笔，摘下眼镜，望着傅抱石笑笑。他们之间没有那么多的拘礼。

金原夫人递上了茶，傅抱石双手接过，略略喝了一口，放回台几上，表示谢意。

"最近，又有什么进展？"金原先生问的是学业。

"拙作《中国绘画理论》已由商务印书馆决定出版，这是四五年前就交代过的，但那时没有得到允诺。这一次，因为有先生的校阅，并亲为写了序文，所以获得了同意。"傅抱石说话时，明显地流露出欣喜之色，且充满了对金原先生的感激之情。

"恭喜恭喜，这是一件大喜事。深表贺忱！"金原先生对学生的成就感到由衷的高兴。

"由于有先生的提携至有此结果，甚是感激。"

金原先生扬了扬手，算是回答。

傅抱石又转过话题："先生的大作《唐代之绘画》和《宋代之绘画》两书已经全部译出，这是手稿，请先生审阅。"

"啊，这么快！"金原非常高兴，"你的勤勉真令人感动，非常感谢！"说着翻阅起这部手稿来。

良久，金原先生抬起头来，激动地说："当我看见自己的著作被翻译成外国语言时，心里有一种说不出的感觉，就好像在夜行的汽车里，从玻璃窗上看到自己面孔的影像。"善良的金原看到自己作品的译文，竟露出童稚般的快乐和天真。

"可是，"傅抱石说，"日本大多数中国文化研究者，特别是对待儿童读物，所言都极为轻蔑而不真实，这伤害了中国。这种行为不是学者的态度。"

金原先生对傅抱石的话表示赞同。

看见金原先生每日伏案，不是读书就是为文，几乎摈弃了一切活动和欲念，傅抱石也和他进行一番心灵的交流：

"先生每日书写多数之文字，精神上损失乎？"

对于这个问题，金原淡然一笑，"我生来爱独居，只对读书执笔感兴趣，除此以外别无兴趣，绝无什么损失不损失！"

金原先生的话，似乎向傅抱石敞开了自己的心灵，也许正是由于这种心灵的沟通，而且相信艺术乃是人类步向了解自己的崎岖道路上的向导，他们才可能有这种超越师生界限的真诚的友谊，才会在风云异变的岁月里，孜孜不倦地潜心于学术的研究。

3. 东京郊外访沫若师

四五月间，正是樱花盛开的季节，东京郊外，那白色花朵缀满了高大的树，远远望去，宛如片片白色的云雾，耀眼壮观，傅抱石被这绚丽的奇景深深地吸引了。然而，他却无心像那流连于樱花之下的游人一样在花树间徜徉，领略那赏心悦目的乐趣，而仍然步履匆匆地向东京郊区乡间走去。

他是去拜访蛰居于东京郊区的郭沫若先生。

傅抱石来到东京不久，就慕名拜访了郭先生，现在，他们已经开始了频繁的交往了。郭沫若是1928年流亡到日本的。来日本之前，他在国内就是著名的诗人、学者、文学家和社会活动家，在政治舞台上也非常活跃。他那犀利的笔，经常无情地指向国民党的最高统治者，因此"四·一二"反革命政变之后，才被迫到日本政治避难。流亡日本后，他的活动也时时受到官方和当局的注意。为避免麻烦，他把全部精力都投入到学术研究、著述和写作中去。数年时间，就写出《甲骨文字研究》《两周金文辞大系》等许多学术名著，这些著作填补了中国古文字研究的许多空白，可谓空前绝后，在日本产生了很大的影响，特别是日本学术界，虽然对郭氏的政治思想心怀戒备，然而对他精深而垂重的研究成果，却不得不心悦诚服。

郭沫若住在东京郊区千叶县市川一个名叫田端驿的乡村，每日著述、读书、写文，偶尔也参加一些朋友间的交往，倒也悠闲自在。

傅抱石是怀着十分仰慕而尊敬的心情去拜访郭先生的。他记得1926年，北伐军攻克南昌时，当时任北伐军政治部主任的郭沫若曾在南昌发表演说，宣传革命，傅抱石那时尚在师范附小任教，年方弱冠，就曾聆听过郭先生慷慨激昂而极富鼓动性的演讲。郭沫若虽然外貌斯文睿智，却一身戎装，腰系皮带，腿蹬马靴，给傅抱石留下了深刻的印象。只是当时，两人地位相距甚远，郭沫若也不可能在繁忙的戎马军旅中同傅抱石有什么深谈。可是在东京，出现在傅抱石面前的郭沫若，竟是一位和蔼可亲、热情、坦荡、又不失宽厚与慈爱的长者，对待青年傅抱石就像对一位多年未见的老朋友一样，没有一点名人的架子，倒是出乎傅抱石的意料之外。确实，郭沫若初次见到傅抱石这位江西老乡，就觉得他忠厚诚恳，踏实努力，而且勤奋上进，是一个正直聪明的有为青年；及至了解到傅抱石贫困而其志弥坚，艰苦奋斗不止，十多年来几乎完全是靠自己取得了专业研究与艺术实践上的可喜成就，不禁对傅抱石另眼相看。他觉得傅抱石正是中国新一代青年的典型和榜样，是中国将来的希望。再者，美术上他们有许多共通的东西，他们两人都对历史感兴趣，且酷爱艺术。一个精通文学、历史，一个精于美术史；一个喜爱诗词、书法，一个喜爱绘画、篆刻，因而，郭沫若初识傅抱石时，就有如遇故人之感，两人很快建立了亲密的友谊。他们之间除在学术上经常切磋探讨之外，其他方面也是相互支持帮助。郭沫若觉得，对傅抱石这样的优秀青年进行帮助，不仅应该，而且是必须的、值得的。

郭沫若所居是一幢坐北向南的曲尺形平房，有五六间房间：书斋、客厅、茶室、厨房和起居室一应俱全。屋前有凉棚，凉棚外的空地上，种着一些菜蔬和鲜花，那是郭沫若妻子安娜和孩子们的劳动成果，郭沫若有时在写作倦怠之余，也会和妻子儿女们一起动手劳动，享受着天伦之乐，也可暂时忘却流亡异国的烦闷和忧郁。这里环境清幽，郭沫若的许多研究文稿就是在这里完成的。

这天上午，郭沫若正坐在书斋的榻榻米上就着席上的矮桌写文章，来日本五六年，他已经习惯了这种工作方式。这时，傅抱石精神充沛地走进来了。

"哦，是抱石兄来了，来来来，请坐请坐。"郭沫若把傅抱石引进自己身边的客座，亲切地与傅抱石叙谈起来，郭沫若一直把傅抱石视作同道、知己和兄弟，对他总是谦逊地称作兄弟。

傅抱石也随意地坐在郭沫若小桌几对面，很感兴趣地问："先生又在进行什么研究呢？"

郭沫若笑笑说："比故纸堆还故纸堆！近来我在对殷商的青铜器铭文进行一番系统的研究和辨识，而且扎扎实实钻进去了，也诚如君言，是味道十足呢！"傅抱石感觉，每次到郭先生这里来，总是能找到共同语言，特别是郭沫若对甲骨文及金文等古文字的卓著研究成果，对他研究古代美术及篆刻、书法都有很大的裨益，故对他的研究特别感兴趣。而且，郭先生广博的知识和机敏睿智的头脑也令傅抱石佩服。

"哦，郭先生，说到古文字研究，我正要请教一个问题。"这正好引出傅抱石的一个话题。

"什么问题？"郭沫若很感兴趣地问，他觉得，这位青年留学生学习努力、勤奋刻苦，真是不可多得。有时他提出的问题或见解，真能一语中的。

"今天我带来了一段古文字，是晋顾恺之的《画云台山记》原文，因为历代的勘校和章句的点断都有问题；'自古相传脱错，来得妙本勘校'，所以我带来向先生请教。"说着，傅抱石取出一本书放在郭沫若面前，是张彦远的《历代名画记》。郭沫若将书取在手里，翻到《画云台山记》篇目，仔细研读起来。

"这篇文章，最困难索解的是以下一段。"待郭沫若看完，傅抱石熟练地信手背诵出来：

天师坐其上合所坐石及阴宜间中挑傍先生石间画天师形瘦而神气远据闻指挑回面谓弟子弟子中有二人临下到身大怖流汗失色作王良穆然坐答而问超升神爽精诣俯盼桃树又别作王赵趋一人隐西壁倾岩余见衣裙一人全见室中使轻妙冷然。

接着，傅抱石阐明自己的观点：

"这一段，我的意见，简单说来，我认为'回面谓弟子'这句以上的解释无问题。其他章句，则存在许多问题。特别是下面一句：

作王良穆然坐答而问超升神爽精诣俯盼桃树。

"有的把'答而问超升'的'超'字疑作'起'字，说是王良答了问便'起'来去看桃花的；有的把'王赵趋'疑作姓王名赵的。我认为这一句应作：

作王良，穆然坐，答问，而超（赵）升神爽精诣，俯盼桃树。

"'超升'应为'赵升'实为人名；'超升'为'赵升'之误，此说究竟当否，学生尚无以自圆其说。不知先生作何解释，特来请教。"

"唔，"郭沫若沉吟了一会儿，审慎地说，"有史料记载，王良和造父同为古之善御者，而'超升'与'造父'二字的字形极有衍误的可能，因而，我疑'超升'会不会是'造父'，二字之衍误呢？"

"郭先生的高见真是非常珍贵，使我对于这'自古相传脱错'的文句又有一种解释。至少，'王良'和'超升'是两个人名这一点我们是共同确认的。至于到底是'赵升'还是'造父'还须进一步研究。不过，我的观点，'王'是王良，'超'是赵升，是天师的两位弟子；'趋'是离开屋子（室）。这样解释似可解得通。"

郭沫若高兴地说："你的解释也许更切合情理，抱石兄青年有为，如此刻苦钻研，可喜可贺呀！"

傅抱石听见郭先生夸奖，倒是惶恐不安，忙说："学生所造弥浅，今天是真诚请教，对艺术与个人，皆为幸事。"郭沫若甚为赏识地看着傅抱石说："唔，好好好！"接着，忽又想起什么："抱石兄今天又有什么大作带来与我欣赏呀？"

一句话提醒了傅抱石，他连忙从包内取出一摞画，摊开之后说："还请先生指教。"

郭沫若很有兴致地一张张翻看着，这些画作，都是傅抱石在研究之余创作的，许多作品颜色仍很鲜润，一眼就能看出是刚刚完成不久。郭沫若一边欣赏，一边赞叹："结构雄奇，线条飘逸而挺秀，意境也颇有新意，老弟算得画坛奇才呵！"

傅抱石这时却微笑着吟起了诗句：

村居闲适惯，沽酒为驱寒。

呼童携素琴，提壶相往还。

有酒且饮酒，有山还看山。

听见傅抱石吟诗，那半官话半南昌口音的朗朗之声使郭沫若不觉停止了赏画，抬起头来极有趣地看着傅抱石，傅抱石吟的是郭沫若的一首诗，那是半月前他为傅抱石的一幅画作上题的诗。那幅《渊明沽酒图》，画面上画的是一位抱琴提壶的童子跟着陶渊明，前景中有溪流，后景中有带雾的林木和远山。当时郭沫若看了，觉得这幅画很有情趣和意境，沉吟片刻，立刻想出了一首诗，并随手就取过毛笔来题写在画上。没想到，傅抱石竟背诵出来了。郭沫若也随着他朗诵的节奏，用四川的官话口音一齐吟道：

林腰凄宿雾，流水响潺湲。
此意竟何似，悠悠天地宽。

吟毕，二人会心地哈哈大笑起来了。

"抱石兄真是一目十行，过目不忘呵，小诗特别拙劣不堪，至今犹耿耿在怀，你竟然能够信口背出。"

"嘻，郭先生的大作令拙画生辉，岂能忘怀，不管如何，今日还望再赐一首。"

"抱石兄若不嫌浅陋，我只好再献丑了。"

"岂敢岂敢，学生有此殊荣，实为幸事，何敢言陋！"傅抱石拱手相请。

郭沫若也不再说话，继续翻看傅抱石带来的画作。忽然，他被一幅长条吸引住了。此画《笼鸡图》，画幅中间靠右侧画了一个大的竹编鸡笼，占了画面的三分之二，竹笼的下方画的底部位置画了一只母鸡仰望鸡笼，脚下是三只小鸡在觅食。郭沫若一边看，一边沉吟，忽儿又抬眼望望傅抱石，一会儿，他仿佛有所感触，若有所悟，口中喃喃自语着，随手就取过笔来，执笔在手，望着眼前的《笼鸡图》，就在画上题款识的旁边，潇洒而飞动地题写起来。

傅抱石默默地然而有些兴奋地在一旁静观。

笼中一天地，天地一鸡笼。
饮啄随吾分，和调赖此躬。
高飞何足羡，巧语徒典戎。
默默还默默，幽期与道通。

随着郭沫若的潇洒挥毫，傅抱石也轻轻念出了声："……'默默还默默，幽期与道通。'好！好一个'幽期与道通'！郭先生，这首诗，以禽喻人，意境深远，含义深刻，映衬了你的心境和抱负，巧妙而又自然。神来之作呵，真不愧是大手笔！"

郭沫若微笑着摆了摆手，说："抱石兄，我倒是希望能经常欣赏你的画作呀。"

"这好办，我每画完一幅，都送来先生祈正。只是郭先生要不吝赐诗。"傅抱石说。

"只要你不怕糟蹋了你的画作，尽可拿来让我涂鸦。"郭沫若说。

"先生的诗题在我的画上，是我的造化、幸运，何言糟蹋！"傅抱石说："哦，郭先生，我有一个狂妄的打算，想在东京举办一次个人书画展览，不知合适不合适，可行不可行？"

"画家画画，就是要靠展览销售和宣传，有何不可？完全应该。不过以你的影响和声望，在东京办画展，是会遇到很多困难的。在这方面，日本人的习俗和我们中国有些不同，日本画家的比重要来得高些，画家一般是称为'画伯'的。而据我所知，中国画家在东京举办个人画展，尚未有先例。抱石兄敢为天下先，是需要勇气的呀！"

郭沫若的介绍和支持，使傅抱石倍感亲切，他心中酝酿的一个"个展"的计划，此时已趋于成熟了。

临告别时，郭沫若握着傅抱石的手说："办画展的事，我会全力支持你，这不但为着你的成功，也为着中国画家在日本的成功，为着弘扬中华民族的传统文化，好自为之，努力干吧！"临别时又补充一句，"需要我帮什么忙的话，尽可以来找我"。

4. 画史论争　扬眉吐气

春去秋来，花开花谢。

经过了半年多的研修、绘画、篆印、译著，傅抱石觉得这半年过得真是充实而愉快，忙碌劳累却味道十足。仿佛眨眼的工夫，就到了年底了。

东京的冬天出奇的寒冷，也许是不习惯的缘故，傅抱石觉得，南昌冬天的寒风似刀割，而东京的室外，看似阳光明丽，却能把人的躯体冻僵，把手冻烂，有时在屋里静坐半天，走出门去，不知什么时候，纷纷扬扬的雪已经下了一寸厚了。好在傅抱石也没有什么交谊的事，在这样的天气里，仍然像往常一样，坐在屋里看书、作画、篆刻、写文章。

这天上午，傅抱石坐在金原先生堆满书籍的书房里，各自在看着一本同样的资料，这是日本东方文化学院京都研究所刊行的报告书。东方文化学院是日本研究中国文化的最高而且规模最庞大的机关，其研究经费之大部分，来自中国的庚子赔款。该院在东京及京都各设一研究所，所有的研究员，几乎全是各部门的专家。故每一报告书的刊行，在学术界均能保持它的特殊地位。这天，傅抱石研读的是该研究所报告书的第五册，是该所专任研究员伊势专一郎关于中国美术史的专著，题目是《自顾恺之至荆浩·"支那"山水画史》。此书出版后不久，日本各报纸杂志，许多美术史家、文艺家为之撰文揄扬，众口一词，甚至说该文是"划时代的著述"，在东京已经吹得沸沸扬扬了。各种报纸和学术界的舆论，好似中国固没有自己的中国画史，即使是日本出版的中国画史，也应该以此书为权威。以此，傅抱石当然不能等闲视之。

此书开卷第一页为京都帝国大学文学部部长兼京都研究所导师内藤明南（虎）博士题词的七绝四首。而最耐人寻味的，是最末一首：

院体士夫宗派分，
近时陈（眉公）董（思翁）亦纷纷；
谁知三百余年后，
一扫群言独有君！

好家伙，捧得扎实！傅抱石想。内藤氏是日本"支那学"的巨匠，关于文史考古，曾发挥不少的劳绩，他和中国的学者间，也有不少的往来。伊势氏有他的导师这样一捧，无怪洛阳纸贵，几乎要把该文捧上天了。

傅抱石继续研读。

然而，读着读着，傅抱石觉得热血奔涌，心潮激越，他的思想不似研读一般学术著作那样平心静气了。傅抱石发现，伊势专一郎这部关于中国山水画史的专著，不仅主观自信，而且目空一切。自称写此文无视任何人的著作，表现出狂妄的妄自尊大。而在内容及主要观点上又错讹百出，特别是对顾恺之《画云台山记》一文的解释，尚未能正确而信服地点断句读，甚至把原来可通的倒弄得非驴非马了！

这样的文章，也配称"划时代的著述"？

还算"谁知三百余年后，一扫群言独有君"？

中国数千年的辉煌灿烂的古代文化，中国人自有评说，岂容外国人在这里妄加评论！分明是凌驾于中华民族之上的救世主般的傲慢，是一种文化侵略！

他想起了"灭人之国，必先灭其史"的古训。

他坐不住了，他觉得如鲠在喉，不吐不快，他要向伊势专一郎反击，向那些目空一切、妄自尊大、无视中华民族尊严的"权威们"反击。而反击的最佳方法就是写一篇驳斥伊势氏的专文，那么那些"划时代"的滥调，那些"一扫群言独有君"的肉麻吹捧便会不攻自破。尽管他是孤单一人，身处敌国，尽管他是政府公派来留学的，中国人的庄严身份和使命感激励着他，他觉得，这时，他就是一名冲锋陷阵的战士，同样需要勇气、坚毅、力量和智慧。

入夜，万籁俱寂，窗外，凛冽的寒风在平旷的郊外呼啸着。傅抱石却全然不顾，他就着煤炉散发的热力，对伊势专一郎的"划时代的著述"反复研读。

经过数昼夜的研究，他已对自己的文章做好了构思，

打好了腹稿。现在，他在案前的稿纸上疾速地写下了一个篇目：

论顾恺之至荆浩山水画史问题

傅抱石在开篇中写道：

"日本人伊势专一郎于昭和八年十二月刊行了《自顾恺之至荆浩·"支那"山水画史》一书，此书首有内藤虎博士题词七绝四首。……

"……其自序云：

自东晋顾恺之，至五代荆浩，凡五百年山水画之历史——寻究此期山水画推移之主要方向为本书之目的……"

傅抱石指出：此书为著者精心结撰之作。

然后，傅抱石单刀直入从五个方面，直切该文要害。

"（1）顾恺之可为山水画之祖乎？

原书云：

'中国山水画之发端，今不能不求之《女史箴图》。'（按《女史箴图》为顾恺之作，现存英国大英博物馆）

在此生二大问题。一即顾恺之本身是否是山水画家；一即《女史箴图》是否为山水画。关于前者，可征之各种文献。顾恺之实以'肖像''人物'擅长。有画邻女及殷仲堪写照之有趣故事。即如画论，亦大都论人物写照者。如：

凡画人最难……

四体妍蚩，本无阙少于妙处，传神写照，正在阿睹中。

恺之实一人物画之开拓者，此事固不需要众多论证。再关于《女史箴图》乃一种历史讽刺作品。盖中国画道之变迁，在六朝以前，尚存劝惩之目的。所谓'画者，所以补文字之不足'是也。《女史箴图》不过为此类劝善惩恶用意之一种产物。其画之真伪，姑不具论。即或有山水式之挥洒，可断其无独立之领域。因此之故，顾恺之在中国绘画史上，固不失为一最重要人物；《女史箴图》亦不失为一最重要作品。而在山水画史上，能否被称为始祖？以为实一疑问耳。"

"（2）自然问题。"

傅抱石说，伊势氏的"原书对于顾恺之以下诸家作品，尽量致其不满之点，即论中国画不近自然与缺乏远近关系"。傅抱石说："论中国绘画如原书每每持'现实''自然''远近'等等法则以绳之者实不多见，实可惊异之事也。''中国画乃一超然之物，若以最新之智识，批评此不可思议之线条，以至于轮廓颜色，则其结果，必属于空洞，毫无收获可言。"画家与作品，其关系至为微妙。……多数之名作，作家颇难述其所以然，论者当然更难。"至于自然，……以几条长短粗细之线，将欲为自然之再现，其难概可想象。"

傅抱石在文中又就"王维生卒年考"和"南北宗"问题阐述了自己不同于伊势文

的意见。

最后，傅抱石用了很大篇幅，指出了原书引用画论，解释及断句方面的错讹。

傅抱石首先针锋相对地指出，伊势专一郎于本书中，恒言不以文献为主要材料，引用不多，事实上已具十之八九。然后指出伊势文中引用的中国古代画论《古画品录》《历代名画记》《画云台山记》等文中解释和断句方面"多其谬误"，并从四个方面共一十三处与伊势专一郎进行了"商榷"。

这篇文章，观点明确，论据充分，有理有据，令人信服。傅抱石写完此文，窗外已经微明，东方已经露出了曙色。这时，他仿佛觉得心里已注进了阳光，他感到从来没有过的痛快淋漓，从来没有过的舒展和轻松，他有一种胜利的喜悦。是的，这也是一种战斗，一种无声的战斗，他，就是战士！

他把这篇用日文写成的文章用信封裹好，投寄了一家日本杂志。他知道，在日本刊登这样的文章是很艰难的。不久，他又将文章译成中文，投寄了一家国内的杂志。①

他深信，他的文章是一定能够发表的。因为，真理总是一定能战胜谬误的。这年年底，新年除夕，应傅抱石邀请，郭沫若同傅抱石在东京中野中国驻日留学生监督周慧文家过春节。这晚，他们兴之所至，酣畅淋漓，喝了很多酒。当傅抱石叙述撰《论顾恺之至荆浩之山水画史问题》一文缘由并将文章给郭沫若看了。郭沫若看后兴奋地说："好！正义凛然，扬眉吐气！"

---

① 傅抱石《论顾恺之至荆浩之山水画史问题》一文之中文稿，于 1935 年 10 月 10 日发表于国内《东方杂志》秋季特号。日本原稿则迟于 1936 年 5 月始在日本《美之国》杂志刊出。

5. 辛苦辗转　筹办画展

除了研究、学习、绘画、篆刻和写作之外，傅抱石留日期间的一个最大心愿，就是在东京举办一次个人书画展览。

处在一个混乱动荡的多灾多难的时代，虽然他一贫如洗，还是一个在敌国留学的学生，然而傅抱石从来就没有彷徨失落过，从来就没有迷失过自己，他总是精力充沛地、信心十足地朝着自己的目标前进。

然而，当时一个中国画家，要在一个已经虎视眈眈地觊觎着中国的敌对国家日本举办画展，以宣传中国画家的成就和艺术，弘扬和光大中华民族的传统文化，真是不知道有多艰难！而且，傅抱石欲把展览的地点设在东京的银座，在人口稠密、商业繁华的松坂屋等地，又无异于难上青天。因为，银座真是个针也插不进的地方。傅抱石把这些设想告诉金原先生的时候，连金原先生也吓了一跳。

然而金原先生毕竟和傅抱石心性相通，他觉得他和傅抱石之间已经没有国界和长幼之分，艺术是没有国界的，他也不管那些两国之间政治上的纷争。他不但支持傅抱石举办个人书画展，而且表示将全力以赴地为他接洽和联络。他知道，单纯以傅抱石在日本的威望、影响和关系，此事绝难成功。

早在傅抱石为金原先生翻译他的专著《唐之绘画》《宋之绘画》的夏天，金原先生就已经开始为傅抱石的个展奔忙了。他将此事托给了他的一位朋友冈登先生，请他代劳，为傅抱石联系和斡旋，尽力促成此事。冈登先生也是一位非常热情而乐于助人的人，然而经过数月的奔波，终无进展。

傅抱石在 11 月给金原先生的信中表示了深感忧虑、不安和感激至深之忱。

"金原先生敬禀者：

……展览会事，历次厚蒙吾师负责援助，又蒙冈登先生代为接洽场所，生今除深感雅意之外，拟乞吾师代为决定如左各点。

1．场所问题。场所最困难，冈登先生所接洽之银座松坂屋，不知能否决定。生以

1934 年，傅抱石在日本留学时的照片

为中国人或难成功，况生之作品又甚恶劣，更少希望。兹为使进行便利之计，可接受松坂屋任何条件，或百元以内之贷金，此指松坂屋而言。若松坂屋不成，则生拟就银座资生堂、鸠居堂二处贷借一处。仍乞先生托人接洽，因生系中国人，自分之接洽，必无结果，可断言也。

2. 时间问题。现为十一月下旬，生之希望，务在十二月上、中旬内举行，再迟则岁律云暮矣，想先生亦以为然也。

以上二问题，场所问题，生甚感苦痛，过去数个月间，所费去先生及冈登先生之时间，实不可计，此生万分引为遗憾及惭愧者也。如今年暑休中，先生挥汗作书，嘱加准备，生更拜大德，铭感五中。总之，生必藉先生之奖拔，而努力无疑也。敬请崇安。

生 傅抱石叩上”

寒假以后，傅抱石在银座的松坂屋展览事宜接洽未成，又忙于另觅展地，他试着联系在一家名"高岛屋"的店堂举办展览。经过几次接洽，与店主面商了条件，至4月初时，已基本谈妥，并准备请金原先生写推荐文，准备待展览结束，还印出讲义。然而，4月底时，在高岛屋办展览的事又流产了。

事情进展不顺利，金原先生看见傅抱石那精疲力竭、心力交瘁的样子，心中充盈着无限的同情和爱怜。

"抱石君，请不必着急，事情一定会办成，展览会一定能如愿以偿，我们一起努力吧！"金原省吾勉励傅抱石道，"我已经拜托冈登先生再去松坂屋交涉，为此请你先见见冈登先生，并约好明日上午九时一起去松坂屋面谈商议。冈登先生与松坂屋的泽田东作先生是亲戚，绝无问题，请放心吧。"

面对金原先生的深情厚谊，傅抱石只觉得一股涓涓暖流在心内奔涌，从小失去父亲的他强烈地感到了慈父般的爱，看到了金原先生金子般的心，他再也抑制不住自己的感情，从来不让人窥探自己的内心世界、不善表达感情的他也不自觉地湿润了眼睛。

他觉得自己有好多好多话要对金原先生说。

他第一次向金原先生倾诉了自己的家世：

"学生无父，家贫，又无兄弟，家庭负担极重。四五年前，即有志来日本就教先生，但经济毫无，不能实现。去年夏曾走遍祖国南北，求大人先生资助，又无结果；后江西省政府以一千五百元资送来日，故学生引为幸之事，亦亦乎最可纪念之事也。学生尚有母、妻、子一之负担，学生在此读书，家中即借债度日，拟明年四五月归国一次，若无钱来日本，则就职南京中央大学艺术科。去年曾聘学生为讲师，因欲来日本，故辞去……今先生如是提携褒赏，俱感之情，永远铭心。"

金原省吾静静地听着，间或也用纸写几句作为交流，他觉得经过这种推心置腹的倾谈，彼此更增加了一层亲密和深谊。他们之间，实实在在已经没有国界和语言障碍的鸿沟，已经逾越了一切差异而融合为一了。想到这里，金原先生觉得对这样的中国优秀青年，更应倾其全力扶持，去帮助，襄其成功。

光阴荏苒，不觉间，转眼又到了这年的秋后，眼看就是年底了。

而傅抱石办展览的事，从春天一直交涉到冬天，却仍然没有准信。

傅抱石真是费尽了心力，精疲力竭了。他是个意志颇为坚强的人，以他三十年的人生经验，无论学什么，研究什么，办什么事，他只要而且能够付出十倍的努力，百倍的艰辛，总是会有希望，总是能成功的；而这次，在异国他乡的日本，为了找到一个稍为理想的地方举办一个书画展览，他竟耗费了一年多的时日，为此他使尽了浑身解数，托人情，找关系，赔笑脸，说好话，真是心力交瘁，无计可施了。幸而傅抱石不会因此而罢休，不会知难而退，他有着一种非凡而奇怪的脾气，越难，倒越是激发他的成功欲望和信心，也刺激了他为此而力量倍增。

如果换上别人，也许早就因此作罢，歇手不干了，而傅抱石如因此而退却的话，那就不是傅抱石了。

时已岁暮，天空虽是一片厚重的云霾，处于忧患与动荡年月中的日本人民也努力抛开平日的那些忧愁与不安，沉浸在迎接新年的喜庆之中。而傅抱石这时却还在为举办展览的事而操心劳神。直至 12 月 29 日，新年的钟声即将敲响，外面已经纷纷扬扬地下起了鹅毛般的大雪，他仍在宿舍内疾书：

金原吾师大鉴拜启者，廿七日，晚已于冈登氏同行松坂屋会见泽田东作氏，展览会场事已经申达，约一月十五日可以决定（一切手续及费用，与先生云者同）。据冈登氏云，泽田为彼之亲戚，必不失望。晚深恐明年六七月间须回国一次，若松坂屋不能，亦可向别处订合，先生便中有信致冈登氏时，乞代加请托，葛胜盼祷。晚已将《……在读书》一文完全写成华语，欲寄中华杂志刊登。现晚拟在此休息中，研究石涛，先将其评传写成，但不为易事。桥本关雪氏（著有《石涛》一书）曾云，'欲写石涛之评传为不可能'，晚今勉为之，未知有望否，今日下雪，不能诣府趋候，容日内面达。

　　专叩

撰安

　　　　　　　　　　　　　　　　　　　　晚　傅抱石

　　　　　　　　　　　　　　　　　　　　十二月二十九日

日暮岁尾，大雪纷飞，傅抱石以孑然一身，客居异国，举办个展之场地问题，已是忧心如焚，同时还在计划利用寒假短暂的休息时间，研究石涛，并撰写其评传。尽管日本的石涛研究权威桥本关雪认为傅抱石欲撰写石涛之评传为不可能，傅抱石却偏要勉为之。也许，正是因为傅抱石具有这种百折不挠的精神和禀赋，他才叩开了一道道难关之门。

正是皇天不负有心人，或是精诚所至，金石为开吧，春节过后不久，冈登氏终于给傅抱石带来了好消息：已与银座的松坂屋商定了举办展览的一切事宜，时间定在5月10日至14日。

真是谢天谢地！听到这一喜讯的金原先生也由衷地以手合十，敬祷天地神明的荫庇与保佑。

傅抱石也高兴极了，一年来的苦心孤诣，殚精竭虑，总算有了眉目，难题得到了解决。这在其他人，在一些资深望重的学者、名流以及权威显贵们面前，这样的成功也许是微不足道、不值一提的小事；可对于傅抱石来说，对于这个身处异国的名不见经传的穷学生来说，这样的成功又是多么的来之不易！个中的甘苦与滋味，也许只有傅抱石自己才能品尝得出。

场地和展出日期既定，傅抱石立即开始作展览的筹备工作了。

他将自己待展出的作品一一取出，重新审定，根据场地大小删去一些不适宜张挂或不协调的，又补充了一些后来创作的作品，这样包括他从国内带去的画作以及在日本创作的作品（这些创作都是在学习研修之余挤时间进行的），总共已有一百六七十幅，足够举办一个个人作品展览了。他将作品一一订了目录，编了序号。又多次到场地进行了实地勘察，丈量了距离，对展厅的布置，作品的摆放位置精心进行了设计。一切就绪，傅抱石开始着手展览的外部宣传和联络工作。

距离展出尚有一个月，傅抱石打算在东瀛阁举行一次别开生面的招待会。邀请了几位为举办这次展览呕心沥血的师长和朋友，以及须为展览作介绍宣传和联络的与傅抱石亲近的学者和名流。

"敬治菲酌，恭乞驾临"，面对傅抱石恭恭敬敬双手奉上的请柬，金原先生反而退却了，他说他不想去。

"先生为什么不想去？"傅抱石不解。

"我这个人一向不喜欢交谊，只愿在书斋中静静地读书、写作。抱石君展览之事，我当尽力相助，但参加招待会，我就免了，请君理解。"金原先生诚心诚意地说。

"先生此言极是，学生也一向敬佩先生的品性和人格。只是学生所举行之招待会，乃不是一般的应酬，实际上已是展览的一部分，是展览前的一次准备会。学生的展览，先生实际是主人，岂有主人不出席之理。"聪敏的傅抱石觉得只有这样解释才能改变金原先生的主意。

"啊，既然如此，那我只好去了。"金原先生笑着说。

傅抱石的话果然奏了效，他高兴地笑了，又忙着去送发其他请柬去了。

招待会于4月9日晚6时在东瀛阁举行。

一向不善也很少交谊外出的金原先生出门竟走错了路，等金原先生到时，其他人早已聚齐了。金原先生环视了列于席上的人，除冈登氏、泽田氏等大部分都认识的外，一位戴眼镜、宽额头的中年人引起了他的注意，此人文质彬彬，极富书生意气，风度很足，经傅抱石介绍，金原先生没有想到，他就是大名鼎鼎的学者、著名文学家，当时正旅居日本的郭沫若先生。

郭沫若到日本虽为政治避难，但他的影响是无时不在的，特别是他在日本发表的《中国古代社会研究》《甲骨文字研究》《殷商青铜器铭文研究》等专著，在日本特别是学术界产生了很大的影响。金原省吾也是早闻其名，不识其人，今晚欣然相逢，不禁喜出望外，寒暄之后，对郭氏也未免多加观察。金原省吾没想到郭沫若虽然名震东瀛，却没有一点大学者的架子，对上对下都非常诚恳，给金原省吾和在座的客人都留下了非常好的深刻印象。席间觥筹交错，谈古论今，气氛非常浓烈而融洽。席终又进行了亲切的学术上的交流，时间不知不觉地飞逝而去。金原先生回到家时，已是深夜十二点了。

"呵，今晚真是一个难忘的愉快的一晚呵，抱石君真是个非常能干的人！"回到家里，金原还兴致勃勃地同妻子谈论起来，尚觉余兴未尽。

"今晚我父亲来了，见你深夜未归，觉得甚是反常，听说你去参加招待会去了，还以为是去参加天皇的招待会呢！"金原夫人见丈夫如此兴奋，也戏谑地和丈夫开起了玩笑。

招待会办过之后，傅抱石更加紧了个展的准备工作。

他想起有关他的篆刻，日本篆刻界尚知之不甚，欲请东京篆刻名手河井仙郎为他的篆刻作介绍而写一段文字，而河井仙郎又无从联系。匆促间，他想起了曾请一直关心他展览事宜的郭沫若先生促成此事，不知郭先生联系是否已有进展。

傅抱石提笔给郭沫若先生写信。

沫若先生有道尊鉴敬启者：

九日晚间备蒙训导，曷胜感激，日昨金原氏已送来文字一篇，正木氏亦由冈登氏将原稿请予过目署名，前承先生代请田中先生转请河井氏写关于篆刻评语（或题一二句亦可），拟乞拨冗代促一声，能在二十二三日赐下则大佳也。又尊题拙作已付摄影，一竣送来即转呈……专此

　　　　敬叩

道安

　　　　　　　　　　　　　　　　　　　　　　　　晚　傅抱石顿首
　　　　　　　　　　　　　　　　　　　　　　　　四月十六日晨

第二日，郭沫若就收到了傅抱石的信，见此情况，立即提笔就给他的朋友、东京文求堂书店的店主田中庆太郎先生写信。郭沫若在日本时，所出版的关于甲骨文等著作都是文求堂书店出版发行的。

颀得傅抱石氏来信，言前日所拜托关于篆刻评语，恳于二十二三日赐下，又盼转托河井仙郎氏赐题数语。来函照转，乞一过目。

草草

　　　　　　　　　　　　　　　　　　　　　　　　　　　　沫若
　　　　　　　　　　　　　　　　　　　　　　　　　　　　十七日

河井仙郎又名荃庐，是一位考藏中国金石的专家，尤精摹刻，是杭州西泠印社的早期社员，在日本被推为篆刻巨擘，雄踞艺坛已久，自视甚高。然而，由于郭沫若和田中先生的鼎力相助，不几日，傅抱石就收到了河井仙郎氏写来的有关篆刻评语一文。至此，需要准备的工作均告完成。

傅抱石西望长天，默念着母亲和妻子以及家中的亲人，心中在祈祷：母亲啊，保佑你的儿子在异国的土地上一帆风顺，一举成功吧！儿子做学问，练艺技，攀高峰，从来不惧怕什么艰难与困苦，从来不知退缩和半途而废，从来都是依靠自己的奋斗而趋向成功。如今，儿是明知山有虎，偏向虎山行啊！明日，儿就要只身闯入日本东京的社会舞台，前途未卜，然而，儿纵然是粉身碎骨，在所不辞！母亲，你给我勇气，给我力量吧！

6. 银座个展　名播东瀛

1935 年 5 月 10 日，是具有历史意义的一天。这天，"傅抱石中国画展"在日本东京银座松坂屋举行。

这是旅日留学生傅抱石十多年来绘画篆刻成就的一个展示会。

这是中国古老的民族文化在日本的一个宣传会。

这是被欺侮的中华民族在日本东京发布的一个"宣言"！

上午 9 时，处于东京最繁华地界的银座与往日一样，人群熙熙攘攘，匆匆忙忙，许多人甚至没有想到，松坂屋门前人头攒动，挤挤挨挨，一位中国画家在这里举办展览。没有张灯结彩，也没有彩旗、华灯和花篮等制造气氛的东西。松坂屋的门口只放置着一块木板，上面的图案、设计却颇具匠心，朴素而大方。上面醒目的标题书写着"傅抱石氏书画篆刻个展"几个大字，是中国的大文豪郭沫若的手笔。展厅里画作布置流畅而舒展，紧凑而协调，朴素、大方而丝毫不觉草率、猥琐……这正如本次展览的主人。

1935 年，东京银座松坂屋"傅抱石书画篆刻
个展"展览照片

1935 年，傅抱石在"书画篆刻个展"
现场留影

　　本次展览的主人傅抱石今天特地穿上一套浅灰色的西服，皮鞋擦得锃亮，深灰色的斜条领带衬着白色衣领，显得英俊、潇洒。本来就俊秀的脸庞今天两眼炯炯有神，更令人感觉充满了青春和蓬勃的朝气。确实，年仅三十岁的傅抱石站在这东京银座松坂屋的展厅前迎候着嘉宾和客人，充任一个大型个展的主人公，需要相当大的勇气和自信心。何况，这是在中国的东三省早已被日本侵占，业已成立伪满洲国，而日本当局又在觊觎中国，随时准备发动新的侵略战争的时候。说实在的，傅抱石仅仅往那个展厅门口一站，就是一个伟大的胜利！

　　也许正因为如此，傅抱石画展无疑成了东京今日的头条新闻，东京各大报刊的记者都纷至沓来。这些记者又无疑不是冲着这些画来的，他们来后，草草看了看展厅的陈设、规模，粗略地半通不懂地浏览了一番展品，又"啪啪啪"地对着本次展览的主人、这位名不见经传的中国青年画家照了几张相，然后就没事一般在展厅闲逛。这些老练的记者在静观事态发展，他们在等，看今天的展览都有谁来，会发生什么戏剧性的事情，他们知道展览的成功与否很大程度上取决于来了多少权威、专家、名流，看展出的效果和反响。

郭沫若、金原省吾以及傅抱石的同学、朋友朱洁夫、盐出英雄、冈登氏等也早早来到了展厅，他们像自己欣逢盛事一样喜气洋洋，脸露欣喜之色，特别是金原省吾和郭沫若，一个是傅抱石的恩师，一个是中国的至交挚友。金原省吾深知，在东京举办中国画家的展览，他的在场是至关重要的，因此他自始至终一刻也不离开展厅，而只要他在，傅抱石就会有信心。郭沫若也深知，自到日本后很少在公开场合露面的自己，今天的到场，本身就具有新闻性和号召力。傅抱石作为一个中国人，作为他十分器重的朋友和同道，第一次在异国举办此意义非凡的个人画展，他的内心也倍感欣慰，而自己因能为他尽绵薄之力也感到很高兴。因此，他也不忌讳和人交流、合影、谈观感，甚引人注目。

展览开始不久，篆刻家河井仙郎、书法家中村不折、日本最著名的文学家佐藤春夫都先后来到了展厅。紧接着，日本文部省大臣、帝国美术院长正木直彦也来了，东京的名流差不多都到了，展厅顿时热闹了一番。

展现在观众面前的，是傅抱石雄奇清丽、元气淋漓的中国水墨画和精美绝伦的篆刻印章，他们在这些充满清新、朴拙的作品面前久久地欣赏揣摩和品味，充盈着赞叹和折服的评论，那些抱着不屑轻慢态度来参观的人，开始放下架子，在认真地研究、观看这些画作了。

10时许，日本美术界的权威、著名画家横山大观来了，也许由于身份不同，横山来时，身边跟着好些随员，那种飘飘然的傲岸神气，大有王侯的风度，展厅内外立刻引起了一阵骚动。

横山大观是东京美术学校立校之初训练出来的画坛虎将，二十世纪初即开始称雄日本画坛。近二十年来一直致力于日本美术院办的再兴，并每年举办"再兴日本美术院展览会"（略称"院展"），与官办的"文部省美术展览会"互别苗头，其盛况一直延续至今。横山大观自成一派，坚持在野精神，主张自由研究，打破本邦绘画与洋画的区别，从而树立新日本的艺术。在日本画坛享有崇高的威望，其地位真是煊赫。

在金原先生的引见下，横山大观和傅抱石见了面，他仍很傲慢，也许根本就没有把这个中国的青年画家放在眼里，只是伸出那只和意大利总理墨索里尼握过的手，草草地握了握，就自顾自地去看画去了，他的身边，仍簇拥着那群随员。横山大观毕竟是画家，傅抱石发现，这位年已六十六岁的画坛耆宿在观画时很仔细，因而看得很慢，而且一边看还一边和身边的随员讲些什么。那些随员看来有些是他的学生或助手，一边听一边记录，煞是认真。

画展是兼带销售的，大部分作品除非卖品外，都标了价。展览只进行了不久，就陆续卖出了一些，佐藤春夫先生买了印章，出乎傅抱石意料的是，横山大观居然买了他好几张画。

在展厅的一隅，排列坐着数十名记者、画家、篆刻家及其他爱好者。傅抱石将要在这里进行篆刻表演了。

傅抱石走到台前，礼貌地向大家鞠躬，然后坐下，将一块剪了个小洞的黑布罩在桌上的台灯泡上，只露出一束光线，然后左手拿石章，右手执一把很大的普通刻刀，就着台灯上照射出的那束光线，聚精会神地刻着。室内鸦雀无声，就连通常篆刻时能听到的耄然之声也听不见。人们发现，傅抱石刻字时，眼睛似乎没有在意那一行行、一个个的字，他只是靠超人的毅力和高超的技巧，凭自己的感觉把握那把篆刻刀。那刻刀执在手里，似乎就是他手的一部分，他只是依约摩挲，旁观者是决然看不见他的刻刀在运动着的。

大约不足半个小时，傅抱石现场表演完毕，于是将手中的印石交给观众传阅，观众席中立刻传出一片惊叹声。

在高倍放大镜下，观众手中的印石上面出现了奇迹！一行行行楷，井然有序地排列，而且字字雄健，笔笔坚挺，结构严谨，劲道朴拙，清晰可辨，流畅自然，既有金石韵味，又具书法之美，观者无不瞠目结舌！

有记者起初认为难以置信，亲眼所见，又不得不信。于是站起来惊讶地问：

"傅先生，请问，你刻字用的是什么刀？"

这分明是一句外行问话。傅抱石用的刻刀乃当场所见是一把普通刻刀，行家一看即明了，这种技艺绝不是依赖于刻刀的神秘。

傅抱石笑笑说："我用的是精神！"

观众席上又起了一阵轰动：呵，精神雕刻！

是的，傅抱石的这种刻法是空前的，没有先例的，因为这靠常规的技法简直是不可能的，也不是仅凭勤学苦练就能奏效。这需要对这一技艺长期刻骨铭心的钻研，需要作者痴迷的执着和追求，需要对此技艺几乎是与生俱来的神悟，说白了，这需要天才！

连傲岸飘然像王公贵族一般的横山大观也不觉竖起拇指，说中国的篆刻大师压倒了日本的粒米能手。日本的粒米能手是以能在一粒米大小的象牙上刻出一道俳语——十七个假名而著称于世。横山大观指着傅抱石在玻璃柜内的展品，那枚印侧一面刻有诸葛亮的《前出师表》全文的"不求闻达"印章说："如果说这是标榜'国粹'的话，这就是中国的'国粹'。这枚印章令我极其倾倒，如果傅抱石先生愿意卖的话，我愿出十万日元买下来。"在当时的日本，十万日元可以够一个中等家庭数年的生活费了。当时，一个普通大学生的月工资也就六十元左右。惜乎，这枚印章的旁边，分明标着非卖品的标签，横山大观只好表示遗憾了。

曾数度游历中国，并以中国山水《潇湘八景》著称于日本画坛的横山大观在临走时，一反初来时的那种傲岸的神气，以日本人特有的礼节向傅抱石深鞠躬。他诚恳地说："如果说中国人到日本学中国画，就等于到日本学烧中国菜，同样是一个笑话。要知道，你们中国的水墨画才是全世界最伟大最崇高的艺术，国有瑰宝岂可不知！你们祖宗的遗产太令人羡慕了。年轻人，前途无量啊，好好干吧！"说完又是一个深鞠躬，然后前呼后拥地走了。

望着横山大观远去的背影，傅抱石觉得无比的兴奋和感动，横山的话也使他感到了厚重的分量，他在仔细地咀嚼这些话的含义。

第一天的展出，就持续到晚上九时才结束。金原先生也坚持陪到晚上展出结束才回家。

当天晚上大家都是在一片喜气洋洋的情绪中分手的。松坂屋的主人也兴高采烈地将傅抱石、金原先生等人送到门口，一而再地鞠躬说："谢谢，谢谢，没有想到展览会办得

1935 年，傅抱石（左一）与日本美术院院长正木直彦等在
东京傅抱石书画篆刻个展上留影

这么热闹，给敝屋无疑带来了好运，最近的生意一定会好做多了。谢谢，请多关照吧！"

金原先生晚上近十时才回到家。夜已深了，仍兴奋得不能成眠。他由衷地为傅抱石感到高兴，因为傅抱石是他的第一个弟子，而且是第一个中国弟子，他的成绩和收获无疑浸透了先生的心血和汗水，倾注了先生的一颗赤诚的心啊！此时，他仍在为傅抱石祈祷着。

5 月的东京郊区，微风拂煦，送来附近田园里的阵阵花香和泥土的气息，间或也传来几声蛙鸣。金原省吾觉得浑身燥热，他努力使自己静下心来，习惯地取出日记本，简单地记下了今天的盛况：

　　今天在银座松坂屋参加了傅抱石君的个展，大观氏、佐藤春夫、神北氏等都来看并买了展品。今天一天就卖了三百日元左右，抱石君高兴得不得了，我们二人一起照了相。这个期待了这么久的展览会终于成功了，真太好了！中间夹着周末和周日，主人说成绩一定会非常好的。

　　是的，傅抱石高兴得不得了！

　　他的喜悦心情是不言自喻的，他只觉得从来没有过的痛快，从来没有过的振奋和舒畅，特别是在当时中国衰弱得被列强欺凌宰割的年代，衰弱得几被鱼肉的时代，他有一种被人承认、被人敬重的喜悦和豪情从胸间奔涌出来，更重要的，他有一种他已经站起来了的感觉。

　　确实，傅抱石今天的展览会，收入虽然并不怎么可观，而且耗费了他多少时日和精力，但正如郭沫若先生在临走时说的，"你今天确实是替中国人吐了一口气！"确实，这种对中华民族文化的弘扬和宣传，这种处在被欺压被凌辱年代中国学子的强烈呐喊和宣言，这种不屈不挠、不卑不亢的高超技艺的展示，难道是用金钱可以衡量，用些许金钱可以买到的吗？

　　一夜之间，中国的青年画家傅抱石成了名人！

　　第二天的日本各报，如《朝日新闻》《读卖新闻》等均以显著位置和很大篇幅介绍了傅抱石的空前展览。横山大观、正木直彦、佐藤春夫、土屋文明等文士、教授和画家、学者都撰文介绍和称赞傅抱石展览的成功，有的报纸备述了傅抱石篆刻表演的过程，称傅抱石为"'支那'篆刻神手"，称他的篆刻方法是"精神篆刻"，甚至有称傅抱石的刻刀是"神刀"的。后来，一位崇拜而亟欲学习篆刻的读者甚至写信来问傅抱石先生，这种牌子的神刀哪里有卖？傅抱石看了只是觉得好笑，心中却洋溢着一种自豪的感情。

7. 惜别恩师　重返华赣

春风得意马蹄疾。

银座松坂屋的傅抱石画展超出了预期的效果，是傅抱石未能预想到的。展览结束，傅抱石甚觉踌躇满志，意气风发。

展览会卖出了部分展品，略有收入；展览会后，求他刻印买画的人也多起来了，他顿觉经济上比以前宽裕。会后不久，傅抱石参加了日本举办的全国篆刻大赛。他的作品，鸡血石印面刻《离骚》诗句"采芳洲兮杜若"、印侧三面镌刻《离骚》全文，加上前言后语字数达二千七百六十五个字！而印石仅四厘米高，印侧每面也不超过三厘米×四厘米。这件作品无疑应视作稀世珍宝。傅抱石当之无愧地夺得了全日本篆刻大赛的冠军。这件作品日本文部省拟出高价购藏原石，被傅抱石婉拒。他当时尽管很需要钱以贴补学费并资家用，然而他觉得，像这样的作品，是属于祖国的，应该带回中国去。

经过银座松坂屋的展览，大大提高了他在日本的知名度，傅抱石倏忽之间成了名人。现在他再要在其他地方举办展览就顺利得多了。五六月间，他又预定并联系妥了这年11月在名古屋的松坂屋举行第二次个展。

傅抱石展览成功的消息也很快经香港传到了国内，正在筹建中的南京美术馆已经向傅抱石发出了聘书，聘请傅抱石为该馆的顾问。傅抱石准备在近期内回国一次，在国内的时间如果长些的话，他还准备办一份新杂志。另外，他还有许多研究、绘画和著述的计划。确实，傅抱石准备大展宏图。连金原先生都夸赞，这个傅抱石真是个有本事的人！

然而，天下没有不散的筵席。

鸟儿需要回巢，春天来了，南飞的大雁也应该回归了。傅抱石在个展结束后，就已经开始打点行装，处理一些未尽事宜，准备回国。他打算，回国看望母亲和妻子，解决一些经济问题，然后于下半年再到日本，至少再学习两年。拟议中的11月的名古屋的个人书画展仍照计划进行。

6月中旬，妻子时慧来信，告知母亲病势沉重，催他速返，否则只怕见不到了。

　　傅抱石看信后犹如五雷轰顶，他似乎听到了母亲衰弱的呼唤和呻吟，看见母亲盼儿望儿的渴望眼神，他的眼前，总是不断地晃动着母亲那慈祥而苍老的面容，他一刻也待不住了，必须争得每一天的时间，尽量早日回到国内，侍奉于母亲病榻旁。

　　他将他的情况和打算告诉了金原先生。

　　傅抱石真是两难呀！

　　国内，有缠绵于病榻之上的母亲，望穿秋水地盼望儿子归来，说不定只能见上最后一面了；这里，有待他情深义厚恩重如山的先生、恩师金原省吾，在心里，从小失去父亲的傅抱石早就将金原先生视作自己的父亲了，金原先生也处处像慈父一般地对待傅抱石。从感情上，傅抱石对国内的母亲和这里慈父般的恩师，两边都是难以割舍，两头都有抛不开的情愫，他是多么希望，造成他们关山阻隔的难以逾越的国界和浩渺的大海能刹那间消失和填平，使他能自由地穿梭往来，那他将会感到无限的欣慰和幸福。然而，眼前的现实却是那样残酷而无情，他必须面对这一难以两全的现实，迅速地做出决策，否则，他将遗恨终生！

　　他寄希望于回国以后顺利地筹集到继续留学的经费，以便能尽快回到恩师身边深造和研修，这样，也许能够两全吧。

　　分别的日期临近了。

　　傅抱石珍爱地将自己翻译出版的金原先生的著作《唐宋之绘画》放进箱子里，这本书的前言，是金原先生的手书影印的。其中有一段是对傅抱石发自内心的、精到的评价和自己真挚感情的流露：

　　傅抱石……君丰于艺术之才能，绘画、雕刻、篆刻俱秀，尤以篆刻为君之特技。君之至艺，将使君之学识愈深；而君之笃学，又将使君之艺术愈高也。……君新其志，留学及于我国，得与君亲接，于君之温雅精致之性情，弥深亲爱之念。君日夜孜孜努力学艺之态度，余最为欣喜。

　　傅抱石觉得，这深切的语言和绵绵的情意，将永远同这本书一起，伴随在他的身边；而这本凝聚着他们两个人心血的著作，又将他们的精神和意志紧紧联系在一起，那是任何力量也无法将他们拆开的。

　　他又前往金原先生家，将一批不必带走的画作、未完成的画稿以及一方砚台、几方图章等零碎物品交给金原先生，托先生代为保管。最后，傅抱石满怀深情地说："先生、师母请多保重，学生就此告辞。此去如无意外，打算 9 月份再返东京。珍重吧！"说完，傅抱石按照日本的礼仪，向金原先生和夫人深深鞠了一躬。

　　金原先生和夫人这时似乎有一种儿子即将远行的特殊感觉，然而，这种超乎寻常的感情，在这时似乎反而无须做过多的交代和叮嘱，二人将抱石送到门口，金原先生只是深情地说："抱石君，请多珍重吧，一路平安……"而金原夫人这时只是不停地抹着红红的眼圈，望着傅抱石频频点头、鞠躬……

　　傅抱石于 1935 年 6 月 24 日离开东京，启程回国，结束了两年的留学生活。

8. 人生不相见　动如参与商

　　祖国，海外的莘莘学子归来了。

　　母亲，远行的游子回来看您来了。

　　阔别两年，傅抱石回到了南昌。

　　他是马不停蹄，日夜兼程，由东京至上海，上海乘火车到南京，又乘轮船到九江，由九江又连夜坐汽车赶往南昌。踏上南昌的地面，他才长喘了口气，就这样，仍走了一个多星期。

　　已经从武昌艺专毕业的妻子时慧到车站迎接他，还有他的一些朋友和同事。

　　两年不见，妻子似乎憔悴了一些。也难怪，生活和学习的重压，家庭的负荷，孩子的拖累，都集中到她一个人身上，加上丈夫远游，妻子心理上的负担和精神上的思念，焉有不憔悴之理。傅抱石爱怜地看着妻子，心里骤然平添了一种失职和负疚的感觉。自己在国外，孑然一身，固然辛苦、艰难，然而究竟无冻饿之虞；而妻子恪尽职守，独自一人将一个家维持到今天，难道是容易的吗？只是妻子在信中从不言及，总是报喜报平安，鼓励丈夫在外面努力精进，学业有成。她把一切艰难和困苦咽在肚子里，融化在心里。这样的妻子，难道不是最伟大的妻子！这样的女性，难道不是最伟大的女性！傅抱石执着妻子的手，满怀深情地望着妻子，千言万语只道成了一句话："你受苦了！"

含辛茹苦两年整，将一切困难都踏在脚下的时慧，以她千金小姐的身份，硬是撑过来，熬到了今天，没有掉过一滴泪。可今天，听见丈夫这满含深情的话语，只简单的一句话，心中不知怎么千头万绪，百感交集，仿佛积蓄了两年的眼泪这时终于阻挡不住，哗哗地往外喷泻，尽情地流出来了。碍于众人在场，说来丈夫平安归来是喜庆的事，她又很快强抑制住了自己。

回家的路上，时慧仍是神色黯然，欲言又止，令抱石心里狐疑，然而，他没有细问。

一进家门，走进厅堂，傅抱石立刻明白了一切。

堂屋正中，供着香案，香案上插着的一把红色的神香正香烟缭绕，两旁还燃着红烛，前面供着斋饭和果品，香案的上方，一方瓷板上赫然绘着母亲的像，相框上系着黑色的绸带。

傅抱石两眼一黑，扑通一声，跪在了母亲的像前："姆妈！——"他喊了一声，立刻泣不成声了。

"姆妈，儿回来看您老人家来了，您怎么不等我回来就走了喔！——"

时慧这时也陪着丈夫跪在婆母像前，眼泪像断了线的珠子扑簌簌地往下掉，这回，她终于可以痛痛快快地哭一场了，为故去的婆母，也为这个曾经不完整的家，为自己这颗几乎操碎了的心！

"婆婆呀，您的石儿归来了，平安归来了，他来看您老人家来了。您看到没有，婆婆——，您可以放心走了喔——"时慧哽咽着说。

傅抱石长跪叩头，叩头长跪。

傅抱石觉得自己有罪！母亲受苦一生，寡妇带细崽，将自己抚养大。老人家临终前，为儿子的竟然不能恪尽孝道，守在母亲身边，还算什么儿子！这样的崽，是会被人家唾骂的。

众人好说歹说将傅抱石劝起，扶他坐在椅子上。

傅抱石仍然伤心不已。

人生不相见，动如参与商。时慧告诉丈夫："婆婆临终那几天，眼睛总是睁着，嘴里微微翕动着，喊着你的名字；后来，嘴也不能动了，眼睛却还是睁着，一口气总是延续着。我晓得，婆婆是在等你来，你不来，她老人家不肯走哇！"说着，时慧又呜咽起来。

傅抱石这时却欲哭无泪，他想，母亲临终前，心里一定很愁苦，那急切盼望见儿子一面的心情，为儿子的最能理解。

"唉，去者去矣，为来者计，还须善自珍重。"岳父也在旁劝说。

是的，母亲已经走了，追悔也无济于事，平安归来也是母亲的心愿，如老人家有在天之灵，也会感到欣慰的。

暑假一过，傅抱石就应徐悲鸿先生之聘，任教于南京中央大学艺术系。8月底，傅抱石又打点行装，前往南京了。而这时的时慧，却不能随同前往。傅抱石自己的去留尚未决定，还不能把家安在南京。为了生活，只能仍靠鸿雁传书互诉衷肠。为了增加一点收入，罗时慧也找了南昌一所私立心远中学教书。这样，夫妻二人只能到寒暑假才能相聚。

傅抱石到南京中央大学后，担任了中国美术史和书法、篆刻的教学。

除了教学和绘画外，傅抱石抓紧一切课余时间，刻苦钻研画论画史和书法篆刻，撰写研究文章，甚至利用假日和寒暑假，昼夜伏案工作。

这年寒假，傅抱石又投入到《中国绘画理论》和《论秦汉诸美术与西方之关系》的研究和著述工作。

写文章必广搜博求各种资料的傅抱石，发现南京龙盘里"首都图书馆"藏书庋富，且多善本，简直是个资料的珍宝库，而善本书是不许外借的，所需资料必须抄录。傅抱石于是每日至首都图书馆抄录资料，从不间断。不久，妻子时慧探亲来了，傅抱石没有陪第一次来南京的妻子游玄武湖、紫金山，反而把妻子领来加入了抄书的行列。寒冬腊月，夫妻二人每天冒着风雪到图书馆来，丈夫一边找书，妻子一边抄写，整日沉醉其中，也别有一番情趣。只是偌大的阅览室，只有一个小小的煤炉，半燃的煤火热量显然不足，仅能感觉微温，为多抄些资料，时慧整日伏案疾书，全然不顾天寒地冻，不数日手指手背皆冻坏，起先是生满了冻疮，继而以至于溃烂，竟至难以握笔，见丈夫求资料心切，时慧仍坚持抄写不辍。而每日抄毕回家，谈笑风生，其乐融融。

　　傅抱石以这样的条件和情状，完成了《中国绘画理论》和《刻印源流》等文章的著述。

　　"先生之大名，今天在中国艺术界可谓人人皆知，晚不胜光荣也。晚现在远坐海天，何胜伤感，诚不知何日再与先生共商艺术也。"

　　自离开东京返回国后，傅抱石无时无刻不在思念他的恩师金原先生，可恨海天路断，关山阻隔，他只能心驰神往，以他的思想，追忆先生的音容笑貌，缅怀先生对他孜孜不倦的教诲和无微不至的关心、帮助。他的这些思念和发自心底的肺腑之音，只能通过鸿雁往返，互相祝愿，互相祈祷；他们也只能通过书信往来互诉衷肠，互告学术信息和研究进展，间或还邮寄一些资料和自己的作品。傅抱石给金原先生写信说：

　　晚到现在还决定不了什么时候去东京，已拜托了文化事业方面的人，但经济上很困难。

　　《中国美术年表》完成了，上海《东方杂志》于十月一日登载了《山水画史论》，北方有力的报纸《大公报》上有对《唐宋之绘画》的批评，兹剪下寄去。先生如果有意见反驳的话，请写给我，我将汉译后登载。

　　不久，金原先生给傅抱石寄来了帝国美术学校的毕业证书。见到先生寄来的信和证书，傅抱石思念之情愈烈。

　　春天来了，大雁又飞回北方。傅抱石见大地勃勃的生机，不禁又想起了东京郊区的樱花。他给金原先生写信道：

　　今阳春三月，江南草长，回首东方，万感交集，上野樱，想将散矣！

金原先生也在日记中写道：

我对抱石君也无时不牵挂呀！

然而，不仅因为经费的无着，而且由于时局的发展，日本侵略中国的野心已日益暴露，战争一触即发，傅抱石再赴日本的计划实现越来越渺茫，几乎是不可能了。

6月，金原先生在日记里写道：

与抱石相别已整整一年了。抱石君的夫人、公子、小姐都向我问好。

9月末，傅抱石给金原先生写信，频频不断地向父亲般的恩师倾诉了自己的苦恼、打算，并说：

可恨环境不允，如不然，我则仍在先生左右。今秋高气爽，遥想江户川畔，又该红枫满目。

石之心境，仍然在先生所居之西林与荻洼之间徘徊。

不久，中日战争爆发，傅抱石与金原先生就鸿雁讯断，音信杳然了。而处于战争策源地的金原先生还时常牵挂着傅抱石，在与另一位学生、傅抱石的同窗同学盐出英雄谈话时，总会不由得言及："战祸中，未悉抱石君安否，吾甚牵于怀，痛矣！"金原先生还自作一首和歌以抒情怀：

中国的大学教授，
留下砚一方，
便远去，
再无消息……

可惜，这种情怀和思念，由于战争，音讯断绝，他们互相都不知道了。

那位为傅抱石出国留学网开一面并且鼎力资助的熊式辉先生也还记得傅抱石。

熊式辉，字天翼。1931 年夏天，江西的"红色风暴"闹得如火如荼，蒋介石的数次"围剿"也未能扑灭红色革命，于是亲任"围剿"总司令。熊式辉被临时调任总司令部参谋长。不料自上海龙华机场乘机赴任时，飞机出了故障，机长采取紧急措施迫降，幸未出事，熊式辉的一条腿却被撞成骨折，伤愈后走路仍有点跛。这年年底，熊式辉就任江西省主席。傅抱石赴日留学不久，熊式辉又兼任南京国民政府军事委员会委员长南昌行营办公厅主任，握有军政大机，煊赫一时。

不过，尽管熊式辉的权势和地位与傅抱石有天壤之别，傅抱石仍念念不忘熊式辉准允并委派他出国留学的恩德，并时时感铭在心。所谓"滴水之恩，当涌泉相报"。他曾多次为熊式辉刻制名章。有鸡血石"熊式辉""天翼"，大铜印"熊式辉印""天翼"等共五六枚。傅抱石归国后，即将曾在东京银座松坂屋展出过并轰动日本艺坛的"不求闻达"印章赠送给熊氏。傅抱石在边款另一侧题刻：

此武侯出师表印，癸酉冬旅日时所作。乙亥五月曾展观于东京，为感主席欣值之德，谨献是石。小技恶劣，不足报万一也。

熊式辉见此印章，深深赞叹傅抱石的神刻技艺，并为江西有此人才感到欣慰。于是趁到南京办公之余，亲往中央大学看望傅抱石。

傅抱石见堂堂江西省主席跛着一条腿亲自来看他，颇感意外，也甚为感动。但当他明白熊主席有意让他出山，回江西担任一任县长时，他除再三深表谢忱外，对省主席的盛邀却婉拒了。

是的，傅抱石的心思根本不在官场，不是从政，他已经将自己的全部精力和思想都倾注在他的美术事业上。绘画、篆刻、研究、著述等已经深入了他的骨髓，他的灵魂，就像阳光、水分和空气一样不可或缺，否则，他一天也活不下去的。

他以"淡泊以明志，宁静而致远"这颗篆印表达了自已甘于淡泊，不慕富贵的胸怀，又刻"无官一身轻""富贵于我如浮云"两印以抒其志，还刻了一枚"一肚皮不合时宜"印以自嘲，又分别刻白文和朱文印"闲来写得青山卖"，"不使人间造孽钱"以表达自己寄情于画的抱负。

1937年7月7日，日军进攻卢沟桥，抗日战争全面爆发。日本侵略者的铁蹄践踏着中国的国土，抗日民族救亡运动风起云涌，席卷全国。"瞻念前途，殷忧曷极！今日已届生死关头，惟抵抗足以图存，除全国一致奋起与敌作殊死战外，则民族别无出路。"这是全国人民的一致呼声。

8月13日，日本侵略军大举进攻上海。上海军民奋起抵抗。艰苦卓绝的斗争持续了三个多月。11月，上海沦陷。日本侵略军立即长驱直入，开始进攻南京。

上海抵抗战争伊始，国民党南京政府就已一片混乱。8月15日，日寇的飞机开始滥炸南京，几乎每天都有飞机袭击，夫子庙、秦淮河、鼓楼前……到处烈焰冲天，损伤惨重，将一座千年古都炸得一片火海，一片残砾。随着上海局势的日益危险，南京国民政府也加速迁往重庆。傅抱石就职的中央大学也随之西迁，往日明丽清雅的中央大学，一片混乱。偌大的六朝金粉石头城，已经找不到一块净土了。

惦记着南昌家小的傅抱石，没有随中央大学拥挤的轮船迁徙，他只身离开南京，经宣城南返。他随身除几件简单的换洗衣服外，只小心地带上那帙有关石涛的研究资料。并打算于战乱烽火的倥偬中在宣城将他多年来"爱惜何异头目"的资料整理成篇，于是在宣城小住了一段时间。然而，没想到涉笔未几，战局推移，于是在11月仓皇南行。正当妻子时慧等家人焦急不堪时，傅抱石回到了南昌家中。

傅抱石在南昌住了两个月，1938年1月底，他携妻子时慧率二子并岳母共五人返归家乡新余故里。这时，傅抱石的次子二石，字益钜，已有两岁了。

9. 美美渝水　殷殷乡情

似乎是遥远的过去，新余，我又回来了！

似乎是梦中的印象，新余，我又看到了你！

阔别十多年，新余、北岗、章塘，你还是那副旧模样。贫穷、落后、苍凉、朴实。可是，你的儿子傅抱石越洋过海，走南京闯东京，无论是困苦不堪或是雄姿英发的时候，总是梦绕情牵，灵魂深处，是一刻也没有忘记你呀！没有忘记是故乡给予我宽厚的胸襟，没有忘记故乡的土地孕育了我的智慧和思想，也没有忘记故乡的人民对我的鞭策和寄予的厚望。如今，远行的游子回来了，在国难当头，山河破碎的忧患岁月回来了。没有带来金，没有带来银，只有孑然一身和一家的拖累。哦，还有那成箱成担的书籍、资料和画稿。这些东西在别人看来也许是分文不值，而在我，却是看得比自己的生命还要金贵，还要重要。故乡的亲人会接受我这样一个富足而又贫穷的游子吗？

袁河还是那么平静，袁河两岸还是那么丰饶。傅抱石站在驶往新余的船头上，似乎闻到了家乡泥土的气息，心中的感奋和激动竟然无法名状。他有一种奇怪的感觉，在这块他的祖辈世世代代生息过的地方，似乎有一条无形的纽带将他与故乡紧紧连在一起，哪怕他浪迹天涯，这条纽带也总是牵扯着他，以至于除了新余，除了章塘村，哪儿都不是他的家，只有新余，只有章塘村，才是他的最后归宿之地。十多年来，他在无数的画作中，题上"新喻傅抱石"①的款式，他觉得适得其所，恰如其分。他在外面，审慎地规范自己的行为，刻苦钻研，努力学习以求得进步，他觉得自己没有辱没"新喻"这个称号，对得起家乡的这个光辉的名称。否则，家乡的父老乡亲会不答应的！

冬日的袁河汩汩地流淌着，水波不兴。小船在悄无声息地前行，不久，就驶到了临近章塘的铁树下渡口。

故乡的亲人给予游子傅抱石的回答，又是傅抱石没有想到的。

站在船头，可以看见渡口的一棵硕大的古樟树下，簇拥着大约二三十个人，老老

---

① 新中国成立前，新余写为"新喻"，新余是 20 世纪 80 年代才改为新余名称的。

少少，但大部分是年轻后生，精壮汉子。傅抱石以为那是乘船待渡的，没有在意。然而，令他吃惊的是，船刚靠岸，从那人群中，竟然欢快地吹响了唢呐，奏起了锣鼓，一串用长竹竿挑起的鞭炮"噼里啪啦"地鸣响起来，间或还夹杂着"嘣、嘣"的巨大声响。哦，原来这是村里的乡亲闻讯迎接傅抱石来了。

傅抱石从人群里面看到了聚和叔，还有几位有些面熟、但叫不出名来的长辈。

第一次到乡下的时慧高兴得脸上飞起红云，连连夸赞：乡下的亲人真是情深义重！已是苍老的罗时慧的母亲脸上也绽开了笑容。儿子小石和二石脚刚落地，便高兴地直往人群里钻来钻去，又蹦又跳。

傅抱石感到欣慰，他觉得自己就像一艘远航的船终于驶进了港湾，像倦飞的归鸟回到了窝巢，乡亲的盛意和深情更令他的心头感到热烘烘的，顿时驱散了几天来的疲惫和严寒。

年轻后生将傅抱石的行李或用扁担挑着，或放在独轮手推车上，然后，又强要傅抱石一行五人分乘几乘轿子，一路吹吹打打，热热闹闹，走向章塘村。大约十里路程，只半个多小时就到了，行至村前的桥上，傅抱石他们发现，村头的下坑山坡上，田头路边，小孩爬在树上，早已聚集着大群的人。看来，听见鼓乐之声，村民们都出村来迎接了。一排威风凛凛的扎着布腰带的后生每人端着一支鸟铳，待傅抱石一行进村时，齐刷刷朝天连放三声鸟铳。

"嗵——，嗵——，嗵——"

傅抱石知道，这在家乡新余，要算最隆重的礼节了。

"盛意可感，盛意可感呵！抱石乃一介书生，尚未建功立业，更没有为家乡故里带来些许实惠，如今避难返乡，乡亲们尚且如此厚待，唉，深情厚谊，无以报答啊！"傅抱石默默地感动着。

是的，淳朴忠厚的新余乡亲们不需要你高官厚禄，也不要你带来金，不要你带来银，只要你心里装着家乡，装着新余，只要你不辱没新余这光辉的名称，就够了。乡亲们不会做出不通情达理的事情，不会存非分之想。农民老表一年到头面朝黄土背朝天，苦惯了，也习惯了，从来也没有指望哪个来改变这一切！你傅抱石只要记得是新余人民的儿子，回来了就好！

　　财和叔婶安排傅抱石住在村里一间算是堂皇一些的闲屋，也是土砖土瓦搭就，前后两间，屋内用石灰粉刷一新，各家凑了些桌椅板凳、床铺柜子之类的，算是安下了家。傅抱石的书籍和资料、画稿，乡亲们原以为那满箱柜的都是金银财宝，及至看见了原来都是书，而傅抱石又无比珍爱，便认定了那一定是非常重要而且值钱的东西，尽管他们不知道那东西到底有什么用。于是，小心帮他置放妥当，并在他家门口挂上马灯，一则门口有条二三尺宽的沟，怕晚上出门时摔跤，再者也好照应，有什么生人也易于察觉。开头几晚还派人夤夜放哨，傅抱石发现后，坚决不允，才作罢。

　　村里为傅抱石摆酒接风。桌上的菜看倒是出乎傅抱石的意料。除惯常的乡村的家常菜如豆腐、蔬菜等等之外，杀了鸡宰了鸭，捕了鱼，还先两天派人到山里去打来了山鸡、野兔，还有其他一些叫不出名字的菜。傅抱石本来就善饮，如今沐浴着家乡亲人春风般的抚慰和亲情，喝着财和叔特意托人去分宜打来的嵩白酒，傅抱石分不清究竟是这酒醇厚甘美，还是乡亲们的情意浓。

　　呵，这酒，这情，这浓重而深厚的故土之音，故乡之情，抚慰着傅抱石的忧患之心，傅抱石真真觉得，他已经先自醉了。

　　在章塘的日子里，傅抱石的心境是愉快而恬适的，他暂时忘记了一切烦恼和愁苦，他的心中，原先充斥着的郁闷、气愤、焦虑和不安也暂时被眼前的明山秀水田园景色以及淳朴的乡情、浓郁的乡风所代替。每日，他除了看书、整理资料之外，便和妻子时慧一道，到村里邻近的人家去串串门，这些人家因为都姓傅，说起来，或远或近多少还和傅抱石搭得上一点亲戚和家门的关系。傅抱石和他们谈家事，谈生活，他看到，绝大部分乡亲仍然衣不蔽体，食不果腹，长年挣扎在饥馑的死亡线上，一遇灾荒之年，更有冻饿之虞，其艰辛和困苦，使他愈发体会农民生活的不易和艰难。而每想到他的父亲和祖辈，就曾长期在这块土地上煎熬，他的心里又平添了一番愁肠。

　　他经常步行到离章塘十多里路的罗坊镇去，了解时局的发展，打探抗日战争的战况；他写了很多信，直接走到新余城里去发，他不安心长期住在与世隔绝的章塘，做一个无所作为的隐居者，他渴望被召唤，使他能够投身到抗日战争的洪流中去，一展他为国效力的抱负。他还年轻，正是热血沸腾的年纪，为了抗击日寇，哪怕肝脑涂地，他也在所不惜！

去过东洋留学的画家傅抱石教授回乡的消息不胫而走，一时间传遍了新余的四里八乡。一些慕名而来的人求傅抱石写个字，画张画，傅抱石总是满口答应。他知道，乡人这是出于敬重和自豪，焉有拒绝之理。

距章塘村几里路的桥上村，住着傅抱石读师范时的同窗好友傅家忠。一日，傅抱石应傅家忠之邀，去桥上村走访。傅家忠遂偕同傅抱石在村里散步，二人信步走到一座祠堂前。傅抱石听见里面有朗朗的读书声，忙问："这里可是学校？"

傅家忠介绍说，这是村里办的小学，名升平保学。

傅抱石深为嘉许，在这烽火战乱的年月，村民们还不忘对孩子的文化教育，不觉兴趣盎然。"走，进去看看！"傅抱石说。

这是一间临时充作教室的乡村祠堂，虽然破陋，倒也收拾得清爽而洁净，教室里桌凳井然有序，一位年约四十岁的先生正认真地带领学生念书，约莫十来个学生聚精会神地听先生讲课，即使傅抱石他们在一旁观看，也没有中止上课。

傅抱石大为感动，正好这时，傅家忠领来了学校的校长江咏清先生。江先生听说大名鼎鼎的傅抱石光临学校，寒暄过后，就提出请傅先生赐点墨宝，为学校画了一张画。

"好！"傅抱石心绪颇佳："贫而不馁，可堪嘉许。古语曰，穷且益坚，不坠青云之志，你们身处穷乡僻壤，而心忧天下。贵校这幅画，我岂能不画！"

江先生大喜，立刻命人取来纸笔，一边用自存的好墨磨墨，一边就请傅先生试笔。

傅抱石一看取来的笔皆为小字笔，大一些的也仅能写巴掌大小的寸楷，回家去取也显然来不及。忽儿计上心来，他要人去割几片棕树上的棕衣，分别撕去一部分横棕毛，然后整理妥当，扎成一支斗笔形状的特大号毛笔。

一切准备就绪。众人围在傅抱石的前后四周，悄然无声，看他作画。

只见傅抱石将"棕毛笔"饱蘸墨汁，对着宣纸思忖了一会儿，忽然挥笔在纸上飞快地刷了几下，又相应地在纸的其他部位也涂抹了一阵，立刻浸润着水和墨汁的宣纸渐渐晕染开来。傅抱石待它晕染得差不多了，又换上小笔仔细勾勒，有些地方还直着用笔扫刷，将一支毛笔都刷得凌乱不堪；最后，傅抱石又修补了几处地方，题上款识，一张画就算完成了。

可是，这画的是什么呀？只见画上几块墨团，几簇枯湿相间的乱笔线条，几处空白之处更不知为何意，只有那精细描绘的部分，看起来似乎是一只鸟，连粗通文墨的江先生都没有看出名堂来。

"挂起来，站远些看。"傅抱石似乎看出了众人的疑虑，笑笑说。

江先生赶紧将画固定在墙上，众人退到祠堂的另一端，立刻有人惊叹起来："呀，是一棵树，一棵松树！"

"松树上还有一只老鹰！"

确实，众人已经看清，傅抱石画了一棵枝干遒劲的苍松，那苍松的主干直贯画纸的上下，好像占据了画面的小部，那松枝和松叶也挺拔而坚韧，青翠欲滴，尽管那只是墨汁绘成，众人却分明感觉到了青翠的颜色；松树的枝杈上，则站着一只傲视八方的雄鹰，似要展翅高飞，冲入云霄。

"好！好——"众人醒悟过来，一起为傅抱石先生的精彩画作而鼓掌欢呼。

江先生如获至宝，再三致谢。

时局日益险恶，傅抱石就是在这偏僻的小山村也强烈地感到大地的动荡和战火的硝烟。

1937 年 12 月 13 日，南京失陷，日寇侵略军的铁蹄立刻肆意践踏了这座十朝国都，千年古城，整个江宁葬身一片火海，日寇在南京进行了大屠杀。石头城里，尸横遍野；秦淮河中，流淌的尽是中国人殷红的鲜血……

南京失陷以后，日寇长驱直入，兵分五路进攻武汉。水路以南京为基点，溯江西上。陆路则以长江为线，长江以北分三路；一路从合肥到信阳，再由信阳南下；二路由六安、霍山横断大别山脉；三路由安庆趋黄梅、广济。长江南岸则取马当、九江，由瑞（昌）武（昌）公路直趋武汉。

日寇自 6 月中旬发动攻势以后，12 日攻陷安庆；6 月 30 日，又攻占马当。为南北两路的进攻打通了道路。日寇的铁爪日益进逼武汉。溯赣水二三百里都感到波动，闻到战火燃烧的弥漫硝烟。

傅抱石心内焦急，无路请缨，空怀一腔报国志！

他几乎天天到罗坊镇，隔几天就去一趟新余，了解时局的发展，询问有无他的信件。他已经按捺不住，急不可耐了。

正在这时，一封来自武汉的电报飞驰到了他手里。傅抱石一看，原来是他尊敬的朋友和师长郭沫若先生发来的。

"七七"卢沟桥事变后，郭沫若冒着被日本当局拘禁的危险，于7月27日从日本逃回中国，投身到抗日救亡的革命洪流之中。9月间，郭沫若在日寇的轰炸中匆匆到了南京，亟欲见傅抱石一叙，而傅抱石已经离开南京返赣了。

1938年4月，根据抗日民族统一战线的需要，国共两党决定恢复国民党军事委员会政治部，由陈诚任部长，周恩来和黄琪翔任副部长，下边分设四厅，总务厅之外设一、二、三厅，一厅管军中党务，二厅管民众组织，三厅管宣传。在周恩来等中共领导的动员下，郭沫若接受了三厅厅长之职。经过一番筹备之后，郭沫若邀集了一大批知名的文化人士来参加抗日救亡的宣传工作。郭沫若的电报，就是请傅抱石前往武汉参加三厅工作的。

正在焦灼万分、坐立不安的傅抱石捧着电报，心潮激荡，热血翻滚：知我者，沫若师也！

傅抱石立刻打点行装，准备出发，他轻装简行，将大部书籍、资料等都留在了新余故里，而那帙一刻也离不开身的《石涛年谱》手稿，恐战事纷繁，携带多有不便，而此帙所耗费心血最多，如若失去，必不能再得，于是通过邮局寄往重庆的一位亲戚处。

一切就绪，傅抱石道别了乡亲，告别了这曾经哺育他的故乡的土地，一家五口搭乘一辆汽车，于7月初，由新余直奔武汉。

第
四

章

奔赴抗战　忠心报国

1. 武汉三镇的抗战热潮

起来，
不愿做奴隶的人们，
把我们血肉，
筑成我们新的长城。
……

武汉三镇的数百万人民，同仇敌忾，掀起了一场轰轰烈烈的保卫大武汉的殊死决战，誓与日寇战斗到最后。

郭沫若在武汉发表演说：

张良给了楚霸王一个"四面楚歌"，我们现在就给日本帝国主义一个"四面倭歌"。
……

傅抱石一到武汉，立刻被卷入到抗击日本侵略军的声势浩大的斗争洪流之中。他的心情无比振奋，他的热血似乎就要贲张、奔流。

他每日奔波不息，早出晚归，积极参加三厅的艺术宣传工作。这些工作本就是他的擅长，绘制宣传画，制作巨幅标语口号，组织群众活动，他干得有声有色。在"七七"抗战纪念活动中，他冒着酷暑，在街头绘制大型壁画。晚上，他也参加到群众的火炬游行中去。誓死不做亡国奴的武汉人民，高举火炬，像潮水般地涌向武汉街头，黄鹤楼下，人们拥挤得水泄不通，成千上万的火炬照亮了长江两岸，映红了武汉三镇的夜空；震荡不绝的口号声，仿佛要把整个空间炸破。在为抗日义务献金的活动中，人民群众每天从早到晚川流不息地涌向献金台，掀起了一个献金的狂潮。几乎要掀翻了整个的武汉三镇。这一幕幕动人的画面深深感动和激励着傅抱石，他亲眼看到了人民群众的震撼三山五岳的无坚不可摧的力量。

8月，日寇加剧了对武汉的进攻，贴着"红膏药旗"的日军飞机不断地狂轰滥炸武昌，武汉的形势日益险恶。傅抱石投入的三厅的工作也更加紧张了。布置宣传站，参加黄鹤楼大型壁画的制作，抗战报纸刊物的图画，甚至戏剧电影的布景和绘制，他都不分内外地参与，只要能为抗日宣传哪怕是做一点微小的工作，他的心里也感到宽慰。

由于傅抱石工作的优异和干练，不久，郭沫若调他到厅本部担任秘书工作。

傅抱石的办公室抽屉里总是放满了印石。稍有闲暇，或工作之余，他便要为刊物、报纸雕刻印章，或为同事和友人治印，并经常以篆刻寄寓豪情。

这段时间，他刻了大量的词句印，以抒情怀，寄托意志。

他刻"茫茫烟草中原土""无限江山"，寄托对灾难深重的祖国的无限热爱。

一枚印面刻着"古道照颜色"的印章，边款微刻文天祥《正气歌》诗："天地有正气，杂然赋流形，下则为河岳，上则为日星。……"讴歌坚贞的民族节操和崇高的浩然正气。

"壮志饥餐胡虏肉，笑谈渴饮匈奴血……"当夜深人静，他在吟诵岳武穆《满江红》词时，刻下了"空悲切"三字的篆印，又在印侧一面刻上《满江红》词，让汹涌澎湃的杀敌心情尽情倾泻。

他为民众的抗敌情绪而激奋得难以自已，情不自禁地刻了"上马杀贼"一印，抒发自己渴望请缨，报国杀敌奔赴疆场的壮志豪情。

然而，三厅的工作特别是宣传工作处处受到有关当局的限制，工作总不能顺利展开，看似轰轰烈烈，实际却空空洞洞。傅抱石把这种心情向郭沫若先生陈说了。

"是的，抱石兄，"郭沫若说，"我们所做的确实是轰轰烈烈却空空洞洞的宣传。而实实在在是这些文化触角给予前线和后方以安慰、鼓励和启迪。工作虽不能顺利展开，有时还需要有更艰苦的适应，但至少总把反动势力的嚣张气焰牵制了一部分。这就是我们的贡献。"

"现在武汉的文化，只怕是没有触角呵。"

"我们现在的人员太集中，已经是一种浪费，"郭沫若说，"何况工作又不容易展开，要把文化的触角尽量往民间伸去，尽量地伸到各地，伸到后方，伸到战区，伸到前线，甚至伸到敌后！"

"对，"傅抱石说，"而且，文化人下了乡，受着了老百姓的熏陶，使先天带着舶来气质的新文化本身换上了民族气质，这也是功不可没的一件大事。"

不久，在郭沫若的提议下，政治部批准成立了战地文化服务处，隶属于三厅。战地文化服务处的任务是负责把一切精神食粮和宣传品，设法运到前方。许多由各地来投奔革命的青年，都踊跃参加了这些救亡工作，尽管待遇非常菲薄，大家却都甘之如饴。而且，青年们反而以待遇菲薄为荣，愈菲薄而愈感到荣耀。见青年们如此的献身精神，傅抱石感叹不已。

大武汉的保卫战轰轰烈烈地进行，前方将士在与日寇浴血奋战；在后方，整个武汉市的民众都动员起来了。

然而，对于武汉，日寇势在必得，而当局又志在保全实力，武汉撤守已经势成定局。各机关和人员开始往南疏散。9 月底，田家镇要塞失陷以后，长江门户几乎洞开。大武汉已经岌岌可危。政府机关、民间工商业，在业经部分撤退之后，开始再撤退。政治部三厅也陆续撤出一部分人到长沙和衡山，傅抱石因为有家室的拖累，妻子时慧又怀孕，将要临产，10 月初也随着三厅的队伍将全家撤到了长沙。

武汉军民为保卫自己的城市，与敌人进行了四个多月的殊死决战。日寇使用了十二个师团，连后方兵力共有二十五个师团，人数总共一百万，伤亡二十余万。10 月中旬，广州失陷，日寇对武汉更加疯狂地进攻，武汉终于在 10 月 25 日陷落。

2. 颠沛流离的流亡生活

在长沙，先行撤离出的傅抱石与最后从武汉撤出的郭沫若等人会合了。

然而，长沙的形势也是岌岌可危，11 月 10 日岳州失守，长沙城里，更是人心惶惶，纷乱的三厅也开始遵照命令往衡山和桂林方向撤离。

由于妻子即将临产，傅抱石没有随大队伍行动，他的一家来到湖南东安住了下来。

在东安，傅抱石只能成天关在旅店里画画，以消解他的愁闷和抑郁。

不久，罗时慧生下一女婴，这女婴生得清秀而聪慧，头发黑黑的，眼睛大大的，酷似母亲。傅抱石爱不释手，经常把她抱在怀里，走来走去地哄着，并为她取名大毛。

大毛的出生，给这个忧患的家带来了不少欢乐和温馨，带来了新的生气。这个颠沛而流离的家庭，就这样迎来了1939年的新年。

春节过后，傅抱石一家又辗转颠簸，经衡阳，到达了武汉撤守后的国民党军事委员会西南行营所在地——桂林。

但这时的三厅已经面目全非，早已不是原来的样子了。经过缩编的三厅由于减处废科，人员已经减少了近一半。许多原来朝夕相处的同事、朋友都趁此机会离开了三厅，或奔赴延安，或到重庆自谋生路。由于郭沫若的挽留，希望他仍留在厅本部任秘书，傅抱石只好将就留了下来。

在桂林，傅抱石每天按部就班地上班、点卯，处理日常公务，编印一些空洞而千篇一律的宣传小册子；有时也随郭沫若等人去下乡勘察，抚慰伤员等。工作虽然还和在武汉时差不多，然而其激情、思想和价值的体现，已经似乎和前者差之甚远了。

只有回到家里，回到可以让他沉浸其中的绘画之中，傅抱石才稍稍感到一丝心灵的慰藉。有时，他喝了几两白酒之后，觉得一身燥热，头稍稍有些晕。然而，他没有醉，他的酒量很大，是喝不醉的。他只是需要麻醉一下自己，他感觉只有在喝过酒之后，脑海里那平时无法排遣开来的烦闷、忧愁、抑郁和不欢才会消失得无影无踪，也只有在这时，他的身心才能处于一个"六合皆空、惟我为大"的最佳境地；他的创作情绪才能忽然间变得亢奋起来，创作灵感会奇迹般地出现。也许，这就是古人所谓的"癫而迂且痴者，其性情于画最近"吧，不然，为什么他觉得在这种状态下，画画的效果最好，画出的画也最佳呢！这莫非就是自己具有真性情了。

总而言之，傅抱石从此每天必画，每画必喝酒，而且喝酒的次数越来越多，酒量越来越大，干脆就"以酒当茶"了。以至于每当画画执笔在手时，必须左手握玻璃杯，右手才能落笔……有时从醒眼到闭眼，不入其他一滴，而只有大曲，于是习以为常，到了非此不办的地步。

桂林，这座山水甲天下的名城，有着无数美如仙境的风景和名胜。闲暇时分，兴之所至，傅抱石有时也会偕妻携子徜徉流连于漓江的山水之间。那些由水侵蚀而成的石灰岩，经过数万年的风削雨蚀，成为一座座拔地而起的各不相连的山峰，那千万个互不关联的兀立着的奇山峰顶，备呈异状，在清澈的漓江中，映出片片倒影，在微波荡漾的江水中晃动。有时，遇到阴雨天气，傅抱石喜欢一个人跑到漓江边，或租一只船，请渔人将他送到远处的江心，溯江而上。这样，他可以尽情地饱览两岸的奇景，那状如云烟的雾气，一团团、一块块、缥缥缈缈，缠绕在山隙之间；有时，成片的云雾将山的大部裹得严严实实，只露出山的尖峰，令人觉得这景致就是天上的仙山琼阁。这雨帘中的虚虚幻幻的山峦，触动了傅抱石无数创作的欲望和冲动。他将这些山中雨景深深地印在自己的脑海里，成为他画山水画的绝妙的自然之师。

春天过后，三厅的人员除留下来一部分参加行营政治部外，其余的人都陆续撤往重庆。傅抱石也携全家一段一段乘车经贵阳入川。

汽车在颠簸的公路上喘着粗气，蜗牛般地爬行。日寇飞机仍经常不断地在公路沿线袭扰，有时还会投掷一些炸弹和燃烧弹。就这样走走停停，停停走走，汽车没有被敌机炸毁，人车平安，已是万幸，一家老小担惊受怕地挨到了贵阳。

然而，没有想到，当傅抱石庆幸一家人平安无事时，他们那刚出生只几个月的唯一的女儿大氕却发起高烧来。

大氕因清秀可爱，长相酷似罗时慧，深得傅抱石喜爱，被视为掌上明珠。大概是旅途劳顿，傅抱石身边，又是老又是小，春夏之交，一忽儿冷一忽儿热，车内空气不畅，山风劲吹，半岁不到的婴儿，岂经得起这样折腾，出门不几天，就已高烧不退。傅抱石焦灼万分，沿途忙延医救治。然而可能是染疾太重，吃中药西药都不见好转，大氕仍只是高烧不止。而一家人的迁徙还不能停止。以致后来，大氕开始抽搐起来，病势日见沉重，傅抱石急得无计可施，只会唉声叹气，罗时慧也只会紧紧抱着这块心头肉呜呜地哭。

汽车仍颠簸着前行，车后扬起一阵阵黄色的灰尘，也留下旅人串串辛酸的呜咽……

好不容易，谢天谢地，5月4日深夜，汽车进了四川的地界，到了綦江县。

傅抱石来不及找宿地就同罗时慧抱着女儿急奔医院。然而夫妻二人敲开一家医院的门，心急火燎地找到医生。医生一看这孩子，已气息奄奄，非常同情地叹了一口气，摇摇头，摆摆手，说："没有救了。唉，兵荒马乱的，造孽啊！"

急疯了的罗时慧拉住医生的手："求求你医生，行行好，救救我的女儿吧！""唉，不瞒你说，"医生叹了口气："孩子已是病入膏肓，我回天乏术，别以为不是我的孩子而不想办法，就是我自家人，我也无计可施，到哪里去弄药？现在药品都是军用物资，前方的将士都没有药治病了！"

急得一身冰凉的傅抱石只好搀着已坚持不住的妻子回到旅店。

第二天，大毑最终没有被救活，离开了她尚未仔细看一眼的人世。

一家人哭成了一团。罗时慧硬是不相信女儿死了，紧紧抱着女儿不肯放手，一个劲地只知道哭，哭——"我的心肝呐，我的大毑哦——"

傅抱石走到綦江县宿地旁的野山前，仰天长叹，他诅咒万恶灭绝人性的日寇的残暴侵略，诅咒上苍老天爷的不公：一生勤苦而善良的傅抱石何至于要遭此劫难！

草草料理了女儿大毑，傅抱石一家又上路了。

这回，汽车内沉寂无声，除了罗时慧偶尔会抽泣几声外，一家人都不愿讲话。

傅抱石脑海里却是一片空白。他觉得，随着这汽车的颠簸，他的思想也被这无穷无尽的旅途搅得空荡荡了。他不知道，这车还要颠簸多久，这看似无尽的路程到底什么时候才是个尽头；他更不知道，即使到了终点，到了重庆，他的下一步应该怎么走，他应如何对待日后的工作和职业。还有，过去曾立下的雄心壮志，过去所展望过的前程，似乎都已成了遥远的往事，一切都与他无缘了，一切都不必去想了。这动荡不安的时局，朝不保夕的战争岁月，这一天比一天艰难的日子，生存尚且不易，还谈什么雄心，前途！

算起来，自去年 7 月初离开故乡新余，也算得投笔从戎，已经整整一年了。这一年时间，他所经历的实在是太多太多了。当时，他是一腔热血报国请缨，共赴国难，希望为拯救民族危亡献出一个有良心有血性的中国人特别是知识分子的微薄贡献，事实上，他也是这样做的。动员民众，组织慰劳，绘画宣传，街头鼓动……他是竭尽了一个文弱书生的所能而鞠躬尽瘁的。然而，他看到了什么呢？节节败退，长沙大火，继而是颠沛流离，漫长的跋涉。唉，这就是抗日，这就是共赴国难吗？

想到这里，他自己又不觉苦笑起来。自己不过一介书生，这世界难道是我辈可以改观，这乾坤是我辈可以扭转的吗？

汽车在漫长曲折的盘山公路上沉重地跋涉着。山势蜿蜒，已是满眼巍峨峰岩的高山和险峰，比起桂林那秀丽而略显妖媚的山水简直不可同日而语。这里的山是雄浑的、豪壮的，给人以动人心魄的感情冲撞，傅抱石每看见一处嶙峋的险峰或幽深的峡谷，总会怦然心动，觉得心就要从胸口迸出来了。

哦，四川，这就是四川！

哦，重庆，这就是重庆！

傅抱石在这种奇异而兴奋的心绪中进入了重庆。

然而，他看到的却是一幅令人目不忍睹的惨景。

就在他到达重庆的前一两天，5月2日和3日，日寇接连两天派出数十架次飞机，对这座川东的山城进行了野蛮的疯狂的轮番轰炸。霎时间，重庆陷入了一场空前的浩劫之中，隆隆的爆炸声响彻了山城内外，摧毁性的重磅炸弹将一座座建筑物炸成粉碎，万恶的燃烧弹将成片的贫穷百姓的板壁房和棚户烧成一片火海，强大的爆炸气浪猛烈地冲撞着市区的每一个角落，无数无辜的百姓成了惨死的冤魂，撕心裂肺的哭喊声从重庆街道城区的四面八方传出。一座处于水深火热的抗日陪都，不到两天时间，顿时成了人间地狱！

傅抱石第一眼看到的重庆是一副什么样子？

到处是坍塌的只剩下断墙残壁的房屋，仍然在冒着青烟的已经烧成灰烬的棚户和瓦砾，尚未来得及安葬和处理的尸体以及悲恸欲绝的劫后余生的百姓，还有默默地行进在乡间小路的失去家园而疏散的民众队伍。人们的神情是悲哀的，充满了仇恨和不屈不挠。他们只是缄默，把仇恨埋在了心里，一旦有了时机，这种仇恨和悲哀将化作利剑和匕首，狠狠地刺向敌人的胸膛。

傅抱石立即随三厅的机构一道参加了救援工作。他强压住自己将要迸发的愤怒的烈火，满含悲愤和同情的心绪，抚慰那些惨遭不幸的人家，抢救尚埋在瓦砾和房屋之中的幸存者，协助受难家庭掩埋尸体，处理善后。然后，动员和组织民众疏散到附近的乡村去，以防敌机的再次袭击，将损失减少到最低程度。

傅抱石每日在民众之中奔波着，异常辛苦，而他却感到充实、满足，也只有在这个时候，他的心中才感到稍许的慰藉。因为他实实在在地为民众做了一些事，哪怕他做的也只是微不足道的，那也尽了他的所能了。

不久，安置和疏散工作结束了。

为便于工作和解决人员过于集中的问题，全部撤至重庆的政治部，分驻城乡两地。傅抱石与一些画家、作家李可染、司徒乔、高龙生、胡风等驻在重庆西郊歌乐山附近的赖家桥。

三厅厅长郭沫若则来往于城乡两地，乡间住地就是赖家桥的全家院子。傅抱石一家住在距赖家桥约一二里远的金刚坡下的农舍里。

傅抱石没有想到，在金刚坡下，他度过了绵绵八年的乡居生活。

第
五

章

金刚坡下山斋

1. 金刚坡下　寄情于画

年来我得傍山居，消受涛声与竹渠，
坐处忽闻风雨到，忙呼童子乱收书。

住在自号为"金刚坡下山斋"的傅抱石，慨叹一生崇拜并与之清泪相揉的石涛上人所写的这首诗，就是他乡居生活的真实写照。

距重庆沙坪坝约三十里路的金刚坡，是群山环抱的一块谷地。从沙坪坝沿嘉陵江逆流而上，有公路直通；江边有步行小路，翻山越岭，可以到达沙坪坝。

政治部乡间的机关就设在赖家桥。"全家院子"门口，有一棵高大而枝叶繁茂的银杏，又称白果树，独立不倚，孤直劲挺，鸭掌形的碧叶浓密而可爱，使它那巨大的树冠犹如夏云静静地涌动，成为赖家桥一个别有韵味的景致。

从赖家桥出来，沿着一条曲折的乡间小路，穿越田畴，金刚坡的一带山脉，在右手边绵亘着，走过清澈溪流上一座名曰龙凤桥的小石板桥，再沿溪向南行，前面有一座村落，水流湍急的小溪自村的两侧绕出村外，再沿溪向西南行约百步许，便有一栋被竹丛所拥护着的农家小屋，这便是傅抱石的家。

这是一栋极简陋又因年久失修而显得凋零朽败的农舍。房前有块宽而狭的空场，是四川农村惯常可见的晒谷子的地方。这简陋而又朽败的老屋，背着金刚坡的山脉，好像是一位受尽了折磨的老人，苍老而凄惶。

倒是屋门前右侧一丛葱茏而挺拔的竹林为这简陋的老屋平添了一种生气，一种年青向上的活力。正是夏日，竹丛青翠而妩媚，每当一阵山风吹来，它便摇曳着，发出阵阵沙沙的声响，似乎在为居家的主人分忧解愁。

傅抱石一家所住的，是附属于小院落的两间厢房。原是门房，后来房东用来堆放杂物的地方。为了方便，中间用稀疏的竹篱笆隔成了三间，每间不过方丈大小。屋檐低矮，且无窗户，全靠几块亮瓦透点微弱的光线进来，才能在室内活动。而若要作文和画画，须开门采光。

面临晒场的客厅，便是傅抱石吃饭、作息、为文，甚至绘画的地方。仅有的一张小方桌，兼餐几、书桌和画案多种功能。傅抱石要画画，必须经过几道固定的程序：每天吃过早饭后，须将方木桌抬靠大门放着，利用门外来的光线才能作画，画完成或半天过去，又须将木桌抬回原处供吃饭或作别的用处。因此，他作画必须每天收拾残局两次：拾废纸，洗笔砚，扫地抹桌子。傅抱石画画极须安静，往往沉湎其中，不容干扰。因此，每天吃过早饭，妻子时慧已经早早为他磨好了墨，然后将孩子带到外面或竹林里去消磨五六个小时，甚至七八个小时的时光。

"不可多得呵，不可多得！"身居仅堪堆稻草的茅庐，傅抱石却异常中意自己所处的自然环境，经常慨叹这理想的地利不可多得。站在屋后金刚坡的山腰极目俯瞰，左倚金刚坡，泉水自山隙奔放，远山和近水勾勒出一幅和谐而颇具新意的画图，满眼是块状的梯田，屋外环以茂林修竹。

傅抱石在群山中徜徉着，观察着。以金刚坡为中心的周围数十里是他经常攀登徘徊的地方。"真是好景说不尽呵，一草一木、一丘一壑，随处都是画人的粉本。"确实，川东的群山苍茫雄奇，这境界是沉醉于东南景致的人胸中所没有、所不敢有的。这气势沉雄的山川草木给傅抱石提供了取之不尽的绘画素材和创作题材，他有时可以在山峦之中久久地驻足凝神。那高耸入云的川东山峰，汹涌如帘的飞泉瀑布，山水之间的苍松翠竹，莽莽森林都使他忘情恣肆，走火入魔，特别地激发了他的创作灵感和创作欲望。

这天，天朗气清。吃过早饭，时慧照例帮丈夫把桌子抬到门口，她知道，丈夫又要画画了。时慧又接着开始帮他磨墨，她往砚内倒了一些清水，然后细细匀匀，不徐不疾地执墨在砚内转着圆圈，看似不经意，手却在暗暗使着力量。傅抱石最喜欢时慧为他磨墨，这种工作须均衡用力，而且不心焦，不急于求成，他周围的人换上谁也不能胜任。

趁着时慧为他磨墨，傅抱石已先喝了点酒，大约二三两二锅头。傅抱石喜欢四川白酒醇厚而浓郁的馨香，烈而不辣，喝了浑身舒畅。

待酒喝过，傅抱石已感到微醺，时慧也已将墨磨好，于是，他点上一支烟，一边吸烟，一边凝神静思，同时用手在已铺陈于画桌的宣纸上摸来摸去，似在设计、思考抑或是构思细部；有时又停止摩挲，而眯起眼睛端详纸面，如此周而复始数次。过了许久，也许这时傅抱石已考虑成熟，已有精当的构思，成竹在胸了，他忽然把手中的大半截儿烟头丢掉，抓起大笔，饱蘸墨汁，放手就往纸面上扫刷起来，那种全神贯注、全力以赴的"紧急"状态，使在一旁协助和观看的时慧紧张得连大气都不敢出。他挥动画笔时，动作是那样迅猛而又急促，似一位将军在挥臂指挥千军万马，似一名指挥家在指挥一场大型的交响乐，手臂挥动无规则却是那样协调，看似杂乱其实精心谋划。真有风驰电掣之势，雷霆万钧之力。时慧看着丈夫这种解衣磅礴、物我两忘的精神状态，有时也会赞叹：他真是把绘画融入了自己的生命之中啊！

傅抱石仍全神贯注地画着，画笔在他手中挥洒自如，无疑那画笔已经是他手的延伸，是他身体的一个组成部分。他时而使笔锋散开，时而又使笔锋收拢，时而卧笔擦出大片的墨迹，时而提笔勾出挺拔而流畅的线条。墨色的干湿浓淡，用笔的轻重缓急，线条的粗细刚柔，物体的虚实隐现，这一切都服从于他的主观意愿，通过他笔中的那支笔魔术般地出现在宣纸上了。这时，传统的勾勒皴擦的程序被打破了，笔笔中锋的雷池被逾越了，那皴法呢，既不是任何一位中国画家都熟悉的披麻皴，也不是斧劈皴，或其他任何一种传统皴法，这是一种摸不着头脑的甚至莫名其妙的散乱的线条和斑斑驳驳的墨迹。然而，傅抱石笔下山石的质感是那么鲜明而强烈，形态是那么逼真且自然真实，气韵是那么生动，气势是那么磅礴！

等到大体丘壑既出，傅抱石置笔稍息。待墨迹半干，傅抱石又放笔挥洒，做第二遍、第三遍的皴擦、晕染。

稍待片刻，傅抱石开始对画作进行小心收拾。这时，他的动作精细而又缜密，考虑了画作的顾盼和呼应，使作品显得自然生动，灵活多变。至此，除了还要对作品的细部作一些补充和修改之外，画作就算大体完成了。

"你这用的一种什么笔法呀？"时慧见抱石这样放笔直扫，下笔落墨迅疾而有力，而且重按疾擦，将笔毫分开，变成了零乱而无规则的笔锋。这样画出来的山峦，既粗犷雄健，又飘逸洒脱；既浑莽恢宏，又苍润幽远，产生了一种特殊的艺术氛围。

"我也不管这是什么笔法，我是'我以我法'！"傅抱石兴奋地说。

"为什么要改变传统笔法呢？"妻子不解地问。据她所知，就山水而言，尽管各个时代，各种流派因画风不同，皴法各异而产生了众多的笔法，并形成了山水画丰富的笔墨传统，但是丈夫的这种笔法，在传统的技法中是没有的。

趁等待画纸晾干的间隙，傅抱石和妻子侃侃而谈起来，"画是不能不变的，时代、思想、材料、工具，都直接或间接地予以激荡。宋明不亡，至少不会有吴仲圭、倪云林、石涛、八大山人诸大家。泾县及其附近的宣纸不发达，水墨画的高潮不至于崛奇万状，把重着色的绢布之类打得一蹶不振，可见画的本身随时随地都在变，而且不得不变。

"中国画需要快快地输入温暖，使僵硬的东西渐渐恢复它的知觉，再图改变它的一切。换句话说，中国画必须先使它'动'，能'动'才会有办法。我所做的，就是首先使它'动'起来。"

"你又是怎么想出这种表现山石和水势的技法呢？"妻子对丈夫的创新精神总是很支持，而且很感兴趣的。

"这实际是造化给我的恩惠。"傅抱石谈起四川的山水，便眉飞色舞，一往情深。"画山水的在四川若没有感动，实在辜负了四川的山水。昔张瑶星题石溪上人画，曾说：举天下人言画，几人师请天地？我正是遵循石涛上人的遗训，'代山川而言'，'搜尽奇峰打草稿'，以造化为师，以自然为师，以天地为师，为适应画面的某种需要而不得不修改变更一贯的习惯和技法，如画树、染山、皴石之类。我深深相信这是打破笔墨约束的第一法门。"

听丈夫的这一腔肺腑之言，时慧也不禁受到了感染和鼓舞，她也情不自禁地对着画仔细端详起来。

确实，这种笔法画出来的山石奇诡多姿，空阔深邃，又含蓄蕴藉，似浑然天成，复归鸿蒙。

确实，这是一种全新的表现技法。这也许有些令人不可理解，不可思议，但无疑，这就是创造，是创新，是发展！因为它形成的特点不在于他的这种特殊的笔法，而在于他作画时的精神状态。一个画家在具备了基本功力和生活积累之后，作画时首先需要的是激情，有了激情的驱使，才能画出真正感人的画来。傅抱石作画时，他只去想怎样充分而强烈地表达自己的感情，而绝不再去考虑用什么笔法皴法，更不去考虑自己所亟欲表现的方法符不符合传统笔法或古代的规矩，他从不在作画时犹豫不决，而一旦提起笔来，就会像狂风一样不可遏止，直到画出大体的预想效果来。

"一幅画应该像一首诗，一首歌，或一篇美的散文。因此，写一幅画就应该像作一首诗，唱一阕歌，或做一篇散文。"傅抱石见妻子入迷地欣赏，讲出了他创作的目标和追求。

"我看你这幅画就是一首诗，一阕歌，一篇美的散文。"时慧由衷地赞美着。

"王摩诘的'画中有诗'已充分显示这无声诗的真相,而读倪云林、吴仲圭、八大山人、石涛的遗作,更不啻是山隈深处寒夜里传来的人间可哀之曲。"傅抱石充满神往地说:"我的画,不可与上人同日而语,但我会努力使自己的画成为一种极富生命的东西。"

夫妻二人一边做事，收拾画作，一边畅谈，真是其乐无穷。傅抱石觉得，高山流水，琴瑟知音，大概也不过如此。因为他与时慧生活在一起，时慧既是生活的贤内助，更是事业的好帮手，不但能协助成就事业，还能启迪他开拓思想，勇于进取，这真是"此曲只应天上有，人间难得几回闻"，才是最可宝贵和值得珍惜的。

金刚坡是美丽的，以金刚坡为代表的巴山蜀水更是给傅抱石那向往大自然的心以强烈的震撼和陶冶。那苍茫滋润，因天气变幻无常而面貌亦随之变化多端的川东山水使傅抱石有了深刻的感受，产生了强烈的爱。这种深刻的感受和强烈的爱与他孜孜不息的追求变革的性格和精神相碰撞，便会迸发思想和精神上绚丽的火花，才产生了他对艺术对传统绘画的大胆变革。而这种变革又是以自然为师，以造化为师的，是扎根于传统和生活基础上的变革，因此，他的变革不仅能站得住，经得起生活和历史的检验，而且能作为中国画的演变和发展的新的一页而为人们所接受，所承认。

是的，当傅抱石沉醉在山水之中，埋头于金刚坡下山斋的画桌之旁，不分寒冬还是酷暑，总是待在那狭暗而拥挤的斗室里潜心构思、埋头创作的时候，他想到的，不仅是以这手中的构制换取一点微薄的收入来养家糊口，他分明是脚踏实地地沿着自己选定的艺术道路披荆斩棘地前进，是在实践自己改造中国画的抱负，实现使明清以来陈陈相因、腐败僵硬、毫无生命力而且日趋没落的中国山水画恢复生机的宏伟誓言。

傅抱石爱金刚坡，对金刚坡的自然景观有着深切的感情。金刚坡是个典型的四川山区，层层山峦围绕着疏疏落落的村舍，到处是溪流、竹林和树丛，还有藏在深山里的幽静的古寺，无论走往哪里都要翻山越岭。夏夜的黄昏，傅抱石有时兴之所至，会偕同妻子带着儿子小石和二石一同到室外去散步。傅抱石一边和妻子聊些他的所见所闻和生活趣事，有时也给孩子们讲些故事，一边观察着周围的景致。这个时候。傅抱石的心里是恬适的、惬意的。他们总是先穿过门前的那片竹林，跨越清澈的小溪上的龙凤桥，再沿着用石板铺成的小路，经过一条有茶馆和酒店的小街，最后登上高处的盘山公路。登高可以望远，在那里可以尽情地欣赏日落时的山区景色：山头沐浴在夕阳金色的余晖里，远处的村舍升起了袅袅炊烟，牧童骑在牛背上唱着山歌缓缓归去。这简直就是一幅绝妙的乡居图，一首优美的田园诗。

"美啊！真美啊——"傅抱石情不自禁地会发出感叹。他们都陶醉在这美好的自然景色中，与大自然融而为一了。

是的，如果没有日寇铁蹄的践踏，如果没有祸患、战乱、灾害，这种生活会是安谧而恬适的，无忧无虑的。然而，想到日寇的野蛮侵略，想到由于日寇飞机造成的百姓尸横遍野和流离失所，傅抱石的心情又黯然了。侵略者不消灭，不赶走，百姓们是不会有安谧和恬适的生活的。

"爸爸，给我们讲个故事吧！"

"给我们讲吧，好啵？"小石、二石兴致正高，又缠着父亲讲故事了。

"好，我就给你们讲个日本武士道的故事吧。"

傅抱石答应了孩子们的要求，慈爱地望了望小石和二石，然后抬眼望着远方，似乎那里就是他要叙述的故事的发生地。

"日本的武士是非常忠君忠于主人的，武士道精神也实际上是日本文化的一个组成部分。传说有一个日本武士，受他主人的恩养，对主人非常忠诚。一次，他的主人派他去杀一个和主人结下冤仇的人。武士毫不犹豫地去了。因为日本武士对主人绝对忠诚，他是不必问主人为什么要杀那个人的。到了那里，一打听，才知道，那个人当年救过他母亲，也是他的恩人。可是，主人的意志也不可违背，武士经过激烈的思想斗争，最后决定完成主人的旨意，杀死了那个救过他母亲的恩人，而后，他觉得对不起自己的母亲和恩人，于是自己也自杀了。"

"现在，日本鬼子在杀我们中国人。日本文化是在中国文化的影响下发展起来的，他们其实是在杀自己的恩人啊！这种武士道精神既害了我们中国，害了中国人民，也害了日本人自己啊！"

天老爷真是孩儿脸，瞬息万变，刚才还是骄阳满天的晴好天气，突然间，天空已布满了浓重的阴霾，紧接着，开始下起了雨点。不久，凉风裹挟着雨点急速地拍击着屋顶，门前的晒场已经积满了水，空气中清晰可见倾斜的雨丝疾疾地扫刷着地面，霎时间，下起了滂沱大雨，整个金刚坡下，已是一片混沌和烟岚的世界。

傅抱石特别喜欢在群山云雾缠绕、大雨滂沱的时候，戴着斗笠或撑着雨伞冲入烟雾或雨幕中，到山涧流泉峰峦之间去观察，去体验，去欣赏那烟笼雾锁、雨丝扫刷的动态和奇异变化，凝视那滚滚翻腾的乌云，时隐时现的山峰和在狂风中乱舞的树丛。雾气沾湿了他的头发，烟雨淋湿了他的衣衫，他丝毫不觉，反而感到惬意和欢乐。回到家里，心里仍沉醉于那变幻莫测的烟雨之中。

"你都会癫掉喔！"妻子时慧见丈夫又是一身精湿回来，一边爱怜心疼地嗔笑着说，一边找出干净衣服给他换上。

"嗨，这正是画人之真生活，快何如之！你不见古人说过，画人之真性情，须癫而迂且痴，我还没有达到一半呢！哈哈——"

"那你就再迂点，再痴点吧！"

"功夫不到。刻意追求也无济于事。嗯，闲话少说，我们还是言归正传吧。"

时慧知道他这时是急于画画，急于将大自然的雄奇和壮丽注入自己的画中。

这时，天已放晴，骄阳仍放射出灼人的光芒，将不久前还是氤氲的湿气一扫而光。

傅抱石先把纸钉在墙上，再拿着蘸了矾水的笔或刷子对着纸猛烈地挥洒。那动作显然和作画这种斯文的事情不相称。等到画完之后，那张确曾受过暴雨袭击的纸上清晰地出现了逼真的雨景。

"爸爸，你在画什俚呀？"一直在一边静观的儿子小石奇怪地问父亲。这时的小石已经有八九岁了，也酷爱画画，父亲画画时他经常在旁边默默地观看。小石极其聪明机灵，耳濡目染，心领神会，绘画进步很快，在金刚坡的政治部机关的小学里已经小有名气，连郭沫若都听说了。

"嘻嘻，咯样画画，我也会。"只有四五岁的二石聚在旁边调皮地说。

傅抱石将二石揽到身边，对小石说："古代有很多个画家画过雨，如米元章、高房山等人，都有很精彩的雨景作品。他们不直接画雨，而能使人产生下雨的感觉。这是因为他们研究了画雨景的规律，比如所谓'烟中每有无根树，雨外尤多没骨山'。到了清代的金冬心，开始摸索直接画雨的方法。我受了他的影响，也吸收了西洋水彩画的表现方法。但是，对我来说，最重要的老师是大自然本身，这个老师教给我的，比古人和洋人都多。"

"雨是不好画的，因为雨没有固定的形状，也没有明显的色彩。因而，不仅是中国画，就是西洋画画雨时，在技术上也有很多难处。我用矾水画雨，只不过是一种尝试，或者说只是画雨的一种方法。其实，不用矾水也是可以画雨的。"傅抱石笑着说。对两个儿子将来的前途，他寄予很大的希望，所以在向他们传授绘画技巧时，他总是不厌其烦，而且竭尽全力。而在平时，他对待孩子是很严厉的。

"不用矾水又嘟样画雨呢？"孱弱的小石睁着一双黑而大的眼睛问，他恨不得把爸爸的那一手艺全部都学过来。

"不用矾水？嗯，这样吧，我来画给你们看。"傅抱石索性将墙上那张已经扫刷了矾水的宣纸取下来，换过一张宣纸钉在墙上。

"你们看，不用矾水是这样画。"傅抱石取出一支毛笔蘸上淡墨，又用一支排笔蘸上颜色，分别示范给儿子看，一边画一边讲解。

他用毛笔和排笔先后在纸上刷。画出雨丝的形态。"要注意下笔的方向和速度——"

他不停地画出一条条的雨丝。然后，他换上大笔蘸上淡墨，突然在纸上猛扫："其实，你们注意观察，雨也有大有小，夏天的雨，有狂风裹挟着的暴雨，也有绵绵阴雨和细雨。我现在画的是暴雨，而且是倾盆暴雨。"

他在纸上继续用大笔猛刷，使人强烈地感到雨的速度和力量，如闻狂风大作，电闪雷鸣。

"而画蒙蒙细雨，雨的力量和分量都较小，这时就不能用大笔，而应该换上小笔，也不能像画暴雨那样大动作了。"

他又换上小笔，用笔轻轻地在纸上飘忽，纸上仅留下若有若无的痕迹，看似迷迷茫茫，水气濛濛。他一边画一边讲解着："总而言之，雨的状态是各不相同的：画微雨，干笔淡墨转扫；画暴雨，湿笔饱墨迅挥；风狂雨骤，雨丝倾斜度大；风柔雨细，雨脚近垂直；朝雨霏霏，日雨明净，暮雨濛濛，夜雨昏黑……"

"看清楚了吧？二石，你不是哇你也会画吗？来，画画看！"抱石说完故意将笔塞到二石手里，将他往墙跟前推，二石却不好意思地往后缩，赖着不肯上前。哪知他越往后缩，父亲却偏将他往前推。二石挣扎了几下，父亲也没有再坚持，终于让他挣开了。父亲反而笑起来了。

"哈哈——，看似容易却艰辛呵，你们两个都要下点功夫才能有所成，懂吗？"

小石和二石都懂事地点点头。

看着孩子们都出去了，傅抱石又将那张洒了矾水的宣纸钉在墙上，重新画起来。

2. 一片汪洋达汉唐

转眼之间，来到重庆，寄居在穷乡僻壤的金刚坡下，已经快一年了。

政治部的工作是清淡、无聊而毫无生气的。办事素来认真而且亟欲一展抱负的傅抱石在已经缩编的政治部真是进退维谷，处于两难境地。干也不是，不干也不是，他对那套衙门作风官僚之气又极为反感，然而，他又能怎么样呢？他无力也不想去改变这一切。因此，他的心情是忧郁的，一年前那种誓要献出一腔热血的豪情和壮志已经荡然无存，他只有在寄情于川东的巴山蜀水，沉浸于他的绘画创作中时，那被扭曲了的心才能稍稍得到一些慰藉。

战争，不仅遏制了人民精神的发展，也阻碍了文化和学术的繁荣和交流。重庆这个西南重镇，一下子成了抗战时期国民政府的陪都，却并不是具备了陪都的条件。除了达官贵人占据了安全而舒适的地界和建筑外，一切的文化机构都形同虚设，学术研究机构、图书馆、博物院至为分散，为数已经不多的重要图书资料亦限于场地条件而无法陈展，加之交通不便，傅抱石在画史画论方面的研究也几乎陷于停滞状态。他只有偶尔翻翻那少得可怜的杂志和报纸，了解些学术的进展和动态。

在这样的情况下，傅抱石却仍然潜心进行中国古代山水画史的研究。

展读这些画史资料时，傅抱石想到了1933年冬，他在日本激于义愤，夤夜撰文批驳伊势专一郎一事。真是一解心头之恨，快何如之。当时他《论顾恺之至荆浩之山水画史问题》原文为日文，曾当即把它投寄了日本杂志，但未获发表。于是他把文章译成中文，邮传国内，于1935年10月发表于《东方杂志》秋季的特号。日文的原稿则迟至1936年5月才在日本的《美之国》杂志刊出了。

自那以后，傅抱石更下定决心向那篇一千五百年来"自古相传脱错"的《画云台山记》进攻。这项研究后来又得到了许多学者、教授，如沈尹默、汪旭初、马叔平、胡小石、宗白华等先生的支持和帮助，特别是郭沫若，为他的这项研究费了不少精神。如今，主要的关键性问题基本上解决了，傅抱石决定将这断断续续搞了六七年的研究结果，写成一篇《晋顾恺之〈画云台山记〉之研究》论文。

正是隆冬，金刚坡上下都积满了一层厚厚的白雪。也许往年，家家都会忙着准备迎接新年，尽管新年也不能给老百姓带来什么幸运，然而，穷苦的人民总是满怀希望地寄希望于新的一年的。而今年的隆冬，金刚坡下的乡村，根本看不到喜气洋洋的气氛，乡村农民的神色是忧郁的、愁苦的，因为这兵荒马乱的年月，不要说过年，就是生命也是朝不保夕，难以预测。谁知道那万恶的日寇，那人人切齿痛恨的日寇飞机什么时候又会飞临金刚坡的上空。灾难深重的人民就是在这样凄惶和愁苦的心境中熬过这寒冬。

天寒地冻，人们的心也是寒的！

傅抱石搓搓冻得麻木的手，以皮肤的摩擦获取一些微温，然后又继续他的撰写。他奋笔疾书，他要以这篇文章作为掷向敌人的长枪和匕首，直刺敌人的胸膛！他觉得，这也算尽了中国人的一份心，算不枉为中华民族炎黄子孙的儿女！

他在文章中写道："伊势专一郎的研究文章日本各大报纸杂志……众口一声的说是划时代的著述，以至洛阳纸贵，无人能易一字，然而，事实上并没有如我人之大愿，他是非常自用的所谓无视一切，把某些原来可通的倒弄得非驴非马！"

傅抱石在疾书。他知己知彼，觉得中国不仅要赢得抗日战争的胜利，把疯狂的日寇打败，彻底赶出中国的土地，就是在学术上也要战胜敌国，以证明中国不仅有自己的画史，而且中国的画史还比日本的中国画史无疑要更正确、更深刻、更完整！

他夜以继日地写着，金刚坡的旷野雪地吹来的凛冽的寒风呜呜地响着，拍打着木板的窗子，从窗子的缝隙中钻进来，使屋内充满了寒气，他却浑然不觉。

当他最后把《晋顾恺之〈画云台山记〉之研究》写毕的时候，他觉得他又参加了一场获得了全胜的战斗。

这篇文章很快于 1940 年 4 月连载于《时事新报》重庆版副刊《学灯》上。

文章发表不久，傅抱石很快便收到了不少读者来信。这时，正是日本帝国主义者向我大后方和平居民疯狂地进行空中屠杀的时候。在金刚坡下山斋，在山后的简易防空洞里，傅抱石展读着这一封封不相识的朋友们充满鼓励和嘉许的信件，他的心里也充满着温暖和胜利的豪情。

"……在抗日战争的重要关头，你的研究无疑是在学术上也战胜敌国的重要发现！……"

"希望你再接再厉，继续努力，把中国古代的山水画史的轮廓建立起来。"

傅抱石觉得，他是和广大的人民群众站在一起，是和抗日的正义力量站在一起的，他的研究和成果，无疑应该视作是抗日斗争的一部分。为此，他应该把下一步的工作做下去。

他酝酿已久的下一部打算，就是亲自画《云台山图》！

傅抱石最初想到这个打算时，连他自己都被这突如其来的大胆设想吓了一跳。

据傅抱石研究《画云台山记》的全文，组织严密，段落分明，是一篇甚为厚重的晋人文字。记中的经营设想细致生动，绝非空洞敷陈之作。全记可以分为四十三点，大部分因是阐述云台山图构思的设计，有时加入几句议论。从文意来看，可以明了以下几个方面的问题：

一、此图系横幅形式，故自左而右的逐段设计；二、顾恺之不是一位徒精技巧的画家，故对于天师及其弟子的形神动作，涧之远近深浅，配景之高低位置，均有精湛的发挥，虽各寥寥数语，也是可珍；三、侧重天师及弟子群的精神刻画。

要将这样场面浩繁、工程巨大、要求精确而具体的历史巨幅长卷画出来，谈何容易！

然而，傅抱石又被自己的这个大胆设想所激动，所兴奋，因为这件工作太诱人，意义太重大了。

晋朝的顾恺之是一位伟大的人物画家。他的作品，就画题研究，十中之九皆是人物。他的三篇著作中，除《画云台山记》外，也完全是就人物画立论。这时候所谓山水画的产生，实没有足以使人证信的资料。国内外专门学者，有不少的人把山水画祖的桂冠，强加在顾恺之的头上，这大概多少受了他这篇《画云台山记》的题目的影响，实际，不过是想当然。如今，以自己的研究结果，则能够裨补一千五百年前关于山水画的真面目，恢复它若干本来的面目，那么此后中国山水画史的研究，可冲过隋代；而绘画思想的研究，也可从南齐的谢赫很自然地经自晋的顾恺之而上溯汉魏了。

这幅画的完成将证明顾恺之《画云台山记》不惟可解，并且可画！

想到这一点，傅抱石激情洋溢，有一种强烈的创作欲望在脑际翻腾。

经过缜密的研究，他开始着手绘制《云台山图》。

这幅画本应用绢及重着色，但限于当时的条件，仍用宣纸及水墨作材料。

傅抱石以四川的山川为背景，画出的云台山，山势逶迤起伏，烟雾氤氲，通幅作品，气势壮阔，而且多带古意，境界高妙，与顾恺之的文意贴切准确。

《云台山图》的创作成功，轰动了重庆知识界和文艺界。

许多学者、书法家为此画赋诗、题跋，如徐悲鸿、汪东、沈尹默等。在抗战时的重庆，知识分子以此为契机，洋溢着一股对日本帝国主义的蔑视之情。而郭沫若亲题于画纸上的四首诗，由于对这场论争了解得最透彻，对此事的评价最精确恰当，诗意又畅快淋漓，充满了中华民族的豪壮之情而为人广泛传诵着：

画记空存未有图，自来脱错费爬梳，
笑他伊势徒夸斗，无视乃因视力无。

乱点篇章逞霸才，沐猴冠带傲蓬莱，
鞠涂一塌再三塌，谁把群言独扫来？

识得赵升起键关，天师弟子多斑斑，

云台山鏊罗胸底，突破鸿蒙现大观。

画史新图此擅扬，前驱不独数宗王，
滥觞汉魏流东晋，一片汪洋达汉唐。

傅抱石自己也感觉《云台山图》画出之后，胸中解了一口恶气，一种雄踞高山之巅、俯视东邻的民族自豪感油然而生。他刻了一方图章，文曰："虎头此记，自小生始得其解。"他觉得，这不仅仅是他个人的自豪，也是中国人的骄傲，中华民族的骄傲！

3. 忍穷饿以治艺事

这年春天，在整理旧杂志时，傅抱石翻出了一本去年6月份的日本《改造》杂志。因当时忙于抗战宣传工作，仅匆匆浏览了一下，记得有一篇横山大观的文章，于是又翻开仔细阅读起来。

这是一篇对德国青年访问团的广播稿，题为《日本美术的精神》。原来，全篇除了宣扬日本军国主义，宣扬日本对中国的"圣战"外，大部分是就日本的绘画加以发挥，实际上是把中国的东西，贴上日本的"太阳商标"，硬说成是日本自己的，还要加上一句"中国有什么呢"这样的废话。

横山大观！提起横山大观，傅抱石就想起五年前在日本东京银座松坂屋举办的"傅抱石画展"时那不可一世的飘飘然的傲岸神气，那王宫贵族似的狂妄派头。这位日本画坛的耆宿，一直主导着日本画坛的革新运动，并且不间断地创造出一些震惊画坛的巨作，在日本有着巨大的魅力和精神感召力。傅抱石至今犹记得当年横山大观在参观个展过后，一扫傲慢和狂妄的气焰，对傅抱石说过的一些颇有见地的话："中国人到日本学中国画，就等于到日本学烧中国菜，同样是一个笑话。你们中国的水墨画才是全世界最崇高的艺术，……你们祖宗的遗产太令人羡慕了！"这也许算得上横山大观的肺腑之言。

然而，横山大观又是一个宣扬日本军国主义的画人，曾有报道介绍：1931年，日本扶植的伪满洲国成立的时候，他进呈了几幅大画屏，以此博得了全国上下的称赞。因而，他这篇文章在国际上是有其巨大影响的。

傅抱石想，自己谙熟中国绘画史和绘画理论，对日本绘画发展史和绘画特点也了如指掌。他懂得，批驳了横山大观，将使日本画坛在理论上产生动摇。而这件使命由自己来完成是最合适不过了。对！他决定立即写一篇文章来批驳横山大观。而这不仅仅是中日美术界的事情，实际上也是在美术领域抗击日寇的侵略，也是一场抗日战争！他决定循着这个思路来写。于是拿起笔，果断地写出了标题《从中国美术的精神上来看抗战必胜》。

傅抱石首先指出：

中国美术本是"日本美术的母亲"，这话，现在的中村不折也在他的《"支那"绘画史》上写下过。但日本的国民性，早已陷入极度的夸大狂。往往把中国的东西，贴上"太阳"商标，像伪造历史，假充大陆元老一样。……这种糟蹋、毁薄，固是他们的一贯作风，而中华民族的美术，仍然是永恒的前进。

接着，傅抱石从三个方面谈到中国美术的"最伟大的精神"：

"第一，中国美术最重作者人格的修养；"

他举了八大山人四句诗为例："郭家皴法云头少，董老麻皮树上多，想见时人解图画，一峰还写宋山河。"说："这是何等的境界？"这种"不移、不淫、不屈"的精神，是"专事调铅弄粉"的日本画工谈不到的。

"第二，中国美术在与外族、外国的交接上，最能吸收，同时又最能抵抗；"

他以中国敦煌到山东千佛山这一线的壁画和佛教造像为例，指出中国美术能够吸收外来势力的长处，同时也能够严厉地抵抗，不让它有反客为主的机会。而日本美术的中心思想都是"一个很难解答的问题"。连"他们自诩为'国宝'的雪舟乃至狩野之类，不知道是亦步亦趋的学谁？"因而，"它非屈服不可"。

"第三，中国美术的表现，是'雄浑''朴茂'，如天马行空，夭娇不群，含有沉着的、潜行的积极性。"

傅抱石说，中国画上所表现的意识，"是根于作者人格的镕铸，所以'雄浑''朴茂'，处处保持一种凛然不可侵犯的态度"。而"日本美术、建筑、工艺，只是'小巧'，写字则酷喜'枯瘦'，绘画呢？'板刻''破碎'而已"。

傅抱石总结"这三种特性，扩展到全面的民族抗战上，便是胜利的因素"。

傅抱石用形象的比喻讽喻说："老实说，日本这次发动侵略的战争，就是把这幅最伟大最紧张最积极的中国画看走了眼！弄得深入泥沼不能自拔。"

最后，傅抱石以充沛的必胜信念鼓起人们的抗战决心：

这样看来，中国美术的精神，日本是不足为敌的，我们应该有珍贵的自信，努力去发扬光大！殚精竭虑，来完成这雄浑而伟大的画面！迎接胜利的到来。

这篇旗帜鲜明、论据充分的文章，于1940年4月在重庆《时事新报》上发表之后，在知识界特别在青年学生中引起了极大的反响。

郭沫若看了文章后，大为赞赏：

"振聋发聩！抱石兄，振聋发聩呀！尊作比起那些内容空洞，光喊口号的抗日宣传文章不知要强多少倍。抱石兄不仅善绘事、精画论，而且人格高尚，可佩可感啊！"政治部人员都称赞傅抱石"极富民族气节"，傅抱石更加深得人们的敬重和钦仰。

然而在这一段时间，抗战的形势却日趋尖锐。

抗日战争已进入了关键阶段。中国的抗日勇士和军队，在华北、西北等战场给日寇以重创，使日寇兵力难以调遣，疲于奔命。北起潼关，南至三水，三百万日军陷入了抗日的泥淖。困兽犹斗，他们开始疯狂地轰炸和空袭我后方城市，重庆就是他们轰击的首要目际。就连一些学府所在地也不能幸免罹难。

5 月 27 日，位于金刚坡毗邻的嘉陵江北岸黄桷树小镇上的复旦大学被日机袭击。

这天，日寇出动三十架飞饥，像凶恶的鹰隼一样向地面府冲扫射投弹，弹爆的巨响掠起阵阵狂风，似天崩地裂，震耳欲聋的爆炸声连江对岸的金刚坡也能听见。不久，日机也零星地袭击轰炸了金刚坡一带，宁静的小小山村也陷入了一片惊慌之中。躲在防空洞里的傅抱石都能感到硝烟和和硫黄冲鼻的气味，大地似在震动，被炸弹爆起的大小石块和黄土在山间冲滚，漫起冲天的烟尘。到处能听见惨遭罹难百姓的惨叫和哀号。

5 月 29 日，位于沙坪坝的中央大学和重庆大学均遭日军轰炸。把本来就已是破陋不堪的泥垒校舍炸得房屋坍塌，人员伤亡惨重！

人们的脸上满布惊骇，悲伤；眼睛里流露的是不屈和仇恨，愤怒的情绪充塞于人们的胸腔。

傅抱石亲眼看见那燃烧倒塌的房屋，看见那些被炸得血肉模糊、肢体残断的受难者，看见那似人间地狱般的凄惨景象。他的心似被人狠狠捅了一刀，他的胸中燃起了仇恨的烈火！他恨那些惨无人道的日本法西斯，恨不得亲手击落那些残害生灵的日寇飞机，如果他有枪或炮的话。

从防空壕出来，回到他那赖以栖身的"山斋"。他倒了满满一玻璃杯白酒，独自酌饮起来。

处在那种动荡不安的年月，国是日非，民不聊生，家事繁累，社会满目疮痍，傅抱石的心里是愁苦的。因而，除绘画而外，他只有以酒一解愁肠，而且大有终日不弃之势。如果说，他过去喝酒曾是为了一展豪情，他绘画前喝酒是为了借酒高扬起自己创作的激情，激发起创作的灵感。那么，他这种时候喝酒，很大程度是希望借助酒的作用使自己的精神能稍稍麻痹，思想得到暂时的解脱，心灵得到些许的安慰！也许，喝过酒之后，那些忧愁、苦闷、彷徨，甚至失望会暂时从他的脑海里消失，使他忘却这一切，哪怕是很短的时间也好。人如果只有在这种时候，才能求得思想和精神的片刻的安宁，那又何不顺应自己呢？而且，他画画也已经不能离开酒了。

看来，酒确实是个好东西。它能使人振奋，使人喜悦，使人解脱，还能使人忘忧！

想到这里，他从内室取出一方印面宽约一点五厘米，长约倍之的长方形印石，拿

1939 年，傅抱石一家在金刚坡下"抱石山斋"屋前留影

出刻刀，也不打草稿，直接就手在石上刻下阳文"往往醉后"四个字，"往"字占直面约一小半，为避重复，第二个"往"字只是一横形小点，点下还空出约三分之一的位置，"醉"字比"往"字排列稍低，"后"字约占整个印面四分之一还多些。这样，四个字显得错落有致，线条摆布匀称而协调，飘逸清新，秀媚洒脱，是典型的赵之谦风格。傅抱石将石章刻完，钤了一印在纸上，看后，自己甚觉满意，于是小心收好，以备绘画时用。

这时，他想到了他在政治部的工作。率直和刚烈的傅抱石在政治部越来越感到郁闷和心绪不宁。他对那种官僚机构的办事作风，工作受阻以及处处压制正义，空谈抗日的种种劣端简直越来越无法容忍了。

数月之后，傅抱石终于在这年的夏天，趁政治部改组，离开了政治部，离开了这个他工作了整整一年多并曾倾注了他的热血和激情的短命的抗日临时机构。

战时的重庆，物价飞涨，货币贬值，甚至有时一日三涨。生活异常艰难。这年，傅抱石又添了一个女儿，已是二子一女了。女儿取名益珊，小名二毛，生得活泼可爱，而且脸上有个小酒窝，一笑便立刻显现出来，傅抱石钟爱之极。然而，家庭负担却日趋沉重，经济拮据，有时甚至有断炊之虞。在这种境况下，他只是每天作画不止。他感到，他把全部的精力都倾注到绘事当中，就能将一切置之度外。

"抱石兄，"郭沫若有一次遇到傅抱石，深为关切地说，"你真是一位标准的中国艺术家，然而最典型的，却是穷，穷，第三个字还是穷。艺术虽然已经进步得惊人，生活却丝毫没有改进。大概'穷而后工'这样的话，就是对你而言吧？"

傅抱石却一笑，豁达地说："我现在是忍穷饿以治艺事呀！不也是味道十足吗？哈哈——"

不久，应徐悲鸿之邀，傅抱石回到中央大学艺术系任教授。

4. 嘉陵江边穷教授

嘉陵江，这条哺育四川人民并滋润着这片土地的母亲之河，从陕西与甘肃交界的秦岭山麓出发，经过数百公里的召唤和聚拢，进入四川，终于汇集成一条汹涌而壮观的河。那滔滔的江水翻起的朵朵浪花，包含着沿途夹带来的黄土和泥沙，显得浑浊而不驯顺，而到了重庆地界，她欢呼着、歌唱着，江面豁然开阔，水流也更加平缓，因为就在重庆的东头，她就要汇入中国的第一大河——长江。为此，她那汩汩涌动着的江水，也显得充满了激情，充满了对这片土地的深沉的爱。

嘉陵江边，一条蜿蜒曲折高低不平的山间小路上，一个身材修长的青年人正急促而矫健地向重庆的沙坪坝方向走去。他身穿灰布长衫，一手提着一只装着资料、讲义的皮夹，一手夹着一把油纸雨伞。由于走得太快，他的额上已经沁出了汗珠，他一边走一边解开了颈下的衣服纽扣，这样可稍稍凉快些，但仍未放慢他的脚步。因为，他必须提前赶到沙坪坝的中央大学，以便早做准备给学生们上课。

这位尚未进入不惑之年的青年，就是应聘在中央大学任教的傅抱石。

傅抱石自回到中央大学执教后，一则由于不喜嘈杂而喧闹的城市，再者，金刚坡虽然偏僻而贫穷，环境倒是幽静而恬适。因此，尽管金刚坡距沙坪坝有三十里路，他仍然没有搬家，而情愿每星期往返数次去授课。

金刚坡至沙坪坝有公路通达，在战时因为政治部在赖家桥驻有机关，每日有班车往返，然而傅抱石却选择了步行，主要是为了省下钱来贴补家用，另一个原因，他喜欢饱览沿途的山川景色。他觉得每次出门所看到的景致都不一样。那变幻无穷的山峦烟云，那隐立在雾霭之中的雄奇山峰，那突兀于湍急水流中的怪石，以及江中远远传来的川东号子和纤夫们粗犷而深沉的滩声……这一切都令他如痴如醉，他岂能轻易放过这难得的机会。要知道，这一切，给了他多少绘画的素材，激发了他多少创作的灵感呵。

抗战事起，中央大学从南京仓促迁到重庆，虽然蒋介石亲任校长，却没有一所完整的像样的校舍。只是在沙坪坝重庆大学的旁边，一座小松林山上，用竹木搭起几十座房屋作为教室、办公室和宿舍，至于教学设备则根本谈不上。学生宿舍就好似一座座大仓库，里面密密麻麻地排满了双人木架床，拥挤而又阴暗。

虽然条件如此恶劣，一批批年轻有为的热血青年为了学习本领，为了探索真理，却仍然不顾艰难险阻，不计较条件的恶劣，纷纷从全国各地汇集到这偏远的小松树林中，潜心钻研，刻苦学习，成为中国青年的佼佼者，成为国家的栋梁之材。

虽然条件如此恶劣，以徐悲鸿为主任的艺术系却集中了全国一大批美术精英。许多青年美术爱好者就是慕名而来求学的。中央大学艺术系原设美术和音乐两个专业，迁至重庆后，音乐专业停办。美术专业的师资阵营却非常强。除了徐悲鸿兼任教授素描、油画等外，吴作人授素描、油画兼雕塑；陈之佛授工笔花鸟及西洋美术史；张书旗授写意花鸟；黄君璧授山水；傅抱石返校后，授中国美术史及山水、篆刻；美术系主任吕斯百也兼任素描和油画课，后来还延聘了谢稚柳、李瑞年、秦宣夫和黄显之等为老师。

中央大学艺术系员工合影（左四为傅抱石）

一时间，真是群贤毕至，少长成集，声震重庆艺术界。

刚迁至重庆时，美术系四个年级只有十几个学生，有时一个年级只有二三个学生上课，然而老师们仍然悉心指教，一丝不苟。待傅抱石返校时，学生已经增至数十人。

这座非常时期坚持下来的学校，真是一切从简，艺术系占有的一所简易房子，共有大小六间。最小的是办公室，只有五六平方米，摆上一张办公桌后，如再站上二三个人的话，办公室就要被塞满了；其他的房间作为石膏像陈列室、人体画室、雕塑室和绘画理论课教室，每间也只有十几平方米大；那间最大的作为中国画教室，有三十多平方米，教室内摆了二十来张画桌，前面一张大些的，是专为老师上课时作示范画用的。

傅抱石的课，主要安排在理论课教室进行，有时讲山水，也会到大教室去讲解和示范。

傅抱石讲授中国美术史，一般都不带讲稿，因为一部中国美术史，他早已了然于心，烂熟于胸。中国绘画的发展史、各个朝代的代表画家，其风格、特点，历朝绘画理论的书籍目录、作者、内容，以及史实轶事，他都了如指掌。而且，他讲中国美术史，旁征博引，正史传闻，都讲得有声有色。如一个顾恺之"虎头三绝"的故事，他可以讲三个课时，学生听得津津有味。学生们说，听傅先生讲课，简直是一种享受。

这天，在美术理论教室里，傅抱石正在绘声绘色地讲课。学生们正饶有兴趣地听着，十来双眼睛一起盯着傅老师。

傅抱石今天讲的是"明清之际的中国画"。

"明四家仇英、唐寅，大致是工细和青绿重着色的系统，沈周、文徵明是水墨淡彩的系统，后者是被士夫认为正宗的。事实上，四家中都是以宋或元为最高轨范，从远处看，他们的规模法度还是'宋'或是'元'的。代表明代的，画面上似还没有建立完全而清晰的轮廓。假使有所表现，就是我在前面说过的'太平气象'，所谓盛世之音是也。

"艺术的兴废，往往与时代恰成反比。第二代的前半，大部是第一代的延长，加以咀嚼，加以融化，慢慢地第二代的面目形成了。等到我们看得相当清楚时，不消说，第三代又在那里等待着延长它了。所以时代的面目也者，是这一波纹的最高度，摆在当前的是向下倾斜的线纹，这表示着你非动不可，当你起步之时，又往往所谓乱世之音已隐隐响着多时。根据这往下看，第十七世纪的百年当中——大体为明的末叶到清的初叶——是二十世纪以前中国绘画史上最后一个无力的波纹。在波纹最高处的画家，非常拥挤，有老头儿也有青年，有得意的，也有失意的。画山水的固绝大多数，也有画人物花鸟的。现在，我们不妨对这伟大的行列来展望一下。"

傅抱石说到这里，故意顿了顿，让大家精神上稍稍放松一下，并可以稍稍调整一下以便集中全部精力继续聆听。

教室里稍稍有些响动，有些学生换了一下姿势，有的则互相对视了一眼，交流了一下满意而甚觉有趣的眼光。

傅抱石待大家重新静下来，又开始像讲故事一样侃侃而谈。

"这一群画家悠闲而参差地走着。因为人多，有的不十分看得清楚。最熟悉的是探源董巨风头最健的'云间'宗主董其昌，开创娄东支配以后三百年山水的王时敏，和王鉴、李流芳、杨文聪、张学曾、程嘉燧、卞文瑜、邵弥七位在一起，载言载行，状甚得意。原来这是吴伟业祭酒所推重的'画中九友'。接着便是萧云从和孙逸江左二家，正在讨论太平山水的画法。孙逸则拼命主张去画黄山，靠近萧的左边，忽一老者时而怒视一下前面的王时敏，引吭高歌着'广陵散从此绝'！萧问孙：'此何人？'孙曰：'他是浙派大家蓝田叔——蓝瑛，他是反对娄东派的……话犹未了，只见王翚、王原祁二位加紧脚步赶向前面去，吴历和恽寿平则安详地踱着。这时候，志不在以人物千古的陈洪绶，心中在念着山东的崔子忠，因他俩有'南陈北崔'之号，总算是难得的神交。陈的后面是曾被强奸民意而应博学鸿词入京大哭的傅山，和升州道士张风。傅山紧握着老拳大骂赵子昂，张风笑着对他道：'老兄，何必骂得那么远，前前后后，值得骂的还少了吗？'不防身边有四位和尚——髡残、弘仁、朱耷、道济——弘仁很沉默而颇有得意之感，似乎又在研究云林的折带皴，忽地念念有词：'若我收到了他的《西林禅宝》或者《狮子林图》，元朝人的东西看也不要看了。'这话恰被南京清凉山下扫叶的龚贤听得清楚，便说：'倪云林的用墨，是万万不及吴仲圭的呀？'弘仁抬头一望，见他左右有樊圻、高岭、邹吉、吴宏、叶欣、胡造、谢荪一伙人，知道他们是从南京来的金陵八家，转身便走。后面远远的还有不少人……从扬州来的'八怪'，以《百骏图》自傲，从意大利来的郎世宁，和在太仓集合同来的'十哲'……自'十哲'以后的人，过半数抱着一部1679年出版的山水树石的百科全书《芥子园画传》。

"伟大的行列已过去了。他们留给中国绘画的是些什么？不过是中国绘画的极度沉滞。然而就他们本身论，也各有千秋的所在，像六家的山水，老莲的人物，和苦瓜的高艺及其思想……

"这就是中国明清之际的中国画队伍及其基本情况。"傅抱石简略地结束了他的叙述。

教室里"轰"的一下热闹起来，学生们似从刚才傅先生的生动而形象的绝妙比喻中清醒过来，是的，他们刚刚确实跟随这支明清的画家队伍进行了一番检阅和评论，倾听了他们的观点、派别、特征以及风格的自述，甚至如见其人，如闻其声，如观其状貌……现在，他们对明清的中国画家队伍和状况有了一个总体的轮廓和清晰的印象。学生们兴奋地欣喜地交流着，谈论着，他们觉得，这比那种抽象而刻板的介绍要有趣得多，效果也要好得多。

中央大学艺术系的学生仍是分年级上课的。傅抱石教的这个班是二年级，二年级除开设有《中国美术史》外，另还开了篆刻，这两门课均由傅抱石主教。

第二天上午，傅抱石应邀前往距离沙坪坝校本部约二十里的嘉陵江畔柏溪，为中央大学一些一年级的篆刻爱好者讲授篆刻。这几名一年级的学生，有艺术系的沈左尧、吴继明，建筑系的朱畅中、黄宝瑜等，他们在课余，自发成立了一个课外研习篆刻的组织"阆社"，并且编排了一种名为"金石录"的壁报，这些学生经常邀请傅老师为他们讲学和辅导，傅抱石见这些青年如此爱好篆刻，热情可感，似看到了当年自己的影子，焉有不允之理。于是经常不辞辛苦，跋山涉水去为他们讲课。在傅抱石的精心辅导下，青年们的篆刻水平进步很快，特别是沈左尧，聪敏且颖悟，所刻印章日臻佳境，很为傅抱石所赏识。沈左尧学习又勤勉，经常步行数十里去金刚坡下傅老师家请教，日久竟成为傅家常客和相知。傅抱石不仅将许多家庭琐事放心地交给沈左尧处理，有时遇求印者众，促逼不及，每由自己写墨后嘱沈左尧捉刀代刻，而沈左尧居然能于点画笔墨间不失老师篆意，深得老师嘉许。傅抱石曾引周栎园书钱雷中印章"逼杀许多老僧"之语，夸赞沈左尧的后生可畏，这是后话。

傅抱石继续给这个篆刻爱好者组织"阆社"上篆刻课。

傅抱石声音洪亮，嗓音极好，他那带南昌方言的官话与略具鼻音的口语，极富特色，颇具诱惑力，同学们听起来也不费力。

傅抱石待大家坐定，自己清了清嗓子，开始讲课。

"同学们，学习篆刻，不能不研究并熟悉它的发展史，并且了解中国篆刻史中那些光焰如星汉灿烂的人物。今天我要跟大家讲的，就是明朝的文氏父子——文徵明和文彭、文嘉。"

傅抱石说完，信手在黑板上写下了"文徵明、文彭、文嘉"几个字，然后继续讲：

"位于中国东南部的江苏省苏州，可说是近代篆刻的星宿海。这地方自唐宋以来，即以'人文的渊薮'著称。中国有句俗谚：'上有天堂，下有苏杭。'它在中国人的心目中，实是一个美丽的花园。

"公元 1522 年—1566 年的明朝嘉靖年间，这花园中有一位辉煌于画史而被称为明四大家之一的文徵明。生于 1470 年,死于 1559 年。兼以篆刻著名。这位文先生一门高艺,他在画史上的影响和荣誉,实超过元代的赵孟頫。

"文徵明有两位儿子——文彭、文嘉;一位侄儿——文伯仁,均为画家兼擅篆刻。而文彭——"他在黑板上写下"公元 1498 年—1573 年"后继续讲,"尤为这花园中的奇葩,所谓开朝花而启夕秀,在近世篆刻史上有承先启后的功劳。至于其他精篆刻的吴宽、王谷祥、黄圣期、吴迥、徐霖、赵宦光、胡日从及以收藏甲东南的项元汴诸人,地域固不尽苏州,时间也有先后,他们之于文彭,则好似牡丹绿叶,又好似众星相拱,诚如周亮工所云:'论印之一道,自国博开之。'

"文彭,字寿承,号三桥,隆庆时,官南京国子监博士,多在南京,不久被任北京国子监博士,遂为两京国博。左目不能视,以万历元年七十六岁的高龄死去。世称文三桥或称文国博。

"他的刻印,今日没有真谱可以研究,偶然存于书画间的或若干牙章的遗物,我们未尝不可借以探索他的艺术。他以书画双精之才,复受父亲衡山先生的指教,自易对当时印坛有所努力、有所怀抱。

"据我的意见,他的刻印,基本的精神,在于'秀润'和'雅正'。当宋元拙曲盘回的积习之余,他出以'秀润',是比较刺激性轻微的。他用'秀润'作了桥梁,挽转了若干印人回到'雅正'的彼岸,这是他的成功处。不然像元代的赵孟頫、吾丘衍,时代固不可并论,而他们忽略了现状,或竟突然的矫以极端,自然无法成功的。明白了这一点,三桥的作品在后世邀致如何的批评和他在篆刻史上的地位,当然不应该同日可语!

"文彭初期刻的印都是牙章,且大半写好后命工于雕扇子的南京人李文甫奏刀,李的技术虽然能够做到'丝毫不爽'的精妙,而那实不是篆刻的最高境界。我们根据他这分工合作的事实,就可以证明当时的篆刻,还没有顾虑到'刀法'的研究。后来他在南京西虹桥无意中购得的四筐'灯光冻'冻石,自己可以用刀如笔,就不再作牙章了。'灯光冻'的嘉名,也因此为世所知。这时候,他的作品当有特殊的变化。刀书和笔书在同一作者,距离不会很远,且有许多无意的妙处,简直不是笔书所能办到的,我想他这'秀润'的作风,刻石以后,必给予当时印人的较大的冲动。

　　"总之，文彭在篆刻史的地位就仿佛绘画史上的王右丞。——今天，向大家介绍文氏父子就介绍到这里。"

　　傅抱石接着下面内容："现在请大家拿出印石来刻印。"

　　"篆刻是我国历史悠久，在世界上独有的一门艺术，要有所成就，应终身不懈。"傅抱石一边辅导学生篆刻，一边循循善诱，"要学好篆刻，首先在学好书法。且篆与刻是一个有机整体，用刀也如用笔。用笔有笔法，用刀也讲究刀法。我们平时说，文如其人，我看篆刻也如其人，它反映了一个人多方面的修养和品质。"傅抱石又具体讲解了篆刻的几种刀法。

　　不知不觉，又是两节课过去了。同学们却毫无倦意，仍然围住傅先生请教。一个学生将自己所刻的一方印章请傅先生指教。傅抱石接过来一看，印章的边框上有故意造成的断损和缺角，笑着对这个学生说："如果你这件衣服是新的话，你会不会不待他损坏就戳个洞呢？"

　　那个学生摸不着头脑："当然不会！"

　　傅抱石说："你这枚印章，笔法和刀法姑且不论。你的印章的边框是故意断损的，也许是为了求得古雅。但古印的某处断损是运刀时气韵所致，有的则是年代久远而自然形成，你这样的故意断损岂不是在新的衣服上戳个洞吗？"

　　傅抱石的话引得围在他身边的同学都笑起来，那位同学也摸着后脑笑了。

　　傅抱石又说："多临摹古人作品是对的，但不能食古不化，只求形似。这就和学画画一样。古画和现代的名画应多看，但不可死临，应多师造化，师法自然。两相对照，吸取众家之长，狠下苦功，水到渠成，才可望自成一家。否则不过是'吴道子第二'成为一个'王道子''李道子'，既不是继承，更不是发展，充其量只是一个'抄画匠'而已。"

　　篆刻的讲学辅导结束了，傅抱石又有了几天的闲暇。他收拾好讲义和资料，又带上那把出门必带的油纸雨伞，在夕阳的余晖中，急匆匆赶回金刚坡。是的，他还有许多事情等待他去做，他必须抓紧每一天，每一刻的光阴，他的心里才感到踏实，生活才感到充实。

5. "元气淋漓，真宰上诉"

夜，万籁俱寂。

金刚坡的夜显得更加宁静而幽远。四周是一片漆黑，不让中国人民安宁的日寇飞机这时也不敢来了，劳碌了一天的川东农民有早睡早起的习惯，这时已开始沉入了梦乡。许多学人和知识分子本想看看书、聊聊天什么的。限于条件，也只能蜗居在家里，在黑暗中与家人说话。笼罩在夜幕中的金刚坡已陷入了夏天的闷热中，松树翠竹轻轻地摇曳，老远的山岭可以看得见隐隐约约的轮廓，倒是那一阵阵的虫叫从田塍中传来，偶尔也听得见树丛中传来不知什么名字的鸟的鸟鸣声，使这空旷的荒凉山乡更显得冷寂、幽静。

此刻，在金刚坡下山斋，主人傅抱石正坐在他那饭厅兼"客厅"又兼"书房"的狭小的房间里，聚精会神地整理着一堆资料。

这零零落落、厚厚薄薄、大大小小的书籍稿纸、剪贴手抄的"一帙破楮"，却凝聚了他十多年的心血，寄托着他多么深厚的感情，耗费了他多少个青春时日和漫长的不眠之夜啊。傅抱石在展现这堆资料时，珍爱地捧着这一本本、一沓沓、一摞摞书籍和稿纸，不由得激情翻滚，心潮汹涌，自己也不觉会慨叹：这其中一言一字，固与你清泪相揉，然而对我来说，爱惜何异头目呵！

这"一帙破楮"，就是傅抱石十多年来潜心研究的有关石涛的专著和为撰写《石涛上人年谱》而收集的资料。

傅抱石对于石涛的妙谛，可谓癖嗜甚深，已经到了不能自已的地步了。还在青少年时代，他就对石涛的许多诗文题跋心慕崇拜、钦仰不已，以至于手抄笔录，开始大量收集石涛的资料，哪怕只言片语，也从不放过。以后，他开始系统地研究石涛。为此，他简直倾注了他的全部心血，全部的爱！

他翻阅并研究了有清以来所有关于石涛的专著，如陈鼎《瞎尊者传》《清史稿》《国朝耆献类征初编》《碑传集诵》《国朝画征续录》《国朝画识》《国朝书人辑略》《国朝书画家笔录》《清画家诗史》《扬州画舫录》《江都县续志》《清代学者像传》等等书籍，而其中以陈鼎《瞎尊者传》为最早最佳的研究专著。

然而，即使如此，傅抱石仍觉得这些书"备极简略，含糊其词。于生卒绝无痕迹，于世系除陈传外，俱作楚藩之后；于籍贯或作梧州，或作河南"；因而"诸书所记，绝非真相"。而如今：上人之迹遍宇内，其受世界之尊崇亦日益深，因此，傅抱石决定自己完成这项研究工作，以使石涛的世系生平，永永不倾。

他决心将石涛的籍贯、世系、生卒年代等都得到确切的结论；石涛一生的行踪、事迹及作品，包括书画诗跋，都进行条理清晰的考订。

然而，这些资料，散见于石涛本人的书画题跋及同时代人的著作和诗文中，而要找到这些著作、诗文和书画题跋，真如大海捞针，谈何容易！十多年来，傅抱石借刊物流传，国内外具同好者，或借供资料，或指示疑虑，往还商榷。遇有关者，片语必录，且依记其绪由，真是殚精竭虑，费尽心血。

1933 年，他在日本时，得以观赏了一批流传在日本的石涛真迹，并进一步完成了在国内就着手研究并开始撰写的《石涛专著苦瓜和尚年表》，并于该年在东京发表。

自东京返国后，八年来。他又相继有几篇有关石涛的专著问世。

关于石涛的生卒问题，傅抱石的《石涛生卒考》《石涛丛考》中，考定石涛生于明崇祯三年（1630 年）庚午，卒于清康熙四十六年（1707 年）丁亥七月后，享年七十八岁。

关于石涛的世系问题，傅抱石《石涛再考》中，考定石涛为明高皇伯兄南昌王孙守谦之后。悼僖王赞仪十世之孙，亨嘉之子。

此外还有关于石涛的出生地、一生的行踪以及石涛诗作、画迹等"难遽言""无结果"的问题，也有了一个较清晰的结论或基本的轮廓。这些考证和研究，陆续收辑在后来发表的《石涛三考》《石涛年谱稿》和《大涤子题画诗跋校补》等专著中。

现在，在这夏夜的金刚坡下山斋，傅抱石就原有资料，手撰《石涛上人年谱》。算起来，这项工作还是未返中央大学之先的去岁新秋开始的。如今，经过半年多的辛苦伏案，繁浩的撰写工作已接近完成。

伴着眼前的一盏忽明忽暗的油灯，傅抱石不禁想起自乙亥（1935 年）到丁丑（1938 年）的三年时间里，自己片时几为上人所有的难忘岁月。

傅抱石在南京中央大学执教期间，即着手石涛年谱的编订。为了抄录资料，费去

《石涛上人像》，傅抱石 1942 年作

了许多节假日。记得 1935 年冬，他整日泡在南京龙盘里的首都图书馆，并将寒假来金陵度假的妻子时慧也携来协助誊抄资料，天寒地冻，妻子的手整日裸露在外，以至将手冻烂。

1937 年秋，南京陷敌在即，傅抱石孤身一人返赣，除随身的物品除换洗衣服外，独独只有此"一帙破楮"。

途经安徽宣城时，想到三百年前这里曾是石涛数次游历的地方，他特地盘桓了一些时日。每当风和日丽的晴好天气，他必会徒步走出宣城的北门，迂回到双塔寺前，那俨如华表东西对峙的双塔，令人望之肃然起敬。傅抱石手抚宋代苏轼手书石刻，想到石涛高踪曾一再履此，上人见到此金石史上罕见之石刻，也一定会摩挲观赏，徘徊留恋不已。傅抱石心中竟也有无可名状的激动。

傅抱石又曾来到双塔北侧的敬亭山，这里千岩万壑，是不可多得的胜景。李白"相看两不厌，只有敬亭山"的赞语，尤为后人传诵。傅抱石流连于湖光山色之中。感叹"兹山亘百里，合沓与云齐"的雄浑景致，对这里的一草一木、一亭一榭都有一种特殊的亲切之感，他似乎感受到了石涛上人在这里徜徉时的心境和情怀。如今，人去亭圮，他心中的感奋仍是难以形容。在这动荡不安的环境中，他打算就在宣城将《石涛年谱》完成。为此，他还约请了宣诚的"写真坊"坊主将石涛上人曾游历过的敬亭、双塔、鳌峰以及虹桥等实景拍摄下来，以此自然景观与所撰年谱对照参考。哪知动笔未几，战火又蔓延过来，他只好又带上这帙资料返回江西，一直带到新余故里。

当新余也能闻到战火的硝烟，溯赣水二三百里都感到波动时，傅抱石又须离井别乡，前往武汉。这时，他萦绕于心的仍然是那帙一刻也不离身的石涛资料。恐战事纷繁，携带不便，一失未必尽能再得，才小心地将它邮往重庆的一位亲戚处。傅抱石在将资料投邮时，心里充满了失落和不安，他真真觉得，他是将他的心也给寄走了呵！

如今，经过十多年丰富的搜罗和缜密的考证，又经过一年的潜心著述，这本"耗心血泰多"的《石涛上人年谱》终于完成了。他最后在此著作的"自序"和"例言"中写道：

"是篇虽倾心近十年，以绝无倚傍，从纷纭艰赛之资料中，志在建立此伟大民族艺人一生之简单轮廓。"

"上人死去盖二百数十岁矣！传之者无虑数十家，倘是篇得尽此民族艺人于万一，宁非毕生之幸也欤。中华民国三十年，岁次辛巳夏日新喻傅抱石于重庆郊外金刚坡麓。"

当最后一个字写完，傅抱石把笔往桌上一掷，长喘了一口气。他似乎体会到了妻子"十月怀胎，一朝分娩"的艰辛、痛苦和幸福。是的，这已经完成的《石涛上人年谱》就是他苦孕十年而一朝呱呱坠地的用心血凝成的孩子，是他身上的一块"肉"呵！

《石涛上人年谱》既成，傅抱石还有萦绕于心的有关石涛的另一桩心愿，就是根据石涛的意愿画出《大涤草堂图》。

此事说来话长。

康熙二十七年戊辰（1688年），五十九岁的石涛从扬州致函身居南昌青云谱的八大山人朱耷，请他画一小幅画。原信云：

闻先生七十四五，登山如飞，真神仙中人也；济将六十，诸事不堪。十年以来，忆往事，所为书画皆非，侪辈能赞诵之而为宝物邪？济几次接先生手教，未及奉答，总因病苦，拙于应酬，不独于先生一人为然也。四方皆知济此病。今日李松庵兄还南州，空函寄上。济欲求先生三尺高一尺阔小幅，平坡之上，老屋数椽，古木樗散数株，阁中有一老叟，此即大涤子大涤草堂也，若事不多，余纸求法书数行，列于上，真济之宝物也。勿书和尚，济有发有冠之人也。只恨身不能迅至西江，一睹先生颜色！老病在身，如何如何？

雪翁先生

十年以后，即康熙三十七年戊寅，年已八十五岁的八大山人将石涛所求之《大涤草堂图》寄给石涛。盖应戊辰约也。八大山人在画上题款云："大涤草堂图，为极老宗翁写，求正。八大山人。"

石涛收到此画，喜极，漫题诗于其上云：

西江山人称八大，往往游戏笔墨外，

心奇迹奇放浪观，笔敬墨舞真三昧。

有时对客发痴癫，伴狂诗酒呼青天，

须臾大醉草千纸，书法画法前人前。

眼高百代古无比，旁人赞美公不喜，

胡然图就特丫杈，抹之大笑曰小伎。

四方知交皆问予，廿年迹踪那得知，

程子抱犊问予道，雪个当年即是伊。

公皆与我同日病，刚出世时天地震，

八大无家还是家，清湘四海空霜鬓。

公时闻我客邗江，临溪新构大涤堂，

寄来巨幅真堪涤，炎蒸六月飞秋霜。

老人知意何堪涤，言犹在耳坐沙历，

一念万年鸣指间，洗空世界听霹雳。

八大山人并在画上题跋曰："家八大寄余《大涤草堂图》，欢喜骇叹，漫题其上，使山人他日见之，不将笑予狂态否。时戊寅夏五月，清湘陈人大涤子济山僧草。"

八大山人为石涛画的《大涤草堂图》，据说流入日本，并曾展观于东京。然而谁也没有见过，也没有任何关于这幅画内容的记载资料可考。

这幅画似已成为傅抱石的一块心病。它能使石涛上人感觉"炎蒸六月飞秋霜"，而欢喜骇叹，却使傅抱石怅然若失，遗憾终生！久而久之，他萌生了自己画《大涤草堂图》的念头，否则，不了此愿他将愧对上人，愧对祖先！他似乎觉得上人那封求画的信是写给他的，是求他来画这幅画；或者说，这是上人在三百年前给他出的一道考题，他必须完成这份答卷，他的心才能稍稍感到安宁，得到慰藉。

许多年来，上人这道考题的内容一直在他的脑海里萦绕：三尺高一尺阔，平坡之上，老屋数椽，古木樗散数栋，阁中有一老叟……关于这幅画的构思设想，他设计了很多方案，却全无模仿八大山人之意。他决定，他画好的《大涤草堂图》不应该去突出大涤草堂，而应把重点放在"樗散数株"上。他记得《庄子·逍遥游》中曾云："吾有大树，人谓之樗。其大体臃肿而不中绳墨，其小枝卷曲而不中规矩。"《庄子·人间世》中又云："栎是不材之木，无所可用。"石涛原意是以樗栎自喻。意自己已是不为世所用，是无用之才。实际上樗栎这两种树都是有用之才的。于是，他决定突出樗的可用和注目。这也许是石涛上人和八大也难以想到的。

他在一张高四尺、宽二尺的整张宣纸上营造他的画面，用浓淡不同的墨色画了四五株粗壮而挺直的樗树错落有致地排列，其中一棵矗立于画幅正中偏右，树主干的宽度占去了画面的五分之一，几乎是顶天立地，造成了强烈的逼人的气势；树身已空，布满了孔穴，顶部已朽断，却枝叶繁茂，延伸的茁壮的枝杈直贯画幅两边，可谓老树根深，隐喻石涛的艺术成就，也毫不隐晦自己对上人的崇敬之情。远景中部偏左边的三棵大树与左边沿的山石相接，画幅的左下部是掩映在树丛及矮竹中的茅屋，茅屋的布帘半挑，一老翁临栏伫立眺望，似在睥睨尘寰，又似仰天长叹，用艺术的语言突出了这位明末清初画坛旷世天才的索漠、深沉、放达的豪情和内心世界。

这幅画完成时，已是 1942 年的秋天了。

傅抱石一身松爽，多年来的夙愿终于成了现实。走在金刚坡至沙坪坝的路上，他的步履更加矫健，全然不像一个年近四十的人了。事实上，生活的贫困，绘事和著述的劳累，教书生涯的艰辛，营养的极度不良，使他的身体仍过于单瘦，脸色苍白而缺少血色。然而，他却自感精神振奋，体力充沛。走在这濒临嘉陵江的山间小路上，他丝毫不觉得乏累，反而觉得是一种享受。是的，经过几年的步行锻炼，如今走这一趟三十里的山路，他觉得比刚走时轻松多了。而今天，他挟着这幅精心构制的《大涤草堂图》也确实觉得浑身充盈着一股无穷的力量。

在那间只有五六平方米的艺术系"办公室"里，傅抱石展开了这幅《大涤草堂图》，请徐悲鸿先生和艺术系其他先生观赏并指教。

"呀！"众先生围在已经铺陈开来的大幅画作前，不由得都发出了由衷的赞叹。

毋庸讳言，这幅画确是不可多得的佳构。

"气势恢宏，水墨淋漓，"擅画工笔花鸟的陈之佛先生说，"观抱石的画，我都想改行了！"

一句话说得大家都笑起来了。

1942年3月，傅抱石作《大涤草堂图》，徐悲鸿为之题
"元气淋漓，真宰上诉"

已经观之良久的张书旂先生也说："气韵生动，墨韵氤氲。倒真有石涛'炎蒸六月飞秋霜'的感觉呢！"

这时，徐悲鸿先生说："我看，抱石兄的这幅画，贵在对石涛要求题意的深刻领会。通读全画，无处不显示石涛题诗中'一念万年鸣指间，洗空世界听霹雳'的深意。你们看，这种空灵、深沉和悲愤的情感确实是强烈地表现出来了。画得好呵，真是匠心独运啊！"

傅抱石诚恳地说："徐先生，石涛在对画作提出的要求中，还有一条是'求法书数行，列于上'。我看这个任务就请委屈你来完成吧！"

"既如此，好吧，我就不客气了。"

徐悲鸿这时提大笔在手，略一思忖，便很流畅地用行楷的书法提下八个大字："元气淋漓，真宰上诉"，又换上小笔题款："八大山人大涤草堂图未见于世，吾知其必难有加乎此也。悲鸿欢喜赞叹题。"

众皆叫好，"贴切中肯，锦上添花"！

傅抱石也非常高兴地说："此画承悲鸿先生惠题，使我更感光荣呀！"

6. 真山真水动真情

春寒料峭，天阴雨湿，连绵的阴雨淅淅沥沥地已经下了一个多月了。在重庆西郊的金刚坡下，傅抱石用竹篱笆隔开的土墙瓦房，显然承受不了这兼旬的雨雾天气，正是"床头屋漏无干处，雨脚如麻未断绝"，再好的雅兴，寄居在这简陋的山斋里，也会心生厌烦。时慧一边用大盆小罐接着从屋顶的缝隙漏下来的雨水，一边埋怨这鬼天气怎么就不见晴。连一向达观乐天毫不在乎的傅抱石也在一幅画的题跋上记下此事，叹息"益增旅人之感"。

予旅蜀将五载，寄居西郊金刚坡下，尔来兼旬淋雨，矮屋淅沥，益增旅人之感。

　　傅抱石感到庆幸和欣喜的是，除授课之外，每月他有将近半个月的时间可以由自己支配。这段时间，他得以尽情地在家里创作他的画作。

　　蜀道山水，即使山水画发达，故唐以来诸家多依为画本。观历代著录名迹，剑阁栈道之图特多可知也。

　　每天在山间徜徉，领略这蜀中的山水，傅抱石越来越发现眼前景色的雄奇和美丽，那千变万化，苍茫深幽的山川形胜，那烟笼雾锁、缥缈秀润的自然景观，着实令傅抱石惊叹不已。于是他满怀激情地扑向大自然，拥抱大自然，嘘吸山水灵秀之气，饱餐山水灵秀之色，捕捉并摄下那一幅幅瞬息万变而稍纵即逝的景象。"动人的作品，往往成功就在须臾"，他说。

　　兼旬的阴雨过后，难得出现了晴好的天气，初春的太阳暖烘烘地照晒着金刚坡下，空气中仍蒸腾着烟霭，形成一幕幕奇异的光怪陆离的景色，对面远处的山峦之间，充满了蒙蒙的雾气。此情此景，怎不令极易激动的傅抱石如痴如醉，那创作的激情正像山涧的流泉奔涌而出，一幅早就酝酿于胸的《观瀑图》跃然眼前。

　　这时，深知丈夫创作习惯的时慧适时地把孩子们带到外面玩去了。

　　当一切准备工作完成之后，傅抱石左手端着的杯中酒已经喝去了三分之二。他的脑海里那山川的意象也完全形成了。他拿起毛笔，饱蘸墨汁，猛地一口喝尽杯中的酒。这时，他觉得，当含毫命素、水墨淋漓的一刹那，什么是笔，什么是纸，乃至一切都辨不清了。

　　他几乎是像苍鹰搏兔似的扑向面前的那张画纸的。只见他先在宣纸下半部成倾斜状用笔猛扫，下笔落墨的动作非常迅疾，用笔锋重按疾擦，绘出近前的山和树，那树是由大块横状的墨团组成的；然后又在画纸的上部偏右涂抹出小块的墨团，并任它晕染。又用淡墨在墨团的上下部挥洒，勾勒出了远山和近树的大体轮廓。此时，他已如入一个空灵世界，周围的一切已尽皆抛弃。他着力地按倒笔锋，笔根都已经触着纸了，以此重按疾擦，铺衍出全画的整体气势，使上下前后贯穿相连。接着，他时而以散锋逆笔勾斫，斜势挥动，绘出山势的险峻；时而将笔锋横向勒出。刻画山岩的嶙峋；

而表现山峦的细部结构时，他忽儿将已散乱不堪的毛笔在纸上如缠丝状运力，手指还将笔杆捻动，忽儿用长线短线左右挥洒；有时又轻提笔锋，近乎画圆圈似地行笔……那远处奔泻的瀑泉，是用散锋造出形势；近处顺势而下的溪流，则是用散锋勾出波纹。待画纸稍干后，他用细笔描出山脊之上浓荫之中的亭楼和观瀑的老者，寥寥数笔，却意趣盎然。整幅画，粗犷而灵动的线条和浓淡相生、大小相间、节奏跳跃的墨块，构成了雄浑的群山、苍莽的树林以及如闻吼声的瀑布和淙淙流淌的溪水。

至此，傅抱石画出了一张空灵飞动、别开生面的山水画！

快近中午时，时慧带着几个孩子回来了。许久没有遇着这么好的天气，整整蛰伏了一个多月的小石和二石玩得痛快而尽兴，一路蹦蹦跳跳地回家，只有二三岁的女儿益珊由母亲牵着，小脸蛋被初春的太阳晒得彤红，小手上还捏着一把在山坡上采来的映山红。一进家门，茅屋里顿时增添了欢快的气氛。

然而，时慧和小石、二石看到墙上挂着的这幅杰作，都不由惊住了。他们静静地聚在画幅前面，观赏着，交流着会意的眼神。而这时的傅抱石，仍沉浸在创作的激情氛围中，似对他们的归来毫无察觉。

"你这是嘟样画出来的呀？"时慧开始问话了，"线条乱七八糟的！"聪慧的时慧具有幽默的性格，她知道，只有这样，才能引出丈夫连珠的妙语，并把他从沉思中拉回到现实来。

"你们看看，像什么？"傅抱石似在考他们，也似在验证自己画作的第一反应。

"像山石、树丛……哦，还有瀑布，泉水……对，是四川的山水！"小石、二石几乎同时喊出来。

"嗯，不错！正是像与不像之间，然而，千真万确是四川的山水！"傅抱石很高兴。

"可是，这是嘟样画出来的，这是些什么线条呀！"时慧疑惑道。

"确实，看起来是乱七八糟的。"傅抱石有一种创造后的喜悦，亟欲把这种创造时的心态告诉妻子，"姑妄就叫它散锋乱笔吧！"

"那这属于什么皴法呢？"曾读过美专艺术科而且伴随丈夫多年的她对中国画的皴法也是相当熟悉的，可丈夫的这种笔法，在传统的皴法中是没有的。

"你哇得对，"傅抱石说，"它哪一种皴法都不属于。我总是想，山水画的基本任务，就是畅写山水之神情，要求体现自然内在的精神运动和雄壮美丽而又微妙的含蓄，而不是单纯的诉于视觉的客观的描写。四川的山水固神奇莫测，但仅作自然主义的描绘，那么摄影也能办到。要画出山水的灵魂，就要敢于破除古法，敢于自立新法，敢于借笔墨以写天地万物而陶醉于我。我感觉在画画的时候，处于'解衣磅礴''物我两忘'的境界之中，这时，不仅用笔慢慢勾勒不行，就是像李唐的'大斧劈'法，用阔笔湿墨画树石，以劲细之笔画水流，以焦墨重笔画人物也难以达到满意效果。故而，我根据山川的结构形态和本质生命，用这种散锋乱笔的笔法画山水，实现以气取势，以神写形，达到灵活飞动，自然天成的效果。你看我的这幅画，是不是会有这种感觉呢？"

"现在看得时间长了，真觉得这幅画有一种逼人的气势呀！"时慧由衷地说，"而且我感觉，这画越看越耐看，心与迹和谐而又统一，磅礴之势，超出画外；鼓荡之气，充盈其中。真是可以坐读而受震慑呢！"

"知夫莫如妻！"傅抱石笑答，"你是可惜了呵，找了我这样一介书生，只做了一位贤内助，否则，你满可以成为一名不错的画家或别的艺术家。"

"教学相长，我也不吃亏！"时慧也顺势笑着说，"有你做家庭教师，我不花钱便等于读了中央大学。"

说完，夫妻二人都哈哈大笑起来了。

傅抱石笑完，高兴地说："吃饭吃饭，二石，去打酒！"

大自然总是慷慨而无私地赋予，春天的川东，前不久还是阴雨连绵的郁闷天气，曾几何时，当艳阳和煦而温柔地普照大地时，呈现在你面前的，也许是你意想不到的花团锦簇的烂漫春光。

三月的一天，在嘉陵江北岸，沿着江边迤逦起伏的冈峦山道上，一乘滑竿正在迅疾前行。滑竿是四川特有的交通工具。四川多山，只有少数平缓的地方通公路，大部分险峻的山间和较偏僻的地区只有仅能步行攀登的小路，一些年轻力壮的农民在劳作之余，便将一种家家都有的竹躺椅两边绑上两根碗口粗细的竹杠，制成一乘滑竿候在路边，有走不动路的老人或有钱人便会雇上一乘代步，就像城里的黄包车（人力车）一样，在四川山区到处可见，价钱比乘汽车还便宜，农民挣几个脚力钱贴补家用，乘滑竿的人也颇觉方便。

嘉陵江边的这乘滑竿上斜坐着中央大学教授傅抱石，他是到中央大学设在柏溪的分校去上课的，从大竹岭过了嘉陵江后，感觉有些累了，将近四十了，毕竟不像年轻人，后面还有十几里山路，到了学校还要上几个小时课，实在有些吃不消，于是雇了乘滑竿代步。

抬滑竿的是两个青年农民。清瘦的傅抱石本不算重，又适逢阳春三月天，青年农民扛着滑竿真是健步如飞。一会儿顺小路钻进茂密的山林，一会儿又在江边的小路上前行。

傅抱石得以饱览这沿岸旖旎的风光。

顺流而下的嘉陵江敞开她那博大的胸怀，在陡峭的山势下汩汩地流淌着，水面上蒸腾着雾气，偶尔可以看见一两只木船在江中搏击，有时还传来阵阵高亢嘹亮的川江号子，傅抱石不觉被这幅美丽而深沉的画面深深吸引，他的心灵颇为感动：中国几千年来的历史，不就是劳动人民与天地搏斗而生生不息的奋斗史吗？这眼前的滔滔大江就是历史的见证，烽火连年，朝代更迭，而这奔腾不息的嘉陵江、长江流淌千古。傅抱石又猛然想到，殁后葬于蜀冈之麓的石涛上人面对这滔滔大江不知会做何感想。唉，逝者如斯乎！

"可怜一石春前酒，剩有诗人过墓门！"

距柏溪已经不远了。傅抱石仍在放眼观赏右面山水的景致。忽然，他见一巨形块石，巍然蹲于江滨，向前望，薄雾冥茫，远山在薄雾中隐如一面深邃的屏障。他心头不觉一亮，这不就是石涛上人的诗意画吗？

盘礴万古心，块石入危坐，
青天一明月，孤唱谁能和？

傅抱石一直非常喜爱这首诗，他没有想到还有许多人也喜爱它。几天前他在中大，宗白华先生到艺术系来送还傅抱石所著《大涤子题画诗跋校补》时，还指着这首诗说："这首诗简直太好了，我最喜欢，他那意境之美，几可称为绝唱，你把他画出来吧！"傅抱石当时也动了心，实际上他早有此意，于是说："好，我准备试一试看。"

如今，眼前的景色忽然激起了傅抱石的创作灵感，他想，若把这块石作中心，画一人危坐石上向远山眺望，下半作水景，不就是"苦瓜诗意"吗？对，就这么办！他为自己设计构思了一幅《石涛诗意画》感到太高兴了。

下午，傅抱石回到金刚坡，立即按设想如法炮制，由于有了一个成熟的构想，下午四时许就将画题印完毕。然后钉在墙上，反复地吟味。

"块石入危坐"和"青天一明月"似乎表现出来了，然而，"孤唱谁能和"和"盘礴万古心"他总觉还没有充分表达出它的深意，尤其是"盘礴万古心"这一句。

这使傅抱石颇费脑筋。

"盘礴万古心，盘礴万古心……"他脑海里不断地闪现出这一诗句，思考着如何表现这句诗的最佳方案。

隔了几天，他又重画了一幅。这幅构图乃不取水景，将背景改作深邃的山谷，技法上也稍稍注意石涛的风格和样式。这样看起来，似乎比以江水做背景的要好些。

然而，即使是后作的一幅，傅抱石仍觉得不满意。因为他心目中的这幅画，总以为不应该像那样的结果而终止，他应该画出更贴合石涛诗意更臻于完美的画来，不是吗？艺无止境，这无疑也适合于对他的要求，适合于这幅画的。

可是，如何表现呢？

两个月来，他的脑海里总是萦绕着这首诗："盘礴万古心，块石入危坐，青天一明月，孤唱谁能和？"对石涛上人之高艺和愤世嫉俗的高古思想是不能掉以轻心的。本来，诗与画原则上不过是表达形式的不同，除了受某种程度的局限以外，其中是息息相通的。然而，眼前有这么一个似自由而其实相当不自由的题目，制作上的危险虽不怎样严重，但如何处理它，是必须注意的。否则，若掉以轻心，一不留意，便会弄得陈腐不堪而无足一观。特别是石涛上人的诗，教傅抱石如何不慎之又慎，精而又精呢！

又是两个月过去了。

一日，天阴沉沉地下着雨，金刚坡的上空到处布满了云霾："山斋"内光线暗淡。

困守在僻静的茅舍里，傅抱石又想起了石涛的这首诗，一种不甘罢休的强烈的创造欲又油然袭上心头。他不顾屋内暗淡的光线，将桌子抬至门口，又取出宣纸要重新绘制一幅石涛的诗意画。

由于第二句"块石入危坐"的限制，他不能不把人物和块石作为主体，然而，这次他不画月，看看是不是更贴切些。及至傍晚画完，自己看了看，吟味了一番，觉得大部分尚满意。然而，他还是觉得未曾把整个的诗境恰到好处地表现出来，特别是不画月，似与原诗更有距离了。傅抱石只好苦笑着摇了摇头，在题画时，他只题了第一句："盘礴万古心"在上面。

要画出一幅贴合诗意的画有多难呀！

尽管如此，于石涛上人妙谛，癖嗜甚深而不能自已的傅抱石，绘制石涛的诗意画、石涛的故事画是乐此不疲的。多年来，石涛有许多诗往来于他的脑际，有许多行事、遭遇感动着他，使他久久不能忘怀。每当他擎笔展纸、准备泼墨挥毫的时候，这些诗、行事和遭遇往往又会不经意地如闪电般在他的脑海里出现。傅抱石甚至有一个宏伟的计划，设想把石涛上人的一生，自出湘源，登匡庐，流连长干、敬亭、天都，卜居扬州，北游燕京……以至于死后高西塘的扫墓，写成一部史画，来纪念这位伤心磊落的画家，虽然最后由于种种的原因，这计划没有完全实现，然而这许多年，他也陆陆续续地画了不少这方面的专题画。如《访石图》《石公种松图》《过石涛上人故居》《张鹤野诗意》《四百峰中箬笠翁》《大涤草堂图》《对牛弹琴图》《石涛上人像》《望匡庐》《送苦瓜和尚南返》……共约十余幅。其中大部分是根据他研究的成果而画面化的，并尽可能在题语中记出它的因缘和时代。

还是在东京时，为了研究中国画上"线"的变化史，傅抱石开始主攻人物画，练习画人物薄弱的线条。他认为，中国画的"线"要以人物的衣纹上种类最多。自铜器之纹样，直至清代的勾勒花卉，其"速度""压力""面积"都是不同的，而且都有其特殊的背景和意义。为此，他经常画人物画。另外，他还考虑到，画山水的必须具备相当的人物技术。不然，范围会越来越小，苦痛是越过越深的，最后只好牺牲若干宝贵题材。

《石涛上人诗意》，傅抱石 20 世纪 40 年代初作

傅抱石经常搜罗美术史或画史中最重要的史料，他还喜欢收集古人最堪吟味、甚可纪念的故事或行为作为他人物画的题材。为此，他经常手不释卷。

　　盛夏的七月，中央大学已经放了假，傅抱石抓紧假日时间在家里展卷读书。素有火炉之称的重庆炕晒得像蒸笼一般，热得人透不过气来。处于重庆西郊的金刚坡下也照样是暑气蒸腾，连那门前边的竹林都不见枝叶摇曳，只听得那令人烦躁的蝉鸣一阵阵从坡上的松树林传来。

　　傅抱石却看得入了神，汗已经从额上渗出，他也浑然不觉。

　　突然，傅抱石掩着书"扑哧"一声笑起来了。

　　一旁的时慧莫名其妙地望着他，不知道他笑什么，觉得丈夫虽年近四十，其憨态倒是委实好笑："笑什哩呀，书上告诉你哪捡宝呀？"时慧打趣道。

　　"桓玄这种人，贪鄙好奇，却偏偏对书画护持不啻头目！"傅抱石笑着冒出一句话。

　　时慧更是摸不着头脑。"桓玄？桓玄是哪个？"

　　原来，傅抱石在看一篇关于东晋桓玄的野史轶事。

　　"桓玄这个人，正史家并没有好的批评。"傅抱石说，"这里说他是桓温的孽子，性贪鄙，好奇异，特别嗜好书画，见到有好的书画，必要想办法弄到手。这位桓大司马，和顾恺之、羊欣是好朋友，常常请两位朋友到家里来辩论书画，他就坐在一旁静听，这行径已经够有味了。宴客的时候，又喜欢把书画拿出来供大家观赏。有一次某客人大约吃了'油饼'而没有揩手，把他的书画弄污了，他非常生气。以后有宾客要观赏他的书画即令先洗手再看。——真有意思！"

　　"哦，"时慧听明白了，"咯个人爱画如命。我倒觉得，咯个桓玄像一个人——"

　　"像一个人？像哪个呀？"傅抱石问。

　　"像你——"时慧一脸正经。

　　"像我！"傅抱石一笑，"我嗜画如命，倒还不至要别人先洗手再观画。——不过我倒认为这个故事相当动人。特别在现在的情况看来，多少文绉绉的先生们还在怀疑书画是否值得保护。以今例古，这桓玄司马如何不教我肃然起敬！我倒要将这个轶事画一幅画。"

　　"要人家洗手也值得一画？"时慧不解。

"当然值得。——这样的人绝无仅有。"

"我倒要看看你啷样画！"

"好，展纸磨墨！"

于是，夫妻二人动起手来。

一切准备就绪，傅抱石将一张对开的五尺宣纸横展在桌上，由于画幅太宽，还不得不精心布置，将两头垂下在以饭桌权充的"画桌"两边，时慧则在一旁协助。

傅抱石在刷刷地画着。不一会儿，宣纸上已经清楚地出现了四个人在观画，而一个人在洗手。书画的主人桓玄则庄重地站在屏风旁张望着，似在欣赏书画，也似在倾听别人的评价，抑或在监督着别人以免把书画弄污损。画人物与画山水不同，不是那样大笔挥洒，重按疾擦，但傅抱石画人物，并不拘泥于准确的形似，而是运用飞动的散锋，勾取人物的动势，并将主要精力和工夫集中在人物面部神情的刻画上。特别是他对于人物眼神的描述，最能反映人的精神境界和内心情感。

这是燥热的盛夏，这两日又骤然升温，砚内的墨汁蒸发得很快，一会儿就剩下不多了。时慧一边磨墨，一边还抽空为傅抱石揩擦额上的汗珠，已免洒落在宣纸上。傅抱石身上早已湿透了，也顾不得了。时慧自己也忙得一身汗。

这幅《洗手图》整整画了两天才完成。

在这样的艰难环境和条件下，半年多时间，傅抱石竟创作了六七十幅画。

7. 别开生面　画展震雾都

1942 年 10 月 10 日下午，重庆观音岩的中国文艺社里，聚集着当时中国文化艺术界和学术界、知识界的名流、画家、学者、教授及许多中外记者、青年美术爱好者。他们是在这里出席一场别开生面的美术展览活动。

这天，"傅抱石教授画展"经过一年多的筹备，终于开幕了。

这是农历壬午年的仲秋，山城重庆早已是一片雨雾蒙蒙，这天也仍然是如此。鳞次栉比、层层叠叠的高墙和矮屋都似锁在一片梦幻般的气氛中，天低云垂，人们的心也是阴沉沉的。然而，由于交通不便，抑或是时事不佳，平时无心外出的美术界同仁和契友们，今天却不约而同地迈出了大门，相约似的走到这里来了。在这国是日非、国难当头的时候，也算难得。人们的心里，像荡漾着一丝春风，倍感慰藉。

今天活动的主人，画展作者傅抱石则在展厅门首诚待客人。他仍穿着那身人们习惯看见的灰布长衫。中间对分的头发散乱地往两边分开，清癯的脸上显然是由于营养不良，事业辛劳而显得没有血色，然而，他那双黑而大的眼睛由于脸部瘦削，越发显得炯炯有神，映照出他的内心世界是充实而坚毅、自信的。

不大的两间展厅里挂着约一百幅中国水墨画。这些作品的诞生问世确实来之不易，甚至要付出比常人多得多的精神和毅力。无论是烽火连天的战争岁月，避难乡间，抑或是颠沛流离的旅次，奔波教学的课余，他总要抓紧一切时间挥毫作画，否则，稍有懈怠即一事无成。

几乎每幅画的旁边都贴上了一张或两张红纸条，有的上面标着画的价格，有的注明"非卖品"，有的则在画价旁边，又加了一条"已定购"或"××定购"的红纸条。

这是一次清新别致的中国画的大荟萃，是充满了创新和变革而有着旺盛生命力的中国画的大博览。一幅幅震撼人心令人眼目为之一新的作品呈现在人们面前，山水画豪迈雄浑、气势磅礴；诗意画寓意深刻、格调素雅，人物画思想深邃，高古传神。人们在这些无疑是旷世佳构面前被惊呆了，震撼了。它鼓荡着人们的心，感奋着人们的情绪，许多人在一幅幅的画作面前观赏、评论、赞叹。褒扬之声不绝于耳。确实，这些久居山城而心情忧郁、沉闷的文人、知识分子、有识之士从这画展上感受到了清新的空气，这小小的展室似荡漾着一股和煦的春风。人们强烈地看到了变革，看到了前途，看到了希望。

许多人也为之惊讶，因为他们知道，傅抱石精于中国美术史和画论，他们也知道这位中央大学教授的篆刻名传遐迩，曾威震东瀛。然而，许多人没有见过傅抱石的画，有些人甚至不知道他在作画。

这时，在展厅的一隅，一些报纸的文艺版或副刊记者无孔不入地缠着傅抱石提问题。

傅抱石倒觉得这是一个表明自己观点和立场的机会，并不拒绝记者的采访，在那里侃侃而谈。

一名显然是对绘画很内行的记者问："傅教授，从你的展出作品看，你的中国画的传统技法似乎赋予了新的精神，请问你对传统绘画技法是如何看的？"

"关于传统技法，"傅抱石从容不迫地说，"每位画家都应该有他个人的传统习惯和擅长那一部分，比如笔、墨、色或画云、画水，点景人物，而且应该力求既成技巧的发展，为达此目的，往往不惜牺牲其他一切，来培养和支持他的优点或擅长，这也是无可置疑的，因为一树一石，要做到纯熟而有自己的面目的境地，绝非偶然可得，必须历经艰难，孜孜不停，始能运用自如。扩大点说，要想使每一幅作品均有自己的面目，那就更非易事。古人倾毕生精力，朝夕握管，是否有成，尚不可定。如欲掌握珍贵难得的技巧，实在足令一位画家终身不敢旁骛，假使在这方面的努力不够，是很危险的。

"然而，相反的一面，这种传统技巧的修习，若是没有附加的条件，我认为并不是画家之福，因为技巧固然是画家所必备，但画家的全部基础不完全建立在技巧之上，这在中国画上是绝对不能忽略的问题。"

傅抱石说这番话时，心里充满了自信，他觉得，旗帜鲜明的观点是不容含糊不清的、模棱两可的。

"那你认为除了技巧之外，还应注意什么问题呢？"那位戴眼镜的青年记者似乎对傅抱石教授的观点很感兴趣。

"近来，我常常喜欢用被人唾骂的'文人画'三个字来代表中国画的三原则。"傅抱石见那记者在唰唰做着记录，有意放慢语调。

"这三原则就是：'文'学的修养、高尚的'人'格、'画'家的技巧。

"三原则其实就是中国画的基本精神，历代画人关于这种精神的呼导，可谓不遗余力，但过于偏重了第一点和第二点——当然这是有其时代背景的，——所以画面上反造成了虚伪、空虚、柔弱和幼稚。试想，如果八大山人遍中国，究竟不是我们正当的希望。——"

傅抱石的幽默比方使记者们都笑起来了。笑过一阵之后，傅抱石又言归正传。

"可见技巧必须伴着'文'和'人'，才能完成它的最高使命。"

这时，一位学术理论杂志的记者插上来。

"傅教授，请问你是如何感受绘画作品的美，又如何把它贯穿到美术作品中去的呢？"

傅抱石笑笑："你这个问题，是一个很理性的问题，不是一下子说得清的。简单地说，我认为画面的美，是一种自感而又感人的美。它的细胞中心不容有任何投机取巧的存在，它虽然接受画家所加的一切法理，但它的最高任务，则绝非是一切法理所能包办，所能完成的。

"至于谈到具体的美术创作，我自己对于画面造型的美，是颇喜欢那在乱头粗服之中，并不缺少谨严精细的。乱头粗服，不能成自恬静的氛围；而谨严精细，则非放纵的笔墨所可达成，二者相和，适得其中。

"我画山水，是充分利用两种不同的笔墨的对比极力使画面动起来的，云峰树石，若想纵恣苍莽，那么人物屋宇，就必定精细整饰。根据中国画的传统论，我是往往喜欢山水云物用元以下的技法，而人物宫观道具，则在南宋以上。这情形，诸位在观看这次展览的拙作中，是很容易看出来的。"

这时候，展厅门口处又开始热闹起来，大概是什么要人来了。傅抱石赶紧对记者们说："今天就到这里吧，谢谢各位了！"说完忙向展厅门口赶去。突然，傅抱石眼睛一亮。

原来，郭沫若偕夫人于立群来了。

"抱石兄，恭喜恭喜呀！"看见傅抱石迎上来，郭沫若笑吟吟地与傅抱石握手。

"沫公和立群夫人大驾光临，不胜荣幸之至，请里边坐。"傅抱石与郭沫若的交谊算来恰好十年了。二人每每在一起总是有一种温馨和愉悦的感觉。

"抱石兄，你的画展我可是每展必看，而且是从东京看到重庆。立群——"郭沫若又转身告诉夫人，"十年前，他在东京的那次展览，在银座松坂屋，是东京最繁华的地段了，开了五天，把东京的名人流辈差不多都动员了。有的买了他的图章，有的买了他的字，有的买了他的画。虽然收入不怎么可观，但是替中国人确实吐了一口气。"

于立群喜形于色，佩服地啧啧赞叹着。

郭沫若夫妇在傅抱石的陪同下仔细欣赏着每一幅作品。郭沫若一边看一边还评价着。

"唔，不错，趣味新颖，风格高古，线条飘逸而挺秀。山水——雄奇瑰丽，浑润苍劲。人物——善能传神。好！你的艺术造诣已经进步得惊人呀！你哪来这样充沛旺盛的精力呵？"郭沫若又转而对夫人说："在东京画展过后，我就劝抱石再开一次个展，他说他有这个意思，但能卖出多少却没有一定的把握。这倒是的，这是谁也不敢保险的。不过我当时就说过。我有胆量向一般有购买力的社会人士推荐，因为毫无问题，在将来，抱石的画是会更值钱的。"

在北京长大，操着一口标准京腔的立群夫人关切地问："这次画展购画的情况怎么样？"

"国难当头，谁有心思和余钱拿来买画！"傅抱石回答说："只是一般而已。——好一些的画出大价钱我也舍不得卖。喏，你看这些展品除了标了'非卖品'者外，另有一些虽标了价又贴上'已定购'的条子，其实有些是不愿卖而贴的。说起来，对于画人来说，这些都是自己的孩子、命根子，不是为了养家糊口，谁愿意卖掉呀！"

立群夫人颇为感慨地叹息着："是啊！"

郭沫若这时却有些义愤了，他提高了嗓门，就像当年北伐时讲演时抑或是在保卫大武汉时做抗日宣传："我们中国人的嗜好颇有点奇怪，画一定要古画才值钱，人一定要死人才贵重。对于活着的艺术家的优待，大约就是促成他穷死，饿死，病死，愁死，总之是早点死，这样使得他的人早点更贵重些，使得他的画早点更值钱些的吧？精神胜于物质的啦，可不是！抱石兄，我看你就是一位标准的中国艺术家呀！——多才多艺，会篆刻，又会书画，长于文事，好饮酒，然而最典型的，却是穷，穷，第三个字还是穷！"

傅抱石听郭沫若的感慨议论，沉默着。

郭沫若一边看仍一边自言自语："穷而后工，穷而后工呵！"

这时，有人把傅抱石叫到一边去了。

这是一个中年人，书生模样，戴着一副眼镜。他把傅抱石带到一幅标有"非卖品"字样的山水中堂立轴前面，言明，他是受人之托，来与傅先生商洽，"国民党的中央宣传部部长朱家骅特别欣赏这幅《山水中堂》，请问傅教授能不能通融通融，割爱将这幅画卖给朱部长？"

1943 年 10 月，傅抱石在上海中国艺苑举办"傅抱石书画展"

傅抱石一看这是自己心爱的精心构制，摇摇头说："对不起，恕难从命。"

那位书生再进一步探询："朱部长说，傅教授若肯割爱，他愿出更高的价而在所不惜。"

傅抱石这时很严肃地对那人说："我这个人虽穷，但我并不是个爱钱的人。如果遇到知音，我可以白送，分文不取。这幅画坚决不卖，出再高的价我也不卖！"说完，径自走了。

傅抱石的壬午重庆画展收到了意想不到的效果。许多人为争购到傅抱石的一幅画而兴高采烈。而购画者中，有很大一部分是外国友人。当时在重庆的各国外交人员和其他外国朋友都纷纷购藏傅抱石的画，并且以购到他的精品为荣。其中尤以美国、法国、英国等国人士为甚。

展出期间，重庆各报对"傅抱石教授画展"好评如潮。称傅抱石是"一位充满革新意识的画家""他的变革和创新，将作为中国画的演变和发展的新的一页，而被人们所承认和接受"。

当然，也有对傅抱石的中国画革新精神深恶痛绝的。有的报纸就发表文章，对傅抱石那种狂放的既无中锋又无侧锋的"乱锋皴"，看见作品中那在厚皮纸上层层渲染而成的粗犷而暗黑的调子，看见他那打破传统规矩大胆的构图时，深感不以为然。有的评论文章甚至有"哎呀我的妈呀"的惊叹。

"我依然我以我法！"

傅抱石在中央大学艺术系的课堂上对学生说："那些死抱着传统陈法不放的'卫道者'们，他们所维护的，并不是真正的传统，而是一具僵尸！这些人是没有出息的。变革，在一定的意义上讲就是对传统的背叛，而传统的继续存在和发展，正是必须依赖对传统的大胆变革。否则，这种传统将是没有生命力的，是会很快消亡的。因此，我们必须大声疾呼改革和创新。而这一光荣的历史使命将落到我们这一代的身上。

"我们的任务就是'其命维新'！"

"开饭啰，今日打牙祭哟！"

"今日吃肉喔——"

秋天的川东，金色的太阳悬挂在高天，将万缕光辉洒在群山之中，洒在山前的块块稻田里，到处黄灿灿的一片，尽管人们在凄惶中度日，却也有了一个好的盼望。

中午，金刚坡下的农家小院里，传出了少有的欢快笑声和嬉闹声。由于画展获得了一笔售画的收入，傅抱石家庭的经济状况有了好转，主妇罗时慧宣布今天加餐。一为庆贺丈夫画展成功，再者，抱石辛苦经年，孩子们也好久没有吃过一顿荤了。

其实，说是加餐打牙祭，桌上除了肉还是肉：红烧肉、猪头肉、辣椒炒大肠（这两个菜是傅抱石最喜欢吃的），笋干炒肉等等。量还特别多，每样菜都几乎一大碗。省得吃起来三叉两筷就光了。小石、二石，一个十一岁，一个七岁，也正是长身体的时候，让他们多吃些。特别是小石，看见肉就不要命，而偏偏吃不胖，总是孱弱而瘦削，为娘的，恨不得这一餐就让他吃胖来。

"来来，吃吃，多夹点，多夹点……"傅抱石今天情绪也特好，不但笑吟吟地招呼儿子多吃点，还亲自夹好多红烧肉放到儿子的碗里，那碗面上都快看不见饭了。小石、二石也笑嘻嘻地让父亲夹菜，心里美滋滋的。他们二人平时都有些怕父亲，傅抱石待他们很严，一言一行无不按规范要求。而今天，父亲真是少有的慈祥和随和。

其实，傅抱石也难呐，做儿子的怎么知道父亲心里的苦衷。自己出身贫寒，像小石这么大的时候，就没了父亲，母亲寡妇带崽，硬是一天捱一天将儿子拉扯到师范毕业。自己学有所成，至有今日，真是不知道吃了多少苦，受了多少冷淡，遭了多少白眼！如今时局虽乱，生活清苦，然而对孩子来说，一切有父母庇佑安排，无冻饿之虞，还会苦到哪里去！不严格要求，将来不定会成个什么人哩。傅抱石从心里总是拿自己小时候和他们比，希望他们也和自己一样，将来才能超过自己。天下父母的心都是一样的呀！想到这里，傅抱石又慈爱地望了望两个儿子。

"多吃点，呵，唔——，好吃吧？"

傅抱石也在津津有味地就着猪头肉、烧大肠喝着四川二锅头酒。哈，好久没有这么惬意过了！

秋阳和煦地照着场院，四周是一片恬静，除了几只鸡在争啄地上残食的"咯咯"声外，只偶尔从老远传来几声牛"哞"声。唉，要是没有日寇的侵略，也许生活就完全不是这个样子了，这一家人也许根本就不会颠沛流离、辗转迁徙到这川东的金刚坡下了，世事真是难以意料啊！

不知怎么的，这时，他想起了他的恩师金原省吾先生。

和金原先生失去联系已经六年了。还是1936年9月给金原先生写去最后一封信。当时，傅抱石还言及："可恨环境不允，如不然，我则仍在先生左右。今秋高气爽，遥想江户川畔，又该红枫满目，石之心境，仍然在先生所居之西林与荻洼之间徘徊。"此信发出后，则杳如黄鹤。从此关山阻隔，音讯断绝。

金原先生，这时，你在哪里呀？

傅抱石猛一扬脖，将杯内的剩酒一口饮尽。觉得这酒和刚才喝的味道不一样，充满了苦涩！

刚刚吃过饭，门外忽然有了响动。

原来，来客人了。

来的是一群外国人，其中一位是傅抱石认识的，名叫杜安，是个法籍越南人，其余那些都是欧洲人，还有一位女士，金发碧眼，显得雍容华贵。小小的偏僻山村突然来了外国人，顿时传遍了全村，他们身边簇拥着许多小孩，有好事的大人也凑到旁边看热闹。

"傅先生，您好！"那位热情得有些过分的杜安，会说中国话，他操着一口类似广东话的"官腔"，中间还夹杂着几句听不懂的法语，同傅抱石打着招呼。

傅抱石忙将他们迎进"会客室"里。趁他们介绍的功夫，时慧忙去找房东借"客室"去了。

原来，傅抱石的堂屋里根本容不下这么多客人。时慧忙乱中，只得急忙跑去跟房东商量，请帮忙借用他家的堂屋权作"外宾接待室"。那房东平时对傅抱石这个教书画画的穷房客一家虽无恶感，但也有点看不起的样子。然而，今天看见这么多洋人亲自跑到乡下来求傅先生画画，而且愿意坐到他家里来，不觉心花怒放，觉得自己脸上也有光，不仅满口答应，而且帮忙张罗，还把自己家的茶叶拿出来招待客人，好像这些洋人是来看他似的。

经杜安介绍，来的这群洋人不是等闲之辈。为首的是英国驻华大使及使馆工作人员，法国驻华大使和他的夫人。还有其他一些国际友人。

"傅先生，恭喜你呀！"杜安笑容满面地说，"你的画展取得了非凡的成功。你的作品在我们法国人当中非常受欢迎。"已经加入法国籍而实为越南人的杜安，开口一个"我们法国"，闭口一个"我们法国"。

"拙作承蒙厚爱，深为感谢。"傅抱石客气地说。

这位杜安也是个文化人，和重庆的文化圈内许多人熟识，傅抱石也因此认识了他。杜安自称姓段，自认为和中国姓段的是一家人。为此，他从《古文观止》上找了一篇文章《郑伯克段于鄢》，要求傅抱石根据此文的题意作一幅画。傅抱石于是画了一幅郑伯掘地见母的画给他。杜安高兴极了，到处展示于人。使当时法国驻华使馆的人士对傅抱石的绘画产生了极大的兴趣，这些洋人就是杜安自告奋勇带来的。

大使夫人也客气地讲了几句什么，经杜安翻译，她是说，傅先生的画非常好，我很喜欢。

接着，英法大使先生也用半通不通的中国话表达了同样的意思。并且说，今天来尊府拜访，是专门来购画的。

傅抱石对这几位大使夫妇倒是产生了好感，以大使的身份，为购一幅画，而亲自下乡登门拜访，足见欧洲国家的民主意识和对艺术家的尊重。

"阁下对拙作如此见赏并厚爱，愧不敢当。但不知对所索画有无具体要求？"

法国大使先生一听，立刻把意思告诉了夫人。夫人立刻激动地诉说起来，那杜安于是忙着翻译。

原来，大使夫人最近做了一个奇异的梦。梦见自己在一个幽雅而神秘的氛围中，站在由马蹄莲、罂粟和康乃馨组成的鲜花丛中，远处是一座隐约可见的教堂。法国大使夫人希望傅抱石能将她的这个梦境画下来。

傅抱石一听，面露难色。这要求过于特殊，他不仅从来未画过梦境。更没有画过洋人的梦，要创作出一幅这样的画是很困难的。他将这层意思请杜安转达。

"NO，NO！"这一回连傅抱石也听懂了，大使和夫人意思是不行，而且一再强调，夫人是如何珍视这美妙的梦，又是如何希望能经过东方艺术家的手将这个梦境再现出来。他们看了傅先生的画展，非常喜欢傅先生绘画的风格和趣味，深信，唯有傅先生才能胜任。因此，恳请傅先生接受他们的这一看来苛刻的请求。

看来婉拒是不行了，傅抱石只好答应下来。

法国大使和夫人喜形于色，兴高采烈，过于外溢的欢乐情绪立刻充盈着这农家的屋宇，那房东地主见状，高兴得眼睛都眯成一条缝了。

英国大使及其他人也都提出了一些订画要求，并且在傅抱石家存的画中选购了一些，然而满意地告辞走了。

"傅先生，你还真不简单呐！"房东地主老头将客人送走，返回来后开始不停地夸傅抱石，跷起大拇指说，"英国大使都来买你的画，不简单不简单！我原先总认为世上最实惠最有出息的莫过于置地购房吃租子，嗯，看样子画画比买地吃租子还强些呀！又便当又快又赚钱，你看你几天一张，几天一张……嘿！那黑乎乎的一张纸也有人买，那洋人还老远跑到乡下来求。嘿，真是不晓得是啥子想头……"

那老地主坐到一边默神动脑筋去了。

傅抱石却也在自己家里冥思苦想。

他在想如何设计构思，如何表现法国大使夫人的梦。

她的梦境其实只有两点实景，鲜花丛中的大使夫人，远处的教堂。而必须将这两个实境置于梦幻之中。傅抱石想到这里，觉得也不难表现。于是以他特有的对缥缈的烟云的处理方法构置了一幅梦境画。

这确是一幅虚幻而实在的画面：在若隐若现的马蹄莲、罂粟和康乃馨花丛中，一位高雅而美丽的洋女子身着素色的长裙，那胸前和腰际的绸带随风飘拂，远处隐没在氤氲氛围中的教堂似在云中飘然而至，整个画面满纸烟云。傅抱石充分运用了中国画写意和布白的特点，使画面显得充满了梦幻感。画完看看，自己也觉得好笑。如果说这是梦境的话，那就是梦境吧！正所谓只可意会，不可言传。

当画幅呈现在大使夫人面前时，大使夫人表情夸张地发出了一声长长的惊叹，她大概也刚刚学会了几句中国话："呵，我的天！太好了，太美了！……谢谢，感谢！呵——"大使夫人竟激动得眼眶红了起来，然后说了一些谁也不懂的法语。

大使解释说："她太高兴了，太激动了！她说你画的简直与她的梦境毫无二致。她奇怪你怎么这么体察她的内心！是你的天才所致还是由于中国的绘画艺术所造成的魅力。呵，多么令人不可思议的古老的东方艺术！"

大使先生又说："她说她要将这把幅画带到法国去，去和卢浮宫的任何一幅名画相媲美，毫无疑问，先生的画与那些绝世珍品相比，将毫不逊色，是举世无双的！谢谢，再一次表示诚挚的谢意！"站在一旁陪同的法国大使馆参赞爱里舍夫却讲出了一句傅抱石没有想到的话："在我看来，傅先生的这幅画比法国的印象派更印象派！是无与伦比的！"

傅抱石颇感意外，实在说，他作画时，并没有过多地去想那洋夫人的梦究竟是怎么样的，也根本不相信中国画能画出洋人的梦来。如果说中国画能有效地画出梦境来的话，那也不是他的首创。唐代画圣吴道子天宝年间在景云寺画了一幅壁画《地狱变相图》，图上画了许多造恶者正在地狱阴司受残酷的刑罚，阴气森森逼人！以劝诫人们改恶从善，有些专营杀生的屠夫渔夫看了，害怕死后到阴司受刑罚，居然改变职业。其实这也不过是客观的感受，是一种观画者的心理活动。如果这就是所谓"印象派"的话，那印象派也不过如此！

　　壬午重庆画展，使傅抱石看到自己作品的前途希望，他对举办画展更加充满了信心。于是创作更加勤勉，后来又相继在重庆、成都举办过个人画展，1944 年还与郭沫若合作在昆明举办了一次被评论界誉为"珠联璧合"的"郭沫若书法傅抱石国画联展"。当每次展出结束时，傅抱石看见展厅中那作品下方越来越多的标明"已定购"的红纸条，表示他的画作所受的欢迎以及展出的成功，心里总是荡漾着一种被人理解、被人接受的欣喜。确实，这对于一个勇于变革的中国画家来说，是一种胜过无数篇褒扬文章的极高评价。除此以外，傅抱石还能需要什么呢！

8. "中国决不亡，屈子芳无比"

　　1942 年 6 月的一个夜晚，在重庆北碚的一个半露天的简陋剧场，由郭沫若编剧、陈鲤庭导演的历史话剧《屈原》正在上演。
　　连续几天的夏雨过后，北碚的这座用竹篷搭成的剧场到处还是一片阴湿，那浓云密布的阴郁天说不定在演出中间会下起雨来，然而，这一切仍然抵御不住踊跃观看郭沫若历史名剧的重庆市民。山城重庆交通不便，戏结束后车船皆无，仍有不少人冒雨从远方赶来，看完戏就住在旅馆里。一时间，北碚的旅舍竟因此人满为患。那种争相观剧以一睹为快的热烈场面竟使沉闷而冷寂的重庆出现了多年未见的繁荣的文化氛围。
　　剧场内的观众席上，黑压压地坐满了观众。场内秩序井然，观众那与剧情相融，而投入的情绪，令作者郭沫若都颇为感动。

此刻，郭沫若也坐在观众席中间，为感谢演员的辛勤劳动，也为了感受观众的反应，郭沫若几乎每场演出都在剧场内"陪看"。早些时，《屈原》在重庆的演出轰动了山城，郭沫若没想到剧团迁师距重庆市区四五十里的北碚演出，观众仍这么踊跃，于是特意乘船前往"慰劳"——陪同演出。北碚就在金刚坡附近，已经看过多次的傅抱石也陪同坐在沫公旁边，聚精会神地观看着。

话剧正上演至高潮，饰演屈原的著名话剧演员金山和饰演婵娟的青年新秀张瑞芳的精湛演技正深深地感染着观众的心。

无疑这也是一种编剧和演员的"珠联璧合"，郭沫若豪放而充满诗意的台词经过金山那铿锵洪亮的朗诵简直达到了完美的佳境。

舞台上，"屈原"正在用高亢而激情的语调对着苍穹诉说自己的心曲，声震屋宇，情溢胸腔。这是著名的《屈原》台词"雷电颂"：

风！你咆哮吧！咆哮吧！尽力地咆哮吧！在这暗无天日的时候，一切都睡着了，都死了的时候，正是应该你咆哮的时候，应该你尽力咆哮的时候！

尽管你是怎样的咆哮，你也不能把他们从梦中叫醒，不能把死了的吹活转来，不能吹掉这比铁还沉重的眼前的黑暗，但你至少可以吹走一些灰尘，吹走一些砂石，至少可以吹动一些花草树木，你可以使那洞庭湖，使那长江，使那东海，为你翻波涌浪，和你一同地大声咆哮呵！

啊，我思念那洞庭湖，我思念那长江，我思念那东海，那浩浩荡荡的无边无际的波澜呀！那浩浩荡荡的无边无际的伟大的力呀！那是自由，是跳舞，是音乐，是诗！

啊，这宇宙中的伟大的诗！你们风，你们雷，你们电，你们在这黑暗中咆哮着的，闪耀着的一切的一切，你们都是诗，都是音乐，都是跳舞。你们宇宙中伟大的艺人们呀，尽量发挥你们的力量吧。发泄出无边无际的怒火，把这黑暗的宇宙，阴惨的宇宙，爆炸了吧！爆炸了吧！

雷！你那轰隆隆的，是你车轮子滚动的声音！你把我载着拖到洞庭湖的边上去，拖到长江的边上去，拖到东海的边上去呀！我要看那滚滚的波涛，我要听那鞺鞺鞳鞳的咆哮，我要漂流到那没有阴谋、没有污秽、没有自私自利的没有人的小岛上去呀！我要和着你，和着你的声音，和着那茫茫的大海，一同跳进那没有边际的没有限制的自由里去！

啊，电！你这宇宙中最犀利的剑呀！我的长剑是被人拔去了，但是你，你能拔去我有形的长剑，你不能拔去我无形的长剑呀。电，你这宇宙中的剑，也正是，我心中的剑。你劈吧，劈吧，劈吧！把这比铁还坚固的黑暗，劈开，劈开，劈开！虽然你劈它如同劈水一样，你抽掉了，它又合拢了来，但至少你能使那光明得到暂时间的一瞬的显现，哦，那多么灿烂的，多么炫目的光明呀！光明呀，我景仰你，我要向你拜手，我要向你稽首。我知道，你的本身就是火，你，你这宇宙中的最伟大者呀，火！你在天边，你在眼前，你在我的四面，我知道你就是宇宙的生命，你就是我的生命，你就是我呀！我这熊熊地燃烧着的生命，我这快要使我全身炸裂的怒火，难道就不能迸射出光明了吗？

炸裂呀，我的身体！炸裂呀，宇宙！让那赤条条的火滚动起来，像这风一样，像那海一样，滚动起来，把一切的有形，一切的污秽，烧毁了吧，烧毁了吧！把这包含着一切罪恶的黑暗烧毁了吧！

但是，我没有眼泪。宇宙，宇宙也没有眼泪呀！眼泪有什么用？我们只有雷霆，只有闪电，只有风暴，我们没有拖泥带水的雨！这是我的意志，宇宙的意志。鼓动吧，风！咆哮吧，雷！闪耀吧，电！把一切沉睡在黑暗怀里的东西，毁灭，毁灭，毁灭呀！

这一腔对山河破碎、国土沦丧的深深忧虑，这一颗宁死不屈的爱国主义的赤诚的心，强烈地打动着傅抱石，他觉得每看一次都会受到相同的强烈的震撼。特别在这国难当头、大敌当前的忧患时刻，这屈原的形象无疑是一个崇高的爱国主义者的化身，这一段段精彩绝伦的台词无疑就是鼓动人民的抗战宣言，这幕话剧无疑就是杀向敌人的一颗威力无比的精神原子弹。傅抱石看到沫公的一幕话剧竟有如此之大的宣传效果，除了钦佩和更加尊敬郭沫若先生之外，不禁也想到了自己。

"沫公可以写屈原，演屈原，我不也可以画屈原吗？"

其实，他在日本留学期间就与郭沫若共同研究过屈原，对屈原及其诗作产生了浓厚的兴趣，而且有着深厚的感情。从此，屈原及其诗意就成为他画作的重要题材和素材的来源。

　　如何表现这样一个为中国人民所熟悉而又十分景仰的历史人物，傅抱石很费了一番思考。两千多年前的屈原之所以至今仍在人民的心目中占据了这么重要的位置，是因为他忧国忧民，同人民紧密相连的心，是他那愤世嫉俗、宁为玉碎不为瓦全，像香草兰花一样的高尚的品德和情操，是因他为祖国而不惜殉身的悲壮遭遇。他的精神世界组成了中华民族传统美德和品格，实际上是中国人民心目中的崇高的美的化身。因而，傅抱石在塑造屈原形象时，着力在屈原丰富的内心世界的表达，也即在屈原的神情上渲染。

　　这就是傅抱石精心购置的《屈子行吟图》。

　　在画山水画的时候，傅抱石往往是在微醺之后，趁着激荡的情绪，抓起笔就放笔直扫，而且几乎是将基本结构一气呵成，然后在情绪平息之后再小心收拾，点景人物。而在画屈原这样的人物画时，他却是待自己的心境平静下来之后才开始画的。

　　这幅画，傅抱石将背景处理放在烟波浩渺的氛围中，在江边吟咏行走的屈原身体微向前倾，长衫大袖而显得器宇轩昂。傅抱石着力刻画了屈原的面部表情，所谓"颜色憔悴，形容枯槁"，除用飞动的散锋线条勾勒出屈原的外形动态外，又极用心地用淡墨和浓墨的散锋画出屈原的眼睛，使屈原的眼神显得迷茫而彷徨。这样，这眼神传给人们的，是似在倾诉其对山河沦丧、百姓流离失所的哀痛，以及愿为理想而献身的视死如归的精神。惊天地，泣鬼神！观者无不对此产生强烈的震撼和共鸣。

　　不久，郭沫若见此佳作，赞叹良久，说："抱石兄，你的《屈原》和我的《屈原》有异曲同工之妙，而你的要来得更直观一些。你的人物画，善能传神。此种感染和号召，尽在不言中呵！"

　　傅抱石说："沫公过奖。我在这方面，不过是你的不称职的学生，还望沫公赐诗为记。"

　　"好，"郭沫若情之所至，"画为人传，不可无诗！"说完稍一思忖，便吟咏起来：

　　屈子是吾师，惜哉憔悴死。

　　三户可亡秦，奈何不奋起？

　　吁嗟怀与襄，父子皆萎靡。

《屈原》，傅抱石 1942 年作

有国半华夏，筚路所经纪。

终隳前代功，长遗后人耻。

呜呼一人亡，中国留污史。

既见鹿为马，常惊朱变紫。

百代悲此人，所悲亦自己。

中国决不亡，屈子芳无比！

　　郭沫若吟咏着，傅抱石在一旁匆匆地记录着。此情此景，使傅抱石不觉又想起了在日本东京，他们为批驳伊势专一郎的狂文而并肩切磋、共同战斗的难忘的过去⋯⋯

　　此后，傅抱石在这一时期的人物画一发不可收拾，仅《屈原》就画了好几幅，屈原诗作中的人物如《湘夫人》《湘君》《九歌图》《少司令》《国殇》等也经常是他绘画的题材和内容，而其《湘图》就先后画了十几幅。这些作品，意境深邃，形象感人，傅抱石无疑是在用自己的飞动而散乱的线条、传神而高古的人物，寄托着自己的感情和思想，寄希望于不唯自感，而且感人。

9. 爱妻生日的珍贵礼物

　　又是一年一度秋风至，金刚坡下的树木，已飘飘零零地降下了片片败叶，一阵西风骤起，掠过坡前的田塍，掠过坡上的树梢，惊起了一阵阵的涛声。坐在门前聚精会神看书的傅抱石，不觉紧了紧衣衫，抬头望了望虽仍是秋高气爽然但已看得见雁南飞的天空。呵，秋天了，该添衣了。

　　他看的是步和宋词《九张机》而作的新《九张机》词，作者是湖南醴陵人王芄生。此词 1925 年作于日本，是一篇表现闺中少妇伤春悲秋和怀人念远的弃妇词。

九张机者，前代之新声一斛珠耶，三郎之旧恨，藉缭绕之余音，写缠绵之哀思，词非本事，体近无题；空拟华堂，妄陈口号。

抽取僵蚕欲尽丝，和愁织向九张机，寒衣剪就偏难寄，寄到边城更不归。

傅抱石感觉到，作者在词中所表现的，已经远远超出了简单的表现闺中少妇的哀怨，而无疑是有所寄托的。王芃生作此词时，正旅居日本，其词中的怀乡之痛溢于言表。傅抱石看着看着，不觉拍桌击节赞叹："真可媲美风、骚，超轶周、姜啊！"随着就吟咏起来。

一张机，坠绵轻逐梦魂飞；灯微手软殷勤织，欲低还起，似醒如寐，恍惚见郎归。
两张机，机声断续夜深稀；回文织就频踟蹰，丝丝缕缕，行行点点，不忍寄将伊。
三张机，布帆裁与弄潮儿；瞿塘水满偏无信，来飘去忽，离多会少，空自惜芳菲。
四张机，陇头望断白云飞；西风一夜催刀尺，家家户户，年年此际，忙煞寄征衣。
五张机，前言轻负见无期；鸳鸯手织还轻剪，离鸾梧凤，分明两地，拆破一双儿。
六张机，旧书重读背人披；行间瞥见相思字，停梭不语，无情有恨，何惜布成迟？
七张机，旧愁新恨乱如丝；为谁消损郎须认，腰松带缓，旧裙重改，不似嫁时衣。
八张机，懒张机杼忆儿时；欢嬉乞巧无牵挂，娘催不睡，爷呼不起，娇惯故迟迟。
九张机，织成丰艳牡丹枝；阿侬却比黄花瘦，郎如不信，归来认取，无复似前时。
裁衣，争知肥瘦总堪悲；若将妾自和郎比，年消一寸，如何试剪；收拾待归时。
更堪离乱隔音尘，谙尽孤暝负锦茵；机杼难抛心上恨，座中应有会心人，兴尽悲来，不如归去。

这一首首，一句句，如泣如诉，如悲如啼，情真意切，深沉感人，章章寄恨，句句言情。傅抱石读完，脑海里不觉忆起旅居日本时思念母亲、思念亲人的切肤之痛，离别之情。又想到眼前兵荒马乱、战祸连年、寓居川东乡间的残酷的现实，不觉黯然神伤。这《九张机》词，分明不是在叙述一个故事，而是在创造一个感情的化身。

这时，那充满哀怨和悲戚的弃妇的形象已经在他的脑海里形成了。是呵，这形象其实早就在他心中存在着，在东瀛日本，徘徊在樱花树下，在撤离南京、武汉、桂林时颠沛流离在黄尘满天的小道上，那为躲避日寇飞机而散居在山间的成千成万的难民百姓、工匠商人、教授学者、政府官员……不都是程度不同地遭遇着这样的命运吗？想到这里，傅抱石心里真是如针扎似的难受。这种苦闷、痛苦、离愁岂止是他一个人才有啊。

他在一张约一尺见方的宣纸上画了一个回眸张望的织妇，那头发用淡墨晕染得恰到好处，用一根挺直而稍弯的黑线绘出织妇的眉毛，在画眼睛的时候，他不断地把眼镜摘下又戴上，神情专注得甚至有点紧张。他不时地弯下腰准备动笔，又挺起身来仔细端详，他手中那支细笔蘸了墨后，不断地在唇上舐弄，一直到感觉最好，他确信已找到最佳的表现方法并能够实施的时候，他才俯下身子，画出那关键的数笔。画出的眼睛，从浓到淡，从近到远，有无数的层次，那眉目间流露的凄婉哀怨、缠绵悱恻之情，令人感到愀然。

傅抱石又用写意的笔法略写了织妇的衣裙和织机。用淡绿为织妇的衣服着色，用淡墨渲染了织房的晦暗气氛。整幅画的调子是灰暗而沉重的，除简单的几笔以示织机和织妇的衣裙外，只有那小心而精细描绘出来的织妇的面部和眼睛，似在向人叙说，倾诉她的哀怨和悲苦。

他在画幅的右上角抄录了"一张机"词后，题款署上"乙酉九月二日新喻傅抱石写……"除在题署的下方钤了"抱石大利"的白文印章外，又在左下角钤上朱文椭圆形地名印"新谕（《说文解字》中无喻字，谕喻通用）"，表示了不忘故土和对家乡的深切怀念之情。

傅抱石在半月之内，将《九张机》共十一幅全部画完，订成一本，署名《九张机图册》。

春天到了，凄凄惶惶的日子，年年难过也是年年过，倏忽之间，已是 1945 年 5 月了。

经过了一阵连绵的黄梅阴雨季节后，天气渐渐热了起来。金刚坡下，也是花红柳绿，枝繁叶茂。端午一过，坡前的稻田已是青翠一片，珍惜农时并指望今年有一个好收成的农民正不分昼夜地耘禾放水，整地拔草，把一颗疲惫的心都扑在稻田里。只要日寇的飞机不来空袭，金刚坡的山山岭岭到处都看得到头缠汗巾、脸被晒得黝黑的农民在忙碌着。

吃过早饭，二石背着书包准备上学去，傅抱石在动笔画画之前，特意交代儿子，今日放了学早点回来，不要在路上玩。还交代儿子放学时去把在另一所学校住校的哥哥小石也叫回来。二石欢快地答应着，蹦蹦跳跳地走了。

时慧非常麻利地收捡好屋子，帮丈夫把饭桌抬到屋门口，摆好画具，刚准备磨墨，傅抱石说："今天用墨不多，我自己来磨吧！"时慧见丈夫有些异样，望了丈夫一眼，也没有说什么，抱着不满周岁的细毪璇子，领着尚在赖家桥政治部机关办的幼稚园学习的二毪珊儿上学去了。

自从抗战事起，傅抱石一家来到这崇山峻岭之中的川东，避居在金刚坡下，不觉已有六年多了。六年之间，战争烽烟四起，沧桑巨变，形势有了极大的改观，抗日战争也由相持阶段转入了反攻阶段。然而，金刚坡下却是一切依旧。不仅山川依旧，房屋依旧，就是农民和这些与文为伍的知识分子的生活也是依旧。傅抱石这几年的日子，正如郭沫若说的，"艺术虽然已经进步得惊人，生活却丝毫也没有改进。""穷，穷，第三个字还是穷！"

当然，要说改变的话，也有改变了的东西：以郭沫若为首的政治部文化工作委员会不久前被国民党解散。文委会设在赖家桥的机关也在前不久被撤销，公物和一应人员大部分都已撤走。一向是文化人集中和会聚的地方突然间变得人去楼空，令这些整日谈书论道的知识分子顿时有一种失落和凋零的感觉。如今，赖家桥水牛山的白果树下，只有那七七幼稚园还没有解散，这些文人只好依靠自己的力量撑持着，看来也维持不了多久了。一向热闹而充满活力的赖家桥，这时只有从那冠盖如云的白果树下嬉戏的儿童中间传来的稚嫩的歌声，才使这僻静的乡间稍稍有些生气：

白果树下有花园，
一群小主人。
我们大家真高兴，有志气，有精神，
都像白果树一根。
又高大，又端正，
我们要撑到天边摩到云。

水牛山上有好花,

小鸟在歌唱。

我们大家真快活,

学读书,学写字,

都像水牛推磨儿。

不作声,不泄气,

我们要迈着脚步踏着地。

这是文化工作委员会主任郭沫若亲为七七幼稚园写的校歌,不仅朗朗上口,词意也贴切隽永,不但幼稚园的孩子喜欢唱,连政治部的大人也愿意吟咏几句。

也还有改变了的,那就是入蜀几年来,傅抱石接二连三地添了三个女儿,除大女儿大毪在綦江不幸夭亡之外,如今二毪益珊称六岁,实际上只有五岁;细毪益璇九月,从俗称也两岁了。郭沫若感叹自己"关山随梦渺,儿女逐年增",傅抱石又何尝不是如此,以一人的薪水维持一家六口的生活,傅抱石真是心力交瘁,焉敢不克勤克俭,如清代王原祁所述,"补衣节食,忘老办公"!加之战时重庆物价飞涨,傅抱石纵有天大的本事,也难以甩掉那紧紧箍在头上的"穷"字。

已近初夏,蜀地的季节变化比其他地方早,不久前还细雨蒙蒙的天气,端午才过不久,曾几何时,就感到了炎夏的暑气。刚刚将家里的衣物被褥拆洗换晒,忙碌了一个多星期的时慧难得有这么几天消闲,抱着细毪在竹林和松树间转悠了一阵,不觉也就快中午了,她回到家门前,孩子们已经先于她回到家里,进得门来,看到的却是一幅稍稍异于平时的景象。

抱石画画的饭桌已经搬回了室内,一切都已收拾妥当,屋子也扫得干干净净,两个儿子也正配合父亲在擦洗桌椅,父子三人的额上已沁出了汗珠。然而他们却笑吟吟的,目光中流露出一种诡谲和神秘,显然,父子三人在"合谋"着一件什么"秘密"。

令时慧更加惊讶的,是堂屋正中张贴的一幅仕女图,这图时慧以前没有见过,显然是上午画的。时慧经常看见丈夫画的古代仕女图,有的眼含哀怨,有的神情迷茫,即使是着意画的美女图，也似乎没有今天这幅清新而淡雅，细腻而美艳：占据左下角的一棵苗壮的大树上，枝条繁茂而劲挺，前景是潺潺流过的溪水，那轻轻掠过的数笔线条，可以看出溪水的清澈。水面上，有随水而逝去的缤纷的落英；占画幅将近一半的上部，是青翠而秀逸的杨柳；用极淡的墨色染成的林间气氛异常恬淡而清新，充满了无限的春光；而赫然立于花间树下小径上的，是一个艳丽而又典雅的美女。那梳理得整齐的秀发，淡淡的眉毛，顾盼的流目，细嫩的脸庞以及端庄的体态，飘逸的衣裙，无不显示作者在画这幅画时，是倾注了他的全部感情和心思，着意将背景和气氛渲染得这么流光溢彩，将人物画得这么美艳绝伦！

画幅左边，题写了一篇长长的跋文，时慧仔细看了这题跋时，立刻明白过来。她的心里突然一下子澎湃着激越的感情。

今日是时慧三十晋五生日，入蜀六载余实未曾重视之也。忆与时慧结婚十有五年。……余以艰苦之身避地东川，战时，一切不堪，而我辈仍不废笔墨丹青，所居仅足蔽风雨，所衣皆丁丑[1]前之遗，真如书痴，家无担石之储也。幸时慧忍时所不能忍者，益珊之前，戊寅[2]秋于湖南东安旅次生一女，入蜀途中殇于四川綦江，时正重庆遭敌狂炸之翌日，嗣后连得珊璇二女，哺育之苦，时慧任之……昔先母徐太夫人尝训示，汝生儿育女后，方知父母之大德。只余冥顽，愧为数人之父矣。……倘将来得有所传，皆非余所应有，盖莫非余母之所训暨时慧之所助成也。

丁酉[3]五月十七日重庆西郊金刚坡下寄寓并记敬意时慧赏之。

傅抱石

时慧看着，看着，只觉得热血在沸腾，心潮在激荡，胸中似涌动着一股莫名的暖流，辨不清是什么滋味。她只觉得她想哭。看着看着，渐渐地，那些画上的字迹和画面都模糊不清了，只是朦朦胧胧地幻化成了她和抱石结婚时的喜庆场面，夫妻相依相伴的旖旎

---

① 丁丑，系 1937 年。

② 戊寅，系 1938 年。

③ 丁酉，应为乙酉，系 1945 年。

风光，丈夫留学时望夫归来的苦守岁月，抗战烽烟中的颠沛流离，以及金刚坡下的艰苦光阴……她极力忍住将要溢出眼眶的泪水，说不出这泪水是为了什么。是啊，在这金刚坡下的六年多的时间："所居仅足蔽风雨，所衣皆丁丑前之遗，……家无担石之储……"这是一种什么样的生活啊，为了维持这个家，为了支持丈夫的事业，时慧以一个千金小姐之身，毫不顾惜自己的理想、事业、兴趣、爱好，甚至热血、青春，一切以丈夫的事业成功为己任，为此她付出了一个女人、一个妻子所能付出的一切，忍受了一个女人、一个妻子所能忍受的一切，甚至是"时所不能忍者"她也忍受了。时慧是无愧于丈夫，无愧这个家庭，无愧于心的。是啊，这泪水是委屈的、辛酸的泪水，是满足的，幸福的泪水。是啊，有丈夫的理解，儿女的支持，事业的成功，她也就够了，满足了，成功了。

她还感到特别欣慰的是，丈夫将他的事业成功与她的这一切奉献紧紧地联系在一起。作为一个在默默地从事中国大多数妇女也在同样从事的劳动的妻子，时慧感到这无疑是对她最高的评价，最佳的褒扬，而这徜徉嬉游于花间树下的美丽女子，分明是丈夫眼中妻子的化身，是丈夫眼里的时慧！在丈夫眼中，时慧完全不是经过岁月的侵蚀，已生过五个孩子、青春消损的家庭妇女，而依然是犹如十五年前那样清纯、秀丽、端庄和典雅的美女，作为一个妻子，她还需要什么呢？无疑，这幅画就是对她的极美的馈赠，最高的奖赏！

时慧转过身来，见儿女们都聚在她身边，丈夫也在用充满感激的眼神望着她，她心里热烘烘的，却只是淡淡地说："逢上一个生日也咯么郑重其事？咳！"傅抱石深情地说："应该应该！早就应该！而是过去未加重视。以后凡有条件，就要以画相赠。"傅抱石又转向儿女们问道："你们说应该不应该呀？"小石、二石等齐声答："应该！"

时慧这时也恢复了平静，笑着对孩子们说："好，只要爸爸愿意，以后我们过生日都要爸爸画一张画，好不好？"

孩子们齐声欢呼："好——！"

傅抱石这时却盯着那幅仕女画，陷入了沉思。

他感到非常欣慰，因为他看到，通过跃然于画幅中的美女形象所寄予的情感，所热切表达的思想，被理解了，被接受了。

古之才子，怀才不遇，精神苦闷颓唐，往往也通过文学作品或绘画中的美女来宣泄他们的及时行乐的心理和思想欲望。然而，尽管他们笔下的女子被描绘得色艺双绝，情缠意深，却始终是封建社会的附属品，是被男子玩弄的对象，而不具有独立的人格和精神，更不是被赞美、被歌颂的对象。很少有像屈原笔下的美女，她们是理想与高尚情操人格的化身，是与智慧、善良、纯洁、正义等紧密联系在一起的。

　　傅抱石的仕女画，遵循的也是这样的一条道路，他不借助于激烈的动作、艳丽的色彩以及复杂的环境，而是着力于表现她们的内心世界和思想，让这些端庄典雅的女性尽管仪静体闲，默默地站立，仿佛永不启齿，而她们的眼睛却洋溢着丰富的感情，似在向人们倾诉她们的心胸、人格、历史和思想，她们的喜忧和哀乐。

　　傅抱石所作的《湘君》《湘夫人》和《二湘图》，均取材于屈原的作品。作品充满了萧杀悲秋的气氛。烟波浩渺，落叶缤纷，背景淡然，使人感到秋日迟暮、悲凉凄凄的意境。傅抱石笔下的湘君双目略略向上远眺，似充满了对理想的向往和对美好的追求，流露出了刚毅的性格；而湘夫人的眼神则低垂凝视，表现出执着和高雅的情韵。二位美人均神采飘然，有呼之欲出的感觉。这种着力于表现人物性格和思想内涵的人物画正是傅抱石所孜孜以求的。他是在自己的作品里极力创造出与自己性灵相通的、完美的艺术形象，正如屈原作品中的美女与香草。

　　他想，画家必须有高尚的人格，然后才能有画格。画家笔下的美人必须先赋予她高尚的品格，然后才能成其为美人，否则，不过是一个没有灵魂的躯壳，一个牙粉盒上的广告美人而已。

10. 往往醉后见天真

不知不觉，傅抱石在川东的金刚坡下生活已经六年多了。初到重庆时，他还是一个三十多岁的热血青年。如今，经过无情的岁月的磨损和噬咬，他已早过了不惑之年，正是"儿女忽成行"了。

生活却仍然是没有丝毫改进，为此，他不得不以加倍的精力多创造一些画作，以应急需，并换取一些收入来贴补家用。

然而，一个也算是驰名的画家，论画以百计，未免滑稽，即使古人，任凭你是如何多产的画家，一生中也未必能有成百件的精品，更何况自己是为了养家糊口，画出来的还有好东西！傅抱石想到这里，不禁嘴角掠过一丝苦笑。唉，这也是出于无奈呀！沫公不是说了，穷而后工，不是吗？

傅抱石心里是愁苦的，烦闷的。除了教学领取薪水，他偶尔也写点研究文章换来一点稿费。除此之外，他花费了大量精力和时间的，便是画画。而画画，他就离不开酒，并竟日以此杯中物自遣。以致后来，习以为常，非此不办，有时整日以酒当茶，不入其他一滴，即使不画画也不能没有酒了。

一次，住在金刚坡附近的著名画家司徒乔见傅抱石每餐必饮，每画必饮，甚为他的健康担心，说："你人已届中年，少喝为宜，最好戒酒。"傅抱石说："我是一块石头，酒醉之后，至多浸成'醉石'，而不至会浸成'烂石'耳！"仍然每餐必饮，每画必饮。

傅抱石确实感到，他作画，是在对大自然进行深入观察，细心体味之后，并寄以一种如醉如痴的情思，在精神已经醇醉之后，才能胸有成竹地落笔完成，否则，他是没有这种激情，也没有这种信心的。"往往醉后见天真""醉翁之意不在酒，在乎山水之间也！"不是吗？

因而，他特别喜爱那颗"往往醉后"的印章，并且后来又刻过两颗，以便携带和急需。而对石涛上人那首《与友人夜饮诗》他更是情有独钟：

携手大笑菊花丛，纵观书画江海空。

"往往醉后"印

烘光如画如白昼，酒气直透兜率官。
主人本是再来人，每于醉后见天真，
客亦堂上三千客，英姿竦飒多精神。
拈秃笔，向君笑，忽起舞，发大叫，
大叫一声天宇宽，团团明月空中小。

　　他觉得石涛上人真是神人，数百年前就能将他的习性和脾胃摸得这么准，描绘得这么妙！因为，傅抱石解衣磅礴挥毫作画正是在"往往醉后"的。

　　不仅如此，傅抱石觉得，自己于酒醉微醺之际，更是慷慨激昂，豪情满怀，此时握笔作画，似有纵横驰骋席卷千军之势，往往能达到意想不到的效果。因为只有这时，才能最大限度地触发创作激情，推荡艺术灵感，能实现物我两忘艺术境界的升华。因而，他往往醉后，则每有得意之作，而每有得意之作，又常在画上钤上"往往醉后"一印以压角。

　　五月的金刚坡，天气就像喜怒无常的孩儿，刚刚还是艳阳高照，一转眼又忽然乌云密布，转瞬间就淅淅沥沥下起雨来了。细雨绵绵，一下就是好几天。画画不成的傅抱石索性站在屋檐下，一边观看这蒙蒙细雨所造成山川烟云和如丝的雨幕，一边构思他的一幅雨景作品。

　　他决定画一幅富有东川特色的雨景作品《潇潇暮雨》，他认为这四川天气的基本特征，是最常见的。这幅画完成，能综合四川的山川形势和气候特点，也能最大限度表现他的绘画特色。

　　经过充分酝酿，他觉得这幅画在他的胸中已经完成了。

　　待天气好转，他开始着手创作《潇潇暮雨》。

　　在以饭桌替代的画桌上，他将素笺铺展妥当。先喝了一大玻璃杯酒，然后点上一支烟，望着那张白纸凝神静思，等酒在他的大脑充分发挥了效力，"醉之以酒而观其则"，他已感觉"当其下手风雨快，笔所未到气已吐"了，而这幅画也似乎在他的眼前出现了。于是他站来，扔掉烟头，抓起大笔，猛扫激刷，画出了风雨的大气势；接着再用重墨在纸上迅速地涂抹，又用淡墨染出远山的轮廓，将突兀的巉岩和朦胧的远山一气画成。

　　画到这里，他的第一部分完成了。要待到已经近乎湿透的四川皮纸晾干，在这初夏的气候下须几个钟头，他只好用时慧已经给他备好的炭火烘烤。这时候，小石、二石见父亲用大笔扫刷，知道父亲又要帮手，早已不知溜到哪里去了。因为这烘烤极需仔细，既要烘干，又不能烘焦。时慧的家务又多，傅抱石有时看见哪个孩子在家，就会叫过来做帮手，而小孩子粗心，一不小心就会扯裂，他就会发火。傅抱石见刚刚还在家的儿子转眼就不见了，只好叫正忙家务的时慧来帮忙。

　　画烘好了，傅抱石又点燃一支烟，细细地观察思考。继而拿起笔来，在山石和水流部位上疾速皴擦，并仔细考虑雨天的效果；又以笔墨增补，再以色墨渲染，使之层次分明；待画纸稍干，再画细部，最后再画点景人物。

　　傅抱石的山水画，根据内容需要，往往加些点景人物、房舍或其他建筑物。他认为这是山水画的重要课题，若处理不当，则会破坏画面的气氛。因为点景人物可以以小喻大，能从视觉上烘托出山的气势，起画龙点睛的作用，因而他认为点景人物和建筑宜简不宜繁，其画法要与其他部位相一致，用笔用墨要互相协调。这是非常重要的。

　　为了使整幅画不至前功尽弃，他先将画挂在墙上，仔细端详了一番，考虑之后，又在另外的纸上画了一个小人，剪下来后，轻轻用大头针钉在画上，并反复移动位置，观看推敲。就这个点景人物，他一直推敲了两天，才决定将这个红衣小人画到下面的位置上。

　　至此，这幅倾注了他许多天心血的画才算最后完成了。画完后，他在画的右上角题署："乙酉夏五月东川金刚坡下山斋新喻傅抱石"并钤上两枚印，遂告完成。

这幅画气势磅礴，画面上电闪雷鸣，风疾水旋。细处也精细耐看。

这一时期，他还画了《万竿烟雨》《听瀑图》等雨景作品。

金刚坡的夜是静寂的，而又是漫长的，惜时如金的傅抱石绝不会让光阴就这么白白闪过。一向有"开夜车"习惯的他不是看书为文就是作画。而由于在油灯下作画光线不够，墨晕的效果也难以掌握，如果不是急就的创作或激情所至，一般很少在晚上进行。

这是一个节日的夜晚，一家人高高兴兴地吃了算是丰盛的夜饭，到后房间各自忙活去了。傅抱石却仍然端着酒杯在"书房"继续他的"晚餐"，一边在浮想联翩。

"郭沫若先生在日本时作的那首诗真是好啊，好像就是我现在的心情写照。"傅抱石想，当时因为自己年纪尚轻，没有在意。而当年沫公正是自己现在这个年纪。今天重温这首诗，就更能体会沫公当年的心境了。

信美非吾土，奋飞病未能，
关山随梦渺，儿女逐年增。
五内皆冰炭，四方有谷陵，
何当挈鸡犬，共得一升腾。

郭沫若先生当时处于困境，在日本亡命，一方面受着家累，一方面受着日本宪兵与刑事的双重监视，空怀壮志，徒有一腔报国心。然而，沫公却仍然能在抗战事起，毅然逃回祖国投身抗日战争。沫公是值得敬佩的。自己呢，也曾希望"何当挈鸡犬，共得一升腾"，然而，自己还能"奋飞"，还有"奋飞"的一天吗？

傅抱石觉得自己仍是壮心不已，壮志未酬，他还要奋飞，他还能奋飞！

他一边喝着酒，一边铺开画纸。他打算画一幅山水，一幅无论在构图、用笔以及晕染、色彩等方面都堪称独特的佳构。

他用大笔扫刷，绘出大块的山石，成片的密林……那重彩似的泼墨，大有"笔落惊风雨"之势；

他重按疾擦，勾勒出山石的奇异结构和雄浑奔放的气势；

他用淡墨晕染画幅，使作品深沉而显水汽淋漓；

他再喝下一杯酒后，又作第二遍的晕染，利用宣纸渲染水分的特点使画面充满了厚重感，山石突兀，气势袭人。

然后他画出迷茫的远山，潺潺的流水，飞溅的瀑泉；

他还用小笔小心点景。人物、屋宇，甚至眼神，他都精心描绘。

他一身燥热，心口直跳，脸色滚烫，他觉得自己处于最佳的创作状态。

而这幅画无疑是神妙之作：构图精当，山峦树石皴染得心应手，层次分明，奔放而豪爽泼墨更是淋漓尽致——

这时，也许已经是深夜了，或早已过了半夜了。

傅抱石颇为兴奋，也颇为疲惫，他也该歇息了。于是，就在"书房"昏昏入睡了。

一枕黑甜，不知东方之既白矣。第二日清早，傅抱石一觉醒来，一家人蹑手蹑脚地在走动，生怕吵醒了他。他揉揉惺忪的睡眼，精神仍是显得困倦而萎靡，显然昨晚睡得太晚，大概也就睡了一两个小时吧。

桌上，画具狼藉，毛笔散乱地放着，砚台没有盖好，残纸碎稿仍未收拾，调色盘还零乱地摆在桌上——

昨晚，昨晚我干什么了？昨晚——

哦，对了！他猛然一下跳起来，昨晚我画了一张精妙绝伦的山水画图。他突然一下兴奋起来，随手就在桌上翻弄，可是，画呢？

墙上、椅背上、地上，甚至床底下，他都翻了，却遍寻不着。吔奇怪！哦，对了……

"时慧，我昨日夜晚……不对，半夜画好的那张画你捡起来了？"傅抱石猛然想起妻有时会帮他收捡画作。

"冇哇！"时慧在厨房答应着："什哩画呀？我今日早上起来桌上根本就冇画。"

吔，奇怪，难道画还会飞了！

"小石、二石，看到我桌上一张画啵？"

小石、二石正在厨房帮妈妈做事，这时也传来回答："没有呀，我们从来不乱动你的画！"

这是对的，两个儿子虽然爱画，但父亲画好的画从来不敢乱动，只会静观。

出了鬼了！傅抱石重新在桌上，椅上，茶几下，地上，床底下，甚至床内，还掀开被子绝望地翻了翻，仍然没有！

昔顾恺之曾有画作传神，人物从画内飞出而空留素笺的传说，古人谓之曰："神物飞去。"难道我的画也会遁去吗？他笑笑，这是不可能的！

然而，这幅佳构却是千真万确地不翼而飞了。

一连几天，他都为这幅不知何处的"杰作"懊恼。他越来越清晰地回忆起那晚画画的精神状态和创作激情，那是何等的豪放和激越，神悟而极致，而这样的状态，就是素来以激情勃发而著称的傅抱石自己也极少碰到。

他相信，这幅画如果找到了，必定是一幅旷世佳作无疑。

唉，看来我注定只能画到目前这个境地了！

难得精心营制了一幅佳构，却又生生找不到了！

也罢！……

几天之后，他将自己的画室彻底打扫了一次。

还将蚊帐拆下来洗，一个冬天过去，蚊帐顶落满了灰尘，马上天热了，该洗洗了。

突然，一大团黑乎乎的纸从蚊帐顶上掉下来，轻轻地落在他的脚前，他猛然悟到了什么，心里一惊，这不会是我的那张画吧？

他赶快激动地拾起那团纸，展开一看，他不觉呆住了。

这是一幅什么"画"呀！

粗犷的大块泼墨由于晕染过度，已经将画纸染成大片墨团，连那些皴擦的山石、流泉、树木都模糊一片，至于人物、屋宇等细部，几乎根本就找不到了。整个画幅已是墨黑一堆。

难道这就是那幅遍寻无着的画？难道这就是那幅精心创作的"旷世佳构"！

他猛然醒悟过来，那晚酒已喝得酩酊大醉，只顾涂抹扫刷，不及吸去过量的墨汁，最后已成墨湖一片。他在狂醉之后也知道已不可收拾，于是将画纸揉成一团，随手抛去，不意竟抛到蚊帐顶上去了。

他一想到此，不禁哑然失笑，忙呼："时慧，快来！——那张画我找到了！"时慧听说那张弄得丈夫失魂落魄的画找到了，不及放下扫帚，忙过来看。然而，看见丈夫手里的画也愣住了："咯是什哩东西呀？"

及至明白过来，夫妻两个不觉一同哈哈大笑起来。

"哈哈哈哈……"

那笑声飞出屋外，惊跑了门口的鸡群，惊飞了树上的鸟雀……

11. "何处是归程，长亭更短亭"

小小的山乡还有另一种热闹的时候。

傅抱石有时还会请一些志同道合的朋友到家里来小聚。

正是乍暖还寒的天气，金刚坡早已是云开雾散，天朗气清，天空似乎要比重庆市区高远明丽。久居城里的文化人这时也渴望到乡间来踏踏青，会会朋友，并一泄胸中的郁闷，快活如之！在战时的重庆，忧患而困苦的知识分子只有在与朋友的欢聚中，才能寻求到一丝心灵的慰藉。

这天，傅抱石邀请了住在金刚坡的画家司徒乔夫妇和住在重庆城里的一位女作家吃饭。

这种时候，女主人时慧总是显得特别忙碌而高兴，她的开朗、幽默、健谈的性格在这时候得到了充分的展示和发挥。她一边和客人们聊天一边忙前忙后，屋子里充满了欢声笑语。

何以解忧，唯有杜康。时慧尽了自己最大的努力将菜办得丰盛些，战时重庆的物质匮乏，也只能将就些，而酒却是可以纵情喝的。

这餐饭直吃到天已墨黑，酒足饭饱之后，大家又围在狭窄的"厅堂"里一边喝咖啡，一边抽着香烟，小小的房间里已弥漫着呛人的烟雾，而大家全然不觉。

"傅教授所画《湘君》《湘夫人》，缠绵悱恻，似有千言万语在向人诉说，我看得都入迷了。"女作家说。

"有感而发,有感而发呀!"傅抱石一向沉默寡言,不爱多说话,今日有朋自远方来,又喝了不少酒,却是例外地也侃侃而谈起来:"仕女画盛于唐代,画家和作品流传亦多,其特点是体态丰盈,妆饰华丽,然而只是以形取胜,却掩不住精神生活的空虚。宋以后由于山水画的发展,仕女画曾一度中落。入明以后,仕女画又得到发展,'发翠豪金,丝丹缕素,精丽艳逸,无渐古人'。清代的仕女画更多,只是不再以唐画的丰肌厚体为美,而代之以纤细瘦削,体态娇柔,以至于画到后来,变成'弱不禁风'的病态美人了。"

"我原是为了山水画上的需要,所以也偶然画画人物。我认为画山水的人必须具备相当的画人物的技巧,否则,问题会蜂拥而来,范围必越来越小。故而才练习画人物薄弱的线条的。"

女作家听后点点头:"我认为你的人物画神形兼备,善能传神这一点是不容易做到的。"

"是啊!"傅抱石感叹说,"东晋顾恺之提出'以形写神',南齐谢赫提出'应物象形',明代李卓吾提出'画不徒写形,正要形神在',清代邹一桂提出'未有形不似反得其神者',只有神形兼备,于形似中求神采,才为艺术造型之终极。

"关于形似和神似,还有一个故事颇堪玩味。唐朝郭子仪的女婿赵纵,曾先后请过韩幹和周昉画像。这个韩幹是当时的大画家,以画马著名。一天,郭子仪的女儿回来了,郭子仪就把韩幹和周昉画的两幅画像分别前后陈列起来,问女儿:'这是谁?'女儿一看就说:'赵郎也。'又问:'哪一幅更像呢?'答曰:'两画皆似,后画尤佳。'又问:'什么道理呢?'答:'前画者空得赵郎状貌,后画者兼移其神气,得赵郎情性笑言之姿。'从郭子仪女儿的回答里,可以体会到这'得情性笑言之姿'乃中国绘画现实主义的高度体现。"

"傅教授画《湘君》和《湘夫人》,你说是有感而发,"坐在一旁的司徒乔夫人冯依媚是个性格爽快的人,平时嬉笑怒骂,毫无顾忌,她插进来问,"你有何感而发呢?"

"唉,'国破山河在,城春草木深',"傅抱石突然引用了一句唐诗借题发挥,倒是出乎大家的意外,因为傅抱石很少对时事发表评论:"这个感还用我来说明吗?抗日战争已经七年了,国是日非,不知道什么时候是个头!我们这种忧患旅居的日子也不知什么时候是个头!唉,也难怪哟,偏安朝廷,在这天府之国,正好颐养天年,哪里不可成为南宋的临安！正是呵，'山外青山楼外楼，西湖歌舞几时休，暖风熏得游人醉，直把杭州作汴州。'可是你看看湘君，屈原笔下的湘君实际上是理想和正义的化身，她的呼喊也是人民的心声。"傅抱石借着酒性，竟慷慨激昂地朗诵起来：

> 我望着老远老远的岑阳，
> 让我的魂灵，飞过大江。
> 魂灵飞去路太长，
> 妹妹忧愁，更为我悲伤！

湘夫人说：

> 公主们来在这偏僻的岛上，
> 望眼将穿，绕着愁肠。
> 草木摇落秋风凉，
> 洞庭湖中起着波浪！

"试想，这是多么深沉的呼应，多么悲凉的忧伤呵！"
听傅抱石的一席谈，大家都有些黯然神伤。
只有冯依媚突然说："傅教授刚才这一番即席朗诵，蛮有感情的，我看不亚于金山的《屈原》！我看你们中央大学也演他一场《屈原》，看他当局敢拿你怎么样！蒋介石当校长也不反对抗日吧！"
"对，"女作家也附和，"傅教授演屈原！"
"他呀，"罗时慧这时也笑着插话了，"那一口南昌官话要吓走一半观众，另一半观众听不懂。"
大家笑起来。只有司徒乔叼着烟斗，自始至终微笑着听大家议论。
傅抱石也笑笑说："我画屈原可以，演屈原可不行。"
这时，女作家也突然"有感而发"起来，吟起李白的《菩萨蛮》词：

平林漠漠烟如织，

寒山一带伤心碧。

暝色入高楼，

有人楼上愁。

玉阶空伫立，

宿鸟归飞急。

何处是归程，

长亭更短亭。

不知怎的，这一番怀乡的话题竟也勾起了罗时慧的感慨，本来也满腹文采的她也随口吟起了辛弃疾的《菩萨蛮》词：

郁孤台下清江水，

中间多少行人泪。

西北望长安，

可怜无数山。

青山遮不住，

毕竟东流去。

江晚正愁余，

山深闻鹧鸪。

这回，连冯依媚也没有情绪逗乐了，一屋子的人竟就这么闷坐着，沉思着。烟雾已弥漫了整个客室，那昏黄的油灯已被烟雾笼罩包围，更显得朦胧黯淡。蓦然，村前传来一阵喔喔的雄鸡啼鸣，原来，时已过午夜，正是翌日凌晨。

眺望窗外，却仍然是一片漆黑，昏昏蒙蒙的夜空只有几颗若隐若现的星星，夜幕仍笼罩着金刚坡，只有偶尔拂来的夜风带来一丝丝和煦的暖意，预兆着明日将是晴好的天气。

12."金刚坡，你将永远铭刻我心"

1945 年 8 月 14 日，山城重庆忽然锣鼓喧天，鞭炮齐鸣，人们欢呼雀跃，纷纷涌上街头，庆祝游行。从政府官员到普通百姓，人人脸上都洋溢着欢欣的笑容，有的甚至流出了激动的泪水。处在水深火热的中国人民终于盼来了这一天！

这一天，日本宣布无条件投降！

经过八年的苦熬和浴血奋战，中国人民付出了沉重的代价，三千万同胞的惨烈牺牲，才换来了日本侵略者在投降书上签字，这是多么来之不易呀！

金刚坡下，傅抱石夫妇和全家大小都沉浸在喜气洋洋的氛围中。傅抱石在痛饮了一杯胜利酒后说："自古以来，霸权终究不能战胜正义！"他想起一年前他在重庆版《时事新报》撰文说："这次的全面抗战，我们很觉得是中华民族和'大和民族'的精神战。数年艰苦的经过当中，更使我们坚信此种认识，认识中华民族精神之伟大，绝不是七零八落的敌国精神所能动摇的。"如今，仅仅相距一年，他的话就得到了证实。他认为，这却不能看作是他有什么先见之明，凡是稍有知识有良心的中国人都能看到这一点，否则，这八年艰苦卓绝的斗争就是莫名其妙而不可理喻的了。

欣喜若狂的时慧这时只是一个劲地抱着仅一岁多俗称两岁的女儿细伢璇子颠来摇去，嘴里还不停地喃喃着："哦哦——我们可以回家啰，哦哦——，我要带我咯女去回老家哦——，哦，日本投降了，哦，抗战胜利啰——"

在金刚坡下出生的二伢 —— 益珊不解地问："姆妈，咯里不是我们的家呀？"时慧笑着说："乖女，咯里也是我们的家，我们还有老家在江西，在南昌，在新余。那里还有好多亲戚——"

是啊，倦鸟也要回林。日寇投降了，是该回去了。在南京，有他的美术教育事业；在南昌，有他的师长、朋友和亲人；在新余，更有他的祖辈，叔叔和侄儿们。……八年了，不知道他们怎么样了。傅抱石感到从来没有这么强烈地思念家乡，思念亲人。

然而，中央大学的下迁还远没有安排到议事日程上。国民党的接收大员倒是一批批飞往南京，飞往上海，飞往那些曾被日寇践踏蹂躏过的城市，接收大员每到一地，忙着没收敌产，罚没钱款，并以此中饱私囊，大发国难财。重庆至南京的船票成倍成倍地涨，而要买到一张船票仍比上天还难。

傅抱石仍然执教于中央大学艺术系，每星期数次往返于金刚坡与沙坪坝之间。

心里得到稍许宽慰的日子是较容易度过的，在纷纷扬扬的雪花和一批批东迁的道别声中，1946年的春天又到了。

一直到这年的10月，傅抱石一家才随着中央大学的教授们一道，举家迁回南京。这时，重庆的中央机关和学校，人员已经所剩无几了。

金刚坡，这个重庆西郊的贫穷山村，由于战争和生计，傅抱石却在这里度过整整8年的漫长岁月，他将自己的理想、青春和希望都播撒在这里。这里的一草一木，一山一水，曾牵动了他多少深深的情愫，激起了他多少胸中的浪涛。如果说，傅抱石是在一种惶惑、不安和无可奈何的心情下寓居金刚坡的，那么，经过八年的乡居生活，他已经深深地爱上了这个穷山村，或者说，他从开始来到这里，就已经觉得这里是他的久居之地。金刚坡的云雾、烟岚、暮霭和流泉，曾激发了他多少创作的灵感；金刚坡的山石、草木、瀑布和雨景，曾丰富了他多少绘画的素材。金刚坡的实景曾多少次搬上了他的画图，金刚坡的名字曾多少次写进了他的题跋……如果说，是傅抱石选择了金刚坡作为他的旅居之地的话，毋宁说，是金刚坡造就和促成了傅抱石的成功。因此，对于傅抱石来说，金刚坡的名字是难以磨灭的，金刚坡的功绩是不可抹杀的。

在离开金刚坡的前一天，傅抱石足足在金刚坡周围转了一整天，他又重新踏上了那曾经无数次踏过的山间小路，重趟一次他曾经无数次淌过的小溪、流泉；站在那高高的金刚坡的山石上，他最后一次深情地纵目驰骋，眺望那变幻无穷、如神话般的雾霭和烟岚。从这一点上说，离开金刚坡是一个莫大的损失，因为他也许再也没有机会去细细领略、欣赏这并不是人人都有机会遇到的美景。而这一切，作为一个画家，是至关重要的，是可遇而不可求的。因而，从这一点上说，傅抱石是幸运的，是得天独厚的大自然的宠儿。

一直到汽车驶离了金刚坡，傅抱石还在恋恋不舍地回首眺望，他要将这一瞬间深深地印在脑海里，永远不再忘怀。

"金刚坡，你将永远铭刻在我心里！"傅抱石默默地说。

第六章

钟山风雨

1. "沉浸浓郁，含英咀华"

战后的南京，是一片荒芜的遭受重创而尚未复原的城市。展现在傅抱石眼前的是令人触目惊心的情景。

到处是断垣残壁，倒塌的建筑，烧焦的树木，焚毁的房屋。经过日寇大屠杀后而幸存的百姓，虽然对侵略者的失败充满了欣喜之色，但这并没有给那些惨遭屠杀的人们的亲属带来亲人的生还和幸运。他们仍然食不果腹，衣不暖身，仍然挣扎在贫穷和饥饿的死亡线上。街上虽然经常有接收大员和政府官员以胜利者的骄横招摇过市，然而那是和百姓毫不相干的，他们除了听责和训导百姓外，与百姓根本就不相干。

傅抱石就是在这样的情状和心境下，开始了中央大学教授的生涯。

1947年1月，时慧又生下第三个女儿，傅抱石从屈原《九歌》中取一瑶字作为爱女的名——益瑶。这是他们的第五个孩子了。

傅抱石每生一个女儿，总喜欢到《楚辞》中去取一个字为女儿作名。他实在是太喜欢《楚辞》了，特别是屈原的《九歌》，他不仅自己能熟读能背诵，而且希望自己的儿女也能像《九歌》中的神仙和玉女一样，具有能与天地风雷搏击的本领和勇气，而立于不败之地。

那年立夏，他画了一幅长四尺、宽约二尺五的大幅仕女画《山鬼》，画面上风狂雨骤，右上角约占画面三分之一的部位是驱使虎豹而巡游的神灵，而立于画幅中央偏左方的，是一位神秘动人的素衣美女，两手拱于胸前，回首凝视那巡游的虎豹而无所畏惧。整个画幅被一种震撼人心的灵氛所笼罩。傅抱石在画幅左侧边题署中也不禁惊叹："似真有鬼也！——丙戌立夏前，新余傅抱石重庆西郊"。

山鬼为屈原《九歌》中的女神之一，她是楚王之女，名字就叫瑶姬，天逝后为巫山之神。傅抱石将爱女的名字以"瑶"字命之，无疑是希望自己的女儿自强不息，立于山崖之巅而不畏惧风狂雨骤，如屈原《九歌》中所歌颂的美人香草一样，聪慧、美丽、勇敢、坚强。

当然，此时的傅抱石真是今非昔比了。

经过在重庆八年的乡居生活，受川东山水的熏陶，傅抱石的绘画和篆刻，特别是

《山鬼》，傅抱石 1946 年作

他的山水画已经臻于佳境，并且炉火纯青了。他在中国画坛已如一颗耀人眼目的明星高悬于中天，令国人瞩目；他的美术史论和美术论著也受到美术界的推崇和器重，已成为闻名中外的画家和教授了。他仍担任着全国美术协会理事，全国美展筹备审查委员会委员的职务。

然而，傅抱石那沉雄厚重的山水画，从抗战时期在重庆面世后，仍不为时人所推重，他的那些改革、创新，在美术界同仁中，仍有一部分人难以接受。以至抗战前后政府的历届文艺奖，美术方面以绘画获奖的画家，只有吕凤子、黄君璧、陈之佛以及陈之佛的学生邓白等，却与傅抱石无缘。傅抱石对此仍泰然处之，我行我素。而他的几次个展给予社会和美术界的印象却常常是由于大胆创新不落"常套"而著称于世，故而他的画展往往造成轰动性效应。

胜利后的中国依然灾祸连年，胜利后的国民政府首都——南京的百姓依然贫穷，就是像傅抱石这样的名教授也没有逃脱饥馑和忧患的厄运。每月所发薪饷仅够一家人的米钱，更何谈其他。

傅抱石回到南京后欲在上海举办一次个展，画作也现成，却是连装裱的钱也付不起。幸而一位老裱画师傅与傅抱石交情不错，答应为他先行装裱，手工费用待画展办过之后卖了画再付。于是，傅抱石得以将一次个展的画准备妥当。

傅抱石的上海画展是在学生沈左尧的全力操办下准备就绪的，当时傅抱石诸事缠身，无暇顾及展览事宜，遂将诸如设计、展厅布置、陈列以及开幕活动等诸事都交给沈左尧全权处理。聪明能干、才思敏捷的沈左尧对展出事宜举重若轻，处理得井井有条，尽善尽美，甚得傅老师称许。跟随傅抱石六七年之久的沈左尧，这时已经成了先生得力的助手和甚可信赖的亲密高足了。

1947 年 10 月，"傅抱石教授画展"在上海南京东路的慈淑大楼"中国艺苑"举行。

对这次画展的效果，傅抱石毫无把握。这时，国共两党的和谈已经破裂，全面内战一触即发。一场反饥饿、反内战的民主运动正在全国风起云涌地展开。上海这个中国革命的策源地，也是中国民族资本家的云集地，冒险家的乐园，人们有心思和兴趣在这兵荒马乱的年月，来观看画展，购买傅抱石的画吗？

广告张贴出去，邀请书寄出去了，傅抱石仍感到心里没有底。因为，这实在不是

1947 年，傅抱石在南京与徐悲鸿、陈之佛等联合举办的画展上

1947 年，傅抱石与画家蔡淑慎等在上海个人画展上合影

太平盛世，实在不是举办画展的时候呵！

然而，一切都出乎傅抱石的预料之外。

展览开幕这天，繁华热闹的南京路上早已人流如梭，慈淑大楼的门前更是簇拥着不少等待先睹为快和慕名而来的观众，上海许多名流、大亨、商贾、学者以及知识阶层和文化人士纷纷来到这里领略傅抱石画作的风采。

如果说上海的观众有许多原先只是慕名和抱着看看究竟如何的心态来参观画展的话，那么，他们在亲眼看到了傅抱石的充满刨新精神，无论在构图、笔墨投法以及意境趣味都别具一格，思想含义也显然比传统的中国画更深沉而且技高一筹的作品之后，他们立刻清醒地意识到，这是一次别开生面的画展，这些作品无疑也是中国第一流的。一百八十多幅多彩多姿、面貌各不同的画作呈现在人们面前，精明的上海人如痴如醉，立刻将展品视作家庭收藏的珍品，鲜红的订购纸条不几天就贴满了一百多幅展品的下端。上海的新闻媒介又竞相传播，使得傅抱石的画展产生了空前的轰动。据统计，每天来参观的有数千竟至逾万人。在这人心惶惶的艰难岁月，傅抱石画展给上海的文化生活无疑带来了一丝丝欣慰和活力。

画展取得了巨人的成功！

当时，郭沫若曾撰文评述傅抱石画展和其人其事。称赞傅抱石画展"沉浸浓郁，含英咀华"，而傅抱石作品"惊心动魄，已骎骎乎迈入大家之林"。委实是道出了上海观众对傅展的客观感受，也对傅抱石及其作品进行了恰当而艺术的评价。

上海画展，不仅奠定了傅抱石在中国当代国画界的突出地位，画展卖画的收入，使傅抱石在经济上也得以缓和，一家人度过了饥饿和穷困的难关。他不仅还清了为筹办画展而欠下的裱画工钱，而且有盈余准备在南京购地建房。

不管时局如何，傅抱石在中央大学的美术教授工作使他觉得安宁而稳定。他已深深喜爱上这样的教学生涯，业余还可兼职画画，生活似不成问题，他不想再辗转迁徙了。时慧在南昌的家已败落，早先的祖屋也毁于戎祸，而傅抱石在南昌本来就没有根基和祖产，因此，他打算就在南京定居下来。

傅抱石在南京傅厚岗购了一块地，着手建房。这里地处玄武湖畔，环境幽静，距离闹市中心鼓楼仅十来分钟的路程，离中央大学也不远，闹中取静，颇为理想。当年徐悲鸿购房也是选中了这块地方的。

然而，行将崩溃的蒋家王朝在前线节节败退，南京城内物价飞涨，货币贬值，市面萧条，傅抱石刚完成大体结构的住宅楼房就因材料奇贵，资金匮乏而不得不停工，不得已任其拖延。直至一年以后才完工。

1948年1月，傅抱石一生呕心沥血结撰而成的《石涛上人年谱》一书由京沪周刊社出版。石涛，这位伟大民族艺人一生的"简单轮廓"从此去伪存真，得到了清晰的考订。成为后世研究和了解石涛主要依据的权威著作，此书不失为中国美术史研究的典范。

《石涛上人年谱》由当时的中央大学校长罗家伦写序。由于《年谱》的问世，傅抱石在中国美术史研究的成就，广为学术界所重视。

就在傅抱石《石涛上人年谱》问世的同时，1947年出版，1948年初发行的《中国美术年鉴》对傅抱石也有极精当的评价：

傅抱石，江西新余人，年四十四岁。……在日时尝举行金石书画展览，声誉极盛。傅氏于创作绘画之余，并从事著述与翻译。……学识渊博，立说精湛，为我国画史画论研究之权威。

对于傅抱石的美术作品，这本《年鉴》评论说：

系于传统与革新之中独具建树，是故趣味新颖而风格高古，其作品结构雄奇，意境深邃；线条飘逸而挺秀，设色沉毅而瑰丽，用墨浑润，用笔苍劲。写人物表情入神，呼之欲出；写山水变化万千，穷宇宙造化之秘，实开我国绘画新纪元。故欧美重要评论家对傅氏均不断寄予最高之赞誉……

由此可以看出，傅抱石在刚届不惑之年时，其艺术造诣已是出类拔萃，而且已经享誉国内外了。

2. 倦鸟归林　重返南昌

1948年年底,南京城内已是一片混乱。官僚政客、地主、买办资产阶级惶惶不可终日。不久,人民解放军取得了辽沈、淮海、平津三大战役的胜利,长江以北的国民党守军已全部被人民解放军消灭,百万雄师云集在长江北岸沿线,准备渡江南进。国民政府纷纷做逃离的准备,南京城里经常有进步人士失踪和当局挟持胁迫文化名人逃往台湾的事件发生。为了一家人的安全,趁南京政府紧急疏散人口,傅抱石一家七口在学生沈左尧的护送下,撤出了南京,回到了阔别十载的南昌。

正是隆冬,战乱不仅摧残着南京的人民,也同样让南昌的百姓饱受了灾祸之苦。街头上,寒风中蜷缩着无家可归的难民,萧条的市面行人寥寥,一切都是那么熟悉,一切又都是那么令人不堪回首。这就是自己曾度过了青少年时代并曾寄予了美好理想的地方吗? 这就是自己倾注了全部心血并经历了从小学、师范以至教书、爱情的地方吗? 十年间,傅抱石从南昌走出,历经坎坷、战乱,颠沛流离,旅居武汉、长沙、桂林、重庆、南京,最后又回到了南昌。历史经过了一个轮回,社会倒好像没有发展,它不是进步了,反而倒退了! 生活不是更美好,而是更贫穷了,更潦倒了! 唉,兵荒马乱,民不聊生,什么时候才能出现一个太平盛世,百姓们能安居乐业,傅抱石能看到人民眼睛里流露出的,不再是忧愁和漠然,而是欣喜、乐观和充满信心的神情,真到那时,他真是要欢喜欲狂了。

然而,且不说别人,傅抱石一家七口人的生计就成了问题,通货膨胀,物价飞涨,奸商乘机囤积居奇,大米昂贵。傅抱石工资全无,生计维艰,时有断炊之虞。时慧终日为一家大大小小的吃饭发愁。五个孩子,最大的小石只十六七岁,只能在家里帮忙做些杂事,身体又瘦弱,要去外出做事,显然不行,最小的瑶子还只二三岁,嗷嗷待哺,一家人的生活重担仍然落在傅抱石身上。怎么办? “记得当年我们生活发生困难,你总是为人刻章鬻印。”时慧跟丈夫商量,“回到南昌,还会断了你的生路呀!”

“回到了南昌又啷样呢?”傅抱石道,“莫不还要我去刻图章卖钱吧?”

“你可以在南昌办一次画展,总会有点收入的。”

"唉，天寒地冻，兵荒马乱，饭都有吃，哪个还有钱来买你的画哟！真如唐伯虎说的，大好水田人不要，谁来买我画中山！"

"也不见得，"时慧为丈夫打气，"试试看，说不定又会跟上海画展一样，大为可观。"

"想得倒好，南昌岂可跟上海比，况且此一时彼一时，安能同日而语！"

"天无绝人之路！"时慧说，"你忘了一条，南昌是你起家之地，有根基，上海岂能比拟于万一！"

"嗯，有道理，较较看就较较看，反正也只此一条路。"傅抱石说："即使不成，就当是为江西桑梓父老的一次绘画作品观赏会，卖画只是其次。"

于是，傅抱石在家里潜心作画，约一个月之后，所作画已盈数十，加上上海画展后在南京创作的，共有百余幅，够举办一次个展了。

1949 年初，"傅抱石画展"在坐落于南昌南湖边的"青年会"内开幕了。

这是一座雄伟而高大的建筑，展厅的门首张挂着彩色的横额，在这寒冬腊月的南昌闹市区显得格外耀眼，展厅内布置得高雅而堂皇，一幅幅风格独特的中国画悬挂在四壁的白墙上，展示出不凡的气派。

时慧简直可谓慧眼识时事！"傅抱石画展"在南昌引起的反响又是傅抱石本人始料不及的。

南昌人特别是知识界、艺术界对傅抱石是熟悉的，曾亲眼见证了他在贫困中自立，在艰难中崛起的种种奋斗，也曾亲眼领略过他的篆刻本领和国画技艺。十多年前，国画大师徐悲鸿对他的赏识以及后来省主席熊式辉对他的破格厚待，都在南昌传为美谈。如今，傅抱石已成为驰名中外的画家、教授，这千载难逢的"傅抱石画展"岂有不前往一观的道理！

画展开幕的当天早上，天空布满了浓云和阴霾，寒风刺骨，不一会儿就下起了鹅毛大雪。然而，"青年会"的展厅门口，一大早就有不少美术爱好者和收藏者撑着雨伞，顶风冒雪赶来，等候画展开幕。家境贫穷的，是来一睹傅抱石绘画的神韵和风采，也慕名拜会傅抱石本人；有钱的，欲购藏几件傅抱石作品，一则传家，二则还说不定比购藏黄金银元更稳当、更实惠。

开幕之初，展厅门口已是人群簇拥，大门一开，观众如潮水般往里涌，有时竟挤得水泄不通。许多观众一边看一边就在作品下方贴出订购的红纸条，然后跑到工作台登记，到后来，竟出现抢订的事情，几位观众同时看中了一幅画，画作下面出现了几张红纸条，甚至红纸条也来不及贴，画就被人家订购。展出的第一天，作品就订出半数以上，到第三天下午，所有的作品都已贴满订条，实现了满堂红，连几张标明了"非卖品"的画都被人再三要求订购了。

望着这满堂红纸条的展厅，傅抱石只觉得心里涌动着一股滚烫的热流，他甚至不明白，在政局动荡的情况下，南昌市民如此争购他的画作，究竟是家乡桑梓人民的情意重呢，还是他的画分量重！也许，这两者都有吧。

傅抱石在南昌展出的一百多件作品不几天即告售罄。

只有一个例外。

一件原本是非卖品的佳构《苏武牧羊图》在展出期间被四位省参议员再三要求订购了，并已议好以四两黄金的价钱成交。然而，在展览结束时傅抱石被告知那幅画他们不要了。因此，这次展览剩下一幅画没有卖出去。而当时许多人想买这幅画均因已被四位参议员定购而遭婉拒。

事后才知道，四位省参议员原拟每人出一两黄金买下这幅画，是准备呈献给当时的江西省主席胡思汉的。这几位参议员想，胡是指番邦，思汉是身在番邦的人思念自己的祖国汉朝。苏武出使西域，为匈奴所羁留，十九年不能返回家园，只能靠牧羊度日，忍受北方的严寒和思念家乡的折磨，而最后终于回到祖国。《苏武牧羊图》正好表现的是这个故事，这不就是"胡思汉"吗？四位参议员觉得此画乃绝妙之图也，以傅抱石的名望，将此画呈送给胡主席，岂不绝对讨他欢心。不料刚好在展览结束时，这位胡主席被撤了职，换上一位叫王陵基的四川人上任。立刻，四位参议员觉得送画就毫无意义了。于是通知傅抱石那幅画他们不要了。

得悉此事，傅抱石觉得真是好笑。他将这幅画收藏起来，一直带在身边。

1949 年 4 月 21 日，中国人民解放军百万雄师在西起湖口、东至江阴的长江沿线一千多公里长的北岸发起攻击，强渡长江天险，向国民党的巢穴发起了毁灭性的攻击。仅仅两天时间，到 4 月 23 日，就攻占了南京城。统治中国达二十二年之久的蒋家王朝宣告覆灭。

下部

第

七

章

笔墨当随时代

1. 义正辞严　捍卫国画

新中国成立以后，帝国主义在中国的势力被彻底打倒，中国出现了空前的民族大团结的局面。人人心里充满着向往，饱含激情迎接这个共和国初升的太阳。

傅抱石欢迎这个新时代的到来，人民当家作主了，国家将一步步走上繁荣昌盛，这是过去几十年来憧憬和向往过的生活，他是怀着激动的心情，欢迎革命的胜利的。

然而，要革命就不能温良恭俭让，革命就要打破旧的传统观念，革命就要打碎旧的思想束缚，把一切与革命不相适应的特别是封建的腐朽没落的东西都清除掉，像扫除垃圾一样把它们都扫进垃圾堆里去。

一段时间以来，在一部分头脑发热的过激的人特别是青年学生中，这种思想甚为时髦。

中国画能适应革命的需要吗？

它反映的表现的都是封建时代士大夫阶级的闲情逸致，风花雪月，花鸟虫鱼，毫无生气的山水；而且，中国画不科学，不合透视，人物不合解剖，没有质感、立体感，根本不能为社会主义服务，它纯粹是消极的、退隐的、抽象的，甚至是听天由命的，一句话，它是封建的糟粕，它的存在只能消融革命人民的斗志，腐蚀人的精神和意志。——那些"革命者"这样说。

那么，还有必要让它存在下去吗？

一时间，美术界弥漫着这种浓重的"革命的"空气。"中国画在国际上有崇高的声誉，有自己独特的民族形式和优良传统，她在艺坛中独树一帜，是其他任何绘画所不能代替的。"

"必须学好中国画！"

这是傅抱石在给新中国成立后南京大学美术系招收的第一批学生上课时的铿锵话语。

然而，更严重的是，一些狂热的人已经提出：把中国画教学从美术系驱逐出去！

傅抱石非常气愤，他大声疾呼：民族传统艺术不能取消，不能割断历史！我们不能让中国画在我们这一代断了种，做民族绘画的败家子！

随之而来的是触目惊心的事实，许多大专院校美术系取消了中国画教学；稍稳妥一些的，也将中国画课改称"彩墨画"课。更为严重的是，不少画中国画的或担任中国画教学的教师改画漫画、宣传画，搞版画或干脆改行干别的专业去了。

傅抱石感到痛心，他的火暴脾气又上来了，他不理睬时行的那一套华丽的辞藻和"革命的""可爱的"行为，仍然坚持了南京大学美术系的中国画教学。

他顶住了极大的压力和风险，他在一些会议上经常被点名批评。

"版画可以表现时代精神，讴歌社会主义的春天，可以作为刺向敌人的武器，你中国画行吗？"

"油画可以画毛主席像，可以抬到街上去，下雨都不怕淋湿，你中国画行吗？"

甚至有人当面指责："傅抱石的画漆黑一团，缺乏明丽清新的景象，晦暗、沉重、乱七八糟，反映出作者阴暗的心理。是见不得阳光的，是对社会主义不满的一种表现！"

傅抱石是严于律己的。他在许多思想汇报中，仔细检讨了自己几十年来所走过的艺术道路和思想轨迹。他承认自己在旧社会，由于精神郁闷，生活贫困，他喜爱那种苍茫、沉雄、深邃的调子，这种调子是不够健康向上的，不够明丽清新的，有时甚至是跟不上时代的。而对于歌颂工农兵、讴歌社会主义的大好形势，他还做得不够，这些都是他应该亟待加强的。

傅抱石的话是真诚的、坦率的，他以对新社会、新生活的充沛的感情，绘制了许多反映新社会、新生活的图画，如《四季山水——春、夏、秋、冬》《玄武湖一瞥》《中山陵》《江南春》等。

1950年，就在新中国成立不久，他以一个学者和诗人的气质，对毛主席的那些诗词产生了浓厚的兴趣。而构写前人的诗，将好的意境移入画面，这是自宋以来山水画家最得意的路线。傅抱石觉得，截取某诗的一联或一句做题而后构想，在画家是摸着了倚傍，好似译外国文的书一样，多少可以刺激并管理自己一切容易涉入的习惯。同时，使若干名诗形象化，也是非常有兴味的工作。因而，经过对毛主席诗词的充分学习、研究和理解之后，他开始着手"构写"毛主席的诗意画，将毛主席的诗词"移入画面"了。

这一年，傅抱石创作的以毛主席诗词为题材的作品《七律·长征诗意》《沁园春·雪词意》《清平乐·六盘山词意》画，参加了"南京市第一届美术展览会"。

　　傅抱石的这种题材的画作无疑是表现革命的，而且将毛主席的诗词移入画面，在他之前还似乎没有人画过，可以说开创了毛主席诗意画的先河。他的行动得到了美术界的高度评价。

　　这年 6 月，南京市文联召开成立大会，傅抱石被选为文联常委。

　　在南大美术系的教学中，傅抱石经常对学生进行绘画思想的教育，甚至具体指导学生进行创作实践，解答学生的疑难问题。

　　"老师，临摹和写生应该如何对待呀，到底应该以什么为主？"学生经常向老师提出这一类问题。

　　"前人的绘画成就，固然可以作为我们的借鉴和启发，"傅抱石说，"但却不能代替我们自身的创作，而必须把师前人和师造化结合起来。不能把古人所创造的生动活泼的自然物象，看作一堆符号去搬用玩弄。应该反对那种脱离生活、脱离现实的因袭模仿。"傅抱石对学生的解答，实际上是他的一贯思想。

　　"譬如中国历史上的明清两代，可以说是我国绘画史上继隋唐五代、宋元两个艺术高峰之后出现的一个新的特殊的时期。这一时期，一方面，艺术相对衰退；另一方面，画家辈出，画派纷呈。画家面对前代巨大的艺术成就，对待传统就有两种截然不同的态度，即摹古与创新的区别。有的亦步亦趋，临仿成风，如影响画坛近两个世纪的清代山水画家'四王'：王时敏、王鉴、王翚和王原祁，以摹古为主，并且被视为当时的正统；而弘仁、髡残、八大山人和石涛四位画僧，是创新一派的代表，他们都是遗民画家，经历了明朝灭亡的亡国之痛，在绘画中发抒内心的忧愤，注重个性的表现，不为成法所束缚，在画史上影响深远。所以，我们从事绘画创作应该'师意不师迹''略其迹而取其意'。不要理睬那所谓的'正宗'的一套，而应该加强在艺术实践中的观察和体验，并锻炼自己的表现技法。"

　　然而，思想斗争是激烈的，舆论上把反对和坚持中国画教学说成是革命和守旧，社会主义和封建主义的斗争，甚至有的把这说成是立场问题，说中国画纯粹是为帝王将相、地主阶级服务的，而不能为人民大众服务，劳动人民根本不需要这种东西……

　　形势是严峻的。许多美术院校一度中断了中国画的教学，改学西洋画——油画。

　　1952 年，全国大专院校院系调整，南京大学艺术系并入南京师范学院美术系，傅抱石担任了中国画教研室主任。

这时候，几乎找不到几位教师敢于教中国画了。在这种情况下，南师大美术系的"傅大炮"——这是由于傅抱石平时敢于直言，同仁善意而尊敬地给他取的外号——改变了一直教中国美术史的惯例，毅然挑起了中国画教学的担子！

傅抱石尊重科学，在中国画的教学中也刻意创新。为了使学生在造型基础方面得到训练和提高，他搬来许多石膏头像让学生练习素描。而素描练的方法又是用中国画的线条来表现，要求用线条的粗细、浓淡和转折勾出实物的立体感来。

南高院楼上的美术陈列室，经常陈列着学校教师以及当时能搜集到的国内画家的名作。傅抱石有时把学生带到这里来，进行直观教学，以开阔学生的视野，提高鉴赏水平。

"嗬，这么多画呀！"走进陈列室的学生惊叹起来。他们无疑走进了一座中国当代绘画的宝库和艺术殿堂。这里面的当代中国美术珍品琳琅满目，各种形式、流派、画风和技法的中国画一一呈现在同学们眼前。如徐悲鸿的《愚公移山》《九方皋相马》《奔马》《猫》，傅抱石的《万竿烟雨》《潇潇暮雨》《山鬼》《九歌图——国殇》，陈之佛的《秋菊白鸡》《荷花鸳鸯》《柳荫鸣蝉》《文猫牡丹》《蔷薇双鸡》等，还有其他许多国内知名画家的作品。

"同学们看到这些作品，一定会有所感悟。"傅抱石在陈列室的作品前对这些激动而又振奋的未来的画家们说，"绘画是造型艺术的一种，它依靠形象的艺术加工。然而，这些作品的诞生，绝不是一朝一夕的功夫，一定要平素养成了习惯，有'六合皆空，惟我为大'的境界。什么名利荣辱，绝不许杂半点于方寸之中。经过一番刻苦的用功，才能臻于逸妙的峰巅；此外，还应掌握画理的知识和画面的基本技能，才能笔舞墨飞，得心应手。

"同学们进了大学学美术，国家为你们创造了学好绘画的一切条件，这是你们的幸福。但是，"傅抱石接着说，"学习美术，必须具备勤奋刻苦的学习态度和孜孜不倦的奋发精神。'十年种树成林易，画树成林半辈难'呵！徐悲鸿先生在重庆中央大学艺术系任系主任的时候，已经是驰名中外的大画家了，可每天清晨，当同学们刚刚起床洗漱、有的同学则还在睡懒觉的时候，徐先生已经挟着他的画具，冲破重庆的浓雾，从宿舍沿着环山马路快步来到教室，开始了一天的绘画和工作，同学们于是也跟着开始学习，不知不觉形成了一个严肃而和谐的早自习制度。张书旂先生每天坚持作画，画完了就用图钉钉在墙上观赏推敲，待墙上钉满了，又钉在以前的画上，到后来，画室四周墙上的画都贴了寸把厚了，你们想想他画了多少画呀！而这又需要多大的毅力呀！"

同学们静静地听着，显然，他们被傅先生的话感动了，知道这成功来之不易。

接着，傅抱石又开始对每幅画进行介绍、分析……

经过一段时间的教学，这个班的同学对中国画显然产生了浓厚的兴趣。现在，你就是要他们不要学习中国画，他们也不会答应的。而且，他们对那种排斥和贬低中国画的民族虚无主义十分反感，正酝酿着写一篇驳斥文章谈谈自己的认识。

为了提高学生的绘画技能，傅抱石把《故宫周刊》上的许多名画提供给学生临摹，特别是那些历代帝王像和名人像，如华佗、张衡等；他还把张大千从敦煌临下来的精妙壁画《供养人像》《飞天》等也让同学临摹。

这年秋天，傅抱石从北京开会回来，他带来了一幅照相放大的长卷画。当他在教室里摊开这张画时，同学们不禁都惊讶地叫起来了。

"呀！——"六七双眼睛望着傅先生。因为他们从未见过这样精彩的，而且放大到与原作一样大的名画。

这是一幅白描人物手卷。画面中有八十七个人物列队行进，体态生动，造型优美，飘飘欲仙，而且最不可思议的是，人物的线条遒劲而富有生命力，虽然没有着任何颜色，却产生了奇妙的渲染效果。无疑，这是我国古代人物画的极品。

"这幅画，名《八十七神仙卷》，是徐悲鸿先生耗费巨资，购藏后被人盗去，查到线索后，又再耗巨资终于失而复得，真是历尽周折。徐先生曾刻了一枚印章'悲鸿生命'钤在上面，看，印章钤在这里已被人挖去。不管怎样，祖国的珍宝还是保住了。我在北京请人拍成照片又放至原大，供同学们临摹。希望大家仔细揣摩，认真临摹。"

同学们为傅老师的煞费苦心深为感动，眼睛内流露出感激而钦佩的神色，是的，同学们庆幸自己遇到了一位好老师。连高班同学都羡慕他们，因为傅老师教授中国画课只教了这一个班，机会真是千载难逢。

接着，傅抱石将他自己绘画用的宣纸发给每人几张。他知道，同学们经济大多比较困难，没有钱买纸笔颜料，习画一般都用毛边纸，墨也将就用便宜的，而作画用的调色盘，几乎是清一色在外面捡一块破玻璃代替。看见同学们勤苦至此，傅抱石不禁想起了自己的青少年时代。这时，他的眼神总是充满了爱怜和赞许。

"中国的绘画传统，要求是意存于笔，趣多于法"，傅抱石一边看学生临摹，一边说，"所谓'形成于笔墨之内，意存于笔墨之外'。因而，学习绘画不仅要学习技法，还要注意多方面的修养。譬如文艺理论，中国通史，中国美术史，中国画理论等等，都要广泛涉猎，而且越精深越好……"

栖霞山，蜿蜒起伏，幽深而秀逸，像一道天然的屏障，围绕着石头城的一隅。在这秋风飒飒的黄金十月，她那满山满岭的枫叶，经过霜露的点染，呈现一片丹红，使得这石头城外，到处如覆盖着火红的云霞，吸引了无数赏叶踏秋的游人，拾上几片擎在手中，真如将红云也掬在手心，那沁人心脾的惬意，不身临其境，是无法领略的。

傅抱石按惯例，每月有几次安排学生到室外写生，除经常性的在校园内写生树石和建筑外，还把学生们带到玄武湖、灵谷寺等地进行野外"师造化"，现在，趁栖霞山的枫叶染透，红霞满天，他又将学生们带到了石头城外，让他们领略这大自然的旖旎风光，撷入自己的画面。

"哎呀，这满山满野的枫叶，逶迤的山岭，怎么画呀？"同学们在尽情欣赏了这绮丽的风光之后，架起画板，摊开画纸，却不知道如何下笔。他们在学校画惯了石膏和静物，到了这广阔的原野，自然一筹莫展了。

"大家都过来，看我先给大家示范。"傅抱石一边用传统的中国画技法教大家写生，一边说，"首先应该加强对景物总的领略和感受，只有自己有动于衷，深感其美或使你陶醉，才会由此产生激情，有了强烈地去表现它的欲望，而后画出来的画才能感动欣赏者，并且自己也为之陶醉。只有当作者怀着要把某种美的感受加以形象化表现出来的强烈愿望的时候，才会千方百计地在技法上进行许多新的探索和尝试。这也就是'外师造化，中得心源'的道理。"

傅抱石看大家在用心听他讲解，又接着说："中国山水画的写生，有它自己的特点，这种特点是有别于西洋画的。它不仅重视客观景物的选择和描写，更重视主观思维对景物的认识和反映，强调作者的思想感情的作用。在整个山水画写生的过程中，必须贯彻'情景交融'的要求，作者必须通过对景物的描写来反映作者的思想感情。

"具体写生过程可以归纳为四个字：游、悟、记、写。"

傅抱石一边讲解，一边在技法上加以指导。

同学们专心致志地投入了写生实践。

这时，傅抱石自己也取出速写本进行写生。他画的速写比较简单，一般选取重点的形象，而且结构很严谨。他一般擅长心记，主要的东西和形象都深刻地记录在自己的脑海里。因而，他的速写只是勾勒一个大致的轮廓。

在速写的间隙，他到每一个学生身边去观看他们写生，有时具体指导一下。

学生喻继高自幼喜爱绘画，然而他的兴趣却在工笔花鸟上，与傅抱石的山水画科特别是写意技法大相径庭。喻继高自从接触了陈之佛的绘画之后，更迷上了工笔花鸟。傅抱石不因他学的不是自己这一画科，而减少辅导，而是同样鼓励他在花鸟画方面努力进取。

"你学工笔花鸟，陈之佛先生堪称楷模。"傅抱石走到喻继高身边，喻继高在专心勾勒，看见傅先生过来，便抬起头来，眼含征询请教的目光。傅抱石对他说："陈老师的画有丰富的情感和紧劲的笔墨，于是浓郁的彩色反而构成了甚为难得的画面。原来勾勒花鸟好似青绿山水，是不易见好的，若不能握得某种要素，便十之八九要失之板细，无复可令人流连之处。这一点，陈老师凭借他的修养，已经能有把握地予以克服。做到了'要从刻画见天真'，这是不容易的。你要好好向陈老师学习。"

喻继高非常领悟地点了点头。

随后，傅抱石又看了看大家的写生情况，发现同学们大多未注意抓取自然景物的特征，于是又将大家聚拢来讲授。

"大家都过来，过来……山水画的写生有一点要特别注意，"傅抱石环视了大家一眼，接着说，"就是要记录具有特征的景物。树木是山水画最普通的景物，但各地地理条件不同，树木具有的地方特征也就不同，写生时不能忽视这一点。富春江一带的杨梅树，树叶常青而浓黑，树干盘曲多姿呈淡赭色。这种姿态优美、枝叶繁茂的常绿树与富春江的山明水秀相映衬，极富江南水乡的特色，十分入画。又如乌桕树，在浙江农村水田中多间种乌桕，每到秋天，乌桕叶变红，平原上一片秋色，是其他地方不易见到的美景。黄山松树，浓黑而粗壮，虬枝千姿百态，气势雄壮，是黄山所特有，画黄山而不画松树便失去了黄山的特征。山峦也是形态各异的，华山、泰山、黄山……各具特色，只有仔细观察、分析，才能得其精神。我们除用速写的方法加以记录外，更重要的是心记。要把客观的景物变成'胸中丘壑'，做到'得心应手'，提笔即可画出，落墨即可显其特征。这才是画山水的最基础的基本功。"

同学们听了傅老师的讲解，深深佩服老师的真功夫和观察生活、自然的仔细，然后，大家又散开写生。这丰富多彩的生活让学生们感到趣味盎然……

已经到中午了，回校吃饭显然来不及。

傅抱石征询学生的意见。几个同学几乎异口同声说："我们不吃饭，我们不饿！"

"我还想接着画。"

傅抱石知道，因为贫穷，这些同学根本没有钱在外面吃饭，这样外出写生都是饿着肚子回校的。

"走，吃饭去！"傅抱石催促大家，"今天我请客！"

"傅老师，"同学们为难了，"老是吃你的，你家也不宽裕——"

"嘘，别不好意思，"傅抱石这时一反刚才认真的神态，笑嘻嘻地说，"傅老师请你们吃餐饭还是请得起的！走吧，看！"他神秘兮兮地从装画稿的皮包里掏出一瓶酒和一个油纸包举起来说，"我还带来了酒和烧牛肉——"

同学们终于跟着傅老师走了。幽静的山间小径上，洒下了一路欢快的笑声、歌声，在栖霞山的旷野中回荡，回荡……

1953年9月，全国第一届国画展北京举行，傅抱石的力作《抢渡大渡河》和毛主席诗意画《更喜岷山千里雪》参加了展出。

傅抱石曾不止一次地引用石涛的名言："笔墨当随时代"，认为脱离时代的笔墨，就不成其为笔墨。如今，傅抱石正在用自己的行动，实践着这一至理名言。

2. 不断地探索和变革

夜，寒风呼啸，冷雨袭人。那整天响个不停的广播喇叭也早已停止了宣传播音，连几家平时须到很晚才打烊的饮食店铺也因为天气寒冷、生意清寂而关了门，昏黄的街灯下只有稀稀落落的几个行人在匆匆地走着。白日的繁华和喧闹已无影无踪，在这凛冽的溯风中，石头城的街衢更显得萧瑟而索漠。

紧邻玄武湖边的中央路上，一条可通往湖滨公园的巷口，一位瘦削而清癯的中年妇女撑着雨伞，正朝远处张望着，看得出来，她是在等待深夜未归的家人。从那走走停停、翘首望望又折回，然后又返转来张望的情态，可以看出她的心里是焦灼的，烦躁不安的。这条巷子，就是傅抱石建房安居的所在地傅厚岗，站在巷口的就是等待丈夫归来的罗时慧。

丈夫是去学校参加"知识分子向党交心"的会议而深夜未归。

妻子深知丈夫的脾气和秉性，他是个性格率直、个性刚烈的火暴筒子，南师大美术系有人戏称他"傅大炮"，真是再合适不过了。本来丈夫是个能严于律己并检讨自己的人，然而谁有什么不实之词强加在他头上或诬陷诽谤的话，傅抱石是会毫不客气地顶撞回去的，他不会管对方是谁，也不会给对方留什么面子。罗时慧别的都不怕，她怕的是，丈夫已经年届半百，又有高血压，万一气愤不过感情冲动出了事怎么办！一家八口就他这一个顶梁柱、主心骨，唉，唯有她坐在家里担惊受怕，时不时跑到巷口张望一下，却总是不见丈夫的身影。

好不容易，在暗夜微弱的灯光下，影影绰绰地看见丈夫那魁梧而略显臃肿的身躯，时慧一颗悬着的心才算落了地。

夫妇二人一同走进了傅厚岗六号家门。

这是一个宽敞的院子，院内有一幢三层楼的砖木结构房子。这还是傅抱石从重庆迁回南京后，用上海画展卖画的收入盖起来的。当时傅抱石的打算，是准备在院内盖两幢一样的楼房，组成一个花园，甚至连园名都想好了——慧园。无疑，这是缘于时慧这一名字来的。但后来战乱连年，一家人又避难回到江西，已备好的材料渐渐被人盗去，到开工的时候，只够盖一幢房子了。加之物价飞涨，另一幢只能是画饼，"慧园"的计划也就落了空。好在一家人也算有个栖身之地，孩子又还小，这几年也就这么过来了。

从大门到楼房是一条弯弯的水泥路，路两边整齐地种着黄杨树，树顶修剪得平整，四季常青，使那单调的小屋有了一种曲径通幽的感觉，傅抱石还亲自在院内种了两株桂花树，一棵枫树，一棵玉兰，那棵玉兰不几年就长得又高又大，而两棵桂花可能是因为周围房屋和树丛挡住了光线，长得不够茂盛。偏偏那桂树是因为傅抱石和小石、益璇女都是农历八月生的，且是连着的三天，而桂花飘香也是在八月，才特意种上的。那棵枫树倒长得惹人喜爱，每年秋冬季节，当枫叶染红了树梢时，映着清晨的阳光，那鲜艳欲滴的颜色，衬着旁边那墨绿的宝塔松，实在令人神清气爽，每到这个季节便是一家人流连树前的好时光。那欢声和笑语，总让傅抱石感到怡然自得，心旷神怡。

每当费心劳神，绘画感觉疲倦或者饭后，傅抱石总爱在那曲径小道上踱步，观赏着四周的花木，有时也做做深呼吸，活动活动手脚。自到中央大学执教，回到南京建了这座楼房后，才算真正有了自己的家，傅抱石对这个家是充满了感情的。

一身寒气的傅抱石进到屋内，脱掉元宝口的矮筒套鞋，换上棉布鞋，倒了一大杯高粱酒，凑到火盆边坐下，一边烤火，一边喝酒。他穿着一身蓝色棉衣裤，使本来已开始发胖的身子显得有些粗笨，从来不事修饰的头发散乱地从中间往两边分开，神态流露出疲惫，喝了几口酒，刚才一身的寒气似乎驱散了一些。这时，时慧适时地做好了一碗热气腾腾的汤面端上来了。

"他们几个呢？问问他们吃不吃面。"傅抱石问的是孩子现在干什么。

"都睡了。"时慧小声说。

傅抱石贪婪而惬意地吃着面条。这一大海碗上面浮着一层鲜红辣椒油的清汤寡面，近几年已经成为他的必备夜宵；而且非时慧做不可，这时就是有谁请他去吃馆子，他也不会去的。他宁愿回家来吃妻子亲手做的汤面，只有时慧才知道他的习性，咸辣干湿，正合他的口味。

面条吃完，傅抱石觉得浑身发热。时慧知道丈夫还要熬夜，于是交代他早些休息，

1958 年傅抱石与家人合影

就先去睡了。

傅抱石去到二楼画室，坐在宽敞的画桌前，想写点什么，画点什么，然而，情绪却烦躁不安，心潮难以平抑，他什么也不能干！

新中国成立后，傅抱石有了安定的工作，生活也得到了保障，他终于盼来了安居乐业的生活，他曾经梦寐以求的太平盛世终于实现了。而且这一年他家还欣逢喜事一桩，大儿子小石夏季考取了中央美术学院，已到北京读书去了，他的绘画事业后继有人了，为此他感到无限欣慰。他从心里拥护新中国的诞生，欢迎这个新时代的到来，他也努力调整自己，使自己的思想努力跟上时代的步伐，使自己的作品努力适应新时代的需要，反映新的生活。然而，怎么就有的人总是与旁人格格不入，甚至把人家往对立面上推呢？

难道是自己的思想真的跟不上形势了，自己从事的绘画创作真的为现实所不容了？

然而，傅抱石以自己对中国几千年历史的深入了解，他不相信这样的原因和结局！

　　人，不能迷失本性，画人尤其应当胸怀广宽，光明磊落，他不能在这变幻的风云中丧失了自我。该说的还是要说，该做的还是要做。在以后的日子里，他仍要研究画史，钻研画论，绘制画作。他相信，社会主义也需要为人类提供美、提供精神食粮的绘画，中国的传统艺术仍将发扬光大，源远流长！

　　然而，画什么呢，应该怎么画呢？

　　从事了几十年美术职业和绘画的傅抱石这时候倒真是茫然了，迷糊了，不知所措了。

　　他想起今年早些时候，中国美术家协会成立并召开"古典美术研究会"委员大会时，那场关于中国画的激烈辩论。是他在会上据理力争，阐明中国画在中国民族传统艺术中的重要的地位，并以无可辩驳的事实证明中国画振奋民族精神的作用。会后，上海画家贺天健对他说："这次会议，如果不是你为国画而辩，此行就毫无意义。"傅抱石觉得，他只是做了一个中国画家应该做的事。如果一个中国画家遇到否定他的最基本的东西而不敢据理力争，那还是什么中国画家！他不是向来宣称中国画富有"民族之精神"吗？

　　他只是不明白，那些看来也并不是外行的人，怎么一口咬定而且声嘶力竭地断言中国画是封建士大夫阶级的东西，它所表现的山水人物、花鸟虫鱼，是宣扬资产阶级的闲情逸致，只能腐蚀人民的意志，根本不能为社会主义服务！

　　那么，按这些人的论点，为社会主义服务的都应该是些什么东西呢？中国画应该怎样才能为社会主义服务呢？

　　傅抱石百思不得其解。

　　记得新中国成立初期，刚刚成立的南京市文联举办第一次美术展览。傅抱石一改自己过去大胆泼墨的技法、水墨淡雅的风格和山水为主的题材，以自己从来没有采用过以前也不屑于采用的朱砂重彩并运用年画形式画了一幅上面有海陆空三个解放军的"画"，那幅画虽然以强烈的色彩，反映了革命英雄，歌颂了人民子弟兵，得到了大家的称赞，人皆曰"好"。然而，熟悉傅抱石的人都不相信是他画的。问：那是傅抱石吗？那么，傅抱石又应该是什么呢？

　　想到这里，傅抱石不禁又笑了起来了，向来达观自信的自己怎么胆怯了，没有自信心了。是老了吗？他才刚刚五十岁，还不能言老，正是大展宏图的时候呢！

沉舟侧畔千帆过，病树前头万木春！

本来，继承和发展就是辩证的关系，没有继承则无所谓发展，没有发展也就谈不上继承，要继承并且发展传统的现实主义精神。笔墨当随时代！石涛上人的这句至理名言自己不是耿记于心吗？脱离时代的笔墨，就不成其为笔墨。失败在所难免，看来自己还须不断地探索和变革，因为，这是一条新路，一条前人从来没有走过的坎坷的路。傅抱石铺好宣纸，又开始了新的绘画。

他翻出一首毛主席词《蝶恋花·答李淑一》仔细研读起来。

我失骄杨君失柳，
杨柳轻飏，直上重霄九。
问讯吴刚何所有，
吴刚捧出桂花酒。

寂寞嫦娥舒广袖，
万里长空，且为忠魂舞。
忽报人间曾伏虎。
泪飞顿作倾盆雨！

他试画了一幅画，在倾盆大雨中，长袖的嫦娥凌空翩翩起舞，远处是红霞万道，人间又是一片烂漫的鲜花……

画完，他自己也不觉摇了摇头，对这画作甚不满意，将画移向了一边。也许，对毛主席的这首词，还须要进一步加深理解和思考。以前，他画石涛诗意画《盘礴万古心》时，不也是再三斟酌，精益求精吗？须知，毛主席也是诗人。毛主席的诗，思想深邃，气势磅礴，他也是很喜爱的。

不画了！他觉得，应该搁置一段时间再画，也许，效果会更好些。

他到几个孩子的房里看了看，为他们掖了掖被子，那个在1949年避战乱时生在南昌的小女儿益玉——小玉子——这时已四五岁了，睡到半夜被子已全部蹬掉，傅抱石见此情景，笑了笑，轻轻地为玉子盖好被子，又蹑手蹑脚地退了出来。

回到书房，傅抱石取出他那叠即将完成的《中国的人物画和山水画》专著手稿，摊在桌上。

他静了静杂乱的心，翻开手稿，重又阅读了后面几页，让自己的思路进入浩瀚繁盛的中国美术史的殿堂。接着，在一页新的稿纸上，写下了这部专著的最后一部分的标题：

八、山水画的卓越成就

然后，他沉入到专著的撰写中去……

这部耗费了傅抱石多年心血的《中国的人物画和山水画》专著，于1954年12月由上海四联出版社出版。

3. 为山水传神

光阴荏苒，1954年的春节早已过去，绵绵的雨季又来临了。

明净而晶莹的雨珠从屋檐淅淅沥沥地落下，形成一排透明的雨帘。院内，小雨在不停地洒下，滋润着正茁壮成长的桂树、枫树和玉兰花，还有门外篱笆上的各种颜色的月季花；那植于墙边的雪松和宝塔松在这潇潇的春雨中，好似眨眼的工夫，从片片青翠的针叶上又长出了嫩绿的新芽。

置身在花丛和绿色组成的庭院中，傅抱石的心是宁静的。除了上课和开会，他一般都待在家里，看书作文绘画，倦了累了就到院内的小径上散散步。现在比新中国成立前是安宁多了，即使这样，他也努力使自己处于"六合皆空"的境界，在如今环境和条件已经大为改观的情况下，他觉得要做到这一点仍是多么不容易，倒不如在重庆西郊的金刚坡下山斋，一切都简陋得只能维持最低的水平，他反而真有一种原始本能的"六合皆空"的心境，那是一种多么难得的空阔而宁静的境界呀！

提到金刚坡，他又不由得想起重庆西郊那滂沱而连绵的暴雨，那汹涌奔泻的山洪，朦胧而缥缈的山峦烟云……呵，那样的奇妙的景致，他是再也看不到了。金刚坡，带给傅抱石的，不仅仅只是贫穷、困顿，同时也给了他无穷尽的创作素材、灵感、启迪和造化的恩惠，从这一点上说，金刚坡之于傅抱石，倒是此生难再有？而不可多得的机遇呢！

傅抱石的脑海里，仍是金刚坡下狂暴的雨幕、山洪、狂风和烟云……这时，一幅雨景图画又在他的脑海里形成了！

他将宣纸挂在墙上，首先用蘸了矾水的刷子对着宣纸成斜方向猛烈地挥洒，那宣纸上立刻出现了一条条不规则然而方向大致相同的水渍，然后分别用毛笔和刷子蘸淡色在画面上刷，每画一个局部，甚至每画一笔，都仔细地考虑到雨天的效果；又用大笔蘸了墨在不同的位置上扫刷。随着绘画的逐渐深入，画面出现了一个山区遇到暴雨袭击的情景：大地一片混沌，小溪顿时变成了巨流，山洪冲击和吞没着一切障碍物，只有几块巨石仍在顽抗着，那石的顶部仍在激流中兀立，溪边的竹丛被狂风和暴雨袭击而深深弯下了腰。最后，傅抱石小心勾勒出一头在洪流中搏斗的水牛，水牛的下半身隐去，只留出头部和背部在水面，而骑在牛背上的牧童身子前倾，手抓缰绳，寥寥几笔和一点色块，其紧张搏斗之状跃然纸上。整个画图充满了动感，狂风和暴雨都达到了极其逼真的效果，画面的气氛强烈，似能如闻风声、雨声、雷声和水声，人和自然处于尖锐的矛盾的状态之中，却又显得和谐而统一，构成了一幅风雨归牧的绝妙画图。

这幅画几乎是一气呵成的。

画面的景象是在金刚坡时常可以见到的，是傅抱石瞬间的印象，然而，他将这一印象形诸笔墨时，无疑已使一切典型化了，而不是自然主义的描绘。构图简洁巧妙，笔法痛快淋漓，对比又引人注目。他在画这幅瀑泉雨景时，注意了雨的处理方法。一切都恰到好处，矾水洒在纸上造成的痕迹——即雨点——既不杂乱，又不太整齐，以免失之板滞，刷上的色或墨以衬出雨点为主，又适当地留出了空白，以避免画面显得过闷。

一边自赏着这幅画，傅抱石一边想，董其昌曾说过："胸中脱去尘浊，自然丘壑内营，成立鄞鄂。随手写出，皆为山水传神！"看来，这话有道理呀。

在南京师范大学东北角的六朝松旁，坐落着一排幽静的平房，五十多年前的二十世纪初叶，这里曾是两江师范的书画家李瑞清居住和作画的地方，李瑞清也是该校艺术系最早的创办人。现在，此处作为南师大艺术系的画室，每天有许多艺术系的学生在这里练习绘画，进行创作。

傅抱石所教的这个班已经升入了四年级，中国画课开始进行创作阶段。现在，几个同学受傅老师的启发，正在集体创作组画《春、夏、秋、冬》。傅抱石不仅经常过问和关心创作的进展，对他们勾勒的小稿都仔细审看。

"中国画除了'线'的巧妙应用外，也应用'面'的技法表现，"傅抱石对围在他周围的同学说，面前悬挂着的是《春、夏、秋、冬》的草图，"这是千百年来，中国画在长期实践中不断发展的反映。因此，除了练习线描，还要很好地学习'面'的技法表现，以便使用笔上富有更多的变化，以求运用自如地表现繁杂的自然物象。比如这幅绘画，每幅画表现一个季节，首先要选取这个季节中最有代表性最具特征的自然物象。那么什么是最有代表性而又最具特征的呢，首先取决于画家对自然的敏锐的观察。历代画过四季山水的画家很多，各有不同的视角和选择。而'面'的技法表现也很重要。比如我自己去年画过《四季山水》，其中《冬》的构图是这样的：远景是山冈，然后是蜿蜒曲折的路径，一片萧疏的经霜寒林，还有点景人物……用一种灵虚的手法，使画意转成冬凉的薄寒景象。"

同学们根据傅老师的启发，对自己创作的四季山水《春、夏、秋、冬》再次进行了缜密的研究和讨论。

不久，他们集体创作的《春、夏、秋、冬》完成了，受到了校系领导的一致好评。当年，这幅组画还参加了南京市第一届美术作品展览，其中两幅后来还作为礼品送给了来访的比利时外宾。同学们兴高采烈，受到了很大的鼓舞，他们觉得自己的作品和成果得到了社会的承认。

这时，一场对中国国画的是与非，中国画能否为社会主义服务，各画科的优劣以及关于继承和发展诸问题的学术大讨论正在全国美术界展开。

艺术系四年级的同学在班上也展开了讨论。

"为了捍卫民族绘画的优秀传统，使我们在学习中国画技法同时，提高我们的理论水平，我们应该写出一篇有说服力的文章参加到这场大讨论中去。"同学们发言说。

"对，我们可以请傅老师给我们作指导！"

大家一致同意这一建议，并集体讨论了立论和提纲。

很快，他们在傅抱石老师的指导下，写出了一篇观点鲜明的文章《我们对继承和发展民族绘画优秀传统的意见》，经傅抱石最后审订，投寄到美术界的权威杂志、中国美术家协会主办的《美术》月刊。

盛夏，石头城蒸腾在酷暑之中，南京师大的校园，更充满了火焰般的青春激情，跳跃着一颗颗滚荡的心，四年级毕业班的同学将要走上工作岗位，投入到社会主义建设的洪流中去。艺术系的宿舍里，毕业生有的静坐一隅，记录着校园生活的最后的日记；有的哼着歌曲，正在整理着简单的行装、画具；有的则在将四年的书籍，用绳子捆成一包，以便携带。所有的毕业生，在校四年，竟没有一个有一只像样的箱子。全部行李，连被子和书籍，两只手也能够提得起来。

突然，同学们眼睛一亮，他们看见傅老师来了。他拿着几本杂志，卷成一卷，握在手上。

"傅老师！"

"傅老师，快请进来坐！"同学们立刻拥上去，把老师请进来，给老师让坐。

"我来给你们送行啦！"傅抱石亲切地说。他将这个班从一年级教到毕业，而且一人兼教中国美术史和中国画两科。这在他近二十年的教学生涯里还没有过。朝夕相处，感情日深，一旦要分别，未免依依不舍。

"傅老师，我们以后会经常来看你的。"

"好，好，谢谢！"傅抱石动情地说，"你们是新中国成立后进校的第一批大学生，毕业就由国家分配工作，生活就有了保障，而且都能根据你们的专业特长安排工作，真是幸福啊！我在中央大学教书将近十五年，毕业即失业，哪一年到毕业时，毕业生不是愁眉苦脸，为工作东奔西跑，为求职托人情，说好话……

"我今天送你们一句话，天生我材必有用！希望你们继续努力学习，将来一定会成为国家有用的人才的！"

同学们热情地鼓起掌来。

"不过有一条，"傅抱石突然做严肃状，"你们不管在任何条件下，都不能忘记你们的本行，不能丢掉画画哟！"

同学们一起笑起来。

"傅老师你放心，一定不会丢掉画画！"

"我今天来，还是来给你们送礼物的。"傅抱石又转而卖关子，"这礼物嘛，说起来也是你们自己的——"傅抱石环视了大家一眼。

同学们都不解地望着他。

傅抱石扬起手中的杂志。

"告诉你们——你们的文章发表啦！"

同学们欢呼起来，一起伸手去抢老师手中的杂志。

"不要抢，都有都有！每人一本，我特意去多买了。"

同学们激动地翻阅着那还散发着油墨清香的杂志——《美术》，1955年第八期。

"《我们对继承和发展民族绘画优秀传统的意见》。"有同学就小声地念出来了。

……

同学们念着，念着，忘记了屋外是炎夏的骄阳，忘记了周围的一切，甚至忘记了傅老师仍在他们房间。从他们那颤抖的声音，听得出他们的胸中正跳动着一颗颗比骄阳还要火热的心，一位同学甚至流出了喜悦的眼泪。这是他们的文稿第一次变成了铅字，也是他们第一次在全国权威学术论坛上严肃地表明自己的学术观点。而且，这不仅仅是学术观点，是捍卫祖国的民族绘画的优秀传统。他们实际是在向全国宣告：他们是中华民族优秀文化传统的卫士！他们尚未走上社会，就已经参加了一场战斗！

　　而这一切，傅老师是他们的引路人。傅老师启迪他们的对民族绘画传统的热爱，帮助他们进行学习传统绘画的实践，直至辅导他们撰写旗帜鲜明的论文。而且，傅老师是冒着受批判的风险的。

　　"傅老师，傅老师！"

　　傅抱石仍微笑着站在他们面前。

　　同学们一齐激动地握住了傅老师的手。

　　第二年，在碧波荡漾、烟雨云树的玄武湖，中国美术家协会南京分会筹备委员会成立，会议一致推举傅抱石为主任委员。

　　这年10月，傅抱石又被增选为全国政协委员，出席了在北京召开的政协第二届全国委员会第二次会议。

　　严冬已经过去，春天在向人们招手。这一年，中国共产党对发展文艺工作的"百花齐放，百家争鸣"的方针发表了。文艺工作者为之欢呼雀跃，热烈欢迎和拥抱这个文艺界的烂漫春天的到来。

　　傅抱石心里也似吹拂着一股春风，已经没有精神上的负担和压力，他的心是宁静而高远的。他觉得，不光是他的学生，就是他自己，也可以算得上是躬逢盛世。在他刚届知天命之年能遭逢到这种境遇，他也是幸运的，这可以从他创作的《西风吹下红雨来》中看出他的心态。

　　这是一幅长宽各约一尺五寸的方形佳作。画中的主体是突兀而深邃的山石和河水，一人行舟于山峡之中，山峦的层次极其分明，缥缈的远山隐在朦胧的虚幻之中。耀人眼目的是，傅抱石一反过去不用红色的习惯，主体的中部很大的位置画了一片桃树，那飘洒的桃花如红雨般落下江中。画中一书生端坐船上，俨然悠闲自得的神情。满天桃花，满眼春色，红与黑的颜色处理得恰到好处，既不沉闷，也不失之妖艳，画面沉稳浑厚，意境幽美。如果说画中的书生是在感受这春天的怡然美景，莫如说是傅抱石将自己的心胸付之于笔墨之中，或者莫如说画中的书生就是傅抱石自己。

第八章

文化使者访东欧

1. 神妙莫测的中国绘画艺术

1957 年 5 月的一天，一架银色的苏联图式飞机从中国首都机场起飞，呼啸着钻入云层，不一会儿，庞大的机身渐渐变成一个小点，终于飞入了茫茫的高空，消失在云层中。

飞机的座舱里，中外宾客中，还乘坐着由傅抱石率领的中国美术家代表团。代表团成员除团长傅抱石外，还有特伟、王临乙、杨太阳等几位知名画家。他们此行是执行中国对外文化交流协定，前往捷克斯洛伐克和罗马尼亚访问。

这是一次机会难得的旅行，傅抱石自 1935 年从日本归国后，就一直没有出过国。而作为画家，除了读万卷书外，行万里路也是非常重要的，否则，广博的见识，对山川地貌大自然的深切了解等将是一句空话。而这次，他们不仅要行十倍以上的万里路，还要接触许多欧洲的绘画和文化，了解异国的风俗和人情，考察远离亚洲的欧洲山川地貌和建筑。这种机会，一般画家终生也难以企求和得到，即使是傅抱石自己，机会也是不可多得的。在他中年以前的旧中国，此行简直是做梦也不敢去想的。

这又是一次任务艰巨的出访。这是新中国成立以后的第一次美术家代表团体出国访问。代表团除了要考察和了解被访问国家的美术发展历史和现状，介绍宣传中国的文化艺术特别是美术事业的发展和成就，还要求他们在访问期间写生作画，并预定在两国首都布拉格和布加勒斯特举办画展。

平时，身着一身咖啡色西装的傅抱石由于身材高大魁伟，显得非常精神，很有派头。然而这时，系着安全带坐在座位上的傅抱石却显得有点神情紧张和不安。

傅抱石生来有两怕：一怕坐船，二怕坐飞机。在重庆时，有将近两年的时间，他应聘在陈之佛为校长的国立艺专任中国画科主任。国立艺专在沙坪坝对岸的柏溪。他每次去上课，从金刚坡附近的大竹岭过江，再沿着嘉陵江步行到柏溪；或者从金刚坡步行到沙坪坝，经磁器口过嘉陵江，再步行约半小时到柏溪。乘船渡江对傅抱石来说简直就是一种受煎熬，每次渡江坐在小木船上，他总是十分紧张，绝不敢左顾右盼，这种紧张情绪要持续到下船才能逐渐缓和而至安静下来。当时住在磁器口凤凰山的西画科主任、油画家秦宣夫因经常与他同船过江，见他如此，迷惑不解，遂问何故。傅抱石说："我是'陆军'，步行、乘车都没有问题，但我不是'海军'，更不是空军，我坐在船上，看见水就觉得头晕，故而怕坐船；至于坐飞机上天，是我最害怕的事，是绝对不能忍受的！"

此刻，傅抱石坐在平稳飞行的舒适的座舱里，虽无任何不适，心理上却觉得自己失去了根基而有些惴惴不安，他不像其他乘客那样悠闲地坐在那里看画报、聊天，有的甚至饶有兴趣地观看着窗外的朵朵云雾和湛蓝的天空，他却只能坐在那里闭目养神，极力排除自己的这种紧张情绪，并且不能让人家看出他的异样神情，以免增加人家的麻烦和负担。

傅抱石就是在这样的心态和感觉中度过了他一生中最长的一段飞行旅程。

这是一次愉快而难忘的旅行，中国美术家所到之处，受到了东欧社会主义国家兄弟般的热情接待和欢迎。捷克斯洛伐克和罗马尼亚人民还是第一次迎接来自社会主义中国的美术家，对中国人民特别是艺术家充满了友好和新奇的感情，他们了解中国，了解中国的艺术，了解中国的社会主义建设成就。他们将这种兄弟情谊尽情地倾注到了傅抱石以及其他中国美术家的身上。

正是春夏之交，明媚和煦的阳光，从未领略和欣赏过的多瑙河沿岸风光，欧洲特有的山石结构以及中世纪的建筑：古堡、教堂、厚重而神秘的拱形门、火柴盒式的房屋，都使傅抱石感到从未有过的兴奋和激动。他贪婪地观看着他周围的一切，迅速地用速写形式勾勒下这些山水、建筑和地貌风光的轮廓，然后在主人精心安排的公开场合，或在参观交流学习之余，以极大的热情，用饱蘸激情的笔墨，进行了无数次的对他来说还从来没有过的对景写生的创作。

这次出访捷克斯洛伐克和罗马尼亚的中国美术家代表团五名成员中，有油画家、雕塑家、漫画家……只有傅抱石一人是搞国画的。对景写生对他们那些画家是习以为常、驾轻就熟，而对于傅抱石来说却是一个全新的课题。数十年来，他都是习惯于将一草一木、一山一石乃至雄奇的山川形势了然于胸，形成胸中丘壑，而赋予画面以新的生命，达到代山川而言的目的，因此，他的画面中出现的山水，既有他所要表现的山川的形势和特点，又看不出是哪一个具体的地方，处于似与不似之间，使画面产生神奇的效果。而对景写生的创作不仅必须抓住画家所要表现的地方的特色，而且从山川、地貌以及房屋建筑等方面要让人一眼就看出画家画的是什么地方，这对傅抱石是很不习惯的事。

刚到布拉格不久，捷克斯洛伐克文化部的负责人在接见中国美术家代表团时就提出了请中国画家现场作画的要求。傅抱石虽然思想上矛盾重重，但是他抱定决心克服一切困难的心情，仍然愉快地答应了。

6月9日，捷克朋友请中国画家乘车前往斯洛伐克首府布拉迪斯那发。

布拉迪斯那发是多瑙河畔一座美丽的名城，虽经第二次世界大战的摧残和破坏，但斯洛伐克人民在短短的十年时间内又将她建设得更加美丽。清洁整齐的街道两旁是繁华而敞亮的商店，到处是修整得非常整洁宜人的林荫道和草坪，富有欧洲特色的教

1957年，傅抱石（左二）在捷克斯洛伐克访问

堂和多层方格式大厦，呈现出古老而年轻的异国情调。傅抱石等中国画家尚未来得及仔细欣赏和饱览她的英姿，便被主人请上了一艘豪华而漂亮的游艇，然后浩浩荡荡地驶过迷人的多瑙河，将他们送到了对岸。主人要求傅抱石把这座美丽的名城画下来，以便在当晚的电视台播放。

这对傅抱石来说无疑是一场严峻的考验，他必须用中国画的技法来表现西洋情调的山水，而且是在众目睽睽之下，在电视机的摄像头下，他是代表着中国画家在欧洲这样一个对中华民族传统艺术知之甚少的国度里宣传和介绍中国的绘画艺术，他清醒地感到了自己肩上沉重的担子和分量。因为，他知道，东西方的绘画艺术从观念以至到具体技法之间都存在着巨大的差异。

欧洲的绘画擅长运用光线和透视两大特点，表现物体的明暗和色彩变化，强调立体感和质感、空间感；而中国画却主要是用线条和水墨构成，以轮廓线显示物体的形态和立体感，又以墨为构成中国画的基础，以墨的浓淡层次表现物体的不同色彩。"墨即是色"，在构图的准则上不受视野的束缚，采取散点透视和视察记忆来布阵置势。南朝的宋宗炳就提出"竖划三寸，当千仞之高；横墨数尺，体百里之迥"，论述了中国画透视的基本原理。北宋的郭熙又提出"三远法"："山有三远：自山下而仰视山巅，谓之高远；自山前而窥山后，谓之深远；自近山而望远山，谓之平远"，所以中国的山水画能够以大观小，咫尺千里，能够冲破时间和空间的局限。

深谙中西绘画艺术巨大差异的傅抱石，在日本留学时又曾学习过西洋绘画，对西洋画有着透彻的了解。这时，身处东欧多瑙河畔，要用中国画的形式来描绘斯洛伐克美丽的名城、首府布拉迪斯那发，他是充满信心的。只见他先选好合适的景点，然后研墨、铺纸、草稿、落墨作画……这一系列的过程，他全神贯注，旁若无人。然而，他清醒地感觉到，电视机的摄像头和无数照相机的镜头始终在对着他，他不断地听到前后左右"咔嚓""咔嚓"按动快门和"嘶嘶"的摄像声，虽然，这增加了他的紧张情绪，却也同时使他平添了一种莫名的兴奋和刺激，他更加思想集中，精神亢奋，他采用中国绘画特有的技法画出了一幅令捷克斯洛伐克朋友耳目为之一新的"神奇"的画图，而那作画的过程，更让东道主大开眼界！几乎所有始终在一旁饶有兴趣地观看的东道主画家都惊讶地说："我们从来没有想到，风景还可以这样画！"

是的，对于西洋画家来说，这确实是一幅神奇的画图！山石、树丛只是一些大小浓淡不一的墨块，却构成了眼前这座名城的总体；在那山石和树丛的掩映中，那精细的古堡建筑，极富欧洲特色的尖顶式教堂分明就是眼前的城市实景，特别是画面上还把在一个固定视角所无法包含的物象，从不同的方向移入同一画面，更令东道主感到惊异，感到神奇莫测，妙趣横生。显然，傅抱石所展示的作品在表现技法上与西洋画迥然异趣。

傅抱石获得了成功！

傅抱石的成功尝试说明了中国画这种形式本身并不存在描写和表现题材的局限性。后来，他又创作了《文化古城克鲁什》《罗米尼采风景》《布拉格》等画作，这些作品采用了焦点透视法，构图近似西洋画，而给人的感觉却仍然是地道的中国画，他运用中国画技法"高远法"描绘出的《克罗什古城堡》等，建筑物虽只占了画面的小部分，却在泼墨树丛的烘托下，呈现出巍峨雄姿；他创作的《TATRA 山麓饭店推窗一望》，既用奔放轻快的笔墨描绘了烟云出没间的遍山枞树以及多层方格式的建筑，充分显示了东欧情调，又以水墨的深厚层次所形成的葱郁感，体现了中国画的意趣。无疑，傅抱石描写异国风情的画体现了中国精神和中国气派，而这正是西洋画所缺少的本质特征。傅抱石绘画向来不守定法，或者说"无法"，也就是可以任意变化，任意适应新事物的"至法"。

石涛云："法无定相，气概成章耳！"从傅抱石在东欧创作的中国画可以看出，他是深悟其真谛的。

2. 巧妙的糅合　高度的和谐

　　1957年8月2日晚，在罗马尼亚文化科技协会的小礼堂里，黑压压地坐着数百名文化艺术界人士和绘画爱好者，还有许多仰慕和热爱中国传统文化的旁听者。中国美术家代表团团长傅抱石庄重地坐在主席台上，为东道主作关于"现代中国国画"的报告。他是应罗马尼亚文化科技协会之邀请，特地从古文化城克鲁什赶回布加勒斯特的。

　　在这个社会主义友好国家的讲坛上，傅抱石担任着宣传和介绍中国传统艺术、弘扬中华民族文化的任务。他深感自己肩上担子的分量，同时又觉得自己享受着无上的光荣。通过一个多月的参观、访问，举办中国绘画写生观摩展，中国的绘画艺术已经在这两个国家产生了良好的影响，引起了两国人民特别是画家和美术爱好者的极大兴趣。傅抱石从来没有像今天这样感到作为一个中国画家处于如此崇高的地位，受到异国人民如此的爱戴和欢迎，同时也使他更坚定了继承和发展中国绘画传统的信心和决心，如果不是中国共产党领导的新中国，以傅抱石这样一介书生，这样一个在过去衣食无着，时有冻饿之虞，"家无担石之储"的穷画家，要像今天这样代表伟大的中国，站在异国的讲台上，受着人们如此的尊敬，傅抱石纵使有三头六臂，也是不可能的。

　　此刻，傅抱石满怀对祖国的热爱之情，向罗马尼亚人民介绍着中国的绘画和新中国成立后美术事业的发展变化。

　　中国绘画的优秀传统，有几千年的历史，遗产也特别丰富。它具有丰富的人民性和现实主义精神。它出色地制造了对于"形象""光线"和"空间关系"的独特处理"形式"。这种"形式"是中国人民思想感情的产物。中国人民以自己的造型艺术的形式来表达自己的思想、感情和意志，认为是值得自豪的一件事情。而且，中国的造型艺术已构成了世界文化优秀的一部分，也可以说是中国人民对世界文化的贡献。……

　　通过翻译和傅抱石洪亮而铿锵的话音，罗马尼亚的听众正聚精会神地聆听着傅抱石的讲演。

除了全国艺术院校或艺术系科都有国画系国画课程的设置，成批地培养国画人才之外，1956 年起，北京、上海、江苏、广东还先后成立了"中国画院"。延聘当地优秀的国画家，集中起来，从事研究、创作和教学辅导的工作。此外，广大群众业余的文艺活动中，学习国画的高潮也一个接着一个……

傅抱石在简单地介绍了中国现代国画创作的繁荣和国画质量的提高情况后，将报告内容转而集中介绍了中国杰出的人民艺术家、世界和平奖金获得者——齐白石老人的艺术。会场上的气氛立刻由严肃转而活跃起来。

傅抱石首先介绍了齐白石老人的生平和艺术成就，然后说：

白石老人坚持了七十多年的艺术实践，为我们创造了如此美妙如此丰富又如此伟大的业绩，他得到党和政府的重视，全国人民的爱戴和全世界爱好和平人民的尊敬，不是偶然的。

……

作为造型艺术来看，特别是作为中国造型艺术来看，白石老人是出色地完成了中国绘画上朴素、天真、健康、有力的美的典型的。它丰富了中国人民的精神生活和文化财富。这种美的典型的完成，是基于老人书法（诗跋）、绘画、篆刻高度的统一和有机的构成。老人的每一幅作品，都是一件崇高的艺术品，是一首捭阖纵横的诗，是一曲令人难忘的交响乐章。画面上的每项东西——书、画或者篆刻——都生动地成为艺术品的不可分割的——有的可以说，不可增减，不可转移——有机的一个组成部分。老人这种崇高的美的构成形式，是老人丰富的人民感情的具体体现。在很大范围内，应该认为它是中国绘画的民族形式中成就最卓越、影响面最广泛的一种。

……

最后，傅抱石用充沛的感情对齐白石老人进行了一个艺术的评价和高度的概括：

白石老人所走的道路如此崎岖曲折，七十多年的顽强劳动又如此勇猛精进。老人的画面，不仅是元气淋漓，清新一片，而且是别有天地，新意迭出。老人一生的劳绩，成为中国人民心目中永远放射着光芒的瑰宝，是中国人民尤其是艺术家学习的榜样。

傅抱石的讲演报告博得了罗马尼亚听众经久不息的掌声。

接着，会场灯光骤暗，原来，报告会上还要放映中国美术家代表团带来的专题艺术片《画家齐白石》。会场里立刻活跃起来。

白须飘髯，老态龙钟……当银幕上出现了九十高龄的中国画家齐白石的形象时，会场里又响起了欢快的掌声。

银幕上又出现了水里的虾子幻化成齐白石笔下的虾子，园里的牡丹叠化成纸上的牡丹，几百位观众立刻活跃起来，鼓掌称绝。确实，影片向罗马尼亚艺术家和人民展示了一个艺术的新天地，这些欧洲人第一次窥见了一个前所未知的艺术世界，而且，这种艺术是那样神妙莫测，美丽得令人感到不可思议，东道主们几乎要欣喜若狂了。

报告会结束了，傅抱石步出会场大门，漫步在布加勒斯特文化科技协会门外的林荫道上，仲夏的夜晚，星星缀满了苍穹，月色明亮而清澈，空气中弥漫着不知什么鲜花的馨香，微风拂煦，傅抱石感到舒爽而惬意。时已夜深，他却不想立刻回宾馆就寝，他仍沉浸在报告会充满友谊和自豪的氛围中，他想细细地回忆和品味刚才难忘的一幕幕镜头和情景。

傅抱石在林荫道上行走着，欣赏着布加勒斯特迷人的夜景。

忽然，一位端庄而高雅的老太太走到傅抱石面前，握住他的手，充满感情并以赞赏的口吻说："这儿的报告会，我是经常参加的，唯有今晚您的报告使我非常满意。……我第一次欣赏到有高度成就的中国绘画和齐白石先生卓越动人的艺术。……我实在满意极了，希望你回国后代我向伟大的中国人民致敬，向伟大的画家齐白石先生致敬……"

傅抱石连声道谢："谢谢，谢谢！我一定把您的问候和敬意带回中国去，把这种热情和兄弟般崇高的友谊带回中国去！"

老太太心满意足地高兴地走了。

望着老太太远去的背影，傅抱石不禁心潮激越澎湃，他再一次强烈地感到了作为一个中国画家的无上光荣，为祖国优秀的民族文化遗产和新中国文艺工作的成就而感

1957 年，傅抱石（左三）与代表团成员在罗马尼亚

1958 年，傅抱石与苏联画家叶菲莫夫见面交流

到骄傲!

中国美术家代表团访问捷克斯洛伐克和罗马尼亚期间,还尽情观赏了两国的博物馆、纪念馆和艺术展览。

在布加勒斯特,傅抱石对罗马尼亚19世纪的画家阿曼,20世纪初期的画家格里高莱斯库、鲁其安和现代杰出画家柯内留·巴巴的艺术杰作,都留下了深刻的印象,特别是格里高莱斯库和鲁其安两位大师的作品,更使他受到极大的感动。

傅抱石一到布加勒斯特,就适逢罗马尼亚国家博物馆举办的鲁其安画展,而且正巧傅抱石的住地距国家博物馆只一箭之遥,从住地进进出出,都可以看到一幅两三米高的鲁其安画展的海报。那海报上模仿了画家的签名,显得素净又特别吸引人。罗马尼亚人又特别酷爱艺术,每天前往参观的人络绎不绝。往来既便,傅抱石也多次抽空去瞻仰欣赏一番。

生于1868年的鲁其安是罗马尼亚现代绘画史上的杰出大师,在他不满五十岁的生涯中,为祖国留下了一大批艺术珍宝。流连徜徉于展厅之中的傅抱石,只觉得这些包括人物、风景、静物的诸多作品,件件皆精,真是极虑精专,磅礴千古,不禁越看越惊讶,越看越佩服。其中鲁其安的几幅自画像,特别是1907年的画家四十岁所作的那一幅,那炯炯有神的眼睛,紧紧的眉头和不易驯服的火箭如载的头发——这一切所构成的面貌,傅抱石感觉到它不仅描绘出了画家的精神世界,而且告诉了读者它的广阔无垠而又气象万千的诗一般的内容。这一"形象"竟久久印在傅抱石的脑海里,以致他只要一闭上眼睛就可以和这位大师"相见"。

流连往返于鲁其安的作品面前,静静地细细地吟味之时,傅抱石有时似乎觉得,他已经忘记了那些油画,而好像在读中国17世纪画家石涛的作品,忽然又觉得在读中国当代杰出的画家齐白石的画。因为,鲁其安的油画所给予人们的启示和精神思想,与中国的石涛、齐白石是何其相似,那就是他们作品的人民性。"登山则情满于山,观海则意溢于海",满怀信心地在日常生活尤其是劳动人民的日常生活中找题材,并且对当时黑暗的社会作露骨的讽刺。傅抱石想,这些画家之所以受到人民的热爱、称赞和纪念,也许就是这个道理。

7月24日,在布加勒斯特国家博物馆,继鲁其安画展之后,罗马尼亚现实主义大师格里高莱斯库画展开幕了。这年正好是大师逝世五十周年，为了纪念他，这次画展陈列了大师一生的主要的杰作共一百五十多件。傅抱石躬逢其盛，作为嘉宾出席了展览的开幕式。

在这个纪念画展之前，傅抱石已经在国家博物馆和另一处画廊拜观过格里高莱斯库的作品。后者是一个小型的陈列馆，那里收藏着不少世界名画，从毕加索、马提斯……到安德莱斯库、格里高莱斯库。傅抱石印象最深并感到震颤的是，陈列馆的负责人在介绍格里高莱斯库时说，格里高莱斯库最喜欢画农村田园景色，特别喜欢画牛，对牛的感情太深了，临死之际，还遗嘱要用牛车拖他的棺材……这时，傅抱石正站在他的一幅小品《牛》的面前，当听到"要用牛车拖他的棺材……"这句话，傅抱石仰望着那幅不到五十厘米宽的作品，不禁肃然起敬，感念万千。

如今，再度瞻仰大师纪念画展的时候，傅抱石仿佛被引进了一个壮丽而优美、恬静的世界——罗马尼亚自然世界，那洋溢着田园芬芳的农家小景，不管是从室内还是室外落笔，都是只有罗马尼亚才有的。傅抱石看到，像《门前纺线的女孩子》《乡间院落》等杰作，一种朴素、清新的感觉，使他久久不能忘怀。傅抱石最爱大师画的牛——牛群、牛车，他觉得，这一幅幅展现于画上的牛是大师感情的凝结，是大师对祖国对田园的深沉的爱。这些作品说明格里高莱斯库不愧是一个继往开来的艺术大师。

傅抱石珍爱地保存了许多格里高莱斯库的作品复制品，特别是他画的牛。傅抱石觉得，他珍藏的，不仅仅是一些普通的绘画作品，而是能够启迪他思想和精神的东西，是一些意味特别深长的东西。

在捷克斯洛伐克和罗马尼亚，傅抱石抓紧一切时间勤勉地进行创作，三个多月共创作出四十九幅国画，在布拉格和布加勒斯特先后举办了画展。由于用中国画的形式来描绘欧洲国家的自然风光，社会主义建设和人民幸福的生活，以中国山水画的笔墨、意趣，把欧洲的风光和建筑巧妙地糅合，统一于中国的艺术风格之中，使之达到高度的和谐，受到了两国读者特别是美术界的一致称赞和高度评价。

第九章

呕心沥血为画事

1. "北石" 与 "南石"

八月的一天下午，骄阳似火，石头城里到处蒸腾着灼人的暑气，街上的行人也似耐不住那高温的烤晒而步履匆匆，只有商店的营业员仍在热情地招揽着顾客，似不觉疲累。

傅厚岗六号院内，绿树浓荫。七八年前栽种的雪松、枫树和玉兰，如今已经长得伟岸挺拔，华冠遮天蔽日，那三层的小楼早已掩映在绿荫之中，使这偌大的院落显得格外的凉爽而宜人。小楼的台阶前，盆盆草花正竞相吐艳斗妍，植于树丛之中的凌霄花也攀附着高大的树干和藤架茁壮生长，那星星点点的黄赤色的花朵像碧波仙子的霓裳羽衣，在夏日的阳光下翩翩起舞。室内的窗前，罗时慧正在整理傅抱石的文稿。

年已四十六岁的时慧这时依然显得端庄得体，虽然由于子女的拖累，额前和鬓角已经有了些许银丝，身体也大不如前，但精神尚好，由于她开朗乐观的性格，神态上总是让人觉得比实际年龄年轻些。

此刻，她一边翻看资料，一边记录着什么。当整理到一些信件时，她把信从信封中抽出，摞到另外已经收拢的一叠信纸上，又放进一只大皮箱里，那箱子里的一沓沓似材料样的信纸，都是傅抱石历年来写给时慧的信。从1933年赴日时起，后来在南京中央大学时傅抱石写的，以及新中国成立后出差在外傅抱石寄回家的所有的信，时慧都珍藏着。如今，已经装了整整两箱子。其中一箱信，抗战初时，曾随身带到江西新余老家章塘村，半年后，傅抱石应郭沫若之召前往武汉参加政治部三厅的抗日宣传，因随身携带不便，便寄放在新余章塘村的同族叔父家。一直到中华人民共和国成立后的1950年，新余的土改工作队在章塘发现了傅抱石的一箱家信，甚为重视，特地派专人将这箱信及另外几箱书送到南京，使这流散了十多年的宝贵资料完璧归赵。忆起此事，傅抱石和罗时慧对新余家乡总是充满了由衷的感激之情。

望着这一叠叠厚厚的家书，时慧心头阵阵欣喜，笑容也溢满了脸庞。是啊，这一纸一字，都是丈夫的拳拳之心，充溢着丈夫的一腔感情啊！如果说家书抵万金，那么，这满箱的家书，就不仅仅是以万金可以计价了，它无疑是傅抱石一生经历、思想和创作的重要史料和依据，连傅抱石都夸赞时慧此举是"善莫大焉"！因此，时慧的资料收集整理工作更仔细而且精谨了。

这时，时慧突然想起了什么，高声招呼隔壁的女儿："瑶子、玉子——"

隔壁传来女儿的应声。读小学的益瑶和益玉正逢暑假，在自己房里看书写字。

"把昨天爸爸寄来的信拿来！"

一阵风似的，瑶子和玉子推门进来，一边走还一边看信。瑶子这年正读小学五年级，俊俏的脸上一双大大的眼睛，聪明而秀气；玉子还刚刚进小学，两姐妹睡在一个房间，又在同一所小学读书，整日在一起。

玉子见妈妈整理信，问："姆妈，爸爸今天又有信来吧？"玉子跟妈妈讲的是南昌话。

时慧见小女儿问得好笑，也笑着说："说不定会来，快把爸爸的信给我，我要收起来。"

这时，瑶子问妈妈："爸爸出国都三个多月了，还不回来呀？"

"总是咯几日吧，也许快回来了。"时慧高兴地说，一边把女儿递过来的信放进箱子里。

姐妹二人惊喜地说："真的！哦——爸爸要回来了！"

忽然，姐妹二人几乎同时发现箱内的信，异口同声地叫起来："呀，这都是爸爸的信呀！爸爸写了这么多信呀！"

时慧笑着说："是噢，这都是你们爸爸写来的信啰！"

确实，这二十多年来，傅抱石只要出门在外，不管工作多忙，不管离家有多远，每隔一两天，就要写封信回家，有时，临动身回家还要先写封信，以致人都比信先到家。想到这些，时慧的心里是温馨的、欣慰的。

瑶子和玉子惊叹着，小心地翻看着爸爸的来信。

忽然，院里响起了门铃声，玉子冲出门去，接着，又一阵风似地跑进来，手里举着一封信，高声嚷嚷：

"姆妈，爸爸又来信了！"

母女三人一齐凑着看信。瑶子眼尖，看信速度快，只听她突然惊喜地说："哦，爸爸快要回家了，爸爸已经动身回家了！"

突然，院里又骤然响起了门铃声，玉子又冲出门去开门。紧接着，不待玉子回来，就听她在门口狂喜地叫："姆妈，爸爸回来了——！"

听见喊声，时慧和瑶子从屋内迎出来，和玉子一道帮着接过抱石的行李。

傅抱石站在浓重的树荫下，环视了一下这熟悉的小院，感慨地说："哎呀，家里就是家里，外面再好也不是家，还是家里好呵！"

幽默而开朗的时慧这时也抑制不住欣喜的情绪，风趣地说："我们刚才还在说，看今天来的是信还是人，这次比了个平手，人跟信几乎同时到。"

傅抱石也兴奋地说："不不，人当然比信快，最晚明天，还可以收到我昨天寄出的信。"

一家人都哈哈大笑起来。

时慧对孩子们说："今天爸爸出国回来，是大喜事，要庆贺一下！"

晚饭桌上，菜肴略比往日要丰盛些，有红烧肉，青椒炒肉，另有几样小菜，还专门用油煎了一碟整只的辣椒，这都是傅抱石最爱吃的菜了。

傅抱石自酌自饮。孩子们也吃得津津有味，啊，好久没有吃过这么多菜了，爸爸也好久没有在家里吃饭了。

"爸爸，你要天天在家里就好了。"最小的玉子说。

"哦，为什么？"傅抱石饶有兴致地问。

"你在家里，我们就有肉吃呀！"

玉子的老实话说得大家都笑起来了。

"爸爸今天是客。才吃肉。"时慧说，"天天在家里还想天天做客呀！"

傅抱石说："好，将来我一定让我咯女天天吃肉。"

是啊，傅抱石这时虽身为名教授，名画家，但仅他一个人的工资维持八口之家的生活，六个孩子尚无一人参加工作，正是将大未大之时，家庭开支和费用陡增。国家对私营工商业的社会主义改造完成以后，他卖画也受到了限制，少量的被允许出售的也须放在专营商店寄售，售后个人所得也极为有限；他的作品主要是作为展品、赠礼和给各级博物馆收藏。他的额外收入只是出版画集的稿费，而那也不是经常有的，生活并不宽裕。

傅抱石环视围坐在桌前的孩子们，六个孩子两个念大学，两个读中学，两个读小学。二石这时也已在山东艺术学院美术系学习，暑假从济南回到了家里，他这时长得高挑清秀，酷似青少年时代的父亲；大女儿益珊已经十七岁了，在读高中；二女儿益璇性情厚道内向，又老实勤快，在妹妹们面前俨然一个长者，她这时已初中毕业，快要上高中。

"咦，小石呢？小石也应该放暑假了，怎么还有回来？"傅抱石忽然想起在北京中央美术学院念书的小石。而且，小石是今年毕业，也应该有些分配工作的消息了。

提到小石，一家人忽然都不吱声了。玉子和瑶子等几个女儿都闷头吃饭，二石也极力回避着父亲的探询的目光。

"唉——"还是时慧先开了口。她叹了一口气："小石——命途多舛呀，今年怕是回不来了！"

"怎么？"傅抱石一惊，他有一种不祥的预感。

时慧默不作声地进到内室，拿过一本刚出版的《文艺报》，翻开其中一页，又递给傅抱石。

傅抱石接过杂志，先是疑惑地望了妻子一眼，然后戴上老花眼镜，那书页上被放大了的文字立刻清晰地跃入眼帘，在这篇报道中央美术学院反右斗争成果并列举其中"首要分子"的名单中，傅抱石的长子傅小石也赫然列于其中。

小石被划成了右派！傅抱石只觉得脑袋"轰"的一声震响了一下，接者，觉得血往上涌，心也扑通扑通地跳个不停。他想骂人，他想发脾气，然而，骂谁呢，跟谁发脾气呢。知子莫若父，他知道，小石是无辜的。小石是中央美院的学生尖子、班干部、共青团活动的积极分子，思想向来积极进步，平时在家里就似他最"革命"，而人又最坦诚最忠厚，不要说害人之心，连防人之心亦无。小石是无可指责的。傅抱石长长地叹了一口气，端着酒杯的手颤抖着，杯中的酒滴滴洒落在饭桌上，似滴滴苦涩的眼泪。他目视前方，似乎已经看到遭难的小石正翘首南望。他一仰头，把一大杯烧酒一口喝下，这酒，也似乎是苦涩的。

一家人都放下了碗筷，二石将小妹玉子搂近身边。玉子也胆怯地紧靠在二哥的胸前，她不知道，大哥被划成右派，究竟意味着什么？

不知谁在轻轻地抽泣。

这时，倒是时慧显得豁达而开朗，她强忍着快要涌出的眼泪，苦笑着说："右派就右派吧，有什么办法呢？傅小石还是傅小石！——吃饭吃饭！"

天色渐渐暗下来了。孩子们用水桶和脸盆盛来凉水，不断地浇在阶院的水泥地上和附近的墙上，待地面上蒸腾的暑气散尽，便搬来几张用水浇凉了的竹床和竹椅，一家人都聚在门前，睡的睡，坐的坐，享受这夏夜的凉爽。

南京的夏夜是令人难忘的。往日，吃过晚饭，待暑气驱散，一家人便会聚在院内，或者听傅抱石谈论外面的见闻，或者孩子们相互说着自己感兴奋的话题。这时，傅抱石就会和时慧一边扇着扇子，一边说着那永远也说不完的话，从有关傅抱石的创作、题材、构思和各种快乐，到一家大小的生计以及傅抱石肩上的重负，绵绵悠悠，一直说到万籁俱寂，说到孩子们都沉入了梦乡，说到轻风拂熙，半夜凉初透，夫妇俩才会为孩子们身上盖上薄毛巾，自己也和衣睡去。

今天，傅抱石夫妇却坐在阶前的竹床上，默默无语，相对无言。

时慧反手捶捶腰背，又轻轻摇了摇，轻轻叹了一口气。傅抱石见状，移近时慧身边，让她躺下，躺成合适的位置，然后伸出两手，帮助时慧捶背、捶腰、搓揉，熟练地做着按摩推拿的各种动作。时慧的腰背酸痛病，还是十多年前在重庆生益璇时留下的，这以后，傅抱石就一直充当了时慧的按摩师，经常为妻子按摩，以减轻妻子的病痛，十多年来从未间断过。益璇只记得从自己记事起，就一直看见父亲为母亲揉腰背，一直到自己长大。

此刻，傅抱石为时慧揉着腰背，夫妇二人却都没有说话，他们的思绪都已飞向远方，一任暗夜的时光流逝，直至夜深……

傅抱石自出访欧洲之后，就没有再回到南京师范大学艺术系去授课了，他除了绘事和著述之外，全身心地投入了筹建江苏省国画院的工作中。

早在 1957 年 2 月，周恩来总理曾亲自指示在北京和上海成立国画院，以推动中国画这一民族文化传统艺术的发展。上海在成立国画院之前，曾与傅抱石商量，拟请他任上海国画院院长，傅抱石考虑再三，最后同意了。不意正将赴任之时，江苏省又把傅抱石留了下来，原因是江苏省也拟成立国画院，院长当然是非傅抱石莫属。这样，傅抱石就为江苏省国画院的选址、物色人选以及诸多事宜忙碌操心了。

"鼓足干劲，力争上游，多快好省地建设社会主义。"1958 年，社会主义建设总路线颁布了，轰轰烈烈，如火如荼的"大跃进"的高潮到来了。人人上阵，遍地高炉，全民大炼钢铁。到处是人群，到处是火光！全国人民为实现钢产量一千零七十万吨而风餐露宿，通宵夜战，学校停课，商业支前，各行各业都在为夺钢而战。傅抱石的儿

1956 年，傅抱石与家人在南京傅厚岗寓中

女们都投身到这"大跃进"的洪流中了。

　　这年1月，傅抱石到北京开会，适逢"白石老人遗作展览"在北京举行。他立刻前往拜观了数次。

　　"白石老人遗作展"真是一个"洋洋乎，大观哉"的展览。展出的作品，除四百二十件画之外（其中少数书法），尚有画稿、手稿、诗集、画集、印谱和手制石章三百多件，共七百多件展品，俨然一所艺术学校。其规模之大，影响之巨，感人之深，在中国画史上都是没有前例的。

　　傅抱石先浏览了一遍全部展品之后，然后就将他的注意力放在第一部分作品面前，并在这些展品前一再徘徊逡巡，仔细研读，他为老人这一时期的非凡毅力所震惊，所折服。

　　这一部分是白石老人二十多岁至六十岁左右的作品，很多材料，还是第一次和世人见面。傅抱石的感觉和印象，这一时期，白石老人什么都画，也什么都学，尤其是那些画稿，使他强烈地意识到，一位伟大艺术家的成就，需要怎样地把自己的基础打好，又需要怎样地勇猛精进、百折不回地付出顽强的劳动来巩固它和提高它。傅抱石认为，这次展览，对于学者和研究者来说，具有无比重要的意义。

　　回来后不久，傅抱石撰写了论述齐白石绘画和篆印风格特点的文章《白石老人的艺术渊源》。

　　在这篇论文中，傅抱石认为齐白石的绘画"没有追求二三百年来的统治地位的'四王'山水，而是着眼于明清以后几位比较富有现实精神的大家，特别是几位书、画、篆刻俱精的大家"。

　　评述齐白石的篆刻时，傅抱石说："老人的天才、魄力，在篆刻上所发挥的实在不亚于绘画。""老人是不顾一切地打破历代所谓印学的清规戒律，开辟了新的天地。"傅抱石高度评价齐白石的篆刻说："大凡刻印的人，没有谁（不管哪一家、哪一派）不是以'秦汉'相标榜的，唯有老人目光如炬能进出秦汉人所以'天趣胜人'的本质——'胆敢独造'，老人就是在这一认识的指导之下，通过几十年创造性的努力，把中国的篆刻艺术带到了一个崭新的世界,创造了自己的独特的风格。应该用老人自己的话说,真'能超出千古'。"

最后,傅抱石引用了近代杰出的画家陈师曾题老人有名的《借山图》的一首诗中的诗句,他认为"这首诗不是一般的题画之作,而是概括地正确地对老人艺术做出了中肯的评价":

> 曩于刻印知齐君,
> 今复见画如篆文,
> 齐君印工而画拙,
> 皆有妙处难区分。

傅抱石的这篇精到而恰如其分地评价了齐白石艺术渊源的论文,这年4月发表于《文汇报》,5月又在《中国画》杂志刊出。

这一时期,傅抱石排除一切干扰,——社会的和精神上的——潜心著述和忘我工作,取得了卓著成果。

7月,著作《中国的绘画》出版。

12月,凝聚了傅抱石多年心血的《傅抱石画集》出版。这本画集,郭沫若亲为作序并题签。收辑了傅抱石1942年至1957年间的代表名作《桐荫读画》《万竿烟雨》《兰亭图》《丽人行》《平沙落雁》《西风吹下红雨来》《暮韵》及《抢渡大渡河》等,共四十幅。

郭沫若这篇写于一年前的序言以他对傅抱石的多年深切了解和精深的洞察,对他的绘画艺术特色作了艺术的概括和高度的评价:

> 抱石作画别具风格,人物善能传神,山水独开生面。盖于旧法基础上摄取新法,而能突出窠臼,体现自然……
> 吾尝言我国画,南北有二石。北石即齐白石,南石即抱石。今北石已老,尚望南石经历风霜,更臻肖然……

郭沫若还亲书"南石斋"三字赠予傅抱石，将傅抱石的画室题名为"南石斋"。当时的文化部副部长、篆刻家齐燕铭还刻了一枚"南石斋"印章以赠，以助雅兴。

然而，傅抱石却诚惶诚恐，他向来视齐白石为前辈，自己岂敢与之相提并论。他在《傅抱石画集》的后记中流露了这种心情。那枚"南石斋"印章，傅抱石仅是一次在北京画画时，一时兴之所至，用过一次，从此就束之高阁，再未用过。

就在傅抱石潜心绘事和著述的时候，又一桩噩耗向他袭来。他的大女儿益珊，由于受到各种社会的、家庭的、个人的精神压力，患上了严重的精神病。这是 1959 年刚刚来临之际，益珊还只十九岁，正是鲜花一般的年龄，鲜花一般的青春季节。

望着爱女那憔悴的面容、昏迷的神志和呆滞无光的眼神，傅抱石的心真是比刀绞还要难受，他深感由于自己专心工作和研究，疏忽了对女儿对家庭的关心，没有尽到为父的责任，深感对不起女儿。他到处请名医为女儿诊治，只要打听到有治病良药，就是倾其所有也在所不惜。然而，爱女的病总是时好时发，终不见彻底好转。

女儿的病成了傅抱石的一块心病，它像一个无法驱散的阴影始终伴随着他，使他即使在最酣畅淋漓，最痛快惬意的时候，也有一丝令人无法觉察的遗憾占据着心灵的一角，使他即使在开怀大笑、豪饮佳酿的时候，脸上也会不经意地掠过一阵令人无法理喻的痛苦，而无法排遣。

2. 韶山组画

1959 年 6 月，湖南韶山。

这是一幅普通的江南山乡图。群山连绵，丘陵逶迤起伏，葱郁的林木遮天蔽日，覆盖着大地和山丘，使青山和绿水显得秀美怡人。

这是一片近乎神化了的土地，这里的山山岭岭似乎都透出一种不同凡响的灵光，使一草一木都受到了与众不同的保护和尊崇，山前的一口不大的水塘边，一幢坐落在苍松和修竹之间的宽敞普通而又修葺得极好的农家大屋，每天吸引着络绎不绝的参观人群。在 19 世纪 50 年代末期和 60 年代及至以后更长的年月里，这是这里极为常见的景观。

这里，就是毛泽东的故乡；这座农家房屋，就是毛泽东少年时代的故居。

这时，傅抱石正应湖南人民出版社的邀请，在韶山创作一批有关毛泽东主席故乡的国画，以便结集出版。

6 月 6 日，傅抱石到达韶山，刚下车，引颈四望，只见四面群山环抱，峰峦起伏，气势雄伟却又多姿，山上苍松翠柏，挺拔非凡，梯田片片，嫩绿如茵。傅抱石情不自禁地脱口而出："呵，好美的地方！"

湖南人民出版社对傅抱石这次赴韶山实地创作极为重视，特派了编辑段千湖，并请省群艺馆的周馆长、画家冯宝成陪同前来，路经湘潭时，湘潭市委书记曾亲往宾馆看望，并派了两位熟悉韶山路径的《湘潭日报》摄影记者做向导和导游。

在毛泽东故居内外，傅抱石从几个不同的角度草草地作了记录，站在故居前面池塘的另一边，傅抱石见这清明澄澈的池水，辉映着这几间普通的农舍，给他留下了强烈的印象。

傅抱石参观了韶山学校、韶山文化馆、卫生院等建筑和单位，又特意参观了韶山"人民公社"这一保存了"毛氏宗祠"原来结构的建筑，以便为他的"韶山全景"搭架子。然后他用一天的时间勾稿子，特别是毛泽东故居的草图。

第三天早上，傅抱石一行四人便在《湘潭日报》摄影记者熊泽民的引导下，"浩浩荡荡"地向"韶峰"进发，目的是看"韶山八景"的"慈院晚钟"（慈悦庵）和"石壁流泉"。

大约个把钟头，看到半山间有一片茂密的松林，熊泽民说，慈悦庵便在那松林里面。

傅抱石先勾了一幅松林外部的草图。然后走到松林里面再补细部。

"慈悦庵"不大，只有三间两进房，右边另有一些屋舍。围墙外面，有一座三面八级的小塔，虽不大，却很有古朴的气势。傅抱石将这些景致都一一勾成了速写稿。

傅抱石等休息了片刻，喝了茶水，又向下一个目标"石壁流泉"前进。说前进，其实是攀登，因为，熊泽民说，必须翻过两三个山头才能到达目的地。

这下可苦了傅抱石，本来就不擅走山路的他，加上五十岁以后已明显发胖，攀登起来就更加力不从心。翻过一个山头又一个山头，越走越高，越走越看不见路，而目的地"石壁流泉"还不知在哪里呢！段千湖有些着急了，他知道傅抱石有高血压，生怕傅抱石会出问题，一边不断地询问还有多远，一边用右手握着傅抱石的左手，紧紧地靠着里边牵着傅抱石走，走几步就说一句："靠里边些，外边太陡，小心！"走着走着，傅抱石渐渐地感到心里有些窒息，不太好受。段千湖知道后，越发着急了。"怎么'石壁流泉'还没有到呢？""再翻过两个山头就到了'顿石成门'了，从那里下山很近，用不了一个钟头。"熊泽民却依然很坚定地说。

有句俗话说，行路百步半八十，意思说百步路走了八十才算走了一半呢，真是在理。傅抱石攀越这剩下的两个小山头也真是难为了他，不仅步履维艰，而且气力越来越不顺，弄得段千湖也惶惑不安。好不容易到了"顿石成门"，众人皆长喘了一口气。

"顿石成门"也是韶山八景之一。只有站在这里才能真切地看到耸立在面前的韶山最高峰、八景之一的"仙顶灵峰"。"仙顶灵峰"又名"韶峰耸翠"，傅抱石更喜欢后者。也只有站在这里才能尽情地端详韶峰的真面目。

傅抱石一边庆幸自己的身体经受住了考验，没有出什么问题，一边欣喜没有虚此一行和坚定地走到了终点，否则这"韶峰耸翠"的美景真是会白白错过而留下太大的遗憾的。稍事休息，他即开始勾草稿，从各个角度将韶峰的位置、形态和周围环境都尽收画稿。然后又后退一段路，向右画下"顿石成门"一景中的两块两丈来高的高大的石头；向左画了山下面的溪台云树，准备回去把这两组画结合起来。至此，傅抱石心里万分高兴，"韶山八景"他已经勾下了一半速写稿子。

经过数天的观察、思考和情况介绍,《韶山全景图》的初步构思已在傅抱石的脑海里形成。他是这样考虑的:由于韶山是一个山谷地区,周围都是高山,而几处重要的建筑物如毛泽东故居、毛泽东第一次读书处及游泳过的池塘、晒谷坪等,比起"韶山学校""韶山招待所"来,在形象位置上,假使自然主义如实地描绘,无疑在画面上后者会占着绝对重要的位置,这样,韶山的重点就不容易突出,只是无动于衷地把这些东西罗列出来。

傅抱石将同行几位画家和朋友都请来,征求他们对自己构想的意见。他极其简略地在一张白纸上用炭笔勾勒了一个初步轮廓,把它钉在墙上,口说手画:

"我初步设想,这幅'韶山'全景只突出两个地方,一个是毛主席的故居,另一个是韶峰,其他都准备处理在次要的位置……"

"您考虑得对。"周馆长说,"艺术创作本来就不应该把现实中任何一件东西都等量齐观地罗列上去,把毛主席的故居和韶峰作为全景的重点,从内容上说是正确的。"

大家也表示了支持的意见。

开始落笔时,周馆长和几位画家都围着帮忙。

傅抱石首先着手故居部分。他每画一阵子,就把它挂起来,请同志们斟酌,希望发现问题,以便随时纠正。随着时间的推移和绘画的进展,画的大体轮廓也出来了。画的左边作为中心(也是全画的中心),毛泽东故居,位置画得最高,比较突出,向右,通过一大片松林,这片松林着重刻画了几株俯仰多姿的老松,然后就望见苍翠欲滴的"韶峰",在公路的前伸地区,通过一座牌楼,布置韶山学校等几座建筑……

经过连续两整天的工作,《韶山全景图》算是初步完成了,实际的收尾工作,还须带回南京完成。这天,欣逢端阳佳节,为了表示庆贺,傅抱石还特意在画上题了款,盖了印,让大家对此画有一个完整的印象。

端午节过后,傅抱石又一鼓作气,接连创作了《韶峰耸翠》《慈院晚钟》《石壁流泉》《顿石成门》和《毛震公祠》。这五幅画,由于画面不大,较易涂抹。最主要的原因,还是《韶山全景图》完成了之后,傅抱石心情特别愉快,越画兴致越高,越画劲头越足,有一发而不可收之势,画来也显得得心应手。

回到南京后,傅抱石在很短的时间里,将在韶山所画作品收尾完成了,唯独那幅《韶峰耸翠》却一直自认为不满意。韶峰并不高,然而却必须突出"耸"字,画出高耸之势。傅抱石一直想不出解决办法,为此,几个月来一直萦回于脑际,甚至因此彻夜难眠。

一天深夜,已经夜阑人静,家人也早已沉入了甜蜜的梦乡。傅抱石躺在床上为此事辗转反侧。他在设想各种表现方法以突出这个"耸"字。忽然,他想到一个处理方法:画的近处山坡上叠着几块大石,坡下满布松树,右上方画面的主要部分是耸起的韶峰。虽不怎么高,但因为有近处大石和山腰山脚间比例很小的松树以及左边又低又淡的远山的衬托,韶峰左侧的结构又只用一条长线斜下。这样,近石和远山映衬对比,运用透视的技法,便造成了韶峰虽不怎么高却有直冲云霄的高耸之势。想到这里,他立刻起床画了起来,根据这种构思,仅用了一刻钟左右就一气呵成地把整幅画的大体笔墨完成了。画完后一看,近处几块大石的浑圆凝重与韶峰的峭拔耸立形成了强烈的对照,果然达到了较好的效果。

傅抱石创作的《韶山全景图》和《毛主席故居》组画,后由湖南人民出版社出版《韶山》画集。

3."江山如此多娇"

北京,宽阔的长安街,车水马龙,人流如潮。

雄伟壮阔的天安门城楼呈现在眼前,坐在轿车内的傅抱石尽管无数次地瞻仰过她的雄姿,再次见到,仍会抑制不住奔涌的心潮,久久起伏激荡。

天安门广场西侧,一座壮观的大型建筑,首都十大建筑之首的人民大会堂巍然矗立。她秀美沉雄,古朴典雅,集中国民族特色于一身,是新中国成立后中国人自己设计并施工建造的现代化建筑之一,令全国人民感到骄傲。即将到来的庆祝中华人民共和国成立十周年的一系列盛大庆祝活动的主会场将设在这里。中央和地方各省都竭尽全力,调集最好的建筑师,最强的设计装潢专家和画家,以及最具地方特色、质量最佳的工艺品来装饰这座建筑，装潢自己的省厅。人民大会堂实际上变成了各省各地区对外宣传的一个窗口和展室。

傅抱石还在韶山进行创作时，就被急电召回，他被通知立即赴京为人民大会堂创作巨幅国画。

现在，站在这值得中国人民骄傲的大型建筑前面，傅抱石又一次心潮澎湃，他情不自禁地自言自语："人民大会堂，你是中华民族文化的一面镜子，我要用最美最好的画来装扮你，以无愧于中国优秀的民族文化传统，无愧于伟大的祖国，无愧于你！"

位于前门的东方饭店贵宾接待室里，傅抱石和他的创作伙伴、著名岭南画派画家关山月兴奋而又激动地迎接着周恩来总理的到来。周总理亲切地同二位画家握手问候，坐定后即开始转入正题，他的身边，坐着几位工作人员。

"人民大会堂是新中国成立后首都的最大建筑，是全国人民代表大会共商国是的地方，党中央的许多重要会议都将在这里召开，中外人士都是瞩目和关心的，可以说，人民大会堂是新中国的一个象征。请你们二位来画的这幅画将放置在大会堂主会场外大厅的正面，这幅国画就其画幅的面积就将是中国绘画史上的奇迹，因此，也可以说，这幅画就是人民大会堂的象征。任务是光荣的，又是很艰巨的，时间很紧迫，距离国庆节只有两个来月了，画这么大的画也是一种新的尝试，创作过程中也会遇到预料不到的困难。目前有什么困难和要求，你们尽可以提出来。"

这时，傅抱石问："总理，这幅画内容上有什么要求？"

"总的要求是反映出祖国大好河山的壮丽景色。"周总理回答说，显然，他已经过周密考虑，而且成竹在胸。"具体内容上我和陈毅同志、郭沫若同志、吴晗同志以及其他同志商量了一下，是不是就以毛主席词《沁园春·雪》为基础，描绘出长城内外、大江南北的壮丽美景，体现出红太阳照耀下的红装素裹的毛主席词意。因此，画面上可以同时出现春夏秋冬的四季景色。风格上可以保持傅抱石同志豪放沉雄和关山月同志细腻精美的特点。你们二位看可不可以？"

傅抱石、关山月对视了一下，微笑着点了点头。

关山月说："同意总理的指示。"

周总理谦虚地纠正说："这不能叫指示，还是大家商量好。艺术创作，应该尊重艺术家的意见嘛！"

"我觉得总理的这个设想很好，"傅抱石说，"主题的基调定下了我们就好画了。山月，你说呢？"

"对，"关山月说，"总理的意见和设想，可以使我们少走许多弯路。"

"既要保持你们各自的风格又要使画面和谐统一，这在你们也是一个新课题。"总理很亲切地说，"也算是一种挑战，你们要好好研究一下，艺术创作嘛，就是要不断闯出新路子。……还有什么困难吗？"

傅抱石说："总理，有一个个人的问题可不可以提？"

总理笑笑："你说吧。"

"我到北京买不到酒喝。"当时北京实行酒凭户口定量供应。

总理一听，哈哈大笑起来："傅抱石傅抱石，画画'往往醉后'，真是酒仙，果然名不虚传。这样吧，特供你两箱茅台，怎么样？"

傅抱石也欣喜地说："那就太谢谢总理了。"

这是一幅宽九米，高五米五，面积达五十平方米的巨大画幅，荣宝斋的老师傅用三十多张清朝乾隆年间的"丈二匹"宣纸才拼接而成，背后用麻布作衬，因为找不到一块这么大的墙，也根本无法张挂，只能放在东方饭店楼上大厅的地板上装裱。

"丈二匹"是中国历史上最大的宣纸，实际上它高约四尺一二寸，宽约十一尺。这种书画宣纸，清代乾隆、嘉庆年间最盛，产量最多，质量也最好，到了光绪以后，就越来越粗了。望着这一张张需费巨资才能购得的名贵宣纸，画了一辈子国画的傅抱石不禁感慨万分，还勾起他很多往事的回忆。

过去，书画家多为贫穷寒士，哪里买得起这昂贵的"丈二匹"，即使买得起，也没有胆量敢画这么大的画。书画家能够而且敢于使用这种纸的，就说明有相当的经验和造诣了。傅抱石知道，明朝的沈石田，自谓在四十岁以后，才敢画"大幅"，可是沈石

傅抱石正在创作《江山如此多娇》

傅抱石与关山月研究创作

田的"大幅"，据他所曾过目的遗迹，就没有大过"丈二匹"的，足见画"大幅"之难。

抗日战争前，傅抱石也曾弄到过三张"丈二匹"，宝贝似地带到了重庆，历经八年之久，日寇投降后，又把它带到了南京，总是舍不得画，也不敢轻易画，而实在是没有必要画。直到 1952 年，他才画了第一张。傅抱石画过之后还曾经和朋友笑谈过说："我倒像沈石田，画第一幅'丈二匹'时已经四十八岁了，符合沈石田的要求和标准呀！"

过去，这种大幅画纸很少有人问津，如今，尽管价格昂贵，一张画纸的单价六十元，足可供五六口之家一个月的伙食费，却仍然供不应求，因为很多画家都在不断地创作大画。虽然，问题的实质不在纸的大小上，然而，这么一张纸，也确实反映了新中国成立前后民族绘画的升沉和兴衰。

北国风光，千里冰封，万里雪飘。望长城内外，惟余莽莽；大河上下，顿失滔滔。山舞银蛇，原驰蜡象，欲与天公试比高。须晴日，看红装素裹，分外妖娆。

江山如此多娇，引无数英雄竞折腰。惜秦皇汉武，略输文采！唐宗宋祖，稍逊风骚。一代天骄，成吉思汗，只识弯弓射大雕。俱往矣，数风流人物，还看今朝。

毛泽东的这首咏雪词，无疑是气势磅礴的，描绘了北国辽阔的原野上的雪后美景和壮丽图画。傅抱石和关山月在酝酿构图时，也许是过于拘泥于这首词的写景部分，认为既然着重描写"江山如此多娇"，就打算着重表现"北国风光，千里冰封，万里雪飘"的意境。然而，他们循着这种思想，勾了几个草图，都觉得不满意。

中央领导对这幅画的绘制工作给予了特别的关心和指导。陈毅、郭沫若、吴晗等同志多次来到东方饭店，与二位画家一起商讨绘画方案，周总理还亲临现场，听取工作汇报，并启发他们对毛主席咏雪词的深刻理解。

"你们不要只是在这首词本身的写景部分兜圈子。"周总理说，"那样必然限制并束缚思想的发挥和内容的开拓，毛主席的这首词，虽然题的是'咏雪'，但它并不仅限于雪的描写，而是通过咏雪来描写祖国江山的辽阔广大，美姿多娇，并且即景生情，想到英雄人物为它献身，极其完美地表现了中国人民革命乐观主义的豪迈气概。"

陈毅、郭沫若同志等也表示了同样的见解。郭沫若还说："主席写这首词的时候，全国还没有解放。词里有'须晴日，看红装素裹，分外妖娆'的句子。可是，今天情况就不同了，'太阳'已经出来了，'东方红'了，它的光芒已经普照着祖国的大地，画面上一定要画出一轮红日。"

中央领导的指示，为他们的绘画工作启迪了思想，开阔了思路，陈毅同志还提出了画面的设想。然后，在郭沫若的具体指导下，由傅抱石设计小稿，又经过多次推敲，最后定了稿。

经过定稿后的画面内容是这样的：辽阔广大的祖国大地上，当江南沃土在和煦的阳光下，盛开着万紫千红的百花，而喜马拉雅山上还是白雪皑皑，因此，在一个画面上同时出现太阳和白雪，同时出现春夏秋冬的不同季节，同时出现东西南北的地域。而这并不会使人感到矛盾和不调和。我们优秀的绘画传统，是有过把四季山水或四季花鸟集为一图的。

在绘画风格和表现技法上，傅抱石和关山月一致认为，应该力求在画面上，把关山月细致柔和的岭南风格，和傅抱石的奔放、深厚融为一体，而又各具特色。必须画得笔墨淋漓，气势磅礴，绝不能有一点纤弱无力的表现。

画稿和表现方法的原则既定，接下来的整个创作过程都是一个从未经历过的新的尝试，即使是平时颇为顺手并使用惯了的绘画工具也不适用了。为此，专门成立了磨墨组、制笔组、接纸组，并抽调了许多为绘画服务的工作人员。

绘画所需的墨汁是大量的，磨墨组的工作人员终日不停地磨才能保证供给需要；制笔组制出的笔无疑是最特殊的，有些大笔和排笔的竿子，就有一米多长，像扫帚一样；普通的调色盘显然已经不适用，而用大号的搪瓷面盆代替，一摆就是五六个；而画纸如果全部张挂起来画，将有两层楼高，为省去画家爬上爬下的劳累，提高工作效果，在东方饭店的大厅里，立起了九米多宽、两米多高的特制画板，用两根九米多长的大轴将画纸从上下两端卷起，然后逐段作画，画好一段就往上卷起一段。

这真是需要高超的技巧和过人的魄力。在绘制的过程中，傅、关二位画家为了保证画的效果，慎之又慎，每下一笔，都研究再三；对于作品的色彩调子，如何取得统一和谐，也经常细加推敲。他们商量的结果，把近景的高山苍松，采取青绿山水的重色，长城、大河和平原则用淡绿，然后慢慢虚过去；远处则是云海茫茫，雪山蜿蜒……而右上角的太阳，红霞耀日，光辉一片，冲破了灰暗的天空，使人感到"红装素裹，分外妖娆"。

绘画的工作是紧张而愉快的，也极富创造性、挑战性和刺激性。傅抱石意识到，他正在和关山月合作完成一件前人从未从事过的大业，因此，他感到极度兴奋，每天保持着旺盛的情绪和充沛的精力。然而，有时，他也隐隐感到年岁的不饶人，已经五十六岁的他正在进行的这项工作，除了需要精湛的技艺、睿智的思想和细微缜密的工作作风外，无疑，它同时也是一项强度极大的体力劳动。每天站着大幅度挥笔，那足有一米多长的大笔杆，举着它挥动起来无异于挥动一把长枪和大刀，而且落笔之时还须仔细考虑轻重、虚实和徐疾等，他用了一阵就觉得不习惯于这种长竿大笔，仍改用短竿笔，然而，用短竿笔手臂挥动的幅度更大，劳动强度也就更大，可以说，他是用精神、魄力和体力去画的。他想起了二十五年前他在日本东京作微刻表演时，他戏答日本记者称用的是精神，那时的微刻与今日的巨画，一是精细，二是宏大，然而所费的精神是何其相似。

二十多年前的经历如今想起真是恍如隔世，那时他是何等少年气盛，雄心勃勃；而如今，身体却似乎有些力不从心了。他有时隐隐感到他的右手臂一阵阵地酸胀，甚至疼痛，虽然只是短暂的一瞬，他也没有告诉任何人，可自己心里总觉得是个事，不可等闲视之。他是画画的，如果手不行了，染上了疾患，还谈什么画画！

一天上午，在竖起的画纸上，傅抱石正在专心地将小稿放大，画纸上已经初具轮廓，可以看得见群山和树石了。

这时，一位服务员走过来凑近他，轻声地说："傅教授，有人找您。"

傅抱石骤然转回身来，一下子神情愕然，不禁呆住了。

一个穿着过旧的皱皱巴巴的白衬衣、已褪成灰色的蓝布裤子，骨瘦如柴的青年站在门口。他局促拘谨，迟疑着不敢过来，他那狭长而瘦削的脸上轮廓分明，额前，给人印象最深、最强烈的是一双又黑又大的眼睛。

是小石！

是的，这就是傅抱石的长子，曾是中央美术学院的高材生，尚未毕业就被划成右派的傅小石。而今，他正在北京郊区双桥农场同中直机关的诸多右派一起劳动改造，他是得到特许来看望父亲的。

小石走过来，终于，笑了笑，叫了一声："爸爸。"

傅抱石百感交集，心情沉重。小石是他最疼爱的儿子，少年时代，傅抱石就曾精心辅导他，并把一腔希望都寄托在他身上。傅抱石一直认为，他天分颇高，将来在绘画方面或许能成大器，所以对他也厚爱有加。1957年小石被划成右派后，傅抱石为此曾黯然神伤了很长一段时间，以为"运动"一过就可以回家了。那年底，小石还曾回了一趟家，傅抱石还抚慰勉励了他一番，哪知第二年初他被遣送下乡劳动改造，就从此鸿雁隔绝，天各一方。这次，也算是又一次特殊，父子俩才得以在北京相见。

傅抱石手中的画笔不知什么时候掉在了地下，他好一会儿才缓过神来，素来不善表述感情的他这时也不觉凄然地叫了一声："小石……"

傅抱石抓住小石瘦削的肩膀，非常难过，许多人在场，倒反而不知说什么好，想了想，

傅抱石等人正在创作《江山如此多娇》

只说了一句："帮着我画画吧。"

　　饭桌上，傅抱石充满慈爱地看着小石吃饭。

　　在北京双桥农场成为"另册"中人的小石已经有好久没有吃过这么香喷喷的可口饭菜了，几乎是无法自制地狼吞虎咽。

　　傅抱石则吃得很慢，他慢慢地呷着酒，心中泛起一股不可名状的烦闷、愁苦。他不时地将注意力转移到小石身上，有时见小石吃得很拘谨，于是就夹些菜放到他碗里。大概小石也不习惯，每夹一次，他总是停下来看看父亲，傅抱石则轻声地说："吃吧，多吃些。"

　　傅抱石忽然想起了什么，对小石说："以后，你可以常来，我已经同有关方面打过招呼，一则可以看我画画，二则也可以跟我当当助手。记住，不管什么时候，画画不可丢掉！"

　　由长安街从人民大会堂的北门进去，一直往南通过一段长长的红色地毯通道，直达一座宽约八米的楼梯，登上楼梯便是宽敞的平台，平台南侧迎面一堵大墙，傅抱石和关山月合作的巨幅国画便立在这里。从这里往北转便是千人大宴会厅。因而，这幅画摆放位置之重要，是显而易见的。

　　一个多月过去了，凝聚着中央领导、画家、工作人员心血和汗水的巨幅国画已经完成，现在已经将画拿到现场，悬挂在人民大会堂的大厅深处一块竖立的画板上，只待中央领导审查通过后就可以正式裱糊上去。

　　周总理和有关中央领导来了。他们一来，立刻发现了一系列原来想象不到的问题。

　　傅抱石和关山月开始动笔时，考虑到画面太大，不易处理，希望尽量小一些。然而没有考虑到画的实际效果与建筑物的结合和比例。现在，拿到现场，问题就来了。

　　周总理非常认真，他先站在画前面看了一会儿，又退至楼梯口，仔细审视，然后走下楼去，又返转身来一边上楼一边审视那幅画。最后，他说："这幅画无疑是中国绘画史上的创举，画幅之大是前所未有的。可是，你们注意了没有，人民大会堂是一座宏伟的建筑，画放在这里还是显得不协调。画面显得太小了，画面上，天空的灰调子太大，和这雄伟的建筑物也不相称；另外，我们第一眼看到这幅画的时候，不是走到画身边才看到的，而是刚上完楼梯就看到了，站在这楼梯下面看上去，那个太阳也太小了，简直像个鸭蛋黄……请你们自己来看看，是不是有这个感觉。"

对于周总理和其他中央领导同志的宝贵指示和精辟意见，傅抱石和关山月心悦诚服。

只好再次修改。

周总理提出：应该把画面加高加宽，把太阳画大，不妨夸张一些，使人一眼看到就感觉"东方红，太阳升"的伟大气魄。

于是，傅、关二位画家又一鼓作气，立即动手，把画面加大，把雪山加高，把太阳画得又大又圆，让朝霞的红光普照大地。为这太阳的大小，还又经过了几番推敲，几经扩大，总觉不称，后来用一整张报纸剪了个圆，涂上红色，往上一放，才显得够大了。最后完成的太阳直径将近一米，才达到了"东方红，太阳升"的伟大气魄。

9月下旬，中国绘画史上空前的巨幅国画完成了，这时，临近伟大的中华人民共和国成立十周年只有三四天了。9月27日，毛主席亲自为此画题写了"江山如此多娇"六个大字，工作人员连夜照相放大，经常去看望老师并充当助手的沈左尧和另一个工作人员协助将毛主席的题词描绘在左上方，使画与书珠联璧合。

国庆前夕，庆祝中华人民共和国成立十周年的盛大招待会在新落成的人民大会堂宴会厅举行。成千中外来宾踏上猩红色地毯铺成的通道，迈上楼梯，进入宴会厅前的平台时，眼睛都不觉一亮，一幅精美绝伦的巨幅中国画呈现在人们眼前：一轮红日映照大地，近景是青翠的苍松和巍巍群山，远处是茫茫云海和皑皑白雪，淡绿色的大河和平原，象征着中华民族精神的万里长城在蜿蜒的山势中延伸……豪放而又细致，博大而又深沉。那"江山如此多娇"六个大字潇洒遒劲，使画面增添了无限光辉，一望而知是毛主席的手笔，那幅画呢，谁画的？

"傅抱石，关山月！"

"关山月，傅抱石！"

　　中外宾客争相在画幅前面摄影留念。他们知道，这幅画将载入中国绘画和世界美术的史册，它将是中国人民引为骄傲的艺术珍品，是中华民族无与伦比的瑰宝！

　　而此刻，傅抱石却默默地一个人漫步在天安门广场，他喜欢这火树银花的不夜天，喜欢这经过艰苦创作之后的片刻憩息，喜欢一个人独处时难得的宁静，特别是在自己经历了亲手创下这前人从未有过的业绩之后……

第十一章

满怀激情绘新图

1. 两万三千里旅行写生

国庆十周年的欢歌笑语未断，喜庆的锣声鼓点未息，历史的日历又翻开了 60 年代的新篇章。

迈入 20 世纪 60 年代，傅抱石的人生历程也似乎掀开了一页新的篇章。

傅抱石心情最痛快！1957 年以来聚集在他心头的阴霾和乌云似乎已经散去。而1958 年《韶山组画》的创作，特别是 1959 年与关山月合作的人民大会堂《江山如此多娇》巨幅国画的诞生，更使他好似迈上了铺满鲜花的金光大道，奠定了他在中国画领域的领导和权威地位。他的周身好像罩上了一层闪闪发亮的炫目的光圈，博得了国内外美术同行的推崇和敬重。

这是傅抱石结交朋友最多的时期。各地纷纷邀请他去画画、参观、体验生活。所到之处，他都受到了热情洋溢的接待和欢迎。他感到自己从来没有像今天这样受到人民、受到社会如此的称赞和颂扬。他的威望和影响实际上已经远远超过了美术和艺术、教育的范围，许多人甚至对绘画和艺术一无所知，却也对傅抱石怀着满腔的热忱和莫名的景仰。傅抱石因此结交了艺术圈子内外的许多朋友，其中不乏党政部门甚至高层领导中对艺术富有真知灼见而且造诣颇深的专家。这些，对于开阔他的艺术视野，倾听各种艺术观点和见解显然不无裨益。

这是傅抱石艺术制作最旺盛的时期。自从他受命筹建江苏省国画院之后，他有更多的时间和精力从事国画创作以及画史画论的研究和著述。除了社会活动和画院公务，除了完成上级交给的创作任务，每天早饭后，稍事休息，他便上到二楼的画室，妻子时慧已经帮他磨好了当天绘画所需的墨，这时，他的精神和思想便进入了高度的亢奋状态。于是铺陈素笺，执笔挥毫，大胆落墨，小心收拾。他的画室就犹如一个正面临拼搏斯杀的战场，而他，就是投入这场搏杀的英勇的斗士。

傅抱石的创作条件已今非昔比了，他已无须像在重庆金刚坡下的山斋里那样，须时慧帮忙将饭桌抬到门口，权充画案，然后要时慧把孩子带到附近竹林里消磨几个小时，以给他创造一个安静的创作环境。现在，在这金陵的玄武湖畔，他可以闹中取静，

1960 年，傅抱石在作画

整日在这静谧而幽雅的画室中潜心创作而不知时光的流逝，一直到时慧过来叫他下去吃饭，才意识到已时至中午或傍晚，否则，他是不会从画室出来的。他在沉浸于创作时，最不喜人家中途打扰或在一旁窥视，他觉得，那样会赶走他的创作灵感，打乱他的构思，以致最终破坏他的创作情绪。而且，在绘画进入高潮时，他已像一个全副身心进入角色的演员，将一切都置之度外，忘乎所以了。他本来患有鼻炎，画得紧张时，鼻涕流出来了都顾不及擦；为了表现画面的飞动和线条的活泼，他独创的散锋乱笔皴法，需要将毛笔重按至笔根，笔锋自然就会炸开，有时下一步需要将笔锋顺齐时，他往往用嘴顺，效果既快又好，却使嘴巴上到处是墨，形象不雅，所以他不愿让人看见。如这时有客人来访，时慧会请客人在客厅稍候，她即上楼去，轻轻告诉他某某来了，傅抱石会在画至适当的时候下来会客，而绝对不容许客人直接闯入画室。

在这种情况下，傅抱石画兴勃发，文思如潮，创作了大量的国画作品，撰写了大量的美术论文。

1959 年夏，"中国画展"在巴基斯坦港口城市卡拉奇开幕，傅抱石所作山水画《春、夏、秋、冬》四条屏及《罗马尼亚一车站》参加展出。

1960 年 1 月，江苏省在南京举办"在总路线光辉照耀下"美术展览会，他的《春到钟山》《水乡吟》《新松恨不高千尺》参加了展出。

元月，他的组画《毛主席故居》在北京全国美术展览会上展出。

1960 年 3 月，傅抱石关于中国古代山水画史的专著《中国古代山水画史的研究》单行本由上海人民美术出版社出版。

与此同时，傅抱石还担任了许多行政和社会职务，他的工作也日渐繁忙起来。

1960 年 3 月，傅抱石担任了正式成立的江苏省国画院院长。

这年 8 月，傅抱石在中国美术家协会召开的理事会上被选为中国美术家协会副主席，并当选为全国文联委员。

9 月，中国美术家协会江苏分会成立，傅抱石当选为主席，还担任了同时成立的江苏省书法印章研究会的副会长。

一年一度秋风劲。

9 月的骄阳有时虽仍然那么酷热，却似乎缺少一种力度，不再炙烤得令人心烦意乱，傍晚，偶然吹过的一丝微风已稍稍带来了一些凉意，如果你走在市郊，看见那黄灿灿的稻谷和金色的田野，你会惊异地感叹一声：呀，秋天到了！

南京火车站，一列由上海开往郑州方向的火车正喘着粗气，欢快地停靠在站台旁。一群由十来个人组成的旅行团正由他们的亲属、同事和朋友相帮着迈上卧铺车厢。看得出来，这群由中老年为主的文质彬彬的人是兴高采烈的，列车已经开出车站了，那从车窗探出来道别的手还仍然在不停地晃动着，招呼着……他们，就是由傅抱石率领的赴外省万里壮游旅行写生的"江苏省国画工作团"。

是的，这是一群心潮激荡的画家。江苏省委宣传部的领导来到成立不到半年的画院，

1960 年，江苏省国画院成立，此为大会留影

与画家们座谈，希望画家们不要辜负党和人民的殷切热望，到火热的生活中去开阔胸襟，
增长见识，将祖国的壮丽山河和社会主义日新月异的面貌摄入自己的画中。当傅抱石
宣布省委决定请画家行万里路、壮游祖国的决定时，画家们竟高兴得像孩童般雀跃欢呼，
临时找来几样乐器就即兴举办了一场别开生面的文艺演出活动。画家们竞相表演，许
久没有此雅兴的傅抱石也感觉到从未有过的兴奋和痛快，当众唱了一段京剧《借东风》，
省委宣传部部长也兴致勃勃地亲自操琴，傅抱石那韵味十足的唱腔和部长的精彩伴奏，
博得了画家们的阵阵掌声。

　　是的，画家们如何不会如孩童般欢呼雀跃，如何不会为之欣喜若狂！这支由十三
人组成的不大不小的旅行写生队伍，真可谓扶老携幼——有三位六十岁以上：苏州余
彤甫、无锡钱松岩石、镇江丁士青；两位五十岁以上，傅抱石和苏州张晋；此外还有

中年画家亚明、宋文治、魏紫熙等。这些画家虽然多年从事绘画，但除傅抱石外，其生活圈子大多非常狭窄，尤其几位老者，多数长期活动范围局限在"暮春三月，草长莺飞"的江南，个别的还是由于此行才第一次渡过长江。这几位经历了两个时代，亲眼看到了新旧对比的画家真是感慨系之，过去教教书，画画画，为的是糊口，根本用不着"行万里路"，甚至不可能越雷池一步。

如今，将他们调到画院专事绘画，不仅由国家养着，还请他们壮游祖国，作万里之行，这要在十年前，真是做梦也不敢去想。

一路上，大家谈得最多的自然是有关业务——如何把国画创作提高一步，如何突破自己的原有水平等问题。

三门峡市，这座由于国家治理黄河而兴建起来的新的美丽的城市，引起了傅抱石的极大兴趣。9月21日，画家们经洛阳到达这里的时候，立刻被黄河三门峡大坝工地的宏伟气势和热火朝天的建设热潮深深吸引住了。傅抱石的情绪显得特别振奋。他在工地上下奔走着，跃动着，眼睛里闪烁着兴奋的光芒。他时而站在山头专视那正在建设中的宏伟大坝，时而极目远眺俯视那仿佛自天而降的黄河。有时，听了工地负责同志的介绍，他疾速地在笔记本上作着笔记，也将所见所闻记录下来。他听说，就在三四天之前，黄河的水经过蓄洪变得"清"了。为此他激动不已。他想起古人说的"圣人出，黄河清"，几千年来，人民把黄河变清跟圣人的出现联系在一起，认为只有圣人才能实现这一梦想，而今，为害几千年的汹涌澎湃黄水怒号的黄河，将变得一平如镜，清澄碧绿，将永远为人民造福了。画家们欣喜万分，竞相以"黄河清"为题，各自构思自己的画作。傅抱石也抑制不住那勃发而高涨的创作激情，倾尽全副心灵和感情，创作这"奔流到海不复返"的《黄河清》。

一个星期以后，傅抱石一行到达了古都长安——西安。富有大西北豪爽性格的主人石鲁等画家与江苏客人本来就熟悉，有朋自远方来，不亦乐乎。于是宾主参观座谈，评书论画，关于对中国画的继承和发扬，关于深入生活与理解传统、继承传统并创造性地发展传统的关系等话题，全是他们关心并热衷的内容。然后，不善寒暄、不爱客套而率直豪爽的主人决定陪同客人去延安，共同深入生活，以自己的作品互相学习、切磋，并交流心得体会。于是，画家石鲁、蔡亮等与江苏画家一行，由西安乘汽车，浩浩荡荡地向延安进发。

这真是一段兴奋而又艰难，奇特而又回味无穷的历程。

从西安到延安约三百公里，一路上画家们饱览了秦川的山水风光，那种与江南水乡迥然异趣的黄土高坡，那在西风中挺拔向上、迎风屹立的白杨树，使这广漠的高原更增添了一种雄浑和朴厚的气息。画家们贪婪地看着眼前的这一切，心情为之欣喜而振奋，车厢里的气氛始终是欢快而高昂的。

汽车行至铜川境内，天气骤然起了变化，高原上刮起了狂风，天空变得灰蒙蒙的，浓云密布；不一会儿，下起了大雨，豆大的雨点拍打着车窗发出噼噼啪啪的声响。司机艰难地开车行驶，两眼专注地望着前面，而雨却越下越大，车窗的玻璃上雨流如注。由沙石铺成的公路由于暴雨的冲击早已坎坷不平，到处坑坑洼洼，云霭低垂，天好像要倾倒下来似的。好不容易将车开到铜川，司机将车一停，说什么也不肯走了。

"雨太大，看不清路，我要对你们的安全负责！"司机说。

铜川不是原计划的停留之地，预先也没有联系住宿地，而现在天色已晚，四周一片昏黑，何处安身尚无着落，江苏的客人仍困坐在汽车中一筹莫展，但凭主人安排。主人石鲁急得心内如焚，冒雨下车，消失在茫茫的雨幕中。

一个来小时之后，石鲁才淋得湿漉漉地走回汽车上来，然而却笑吟吟地告诉大家："抱石，诸位，住宿之地已经落实了！"他高兴地说。

"好！"大家齐道辛苦，勉励有加，"住到哪里去？"

"山重水复疑无路，柳暗花明又一村，有一女浴室，愿意租给我们这一团体住宿。"石鲁说。

"啊！女浴室——"画家们大吃一惊。

"是的，我找遍了这小镇，仅能找着这一家，而且还须等女同志洗完澡，营业完毕，方可入内就寝。"

"嘿，住女浴室，这倒新鲜！头一回呀。"有年轻些的说起了俏皮话。

"嗯，女浴室就女浴室，"傅抱石说，他见石鲁已是浑身淋透，估计这漆黑的夜晚，要找到更好的宿地也难了。怕主人心里不安，于是便轻松地说："女浴室有什么不好，平时怕还住不到呐！走，老石，先填饱肚子再说。"

于是，大家欢欢喜喜地解决吃饭问题去了。

晚饭过后，女浴室顾客散尽，大家由石鲁引导，被带进了这"临时宾馆"。

然而，几乎所有的人一走入内室，都皱起了眉头。

大约二十米的一间斗室内，根本无窗户，四壁已脏成墨黑色，室内空荡荡的，只有大约十来条长板摆放在四周，每块宽约一尺二三寸，是供顾客脱鞋换衣服用的，比他们在南京所见的设有躺椅的浴室更简陋。而且因为刚营业完毕，室内仍水汽如烟岚，一股浓郁的人体的气味呛人鼻息，屋顶凝结的水珠还缓缓地一滴滴往下掉。画家们这晚就须在这里的木板上过一晚。

"呀，这怎么睡呀？"有人轻声地嘀咕着。

然而，那叽叽喳喳的私语立刻就止住了，因为他们看到，他们的团长，名气和声望比他们高得多的画院院长傅抱石毫无不快之感，乐呵呵地笑笑说："好哇，唔，随遇而安，随遇而安。"说完，稍稍擦去木板上的水珠，将一个书包当枕头，衣服也不脱，倒下就睡。不一会儿，竟然鼾声大作，那从屋顶蒸气凝结而成的水珠滴在他的脸上也不觉得了。望着院长香甜的酣睡状，那几个无法安眠的人真有些嫉妒了。

第二天早晨，傅抱石一觉醒来，抹抹眼睛，又望了望已透进了熹微曙光的女浴室，翻身坐起，搭上一条毛巾，就漫步到附近小沙溪边去洗脸，一边走一边嘴里还哼着不知什么戏的京调。

这时，狂暴的雨早已停止，川原上吹拂着一股清凉的风，放眼四望，北国的高原上，到处是一片金黄，黄色的土地，金黄色的庄稼，令人顿生一股豪情。手里还捏着毛巾的傅抱石不禁看呆了，他完全沉醉在这秋天的大漠美景之中了。

"傅院长，"从后面走来一位中年画家，向傅抱石招呼着，"昨夜如何？"

傅抱石一看是亚明，笑着说："唔，真舒服！这种地方日后难得，想也想不到的。——老弟，这里有酒卖吗？"

"我看了一下，只有辣椒粉。"

傅抱石大喜过望："回头弄它一包。"

吃过早饭，画家们又启程了。

汽车在黄土高原的中部洛川平原上飞速地行驶，公路两边的峁梁和沟壑上，覆盖着一层厚厚的黄土，那经水土流失冲刷成的陕北特有的地形，特别是富县以北所见到的由流水强烈侵蚀而形成的风沙地形，不禁使傅抱石想到了"大漠孤烟直，长河落日圆"的诗句，这是一种雄伟而朴厚的气象。车内的画家无不为眼前的景色而激动，而陶醉，恨不得分秒必争地把陕北高原的一草一木都画下来。

延安终于到了。当傅抱石老远看到延安东侧的宝塔山和宝塔山下的延河，他的心情非常激动，下车后的第一件事，便是漫步在延安城，看延安的土石山，看这里的一草一木；徜徉在延河边，俯视那滚滚逝去的河水。然后，他登上延河边的宝塔山顶，绕着这建于明代的宝塔观赏，一会儿仰望塔顶，一会儿鸟瞰延安全城的一切。傅抱石似觉白云在他的身边涌动，他有一种了慰平生的满足感。

在延安，傅抱石等画家一一瞻仰了凤凰山、枣园、杨家岭、王家坪……

长满了花草树木、风景优美的枣园，是抗日战争时期，毛泽东曾居住了五六年的所在地，那四方形砖木结构的中央小礼堂背后山下的窑洞，有毛泽东旧居。瞻仰这些旧址，傅抱石觉得似有一股春风在胸中鼓荡。眼前，陕北凋零荒凉和厚朴的气象不见了，他看到的枣园，是一派烂漫的春光。

归后，他创作了一幅写生画《枣园春色》，画上表现的一反他所见到的陕北的漠漠秋景，而赋予枣园以春天的烂漫，春天的勃勃生机。

傅抱石后来创作的一幅《陕北风光》中，高山上点景的一路小人，使陕北的山显得高而深远，色彩的深浅对比使画面的层次效果极强，气势极大，画出了陕北高原特有的景象。这幅画使人感到了美，感到祖国山河的壮丽，特别感到了画家对祖国大自然衷心热爱的思想感情。

正是中华人民共和国成立十一周年的节庆。画家们是在延安度过国庆佳节的。

这天下午，傅抱石与画家钱松岩不约而同地走到雄踞延河上的延河大桥，站在桥上饱览延安的风光。只见车流如梭，人们都穿着节日的盛装，白羊肚手巾扎在头上，额前打个结，衬出陕北特有的民俗风情；姑娘们则穿着鲜艳的衣裳，成群结队地从桥上过往。金色的太阳，照着青年们健康的肤色，傅抱石强烈地感受到了延安人民的质朴和豪情。将目光移至远处，只见四周山上是片片梯田，虽然已是深秋，两岸的杨树，仍然是那么绿沉沉的；向西望去，只见峰峦起伏，雄浑而动人。钱松岩感慨而欣然道："若是把延安如实地画出来，人家一定要说我画的是江南了。"

"一点不错，"傅抱石同意说，"陕北江南，实在是差不多了。"

确实，这次延安之行，虽然只有短短的几天，却给傅抱石留下了深刻的印象。

西岳华山，又称太华山，是我国著名的五岳之一，它北瞰黄河，南连秦岭，以奇拔峻秀冠天下。华山天下险，它那在峭壁悬崖开出的惊险万分的险道，更充分地表现出我国劳动人民的无穷智慧和高超的建筑艺术。傅抱石在前往华山的路程中，脑海中不觉掠过重庆郊外那苍茫雄奇的山峦和奇峰，思绪又回到了金刚坡下那困苦而又令人值得回味的乡居生活。

汽车驶离西潼公路，开始折入进华山的山间公路，两旁已出现陡势，汽车还能行走，但不久，行至一处叫玉泉院的地方，车就不能再往里行进，须步行约十公里至青柯坪，才到达华山的山脚。

玉泉院在华山北麓的谷口，为登游华山的必经之地。这是一座清朝重修过的五代时的建筑，院内建筑雄伟，绿荫蔽日，雕梁画栋。内有清泉一股，据传和山顶的镇岳宫玉井潜通，故而特别清冽甘美。傅抱石和画家们稍稍游览休息了一会儿，即兴致勃勃地向华山前进。

华山自古一条路。傅抱石一行一边走一边观赏两边的美景，时而发出惊讶的叹息。渐渐地，路越走越狭。不久就峰回路转，两旁全是天然的石壁，中间只有一条上下曲折盘旋的小道。山石嶙峋，时有涧水萦回而下，有时出现飞瀑悬流，泉水吼声如雷，壮观而又奇险。将到娑罗坪的时候，主人石鲁忽然以手遥指前方高天，只见云端中，耸立排列着座座壁立千仞、悬绝异常的险峰，原来，那就是华山奇峰之一的莲花峰。

"莲花峰又称西峰，"石鲁边走边尽导游之责，"站在峰顶，可鸟瞰茫茫秦川，渭水、洛水如银带盘曲。西面为绝壁，东面为陡峭山坡，峰顶有翠云宫，宫前一块大石状如莲花，故称莲花峰。沿翠云宫向北，山壁空绝万丈，名舍身岩；再西行，俗称'过了金锁关，又是一重天'。过通天门，即为杜甫《望岳》诗中'车箱入谷无归路，箭苦通天有一门'之处。从那里可以攀登莲花峰。诸位明日有雅兴可上山一游。"

画家们都被石鲁的精彩介绍带动着情绪激昂起来，决计跃跃一登，先睹为快。

傅抱石一行在壁间穿行，汗水沾湿了衣衫，大家全然不觉。谷口的山风吹来，渐渐有了丝丝凉意，大家仍兴致勃勃，沿途还经常停下来观赏石壁上的白鹿龛等古迹，而每发现一处险处，画家们都要赞叹狂呼一番。傅抱石见大家游兴如此之高，也为他们高兴。是啊，对于长期生活在平畴千里的江南水乡、长期沉潜在卷轴几案之间的山水画家，一旦踏上了"天下险"的华山，你能禁得住不惊喜欲狂吗？

"我今天才体会到了明代王安道的名作《华山图》是如何画出来的了。"不知是谁扯到了绘画的传统问题。

"看起来，王安道的《华山图》是有生活根据的，一定程度上传达了华山的气概、面貌，算得上中国历史上的一位杰出画家。"

这个意见得到了多数画家的赞同。大家边走边谈。

"我倒觉得，从'皴法'上来看，华山最突出的是'荷叶皴'。过去在《芥子园画传》看到的固然完全不是这么一回事，就是王安道的《华山图》，也是意多于法，并不怎么典型。"

傅抱石饶有兴味听着大家对中国画传统问题的探讨。尽管这种讨论减头去尾，不成系统，但都是从亲切的现实感受出发，也是从迫切要求解决问题的心愿出发。他想，要不是跑这一趟，待在家里是无论如何也谈不出来的。

"傅院长，"有人打断了傅抱石的沉思，"你对这个问题是如何看的呢？"

"我同意诸位的意见。"傅抱石整理了一下自己的思绪说，"我看我们旅行写生不到一个月时间，已经有一个最大的收获，就是从诸位刚才的讨论，我们无疑都进一步认识到了，只有深入生活，才能有助于理解传统，从而正确地继承传统；也只有深入生活，才能够创造性地发展传统。而笔墨技法，不仅仅源自生活并服从一定的主题内容，同时它又是时代的脉搏和作者的思想、感情的反映。

"刚才大家谈到的王履《华山图》，我以为诸位今天真是有感而发，所谓'观山则情满于山，观海则意溢于海'。我们从《华山图序》里，也清楚地知道他不是无动于衷地仅仅把华山抄录了下来，而是画了之后很不满意。怎么办呢？于是就把它——华山——'存乎静室，存乎行路，存乎床枕，存乎饮食，存乎外物，存乎听音，存乎应接之隙，存乎文章之中……' 放到整个精神生活里面去，反复洗练，不断揣摩。等到'胸有成竹'执笔再画的当儿自然而然地就'但知法在华山，竟不知平日之所谓家数何在！……'这样才完成了有名的《华山图》。因此，通过我们的观察和王履创作《华山图》的过程，我们不难得出这样一个结论：由于时代变了，生活、感情也跟着变了，通过新的生活感受，不能不要求在原有的笔墨技法的基础之上，大胆地赋予新的生命，大胆地寻找新的形式技法，使我们的笔墨能够有力地表达对新的时代、新的生活的歌颂与热爱。换句话说，就是不能不要求'变'。

"思想变了，笔墨就不能不变！这就是我的想法。"

"是啊，"已过花甲之年的丁老感叹地说，"恭逢盛世，才有如此机会与可能，否则，待在家里，这种变化是无论如何不可能的。我们画山水的，难道还会有人去留恋那'古道、夕阳、昏鸦'吗？"

画家们一路观赏着 谈论着，不知不觉，走到一谷口处，四周豁然开朗，树丛中有庙宇隐立其间。原来 他们已到了娑罗坪。这时，太阳已经西沉，山风吹拂，凉意袭人，大家都感到了疲倦和乏意。主人安排，当晚就在娑罗坪的道观内住宿。

夕阳已经渐渐收尽了它的余晖，画家们安排妥当，道观内的老道也将饭菜摆上了桌。都是素菜：秋茄子一盆，秋扁豆一盆，秋辣椒一盆，清汤一海碗。呵，饥肠辘辘的画家们看见这香喷喷热乎乎诱人垂涎欲滴的菜肴，禁不住高声欢呼起来。须知，这时正是国家连续遭受自然灾害的困难时期，在这深山野岭能吃到这些已经是很不错了。

"我看今天这餐饭，"画家亚明谈兴很高，欣喜地说，"可以称作'三秋一包华山道家清心定神全素席'。常吃可延年益寿，且可返老还童。"

"太辣了！"惯食甜而淡味的江苏画家们指着那盆秋辣椒说。有的尝了一筷子，辣得龇牙咧嘴。

"好，够味呀，辣得痛快！"傅抱石见辣则喜，他夹起一整只辣椒放入嘴中，吃得非常惬意，"我们新余人是不怕辣，辣不怕，怕不辣！"一句话逗得大家都笑起来了。

"有些洋人为何体臭？"傅抱石吃得痛快，索性发表一点"高论"，"因为西方盛行食肉主义，体内血液中有害的酸性物质甚多，所以香水越做越好，越来越贵；东方人多食素，碱性物质多，可中和酸性，香水也无什么大用。——还是吃素好呀！"说完，将随身带的酒壶取出来，倒了半碗，立刻，一股浓郁的酒香在屋内弥漫，傅抱石端起碗正要喝酒，不料，旁边传来一声断喝：

"哎，道院内不许喝酒！"原来是老道看见出来干预。一天劳累，又走了十多里山路，傅抱石岂能无酒，只愿一饮解千乏，哪知横路里遇着拦路虎。

"如何不能喝酒？"傅抱石佯作不解，他也实在有些不甘心。

"酒仍俗家之物，俺道家视若荼毒，迷心乱意，为五戒之一。当然不准喝！"

"什么迷心乱意，喝酒能舒筋活血，强力提神，何毒之有？"傅抱石争辩说。

"道家院规严令不准饮酒！"

"我又不是道家，如何我也不准喝？"

"你身在道院，须遵守俺院规。"

"依你便如何是好？"

"要喝请到外面，出了院门俺们便管不着。"

没办法，看来只得遵一遵这个规矩。

结果，傅抱石酒是喝了，却是在道院外的一颗老柿树下，他邀了几位画友，盛了一些秋扁豆、茄子和辣椒，围石而坐，对山而饮，谷中静寂，唯听松涛和鸟鸣，别有一番情趣。

第二天一早，傅抱石便起身在山谷中漫步。

真是个难得的华山之晨啊，宿雨初收，云彩在眼前飞动，深邃而险峻的华山隐没在若有若无的烟岚之中，壮观而又神秘莫测，正是"雨后深林半白烟，山中处处有流泉"。

忽然，傅抱石看见，巉岩的乱石中，有一位老画家正聚精会神地站在那里面对太华写生。他的前面是屏山矗立，高耸入云，下面是悬崖陡壑，雾气迷漫，原来是丁老早就在这里画画了。傅抱石只觉得，这幅情景的本身，就是一幅绝妙的画图：一位须眉皆白、精神奕奕的老者，仿佛独立苍茫之中。若在过去，把他画下来，是可以题为《深山寻道图》的。

"丁老，您这么早！"傅抱石信步走了过去，招呼道。

丁老并没有停下来，傅抱石看他手上的画稿，已经勾了不少东西，他仍一边画着，一边说："太好了！太雄壮了！真是'江山如此多娇'！——可惜就是不容易画呀！"

　　傅抱石忽然想到丁老是镇江人，最拿手是画镇江三山——金山、焦山、北固山，于是问："这里比之镇江的金、焦、北固，如何？"

　　丁老一听，立即把脸转过来，笑对傅抱石说："那不过是个'盆景'！"

　　"不过是个'盆景'？"傅抱石觉得回答得很有意思，对他也不无启发。

　　吃早饭时，傅抱石把这番问答向画家们叙了一遍，引起了大家的阵阵笑声。

　　"比喻贴切，意味隽永。"有人评价说："金、焦、北固和华山比，的确像个盆景。"

　　"确实，丁老的话言必有中，我们原来都是在'盆景'里打转转的人呵！今天真是开了眼界了。"

　　"我看，"傅抱石说，"华山也好，盆景也好，都是伟大祖国的一个组成部分，如何更新更美地反映它们，描绘它们，则是我们画家，尤其是山水画家的光荣任务。我们的目的和要求很明确，就是迅速提高自己的业务水平，特别是提高山水画的水平。我们这次出来，如果说有一个大丰收，是可以肯定的——今天诸位上山，眼前又会有新天地呐！"

　　吃过早饭，画家们精神为之一振，昨天的疲劳已经大减，纷纷背好行装、水壶，精神抖擞地上山去了。

　　他们继续沿着昨天未尽的山谷行进，山道越来越狭窄，路也愈加崎岖不平，行进约一个小时，谷道已至尽头，地面也突然变得开阔、平缓，有庙宇布列其间。据介绍，两座庙宇一称东道院，一称通仙观。到这里，才算来到了华山脚下。

　　画家们稍憩片刻，便喜形于色地三人一群、二人一伙攀山越岭去了。

　　傅抱石却心有余而力不足，他不擅爬山，又有些高血压，这险峻的华山是无论如何不敢爬上去的。他目送大家隐入了云深的山中，就在这青柯坪周围乱石树丛之中逡巡着。他时而仰视着气象万千的华山莲花峰，时而静观坪外山石的细部构成和物象，并不时地用铅笔在速写本上勾写草稿，从各个角度把华山的险峻和雄伟描绘下来。

　　从青柯观华山西峰，真是最佳之地。那时隐时现的绝壁，峰峦起伏的笔架山，蜿蜒曲折、盘旋而上的山路，以及苍郁的参天古松，都历历在目，兀立眼前；而站在青柯坪的谷口，置身于峥嵘的悬崖前，则可清晰地观察华山的山石构造和造化的神奇。傅抱石在这沟壑中徘徊着，石壁前漫步着，他似乎体会到石涛上人"搜尽奇峰打草稿"

这一千古名言给他带来的启示和裨益，确实，通过这样细细地仰观和平视，虽然不临绝顶，不登奇峰，他的心里，已然形成了一幅布局奇崛、气势雄浑的意象和画图。他觉得，他完全可以画出一幅具有他独特构思的"华山图"。

离开了断崖千尺、雄伟非凡的华山，傅抱石一行又飞越海拔二千米的秦岭，乘汽车向四川方向驶去。

汽车越过昔日只有飞鸟才能往返其间的太白山，进入陕川交界的蜀道，看到两边的悬崖山峭壁和万丈深渊，许多第一次入川的画家紧张得大气都不敢出，不时地为蜀道上那雄浑险绝的山峦所惊叹，所折服，特别是汽车驶上剑阁旁边的剑门关时，画家们禁不住欢呼起来，不知是谁，感慨地吟起了李白的《蜀道难》。

"……蜀道之难难于上青天。蚕丛及鱼凫，开国何茫然，尔来四万八千岁，不与秦塞通人烟。西当太白有鸟道，可以横绝峨眉巅。……

"剑阁峥嵘而崔嵬，一夫当关，万夫莫开……

"诸位，到了四川，我可是半个主人了！"傅抱石在车上，兴奋地观看着川地的峰峦和烟霭，流泉和树石，难以抑制自己激动而喜悦的心情，他高声地在车上宣布了他的新"身份"。

"此话怎讲？"有人发问。

"四川可以说是我的第二故乡，尤其是重庆，抗日战争时期，我住了整整八年半，难道还不够'老资格'？说我是半个主人，有何不妥？"

众皆认为有道理。

"山城重庆，你这驱不掉、抹不去的影子哟，十多年来，就像魂灵一样，紧紧地随附在我的身上，深深融入了我的躯体。金刚坡八年的忧患生活，成为我生命之舟的一段难忘的旅程，是我生命和艺术的一个重要的组成部分。"车到重庆，傅抱石眼望着既熟悉又似陌生，曾相识而又不敢相认的山城，一方面欢喜赞叹，另一方面感慨万千。

他贪婪地看着面前的一切，一件件、一桩桩往事不禁又跃然于他的脑海里，闪现于他的眼前，他不禁陷入了沉思和深深的追忆之中。

在四川，画家们的足迹还踏到了成都、乐山、峨眉山……离川后，又先后到了武汉、长沙、韶山、广州……

历时三个月，途经六个省的十几个城市和地区，行程两万三千里的旅行写生结束了。当画家们风尘仆仆地返回南京，呈现出他们面目一新的作品时，人们惊讶于在他们身上发生的巨大变化，有些画家已经变得人们快不认识他们了。

确实，"大家都在变"，这是在旅途中，在好几省的作品观摩、座谈会上都经常听到的一句评语。各省画家的共同感觉是，江苏画家旅行写生的作品生活气息浓厚，给了读者以新鲜的感觉……尤其是几位老画家的变化比较突出，既探索了一些新的尝试，而又保持了各人原有的风格……

傅抱石极其欣喜地读到几位老画家的作品，极其欣喜地看到几位老画家发生的巨大变化：

钱松岩的《三门峡水库工地》，画的是三门峡，然而他没有为画工地而画工地，却把自古相传为了治水'三过其门而不入"的禹王庙作为画面的主要情节来处理，这就远比一般画家见什么画什么的别有含蓄，感人极深。他的《青衣江上万木流》画的是乐山，是从乐山南关远望大佛寺和乌龙寺一带的景色。傅抱石觉得，它不但是一幅美妙的山水画，而且是一幅富有时代意义的山水画，笔墨技法上也有新的探索。古人曾说"出新意于法度"，充分说明了一位有基础的画家，只要努力地要求变，一定是富于有利条件的。

余彤甫的画，一向以缜密朴厚取胜，淡墨烟岚，一片江南风景。这次突然放笔而写《高原牧歌》，北国风光，雄浑中极有思致，行笔赋彩，沉着老练。还有一幅《嘉陵江畔》，画虽不大，而咫尺千里，秀润有余，大家也为之佩服。

画家丁士青原来擅长"指画"，在笔路交待上，是有典有则的，这一风格，尚可从他在西安画的《黄河清》去吟味。但料不到在重庆的一次观摩会上，有几幅画把傅抱石弄模糊了，怎么想也想不到是丁老的作品。特别是《红岩》，可以说是此行的典型之作。当前的一棵大树，感觉实在画得好，磅礴天矫，很有英雄的气概，而且，他画的树和芭蕉，与他原有的风格、技法相比，几乎是全新的面貌。

张晋的画以严谨工致见长。傅抱石还记得，1958 年他创作的描写苏州《天平枫林》，曾经受到国内外读者的好评。这次，他以"稳扎稳打"的姿态，画囊特别丰富，引起了诸位画家的啧啧称羡。那幅在西安完成《枣红柿熟高山绿》，用青绿重色，恰如其分地刻画了陕北高原的新气氛。他的《枣园之春》，在内容上相当完整地突出了毛泽东的住院及其周围的景色，肃穆、庄严而又简单朴素；在位置经营和笔墨手法上，也可以看出作者有意识地要求"变"的动向。

此外，魏紫熙本是擅长人物画的，山水画也和他的人物一样，秀润中而又富于遒劲。他的《峨眉山中》《渡日》《杨家岭》等，都是笔墨圆熟、新颖动人的作品。宋文治原是专长山水，他在此行中所画的《华岳参天》《峨眉公社食堂》《三峡工地》，笔墨圆熟，新颖动人，而且云烟出没，也可以鲜明地看出他的变化。

对于傅抱石自己，这种变化也是显而易见的。

他自旅行写生归来后所作《漫游太华》，是一小幅画，笔法上已经明显出现新的变化。不仅奔放潇洒，而且自然生动。画幅下面很小的部分是浓荫松林掩映下的房屋，左面约一小半的画面是几座突兀的近山，深邃而雄浑，往右渐渐虚过的远山只是一些简洁而散乱的线条。看得出，他是用揉开的笔在纸上挥洒，皴法细松，看似散乱而又极为精细，看似无法而又极有法度，中部上端片片虚白形成的云烟，使画面增添了无限神韵。笔法上已异于从前。

傅抱石作于这年 12 月的横幅《西陵峡》，则是他"无法之法"的集中体现。这幅画与《漫游太华》的潇洒活泼风格形成了鲜明的对比。整幅画用雄健粗壮的笔墨上下挥洒，既奔放而又适当，既有激情又有法度，山势的皴法以粗重雄强的竖皴为主，中加细小的横皴，笔墨的干枯浓淡既见统一又见变化，被画家们极为称道。

傅抱石作于 1961 年的《待细把江山图画》则是他最具特色的代表作之一。它综合了《漫游太华》与《西陵峡》的长处和特点，融二为一，既有前者的潇洒，又有后者的雄健。这幅高一百厘米，宽约一百一十厘米的佳构，左右两旁的近山用稍深的笔墨

1960 年 9 月，傅抱石率江苏省国画家先后走访了六省十六个城市，行程两万三千里，创作了许多优秀作品，后以画展形式展出，郭沫若前往参观

表现山头的树木，然后将笔迅速拉下，画出了雄健的山势，用笔洗练而有精神；后面占画幅约三分之二的远山，笔法虽基本相同，却处处考虑了云烟和视觉的效果，笔墨也显得渐渐稀疏而枯干一些，竖皴为主，横圈为辅，乱而有法，活而不板，显得空旷而飘逸；着色既浓烈，又不显单调，统一而富变化；中间下部的近树和房屋是最后仔细又小心收拾的，那近乎几个小点的屋前场地上的活动着的人物，也恰到好处地衬出了山的伟岸与雄健。整幅画气势雄健而不粗壮，潇洒而不纤细，被美术界同行认为是不可多得的佳作。

1961 年 5 月，凝聚着江苏画家旅行写生半年心血的作品展在北京中国美术馆开幕了。这个被称作"山河新貌"的画展，从它的名称上就可以嗅出它贴近生活、反映生活的浓郁气息和强烈的时代感。两百多幅采自真山真水的国画作品，仿佛令人置身于祖国日新月异的山河之中，感触到了怦然跳动的时代脉搏的最强音。画展受到首都美术界的高度赞扬，也引起全国同行的瞩目。

傅抱石创作的《待细把江山图画》《西陵峡》《黄河清》《枣园春色》《山城雄姿》《红岩村》等作品，曾吸引了众多的观众，给人们留下了深刻的印象。

这年，江苏国画家旅行写生的作品又结集出版了《山河新貌》画集。

傅抱石率领江苏国画家两万三千里的旅行写生，说明中国画甚至是山水画同样可以为社会主义服务，表现新的面貌，新的思想，新的生活。江苏画家的创作活动，在全国范围内影响了中国画创作的发展。画家们开始认真思考如何推陈出新，如何以新的笔墨技法去表现并反映新生活，使自己的作品具有强烈的时代感情。这就是以傅抱石为首的金陵画派给中国画坛带来的新的风气，新的启示。

2. 兹游奇绝冠平生

傅抱石作为一名画家，积极深入生活，反映生活，在绘画实践方面，是抖擞了精神致力于中国画的创新的。

由于他长期画小幅，故而他的小幅画有咫尺千里、叱咤风云的磅礴气势，而对于1959 年他与关山月合作人民大会堂《江山如此多娇》，由于画幅太大，内容过多，许多精心刻画的精彩细部不够突出，画面的整体感觉反而显得简单。而且他们初次作此大画，难免经验不足，落笔时不易看到最后效果。因而，他和关山月都感觉没有画出应有的水平。他们自信，如果再画，一定可以画得更好。因此，他们一直酝酿找机会重画。

1961 年 5 月，经与有关方面联系好，傅抱石与关山月相约来到北京准备重画人民大会堂《江山如此多娇》，打算在原有的基础上改进提高。正在筹备之时，周总理了解到这一情况，提出了不同意见。

周总理认为《江山如此多娇》无疑是一幅佳作，是画家和专家集体智慧的结晶。重画当然会更好一些，但傅抱石年近花甲，身体已大不如前，而绘制如此大画绝非轻而易举之举，否则，会累坏身体。出于对画家的爱护考虑，重画就不必了。

周总理指示，二位画家既然来了，可安排一次体验生活旅行写生，并建议到东北去。

作为山水画家的傅抱石，一生中遍游祖国名山大川，也算到过不少地方，特别是去年壮游两万三千里的旅行写生，更使他深感获益匪浅，收获颇丰。然而，他却从来没有到过东北。而东北三省独具特色的北国风光，是傅抱石早就梦寐以求和深情向往的。对于傅抱石来说，东北是一个全然未知的天地。因而，东北之行再一次激发了他的创作热情，他又一次全身心地投身于祖国壮丽而多娇的美好大自然中，吸取生活养料，丰富他的创作素材.以自己的画作反映和表现时代的新气象、新面貌，代山川而言，代时代而言！

"兹游奇绝冠平生"，是傅抱石东北之行的写照。

正是进入盛夏的 6 月，傅抱石一行十来个人由吉林省委宣传部部长宋振庭陪同，在长春、吉林作短暂的逗留后，于 6 月 11 日乘火车前往延边。十多个人中，有几位是北京陪同的或乘兴同往的画家，有的是进入吉林省后省委指派陪同的领导、工作人员和画家，可谓浩浩荡荡。

来东北不久，傅抱石感觉一个最大的收获，是认识了吉林省委宣传部部长宋振庭，这是一位学者型的领导干部，知识渊博，头脑睿智，而且思想敏锐，谈吐机敏。傅抱石与他接触不久就发现他们之间相通的东西实在是太多。宋振庭的见解透彻，叙理精辟，很让傅抱石感到惊讶，大有相见恨晚之叹。他们在一起谈历史，谈画论，谈哲学，甚至谈宗教和禅学，傅抱石觉得很难得遇见一个说话这么直率又投机的领导干部。

见傅抱石随身带着一本书，宋振庭以为那一定是有关美术的书籍，哪知，那是一本《地貌学》。

"您还对地貌感兴趣！"宋振庭有些不解。

傅抱石把书接过来，意味深长地说："画山水的不从地质的纹理、地质的科学、地貌的科学去寻求事物的本来面目，仅求纸上来画山水，是没有出路的。我是力求从科学的角度去学习和体会地质的构造。这方面，对于山水画家来说，有时比研究画论还重要。"

"是啊，"宋振庭同意说，"谈到出路和前途，关于中国的美术，特别是绘画，我倒有些想法。我是搞思想史、哲学史的，也想搞一点美术史，研究美术理论，读了一些书。对目前流行的一些山水画，我有一些看法。什么仿黄鹤山樵啦，用羊毫软笔来画，乍看还很见笔力，看多了，黑乎乎一片，造型千篇一律，脱离了生活的中心和自然的面貌，这样下去是不行的，是没有前途的，我感到苦闷。这是第一点。"

傅抱石极有兴趣地听着宋振庭"谈画论道"。

"其次，清代'四王'的摹古之风，那种琐碎的、积木式的、半工半写的山水，到清末以后，越无生气。而有些老先生，学历很艰苦，功力也不惟不厚，却专事于临古，陈陈相因，再这样下去，中国的山水画还有什么出路呢？"

宋振庭说得很认真，表情是严肃的，情绪也很激动。

"第三，"宋振庭接着说，"新中国成立后的 20 世纪 50 年代，出现过利用油画的方法，以重彩来表现山水，是不是历史上的大青绿？我倒认为，看来看去，这种以彩代笔，笔不胜墨，实际上就是水彩画，是一种新的、重的水彩画，还不是国画。不管你画的是大青绿、小青绿，大斧劈、小斧劈，大披麻、小披麻，如果一定要按照这些固定的皴法画下去，中国画是会山穷水尽的。我关心中国画的前途和命运，这也是我在美术史的学习和研究中感受到的对现状的忧虑，抱石公，这不会是杞人忧天吧？"说完，宋振庭哈哈大笑起来。

"哪里，谈何忧天，"傅抱石这时倒严肃起来，"简直是切中时弊，一针见血！好久没有听见这种见地透彻的直率话语，真乃肺腑之言。"

傅抱石说完这话，两个人不觉会心地哈哈大笑起来，确实，傅抱石已经把宋振庭引为知己了。

接着，他们谈石涛、八大、八怪，谈西泠印社，谈赵㧑叔、吴昌硕、齐白石。谈得兴致勃勃。

"中国历史上的画家，能够使中国美术史发生转折的，必须具备三个条件。"宋振庭把傅抱石也视为知音，不觉侃侃而谈，"这就是他必须是大学者、大诗人、大画家，而没有任何一个例外，画家可以三者缺一，或只有笔墨，或二者兼容，但却难具三者兼有。比如任伯年，在上海卖画，笔墨熟练之极，也是海派大画家。但他不是诗人，不是学者，归根结底，只是大画师。另外，仅仅是学者、教授的人也有，古人里也有好多。董其昌官也做得不小，苏东坡是大文豪、大诗人，但也就是即兴画那么几笔山水而已。如果二者具备而缺乏诗人激荡的感情，还不能算是大艺术家。"

"那你认为谁才能算呢？"傅抱石对朱振庭的观点很感兴趣，饶有兴味地听着。也不时打断一下或发问，以引发他进一步阐述。

"中国历史上真正的大画家，具备上述条件，完成一代历史转折的宗匠是谁呢？我认为，我们不得见的是王维。诗中有画，画中有诗，而且晚年入禅。不管当时他对宗教怎么样，他有一个大的哲学思想的境界，是学者、诗人，又有笔墨。后来另有别的一些画家。最后一个是石涛，是以造化为师，'搜尽奇峰打草稿'的石涛。对石涛，就连清代'四王'也不得不佩服，王原祁不是曾由衷地称赞石涛为'大江以南第一人'吗？石涛也是大师、诗人，又是大画家。"

"宋公的见解新颖，耐人寻味，我是深为赞成。哎呀，宋公，未想到，您这样一位共产党的高级领导，谈古论今，纵横捭阖，文思如涌，真是不可多得呀！抱石至为佩服。"

"傅公，我刚才只不过谈谈古，"宋振庭说，"要论今，在当代，具备上述三个条件的，还要论到您呐！"

"哦，倒要请教。"傅抱石笑吟吟地问，以为他又有一通"高论"。

"关于对您的研究，我将有专文发表，目前尚在酝酿研究之中，思路还不清晰，以后再慢慢谈吧。"

就在他们这样浓郁而倾心的谈论当中，列车在静寂的夜幕中隆隆地行进，不觉得，已是第二日的凌晨了。

东方已经露出了熹微的曙光，太阳尚未出现，却染红了天边的云霞。傅抱石刚推开房门，只见窗外霞光灿烂，满天满地一片红光，近处，有几位朝鲜族妇女已经出来在水田边汲水。原来，这里多种水稻，由于季节较迟，时已将近农历四月底了，绝大部分水田还没有插秧，所以天上的红霞把田里的水也映红了。这情景简直太美了，太动人了。

傅抱石问列车员："这是什么地方？"

"将到延边了。"列车员答。

哦，将到延边了，这印象深深感动着傅抱石，他的脑海里，已经在酝酿一幅《将到延边》的充满生活美景的画图了。

在延边只延挨了一日，傅抱石一行就急不可待地奔赴长白山区。

长白山，这个诗一样美、梦一样神秘的地方，过去，也许只在傅抱石的梦中出现过，在书中见到过。如今，一旦就要亲临它的身边，傅抱石真是感到无比兴奋，无比激动，而且，这几天，傅抱石已经初步领略了东北山川的怪异和奇崛，这是他几十年来未曾见到过的。而据介绍，长白山的原始森林遮天蔽日，且有相当一部分地区为火山的熔岩覆盖，特别是长白山的高峰上位于中朝边界的白头山天池便是一座著名的火山湖，湖面海拔两千一百五十多米，听到这里，傅抱石的向往之情更加增添了几分。

6月15日从延边出发时，"队伍"又壮大了许多，已经发展到二十多人了。带路的林业部门的负责人，特别是当地的画家听说大画家傅抱石、关山月要游长白山，岂能错过这难得的学习机会，都想跟去一饱眼福。

当晚，他们在安图县城住了一夜。这一天的行程，只感到一边走山势一边高延，但还没有看到久负盛名的连绵不断的林区，也没有看到长白山。

第二天，气势就和前一天迥然不同了。出发不久，即进入了林区。过了二道白河，汽车就在浓荫蔽天的森林中不断地穿行，连续几个小时也没有跑出这绵延不绝的森林，这可让傅抱石这些内地人开了眼界，连"老北京"画家史怡公也慨叹："真是走不完的'松树胡同'啊！"一直到下午五六时，一行人才到达一个林场，准备住下来。这个林场的名字也颇古怪，叫"冰场"。

"冰场"距离天池还有十公里。明天，就可以攀登过去做梦也不敢想的长白山巅，一览"天池""林海"之胜。傅抱石想到这里，抑制不住自己激动和兴奋的心情，慢慢踱到外面去饱览"冰场"附近的北国风光了。一到外面，才发现，随行的画家们虽经受了一天的劳顿，却仍然精神振奋，情绪饱满，这时也三三两两地在附近游玩、观赏。

远处，有几位画家正聚在一棵高大的松树前，面对树干在查看着什么，而且似乎显得情绪激动，一边看一边还在比画什么，其中一个人正招呼另外一伙画家过去看。

傅抱石见状，也大步蹚了过去。

原来，这是一棵苍老的松树，那斑驳而干枯的树皮和它挺拔遒劲的枝干说明它至少有百岁以上的年龄了。它的旁边立着一块小木牌，上面写有一些说明。傅抱石没有戴眼镜，看不清，问大家这里写了什么？画家们告诉他，这树干上有当年抗日英雄金银松刻下的抗日豪言。

"哦——"傅抱石心头一热，赶快凑过去查看。只见那松树苍老的表皮上，还隐隐露出当年抗联英雄用刀明志的深深的刻痕，经过仔细辨认，他终于看清了，那是十个模糊而又清晰可辨的字：

抗联从此过，子孙不断头！

"抗联从此过，子孙不断头！"傅抱石不觉高声念出了口。这话是如此铿锵有力，足以震撼这绵延百里的长白森林。傅抱石似乎看到了抗联战士发出此誓言时的钢牙紧锁，铁骨铮铮的英雄气概。他觉得，这誓言不仅仅刻在了这棵松树上，更刻在了这长白山广漠的森林大地上，刻在长白山区以至东北人民的心里，也使他永远不会忘记。

第二天清晨，霭霭朝暾，闪烁着霞光。画家们显得特别兴奋，匆匆吃过早饭，整好行装就出发了。陪他们同游的安图县林业部部长告诉画家们，据联系后传来的信息，昨天山上还下了一场雪。

"啊！"大家不禁吓了一跳，这可是端午将临的夏天呵。听到这消息，画家们既惊讶又感到新奇，越发激起了前往一观的欲望。

天气晴朗，一碧万顷，据说长白山区一年也难得碰到几天这样的好天气。画家们轻松地走着，边走边看。傅抱石忽然发现，两边山上的白桦树，屈曲夭矫，奇态横生，远远望去，好像盆景展览一般。难道它不是白桦树，抑或是白桦的变种。当地人解释，这确是地道的白桦树，只不过山于气候变化无常，白桦树才长成这样，也是生物与自然适者生存的一种现象。

然而，再走了几里路，又突然一根草也看不到了，眼前的山山岭岭似乎变成了蛮荒之地。脚底下的小路上倒是铺满了云锦般的嫩黄色的杜鹃花和一些不知名的小花，

傅抱石（右二）在东北地区写生

又软又厚，走在上面，就像走在地毯上一样。

"哈，这张'天然地毯'真是太舒服了，太美丽了。"不知谁惬意地说。

将近天池时，画家们发现自己进入了一个冬天的童话世界。他们的眼前是满地的积雪，间着大大小小的石块。有人将石头捡起掷向远方。

"咦！这石块竟是这样轻，上而还尽是蜂窝似的小洞。这是石头吗？"这位画家提出了质疑。

大家纷纷捡起来查看，果然飘轻，而且似乎千疮百孔，玲珑剔透。

"这是火山爆发的岩浆凝结而成的，也就是熔岩。"主人解释说。

许多画家视为稀罕物，纷纷捡起一些放入自己的背包里，准备带回家去。

天池到了，老远就可以看到那椭圆形的火山口，边沿高出地面数米至十几米，好像人工用泥砌成的不规则的土围子。天池中的水清澄而碧透，一平如镜，似乎深不可测，一直可以通到地心。居围是莽莽的林海和满山的积雪，雄浑而阔大，气势非凡。

"呵——"青年们高兴地向前跑，在积雪上翻滚、跳跃、扑腾。

傅抱石也很兴奋，天池终于呈现在他的眼前。这雄壮、奇特而又嶙嶙峋峋的天池和无边无际郁郁苍苍、浩浩瀚瀚的林海，曾经激起他多少梦幻般的遐想，牵动他多少童话般的情思，如今，真是聊慰平生之愿，有一瞬间，他恍惚觉得自己仍然在梦中。

"长白山，我一定要画！天池、林海，我也一定要画！"傅抱石在心里喃喃自语。这时，画家们已经忙着在作画、摄影，他也打开速写本，迅速地勾着小稿。

一直到返回冰场，傅抱石的脑海里还萦绕着长白山、天池、林海……他在琢磨对这一主题应该画什么和如何画的问题。

当天夜里，天气突然变了。上午还晴空万里的天空，骤然乌云翻滚，接着风雨交加，好像还夹着雪粒，温度一下子降至零下。幸好冰场的职工送来了羊皮大衣。第二天，傅抱石一行不能出去做任何活动，只有穿着厚羊皮大衣，围着火炉，坐在暖烘烘的房间里烤火、谈话，有的在下棋。

"诸位知道吗？今天是端午节！"不知是谁宣布了这个不寻常的日子。

"呵，今天是端午节了。"傅抱石猛然省悟过来。他向来对这一类节日不感兴趣，但是，这时，他却想起了远在天边的家人，想起了时慧和儿女们。今天，南京一定很热，也很热闹。也许时慧又在盼我的信，说不定还会指望我会突然从天而降，返回家门。女儿们一定盼望我带她们去夫子庙购一点节日的礼物。然而，她们会想到，端午节我是在长白山上的"冰场"，穿着厚羊皮大衣围着火炉过的吗？不管怎样，还是给她们写封信吧。而这种天气，能不能下山，信能不能寄出去，还说不准呢。这些也不去管它，先写了再说……

信写完，天气还不见晴好。傅抱石又陷入了沉思。长白山、天池、林海……

怎么画呢？"不识庐山真面目，只缘身在此山中"，长白山是不以峰峦取胜的。主山以外，尽是一望无际的林海。如果孤立地来突出它，可能欠妥。因为山的起伏不大，曲折不多，加上寸草不生，除了白的积雪，就是黝黑的石块，画起来，恐怕画面易流于干枯，流于琐碎。天池原是个火山口，若处理不当，则又会画成一个"破脸盆"！

那么，又怎么画才好呢？

他试着画了几张以天池为主的画面，为了避免画面上摆个"完整的椭圆形"，取天池的一半入画，画过左一半的天池，也画过右一半的天池。但这样不但表现不出天池的气概，反而连长白山的雄浑也大大削弱了。基本上是失败了。

傅抱石不死心，回到长春，脑子里还在思考这个问题。又把他的愿望请教吉林省委到过长白山的同志，商量、讨论，得到了不少帮助和启发，也明确了许多问题。

最后，他决定了一个绘画方案：用他自己极少采用的长卷形式来尝试经营，高与宽的比例大约是一比七。画面是这样处理的：天池位置在偏左方较高的地方，满山积雪，作为主峰，也突出"天池"的特点；顺势经气象站向右下倾，画一两座次峰，以资拱卫，在位置上渐渐接近全画的右边，同时，也就渐渐露出森林的顶部；将到靠边处，紧紧地和整个山峰背后苍翠的林海相接。这样，林海既环抱着长白山，而长白山又突出天池。画出之后，挂在墙上，大家都说好，认为这幅画真正画出了长白山的气势了。绘制这幅高不足三十厘米、宽却达两米有余的横幅长卷，费去了傅抱石五天的时间，然而，画出了自己和大家都称心的作品，傅抱石心里还是高兴的。画作完成，他熟练地用篆体在画的右上部，题上"天池林海"四个字，又用楷书工整地写下"一九六一年六月，傅抱石写于长春"，钤上了一枚"傅抱石印"的名章，然后长长地喘了一口气。

"傅公，人家说你能把水画出声音来，"有一天，宋振庭与傅抱石闲聊时说，"什么时候，你画一张给我看看。"

"行！"傅抱石爽快地答应了。

转眼，7月1日到了，各级党委干部都在忙着庆祝中国共产党的生日，宾馆里显得比较清静。一大早，宋振庭又到宾馆里来陪傅抱石了。

"宋公，"傅抱石开口了，"今天请你帮助谢绝一切客人，单找一个房间，谁也不许进，我来还你的账。"

"好！"宋振庭大喜："画什么？"

"你出题，我给你画，但你要为我服务。"

"行，今天的时间就归我们两个人所有！"

于是，宋振庭找了一个安静清雅的书房，备好茅台，铺好毡子和宣纸，研好墨。

"你出题吧！"傅抱石说。

"画一幅《水墨飞泉图》，不用一点颜色；要万山空壑，流泉从山里喷射出来，满室要能听见水响；而且要进屋看了画后，身上感觉冷，体温得降多少多少度。——如何？"宋振庭笑曰。

听宋振庭说完，傅抱石也笑着说："这真要我的老命！"

随后他就不说话了。

傅抱石将装满玻璃杯的茅台酒执在手里，猛喝了一大口，然后对着宣纸凝神屏息。

宋振庭也在一旁静观。

傅抱石放下酒杯，将饱蘸水分和墨汁的大笔刷刷刷地画下几块墨，这是几块粗大的山石，又顺笔涂抹，画出山石上苍郁的树丛，又对着这几块墨端详、端详，再拿起笔画出陡峭的山峡，然后或勾或皴，或晕或染，画面上渐渐出现了流泉飞瀑、溪流湍湍，山水和树石跌宕错落……他像小孩似的，一边画一边高兴地说："怎么样？怎么样？"似自语又似与宋振庭交流，兴奋得鼻子总是"哼哼"地往上抽。

休息过后，傅抱石又喝了茅台，那已被水墨晕染得淋漓的画纸也稍许干了许多，他又用小笔收拾。山脊、栏杆、人物，直至万山空壑，水汽氤氲。整整画了五个小时，才算完成。最后，他在画上题写："振庭同志出题考试之作，即请教正如何？"

宋振庭端详这幅画，果真感到了瀑布飞溅，山泉淙淙，整个画面充满了动感，而且凉气袭人，盈室冷意。

"傅公，看见你这幅画，我想起了石涛收到八大山人寄来的《大涤草堂图》时，喜极而漫题其诗，我稍改一字即成'画成巨幅真堪涤，炎蒸六月飞秋霜'，果然有此神力呀！"

傅抱石大作告成，也很高兴，风趣地说："感到了凉意就可，我就算考试及格，你的体温可不能降呵，否则我可吃不消！"

两位知音爽朗地哈哈大笑起来，声震屋宇。

镜泊湖，位于黑龙江省牡丹江市宁安县境内，作不规则的狭长形，南北有一二百里，是由火山熔岩堵拦河流而成的堰塞湖，湖水出口处有落差达二十多米的瀑布，是东北著名的风景区和旅游胜地。

傅抱石在镜泊湖的那一段创作生活，也使他终生难忘。

镜泊湖从前也是个火山口，屈曲盘回，中多小岛，形势曲折，水平如镜。好似群山抱着一块透明的碧玉，又好似碧玉盘中摆着大小苍翠的宝石。这里过去也是东北抗联的根据地。美丽的湖山之中，流传着许多美丽动人的传说故事，也流传着许多惊心动魄、惊天动地的抗敌斗争故事。傅抱石去镜泊湖的前几日，陈叔通先生等还曾去游过一次，并写下了不少佳句。傅抱石记得陈叔老有一首诗：

抱水皆山水抱山，置身如在翠屏间，
莫忘此乐从何得，游击当年历百艰。

他觉得这首诗既概括描绘了镜泊湖的景色，又道出了大家畅游的心里话。

乘坐着林业部门的汽艇在湖中巡游，上下往返，清风徐来，湖光山色尽收眼底，所过之处，静静的湖面在阳光的映照下，闪烁着一道道白光。时值七月中旬，南方及关内正是大暑季节，然而这里早晚却非穿毛衣不可，大白日也绝无炎夏酷暑的炙烤，画家们心旷神怡，惬意无比，都说，我们做了一回神仙了。

闻名遐迩的镜泊湖瀑布位于湖的北面，傅抱石一行去观瀑是在 7 月 16 日的下午，黑龙江省画家以及省市工作的同志共十多人沿着湖边小路逶迤前行，一路上，傅抱石对镜泊湖一带山水风光的秀逸壮观赞不绝口，其赏心悦目绝不亚于江南的水乡。因为，它既具有江南湖光山色之美，又有北国雄浑的特色，所以，它与洞庭湖、鄱阳湖、太湖、西湖相比，远望，有些地方可疑为江南，而江南无此雄壮；某些山峰很像四川成都一带，而它们下面却又衬托着清澄碧绿的湖水，这是四川的山峰所不及的。

"呵，集北国的雄伟与江南的旖旎于一体，真美！"傅抱石情不自禁地赞美起来。

正是雨后，将至瀑布前方时，湖水已涨，湖边的道路已被洪水淹没，却不深，十多人皆脱去鞋袜，蹑足而过，时值夏天，赤脚踩入水中，惬意无比，别有一番情趣。刚过了这一段，尚未看到瀑布，已经能闻见远远传来如雷般的轰鸣。傅抱石激动极了，迅步疾走，不一会儿，就看到了瀑布。

这真是一幅宏伟而壮丽的飞瀑图。由于是雨后，骤然增加的湖水使这瀑布又增添了几分壮观。十数米宽的流水从二十多米高的山上奔涌而至，突然断落，于是向下飞溅喷射，所激起的声响如雷霆疾走，震撼山谷；所溅起的水花和雾气将一片偌大而空旷的谷地都变得朦朦胧胧，整个山涧被一种淋漓的水雾所笼罩，空气中的湿度骤然增加了数倍甚至数十倍。金色的阳光映照着飞泉，泉水澎湃，银花四溅。虽然是7月的炎夏，置身于这飞动的流泉面前，人人都感到凉飕飕的，浑身被一阵寒气所包围。

啊，美呵！壮观呵！

啊，痛快呵，舒服呵！

一生与瀑泉雨水结下不解之缘的傅抱石也被这少见的飞瀑所震慑，所陶醉，所折服。他又惊又喜，激动得不得了，望着这瀑布简直如痴如呆、不饮自醉了。他先呆立不动，尽情地饱览一番之后，然后来回地由远及近，又由近及远，仔细观赏着，审视着，并注意到周围的环境以及山势与瀑布的结构关系，迅速地将一些基本的构造简单地勾下草图。因为这里所表示的自然景色之美，对他这个喜欢画山水的人来说，是梦寐以求的。

沿飞泉继续前行，通过一段峡谷，水面开阔了许多，形成了一片深潭。潭边尽是石块，画家们或坐或站，手挥目送，沉浸在那汹涌咆哮滚滚流入牡丹江的水声和景色中。

傅抱石站在位于瀑布与深潭的中间黝黑的岩石上，左观右看，他注意到，向左观，只能看到上面的瀑布，看不到右边下面的深潭；向右看，能看到大部分的深潭，却看不到主要的瀑布。他觉得这是一个创作作品时需要好好考虑的问题。于是，分别记录了几个草稿。

景色宜人，醉而忘归，不知不觉，几个小时过去了，画家们尽兴而返。

虽是盛夏的晴日，然而，上午的一阵雨仍使上游水涨，刚才还可蹑足而过的路段，已经淹至一米深了，年轻些的脱了鞋袜长裤，笑嘻嘻地走过去了，其他人也效仿，涉水而过。唯有傅抱石在那里犹豫观望，不知所措，原来他本来怕水，是旱鸭子，见水已近腹，无论如何不敢蹚水，那对他来说是太可怕了。正踟蹰间，专区文联一位陪同的同志见状，毫不犹豫，要背傅抱石过去。

"这怎么行！"傅抱石有些不好意思。

1961 年，傅抱石在东北作画

"这有什么不行！来吧，万无一失，保您鞋都不湿。"说完在傅抱石前面弯下了腰。

只好如此了，傅抱石匍匐在那位同志背上，任他背过水去，至水深处，傅抱石还紧张得闭上了眼睛。然而，好似只是一瞬间，就过来了。

谁都没有把这当回事，一行人又说说笑笑往回走，傅抱石却好一阵子心还扑通扑通地跳个不停。

就在镜泊湖畔的旅舍里，傅抱石对如何表现镜泊飞泉颇费了一番心思。

最简单省事而且效果也不差的办法，是分别画，将瀑布和深潭构成两幅画的主体，稍加剪裁，便可拿出来示人。然而，对于"镜泊飞泉"这样的主题来要求，分开来可能不是最好的办法。实际上，两个主体却不在同一个画面内，能看到瀑布时就看不见深潭，看见深潭时则看不到瀑布。最佳的构思，是将两个主体画入一幅画面内。

按照中国画不受时间和空间限制的构图方法，这是不难办到的，也是允许的。而且，这正是中国画异于西洋画的一大特点。南宋韩拙在《山水纯全集》中就曾提出"近岸广水，旷阔遥山者，谓之阔远"，即可把处于不同方向的物象移入同一画面。

于是，傅抱石在一张高四十五厘米，宽一百一十六厘米，高与宽之比为一比二点五的宣纸上，绘制一帧横幅。画面左边是断崖和错落有致的树木，然后画出左上部的主体"飞泉"；中间下部是一片苍郁的树林，均采用散锋点叶，显得葱茏生动，淋漓湿润，苍翠欲滴，造成盛夏的氛围，且密中见疏，实中透气，深邃中又见灵动；山势顺流而下，右上部一长块是近乎空白的云烟，右下部就是一泓不规则的椭圆形的深潭。整个画面虚实相间，构图颇见匠心。"飞泉"的形象逼真，而且既将飞泉和深潭两个主体都"移入"了画面，又突出了"飞泉"的主题，既得其形，又得其势。使这一较难处理的山水画显得得心应手。题为"镜泊飞泉"，左下角钤了一枚较为独特的纪年章"一九六一"压角。傅抱石在题的后面还有一长段跋文，记叙了镜泊湖的位置、特点以及观瀑经过。

在镜泊湖所作的另外几幅小品，傅抱石都做了一些技法上的处理。

这几幅小品，基本上是得自真山水的，但又不是如实地把真山水搬上画面，一般都或隐或现、或多或少动了几下手。傅抱石这样干，是想尝试尝试把岿然不动的实景，如"山"和流转不已的"水"，变成他的"代言人"，或者使自己成为它的"代言人"——山情即我情，山性即我性。如《镜泊湖在建设中》一幅。参观时，看见只建成一半的一座大型建筑，静静地躺在明秀的山水之间。主人介绍，那是一所未完成的疗养院。傅抱石绘制这幅画时，把它处理成建筑工程正在进行的情景，而且工地上一片繁忙景象。虽然不是他亲眼所见，但这种想象是合情合理的。

在镜泊湖的十多天时间里，傅抱石完成了十来幅小画。如有关生产的《运木场》《水产养殖场》，有关建设的《水电站进水口》《在建设中》，有关生活的《镜泊夏日》和《镜泊一角》，等等。

在辽宁抚顺，一件小事给傅抱石留下了深刻的印象，也促使他改变了对一些绘画题材的看法和态度。

因为在"煤都"所画的几幅画,是傅抱石最不满意,然而又是他东北之行伤脑筋最深、费心血最多的。

在抚顺的西露天煤矿,党委书记热情地接待这些来自北京和省里的画家,而且,他知道傅抱石是画人民大会堂的《江山如此多娇》的,对他怀着崇敬和钦佩。他领着画家们在烟尘满天的矿区参观,并如数家珍地介绍着煤矿的情况:矿的发展经过,每年不断增长的生产数字,一天能出多少煤,有多少工人,以及范围、规模、现状等。党委书记边走边说,边说边指,傅抱石和画家们也就随着他手指的方向东张西望。忽然,书记指着对面一层层正在开采的煤层对傅抱石说:

"您看,这颜色多美呀!"

傅抱石听了,禁不住心里一怔!他想,这位书记同志不愧为一位高明的画家。谁不知道煤炭的颜色黑黝黝的,这几十万人的露天煤矿,整日黑烟弥漫,尘土飞扬,而在这位党委书记眼里,他觉得它是那么的美!这句话使傅抱石的心灵受到了震撼。

在美术界,有人说:"不入画的东西,是画不好的。吃力不讨好的事,少碰些!"

而要画煤矿,特别是画露天煤矿,就必须画煤。墨已是黑的,用墨去画煤炭,好像很方便,实则大大不然。画煤矿不仅不入画,而且吃力不讨好!

在画与不画的问题上,傅抱石只要闭眼想起那雄伟的西露天煤矿,想起煤矿党委书记那热切而诚恳的眼光,想起他说的"您看,这颜色多美呀",傅抱石心中就涌动着一股强烈的责任感和使命感,从而激发起他强烈的创作欲望。这样的煤矿,这样的工人,他能不画吗?面对着日新月异气象万千的现实生活,能够无动于衷,没有丝毫感受吗?不能!这是绝对不能的,也不合乎常情。画家的这种激动和感受,就是画家对现实所表示的热情和态度,对现实生活的评价。因此,即使不入画他也要画,吃力不讨好他也要画!

由于技法上的困难,也没有这方面的创作经验,在绘画过程中,不知道糟掉了多少纸头,傅抱石中间也动摇了几次,实在是画不下去。然而他一想到"您看,这颜色多美呀"这句话。又摸起笔来,坚持画下去,并最后完成了两幅。

这就是《煤都壮观》和《煤都一瞥》的创作过程。

棒槌岛，大连一个风景秀丽的避暑胜地。

这天，平缓而金黄色的海滨沙滩上，几位中老年人和年轻小伙子正在海水中嬉戏。眼前是一望无际的浩瀚的碧海，晴空万里，海鸥在海面上翱翔，真是游玩和憩息的理想场所。

大概是海水中的人玩得太惬意了，忽然，从游于海水中的人群中传来一声呼唤：

"傅老师——快下来呀！"

"傅院长，快来呀！舒服极了——"

被唤的傅抱石这时正在沙滩上徜徉、漫步，作壁上观，无论水中的人如何叫唤、引诱，他就是不肯下水。

大连算是傅抱石东北旅行写生的最后一站了。由于一路上羁延过久，他们出来已经三个月了，原预定只停留几天，看看市容，看看博物馆，便取海道——绕崂山再经青岛回北京。然而，到了大连，主人一再盛情挽留，一住又住了半个多月了。

傅抱石大部分时间住在棒槌岛。主人特意为他安排了一间临海的客房，从他住的房间里，可以一览无余地看到络绎不绝地进出大连港的世界各国的商船，可以听到奔涌不息的海涛拍岸声和海鸥的鸣叫声，可以闻到海风夹带过来的鱼腥味和略有咸味的大海的气息……一切都是无比舒适，妙不可言。对于傅抱石这个和海没有多大缘分的人来说，一切都是新鲜的，适意的。然而，只有一点，那就是令人想之往之，谈而眉飞色舞的海水浴，却激不起傅抱石的丝毫兴趣。不管主人和画家们如何盛邀，启发和引诱，他都无动于衷，就是不去，至多只在海边散散步，观观海。

今天，傅抱石也算兴致特别高，居然陪同画家来洗海水浴了，不过他仍只是站在沙滩上观看，绝无下水的打算。

"傅老师，快下来吧，实在是舒服极了！"朋友们还在召唤。

不知是触动了哪根神经，抑或是终于抵挡不住海水的诱惑，还是朋友们的召唤起了作用，傅抱石居然脱去凉鞋，准备下水了。海水中的画家们颇感意外，立刻传来了鼓励声，有几个年轻小伙子甚至鼓起掌来，有一个细心些的中年画家赶紧跑过来准备帮助他适应水性。

然而，未等那画家走过来，傅抱石已经打了退堂鼓，他像逃也似的退回到沙滩上。

大概，他刚才下海"洗海水浴"只打湿了脚，充其量只有十厘米。

海水中的朋友们都哈哈大笑起来。傅抱石也无可奈何地笑了。没办法，傅抱石此生定了"与水无缘"。

然而，他却画了大量的水！

就在这次东北之行，在长白山天池，在镜泊湖，甚至他未敢涉脚海水的大连棒槌岛上，他也画了许多水景。那一幅幅与水有着密切关系，几乎无一幅不带水的画幅，又正反衬他与水有着不可或缺的"因缘"。

是的，傅抱石是一天也离不开"水"，一刻也离不开"水"的。

也许，他就是在他的画幅中与水"神交"，"游于水"，"戏于水"，对"水"倾注他的心血和精神，并从中得到无穷的乐趣的。

这不，傅抱石见大家玩得高兴，又悄悄地离开了海滨浴场，返回住处，去精心营制他的带水的画了……

3. 永不休止的工作机器

"到东北长白山，站在山岭上，第一次见到那样无边无际、郁郁苍苍、浩浩瀚瀚的林海和雄壮、奇特的天池，的确令人陶醉，心里激动得不得了，恨不得马上把所感受到的画出来！

"因为你是画家，还有炽热的感情，遇到这种场面，非激动不可，非醉不可！这是画家赖以创作，赖以大做文章，大显身手的无限契机。"

位于南京雨花台的江苏省国画院桐音馆会议室里，傅抱石正在作关于东北旅行写生的报告，画院的画家们和省美术界的同行正兴致勃勃地听傅抱石介绍东北之行的丰富多彩的创作生活，会场里经常涌起一阵阵兴奋的笑声和对话，有时还会爆发出一阵阵热烈的掌声，看得出来，听众都被报告的内容深深地吸引住了。主讲者也显然忘情于他所叙说事情的内容之中。

傅抱石在继续讲着，"前人早就说过，山水画的皴法是从画家接触到的真山真水中体会出来，而不是画家为了好看，就能在画室里凭想象把'披麻''解索'……画出来的。这次到东北，使我见到东北许多山水的形质奇诡，绝不是过去的'斧劈''披麻'……所能表现的，原因是我国过去的画家由于条件的限制，足迹很少到过关外，他们未见过我国东北部山川的面貌。因此我到了长白山和镜泊湖等地，亲自感受到那里的水石嶙峋，使我悟出新的皴法来。……

"我主张，画家们今后多到东北去写生，这就会为中国画开辟一个新的境界！"

傅抱石的深切体会、令人信服的推论以及鼓动性的动员，博得了大家热烈的掌声。

确实，如果说1959年的两万三千里壮游，使傅抱石的作品在本来淋漓恢宏的基础上，更增添了一层黄河流域的浑厚奔放的气质，那么，东北旅行写生，又不断地给他以新的启示和鼓舞，促进了他的技法革新，使他的作品呈现出一种雄浑苍茫、奇恣酣放的交响乐章似的新面貌、新境界，实现了一个新的飞跃，使丰富多彩的中国山水画史添上了绚丽的一页。

傅抱石从东北归来后仅两个月，"傅抱石东北写生画展"即在南京开幕，展出作品共一百多幅。

东北写生，看似畅游遣性，乐而忘返，实际上，傅抱石在四个月的时间里，手不停挥，脚不歇地，攀山越岭，长途跋涉，始终处于一种极度疲劳的状态之中。虽然，旅行在外，本能的自制力使他克服了些许不适，一些潜在的病痛也似乎没有显现出来。然而，回到家里不久，病痛便一齐向他袭来。

首先是手臂的疾患。由于长年累月地从早悬着手腕一直画到深夜，既不保养，又没有时间休息，积劳成疾似乎势所必然。还在北京创作《江山如此多娇》时，由于整日抬手作画，挥洒的幅度又大，傅抱石就隐隐地感到手臂的疼痛，可在当时的情况下，是不容自己考虑治疗的事的，他回来后也没有认真当回事，现在，终于酿成了疾患。他的两手，特别是右手，从肩部到手腕感到不时地抽痛，而尤以肩为甚。有时痛得不能抬笔，不能举筷，整只右手几乎不能抬起直立，更休谈举手作画了。

这下可急坏了时慧，到处延医求药，许多朋友也给他寄来了秘方、偏方以及草药之类，所幸手臂的疼痛未持续多久，也不知是药物的作用抑或是自身的抵抗力，稍后一段时间自觉好多了。

其次是鼻窦炎，这是傅抱石的老毛病，即使好的时候也似乎有些不适，鼻息很重，说话作画时鼻腔抽气也很费力，炎症发作时会并发鼻炎。

此外，他还患有高血压和心脏的疾病。

但傅抱石似乎素来不把这些病放在心上，边治疗还一边作画撰文，只要他的手还能动。

是的，傅抱石就像一台工作机器，就像被绑上了战车，已经身不由己了，他永远没有停歇的时候，而他则希望自己能发出十倍于自身的能量，创造十倍的工作业绩，人们也似乎不能容忍他有病。他要写稿，他要画画，他还有数不清的工作和事业要去完成。

这不，他的手疾刚刚稍愈，鼻窦炎还正发作的时候，中华书局就来请他为即将出版的《郑板桥集》写序言。为此，邀请他去扬州，因为郑板桥是兴化人，扬州资料最丰富，条件最好。而这时，傅抱石东北写生返宁仅一个月。有什么可说的，傅抱石收拾好时慧为他准备的药物，拿起毛巾牙刷就上车了。

到了扬州，傅抱石下榻于红楼宾馆。

傅抱石到了哪里，哪里就"多事"！

他每天的工作，是查阅郑板桥的资料，鉴赏郑板桥的书画，那严重的鼻炎每天还要就医。他的原南京师范学院美术系的学生董庆生经常到宾馆来看望他，协助他工作，使他减轻了一些工作上的担子和生活上的不便。

然而，他还有许多额外的负担，许多人向他求画。这时期是严禁私人卖画的，画了也只能白送，当然，傅抱石把这看作是小事，但画应酬之作的确费去他很多时间和精力。

尽管如此，当扬州美术界邀请他作学术报告时，他仍一口应承了，他认为这是义不容辞的。

这是1961年的11月，天下着小雨，扬州个园花厅里却座无虚席，黑压压地挤满了人，许多美术爱好者都慕名来一睹傅抱石的风采。

傅抱石首先谈了他对东北写生的体会和经验：

"……不少的同志问我，'这些画是怎样画成的？''现场画的还是回到旅馆画的？''画稿勾得仔细吗？''有没有色彩稿子？''先画浓的还是先画淡的？''先用墨还是先敷色？''勾稿子用什么样的笔？'等等有关笔墨、技法的问题。

"我初步的、肤浅的体会是，这些全不成问题。各人随自己的方便行事就行。据我所知，有的人喜欢并强调现场写生，有的人就不习惯；有的人画底稿特别仔细，有的人就画得粗糙些；有的就像'张天师的符'，只有自己明白。譬如我自己，显然是属于后一类。我从来没有在现场画过，我的稿子很少有完整的，有时比'张天师的符'还要草率，要是日子稍久，连我自己也觉得莫名其妙，不知道自己画的是什么。"

傅抱石的直率和风趣引起了会场里听众的哄堂大笑，画家和画友们听得非常有趣。

"那么，问题在哪儿呢？"傅抱石等大家安静下来，继续说，"我想起了古人说过'意在笔先'的一句话。我认为这句话对画山水的人，具有特别重要的意义。不知道对不对，这句话对我的影响比较深，我也喜欢到处谈谈。"

"什么是意在笔先呢？就是先要立'意'——首先考虑的是应该画什么？什么主题，内容是什么？把主题内容初步地确定下来，然后动'笔'，才去考虑形式、技法——怎样去画它的问题。一幅画从'立意'到'动笔'的全部过程里面，对画家说来，应当相当鲜明地经过这两个酝酿和制作的阶段。很大程度上它们的主次是相当分明的，先后是不容颠倒的。但还须注意，'意'和'笔'又是不容分割的完整体，是两者的高度统一。既具新'意'又出以妙'笔'，'笔''意'相发，才有可能画出满意的作品来。"

讲座下面在静静地聆听，有的在认真地记着笔记。

"所谓应该画什么？绝不是说有什么规定，有哪些题目。我们知道，每一个人的素养、兴趣、爱好乃至笔墨基础都是不同的，所以每个人的对现实生活的感受和评价也各有差别，正因为这样，才能充分发挥每个人的擅长和每个人的创造力量。

"至于怎样去画它，乃是指从现实生活中在酝酿、确定了主题内容之后，所考虑采取的形式、风格、技法的问题。也就是艺术处理的过程。这个过程，从一幅作品的样式构成来看，仿佛它是独立的、完整的一个处理过程。若是正确的予以理解，那么它不过仅仅是构成作品的一个重要组成部分。因为它是从属并决定于主题、内容的需要和与之相适应的。绘画究竟是造型艺术的一种，它之所以成为绘画，就是依靠通过形象的艺术加工，其重要性是自不待言的。古人为了画一棵松，尚不惜在深山幽谷之中往来多少年。很显然，笔墨不高，还谈什么艺术呢？但是，它必须从生活出发，从主题内容的需求出发。仅仅认为只有掌握了传统的笔墨技巧便走遍天下，画什么也有办法，果真有此人的话，我想此公的笔墨，也就不容易提高的了……"

傅抱石以东北之行的许多亲身实践谈了他对主题、内容、形式、风格、技法等的看法。

傅抱石又谈到了齐白石的篆刻艺术。

"齐白石老人的天才、魄力，在篆刻上所发挥的实在不亚于绘画。他说过，'我的诗第一、印第二、字第三、画第四'，说明他对篆刻艺术的自视相当高。"

傅抱石对齐白石的高度评价引起了听众的极大兴趣。

"刻印不比学画，画可搬而印不可搬，画可不断临摹，而印必须独造。理由很简单，因为印是因字组成的，必须受'字'的约束。再加上书体的种类又多，界限又严，所以在一般的情况下，有些字比较容易处理，有些字却是很难下手的；有些姓名可以全刻，有些姓名却非分家不可。这是每一个对篆刻稍有实践经验的人都会随时碰到的大伤脑筋的问题，也是对每一个篆刻家的严重考验。可是一到了白石老人手上，就能够化险为夷，得到很好的处理。我曾见过一方白石老人为蒋介石刻制的印章，文曰'蒋中正印'，刻得好极了……"

当傅抱石提到蒋介石的名字时，台下的听众立刻"刷"地抬起头来，望着傅抱石，那些在记录的，也停下了笔，静待下文，而当傅抱石说"'蒋中正印'，刻得好极了"时，听众们都不约而同地互视，那种眼神、表情是极其复杂的，有的甚至窃窃私语起来。而傅抱石却丝毫未察觉，仍然在那里从字的结构、造型、分布以及刀法分析，大谈"蒋中正印"刻得如何如何好。而这时，台下反而显得静悄悄的，听众们在认真听讲。人们再一次交换了会心的眼神。这眼神似乎已经意思分明：钦佩和赞许，当然，也不无担心……

散会以后，他的学生董庆生悄悄地对傅抱石说："傅老师，您夸赞齐白石的篆刻，拿什么人的印章都好举例，却偏偏要举蒋介石的印章，这不是冒天下之大不韪吗？"

傅抱石笑笑说："艺术就是艺术嘛！蒋介石这个人我们不去说他，而齐白石刻的那方印章的确是艺术的精品啊！"

傅抱石又语重心长地对董庆生说："我看了你的画，近来很有进步。但要多出去走走，多出去看看，以开阔胸襟，你们扬州地方，得天独厚，清代出了'扬州八怪'，博物馆里现在收藏了他们不少珍品，很值得你去学习观摩。但要记住，学八怪，要学他们不甘随俗、勇于创新的伟大精神，不断努力，不断实践，创造出自己的艺术风格和具有时代精神的作品来。可不能舍本逐末，只从表面去学习八怪的梅兰竹菊啊！要记住白石老人的话，'学我者生，似我者死'。希望你努力上进。……"

在扬州一个多月，傅抱石遍阅了有关郑板桥的资料，包括诗文、书法和绘画，以及与此相关的"扬州八怪"中的李鲜、金农、高翔、汪士慎、黄慎、李方膺、罗聘等人的资料，备尝艰辛，才写出了一篇一万五千字的《郑板桥试论》。这篇作为《郑板桥集》前言的研究文章，对郑板桥的一生作了全面的考证和精确、中肯的评价。

傅抱石指出，"康熙秀才，雍正举人，乾隆进士"，郑板桥所处的时代，是"清王朝取得全面统治以后，为了政权的巩固，某些方面采取了些缓和的政策，从而经济生产日渐恢复，社会秩序日渐安定的时代！同时，对于知识分子，又是麻醉与镇压相结合，在多次的'博学鸿词科'的招牌下面，施行着史无前例的文字狱并进入到高潮的时代"。因此，扬州八怪是"当时的历史条件和社会条件的产物"。

而"'扬州八怪'里面，突出的应推郑板桥"。

接着，傅抱石从郑板桥的"'三绝'：曰诗、曰画、曰书"三个方面，对郑板桥做了全面分析。

他通过列举郑板桥的诗，如《悍吏》《私刑恶》《孤儿行》《后孤儿行》《姑恶》《逃荒行》《还家行》以及词《满江红·田家四时苦乐歌》《瑞鹤仙·渔家》等的评析，认为"在板桥的文学作品里，无论是诗、词或者别的，最突出的是使人读了感到作者一种强烈、丰富、真挚的'民胞物与'的感情，这种感情深刻地体现在对广大人民的同情上面"。因而，"富于现实主义精神"是郑板桥诗文的"主要的一环"，是他"积极的本色"。

关于郑板桥的画，傅抱石认为"他的绘画，没有孤立地从形式笔墨——临摹古人入手，而是首先从生活入手"。"一面从生活入手，一面也不废汲取传统的优秀经验，两者结合起来。"而郑板桥之所以专画"梅、兰、竹、菊"，是把这几种自然界的东西，

"通过形象、位置、笔墨，赋予某些新的思想感情，表示对现实的不满和对统治阶级的不合作画""用以慰天下之劳人，非以供天下安享之人也"。

"郑板桥的画竹，不管是大幅还是小幅，或者和兰石结合着，都突出地体现出一种欣欣向荣而又兀傲清劲的精神……"

"他画兰、画石也是一样，绝不是仅仅追求它们的形似，而是通过饱满的情绪，生动的笔墨，赋予新的意境……"

"这就是郑板桥的可爱、可敬，值得今后不断研究和学习之处。"

关于郑板桥的书法，傅抱石认为"他的字，是把真、草、隶、篆四种书体综合起来的而以真、隶为主的一种书体，而且又用作画的方法去写。这不但在当时，是一种大胆的惊人的变化，就是几千年来也从未见过像他这样自我创作形成一派的"。

傅抱石引用了清乾隆时有名的词曲家蒋士铨《题板桥画兰》诗，谈到郑板桥的书法：

板桥作字如写兰，波磔奇古形翩翻；板桥写兰如作字，秀叶疏花见姿致。下笔别自成一家，书画不愿常人夸。颓唐偃仰各有态，常人尽笑板桥怪。……

傅抱石认为"这评价是比较高的，也是比较具体的"。结论是，郑板桥的书法，"比较他的诗、画，是最得好评的"。

中华书局上海编辑所编辑《郑板桥集》，不久（1962 年 1 月）就出版了。傅抱石为该书所写的这篇《前言》，1962 年 2 月 16 日曾于《人民日报》发表。该文在当时被认为是研究郑板桥的最全面、最确当也是最权威的评论文章。

4. 杭州治疾　画遍杭州

1962 年，除夕之夜。

　　充满生活情调和文化氛围的古都金陵，在寒风萧瑟中也没有稍减对新年新岁的兴趣、憧憬和希望，十里秦淮虽没有了笙歌和弦乐，南京人民仍然以时代所能允许的范围和程度尽情地装点着石头城以及庭院和家室的春天。黄昏时分，鼓楼的街上已经弥漫着新春的气氛，几乎所有的门前都贴上了鲜红的对联，性急些的家庭已经燃响了欢庆新春的爆竹，就像预约了似的，从这时起，"噼里啪啦——砰！"以及更强烈更热闹

1962 年，傅抱石与家人在南京傅厚岗寓中

的爆竹的鸣响便响彻了整个南京城。

距鼓楼不远的玄武湖边一座院落里，傅抱石和罗时慧穿着厚厚的深色棉袄棉裤棉布鞋，系着毛织的围巾，正兴致勃勃地站在屋前的台阶上，笑眯眯地看孩子们放爆竹。六个孩子都聚在院里，最大的小石已是三十岁的人了，却也像小孩似的高兴，擎着一根供神用的香，将一个个插在泥里的大爆竹点燃，看那放得震天响的爆竹"嗵——嗵——"地响个不停，炸碎的纸屑散乱一地，空气中弥漫着浓浓的硝烟味，弟弟妹妹们也高兴得大叫大笑。

傅抱石看着眼前的情景，心里是舒畅的，满意的。

是的，去年的一年，傅抱石和他的一家真是顺利吉祥，就像人们常说的：万事如意！

上半年刚举办完江苏国画工作团"两万三千里壮游的山河新貌"作品展，庆贺、赞扬的话语尚未停息，许多地方还在请他们去畅谈体会，介绍经验，并且得到了中央和有关部门领导的表扬和高度评价。以傅抱石为首的金陵画派正形成一股强劲的势头，以崭新的面貌展露于中国画坛。这年底"傅抱石东北写生画展"又在南京举办了。傅抱石又一次以自己深入生活，到火热的生活中去创造出一大批富于时代气息的美术作品而成为中国美术界令人瞩目的人物。

这一年，他出版了两种写生画集，发表了不少有关画史和画论的理论文章，如《白石老人的篆刻艺术——齐白石作品集·印谱序》以及《郑板桥试论》等；《人民日报》发表的他的畅谈旅行写生体会的文章还被多家报纸转载，在全国引起了不小的反响。

作为一个美术工作者。作为一介书生，复何求焉！

他还有值得高兴的事。

大儿子小石已经结束了在北京双桥农场的"改造"生活，作为就职安排回到了南京，被分配到江苏省国画院。当然不是专业画家，而是当一名勤杂工。然而，这已经够了，不仅是他，小石自己也很满意。一个立志画画的人，能整天为画画做服务工作，业余时间自己还能画画，这就很幸福了。复何求焉！

"我们这样的人家，平安就是福！"傅抱石说。

所以，尽管六个孩子尚无一人参加工作，小石也仅是每月领取一点生活费，一家八口仍靠他一个人的工资维持生活，家庭的经济状况还远谈不上富裕，但他还是想尽办法要将这个年过好。几天前，他还特意带着女儿们，浩浩荡荡地乘公共汽车到夫子庙去逛了半天的庙会，除购买了一些必需的日常用品和年货外，还特意任女儿们挑选了自己喜爱的花灯和年花。他自己也买了几株银柳和结着累累红果的天竹，还有他最爱的腊梅花。当他领着女儿们一脸彤红地从夫子庙回到家时，已经分不清她们是被寒风冻成这样还是高兴的缘故。在傅抱石看来，他的这群女儿们，也宛若一朵朵盛开的鲜花。

难怪傅抱石在吃年夜饭时会端起酒杯虔诚地祝愿："愿我们这个家，岁岁平安，年年吉祥！"

是啊，经历了许多年沧桑和祸患的穷教授时至今日无冻饿之虞，一家人能共享天伦之乐，傅抱石已经满足了。此外，他还能要求什么呢？

然而，不久就证明傅抱石祈求的"岁岁平安，年年吉祥"是多么的不容易，因为就是这个要求有时也是很难办到的。

春节过后不久，大约是四五月，傅抱石的手臂疾患又发作了。

这一次来势很凶猛。两只手从肩膀到手腕都很严重地不时地抽痛，特别是右手和右肩，不仅不能举手直立，而且痛得不能提笔，甚至难以举筷将饭扒到嘴里，以至于不能在高饭桌上吃饭，而须改在矮茶几上吃。由于引起周身的不适，已是食不知味，话也不愿说了，傅抱石只是沉默、沉默……他似乎有一种预感，他知道，历代画家六十岁左右，病臂者多，这已有史料记载，而根据自己手臂疾患的程度，他觉得自己的手臂特别是右臂将变成残废，而这又是多么可怕多么严酷的后果，想到这里，他觉得一切都完了！如果真是如此，那真是世界的末日要到来了。为此，他有时竟夜不能寐，寝食不安。

治疗的措施也是积极和认真的。吃药、打针、封闭、辅以中医的针灸、推拿……还接受了许多朋友提供和送来的偏方，还有的从外地寄来了药，如有一种叫"脱苦海"的止痛药等。只要有一线希望，傅抱石均不拒绝任何一种治疗方法，只要人家说这种方法能治好手臂的疾患。

有一种偏方，药名叫"坎丽砂"。说它是药，其实只是一种铁屑。当然，这不会是一种普通铁屑。将铁屑抹上醋，包在一个布口袋里，然后，时慧将它敷在丈夫疼痛的

1960年，郭沫若及夫人于立群在杭州观看傅抱石作画

肩部或其他部位，铁屑和醋会起一种化学作用，散发出很烫的热力，大概其作用是以此改善肩部的血液循环。然而，此"药"在散发热力的同时，又散发出一种极难闻的气味，闻之令人窒息，难以忍受，但为了治愈手疾，再难闻也得忍受。不过，在敷过之后，傅抱石倒能舒服一阵子，至少没有那么猛烈的抽痛和酸胀。因此，这种治疗方法倒是经常使用。

即便如此，傅抱石只要手疾稍愈，只要手能抬起，笔能发力，仍坚持作画不辍。有时实在力不所支，而又非画不可时，他甚至尝试过用左手作画。他想，总不至于两只手都残废吧！

他的《满身苍翠惊高风》就是在手疾稍愈后不久画的。

　　这是一幅宽高约两尺和三尺的竖画，在傅抱石平素的画作里，这已经算大画了。

　　在一座突兀的秀岭上，三位高士兴味盎然地站在飞湍直泻的瀑布前，观赏、谈论，脚下仍是流经山石而去的泉水。自然的景色是春夏的葱茏浓郁，淙淙的山涧，潺潺的流泉，烟云流润，翠树生风。其意境的创造和笔墨的内涵，充满了解衣盘礴，狂放恣纵，神与物驰，物与心交的主动形态。作品中，傅抱石不去具体描绘细致的物象或一枝半叶，而是照顾大的整体感和相互的关系，紧紧抓住那些最有助于表现山水质感、动势、气韵和神情的符号，加以简括和洗练的处理，时而以散锋上下挥洒，表现了山石的灵动和质感；时而以披麻皴等，表现草木山峦的生命跃动。墨色和晕染也极有层次，意境和题目也很贴切合意，是一首表现大自然无限生机和永恒生命的赞歌。

　　傅抱石就在手臂的疾患治疗间隙不断地绘画、创作。

　　然而，手臂的疾痛治终未彻底消除，总是时好时发，而且，这次持续时间竟达数月。下半年，浙江省有关方面获悉傅抱石的病情，邀请傅抱石去杭州休养。在时慧以及朋友的极力劝说下，这年十月，傅抱石携全家前往杭州，打算在这里住一段时间，治疗、休养。

　　杭州，这座堪称人间天堂、世上仙境的名城，曾经吸引了世界上多少人的向往和游兴，激起了多少文人学士的诗情和画意。同样，它的一山一水，一草一木，也无不触动着傅抱石的心弦，激发了傅抱石的强烈的创作冲动。他说，"画家从生活、从自然中得到感受，得到激动，于是'胸中勃勃，遂有画意'，在胸中便形成了一幅画"，而"动人的作品，往往成功就在须臾"。

　　杭州，傅抱石虽曾多次到过，然而，对于它的山水和景观，却仍然是向之往之。他知道，从南宋宁宗时画院画师的山水画作品中，就有关于杭州十景的题名：苏堤春晓、平湖秋月、花港观鱼、柳浪闻莺、双峰插云、三潭印月、雷峰夕照、南屏晚钟、曲院风荷、断桥残雪。如今，这西湖十景不仅已经焕发了新的青春，而且杭州的其他景观，如六和塔下的钱塘江大桥、虎跑禅寺和灵隐寺以及盛产名茶的龙井等处，也成为中外游人的畅游之地。

在杭州休养期间，傅抱石利用治疗的间隙，经常和时慧一道，带着他们那时好时患、尚未病愈的大女儿益珊，徜徉游玩于西湖的湖光山色之间。

他们在苏堤和白堤上漫步，两旁桃花夹岸，湖中碧波清澈，春风荡漾，柳丝轻扬，游人皆赏心怡性，气爽神清，远望湖外群山，含烟笼翠。"最爱湖东行不足，绿杨荫里白沙堤"，此时，人似在画中游。

傅抱石也曾偕夫人和女儿在冬末时，趁初雪未化，特意赶到断桥旁赏雪，一睹断桥残雪的风采和雅趣。在这西湖和外西湖的分水点上，积雪满桥，桥下春水清澈澄碧，拱桥倒影、晃朗生姿，雪与水互为生光，耀人眼目。傅抱石与家人共同领略这断桥残雪的风姿，心里感到一种从未有过的宁静和惬意。

傅抱石还曾携家人前往西湖西面的风篁岭，参观龙井村的茶场和龙井茶叶的生产过程。在一眼四时不绝的山泉前，傅抱石手掬甘洌纯清的泉水送进嘴里，顿觉心脾俱爽，颇有风趣。龙井村外，环山而栽的都是修剪得整齐葱郁的茶树，采茶的村姑双手灵巧地采茶，飞动而准确，傅抱石赞叹不绝，惊讶于人手的巧夺天工。而当喝下用龙井水冲泡的龙井茶，傅抱石尽管过去也经常喝龙井茶，然而这回觉得别有一番滋味，深谙元代虞集咏茶诗"烹剪黄金芽，不取谷雨后。同来二三子，三咽不忍漱"的奥妙。对这龙井茶的"色翠、香郁、味醇、形美"的"四绝"特色也觉得算是真正领略了一回。

"湖经洞庭阔，江入新安清。"傅抱石还曾于新年春节后，与二石儿专程驱车前往建德县，游览新中国成立后兴建的新安江水库和刚刚建成的新安江水电站。素以水色佳美著称的新安江，夹江两岸，群山蜿蜒，翠岗重叠，山势千姿万态，傅抱石陶醉忘情于佳境之中，再一次体会到"江山如此多娇"的豪放心情。在梅城，他与学生和朋友寿崇德相聚，把臂欢谈，品评画作，并同游新安江水电站和建成通车不久、轻巧明快、气势雄伟的白沙大桥，以及落凤山、双塔凌云等胜迹，并乘兴挥毫，共同写生作画，心情极为愉快。

傅抱石在杭州，仍是一天也未曾辍笔作画，确实，如果他不画画，他就不是傅抱石了。就在休养和治病期间，他仍创作了《三潭印月》《虎跑》《九溪》《龙井初春》《新安江印象》等数十幅作品。后来出版了《傅抱石浙江写生画集》。

在杭州休养期间，傅抱石还收到了一封颇有趣的信。

这是一封慕名者寄来的极为简单的信。这一类的信，傅抱石倒是经常收到。有表示钦仰崇拜的，看了他的作品展览而表示赞扬勉励的，有看了他的美术论著探讨问题或继续请教某个问题的；还有的表明想拜师学艺的，等等。然而，这封信倒有两点比较特别：一是直接向傅抱石索画，二是此信来自香港。

新中国成立以来，尽管傅抱石过去的同事和朋友有许多已经移居国外，以及台湾和香港等地区，有些还定居在美英等国，在日本还有他的恩师金原省吾一家和许多老师、同学。由于各种原因，十多年来，他和这些人已经断绝了联系，因而，像这样从香港寄来的求画信还是很少收到过。

寄信人自称唐遵之。在信中他备述自己对先生的画艺非常钦慕，凡有先生作品的书画展览和书画铺，从不放过拜观机会，而每一件画作都会令他心醉神迷，不忍遽离，同时，又有感于自己好附"风雅"如此，藏笥中却没有先生的寸纨尺绡而深深抱憾。而热爱先生绘画如此，却又无钱购买，拟请先生绘赠一幅是幸云云。

素昧平生而冒昧求画的信，傅抱石也经常收到。但如果这些都须满足，傅抱石就是不睡觉、不吃饭也无力办到，故而一般都束之高阁。然而这次，也许是其恳切的言辞抑或是发自香港，心绪颇佳的傅抱石突然觉得应该满足这位朋友和崇拜者的要求。

他当即给这位唐先生回了一封信，信中说："神交如此，可感，可幸，石因身体关系，在此休养。雅嘱当遵画，唯乞稍假时日耳。"

过了不久，他就在病中挥毫，为唐先生画了一幅二老者弈棋后在桐荫散步的人物立轴，寄给了唐遵之先生。

未想到，过了不久，收到唐先生寄来的回函，除表示对赐画的感铭之忱外，信中还谈到，所寄去的画，与寒舍原有画框的大小不符，以至不好悬挂云云，并详叙其画框尺寸。一向待人至诚的傅抱石看后笑笑，交朋友交到底，索性又答应按照他的尺寸重绘一画，并根据唐先生点品的山水内容画了一幅《斗大草堂图》相赠。傅抱石在信中说：

随函附上《斗大草堂图》一帧，敬乞法赏，并希高评是幸。画中草堂，并非"斗大"，但亦不壮丽，尽供画友三、四，煮茗读画，想先生必具此风光也。

从此，傅抱石与唐遵之之间开始了频繁的书信往来，鸿雁传书不断。

后来，唐遵之给傅抱石来信，谈到其友好们皆知道他与抱石先生的交往，纷以代求画件事相委，特询问傅先生是否同意，并征询"润例"如何，应按怎样的准则计算等等。

傅抱石回信说："尊友好中，如有惠赏拙笔者，千乞赐以绍介为幸，稿酬不论。"关于"润例"一事，傅抱石说："过去与现在，均无此物，盖素来反对以尺寸计艺术也。"后又在信中说，"所谓'润格'，乞不必拘拘，随意惠酬可也"。考虑到唐遵之无所依凭，也提出一个"润例"标准：三尺立轴为一百元至一百五十元，五尺全幅中堂为二百元至三百元。

从此，唐遵之经常来函代友人求购画，傅抱石也是有求必应，并总是以最快的速度完成奉寄。

一次，唐遵之一位友人求购画，傅抱石即作了一幅《后赤壁图》寄去。没想到那位友人觉得此画不太符合原来意愿。唐遵之将此意转告后，傅抱石应允说："容日后刻意图之，乞转意致歉，至祷至祷！"不久即重绘了一幅表现陶靖故事的《寒林沽酒图》寄去。

唐遵之来信征询绘画所得"润例"如何处理，傅抱石回信嘱告，大部分转充大女儿益珊治病所需的购药款，其他小部分用于选办些他所喜用的日产纸笔、小石二石的绘画用品和益璇习篆所需的木刻刀之类。傅抱石给唐遵之的信中，言辞殷殷地说："盖弟近况所欲得者，小女之健康也，其他非所计矣！"遥隔天涯的唐遵之似也能感触到傅抱石的拳拳爱女之心。

5. 桐荫馆里读画章

杭州归宁，已是 1963 年 4 月了。

阔别南京半年，傅抱石有一种离别太久而负债的感觉。唉，如果不是手臂疾患以及其他病痛，他本可以不至羁留杭州半年。而这半年，他在家里，能够多做多少事，多画多少画啊！

确实，他有许多拟议中的工作计划，尚待实施。其中包括几部美术专著需要广搜资料，缜密地考证和撰文；绘画方面，他还有许多创作计划和为外地邀请而作画的打算；这几年旅行写生中，他萌发了不少有关创作理论方面的改革新观点，尚未形成系统的东西，还有待仔细考虑……然而，因为治病和休养，这些计划都不得不推后实行了。

为此，他的身心老是不得平静，他有一种超乎常人的紧迫感，永无休止地动脑筋。他以更充沛的激情，自旦到深夜，更忘情地工作着。即便如此，他仍感到时间不够支配。有时，还会不满足地唉声叹气。

"唉！——今天算是白吃饭了！"遇到治疗或接待来访以及应酬等事情，使他一天的计划泡了汤，到晚上也就会感叹一番。

"你到底要哪样才算不白吃饭了！你想做的事也太多了，你做得了吗？"一天，时慧见他总是一副不满足的神态，劝他把心放宽一点。"车到山前必有路嘛！"

"人活在世上几十年，不论做哪一行，都应该给后人留下一些可供参考和借鉴的东西。"傅抱石若有所思地说，"前人不是给我们留下了数不清的各种遗产吗？否则，人生意义何在？"

"你留下的可供借鉴和参考的东西还少哇，这样讲，你尽可以问心无愧了！"时慧打趣道。

"嗳，我这个人从来没有满足的时候，即使到现在还在千方百计去突破现有的水平。"谈到这里，傅抱石不禁眉飞色舞起来，"再过十年，等我七十岁退休以后，我要好好静下心来，集中思考，你看吧，我有个计划，将来还是会有不少提高和突破呢！唉，现在太忙了，根本没有时间！"

夫妇两个正说话时，门外忽然掀起了一阵响动，唱歌声、打闹嬉笑声、高声叫喊以及自行车的铃声不绝于耳，从窗外灌进来，直入画室。他们知道，这是大门对面的印刷厂下班了。夫妇二人对视了一下，不约而同地想到——已经快十二点了。

近两年，由于城市居民的增多，街道工业也发展起来了。傅厚岗六号对面不过十数米，建起了一家印刷厂，规模虽不大，规章制度却很全。每天早班和中班，早上、下午和深夜工厂会极有规律的喧闹一阵，深夜常将人从睡梦中惊醒，几乎是整天时间那印刷机器的丁零零声和持之以恒的轰鸣使人心情烦躁。特别令人无法忍受的是，每天早晨大概六点来钟就开始放广播，那高音喇叭发出的尖利的鸣叫震耳欲聋，不仅把人吵醒，而且几乎要震破人的耳膜。对此，傅抱石无计可施。有时，也只好放下手中的笔或书，心绪不佳，闷坐叹气。

怎么办呢？这确实是一个大问题。

办法只有两个：一是工厂搬走，二是傅抱石搬走。而让工厂搬走，傅抱石似无这倒海翻江的回天之力，那要动用多少资产，重建多少房屋呀！

只有傅抱石搬了。这个方案，其实早就有人提出过，江苏省领导和中央的有关领导也极为关心此事。然而，要找到合适的地方还真不是一件容易的事，这事就这么悬在那里。

话要说回来，真说要搬走，傅抱石还有些舍不得呢！这地皮是他亲自选定购置，这房屋是他亲自设计购料营建，连门前的雪松、玉兰、金桂和枫树都是他亲手栽种的，就像照顾自己的孩子一样看着它们长大、生根、开花而至于根深叶茂，浓荫蔽日。傅抱石已经习惯并喜爱这里的一草一木、一石一树，他也好像这树木这房屋一样，在这里深深扎下了根。从这里搬出去，搬到哪里他也会总觉得的不是自己的家。

他在冥冥之中倒是希望搬不成就好，或者突然冒出第三个解决方案，岂不各得其所，皆大欢喜！

唉，不想也罢，反正还没有找到房子。

转眼间，农历五月初五的端阳节就到了。

江南的春雨淅淅沥沥地下了一个多月，节前难得出现了几天晴好天气，这下好了，端午节准会是个大晴天。一些好郊游的人还准备到乡下去看赛龙舟活动。

没料到，端午节这天竟下起了大雨，而且雨流如注，天空好像由雨织成了一道幕帘，南京的街衢，顿时成了雨和水的世界，满街的花伞汇成了一片流动的花的海洋。江南的初夏，天空还是明丽的，天气也温暖而和煦，尽管雨丝未断，街头和巷尾仍洋溢着一派喜气洋洋的气氛。

这天，雨花台附近的桐荫馆里，更是热闹非凡。数十人聚集在这里，正举行着一场别开生面的聚会。原来，江苏省国画院成立后，抽调和招收了一批颇有造诣和发展前途的青年画家在这里研修和深造，如今已届三年，不久就要分赴各地工作了。值此端阳佳节，傅抱石特意邀集诸学员汇集桐荫馆，一为欢送，二也畅谈体会和感想。省美术家协会、省美术馆以及画院的同志亦都莅临助兴。

没有糕点果品，夏没有酒宴欢饮，只有清茶一杯暖心怀。屋外正下着滂沱大雨，风声夹着雨声却丝毫未减会场的气氛，反倒好像在为学子们奏乐，屋内，师生们济济一堂，说不尽的厚爱深情，情绪至为热烈。

师生们动情地畅谈了感想，集中起来可归纳为两个方面的内容。一是中华人民共和国成立后，美术事业的繁荣令所有的画家和美术工作者心头感到前程似锦，充满希望。特别是江苏省国画院的成立，一批画家有了一展雄才的岗位和场所，值得庆幸；二是傅抱石院长主持画院和美协工作，江苏省美术界的所作所为令全国文艺界特别是美术同行瞩目，迈出了坚实的一大步，做出了可喜的成绩，也值得庆贺。

这时，有人提议："今天画家们聚集一堂，是为大雅，不可无画，我们就举行一个别开生面的书画雅集，好不好？"

大家齐声说赞成。

忽然，又有人提议："今天难得相聚，明日各赴东西。画院成立三年，傅院长领导有方，使金陵画派崭露头角，雄踞中国画坛。傅院长绘画名震中外，而学子们和画院许多老画家尚未见过傅院长画画，今天是否请傅院长开笔，画它一幅，如何？"

大家一听，眼睛都齐刷刷望着傅抱石，有的年轻人首先鼓起掌来。

傅抱石笑嘻嘻地风趣地说:"我也早有此意,只是苦无机会,今天我可当仁不让,我这个院长要抢先了!"

　　"呵!——"大家热烈地鼓掌,许多年轻学员竟兴奋得欢呼起来。傅抱石的回答令画院一些老画家都感到意外,因为他们听说,傅院长画画从不示于人,没有想到,院长竟这么爽快!

　　于是,画家们集中到一个大画室,这里画案、笔墨、颜料和宣纸都齐备。

　　趁学员磨墨的时候,傅抱石静静地坐在那里抽烟,静静地思索着。

　　一切准备就绪,学员和画家都汇拢围在画案的四面八方,只留了一块仅能容一人的地方给傅抱石。

　　傅抱石猛吸了一口香烟,丢掉烟蒂,又习惯地拿起茶杯猛喝了一大口——呵,是茶,不是酒!以茶当酒,也罢。这时他也顾不得了。

　　他走到画案前,执笔在手,饱蘸了浓墨和水,对着素笺稍稍思索了片刻。

　　几十双眼睛一齐望着,新老画家连大气都不敢出。

　　突然,傅抱石将笔冲向宣纸,猛地在纸的中间偏下的左右两块地方以及纸的下端刷了大小不等形状各异的几团墨块,又在墨块上重复地涂抹,造成墨色的深浅层次;然后换笔,用淡墨刷出中部的山岩,并渐渐虚过去,左上角和中右部的位置空出了水口,待墨水稍干,他用散峰乱笔皴石和树,又用滚动的散峰绘出了中下部呈三角形块面的水势。这时内行的画家已经能看出此画的端倪——傅抱石画的是一幅《观瀑图》或《听泉图》。

　　大致的整体轮廓绘出来了,傅抱石放下笔稍事休息,待画干后再行收拾。他点着一支烟,深吸了一口,抬头时,忽然瞥见诗人夏阳亦在人群中驻足。想到夏阳是个擅文辞的人,尤擅诗词,于是同夏阳招呼道:"今天之雅集,虽有画,却无诗,你即席赋诗一首,以为助兴,如何?"

　　夏阳笑眯眯地答应了。

　　那张墨沈淋漓的画幅干了,傅抱石又进一步做补充工作,他仔细照应了画面的黑白处理和效果,水中的块石和山岩,浓荫和远处山石上的小树的互衬和对比,远中近三处的瀑布和流泉的皴法各有不同。最后,他用小笔小心勾勒了一个站在茅屋中手扶栏杆的老者,那老人头微前倾,只简单的几笔活灵活现地描绘出入神倾听状。至此,一幅《听泉图》算画完了。

"夏阳，诗想出来了没有？"傅抱石高声问。

"想好了！"

"好，果然是快手！可以赶得上曹植的七步成诗了。"傅抱石说，"念来听听。"夏阳不慌不忙吟了出来：

> 底事人群挤满堂，
> 非关风雨闹端阳。
> 桐荫馆里茶当酒，
> 不读文章读画章。

"好！"大家鼓起掌来。

"唔，"傅抱石说，"事因、气氛、情绪、寓意皆俱，好，算得上佳作了！"

于是，傅抱石拿起一支中楷狼毫，在画的右上角题了一篇长跋，前面备述端阳节画家们聚集桐荫馆的缘由以及"乘兴挥毫"的过程，照录了夏阳的诗句，又写道："笔墨迫，图将成，而诗不就矣……予素嗜酒，作画时尤不可阙，是日独以茶代之。夏阳此制乃记实也。"

傅抱石端阳节当众作画，乘兴挥毫，画家们亲眼见了他一幅画的创作过程，整幅画几乎没有用一点颜色，充分体味到他所说"墨即是色"的绝妙的至理，亲眼见到他将中国绘画的笔墨技法创造性地运用得如此臻于完美，达到了如此高超的境界，画家们站在这幅画面前惊呆了，许多青年画家如果不是亲眼看见，简直不相信此幅画是"画"出来的，更不能想象是如何画出来的。他们久久地伫立于画幅前，沉思，回味，体会，好像要将这一幕永久地留在自己的脑海里。

许多老画家看了傅抱石画画之后，也佩服得五体投地。一位老画家干脆说："莫怨人家不让你看，就是天天让你看，你学得到吗？此非天才不能为也！"

不久，傅抱石终于决定搬家了。

他梦寐以求的第三种方案毕竟没有出现，而对面印刷厂的机器轰鸣和高音喇叭又使他实在无法忍受。省市有关领导还有更深一层的考虑，傅抱石已经是国际知名的画家和教授，外事活动频繁，经常有中外宾客登门造访，原来的住房已觉得简陋和狭窄，于是决定搬离傅厚岗。

新址选定在汉口西路一百三十二号。

傅抱石是怀着依依不舍的心情离开傅厚岗六号的。在这已经住了十多年的小小的庭院，他熟悉这院里的每一个角落，就是闭着眼睛也能从门口摸进自己的房间。何况这房屋又是他亲自购建，这院中的树木又是他亲手栽植。按江西新余人的传统老眼光，这房屋和地皮就是他留给后代的"祖业"和"祖产"了。新居虽然比这里好，比这里大，然而，以小换大，以"次"换优，这种交换换得牢，换得稳吗？这"私产"可以永远是自己的，那边是"公产"，也可以永远是自己的吗？

然而，这些已似乎不容他考虑，这些杂念也只不过在他的脑海里稍纵即逝，只是一瞬间的事，现实是由不得他多想了。

他是最后一个离开傅厚岗六号的，他小心翼翼地关好所有的门窗、插销，就好像只不过是一次临时的出门，马上还要返回似的，然后又在院内独自伫立了好一会，才转身上车离去。傅抱石一辈子做事从未犹豫不决，总是果断干脆，而临离开的这一刻，他几乎要改变主意，返回不搬了。他似乎隐隐的有一种预感，总觉得他最后还会搬回这里来的。然而，随着一声汽车的轰响，这个一闪即过的想法也被淹没了。

新房无疑是当时第一流的，超过了傅抱石一辈子的最高企望。

那是一座已有上百年历史的大花园，据传为清朝袁枚曾居住过的"随园"。整个花园占地六亩，园内是一座小山，山侧是汽车道盘旋而上。一幢三层楼房高高地建筑在林木葱茏的小山头上，另有一排平房，围绕着主楼，从主楼到大门口的汽车道两旁，长满了竹子，密密麻麻，成林成片，每到夜晚，透过竹丛，可以望见南京街区的闪烁着的灯光，微风过处，竹林掠起阵阵窸窸窣窣的响声，别有一番情趣。主楼的南面，有一排五棵冲天大雪松，气势逼人，树下遍种花草，还有一个金鱼池和各色假山石，羊肠小道穿插其中，是散步的好去处。最特别的是，主楼的后面，另有一条崎岖小道，

1963 年，傅抱石与家人在南京汉口西路寓中

1964 年，傅抱石与家人在南京汉口西路寓中

曲折而下，通往大门口，这是花园中最引人入胜的所在。在由二百多级麻石砌成的小道上，有一个用粗壮圆木搭成的长廊形的花架，两边长着碗口粗的曲折盘旋的紫藤，那些细长的枝条爬满了花架，并向两边的空间延伸开来。傅抱石一家搬过去时，正逢夏初，那些紫藤花正东一串、西一串地竞相开放，花架上挂满了彩云般的粉紫色的花，在艳阳的映照下，那曲折的石阶小路上，只透进斑斑点点的阳光，夹杂着摇曳的花影，真是"绿树浓荫夏日长，一架紫藤满院香"啊。漫步在这花影织成的小道上，令人心旷神怡，乐而忘返。

傅抱石出访罗马尼亚时，曾见一位女画家兼有城市住宅和郊外别墅，觉得很了不起。因为他知道，这在中国，是难以想象的事。如今，自己能在南京这样的大城市，住到一座幽静的园林里，深知画家得此待遇，全国也仅他一人，也不禁感慨系之。

自此以后，在这偌大的花园里，白天，这里是清幽而寂静的，傅抱石珍惜这绝无仅有的幽雅环境，每天作画不辍。

正是夏日，画室里备有一只台式电风扇，由于会吹乱画纸而不敢开启，已发胖重至一百五十斤的傅抱石整日专心绘画，酷暑中，汗水如断线的珍珠一样从他的脸颊、额头，背脊和手臂上往下流淌，不一会儿，他那件白竹布制成的短袖衫，就被汗水浸透而贴在身上，妻子时慧总是将两条大毛巾放在他的手臂下接汗，而且每隔一段时间就要更换一次，否则很快就要"饱和"而无法再吸汗了。就在这样的情况下，傅抱石仍手不停挥地每日作画不止，否则，居住在这样优越的花园里，他会心里不安的。

每当傍晚，汉口西路一百三十二号的花园里总是一片雀鸟归巢的鸣叫，叽叽喳喳，喳喳叽叽，甚是好听。这时，园里也会晃着大大小小的人影，经过一天忙碌和劳累的傅抱石也乐意同时慧和儿女们一道在园内散步。儿女们追逐着，欢笑着，在林间时隐时现，忽然又蹿到父母亲的身边来。傅抱石总是笑眯眯地看着儿女们的追逐嬉闹。他很喜欢那架紫藤，但因为花架下常年不见阳光，到处长着片片青苔，很容易滑倒，因此很少去花架下走动，只是安闲而恬适地看孩子们在花架下蹿进蹿出，欣赏那静静飘落的花瓣，这时，他的心境是愉快而宁静的。

6. 激情满怀返家园

1963 年 10 月 18 日上午，南昌火车站。

一列蒸汽机车满载着旅客，高叫着，欢唱着，然后喘着粗气，缓缓驶入了南昌站。

从软卧车厢里，走下一位身体魁伟、额前高而白净、容光焕发约六十岁的老者，站在月台上的江西省美协负责人及有关领导很容易便认出了他，迎上前与他热烈握手。老人显然非常兴奋，谈笑风生，与他们一同走出了车站。这位老人，就是久别还乡的傅抱石。

傅抱石是以全国人大代表的身份来南昌视察的。

一出车站，傅抱石便迫不及待地东张西望，他对跃入他眼帘的任何东西都怀着浓烈的兴趣，车站、建筑、人群、街道、市容……汽车已经启动，他仍隔着窗户观看街景。

"傅院长，您已经好多年没有回江西吧？"

"十五年了！……"省美协负责人的问话勾起了傅抱石的无限感慨，上一次，还是 1948 年年底，正是新中国成立前夕，南昌还在下大雪，市面萧条，民不聊生，当时，我在南昌青年会馆里举办了一次画展……"傅抱石说的还是一口南昌话。

傅抱石已沉浸在对往事的深切回忆中。

"哎呀，傅院长，"主人说，"这十五年，南昌变化好大哟，你真该早就来看看！"

"是啊，"傅抱石说，"十几年来，我每年都准备回来，可是每次都没有来成。这次我可是铁了心，辞去了许多邀请，哪里都不去，硬是要回江西。"傅抱石说完自己也笑了。他似乎很满意自己的目标已经实现了。

"傅院长外出几十年，还是一口地道的南昌话！"

"唉，改不了了！'傅抱石又感叹道，"我虽然多年在外，但是乡音无改。身居异乡，一讲起家乡话，就会想起许多往事来，尤其是年岁大了，打起官话来反而觉得别扭。就像我们画画一样，南昌画家画的画，拿到什倮地方去都辨别得出是南昌画家画的，咯也是一种地方特色。'

傅抱石的车沿着八一大道经过八一广场停靠在江西宾馆，他被安排住在这里。沿途，他对八一大道这条宽阔的马路感到很惊讶，认为很气派，而这是他没有料到的。

傅抱石到南昌的第一件事，就是想看看南昌的市容。

下午，傅抱石如愿以偿，他心情激动地在南昌市区的各个街道浏览，中山路、胜利路、瓦子角、系马桩……这些熟悉的地方，曾留下他青年时代为生活而奔波的足迹，唤醒了他许多难忘的往事。坐落在胜利路上的南昌书画之家，是南昌书画家们经常雅集的地方。楼下的店里陈列着各种文房四宝以及书画作品，楼上一个宽畅的大厅便是书画家赋诗作画之地。傅抱石进去后，特意询问了过去的学生沈飞和画友黄秋园的近况和下落，言谈之中，流露出对亲朋故旧的深深的怀念。

听说傅抱石回来了，沈飞和黄秋园两人相约到宾馆来看望他。

傅抱石紧紧地握着沈飞的手，这一对三十多年前亲如兄弟的师生又在故地重聚了。

"傅老师，真有想到又在南昌见到了你！"

"翀云，十多年来还好吧？"傅抱石仍喊他过去的学名。

二人亲切地问候，叙旧。

望着自己的恩师，沈飞充满感激之情，要不是傅老师在他病重时安置他在自己家里休养，并悉心为他治疗，他可能早就不在人世了；要不是傅老师帮助他投考武昌艺专并在毕业后帮他介绍工作，他何以会有今天！

今天，师生二人又共同缅怀过去的事情。

沈飞带来了几张自己创作的画，请老师指正。傅抱石看了之后，除了勉励之外，也指出了一些不足：

"齐白石说，'学我者生，似我者死'，你要谨记。要拿出自己的东西来，不要老是跟在别人后面跑。否则，一世也画不出来。"

第二天，傅抱石由曾在重庆时期政治部三厅一同共过事的老朋友、江西省文化局局长石凌鹤、省美协秘书长吴齐等陪同下，参观了位于南昌市中心的"八一起义纪念馆"。

一切都是那么熟悉，一切都还照样依旧。当傅抱石一踏进这幢原为"江西大旅社"的灰色五层大楼，漫步在这雕梁画栋、古色古香的楼宇中，聆听着讲解员介绍"八一起义"的经过时，他的脑海里，不断浮现出当年亲耳听到的起义的枪声和亲眼看到的如火如

荼的革命声势。他激动地向大家讲起了自己的所见所闻，他生动的描绘和无可辩驳的
事实，使在一旁倾听的讲解员都感到惊讶和兴奋不已。

傅抱石等人又驱车前往位于南昌市郊的青云谱的"八大山人纪念馆"。

汽车沿着一条弯由而平整的水泥路一直开到了原八大山人隐居过的"天宁观"，如
今已成为纪念馆新址，供人们瞻仰和参观。傅抱石对江西省政府在新中国成立后极短
的时间里就做了这件造福后代的事极为称许，认为这是江西省领导重视民族文化传统，
发展江西文化事业的明智之举。

在青云谱纪念馆里，傅抱石仔细地观赏了一个个陈列室，穿过洁净而典雅的回廊，
在八大山人的每件绘画、联刻、墨迹和遗作前伫立、欣赏，这一件件、一幅幅的珍贵
遗物，勃发了傅抱石许多遐想和追思，激起了他对这位明末清初大写意画家的无限崇
敬和景仰。

部家鼓法云头小，董老麻皮树上多，
想见时人解图画，一峰还写宋山河。

傅抱石想到，山人出自明宗室之后，痛遭社稷倾覆，国土沦亡之变，悲愤慷慨，
而无发泄之地，于是游戏笔墨，哭笑杯酒，以消磨劫后生涯，其意可哀，而世人皆未
知其哀愤所在。八大山人所遗这唯一的题画山水诗，足见这位明末遗臣的民族气节。
想到这里，傅抱石对这里的一草一木不由更增添了一份深情。

告别纪念馆时，傅抱石欣然在留言簿上题词：

八大山人是我国最杰出的民族画家，他的一笔一墨都好像贯穿着反抗当时统治阶
级的红线，我们今天尊敬他首先是这一点。在艺术上他的业绩也是历史上不可多见的。
但是解放之前，并没有什么表示，仅仅流传于少数爱好者之中，现在党和政府开始他
的新生，特别作为纪念馆的青云谱，预料很快将成为国际友好人士向往的名区。

傅抱石对正在修建中的八大山人的墓地，提出了一些具体构想，说要搞就搞好些。

他对省文联的同志说："要加强对八大山人和历代江西书画家的资料搜集、整理和研究工作。比如与八大山人同期的画家牛石慧，即八大山人的弟弟朱秋月，也可以陈列一些作品和遗物，或者在这里专辟一室，也可以兴建他的墓，供后人观赏和瞻仰。"他说："江西在历史上产生过不少书画家，除了要弄清楚他们的书画活动和生平事件，还要进一步研究他们在书画方面的渊源关系、艺术成就，以及在当时所产生的作用、地位和影响。只有这样，才能对我们今天的书画创作起到学习和借鉴的作用。"

傅抱石还建议，江西省要创造条件成立画院。江西省不少老画家，如黄秋园、胡献雅，还有周文辉、杨鸣皋、沈飞等，这些人至今没有归口，都不在文教系统工作。可以把老画家好好组织一下，去井冈山，去赣南、庐山深入生活，发挥他们的特点，多搞出

傅抱石（右二）在井冈山宁冈县（后并入井冈山市）考察

一些作品，拿到上海、南京等地进行书画艺术交流，繁荣江西的美术事业。

19日下午，江西省美协在省文联会议室举行座谈会，欢迎傅抱石返乡视察。出席会议的除新老国画家外，许多不搞国画甚至不搞美术的也来旁听了。显然，他们是来一睹傅抱石风采的。

傅抱石用南昌乡音兴奋地谈了自己的感想。

"我认为画家要一专多能，要强调全面的素养。中国自元明以来，文人画盛行，画家越画越单一，越画越僵。以致画人物的不能画山水，会画树石的不会画人。这种缺陷不能再继续下去了。应当强调画家不仅能画画，还要懂美术史和美术理论，包括文学、诗词、书法都应该懂，否则，他的作品就很难提高。

"关于素描的问题，现在已经在刊物上展开了讨论。我赞成现在的学生要学一定的素描，但是，把素描当成一切绘画的基础，我就不赞成。中国画过去是不画素描的，有些国画家没有画过素描，画人物同样也画得很好。比如石鲁，他就没有画过素描，后来也成了西安画派的创始人之一。"

傅抱石兴奋地谈到全国蓬勃发展的美术创作和形势。他说："1949年以前，全国只有少数大学设有美术系，大学四年，最后两年才分科，而愿意学国画的只有几个人，只是到了抗战后期才稍微好些。今天，在全国有不少的美术院校和大学的美术系，有的还专门设有国画系。国家关心和扶植国画，是为了人民大众，为了发展民族文化。因此，我们今天作为画家，是非常幸福的。历史上的唐伯虎、石涛、八大山人，他们的画画得很好，可是他们的作画环境和创作条件就不如现在。他们是无法和今天的画家相比的。希望大家珍惜今天的条件和环境。

"江西历史上出了很多大画家，清代还有个江西画派。希望江西美术界的同志团结起来，不断深入生活，创造出无愧于我们时代的优秀作品，为振兴江西美术事业作出贡献。"

傅抱石还介绍了他与关山月创作人民大会堂《江山如此多娇》这幅大画的情况，回答了江西画家关于创作的提问。

在江西期间，傅抱石还驱车数百公里，参观了井冈山、赣州和瑞金，创作了《井冈山主峰》和《黄洋界》等画作。

10 月 28 日，傅抱石怀着依依不舍的心情，离开了瑞金，离开了南昌，离开了江西，离开了生他养他的故乡。

7. 随园画室绘新图

由于傅抱石在美术理论和国画创作方面的丰硕成果和卓越贡献，他在中国美术界和全社会甚至在国外都获得了崇高的声誉。在已届花甲之年的时候，他仍然像过去一样，不知疲倦地深入生活，到祖国各地的名山大川去写生、创作，更加勤奋地撰文写作，他以六十岁高龄的年纪，像一只上满了发条的钟表超负荷地运转着，工作着，他觉得只有这样，他的心里才踏实，因而，他始终保持着充沛的精神和旺盛的生命力。

1964 年 10 月，汉口西路一百三十二号，傅抱石的新居宽敞的画室里，光线充足，空气清新，屋外不时传来几声蝉鸣和鸟雀的欢叫。画室足有二十平方米，中间摆着一张约长六尺、宽三尺的画案，临门的一面墙边，一只花格木架上置放着一些唐三彩、紫砂壶以及青花瓶、砚台之类的饰物，两边是一幅清道人黄易手书的隶联真迹"左壁观图右壁观史，无酒学佛有酒学仙"，临窗的一面墙上，则是傅抱石钉画的地方，他喜欢将素笺钉在墙上立而下笔，特别是画大画或雨景需要洒矾水和大笔扫刷时，可以腾挪跳荡，挥洒自如，最为得心应手。而如施纸于案上，俯身躬而为之，腕力掉运，仅及咫尺，只能画小画。因此，这面刷成粉白的墙上，自搬进来不久，已是墨沈淋漓，到处是散乱的墨迹，有些隐褪的水痕上又添了新墨，直如一个厮杀的战场。

此刻，刚刚出席上月在北京召开的第三届全国人民代表大会而归来的傅抱石正站在画案前，在一幅小宣纸上画画，这幅题意为"庐山暮色"的毛主席诗意画又是傅抱石的精心之作，故而特别专注。

他被选为第三届全国人大代表后，在北京参加了二十多天的会议，一方面感到精神振奋，心情舒畅。同时，却使他的原拟创作计划耽误了许多时日。所以，回到家里，他即投入了紧张而繁忙的工作之中。

他的手臂疾患已发作了很久，一直在治疗，也一直未见痊愈。因此，原打算彻底治好手疾再画画的念头看样子难以实现，他索性边治疗边画画，大笔挥洒不能胜任，他就画小画。这幅毛主席诗意画他已经画了整整一天了，而且画画停停，停停画画，现在总算接近完成。妻子时慧屡劝他休息无效，只好不时进来看看，换换毛巾或送来药物给他服用。

将诗的意境，移入画面，这是自宋以来山水画家最得意的路线。傅抱石认为，使名诗形象化，是非常有兴味的工作，因此。他自 20 世纪 30 年代开始，特别是在重庆时期，营制了大量的诗意画，如石涛诗《盘礴万古心》《与费密游》等。

新中国成立后，由于被毛主席诗词雄浑豪放、博大精深的气魄折服，傅抱石自 50 年代初就开始尝试创作将毛主席诗意移入画面，1950 年就创作《清平乐·六盘山》和《沁园春·雪词意》等作品。后来，他又陆续画出了不少脍炙人口的毛主席诗意画。

今年，他根据毛主席《满江红·和郭沫若同志》词意创作《乾坤赤》。这幅画，傅抱石在"赤"字上大力渲染，连题目"乾坤赤"三字也用赤色书写，画面描绘宇宙空间，荡空云气，落叶片片，一轮红日喷薄而出，显得气势恢宏。郭沫若在画上题写毛主席《满江红》词，被认为是傅抱石与郭沫若书画珠联璧合的又一佳作。

现在，傅抱石又忍着手臂尚未康复的疼痛，在精心地进行创作。

这是一幅近乎正方形的横幅，占左部近一半位置的画面是墨色黑沉的险峰和山峦，左下半的小块三角形空白显示了飞渡的流云，使山峰更显高峻和沉雄；一棵枝虬叶茂的劲松兀立在画面的中下方，浩瀚的长江呈斜状延伸，画面的右上角用淡墨画出若隐若现的田野和工厂，烟波浩渺的水中的淡色墨块，是游弋于长江的轮船和帆船，十分贴切而恰到好处地体现了毛主席"暮色苍茫看劲松，乱云飞渡仍从容。天生一个仙人洞，无限风光在险峰"的诗意。

傅抱石最后在画幅的左下方工整地用楷书录写了毛主席的这首七绝诗，题署"抱石写主席题庐山仙人洞照诗意"，在钤上"抱石"名章后，又取出一枚"不及万一"的词句印章钤在画幅的右下角。

傅抱石专门刻了一方印章——"不及万一"，用于他创作的毛主席诗意画，表达他对毛主席诗词的崇敬和学习的心情。他还刻了毛主席的诗句"当惊世界殊""换了人间""江山如此多娇"等印章，根据不同内容钤在毛主席诗意画上，使绘画与诗书印熔于一炉，相得益彰，和谐、生动、深刻、鲜明，既深化作品的主题和意境，又使作品充满着时代气息而富有特别魅力。

过度的劳累，加上酒的侵害，严重地影响了傅抱石的健康，他的生命似乎正一年一年、一日一日地被剥蚀，被损毁。刚过六十岁的他，已经身患多种疾病，除手疾外，他还患有风湿病，前年医生检查出他有高血压，去年又发现他的心脏也有毛病，心室扩大，心律不齐……他已呈现出明显的老态，两鬓斑白，走路时背都有些佝偻。医生禁止他喝酒，他无可奈何地说："我没有酒就画不出画！没有酒刺激，我无法兴奋，笔好似有千斤重，拿不动，更挥不开，也没有激情，还画什么画！"

一次，傅抱石应邀去上海，住在东湖招待所，他的重庆时候的老朋友去看他，见他正独自饮酒，也没有菜肴，干喝，真像以酒当茶。朋友见状，摇摇头，劝他不能这样喝酒了，说他有高血压，应该戒酒。傅抱石却笑着说："我今年已是虚度六十了，即使死也不算短命，悲鸿只活了五十八岁，明人大画家唐寅还不如悲鸿呢！"朋友听了真是哭笑不得。

然而，病魔开始无情地折磨着傅抱石。

1965 年的春天来临了。

江南的春天，万物复苏，草长莺飞，同时，也伴随着连绵的阴雨和病菌的滋生。

天气尚未热起来，傅抱石的手疾又犯了。而且，这次似乎是风湿、臂痛和高血压等病症的综合发作，他只觉得浑身酸痛，特别是两手从肩部到手腕，而两手又以右手为甚，有时还伴随着头晕目眩。记得去年也是这个时候，双臂的疼痛达数月才稍有好转。

画是无法画了，不仅工作和应酬的绘画任务无法完成，就连香港唐遵之先生那边谈妥并已预收了人家"润例"的售画任务也无法兑现，一直到五月上旬，才画好一幅，但距唐先生需要的画件任务还差好几幅。

过去，画家们对"先润后墨"的问题每多关注，而且比较计较。须先交钱再画画，然而对交件的日期则素不经意，一般都要延误一段时间，甚至有收润后逾五六年都不交件而为求画者控告，引起一场风雅官司的事件发生。傅抱石却不愿意这样，他除再三交代唐先生"润格""不必拘拘，随意惠酬可也"，即使在病症复发期间，不能染翰，为不久延时日，他宁在自存件中，选出原拟存以自娱的精品割爱，以求交件期缩至最短。这次，他在给唐先生的信中除详告病况外，还对交件的事作了处理：

嘱画山水二幅，至五月上旬，始得一幅。未几，左臂复发炎剧痛，来势猛烈，眠食均艰，因一面注射，一面请专家推拿，端午之前，稍复平常，然稍动仍作痛不已！医嘱三月内切忌劳累，否则一年一次，将逐渐加剧而不可收拾。因从自存拙作中（极少数，历年留以自娱者）选奉'夏山''秋山'两幅，为此，雅命可暂告完成，不致过于迟延也。

唐遵之收信之后，一方面有感于傅抱石以一代名家宗师，却如此对朋友重信誉，对艺术具诚谨，认为傅抱石真是一位坦荡君子，满具中国书生气质的艺术家；另一方面，他又四处辗转托人求贴治病良药，给傅抱石寄去，殷切热望傅抱石能早日恢复健康。

鉴于傅抱石在来信中，已具告他除手疾外血压日升，心脏也呈异状，唐遵之想到自己的亲兄因为酗酒而终致丧命的惨痛教训，觉得傅抱石的现状已近危险阶段，自己绝不忍坐视，于是，以一腔热忱，驰信傅抱石，以自己亲兄的事例为训，劝告傅抱石非戒酒不可，否则后果将不堪设想，而这是亲朋好友都不愿看到的。

傅抱石收到信，奉读再之，觉得唐先生虽从未曾晤面，相交时间也短，却感情日深，信中所述，字字句句透出他的一片至诚真情。实属难能可贵，家人读后，也感动不已。于是，傅抱石写了一封言辞恳切的复函：

遵之先生：

奉手教，感我至深。内予及儿女辈回环读后，均称谢足下拳拳之至意，何其可感也！弟原能小饮，但不经常。抗战期间，由于种种烦闷，遂日以杯中物自遣。有时从醒眼（早起）到闭眼（上床），不入其他一滴，而只有大曲，于是习以为常，非此不办矣。大约二十年来，此病渐深，每当忙乱、兴奋、紧张……都非此不可。特别执笔在手，左手握玻璃杯，右手才能落纸。前年发现高血压，去年心脏亦复不佳，各方友好无不谆谆见教，希望与此物绝缘。数年起，几次努力压缩，有时不饮白酒，有时限制饮量。总之，主观上努力不够，遂今流于形式。大示所云一切，真足仅我警惕矣。现在两臂仍未痊好，心脏仍临近危机，血压仍高。最近不能不考虑进一步采取办法。足下大示所述令昆仲情况，实在令我为之恻然。昔陈老莲、高凤翰、许友介……诸大师，均毁于酒，而我过去最敬佩的日本近代画家幸野梅岭、桥本关雪……也毁于酒，唐伯虎不能专美也。为酬大命将勉强一切，压缩一番。尚望足下不时严加督察是幸……

　　傅抱石虽下了"勉强一切、压缩一番"，甚至戒酒的决心，然而，要付诸实现，却并非易事。正所谓"树欲静而风不止"，在中国，一个人要戒绝坏毛病固不容易，而要戒酒是更不容易的，因为中国人根本不认为喝酒是坏毛病，更何况是傅抱石，更何况傅抱石还总是有那么多社会活动，交谊、应酬，他经常处于宴饮的包围之中。无数热情好客善良的好心人，出于对傅抱石的尊敬和钦仰，总是拿出最好的酒来招待他，不喝似乎有悖情面，偏偏傅抱石生性豪爽直率，本来就是个"酒仙"，逢酒必喝，又经不住劝，加之主人每每态度诚恳，每次敬酒，傅抱石总是不待主人把祝酒辞或敬酒的种种理由说完，即一口把酒干掉。这时，什么"勉强""压缩"等等，也就早抛到九霄云外去了。

　　所以，两年来，傅抱石的手臂酸痛一直就未痊愈，高血压根本就未降下来，心脏的异状也根本未见好转……

　　转眼，又是"一年一度秋风劲"。

　　这一年的秋天："秋"的景象显现得特别浓、特别早，不到九月底，栖霞山、中山陵以及郊外其他地方已是落叶飘零，透出一股肃杀的气氛，有些山脊背阴处的枫树上，已经出现了簇簇的红叶，在万绿丛中显得格外的红艳、惹眼、醒目，也吸引了不少富有雅趣的人们来郊外赏叶踏秋，吟咏一番……

　　这时的中国文艺界，正被一股"阶段斗争"的火药味笼罩着，隐隐透出一股"肃杀"

的气氛，包括戏剧、电影、文学直至美术界，一批作品被点名批判。《早春二月》《林家铺子》《北国江南》等，正被作为资产阶级人性论、阶级调和论以及修正主义的毒草而受到大张挞伐，严厉批判。而且，这种斗争的势头正愈演愈烈，越来越高涨，甚至波及社会科学的理论界、哲学、历史等领域。文化人士和知识分子都隐隐感到了一种无形的压力而惴惴不安，有一种大祸将临的预感。

这个时候的傅抱石，却是心神俱佳，踌躇满志，他既无被无端批判之虞，也绝无大祸临头的预感。一个以画画、研究、著作为终身己任的纯艺术家，绝无害人之念，同时以自己令人信服的高超绘画作品和创新精神，以令人折服的丰硕美术理论和史论而卓然屹立于中国美术界。最主要的，毛泽东主席为他和关山月合作的人民大会堂《江山如此多娇》巨幅国画题词，无形中为他在文艺界险恶的阶级斗争风云中撑起了一把"保护伞"，使他免受了许多劫难，而能无忧无虑地致力于绘画和美术理论的创作。

正因为如此，傅抱石也更加频繁地受到邀请，绘画、参观、访问……尽管他患有严重的手臂疾患，尽管他血压仍高，心脏仍隐伏着危险，他像一辆开足了马力的机车在迅疾地奔驰着，像一台无法令其停止的机器在飞速地旋转着、工作着……

8. 他走了，留下太多的遗憾

9 月下旬，隆重的中华人民共和国成立十六周年的庆典即将来临。

报纸、电台、电视正不断地宣传着新中国成立以来社会主义建设的辉煌成就，其中，令国人瞩目的是全国最大的现代化的新型机场——上海国际机场即将建成启用。

拥有中国第一流设备和装饰的上海国际机场候机大厅需要一幅国画，画幅甚至比人民大会堂的《江山如此多娇》还要大。此重任当然地落到了全国第一流的画家傅抱石肩上。

9 月，上海市委郑重向傅抱石发出正式邀请，请他绘制此画，并请他到上海商谈具体事宜。

傅抱石领受此任，感到激动而兴奋，他又一次燃起了一股强烈的创作冲动，他的心中又一次涌动着一股再攀新高峰、再创新纪录的欲望。人民大会堂的《江山如此多娇》虽然名垂画史、事属空前，然而毕竟是首次创作如此大画，缺乏经验，徒留许多遗憾；二人合作，各自的风格特点优势也未尽情展露出来。而今，上海国际机场的巨幅国画，由他一人单独创作营制，他可以尽情大胆地展露他雄浑、豪放的风格和特点，经验也会比上一次更丰富。素喜搏击、创新，为人所不敢为和为人所不能为的傅抱石觉得这对他是一种新的强刺激，一次新的挑战。他因这种刺激和挑战兴奋得夜不能寐，欢欣喜悦，完全忘记了自己已是六十开外的老人，忘记了自己还身患手疾、高血压和心脏病……唉，他年轻时信奉的画人应具备"颠而迂且痴"的本性，到了老年，仍是丝毫未改呢！

上海国际机场领导欣闻傅抱石接受了绘画任务，非常高兴，为了表示对画家的崇敬和尊重，在征求傅抱石同意后，从南京到上海的短短三百公里路程，竟派了一架专机去接画家来上海。

这是 1965 年 9 月下旬的一天，傅抱石情绪高扬，精神振奋，从南京到上海不足一个小时的行程，他没有感到任何的不适。素来怕坐飞机的他由于兴奋和激动，竟然把这次乘坐专机当作了一次优雅的短程旅游，起飞和降落好像只是一瞬间的事，空中的半个多小时，傅抱石还兴致勃勃地从飞机舷窗往外鸟瞰南京城雄伟壮丽的景色以及镇江、常州、无锡、苏州的空中全景。飞至上海时，驾驶员根据指令，还特意在上海的空中绕了一个大圈，以便让傅抱石能从空中对上海的全貌有一个新的概略的印象，说不定能激发起画家的创作灵感，说不定对画家的创作构思会有新的启示。

这时，坐在飞机里的傅抱石，享受着这中国画家从来也不曾有过的殊荣，内心是志得意满的。什么时候，一个中国画家能够乘坐专机去画画！而自己，一个在旧社会"所居仅足蔽风雨，所衣皆丁丑前之遗，家无担石之储"的穷教授、穷画家，正所谓"著书都为稻粱谋"，真是惶惶不可终日！相隔仅有二十年，这迥异的对比和强烈的反差，真是令人不可思议。傅抱石每思至此，又是感慨系之。

　　"谈笑有鸿儒，往圣无白丁"，在上海的几天时间内，傅抱石几乎陷入了会议、座谈、接待、应酬、绘画的事务圈子之中，国际机场候机厅巨幅国画的创作从内容到构思的讨论自不必说，从市委书记及有关领导的看望、会见，到朋友、故人、旧交、画友的拜访和邀请，傅抱石几乎整天处于高度亢奋和疲劳的状态之中。到夜深人静，人们都开始休息了，傅抱石待客人散尽，还须展纸磨墨，一幅又一幅地绘制画作，以偿还那一笔笔一件件索画的债务。

　　而且，几乎同时，傅抱石被一浪高过一浪的宴饮包围着。

　　"无酒学佛有酒学仙"，傅抱石在这里，已经是身不由己，喝不喝酒已由不得他了。什么手臂疾患、高血压、心脏病……人家都没有看见，喝不喝就看你给不给面子，赏

傅抱石（右三）在上海虹桥机场留影

不赏脸了！本来就"嗜酒，作画时尤不可缺"的傅抱石，望着这一张张热情的脸，对着这一双双诚恳的眼睛，他还能不喝吗？他还能再向人家提什么手疾、心脏病、高血压吗？何况，美酒浓烈香醇的气味直扑傅抱石的鼻腔，钻入他的肺腑，他简直无法抵御它的诱惑。于是，这一杯杯甘洌香醇的酒就不知不觉地喝下去了，以致到后来，傅抱石根本不记得自己喝了多少酒，反正，他是不醉的"酒仙"，喝多少都照样从容自若，继续与人谈笑风生。

在上海，令人难忘的几天过去了，绘画的商谈工作进展得很顺利，上海方面对傅抱石的绘画予以高度信任和肯定，请他在国庆节后拿出一个初步方案来再讨论和研究，傅抱石在上海的几天里，对机场大厅的国画也已经有了一个初步的构思和设想，只待回家画出小图稿。

于是，9月28日上午，傅抱石返回南京过国庆节。

上海国际机场又派一架专机送傅抱石回家。

这回，坐在飞机里，傅抱石却没有上次那么悠闲、惬意和舒适了。

虽然只有短短的半个多小时，傅抱石却觉得在天上度过了漫长的一天。他感到自己心跳加快，血往头上涌，而且头有些晕，目有些眩。浑身都觉得不舒服。他再也不能像上次来时那样，悠闲地透过机上的舷窗欣赏地面上的景色和风光了，他只能靠在座椅上，闭上眼睛，静静地等待这艰难的旅程的结束，而飞机的起飞和降落，只让他觉得心脏的狂跳加剧，头晕目眩更烈。

他是带着一副极度疲惫的神态回到家里的。

时慧见丈夫劳碌疲累至此，赶紧让他休息，并为他安排好了茶水及饮食。可傅抱石只稍事休息，又起来整理他从上海带来的一些有关绘画的资料。

下午，他的学生，也在省画院工作的喻继高听说老师回来了，从画院赶来看他。傅抱石见继高来了，也很高兴，问了画院的一些事情，还介绍了上海的绘画任务。喻继高见老师脸部涨红，人也显得疲乏，不敢多打扰，只劝老师好好休息，匆忙告辞了。

傅抱石待喻继高走后，本想再整理整理绘画资料，并想趁国庆前的空闲，勾勾画稿，以便将在上海的片段设想记录下来，然而，他只觉得头部又开始晕眩，四肢无力，浑身无精打采，身体似飘忽在空中一般。不得已，他只得放下手中的工作，上楼去休息了。

他晚饭也没有吃，他告诉时慧，他确实有些疲倦，想好好休息一下，不要打扰他。于是，躺着睡下了。

屋外，已经没有蝉的鸣叫，初秋的天空轻轻吹来一丝丝微风，带有一些凉意，傅抱石没有注意到；院内，传来不知什么归鸟的秋鸣！傅抱石也没有注意到，或者说，他根本就没有听见。

夜晚，汉口西路一百三十二号花园式的楼院里，显得特别静谧，这天晚上，傅家的孩子们大部分不在家，大儿子小石已结婚，搬出去另住了；次子二石大学毕业后留在山东济南工作；二女儿益璇已考取了江苏省工艺美专，正住在学校里；三女儿益瑶，已经在不久前考取了南京师范学院中文系，上学还不到一个月，这时正在离南京四十公里外的句容县城的学校里。傅抱石叮嘱女儿将来要学好画画，一定要打好文学，特别是古文基础，才使瑶子毅然报考了中文系的。此刻，瑶子正坐在学校图书馆里，潜心钻研并领略着中国古典文学的妙谛，直至夜深，而不自知……只有大女儿益珊和小女儿益玉在家。已读高中的玉子学习非常用功，这天晚上，看书直至深夜……

极平凡极普通的一天过去了，极平凡极普通的一天又来临了。

9月29日，中央人民广播电台的播音员像往常一样，用洪亮而爽朗的嗓音和声调报告着新的一天的来临。当然，如果这一天有什么特殊的话，那就是再有一天，中华人民共和国成立十六周年的喜庆日子就要来临，播音员报告了这一天发生的许多与此相关的新闻和消息。

这一天，罗时慧也和往常一样，一方面为家人，为即将上学的孩子准备早点；另一方面，她按照这几日订好的计划，开始着手国庆节家庭活动的筹备工作。国庆节来临，在外面学习和工作的孩子们都会回家来，屋里一定会热闹一番，要多买些可口的菜，让一家人好好聚一下；国庆节期间，还有几位领导和客人要来，除了要特别将客厅打扫整理一下外，还应该添几样鲜花和其他摆设，将客厅装饰得漂亮一些；还准备请几位朋友来吃餐饭。抱石生性豪爽，朋友特别多，平时难得有空，国庆节正好趁休息请请朋友，也是理所当然。还有，入秋了，抱石和几个孩子也该添置几件衣服。特别是抱石，素来对穿衣服之类的小节不予注意，一件衣服穿旧了破了还穿在身上，总不肯重做新的，中年以后，人越来越胖，以前做的几件像样点的衣服都不合适了，这次，非得做几件新的不可了……

　　已经九点了，时慧上到楼上丈夫房内看了一下，见他仍沉沉地睡着，嘴鼻发出均匀的鼾声。时慧想，也许是在上海这几天太累了，太疲劳了，否则，他不会睡至这么迟还不起床的。让他多睡会吧，难得丈夫这么安稳地睡个懒觉！从二人结婚至今，三十五年了，在时慧的记忆里，丈夫就没有过睡懒觉的记录，非但如此，他还总是惜时如金，每天都画画、看书、写作到深夜，而不管头天晚上多晚睡觉，第二天早上他仍然早早就起了床，又精神抖擞地开始了新一天的工作。哪怕是在抗战逃难的途中，他也总是抓住空隙时间读书或者写点短文，甚至在躲敌机的空袭警报时，在防空洞中的微弱灯光下，他还孜孜不倦地看书……而今，毕竟年岁大了，岁月不饶人呵！时慧见丈夫仍睡得这么香，这么沉，笑了笑，又下楼去忙她那永远也忙不完的家务杂事去了。

　　要说时慧在家里，忙的完全是家务，也不尽然。多少年来，时慧就一直是丈夫著书撰文的一个不可或缺的帮手。除抄录稿件外，诸如收集、整理、编录、装订，等等，真是耗费了她不少心血。早在两年前的 1963 年，江苏文艺出版社的编辑们曾数次来到家里拜访，提出编辑出版《傅抱石美术论文集》的建议，当时因为傅抱石实在太忙，加上三四十年来，他究竟写了多少文章，什么时间登载在哪个报纸刊物上，还有未发表、未完篇的稿子，连他自己也记不清了，所以对出版社的建议也没有磋商出一个明确方案。1964 年，出版社的编辑又多次来访，并对出版论文集的事做了具体安排，傅抱石才把这件事提到工作日程上来。首先是回忆寻找，然后是收集整理。而这件工作主要的便落到了时慧身上。经过一年多的艰苦搜集、剪贴、分类……共收集成了七捆资料。这七捆资料，大的一捆有一尺余高，小的也有八九寸厚，真是卷帙浩繁。在后面的日子里，时慧还须协助丈夫修改整理，有的还须由她负责重抄一遍。因此，要说时慧在家里的贡献，岂止只是家务，简直是"功不可没"！有一次傅抱石见时慧忙碌地为他整理资料，也禁不住夸赞这样说她。

　　已经快上午十点了，丈夫还没有起床下楼，时慧感到有些不对劲，莫不是丈夫病了？她坐在楼下，心里有些忐忑不安，正想上楼再去查看，忽然，楼上传来一声剧烈的鼾声，然而又悄无声息了。时慧感到不妙，赶忙跑上楼去，进到丈夫房内，见丈夫安详在躺在床上，似乎连鼻息也没有了。时慧走上去一摸，丈夫已经停止了呼吸！时慧仍有些不信，再摸摸丈夫宽厚的胸膛，已经摸不到丈夫的心跳了。时慧慌了，一边摇晃着丈夫，一边绝望地呼喊："抱石，抱石！抱石，抱石！"

"抱石……"

时慧像疯了似地号叫。

然而，丈夫没有一点反应，他仍然安详地沉睡着。再也叫不醒了，再也没有醒来！

傅抱石就这样去了，睡着了，永远地睡着了，安详地、宁静地睡着了，事前没有任何征兆，任何迹象，没有感到他的生命的结束，因而，也没有感到一丝一毫的痛苦和不安！

傅抱石就这样去了，永远地去了！没有遗言，没有遗嘱，也没有任何交代，但却留给家人，留给人们太多的遗憾，太多的遗憾！

傅抱石身边留下的三百多幅画里，不少是八尺至十二尺的大作，大部分未经发表过，有的甚至没有画完，没有完成，在他画室的墙上，还钉着一幅未完成的画稿，然而就这样永远地钉在了墙上。他的文字著作，没有出版和发表过的文稿尚有五十多万字，其中未撰与完成的文稿，还有十余篇。

傅抱石就这样去了，匆匆地去了！去得这么匆忙，这么突然，让一切关心他、爱戴他、仰慕他、钦佩他的人毫无思想准备，几乎难以接受这个事实，然而，又不能不接受这个严酷的事实！

然而，傅抱石短促的六十二年的生命力是如此旺盛，生命之火是如此炽烈，以至于人们在回顾他那丰富而浩繁的画作和论著时，也不能不惊讶于他的不可思议的非凡的成就。

据粗略的统计，他一生大约写了一百五十余篇（本）美术著作，共约二百四十万字。这个数字就是对于专业的理论工作者来说，也是很可观的。傅抱石从十多岁开始，即使在病中，在弥漫的战火硝烟中，也从未放下画笔，一生共创作国画两千余幅，这个数字也是很惊人的，何况这其中有不少是需数日、十数日甚至数月才能完成的大画！更何况他还须从事教学、著述、行政及各种社会工作。其一生勤奋和刻苦的精神，实在不能不使人衷心钦佩。因此，傅抱石的去世，是中国美术界的重大损失。他对发展中国的民族传统文化，对中国美术史、中国美术理论以及中国画创作等方面的卓越贡献，是无法替代的。

傅抱石

　　无疑，傅抱石留下的浩繁丰富的美术论著和精湛绝伦的国画作品，将是中国人民乃至全人类的珍贵的财富，是中华民族的一份宝贵的文化遗产，他以他的著述和画作丰富了祖国的文化艺术宝库，发展了中华民族的文化传统，再一次证明了，中国的传统民族文化是世界文化宝库中一个不可缺少的重要的组成部分。这也许就是傅抱石对中国和世界的不朽的功绩，不可磨灭的贡献。

尾声

秋天的南京，风微烟淡，暮雨萧然。

雨花台前，长长的一队哀悼者在凄凄的秋雨中，伴着低回的哀乐声，缓缓地行进着。

傅小石、傅二石兄弟二人抬着父亲的骨灰盒走在队伍的最前面，后面是妹妹益珊、益璇、益瑶、益玉和由人搀扶着已经显得神情恍惚、心如死灰的亡人妻子罗时慧。时慧被这突然而来的沉重打击一下子击昏了，击懵了，这几天，她变得呆痴，眼泪流干了，枯涩的泪眼中流露出来的只是滞涩、无神和空漠，要不是丈夫去世的后事还要她出面主持，要不是想到六个儿女还有五个尚未成婚，不可一日无母亲，她真想一狠心也随丈夫而去，她真不知道丈夫去世后她活在这个世上还有什么意思！

亲属后面，是傅抱石的学生、朋友、同事和崇拜者、热爱者，认识的和不认识的，熟悉的和不熟悉的，年轻的和年老的，都到这里来了，他们怀着虔诚的、真挚的感情，寄托着自己的哀思，默默地送傅抱石远去。

天低云垂，人们似乎看见，傅抱石在云层中屹立；

青山哭泣，人们似乎听见，青山在呼唤：傅抱石！……

仿佛理解哀悼者的心情，潇潇的秋雨簌簌地不停地下着，冷雨浇在人们的脸上，也凉在人们的心里。雨花台的天空变得灰蒙蒙的。远处，逶迤连绵的山岭，被云雾笼罩着，在氤氲的云烟中时隐时现，那秋后深邃的片片翠绿，远看就像块块浓重的墨团，层层山峦随着距离的渐远而墨色也渐渐淡化，苍莽中饱含着秀润。透过这斜雨扫刷的明净水帘，在冥茫的薄雾中，一切都显得那么朦胧而空灵，苍郁而飘逸……

人们蓦然发现，这幅景象，似乎在哪里见过！

几乎是同时，从人们相互交流的默默的眼神中，可以看出，人们都领悟到了，这幅景象，就是人们熟悉的、数十年来在傅抱石画作中无数次出现过的"雨景"图，是傅抱石绘画中的"绝拃"！

也许，眼前这幅景象，就是傅抱石一生的最后一幅"雨景"！

1992 年 12 月底，初稿于抱石故里，

江西省新余市渝水区北岗乡

1993 年 5 月 8 日，定稿于江西省新余市

"罗坊会议纪念馆"

在《傅抱石传》即将付梓印行的时候，我望着案头这经过四次修改而盈尺的手稿，忆起六年来为创作本书所付出的艰辛劳动，真是感慨系之。

傅抱石先生在论及他视作生命的《石涛上人年谱》时曾慨然说："余于石涛上人妙谛，可谓癖嗜甚深，无能自已。""此中一言一字，固与上人清泪相揉，然就余言，爱惜何异头目。"本人数年来对于抱石先生生平，虽不敢与抱石先生之于石涛相提并论，然抱石先生一生的一言一行，其丰硕而精妙的画史画论著述，以及画作、篆刻等也无不时刻萦绕我怀，牵动着我的心。六七年来，我是行也傅抱石，坐也傅抱石；言也傅抱石、思也傅抱石；连做梦都梦见傅抱石。我虽未见过傅抱石，然而，我却真正觉得，傅抱石总是时刻跃然于我的眼前和脑海里，我能强烈而鲜明地感觉到他的音容笑貌，他的言谈举止，以及他所爱、所恶、所思、所忧。真有些"癖嗜甚深，无能自已"了。

1986年，当我从古城庐陵——吉安调至新余市工作时，我对傅抱石的了解还仅限于他是个天才而伟大的画家，在这之前我也知道他与关山月创作人民大会堂巨幅国画《江山如此多娇》的深远影响，如此而已。

我到新余工作之后，立刻发现，我置身于一个傅抱石的"大家庭"中。新余人民谈及傅抱石，就像湘潭人民之于毛泽东，庐陵人民之于文天祥，充满了骄傲、自豪的由衷感情。这里有抱石公园、抱石画院、抱石天然矿泉水公司……在新余，你无时无刻不强烈地感受到傅抱石的存在和影响，用一句时髦的话来说，傅抱石时刻活在新余人民的心里！

同时，我也惊讶地发现，在传记文学风靡全国的今时，画坛巨匠、著名画家、美术史家、美术评论家、金石学家和篆刻家傅抱石逝世二十多年了，居然没有一本完整的传记问世！于是，我萌发了一个念头，毅然决定自己来担起这副担子，撰写《傅抱石传》！

这件工作自兹伊始即得到众多的朋友、师长、领导直至傅抱石亲属及其学生、同事的大力支持和帮助，使之得以顺利进行。今天，在回忆这本书的创作过程时，我的心中总是充盈着温馨和欣慰之情。

刚开始有这个想法和念头时，当时的新余市委副书记孙奇珍和市人大常委会副主任熊世俊等均表示支持。熊世俊同志为我提供了与傅家的来往信件以及有关人员的联络地址；孙奇珍同志亲自为我向在南京的傅抱石亲属写介绍信。1989年，已是新余市政协主席的孙奇珍又将我借调到市政协，要我专事江西人民出版社出版的回忆录汇编《傅抱石》征稿和编撰工作，使我得以在以后的时间里，无数次地往返于新余南京之间，并以此为契机，上北京、下重庆，赴上海、苏州、镇江、广州、南昌……行程数万公里，访问傅抱石亲属、朋友、学生、同事达上百人次。

而傅抱石亲属对这件工作的支持和帮助是至关重要和不可或缺的。

我第一次到南京傅抱石家时，表示了创作《傅抱石传》的打算和计划，即得到了抱石亲人的首肯和支持。当时年届八十的抱石夫人罗时慧执着我的手说："你写，我支持你！有不清楚的事情就来问我。"几年来，时慧夫人以虚弱之身体，或在客厅里，或于病榻上，无数次向我讲述傅抱石的一生，并解答我的疑惑和问题。有一次，按我拟就的提纲，时慧夫人为我解答了三十多个疑点和不清楚的问题。

傅抱石次子、傅抱石纪念馆馆长、继承其父画风的著名画家傅二石则在本书的创作过程中，自始至终充任着通联、顾问和导师的作用。大至国内外出版的各类傅抱石画册、著述、文集、照片、剪报等资料的提供，本书初稿的审定以及许多高水平的建设性的意见和建议，小至采访对象的确定、地址、电话号码、介绍信，甚至街道巷子的路线图，都是他亲自为我提供、办理。有时，望着他迈着那将近一百公斤体重的魁伟身躯，一边不断地接着电话，接待着一批又一批来自美国的、日本的、香港的或国内的客人，一边还要为我解答数不清的问题，寻找着那总也找不完的资料，我就会想，假使没有他，这本《傅抱石传》究竟还能不能写出来。

傅抱石的三女儿，日籍画家、典雅而漂亮的傅益瑶小姐则多次向我讲述她的父亲在日本留学的生活和轶事，以及父亲的高艺和思想，崇高的道德和品行，以丰富我的创作素材，并引导我在创作中对傅抱石进行高瞻远瞩的分析和中肯的评价。

温诚娴雅的傅抱石四女儿，旅居日本的画家傅益玉除多次向我一般性地介绍父亲的往事外，还做了一件令我感动不已的事。傅抱石留日时的恩师金原省吾去世后，留下一批记录着他一生的日记，其中详细地记述了傅抱石与他的交往。原文是古文，不易看懂，数年前，金原省吾的儿子金原卓郎将它们翻译成日本现代文。傅益玉将它带到中国，又一页一页地将有关傅抱石的内容翻译成中文，并请其夫婿、江苏省油画雕塑院院长叶宗镐先生协助核证年号和补充内容，一段一段地向我讲述着，介绍着……我一边听着，记录着，一边想，这些资料无疑是无比珍贵的，而益玉、宗镐夫妇对我的融融情谊，更是弥足珍贵！

就连偏瘫在家、行路和讲话都甚为困难的傅抱石长子，以其执着顽强的精神驰誉海内外的左笔画家傅小石，也讷讷地向我讲述着傅抱石，讲述着新余、章塘、南昌，他说，他"记得好清楚……"

我唯一引为遗憾的是，傅抱石的几位子女中，只有定居香港的二女儿傅益璇我没有见过，没有得到亲耳聆听她介绍其父亲的机会，尽管我曾收到过从台湾寄来的有她签名的"傅抱石画展"请柬，然而，我却从她发表于《名家翰墨》的几篇文章中，撷取了许多她关于父亲的珍贵的回忆片段。从她文章的清丽文采和强烈的爱憎，可以看出，二小姐璇子是个感情丰富而又聪明顽强的女性。我想，如果我能更多地聆听她关于其父生活的各种细节和趣闻轶事，这本传记一定会比现今丰富得多，充实得多。

在傅抱石众多的学生、同事及友好中，感情最亲、关系最密的当推中国科普协会的研究员沈左尧教授。当我在南京、北京拜访他时，这位前辈的睿智、热情和爽朗给我留下了深刻的印象。对于傅抱石的生平和研究，沈老先生掌握的资料最丰富，也最具权威性。能得到他的帮助和指教，对本书的创作成功，无疑起到了积极的推动作用。

曾跟随傅抱石达二十多年的伍霖生教授对我创作的支持和无私帮助真是超过了我的预料，老教授不仅拟好提纲向我详细介绍傅抱石一生的成就，而且毫无保留地把自己收集整理的历年来发表的关于傅抱石的各类研究文章悉数交给我去复印，当我接过老教授递给我的沉甸甸的一摞资料时，我觉得这份心意和厚谊也同样是沉甸甸的。

在北京，郭沫若的秘书王延芳同志向我提供了他对傅抱石与郭沫若亲密关系的最新研究文章。

徐悲鸿纪念馆将馆内存底的有关徐悲鸿生平、论文和纪念文章的书籍资料给了我，尽量地满足了我的要求。

这类感人的事情真是不胜枚举。

我是在无数朋友、师长、领导的关怀、支持和帮助下开始《傅抱石传》创作的。

1990年10月下旬，我出席了在南京召开的"傅抱石艺术研讨会"，那些除内地之外还有来自美国、日本等国以及香港、台湾等地名震中外的画家、美术评论家，无疑都是研究傅抱石的专家。我觉得这是一个千载难逢的好机会，因为这些画家、教授和学者对傅抱石的了解和研究是我远远不及的。他们其中许多人就是傅抱石生平中某一段甚至数十年历史的共同经历者和见证者，并且，他们可以就傅抱石某一幅画，某一种技法的风格特点、形成原因，就傅抱石的山水画、人物画各自的特色，甚至山水画的水口、人物画的眼神进行精辟的分析，透彻的论证，准确地做出结论。于是，我在研讨会上老老实实地当一名小学生，除认真聆听并录下他们的每一个发言、演讲外，会外还积极频繁地向他们询问、了解、请教，并在以后的数年时间里，和其中许多人保持了联系，不断地得到他们的支持和帮助。

我身边有傅二石先生赠送给我的宏富的傅抱石画集，几乎集中了国内外出版的所有傅抱石画作。每日伏案写作时，以欣赏阅读傅抱石画作为赏心乐事，也是"味道十足"（傅抱石语）。

唉！在这躁动于母腹之中的婴儿《傅抱石传》即将问世的时候，忆起六年来的忧与乐，苦与甜，真是不可名状。

因此，我是抱着对傅抱石的深厚的感情来写这本书的，有几次，我被自己所叙述描写的事情感动得流下了眼泪。我想，这也许就是傅抱石说的，作品应有精神所寄托，始足动人，始足感人，而能自感。为此，我是愿意付出一切代价的。

在新余罗坊会议纪念馆写作的三个多月里，我像一个远离尘嚣的弃儿，方圆足有半个足球场那样大的院子里，白日偶尔能看到一两个人在院内锄草、工作，而下午六点到第二日上午八点，整整十四个小时，只有我一个人坐在屋里，面壁"修行"，我感到了精神从来没有过这么宁静，思想从来没有过这么高远。是的，我没有感到丝毫的悒闷、寂寞，因为，我每日与傅抱石为伴，与他谈心、画画、喝酒；爱他之所爱，忧他之所忧，而甘为石之徒。我想，人们最好是把我忘掉，而我毫无怨尤。

然而，人们没有忘记我，新余市的领导没有忘记我。在我写作期间，中共新余市委副书记缪兵、甘自敏，市委组织部长肖天连、副市长赖世平先后到罗坊来看我，无疑使我静寂的心又掀起了一阵波澜，使我激动不已。

特别值得一提的是，中共新余市委书记、市人大常委会主任严显烈同志对本书的创作表示了极大的关心和支持，除经常询问工作情况，指示必须写好出好外，还与市长张海如以及其他市委常委们研究，决定拨出专款解决创作出版所需的部分经费。一本书的出版，享受如此厚待，作为书的作者，一介书生，足矣！又复何求！

以上种种，如果离开了新余，离开了傅抱石家乡这个"大家庭"，无疑一切都不可能发生，一切都不可能出现！否则，就只能是奇迹。

我想，这也就是《傅抱石传》之所以创作成功，之所以问世的主要原因。

基于此，简单地说几句表示衷心感谢之类的话似乎已不足以表达我此时的心情，而且，在这个"大家庭"中，人人都认为自己为此所做的事是应该的，义不容辞的，那么，我感谢谁呢？

我只能骄傲地说，我是新余市的一个普通公民，是傅抱石故乡的人！是的，我为此感到自豪。

最后，谨向为我提供资料、介绍情况的傅抱石亲属、前述诸位先生以及关山月、廖静文、亚明、黄养辉、杨建侯、宋征殷、魏紫熙、朱乃正、梁邦楚、吴俊发、喻继高、丁观加、吴云发、吴齐、彭友善、沈飞、章琳等前辈致以衷心的谢忱。

胡志亮

一九九四年春节前夕

再版后记

在为团结出版社新版的《傅抱石传》撰写后记的时候，向来对任何事都处之淡然的我也感慨万千。

1994年，我的初版《傅抱石传》问世，距今已经是二十八年前的事了。按理说，从收集资料、采访、撰写以及完稿后的反复修改到最后出版，费心费力，花了六年时间，出版后的反响也很好，我也感到欣慰。工作完成了，我的计划和理想也实现了，说得好听一点，我完成了我自己定下的历史使命。紧接着，又有1997年台湾繁体字版的《傅抱石传》出版，然后是2014年傅抱石诞辰一百一十周年江西美术出版社重版的《傅抱石传》问世，按照常理，这件事就算是结束了。

没想到，八年之后，团结出版社编辑从天而降，直接给我打电话，表示有意再版《傅抱石传》，起初我真以为是我的朋友在跟我开玩笑，因为团结出版社与我素无联系，竟然打听到我的手机号码，居然说要再版我的《傅抱石传》，我不得不佩服该公司出版图书的眼光和经营之道！而且，显然团结出版社从领导到编辑都深谙傅抱石在中国美术界的崇高地位和巨大影响，社会对傅抱石的了解、认知、学习和研究需求是热烈的，长期的甚至是永久的。《傅抱石传》虽然不能归为热门图书，却是可以长销的。这就是团结出版社领导和编辑眼光的长远、高明之处。

这篇后记，我只想对我二十多年来与傅抱石家人的友谊和亲情，顺便也对我几十年研究和撰写傅抱石的专著做一个总结。

前面说了，按照常理，《傅抱石传》出版之后，我和傅家的交往也应该结束了，至少不会像此前那么频繁了。

令我没有想到的是，我和傅家真正的友谊和亲密交往才刚刚开始，我们之间开始了更为密切的联系和交往，确切地说，傅家的兄弟姐妹确确实实是把我当成他们家里人了。

本来，《傅抱石传》出版了，我所掌握的傅抱石的资料虽然有所取舍，但已经不需要了，新的资料也可以不用了，但傅家兄妹仍然源源不断地把有关傅抱石的资料甚至关于傅抱石的各种活动信息通过邮局寄给我（那时好像还没有网络），而这些事务性工作都是傅二石先生亲力亲为，连信封都是二石先生写好的。

傅二石先生应邀去台湾举办"傅抱石画展"，二石先生把台湾画展的邀请函、当地的宣传文稿和当时的台湾官员参观画展的照片都给我寄过来了。

有些杂志刊载了对傅抱石的回忆或评论，哪怕里面只有一篇文章，二石先生也会寄一本给我。

傅益玉、叶宗镐夫妇在香港举办画展，画展的邀请函、展出的场地、画展的作品照片都寄给了我。傅益玉在日本印制了有她画作的明信片，她也寄了几套给我。

三妹傅益瑶更是盛情，她在日本的活动多，名气也更大，对我是逢事必报。她在日本画障壁画，以民间祭活动为绘画对象甚至创作过程，她在美国受到时任联合国秘书长安南接见并接受她赠送的画作照片，都通过她的表妹罗来英寄给我（她频繁来往于中日之间，不方便寄，也无暇顾及）。

此后，不要说有关傅抱石的研究著作，就是他（她）们自己的著作或画册，也会在出版后的第一时间寄给我。

傅益瑶在国内出版的每一本书都会给我寄过来，有的精美厚重的画册还会给我寄来好几本。有一次，她为日本的一个有着千年历史的文化活动画了一套画，当地的报纸连续一个星期都进行了专题报道，她把这一个星期的报纸都完整地收集起来，整套寄给了我。虽然日文报纸我也看不懂，但这份情意却无比厚重。

尤其使我感动的是，傅益瑶为日本纪念一千多年前的圆仁和尚东渡中国求法的故事画了一套《圆仁入唐求法巡礼图》，这套画在日本产生了很大的影响，全套 24 幅画，在全国进行巡展，最后由 20 多家寺庙收藏，还重金委托出版机构精装限量出版（只印500 套），这套画册请原中国佛教协会主席赵朴初题署，极其珍贵，日本许多有识之士欲购藏而不可得，傅益瑶却亲自带来一套到新余送给了我。那是多么贵重的礼物呀！24 幅画没有装订，都是散装镜片，有四本平铺在一起的画册那么大，而且是木头框，很重，我就不说这件礼物的贵重，仅是从南京带到新余也够累够麻烦的！无疑，这套画册成为傅家与我 20 多年亲密交往的一份珍贵的纪念。

中央电视台拍摄《百年巨匠》，其中的《傅抱石》专辑开机仪式在南京举行，作为《傅抱石》专辑的总顾问傅二石先生提供的采访名单中，我也是采访对象，摄制组还专程到新余，在傅抱石纪念馆对我进行了访问拍摄，在后来中央电视台（10 套）播出的《百年巨匠——傅抱石》（上下集）中，有不少我谈傅抱石的镜头。

2004 年 4 月，傅益瑶在北京的中国美术馆举办"傅益瑶画展"，那是她去国之后的第一次回国画展，我也受到邀请赴京出席画展活动。

2014 年 8 月，江苏省在南京举办纪念傅抱石诞辰一百一十周年"傅抱石画展"和"傅抱石艺术研讨会"，我也受邀赴南京参加画展活动，并指定在研讨会上发言。

傅抱石家人的高风亮节还体现在哪里？十多年来，尽管他（她）们给我提供了无数有关傅抱石和他们自己的相关资料，赠送了许多他们个人的画册和相关的资料，他们却从来没有要求我做任何事情，包括写他们的个人奋斗和所取得的成就的书籍。

2006 年 12 月，傅二石先生七十大寿，在北京举办"傅二石画展"，我受邀赴京参加画展活动。这次邀请，连我在北京的住宿都被安排与南京来的画家和专家住在同一家宾馆。

记得与我一同前往中国美术馆参观傅二石画展的九三学社（傅二石也是九三学社社员）中央副主席邵鸿亲眼见证了我和傅二石先生亲密相处的友情，也很感慨，他说："你的《傅抱石传》出版都已经十多年了，还与傅家保持这么好的感情，有这么密切的联系，真不容易呀！不错。"

　　确实，我的《傅抱石传》出版已经十多年了，还能与傅家保持这么亲密的友情，这么密切的联系，但这并不是我有什么奇策妙招，更不是我有什么高尚的品格！我曾在我写的一篇论述《傅抱石的家风对傅抱石的道德熏染》一文中说："血管里流淌着父母亲血液的傅抱石毫无保留地继承了其父母亲中华民族的优良传统美德，并且将其发扬光大，勤奋、刻苦、善良、热情、执着等等。"而今天，傅抱石的儿女们又无疑同样继承了其父母亲的这种中华民族的优良传统美德，我们也可以在傅二石、傅益瑶他们兄弟姐妹的身上找到傅抱石的影子，这就是我能够在我的《傅抱石传》出版十多年后还能与傅家保持这么亲切的感情，保持这么密切联系的原因。

　　心有所感悟，权当"后记"。

胡志亮

2023年7月